Brent Weeks

Nachtengel

Gemini

Buch

Als Nachtengel ist Kylar Stern der Avatar der Rache und der Gerechtigkeit – aber auch der Barmherzigkeit. Für ihn ist es eine Selbstverständlichkeit, dass er sich für den Schutz eines Kindes in Lebensgefahr begibt. Er wird alles tun, um es aus der Macht seiner Gegner zu befreien, bevor diese es für ihre finsteren Zwecke benutzen können. Aber was wird der Nachtengel tun, wenn der Junge zwar unschuldig und Kylars Feinde wahrhaft bösartig sind – doch die magischen Kräfte des Kindes eine Bedrohung für die ganze Welt darstellen …?

Autor

Brent Weeks wurde in Montana geboren und wuchs auch dort auf. Seine ersten Geschichten schrieb er auf Papierservietten und Stundenplänen. Doch Tausende Manuskriptseiten später konnte er endlich seinen Brotjob kündigen und sich ganz darauf konzentrieren, was er wirklich machen wollte: schreiben Seither wurde er mehrfach für sein Werk ausgezeichnet und ist ein fester Bestandteil der »New York Times«- und der SPIEGEL-Bestsellerliste. Brent Weeks lebt heute mit seiner Frau und seinen Töchtern in Oregon.

Von Brent Weeks bereits erschienen:

Die Schatten-Trilogie:

1. Der Weg in die Schatten
2. Am Rande der Schatten
3. Jenseits der Schatten

Die Nachtengel-Saga:

1. Nachtengel – Nemesis
2. Nachtengel – Gemini

Weitere Titel in Vorbereitung

BRENT WEEKS

NACHTENGEL
GEMINI

ROMAN

Deutsch von Clemens Brunn

blanvalet

Die Originalausgabe erschien 2023 unter dem Titel
»Night Angel Nemesis (The Kylar Chronicles 1) S. 421–838« bei Orbit, New York

MIX
Papier | Fördert
gute Waldnutzung
FSC® C014496
FSC
www.fsc.org

Penguin Random House Verlagsgruppe FSC® N001967

1. Auflage 2024

Dieses Werk wurde vermittelt durch die
Literarische Agentur Thomas Schlück GmbH, 30827

Redaktion: Alexander Groß
Umschlaggestaltung: www.buerosued.de nach einer Originalvorlage von
Orbit USA © 2023 Hachette Book Group. Inc.
Umschlagdesign: Unusual Co.
Umschlagmotive: Shutterstock.com (STILLFX; MeSamong)
HK · Herstellung: sam
Satz: Satzwerk Huber, Germering
Druck und Bindung: GGP Media GmbH, Pößneck
Printed in Germany
ISBN 978-3-7341-6392-0

www.blanvalet.de

Kapitel I

Ehrenhaft zu sein hat seine Zeit und seinen Ort

Die Atemluft, die mir in die Lunge dringt, ist wie eine Armee, die über einen Gebirgspass strömt und rings um mein Herz herum in Stellung geht, um alle Besorgnis in die Flucht zu schlagen. Mein Körper nimmt die Haltung höchster Kampfbereitschaft ein, und meine Gedanken werden ruhig, alle Gefühle halten still, die Sinne erweitern sich. Es ist Schönheit in der Gewalt. All die Hässlichkeiten sind nur ihre Nachwehen. Zu tun, was ich tue, bedeutet, ein Ganzes zu sein und doch geteilt zu scheinen. Die eine Hälfte meines Gesichts ist von hartem, unbarmherzigem Licht erleuchtet, die andere in Dunkelheit verborgen, und doch bin ich ein einziger, ganzer Mensch. Wenn ich überhaupt noch ein Mensch bin, denn wenn ich in den Zustand der fieberhaft-wilden Versenkung eintrete, den Tanz des Schicksals, die erste Zuflucht von Narren und die letzte der Weisen, werde ich zu etwas, das mehr ist als ein Mensch.

Siebzehn Männer, überwiegend Techniker, sind über diesen großen Raum mit all seinen Zahnrädern und hölzernen Laufgängen auf vier Ebenen und sich drehenden eisernen Achsen verstreut, die in summenden magischen Kästen verschwinden.

Ich atme tief aus und verbeuge mich. Erst dann bemerke ich, dass ich halb nackt bin. Der Ka'kari hat sich in meinen Körper zurückgezogen und mich in meiner Unterwäsche zurückgelassen. Ein halb nackter Mann ist im Kampf nicht Ehrfurcht gebietend: Er ist entweder etwas Lächerliches oder etwas Erschreckendes.

Damit kann ich arbeiten.

Der Ka'kari schäumt mir aus den Augen, bedeckt meine Augenhöhlen mit einem ausdruckslos schwarzen Film. Ich lächle und lasse auch in meinem Mund das schwarze Nichts aufscheinen. Mit meinem Atem flackert kurz ein blaues Schimmern durch die Luft.

Ich sehe, wie sich Augen weiten.

Diese Männer sind unbewaffnet. Sie haben nicht den Hauch einer Ahnung, was sie da vor sich haben. Nach einer Waffe zu greifen wäre nicht gerade ehrenhaft von mir.

Ich lasse den Ka'kari eine Klinge quer über meine Handfläche bilden und zerschneide ein nahes Geländer, das aus lackiertem Holz über Eisen besteht. Ich reiße ein Stück von der Länge eines Kampfstabes heraus. Ich bin fest davon überzeugt, dass ehrenhaft zu sein seine Zeit und seinen Ort hat; ich habe nur noch nicht herausgefunden, wann und wo das sein soll.

Jemand lässt ein Werkzeug fallen.

Mit einem Heulen greife ich an.

Sie stieben auseinander. Außer einem einzigen Kerl. Es gibt immer diesen einen Kerl. Der heute hat einen schicken Hut auf, ganz als hätte er hier das Sagen, obwohl er noch jung ist und mindestens genauso stark geweitete Augen hat wie die meisten anderen, die davonlaufen. Er hält ein Stemmeisen in der Hand und macht ganz den Eindruck, als hätte er es bisher auch wirklich nur zum Aufstemmen von Türen und dergleichen benutzt.

Ich bin bei ihm, bevor er reagieren kann, schlage ihm das Stemmeisen aus der Hand, packe seinen Arm, zerre ihn in einen Würgegriff, sodass er zwischen meinem Arm und meinem Kampfstab gefangen ist, und halte seinen anderen Arm hinter seinen Rücken gedrückt. Er schnappt keuchend nach Luft.

»Wie heißt du?«, verlange ich zu wissen, während ich den Raum nach Ausgängen absuche. Aus einem der unteren Vordereingänge strömen jetzt Soldaten in den Raum.

»Caravaldi. Hmmahcll Caravaldi«, antwortet er. Ich drücke ihn so fest, dass er seinen Vornamen zur Hälfte verschluckt.

»Dein Leben hätte hier enden können, Caravaldi«, lasse ich ihn wissen. »Du bist ein mutiger Mann. So mutig, dass du etwas Besseres als diese Arbeit hier verdient hättest.«

Ich presse die Druckpunkte hinter seinen Ohren, um ihn außer Gefecht zu setzen, dann laufe ich den Soldaten entgegen, die jetzt mit gezückten Knüppeln die Treppe hochstürmen.

Treppen in Burgen sind im Hinblick auf den Kampf von Soldaten so konstruiert, dass sie Rechtshändern, die auf höheren Stockwerken Verteidigungspositionen einnehmen, einen Vorteil bieten, während sie umgekehrt Rechtshändern, die nach oben zu gelangen versuchen, zum Nachteil gereichen. Offensichtlich wurde diese Treppe nach dem gleichen Muster gebaut, wenn auch vermutlich aus reiner Gewohnheit und nicht etwa, weil jemand vorausgesehen habe könnte, dass der Nachtengel einmal sieben – jetzt schon acht – Soldaten würde abwehren müssen, die die Treppe herauf auf ihn zugestapft kommen.

Ich erreiche das obere Ende der Treppe kurz vor dem ersten Soldaten und ramme ihm meinen Stab wie einen Speer durch seine Deckung hindurch mitten in sein Wams und die Brust darunter. Ich muss ihn erwischt haben, als er gerade einen Schritt nach vorn gemacht hat, denn ich schleudere ihn mit Leichtigkeit zurück und in seine Kameraden hinein.

Vier von ihnen stürzen zu Boden, woraufhin die beiden Folgenden aus dem Schritt geraten und stehen bleiben, statt weiterzugehen.

Mein Tun ist auf eine derart lächerliche Weise erfolgreich, dass es mich ganz aus dem Konzept bringt. Was sind das bloß für Idioten, die …

Ach so, jetzt erst fallen mir ihre pompösen Uniformen auf. Das hier sind keine kaiserlichen Soldaten. Es sind Schiffswachen, darin geschult, senile Greise zu den Latrinen zu lotsen und mit betrunkenen Edelleuten fertigzuwerden, nicht jedoch darin zu töten.

Ich verharre noch einen Moment an Ort und Stelle, um meine nächsten Schritte zu planen, und dann, sobald sich die Männer wieder in Bewegung setzen, stürme ich vorwärts. Sie zucken heftig zusammen, als ich auf sie zukomme, aber dann hüpfe ich leichtfüßig auf das Geländer und springe hinunter auf die nächste Ebene, rolle mich ab, als ich auf dem Treppenabsatz lande, und gebe zwei Männern, die zur Verstärkung heraneilen, mit meinem Kampfstab aus dem Treppengeländer je einen leichten Klaps auf den Helm, von links nach rechts, und mache dann einen Satz zwischen ihnen hindurch.

Zwei Techniker stehen vor der geöffneten Doppeltür, die aus dem großen Raum herausführt. Beide heben kapitulierend die Hände und drücken sich mit dem Rücken dicht an die Wand.

Ohne zu zögern – schließlich könnte jemand, den ich nicht bemerkt habe, Pfeil und Bogen bei sich haben –, schlüpfe ich zwischen ihnen hindurch auf den Flur hinaus und ziehe die Tür hinter mir zu. Die Doppeltür hat Schlaufengriffe, also stoße ich mein Stück Treppengeländer hindurch und verbiege es mithilfe meines magischen Talents, um auf diese Weise die Tür zu verbarrikadieren.

Doch mein Geländerstab zerbricht mir in den Händen, Holz birst, und ein Hagel aus kleinen Stahlsplittern durchsiebt meinen Unterarm.

Ich stoße einen Fluch aus. Stahl. Ich dachte, es sei Eisen.

Aber der Stab ist immer noch lang genug, dass ich sein eines Ende in den Holzbelag rammen und dort fest verankern kann, während ich oben beide Schlaufengriffe der Tür einhake. Das wird sie verlangsamen, aber auch nicht mehr.

Ich höre das Stampfen von Füßen auf dem Flur und die unverwechselbaren Laute eines Offiziers, der Truppen befehligt. Diesmal sind es keine Schiffswachen, sondern reguläre Soldaten der Alitaeri, die dem Alarm auf den Grund gehen wollen. Jetzt, wo die Tür hinter mir versperrt ist, gibt es auf dem langen Korridor keine weiteren Ausgänge, außer durch eine Tür, die direkt zu den Soldaten führt.

~Hast du nicht etwas vergessen?~

Weißt du, wie wär's, wenn du vielleicht einfach mal hilfreich wärst, statt dämliche Fragen zu stellen …

Oh. Ach so. Du willst mich daran erinnern, dass ich das hier *vergessen habe.*

Ich lasse den Ka'kari meine Haut überziehen und werde mit einem kurzen Schimmern unsichtbar. Im nächsten Moment stürmt ein Dutzend Soldaten durch die Tür.

Kapitel 2

Aus dem Schlimmsten heraus

»Halt!«, brüllt der Offizier, als er durch die Tür tritt – doch er ruft es nicht mir zu, sondern seinen Männern.

Sie gehorchen, wenn auch nicht ganz unmittelbar, drängeln und rempeln, zwölf von ihnen auf meiner Seite des Flurs, weitere sind auf der anderen Seite sichtbar und können nun erst mal nicht weiter.

Der Offizier hat einen guten Instinkt, doch seine Männer haben nicht genug Disziplin, um eine Verlängerung seines Willens zu sein. Wollte ich jemanden in einen Hinterhalt locken, so sind sie genau an der Stelle stehen geblieben, wo ich sie in diesem Fall hätte haben wollen.

~Und du *willst* aber niemanden in einen Hinterhalt locken?~

Mein Gewicht verlagert sich bereits nach vorn in die Zehenspitzen. Ich sehe den Speer, den der Mann zur Linken des Offiziers locker in der Hand hält. Ein bereits klar ausgeformter Plan erscheint vor meinen Augen: ein Tritt zur Seite in die Achsel des Mannes, um ihn in seine Kameraden an der Tür hineinzuschleudern, meine eine Hand an seinem Speer, die breite Klinge des Speers durch den Hals des Offiziers stoßen, dann …

Aber ich will nicht töten. Diese Männer tun nichts Unrechtes. Sie sind rechtmäßige kaiserliche Soldaten, die ein Rätsel aufzuklären suchen.

Mein Moment des Zögerns reicht dem Offizier, um zwei seiner Männer anzuweisen, rechts und links von ihm in Stellung zu gehen, während er den Rest draußen vor der Tür warten lässt. Er beauftragt seinen Stellvertreter, die Hälfte dieser Männer zu einem anderen Eingang des Maschinenraums zu führen, dann schreitet er auf die Tür zu, die ich mit dem gebogenen Stück Treppengeländer verriegelt habe.

»Was ist passiert?«, schreit der Beamte durch die Tür.

Da er keine Antwort erhält, weist er seine Männer an, sich an der Stange zu schaffen zu machen, und schreit ein weiteres Mal.

»Keine Zeit für eine Antwort«, kommt eine gedämpfte Stimme von drinnen. Vielleicht ist es Caravaldi. »Wenn wir nicht« – es folgen ein paar Wörter, die ich nicht verstehen kann – »rammen wir das Sturmschiff in zwei Minuten gegen den M…felsen!«

Ich höre ein Summen tief unten im Bauch des Sturmschiffes, nicht ein einzelner Laut, sondern mehrere, einige unerträglich hoch und einer so tief, dass ich ihn in meinem Zwerchfell vibrieren spüre, wobei sich die einzelnen Töne nicht zu einem Akkord zusammenfügen.

Oder vielleicht ist es doch ein Akkord, aber ein fürchterlicher. Was weiß ich schon von Musik?

Das misstönende Konzert unter meinen Füßen verändert sich ständig, die einzelnen lärmenden Geräusche, aus denen es sich zusammensetzt, werden immer höher und schneller. Gleichzeitig spüre ich einen tiefen, magischen Taktschlag, als würde ich mein Ohr an die Brust eines Leviathans pressen und, während er zum Leben erwacht, seinen Herzschlag nicht nur in meinem Ohr, sondern durch meinen ganzen Körper hören. Und dann noch ein weiterer Schlag und noch einer, aus dem Rhythmus. *Wuuuhmmm ... wumm ... wumm ... wuuuhmmm.*

Das Deck bewegt sich unter unseren Füßen, und obwohl ich breitbeinig dastehe, wäre ich fast umgekippt.

Ich kann das Gesicht des Offiziers nicht sehen, aber die Soldaten, die mir den Ausgang versperren, werden hin und her geworfen. Sie wirken beunruhigt.

Na großartig.

Den Männern des Offiziers gelingt es, die Verrieglung aufzubrechen, und sie reißen mit großem Schwung die Türen zum Maschinenraum auf.

Der Offizier lässt seinen Blick nach links und rechts wandern, noch einmal nach links und rechts, überrascht, dass alle im Raum nur ihre Arbeit zu machen scheinen. »Was liegt hier für ein Notfall vor?«, will er wissen. Er wedelt mit der Hand, winkt seine Männer heran. Ich drücke mich so flach wie möglich an die Wand.

Der Gang ist nicht breit, und auch wenn die meisten Männer ihre Kurzspeere in Laufordnung halten – in der rechten Hand, den Schaft eng an den Leib gedrückt, in einem steilen Winkel nach oben, um ihn nicht in die hinter ihnen laufenden Männer zu rammen –, halten mehrere ihre Speere quer, die Spitze nach links oben, was bedeutet, dass einiges an scharfem Stahl auf genau die Stelle zukommt, die mein Kopf einnimmt. Ich ducke mich und kauere mich so tief hinunter, wie ich kann, doch noch während die Männer auf mich zueilen, findet sich das mechanische Heulen zu einem gleichbleibenden Akkord zusammen, und der magische Taktschlag nimmt ein gleichmäßiges Tempo an.

Plötzlich schießt das Sturmschiff mit einem so gewaltigen Ruck nach vorn, wie es für einen solchen Koloss eigentlich unmöglich sein sollte – und nicht nur nach vorn, sondern es beginnt auch scharf zu wenden, sodass sich die Decks schräg zur Seite neigen.

Die Drehung wirft die Soldaten in meine Richtung – klar, *natürlich*, das ist keine Überraschung. So ist es nun mal bei mir, mein Schicksal. Wenn die Wahrscheinlichkeit, dass etwas Schlimmes passiert, bei eins zu eins liegt, dann kommt bei mir jedes Mal das Schlimme. Ich lasse mich zu Boden fallen, während im gleichen Moment die Hände von einem halben Dutzend Mann eine Stütze suchend zu genau der Wand hingehen, an der ich mich noch einen Augenblick zuvor verborgen gehalten habe.

Ein gestiefelter Fuß streift meine Nase, als ein schlanker Soldat zur Seite taumelt. Seine Hand rutscht von der Wand ab, und er steht im Begriff, auf mich zu fallen – aber ein jüngerer Mann mit blondem Haar und runderem Gesicht packt ihn und zieht ihn gerade noch rechtzeitig wieder hoch, bevor er uns alle umbringt.

Ein breites, ansteckendes Lächeln legt sich über das Gesicht des jüngeren Soldaten. »Warum muss ich dich nur ständig retten?«

»Na klar, vor dem sicheren Untergang«, entgegnet der andere spöttisch. »Mat, ob du wohl immer noch eine so große Nervensäge sein würdest, wenn du nicht mein Bruder wärst?«

Seine Antwort entgeht mir, da sie nun alle nach vorn drängen. Ein weiterer Soldat tritt mir voll auf die Finger, bricht sie mir unwillentlich und geht weiter.

Im Gehen wirft er verdutzt einen schnellen Blick zurück, hält Ausschau, worauf er da getreten ist. Aber seine Kameraden drängen ihn vorwärts, in den Maschinenraum, wo der Offizier herumschreit, Antworten verlangt. Caravaldi scheint ihn zu ignorieren, er brüllt seiner eigenen Mannschaft Befehle zu, lässt das Schiff sich noch stärker drehen, der gewaltige Akkord von Maschinen und Magie setzt zu einem triumphalen Crescendo an.

Ich warte nicht, um zu sehen, wie sich die Sache entwickelt. Ich fühle mich bereits wie betäubt, taub gemacht, sowohl in körperlicher als auch in magischer Hinsicht. Mein magisches Talent ist so sehr auf meine Umgebung abgestimmt, dass es mich überempfindlich macht. Die Magie hier lastet als lähmender Reiz auf mir, als habe jemand seit einer halben Stunde dieselbe Stelle an meinem Arm gerieben.

Ich umfasse meine schmerzenden Finger mit der anderen Hand, bin schon wieder aufgesprungen und renne lautlos aus dem Flur hinaus und in das Treppenhaus dahinter. Ich nehme die Stufen nach oben, aber schon das bloße Treppensteigen genügt, meinen Körper beschließen zu lassen, dass es an der Zeit ist, mich daran zu erinnern, wie wenig ich in letzter Zeit geschlafen und wie sehr ich mich überanstrengt habe.

Unsichtbar erreiche ich das obere Ende der Treppe. Ich erhasche einen kurzen Blick auf kaiserliche Wachen in gespannter Aufmerksamkeit und auf Magier mit einzelnen roten Steinen an ihren Halsbändern. Dahinter Edelleute, in Unterhaltungen vertieft, den Blick zu einer Reihe schmaler Fenster gerichtet, durch die sie in den aufkommenden Sturm hinausschauen. In der Nähe sehen sie einen aus den Wogen ragenden Felsen vorbeiziehen, in seliger Unkenntnis der Tatsache, dass noch vor kaum einer Minute die reale Möglichkeit bestand, ihn zu rammen.

Ich sehe nur jeweils einen einzelnen blauen Stein an den Armbändern, nur einen einzelnen klaren Stein an den Armbändern ihrer Diener; das hier sind alles Leute von niederem Adel. Ich bin hier ganz hinten auf dem Schiff. Nach den Gesetzmäßigkeiten der alitaerischen Hierarchie kann ich wohl davon ausgehen, dass sich alle Personen von Bedeutung vorne am Bug befinden.

Im Moment bin ich nicht in der Lage, mich mit Magiern und kaiserlichen Wachen herumzuschlagen. Ich steige die Treppe wieder hinunter, immer weiter hinunter, bis ich einen Gepäckraum erreiche, in dem die Kisten und Truhen so angeordnet sind, dass ich mir sicher sein kann, dass hier niemand Zugang erhalten soll. Ich verkrieche mich in einer kleinen Ecke und verstaue den Ka'kari auf seinem Platinarmband. Das Schwarz fügt sich recht hübsch in den Raum um die silberweißen Muster. Normalerweise behalte ich ihn am Körper, wenn ich in Gefahr bin, aber ihn ganz abzulegen ist nach einiger Zeit ein so schönes Gefühl, wie wenn man am Ende eines langen Tages eine eng anliegende Hose auszieht.

Ich schlafe zum ersten Mal seit Ewigkeiten wieder wie ein normaler Mensch.

Es ist wunderbar, sehr erholsam – trotz der Träume.

Als ich wieder erwache, verdrehe ich mein Handgelenk so, dass meine Haut den Ka'kari an seinem Platinarmband berührt. Mir wird klar, dass das Armband speziell für einen solchen kaum merklichen Kontakt angefertigt wurde. »He«, sage ich mit leiser Stimme. Ich könnte es auch nur an seine Adresse gerichtet denken, aber ich habe mehr Kontrolle über das, was er hört, wenn ich Worte formuliere. »Ich glaube, es ist allmählich an der Zeit, dass du mir ein paar Fragen beantwortest.«

Kapitel 3

Geplauder mit einem Uralten

»Wenn ich dich berühre, träume ich nicht, oder?«

~Meine Magie wird hauptsächlich von deiner gespeist. Ich nehme den Überschuss, wo du ihn nicht brauchst, um ihn dort einzusetzen, wo du ihn brauchst.~

»Ich brauche also meine Träume nicht?«, hake ich nach.

~Mein Schöpfer mochte seine Träume nicht besonders. Er betrachtete traumlosen Schlaf als eine Wohltat.~

»Du nährst dich also schon seit Jahrhunderten von Träumen. Du musst doch inzwischen eine Art Traumexperte sein, oder?«, frage ich.

~Wie oft hast du schon Weizen gegessen? Verleiht es dir einen tieferen Einblick in Sachen Landwirtschaft? Ich nehme die Träume nicht direkt zu mir. Ich vertilge die Energieschübe, von denen sie bei magisch hochbegabten Menschen begleitet sind.~

Direkt ist hier das Schlüsselwort. Er nährt sich von Träumen, jedoch nicht absichtlich. Was stellt es mit einem Menschen an, nicht zu träumen? Ich weiß nicht, ob es daran liegt, dass ich so lange nicht geträumt habe, dass meine Träume, als sie sich nun wieder eingestellt haben, besonders eigenartig, lebhaft und unheilvoll waren – ich, wie ich mich knapp über dem Wasser unten an ein Schiff klammere, während irgendein schuppiges Ungeheuer unter mir schwimmt und mich schnappen will; oder ich stehe an einem Strand und kneife die Augen zu, vom Sand gepeitscht, den die Winde des Großen Sturms mit sich tragen; oder ich stürze wie ein Stein aus großer Höhe herab – du weißt schon, derlei spaßige Sachen eben. Ich hoffe allerdings, dass da nicht noch mehr dahintersteckt. Doch wenn meine schlimmen Träume alle noch die Nachwirkungen des einen Mals sein sollten, als ich Kiern im Arm gehalten habe, während Jenine seit Monaten jede Nacht unter Albträumen litt und sie gleichzeitig mit dem Stress fertigwerden musste, den es bedeutet, Mutter von zwei Säuglingen zu sein …

Dann ist es kein Wunder, dass sie verrückt geworden ist. Schlafmangel, die Strapazen der Einrichtung eines neuen Königshofes, der Verrat des einen Ehemanns und sein Verlust an den Wahnsinn; alles, was man als junge Eltern beim ersten Kind lernen muss, gleich mit Zwillingen durchzumachen; die belastete Beziehung mit ihrem frisch gekrönten ersten Ehemann, nun frisch wieder vereint, und dann zu allem Überdruss auch noch jedes Mal, wenn sie schläft, bizarre und beängstigende Träume? Vielleicht sind die einzelnen Komponenten für ihren Wahnsinn auch bereits in ihr vorhanden gewesen, und die Magie hat sie nur miteinander vermengt. Oder vielleicht wäre sie auch ohne diesen Auslöser zusammengebrochen. Ich habe gehört, dass derlei bei frischgebackenen Müttern manchmal vorkommt.

Plötzlich, inmitten der Dunkelheit des Frachtraums, taucht ein Bild aus meinen Träumen vor meinem geistigen Auge auf, schnell wie ein Hai, der mit aufgerissenem Maul und spitzen Zähnen aus den trüben Tiefen des Meeres emporschießt: ein mir unvertrauter Dolch in meiner Hand, ringsum ein Kreis von Soldaten, den

Stahl gezückt, etwas Warmes in meiner Ellbogenbeuge, heulender Wind und heulende Schreie vereinen sich in meinen Ohren zu einem Chor der Verzweiflung.

Wenn Träume die Boten der Götter sind, dann nehme ich an, die Götter wollen mir sagen, dass ich das Gefühl habe, in der Falle zu sitzen.

~Du *sitzt* in der Falle.~

Zeigt mal wieder, wie nützlich Träume sind, was? Und genauso die Götter.

»Möchtest du mir nicht mal etwas Nützliches sagen? Ich könnte alles wiederholen, was ich dich vor einiger Zeit gefragt habe, aber wahrscheinlich erinnerst du dich sowieso besser an die Fragen als ich.«

~O ja, ich erinnere mich an sie. Und ich sage dir mit Freuden etwas Nützliches.~

»Wirklich?«

Er wirkt ernsthaft gekränkt. Eingeschnappter jugendlicher Knabe? Aber das ist jetzt vielleicht eher die Halbwüchsiges-Mädchen-Variante. Ein weiterer Hinweis darauf, dass es sich bei ihm nicht um eine echte Persönlichkeit handelt. Auf jeden Fall geht ihm völlig die Reife von jemandem ab, der angeblich schon vor siebenhundert Jahren ein Uralter war.

Hoppla. Entschuldige, ich habe dich bei diesem Gedanken eigentlich nicht berühren wollen.

~Hier kommt nun etwas Nützliches für dich, Stern. Du hättest eigentlich schon längst selbst draufkommen müssen, doch das war offensichtlich nicht der Fall: Du kannst mich dazu nutzen, deine Probleme zu lösen, aber ich werde keine Probleme für dich lösen. Wenn du stirbst, weil du eine offensichtliche Anwendungsmöglichkeit meiner Kräfte übersehen hast, dann soll es eben so sein. Das liegt außerhalb meines Zuständigkeitsbereichs. Ich bin dein Werkzeug, nicht dein Retter. Also hör auf, von mir zu verlangen, dir das Leben leicht zu machen. Du bist ein Waisenkind. Hör auf, nach Papa zu suchen, damit er dich rettet.~

Ich drehe mein Handgelenk weg, um die Verbindung zu trennen.

~Gut. Wir haben da eine kleine Lücke in unserer Chronik. Möchtest du nachreichen, was du in der letzten Zeit so unternommen hast?~

Damit du zuhören und dich lustig machen kannst? Ich verzichte. Sollte ich je die Gelegenheit bekommen, etwas hinzuzufügen, nachdem du es auf Haut oder Pergament oder was auch immer niedergeschrieben hast, mache ich es vielleicht dann.

Ich bin gerade dabei, den nächsten Teil des Schiffes auszukundschaften.

Gut, ich bin mir nicht sicher, ob es wirklich ein Auskundschaften ist, aber ich nenne es so, für den Fall, dass ich bei meinem Versuch scheitere, in den nächsten Schiffsabschnitt vorzudringen. Meine Nische hier tief unten im rückwärtigen Teil des Sturmschiffs … am Schiffsheck … Schiffshintern? Ich weiß nichts über Schiffe.

~Achtern.~

Achtung? Was ist los?

Er antwortet nicht.

Ach so. Achtern. Hinten am Schiff ist achtern.

Wie auch immer, mein Frachtraum achtern ist sicher. *He, hast du nicht gesagt, du würdest nicht freiwillig deine Hilfe anbieten?*

~Das? Das war keine Hilfe. Ich bügle der Klarheit halber sprachliche Schnitzer aus. Ein erstklassiges Werkzeug lässt seinen Benutzer manchmal viel begabter aussehen, als er eigentlich ist. Betrachte es als eine Art von Übersetzung.~

Aus dem Dämlichen, meiner Muttersprache?

Der Ka'kari zieht es vor zu schweigen, statt sich zu rechtfertigen. Ein Mensch würde antworten: *So habe ich das nicht gesagt.* Nicht der Ka'kari.

He, als du das alles aufgezeichnet hast, wie sehr hast du da auch alles andere, was ich dir gesagt habe, »übersetzt«?

Er antwortet nicht.

Wenn die ganze Sache einmal vorbei ist, werde ich alles durchsehen müssen, was er da gemacht hat. Sorgfältig. Aber jetzt ist nicht die Zeit dafür. Mein Versteck im Frachtraum ist sicher. Doch ich bin nicht hier, um in Sicherheit zu sein. Ich muss mir einen Weg zum Bug des Sturmschiffes bahnen – und höchstwahrscheinlich auch noch nach oben. Diese Alitaeri wollen immer, dass ihre Position im Raum ihre gesellschaftliche Stellung widerspiegelt. Höher oben bedeutet höher oben, auch wenn das in einem Schiff mitten im Sturm zugleich schlechtere Reisebedingungen mit sich bringt.

Ich habe meine Wunden untersucht, bevor wir den Frachtraum verlassen haben. Während ich geschlafen habe, ist alles gut verheilt. Ich frage mich manchmal, wo da die Grenzen liegen. Ich weiß, dass mich eine schlimme Wunde wie jeden anderen auch töten kann, und daraufhin greift dann meine Unsterblichkeit. Wenn ich wieder zurückkomme, wache ich heil und unversehrt auf. Aber ich bin auch schon schwer verwundet gewesen und habe festgestellt, dass ich auf magische Weise geheilt wurde, während andere dauerhaft verkrüppelt geblieben wären. In wie starkem Maße meine Verletzungen auf dieser Seite des Todes heilen können – auf magische oder nicht magische Weise –, bleibt also mit einem Fragezeichen versehen. Doch es besteht auch eine ebenso große Frage, was die andere Seite angeht. Ich weiß, dass Curoch – das mittlerweile im Verborgenen befindliche magische Schwert der Macht, das Jorsin Alkestes geschmiedet oder getragen hat oder was auch immer – mich für immer töten könnte. Dazu wurde es geschaffen. Aber was ist, wenn ich geköpft oder vollständig verbrannt oder aufgefressen werde? Würde ich genau in der Mitte in zwei Hälften geteilt, welche Hälfte von mir würde zurückkehren? Beide? Könnte ich mich theoretisch verdoppeln?

Könnte praktisch sein.

Es ist ein alberner Gedanke, aber nur, weil mir das alles Angst macht. Was, wenn ich ein Körperteil verliere und es nie wieder zurückkommt? Was ist, wenn ich dazu verdammt bin, für immer ohne meine Beine zu leben oder Ähnliches?

Durzo ist verschwunden; die einzige Möglichkeit, meine Grenzen zu finden, besteht darin, sie auszutesten.

Ein solches Austesten hat echte Nachteile.

~Und du hattest ja nicht das Geringste damit zu tun, warum er sich aus dem Staub gemacht hat, nicht wahr?~

»He, Klappe halten. Streich das. Wo waren wir stehen geblieben? Ach ja, stimmt: Du kannst mich also wirklich sonst nichts weiter über die Nachtengel, über meine Kräfte oder gar über Durzo wissen lassen?«

~Ein Teil meiner Bestimmung besteht darin herauszufinden, ob du ein Mensch bist, der die Grenzen anderer respektiert. Wenn du das nicht bist, dauert es viel länger, bis ich dir etwas anvertraue. Mein Schöpfer war der Überzeugung, dass diejenigen Menschen, die von vornherein keine Grenzen respektieren, auch diejenigen sind, die mit deinen Geheimnissen Schindluder treiben, sobald du sie einmal in sie eingeweiht hast.~

»Du sagst mir also, wenn ich schnell machen will, soll ich es lieber gleich ganz lassen?«

~Oh, schau an! Du bist ja gar nicht so schwer von Begriff, wie Blint befürchtet hat.~

Das wurmt. *Im Klartext sagst du also: »Wenn du deine Fragen beantwortet haben willst, dann stell sie gar nicht erst?«* Wie lächerlich. Damit bin ich dem Ka'kari auf Gedeih und Verderb ausgeliefert.

Hoppla. Letzteres hätte er eigentlich nicht mitbekommen sollen. *Er hat in Wirklichkeit gar nicht befürchtet, dass ich schwer von Begriff bin,* denke ich, um das Thema zu wechseln.

Schweigen.

Stimmt doch, oder?

Die Flure in diesem Teil des Schiffes sind bisher verdächtig leer gewesen. Ich weiß nicht, welche Verteidigungsvorkehrungen sie für mich bereithalten. Mein Schlaf hat mich geheilt und mich in eine viel bessere geistige Verfassung versetzt, in der ich bessere Entscheidungen schneller treffen kann, was mich zugleich zu einem besseren Kämpfer gemacht hat – aber die Stunden meines Schlafs haben meinen Feinden auch Zeit gegeben, Verteidigungsvorkehrungen zu treffen. Sie wissen, dass es einen Eindringling auf dem Schiff gibt.

Wenn ich versuchen würde, einen heimlichen Eindringling aufzuhalten, würde ich die hierfür nötigen Schutzvorrichtungen an irgendwelchen sonderbaren Orten in Stellung bringen, wo Eindringlinge nicht danach Ausschau halten würden. Militärs neigen jedoch dazu, in militärischen Kategorien zu denken. Sie denken daran, Kreuzungspunkte zu kontrollieren, Schussbahnen und höher liegende Bereiche. Ich habe bisher sorgfältig alle Wegkreuzungen auf dem Schiff überprüft, bevor ich mich ihnen genähert habe, und endlich zahlt sich meine Arbeit aus …

Kapitel 4

Schäfer und Schüler

Viridiana legte das Buch zur Seite. Sie rieb sich die Schläfen. »Darf ich womöglich gar nicht mit Euch reden?«, wandte sie sich an Schwester Ariel.

»Haben sie dich dazu aufgefordert zu schweigen?«, fragte Schwester Ariel zurück, ohne von ihrer Lektüre aufzublicken. Die Frau las in einem Tempo, dass es einen verrückt machte. Hätte Viridiana so schnell lesen können, wäre sie mit ihrer elendigen Aufgabe schon längst fertig gewesen.

»Nein.«

»Dann rede einfach unbekümmert drauflos. Doch lass mich anmerken, dass im Übrigen *ich* die Anweisung erhalten habe, nicht mit *dir* zu sprechen.«

»Tatsächlich? Von wem?«, fragte Viridiana.

»Das tut nichts zur Sache. Ich habe nicht die Absicht zu gehorchen.«

Vi gestattete sich ein Lächeln. Unter ihrem unscheinbaren, mausgrauen Äußeren konnte Schwester Ariel eine heimliche Unruhestifterin sein. Von draußen vor der Tür ließ sich ein leises Knarren vernehmen. Es durchschoss Vi wie der Blitz, und sie zuckte heftig zusammen. Die Angst vor Entlarvung, vor dem Entdeckt-Werden packte sie so heftig, dass sich ihr der Magen umdrehte. Sie biss die Zähne zusammen, richtete rasch die Augen auf das Buch vor ihr und starrte bereits mit leerem Blick darauf, bevor sich die Tür der Bibliothek einen Spaltbreit öffnete.

Sie riss sich zusammen und zwang sich, ruhig zu bleiben. *Er ist tot,* sagte sie sich. *Hu Gibbet ist tot.*

Als sie noch ein Kind war und unter Hu zum Blutjungen ausgebildet wurde, hatte er ihr wiederholt Aufgaben gestellt und sie dann bei deren Erledigung vergessen. Einmal hatte sie stundenlang seine zehn meistverwendeten Rezepte für die Zubereitung von Gifttränken abgeschrieben und hart darum gekämpft, ihre Aufmerksamkeit nicht abschweifen zu lassen, sich eingeschärft, dass sie Prügel bekommen würde, wenn sie damit aufhörte, aber schließlich hatte sie einfach versucht, einen der Tränke herzustellen. Er war hereingekommen, nicht völlig geräuschlos, die Diele hatte einmal ganz leise geknarzt.

Wenn er nüchtern war, war er völlig still. Sie hatte auf der Stelle gewusst, wie schwer der Fehler war, den sie da gemacht hatte.

Nachdem sie sich von den Schlägen erholt hatte, hatte er sie zur Strafe eine Zeit lang einem anderen Mann gegen Geld überlassen, um ihre »Schuld« für die von ihr verschwendeten Ingredienzen abzuarbeiten. Die »Arbeit«, in die er sie verkauft hatte, war genau jenes Schreckliche gewesen, das Kinder leisten zu lassen Momma K der Sa'kagé verboten hatte. Bei den Gesprächen, die ihrer Aufnahme in die Chantry vorausgegangen waren, hatte sie auch Fragen zu solcherlei Dingen beantworten müssen, und Viridiana hatte behauptet, dass es ihr nicht viel ausgemacht habe, weil sie zu diesem Zeitpunkt angeblich bereits gelernt hatte, ihre Seele von dem abzuschotten, was mit ihrem Körper geschah. Es war einfach die *Ungerechtigkeit* gewesen, die sie zur Weißglut getrieben hatte – sie hatte jene Zutaten für den Trank keineswegs verschwendet; sie hatte den Trank perfekt zubereitet, und Hu musste es auch gewusst haben, denn schließlich hatte er Gebrauch von dem Trank gemacht, den sie gebraut hatte.

Sie hatte ihm *geholfen,* und er hatte sie dafür bestraft. Aber Hu war das egal. In jenen frühen Tagen war er gar nicht daran interessiert gewesen, einen Lehrling zu haben; er wollte eine Sklavin. Erst als er bemerkte, wie sehr es den Ruf anderer förderte, wenn diese fähige Lehrlinge hatten, begann Hu ernsthaft, sie einer Ausbildung zu unterziehen.

All das schoss Vi in Sekundenschnelle durch den Kopf; die alte Panik nutzte breit ausgetretene mentale Pfade. Die Tür öffnete sich.

Das hier ist nicht Hu Gibbet, sagte sie den verkrampften Muskeln in ihrer Kehle und unter ihrem Zwerchfell. Das war einfach nur Schwester Ayayah Meganah, die alte Hexe. Viridianas Muskeln entspannten sich und sie lächelte. »Große Schwester«, sagte sie in unbeschwertem Tonfall.

»Wie geht es mit der Arbeit voran?«, erkundigte sich Schwester Ayayah.

»Leidlich gut«, antwortete Vi. Sie rechnete es sich als Erfolg an, dass sie es schaffte, einen freundlichen Ton anzuschlagen.

»Aber nicht gut?«

»Leidlich gut«, wiederholte Vi etwas angespannter. Sie versuchte, ein falsches Chantry-Lächeln aufzusetzen, was jedoch ziemlich misslang.

»Das beunruhigt die Schwesternschaft. Die Zeit ist knapp. Du sollst so schnell wie möglich fertig werden und nicht hier herumsitzen und mit einer alten Schachtel tratschen. Wenn es sein muss, komme ich wieder und überwache dich selbst. Noch Fragen?«

Vis falsches Lächeln erstarb. »Nur eine einzige«, erwiderte sie. Aus dem Augenwinkel sah sie, wie Schwester Ariel sich aufrichtete, sah die Hand der älteren Frau eine unwillige Bewegung in Vis Richtung machen, ein Zeichen, doch bitte aufzuhören, nicht fortzufahren, es nicht zu tun. »Warum nur müsst Ihr so ein widerliches Miststück sein?«, sagte Vi.

Schwester Ariels Hand erstarrte an Ort und Stelle und fiel dann herab, sie gab sich geschlagen.

Schwester Ayayahs Nasenlöcher blähten sich. Ihr Hals spannte sich an. »Weißt du, ich bin mir nicht sicher, ob es für mich überhaupt je im Bereich des Möglichen gelegen hat, dich zu mögen. Du stehst einfach auf der falschen Seite von zu vielen Trennlinien. Aber du machst es einem wirklich leicht, dich zu hassen.«

»Ich stehe mit niemandem und nichts auf einer Seite«, erklärte Vi. »Ich bin in keiner Weise politisch.«

»Siehst du, genau das meine ich. Du glaubst das wirklich. Und das macht dich zu einer von ihnen.«

»Ihr habt nach einer Ausrede gesucht, mich zu hassen, seit Ihr mich zum ersten Mal gesehen und erkannt habt, dass ich alles bin, was Ihr nicht seid.«

»Ich habe gesagt, dass du es leicht machst, dich zu hassen, Viridiana, nicht dass ich es auch tue. Ein Mensch muss ein gewisses Format haben, damit man ihn hassen kann. Doch du? Du bist gerade mal der schlammige Satz am Boden des Fasses meiner Verachtung. Und selbst das hast du dir nur deshalb verdient, weil sich ein paar Leute, die es eigentlich besser wissen sollten, durch dein hübsches Gesicht dazu haben verleiten lassen, dich ernst zu nehmen. Sie werden ihren Fehler früh genug bemerken, und man wird dich einfach wegwerfen, wie jedes andere kaputte Werkzeug in ihren erbarmungslosen Händen. Du würdest mir ja leidtun, würde deine anmaßende Arroganz nicht dafür sorgen, dass ich nur Verachtung für dich übrighabe. Du bist auf einen Stiefel geschmierter Mist: ein widerlicher Geruch, lästig, aber vergessen, sobald man den Dreck weggewischt hat.« Sie wandte sich von Vi ab, als hätte sie sie bereits vergessen. »Schwester Ariel, Eure Uneinsichtigkeit ist mir nicht entgangen.«

Schwester Ariel musterte Schwester Ayayah über ihre Lesebrille hinweg. Sie deutete auf das überquellende Arsenal an aufgeschlagenen Büchern vor sich. »Sieht es so aus, als wäre ich damit beschäftigt, mich mit dem Mädchen zu unterhalten, oder nicht eher so, als sei ich einfach beschäftigt? Möchtet Ihr vielleicht gerne die Ergebnisse meiner Forschungen der letzten zwei Tage für denjenigen überprüfen, in dessen Diensten Ihr steht? Hm? Meint Ihr etwa, ich wüsste nicht, dass Ihr Eure eigenen Schwestern ausspioniert? Meint Ihr, ich wüsste nicht, wem Ihr Bericht erstattet? Dass es mich nicht kümmert, heißt nicht, dass ich es nicht bemerke, Schwester. Und was ich da bemerke, könnte an diejenigen weitergeleitet werden, *die* es kümmert. Und das wird es auch, solltet Ihr meine Arbeit weiter behindern. Das hier ist eine Bibliothek, ein Ort der Stille und, falls Ihr es vergessen haben solltet, des *Studiums*. Unsere kleine Schwester hier hat es ohne Schwierigkeiten geschafft, sich an diese Traditionen zu halten und voller Fleiß und in Ehren zu arbeiten. Ihr könntet von ihr noch etwas lernen.« Damit wandte sich Schwester Ariel wieder ihren Büchern zu.

Schwester Ayayah starrte sie mit offenem Mund an. Ihre Augen funkelten wütend, und ihr Mund arbeitete sich durch ein Dutzend Gesichtsausdrücke, bis er sich schließlich zu einem verkniffenen Strich zusammenzog. Sie schnaubte verächtlich und stach drohend mit dem Zeigefinger in Vis Richtung. Dann verließ sie den Raum. Schweigend.

Zwei Minuten später hob Schwester Ariel ihre Schreibfeder. »Seltsames Mädchen«, sagte sie. »Stets von meinem Intellekt eingeschüchtert, seit sie mich damals im Unterricht herausgefordert hat, als es um diesen obskuren kleinen Zauber ging, den die Schäfer von Ogogia angeblich eingesetzt haben, um die Wolle vor dem Scheren zu behandeln. Ich hatte mathematisch nachgewiesen, dass es in der Tat dreiundsiebzig mögliche Variationen der Beschwörungsformeln gibt, die man dazu aufsagen muss. Sie hat mich aufgefordert zu zeigen, wie das im praktischen Gebrauch vonstattengehen soll, also habe ich es ihr gezeigt.«

»Ihr habt es ihr gezeigt? Ihr habt also … dreiundsiebzig Variationen von … Wollmagie auswendig gelernt?«

»Mach dich nicht lächerlich. Ich bin keine magische Schöpferin und habe nicht das geringste Interesse an Tuchwaren. Außerdem verabscheue ich Wolle. Ich habe herausgefunden, worin diese Variationen bestehen. Aber das ist nicht der springende Punkt.«

Viridiana neigte den Kopf zur Seite. Diese Frau hatte dreiundsiebzig jeweils einzigartige Varianten des Aufsagens einer Beschwörungsformel herausgefunden – einfach so aus dem Stegreif?

»Ayayah – sie war damals natürlich noch keine Schwester – hat auf stur geschaltet, weil sie glaubte, ihr Gesicht verloren zu haben. Von Zeit zu Zeit bekommen wir es alle mit arroganten Schülerinnen und Schülern zu tun, die nicht merken, wie dumm es sie aussehen lässt, wenn sie die Gelehrsamkeit als einen Wettbewerb mit zwei Seiten, mit Gewinnern und Verlierern betrachten. Wenn ich Hypothesen aufstelle, die spätere Gelehrte dazu anregen, vertiefter zu forschen, und sie dadurch auf eine Erkenntnis stoßen, die ich übersehen habe, habe ich einen unersetzlichen Beitrag zur Enthüllung dieser Wahrheit geleistet. Ich habe das gesamte menschliche Wissen vorangebracht. Ich bin von wesentlicher Bedeutung gewesen. Schüler, wie sie es war, und die Sorte von Gelehrten, zu denen sie später allzu oft werden, wollen nur die Entdecker der Wahrheit sein, deren Namen unvergessen bleiben. Das verleitet sie dazu, Wissen zu verfälschen und sogar denjenigen Steine in den Weg zu legen, die auf ihrer Arbeit aufbauen wollen. Sie werden zu Dämmen im Strom des Wissens, ängstlich und eifersüchtig auf ihren Ruhm bedacht, in der Überzeugung, dass sie sich nur dann ein wachsendes Vermächtnis sichern können, wenn sie die Wissensfortschritte anderer verhindern. Das ist nichts als dumme, arrogante Torheit und eine Sünde wider das Wissen. Ayayah räumte damals ein, dass es zwar durchaus dreiundsiebzig verschiedene Aufsagemöglichkeiten geben könne, was sie aber doch *offensichtlich* gemeint habe, sei gewesen, dass diese nicht zu dreiundsiebzig unterschiedlichen Ergebnissen in der Ausführung der Beschwörungsformel führen könnten. Mit jenem triumphierenden Grinsen, das ihr eigen ist, meinte sie, sie wette, dass ich in zwei Wochen mit irgendeinem obskuren Text zurückkommen würde, in dem behauptet werde, dass sämtliche möglichen Tuchwaren, die alle eindeutig gleich sind, doch irgendwie anders seien – dass wir aber alle die Wahrheit kennen würden. So hatte sie also mit nur ein paar wenigen Sätzen die Regeln ihres Spiels geändert und mir auch noch unterstellt, dass ich wahrscheinlich versuchen würde, den Streit durch Berufung auf eine Autorität zu gewinnen. Das hat mich sehr aufgebracht. Erstens war da die unterschwellige Anschuldigung, dass ich zu *gewinnen* versuchte – dass ich Wissen, so wie sie, als eine Art Wettkampfspiel betrachtete. Zweitens muss ich zugeben, dass ihr Lächeln bei ihren Worten, ihre selbstsichere Arroganz, mich verärgerte. Drittens unterstellte sie mir, so unehrlich zu sein, dass ich mich ihr gegenüber einer Täuschung bedienen würde, während sie im gleichen Atemzug selbst auf eine zurückgriff. Also habe ich mich auf ihre Wette eingelassen. Meine Schwester Istariel meinte, das sei voreilig von mir gewesen, aber ich hatte aufrichtig gehofft, nicht nur die ganze Klasse zu retten, indem ich ihnen ein wenig Demut beibrachte, sondern auch Ayayah selbst – die inzwischen freilich bewiesen hat, dass sie all die Schwächen hat, für die wir Schwestern anfällig sind. Dass in ihr all das stolz wuchernde Unkraut gedeiht, dessen Wurzeln im Boden der Begabung wachsen.«

Mit einem Achselzucken und einem kurzen Blick auf ihre tintenverschmierten Finger nahm sie ihre Schreibfeder wieder auf und kehrte zu ihrer Arbeit zurück.

Viridiana starrte sie entgeistert an. »Ihr könnt die Geschichte doch nicht einfach an dieser Stelle abbrechen. Was habt Ihr unternommen?«

»Oh! Ach ja, ich hatte vergessen, dass … Nun, ich habe so ein paar Vermutungen angestellt und dann dreiundsiebzig Varianten ausgeführt. Dreizehn davon waren mit an Sicherheit grenzender Wahrscheinlichkeit nicht die Varianten, die die Schäfer von Ogogia verwendet haben, weil Wolle und menschliches Haar nun mal unterschiedlich sind, klar, aber die Tatsache, dass es nennenswerte – wenn auch nicht unbedingt brauchbare – Unterschiede zwischen den dreiundsiebzig verschiedenen Proben gab, reichte der Klasse aus, um anzuerkennen, dass ich recht gehabt hatte. Ayayah war so wütend, und die Sache war ihr so peinlich, dass sie sich das Haar komplett abrasierte, statt es eine Woche lang so zu tragen, wie es eigentlich durch unsere Wette vorgesehen war.«

»Moment, Moment«, ging Vi dazwischen. »Ihr habt die Beschwörungsformeln auf ihr *Haar* angewandt?«

»Ach, habe ich das ausgelassen? Ja. Sie hatte so einen wunderschönen Haarschopf, den sie immer sorgfältig ausgekämmt hat. Sie war sehr stolz auf ihr Haar, und das auch zu Recht. Unsere Wette sah vor, dass sie, sollte sie verlieren, eine Woche lang ihr Haar mit all den Variationen darin tragen müsse, und sollte ich verlieren, könnte sie stattdessen mit meinem Haar tun, was immer sie wollte. Sie wollte keinen Rückzieher machen. Sie ist viel zu stolz für so etwas. Seither hat sie sich die Haare nie wieder länger wachsen lassen. Weißt du, mir fällt gerade ein, dass sie nie zu mir gekommen ist, damit ich die Magie rückgängig mache, die ich bei ihr angewendet habe. Sie hat sich das Haar ja sofort rasiert, statt es so zu tragen. Einige dieser Varianten könnten ihre Haarfollikel über Monate, wenn nicht gar auf Jahre hinweg beeinträchtigt haben. Vielleicht sogar … nein, sicherlich nicht bis zum heutigen Tag.«

»Und da wundert Ihr Euch noch, warum sie Euch hasst«, murmelte Vi.

»O nein, das wundert mich überhaupt nicht«, erwiderte Schwester Ariel. »Wir Schwestern sind alle jede für sich etwas Besonderes. Wenn du ganz und gar verinnerlicht hast, dass du eine von tausend bist und dir das wichtiger ist als alles andere, dann ist es für dich nicht das Schlimmste, eine Frau mit einer Begabung zu treffen, die sie zu einer von einer Million macht – diese Leute sind für alle so etwas wie Göttinnen. Das Schlimmste ist es vielmehr, denjenigen Frauen zu begegnen, die eine von zehntausend sind. Jenen Menschen, die einem selbst so ähnlich sind, dass man das Gefühl hat, dass ihre Gegenwart einen in der Hierarchie weiter nach unten befördert.«

»Und Ihr glaubt, eine von zehntausend zu sein.«

»Ja«, sagte Schwester Ariel mit einer verblüfften Aufrichtigkeit im Tonfall, als wäre das doch völlig offensichtlich, sodass die Frage in Wirklichkeit irgendetwas anderes bezwecken musste.

»Ich finde, Ihr seid womöglich allzu bescheiden«, bemerkte Vi mit einem Kichern.

»Nein, bin ich nicht. Ich bin ziemlich intelligent und überdurchschnittlich begabt, aber ich bin kein Talent, wie es in einer

Generation nur einmal vorkommt. Ich bin zu der Überzeugung gelangt, dass das, was mich in dieser Schwesternschaft außergewöhnlich macht, im Wesentlichen gar nicht meine Intelligenz ist, sondern die Tatsache, dass ich meine Grenzen ohne Rankünе anzuerkennen vermag.«

Vi wusste nicht, was Rankünе war. Bei Schwester Ariel musste sie ständig raten, was alle möglichen Wörter bedeuteten. »Tja, wenn Ihr das sagt. Ich weiß es nicht. Ihr seid mir so meilenweit voraus, dass ich den Unterschied nicht wahrnehmen kann.«

Schwester Ariel legte ihre Schreibfeder hin. »Nein, Viridiana. Lass das bitte. Ich bin klüger, als du es je sein wirst. Das stimmt. Aber ich glaube, du bist intelligenter, als du glaubst. Du glaubst die Lügen immer noch, die dir dein Meister über dich erzählt hat, nicht wahr?«

»Nein!«, sagte Vi verächtlich. »Welche Lügen?«, fragte sie, und unerwartet schnürte sich ihr die Kehle zu. Aber schon, als ihr der Protestruf reflexartig entfuhr, ahnte sie, wovon Schwester Ariel da sprach. Sie konnte das Hohnlächeln auf Hus Gesicht sehen, wenn er sie eine dumme Fotze nannte, nachdem sie es zum fünften Mal vermasselt hatte, eine Falle zu stellen, und ihre Finger unter seinem Blick zitterten. *Was konnte ich von einer derart dämlichen Göre wie dir schon erwarten? Nur Titten, kein Hirn. Geh ins Schlafzimmer und warte dort auf mich. Ich mach das hier fertig, und dann kannst du das Einzige tun, wofür du gut bist.*

Schwester Ariel seufzte. »Meinst du, ich hätte dieses Gespräch nicht auch schon mit anderen geführt? Glaubst du, du bist die erste Frau, die sich hier eingeschüchtert fühlt, ja sich dumm vorkommt? Ich weiß es besser, als zu versuchen, Frauen ihre krankhaften Einbildungen auszureden. Du bist klüger als der Durchschnitt. Leider schaffen es Frauen, die zwar magisch begabt, aber nicht klug sind, auch nicht in die Chantry. Unsere Arbeit verlangt allzu viel Abstraktion. Nur Schwestern, die überdurchschnittlich schlau sind, kommen weiter, also gibt es nur sehr wenige ausgelernte Schwestern, die nicht intelligent sind. Was bedeutet, dass die durchschnittliche Chantry-Schwester da draußen in der übrigen Welt eine ziemlich intelligente Frau ist. Wer hier einfach nur schlau ist, muss sich die meiste Zeit dümmer vorkommen als die Frauen um einen herum, und das durchaus zu Recht. Worauf es ankommt, ist jedoch: Für dich ist das alles völlig nebensächlich. Für dich, Viridiana, zählt allein, dass du hinreichend intelligent bist, um fast alles tun zu können, was du tun willst. Für manches wirst du länger brauchen als andere. Keine Frage. Aber was du da besitzt, Viridiana, ist pure Kraft. Um einen Vergleich zu bemühen: Mit demselben Problem konfrontiert, lösen wir beide es auf unterschiedliche Weise. Sagen wir ... nein, zu kompliziert.« Ihre Augen blickten kurz nach oben und zur Seite. »Angenommen, wir haben einen großen Stein vor uns und müssen ihn auf einen Wagen heben. Du hebst ihn mit deiner magischen Kraft einfach auf und legst ihn auf den Wagen. Und ich? Ich würde eine Rampe oder einen Flaschenzug oder etwas Ähnliches austüfteln. Und so lösen wir beide das Problem.«

»Aber ein Flaschenzug könnte das Problem tausendmal lösen. Mir würde die Kraft ausgehen.«

»Genau. Der Nachteil meiner Herangehensweise wiederum besteht darin, dass ich für den Flaschenzug oder die Rampe Materialien benötige, ich brauche also mehr Zeit und Zubehör, doch es kann die gleiche Arbeit erledigt werden. Aber jetzt stell dir mal vor, wir befinden uns mitten in einer Schlacht, und alles, was zur Verfügung steht, ist dieser eine Stein. Ich weiß, wie ich ein Katapult bauen kann, das diesen Stein Hunderte Meter weit schleudert, doch wenn das Problem darin besteht, dass mich ein feindlicher Reiter gerade niederreiten will, bin ich verloren. Eine starke Frau wie du wird den Stein einfach aufheben und selbst werfen. Ihre herausragenden Fähigkeiten passen zu dieser Situation. Steck sie in eine Bibliothek, um Texte zu übersetzen, und sie wird Jahre dafür brauchen. Wenn die Übersetzungen fristgebunden sind, ist sie verloren. Jeder von uns ist auf seine eigene Weise besonders und keiner von uns ist in jeglicher Hinsicht besonders. In der großen weiten Welt versteht das jeder und erkennt es so an, mit Ausnahme der Intellektuellen, wenn es um den Intellekt geht.«

»Nein, genauso machen es auch Kämpfer, wenn es ums Kämpfen geht. Niemand will hinnehmen, dass – egal, wie schwer er sich auch ins Zeug legt und über wie viele Jahre hinweg – jemand, der weniger hart an seinen Fähigkeiten arbeitet, in den Dingen, die ihm am meisten bedeuten, besser sein könnte als er selbst. Oder dass jemand, der genauso viel dafür tut, am Ende viel, viel besser sein kann als er selbst.«

»Aha, da haben wir es ja. Ein weiterer Grund, warum ich die Chantry liebe«, erwiderte Schwester Ariel. »Ich lege dir eine spezielle Wahrheit vor, und du hilfst mir, stattdessen eine allgemeine Wahrheit darin zu erkennen. Großartig. Gut, wenn diese Erkenntnis auch hilfreich für deine Lektüre ist, ist dir gerade der ideale Moment für akademische Erleuchtungen beschieden.«

Vi starrte auf ihr Buch und verzog die Lippen. Wo war sie gerade überhaupt gewesen? Ach ja, das Gespräch von Kylar mit dem Ka'kari.

Als sie wieder aufblickte, sah Schwester Ariel sie erwartungsvoll an.

»Ähm … ich glaube nein.«

»Ach, macht nichts. Wir würden die Perfektion nicht so sehr schätzen, wenn sie uns häufiger begegnen würde, nehme ich an.«

»Was wissen wir über die Ka'kari?«, fragte Vi.

Die Augenbrauen von Schwester Ariel zuckten in die Höhe. »Springst direkt zu den gefährlichen Fragen, was? Das hat mir schon immer an dir gefallen, Viridiana, auch wenn ich befürchte, dass es dich eines Tages umbringen wird. *Wissen* tun wir weit weniger, als die meisten Schwestern glauben, denn sie verwechseln das, was wir vermuten, sowie das, was von interessierter Seite an uns herangetragen wurde, mit dem, was wir für wahr halten wollen, und dem, was wir wirklich wissen. Bis zum letzten Kampf auf dem Sturmschiff *wusste* die Schwesternschaft, dass es sechs Ka'kari gibt, die alle von einem hochintelligenten Magier mit Jahrtausendbegabung namens Ezra, später Ezra der Verrückte, geschaffen wurden, der vor sieben Jahrhunderten ein Vertrauter von Kaiser Jorsin Alkestes war. Heute ›wissen‹ wir, dass Ezras sechs Ka'kari auf einen anderen, älteren zurückgehen. Einen schwarzen, der manchmal als der Verschlinger bezeichnet wird. Für die meisten Schwestern, die über die Ka'kari Bescheid wissen, sind sie deshalb so wichtig, weil wir glauben, dass manche von ihnen oder auch alle ihrem Träger eine Unsterblichkeit niederen Grades verleihen. Du kennst die traditionelle Einteilung der Arten von Unsterblichkeit?«

»Ähm … ja.« Vor ein paar Tagen hätte sie noch nichts darüber gewusst, aber Kylar hatte doch darüber geschrieben, nicht wahr? Auf jener Seite, die er zu streichen versucht hatte. »Da gibt es die völlige Unverwundbarkeit gegenüber der Zeit und dem Schwert, über die womöglich der eine Gott verfügt, wenn es ihn denn gibt. Doch für Menschen gibt es die Unverwundbarkeit gegenüber der Zeit, aber nicht gegenüber dem Schwert, und … nein, ich habe da etwas ausgelassen, oder? Dazwischen gibt es noch die Fremden, stimmt's?«

Schwester Ariel wirkte beeindruckt, dass Vi überhaupt etwas darüber wusste. »Das Dazwischen ist umstritten. Manche behaupten, dass es mächtige Wesen gibt, die zwischen den Tausend Welten hin und her reisen und nach Belieben in einen sterblichen Körper schlüpfen können, aber wenn dieser sterbliche Körper getötet wird – oder vielleicht auch nur auf eine ganz bestimmte Art und Weise getötet wird –, werden sie selbst nicht wirklich ebenfalls *getötet,* sondern für immer aus ihrer körperlichen Inkarnation in dieser Welt verbannt. Klingt, als seien solche Wesen beängstigend mächtig, nicht wahr?«

»Ich, ich … denke schon, ja.«

»Lustigerweise vertreten einige Gelehrte die Ansicht, dass auch der Mensch ein solches Wesen ist – dass wir in unserem Wesen unsterblich sind und dass unser Tod hier kein endgültiger Tod ist, obwohl er uns aus diesem irdischen Reich verbannt. Ich persönlich finde, dass solche Schriften an der Grenze dessen liegen, was sich beweisen oder widerlegen lässt, und daher nicht sonderlich interessant sind. Das ist ein Bereich der Spekulation und der Religion, nicht der Wissenschaft.«

»Aber wir haben diese Fremden am Schwarzen Hügel gesehen.«

»Einige von uns, ja. Oder sie dachten es zumindest. Und ich für meinen Teil will gar nicht behaupten, dass alle, die sie gesehen haben wollen, Lügner sind. Doch auch du selbst hast Täuschungszauber von beträchtlichen Ausmaßen angewandt. Wie viel kann es schon bedeuten, dass ein Dutzend Magier an einem Tag, an dem derart viel Magie in der Luft lag, irgendetwas gesehen haben? Es handelt sich um klare Indizien, das bestreite ich nicht, aber ist es auch ein zwingender Beweis? Vielleicht ja dann, wenn man selbst zu denen gehört, die diese Dinge gesehen haben. Wie auch immer, was Kylars Beispiel der Chantry verlockend in Aussicht stellt, ist die Möglichkeit einer Unsterblichkeit niederer Stufe, bei der der Zahn der Zeit entweder ganz aufgehalten oder der Alterungsprozess zumindest verlangsamt wird. Ein solcher Unsterblicher niederen Grades kann immer noch getötet werden. Wenn es so etwas gibt, funktioniert es entweder durch das Aufhalten der normalen Prozesse, durch die ein Körper erfährt, dass er altert, oder vielleicht auch durch die energische Heilung eines Körpers von den Schäden des an ihm nagenden Zahns der Zeit. Auf beiden Feldern haben die Schwestern jahrhundertelang geforscht und experimentiert, ohne sich die Vorteile der Ka'kari zunutze machen zu können. Auf ihre Erkenntnisse ist es zurückzuführen, dass diejenigen von uns, die sie befolgen, eine wesentlich höhere Lebenserwartung haben. Aber unsere Heilerinnen und führenden Gelehrten sind der Überzeugung, dass wir nur die niedrig hängenden Früchte der Lebensverlängerung gepflückt haben. Keine Schwester hat unter Rückgriff auf unsere Methoden nachweislich länger als zweihundert Jahre gelebt, und die meisten sind nach hundertfünfzig Jahren so gebrechlich, dass sie auf weitere Behandlungen lieber verzichten. Im Gegensatz dazu scheinen die Ka'kari den Alterungsprozess ganz aufzuhalten oder vielleicht sogar umzukehren.«

»Aber Kylar …«

Schwester Ariel zischte und Vi brach ab. Schwester Ariel sah sich mit vielsagendem Blick im Raum um, ein Blick, der zu besagen schien, dass es, selbst wenn sie sich nahezu sicher war, dass sie nicht belauscht wurden, Dinge gab, die hier drinnen laut auszusprechen einfach zu gefährlich war.

Kylar hatte vermerkt, selbst der Beweis dafür zu sein, dass die Chantry völlig falschliege – denn wenn Kylar starb, kam er wieder vom Tod zurück. Und Schwester Ariel hatte das mit eigenen Augen gesehen, sie hatte gesehen, wie Kylars Leichnam von Magie und Leben durchtränkt worden war, hatte selbst gesehen, dass er nicht mehr atmete, und dann gesehen, wie er sich wieder aufgesetzt und keuchend nach Luft geschnappt hatte.

»Kylar hat nie über solche Dinge gesprochen«, führte Vi ihren Satz zu Ende, als hätte sie genau das sagen wollen.

»Wie sollte er auch? Was genauso für jeden anderen in seinem Alter gilt. Er war in der Blüte seiner Jahre. Wie lange hätte es gedauert, bis er gemerkt hätte, dass er nicht älter wurde? Er war nie zuvor alt gewesen. Er hatte keine Vorstellung davon, wie es ist, mit einem pochenden Knie aufzuwachen, das am Tag zuvor noch nicht wehgetan hat, oder mit Rückenschmerzen, die auch in den nächsten ein, zwei Tagen nicht besser werden. Mir kommt der Gedanke, dass der Grund, warum sich junge Erwachsene unsterblich fühlen, wohl darin zu sehen ist, dass sie es auf eigentümliche Weise in gewisser Hinsicht auch sind. Ihre Körper sind genau das, was wir uns von unsterblichen Körpern erhoffen: immerzu vor Kraft strotzend, stets wieder gesundend, unaufhörlich voller Vitalität. Tja! Wie auch immer, das ist es, was jedermann will. Wahre Göttlichkeit wäre schön. Etwas darunter wäre ewige Jugend toll. An dritter Stelle würde es ausreichen, den Alterungsprozess anhalten zu können. In den letzten Monaten hat sich eine neue übereinstimmende Ansicht durchgesetzt. Die meisten Schwestern glauben nun, dass die Möglichkeit, den Alterungsprozess dauerhaft aufzuhalten, für uns in greifbare Nähe gerückt ist – sobald es uns einmal gelungen ist, einen Ka'kari ausfindig zu machen, ganz egal, welchen. Aber sie sind auch zu der Überzeugung gelangt, dass wir ewige Jugend finden könnten, sollten wir den schwarzen Ka'kari in unsere Hände bekommen – was für jemanden, der hundertdreißig Jahre alt ist, jahrzehntelang unter chronischen Schmerzen gelitten hat und nun die ersten Anzeichen von Demenz erkennen lässt, ein weitaus verlockenderer Gewinn ist. Oder, sagen wir, für jemanden, der erst sechzig ist, in dessen Gedärm jedoch Tumore wachsen. Eine solche Beute würde das Leben jeder einzelnen Schwester und die gesamte Chantry für immer verändern. Und damit auch die ganze Welt.«

Vi wurde klar, dass sie Kylars Kräfte nicht ein einziges Mal als etwas betrachtet hatte, das sie ihm stehlen wollte. Die Erkenntnis, dass das bei Weitem nicht die Reaktion aller anderen sein dürfte, brandete über sie hinweg wie eine tosende Welle. Für die anderen war Kylar nicht jener junge Mann, den Vi in Cenaria kennengelernt hatte – ob er den Ka'kari damals überhaupt schon getragen hatte? Für die anderen war Kylar eine bedrohliche Figur, die die Sprecherin gedemütigt hatte, ein Mann, der nur zufällig auf derselben Seite wie sie gegen Khalidor gekämpft hatte, jemand, der der Schwesternschaft unendliches Kopfzerbrechen bereitet hatte und der ihnen nun das Mittel zur ewigen Jugend vorenthielt. Kylar war nicht nur ein Hindernis, das zwischen den Schwestern und demjenigen stand, was ausnahmslos jede einzelne Schwester besitzen wollte; indem er den Schwestern seine Geheimnisse nicht anvertraute, verurteilte er sie darüber hinaus auch alle zum Tode. Es war eine Kränkung, eine Beleidigung. Unerträglich. Er brachte sie alle regelrecht um mit seiner – wie hatte Schwester Ayayah es noch gleich genannt? Mit seiner Uneinsichtigkeit.

Die Sonderkommandos waren weit weg von der Chantry gewesen, als sich die neue übereinstimmende Ansicht durchgesetzt hatte. Andernfalls hätten sie mit Sicherheit ihre ganze Energie darauf verwendet, Kylar gefangen zu setzen.

Aber das warf auch ein neues Licht auf den Druck, den sie auf Vi ausübten.

»Wenn ich also herausfinden kann, wo sich Kylars sterbliche Überreste befinden, und damit auch, wo der Ka'kari ist …«

»Dann veränderst du alles. Ausnahmslos alles.«

Vi holte tief Luft. »Schwester? Wenn ich Euch etwas sage, werdet Ihr mich dann verraten?«

»Kommt ganz drauf an«, antwortete Schwester Ariel.

Vi zog das Kinn ein.

»Meine oberste Treuepflicht gilt nicht dir«, fuhr Schwester Ariel fort, »und daran wird sich auch nichts ändern, nur weil du es von mir verlangst. Wenn du aber etwas einforderst, bei dem ich keinen Verrat an meinen höheren Treuepflichten begehen muss, werde ich dich niemals verraten, egal was es mich kostet.«

Vi holte tief Luft und setzte zu einer Erwiderung an.

»Nein, lass es«, ging Schwester Ariel dazwischen. »Lass dir eins von mir gesagt sein: Wenn du irgendetwas über Kylar oder den Verbleib des Ka'kari herausfindest, dann verrate es mir nicht. Verrate es *niemandem*. Du darfst dieses Wissen nicht unter Wert verkaufen, verstehst du das? Solche Informationen sind von nahezu unermesslichem Wert – und ich fürchte, du wirst alles brauchen, was du dafür bekommen kannst.«

Kapitel 5

Das Gegenteil von hilfreich

Neun Soldaten. Drei davon den Blick gen Backbord gerichtet, drei mit Blick gen Steuerbord und drei mit Blick nach achtern. Normale Soldaten, kein Magier unter ihnen, zumindest soweit ich es erkennen kann. Für gewöhnlich wäre das also kein Problem. Schließlich muss ich sie nicht umbringen. Ich muss nur an ihnen vorbeikommen.

Aber wir befinden uns hier nicht mehr auf den weiten Korridoren von Burg Sturmfest. Die Flure hier sind so eng, dass ein Mensch mit ausgebreiteten Armen beide Wände mit den Fingern berühren kann. Drei Männer, die Schulter an Schulter stehen, verstopfen den Gang komplett.

Was auch noch dumm von ihnen ist. Sie sind mit Speeren bewaffnet, die länger sind als sie selbst. Drei Mann dicht nebeneinander, die versuchen, auf derart beengtem Raum mit Stangenwaffen zu kämpfen? Offenbar haben sie hier die Schlechtesten der Schlechtesten auf mich angesetzt.

Nun gut, es sind Soldaten, keine Schiffswachen, also die Schlechtesten der Zweitschlechtesten. Aber trotzdem war dieses Verhalten schon außerordentlich schlecht durchdacht.

An sich sind es nicht unbedingt die schlechtesten Männer, doch es sind Männer, die von den schlechtesten Offizieren geführt werden. Manchmal wimmelt es in den unteren Rängen einer Armee von bemerkenswert fähigen Kämpfern, die niemals im Rang aufsteigen, weil sie angesichts der Dummheit ihrer Offiziere einfach nicht den Mund halten können, und welcher Offizier auch immer für das hier verantwortlich ist, muss ein wahres Paradebeispiel für einen …

Genau. Da sitzt er auf einem Stuhl, einen runden Schild auf dem Schoß, der ihm als Servierbrett dient, ein Krug und ein Teller mit Essen darauf, während er mit vollem Mund sagt: »Ihr esst, sobald eure Schicht vorüber ist, ihr faulen …« Er fährt fort, sie halbherzig zu verfluchen, während sie in eisigem Schweigen geradeaus starren, an dergleichen gewöhnt.

Ich ziehe meinen Kopf von der Kreuzung zweier Gänge zurück, wo ich mich befinde. Nun gilt es, Nutzen und Risiko gegeneinander abzuwägen. Soll ich an der Decke über die Soldaten hinwegklettern? Da ist kaum Platz, und wenn sie mich bemerken, bin ich so nah an den Spitzen ihrer Speere, dass sie mich durchbohrt haben, bevor ich reagieren kann. Sie alle zu töten bedeutet, nun ja, neun Unschuldige zu töten. Möglicherweise. Es bedeutet auch, denen, die hier das Sagen haben, die Botschaft zu senden, dass ihr unbekannter blinder Passagier jemand ist, der neun Soldaten zu töten in der Lage ist.

König Repha'im würde sofort wissen, dass das nur ich sein kann. Im Moment gibt es da schließlich bloß eine ominöse Geschichte über irgendeinen halb nackten Mann, der sich an ein paar Zivilisten und ein paar der rangniedrigsten Wachen vorbeischleicht. Bis die den König erreicht, dürfte es noch ein Weilchen dauern, wenn sie ihm denn überhaupt je zu Ohren kommt.

Hätte er bereits davon gehört, würde ich hier vielleicht nicht nur einfachen Soldaten gegenüberstehen.

Ich spähe hinter meiner Ecke hervor und sehe zu ihnen hin. Die Soldaten plaudern gelangweilt miteinander, albern herum, soweit sie das unter den bösen Blicken ihres jungen Offiziers wagen, der sie immer mal wieder anschreit, allerdings ohne dabei sonderliche Leidenschaft an den Tag zu legen. Er ist einer dieser Idioten, die meinen, es gehöre zu ihrer Aufgabe, die Leute anzuschreien, um sie in die Schranken zu weisen.

Warum nur sucht sich jedes Militär auf der Welt ausgerechnet solche Männer als Offiziere aus?

Während ich sie beobachte, erscheint ein Diener in meinem Blickfeld und tritt zwischen ihnen hindurch. Er kommt offensichtlich von ... äh, was ist das Gegenteil von achtern? Heckseits?

~Nein.~

Das Vordere des Schiffes – das ist der Bug, also bugseits? Bugwärts? Bugaus? Bugbords? Ich meine, irgend so was muss es doch sein, oder? Heckwärts, backbordseits, außenbords, leewärts, luvseits, achteraus ... Egal, jedenfalls muss er aus Richtung Bug gekommen sein, denn ich habe ihn keinen der abzweigenden Gänge herunterkommen sehen. Leider biegt er nicht in meine Richtung ab, sondern geht nach achtern weiter. Einige Minuten später kommt er zurück. Er murmelt eine Parole, die meine gespitzten Ohren nicht aufschnappen können, und wird durchgelassen, rechts und links je einen Sack mit Lebensmitteln über der Schulter.

Ich streife mir den Ka'kari wie eine zweite Haut über, werde unsichtbar und schleiche mich näher heran. Nach dem zu urteilen, was ich in ihren Augen sehe, sind die drei Männer, die in meine Richtung blicken, nicht gerade unschuldig; in jedem von ihnen steckt ein gewisses Maß an Finsternis: angemaßte Überlegenheit,

Hass, Gier und Eitelkeit, aber kein Mord, keine Vergewaltigungen, keine Folterungen, keine gewohnheitsmäßige Grausamkeit, die im Laufe der Zeit immer schlimmer zu werden verspricht. Es ist merkwürdig. Für gewöhnlich sehe ich nicht so klar, obgleich ich manchmal sogar noch klarer sehe als jetzt gerade.

Aber es ist das Gegenteil von hilfreich. Das hier sind ganz normale Männer. Wäre ich Richter und nicht nur ausführender Henker – wie es der Fall ist –, würde ich keinen dieser drei zum Tode verurteilen.

Einer der Männer zittert, als ob er meine Anwesenheit spüren kann.

Ich weiche zurück, während er etwas zu seinen Kameraden murmelt. »… da auch etwas bemerkt?« Sie schütteln den Kopf.

In der Ecke, unter einer Laterne, fällt mir eine in die Wand eingelassene Nische ins Auge. Dort steht ein Eimer. Er ist, wie ich sehe, unter allem, was da so an Abfall in den Eimer geworfen wurde – das braune Kerngehäuse eines Apfels, ausgespuckter Kautabak und ein einsamer Strumpf –, mindestens zur Hälfte mit Sand gefüllt. Ein Blick die Flure hinunter bestätigt mir, dass sich unter jeder gläsernen Öllaterne eine ähnliche Nische samt Eimer befindet, aus ästhetischen Gründen vor den Blicken der Vorbeigehenden verborgen.

Ah, Sandkübel. Zur Brandbekämpfung.

Ich habe es schon immer als Ironie empfunden, dass die größte Bedrohung für Schiffe mitten im Meer oft Feuer ist.

Ich wühle im Sand, schaue nach, ob ich irgendetwas gebrauchen kann.

Doch ich finde nur den Beweis dafür, dass sich irgendwo auf diesem Schiff eine Katze befindet. Allerliebst.

Ich beschließe, das Vieh über Bord zu werfen, sollte sich die Möglichkeit dazu ergeben.

Bei näherer Betrachtung der Laterne stellt sich heraus, dass sie an einem schmalen dekorativen Träger befestigt ist, der wiederum mit der Wand verschraubt ist. Ich untersuche den kleinen Ölbehälter, der das Nachfüllen zwar mühsam macht, aber die Feuergefahr verringert. Ich begutachte die Position des Dochts und verwerfe dabei ein halbes Dutzend Pläne.

Solche Laternen gibt es an jedem Kreuzungspunkt der Flure, bisweilen sind es sogar mehrere. Ich drücke meinen Kopf gegen die Wand und mustere den dekorativen Träger von der Seite.

Ich schaue mich erneut sorgfältig in meinem Gang um, dann rufe ich den Ka'kari in meine Finger und berühre damit das Metall des Trägers.

Bist du auf den Geschmack gekommen?

~Mmm-hmm.~

He, Werkzeug.

~Ja, o du weiser Handhaber besagten Werkzeugs und findiger Präger neuer Wörter?~

Ich schüttle verdrießlich den Kopf.

Ich habe dich schon einmal aus der Distanz in meine Hand gerufen. Bis aus welcher Entfernung kann ich das tun?

~Ich weiß es nicht.~

Warum nicht? Aus welcher Distanz konnte Durzo dich rufen?

~Das tut nichts zur Sache. Mich in deine Hand zu rufen ist ein Resultat deiner Magie, nicht meiner. Die Intensität und die Empfindsamkeit deiner Körpermagie bringen für dich den Nachteil mit sich, dass du, anders als ein Magier, felsenfest davon überzeugt bist, dass sich deine Magie von deinem Körper hinaus in die Welt erstrecken muss. Du kannst über eine Distanz hinweg Magie wirken, doch die Magie geht immer von deinem Körper aus. Viele Magier glauben und finden es auch bestätigt, dass sie überall dorthin, worauf sie voll und ganz ihr Bewusstsein richten können, auch ihre Magie richten können. Das bedeutet für die meisten von ihnen die eigene Blickrichtung, aber für einige, die über spezielle magische Fähigkeiten verfügen, bedeutet es jeden erdenklichen Ort, mit dem sie vollauf vertraut sind. Doch funktioniert in diesem Fall ihre Magie oft dann nicht mehr, wenn sich dieser Ort verändert hat, seit sie ihn verlassen haben, oder sobald sie auch nur das kleinste Detail falsch in Erinnerung haben.~

Faszinierend. Allerdings auch nicht sonderlich hilfreich. Kannst du lautlos sein, wenn du herabfällst und über Holz rollst?

~Lautlos, nein. Leise, ja.~

Es bleibt mir nichts anderes übrig, als es auszuprobieren, also suche ich mir einen leeren Flur und werfe den Ka'kari.

Zwei Minuten später klatscht der Ka'kari zurück in meine Handfläche.

Ich verziehe unvermittelt das Gesicht. *Warte mal. Du hast ja gar nichts von dem aufgeschrieben, was ich gerade berichtet habe, oder?*

~Haben wir das nicht schon mal besprochen? Ich kann nichts von dem aufzeichnen, was du denkst, wenn ich nicht bei dir bin.~

Du hast echt eine Begabung, mich dumm klingen zu lassen, weißt du das?

Er antwortet nicht. Er weiß es. Davon auszugehen, dass er so etwas absichtlich tut, würde nahelegen, dass er über mehr Persönlichkeit verfügt, als ich glaube; doch davon auszugehen, dass er es nicht absichtlich tut, sondern es einfach passiert, legt wiederum nahe, dass ich dümmer bin, als ich zugeben möchte.

Wie auch immer, ich habe nicht vor, all das zu wiederholen, was ich offenbar gerade *nicht* erzählt habe – über Magie und Angriffsentfernungen und dergleichen mehr. Ich denke, wenn es wichtig ist, kann ich es später auch noch wiederholen. Das Einzige, was jetzt zählt, ist, dass der Ka'kari in der Tat zurückkommt, und zwar relativ leise und relativ unsichtbar, aber bei den Entfernungen, die ich dort draußen zwischen uns bringen muss, könnte es eine Stunde dauern, bis er es zu mir zurückgeschafft hat.

Eine Stunde, in der ich mich nicht nur nackt fühlen werde, sondern nackt *bin*. Machtlos.

Aber entweder das oder neun Männer töten.

Ich bin gut im Werfen. War ich schon immer. Und der Ka'kari kann die ideale Wurfform annehmen. Aber da ich den Ka'kari nicht gleichzeitig bei mir behalten und ihn werfen kann, muss ich ihn von dieser Ecke aus werfen – während das meiste von meinem Körper verborgen ist –, und zwar nicht zu der Kreuzung von Gängen, die die Soldaten versperren, sondern an den Speeren der Wachen in meinem Flur vorbei, an der Laterne und an den Speeren der Wachen im nächsten Korridor vorbei und hinein in den Trägerarm der Laterne am *nächsten* Kreuzungspunkt. Wenn ich diesen Träger abtrennen kann, fällt die Laterne herab, zerbricht vielleicht und verteilt das Öl in alle Richtungen, löst womöglich einen Brand aus. Und selbst wenn nicht, wird es doch einige der Soldaten jenen Gang hinunterlocken, um nachzusehen, was da passiert ist.

Wenn es funktioniert, komme ich an den Wachen vorbei, ohne dass sie etwas merken. Wenn nicht, muss ich gegen neun Männer kämpfen, nackt und ohne den Ka'kari.

Ich schüttle meinen Arm aus, um ihn zu lockern. Es ist kein guter Plan, aber auch nicht der schlechteste, den ich je ausgeheckt habe.

Ich halte einen Moment inne und versuche, mir etwas Besseres einfallen zu lassen. Aber allzu stark lastet das Gefühl auf mir, dass ich nicht viel Zeit habe, dass ich hier nicht der einzige Mitspieler bin, der seine Figuren bewegt, und dass ich alles verlieren könnte, wenn ich meine zielstrebige Vorwärtsbewegung nicht beibehalte. Ich muss davon ausgehen, dass das Schiff mit jeder verstreichenden Minute noch stärker abgeriegelt wird und mein Feind immer mehr in Erfahrung bringt. Ich habe bereits das enorme Risiko auf mich genommen, letzte Nacht zu schlafen.

Ich weiß, dass ich mich einfach nur auf meine Aufgabe vorbereite. Aber ich muss das hier richtig machen. Ich mag es nicht, verletzt zu werden. Ich hasse es zu sterben. Ich habe nicht mehr ohne den Ka'kari gekämpft seit … jedenfalls viel zu lange. Vielleicht bin ich allzu abhängig von ihm geworden. Ich muss das damit verbundene Risiko eingehen. An Ort und Stelle zu bleiben oder den Rückzug anzutreten und einen anderen Kreuzungspunkt auszukundschaften und mit der Prüfung der Schwachstellen meines Feindes noch einmal von vorne zu beginnen – auch das sind riskante Glücksspiele mit einem hohen Einsatz, der mich Stunden meiner Zeit kosten dürfte.

Manchmal gelingen einem die miserabelsten Pläne einfach durch ihre bloße Dreistigkeit.

Ich wünschte nur, es würde mir nicht so sehr wie ein miserabler Plan vorkommen.

Scheiß drauf. Ich prüfe das Gewicht des Ka'kari in meiner Hand. Verändere seine Verformung noch ein wenig, sodass er einem Stein aus Zuba ähnelt, mit dem ich als Kind tausendmal auf der Straße gespielt habe. Auf der Straße haben wir, was immer wir finden konnten, als Steine und Tore verwendet; wir mussten uns ständig an das unterschiedliche Gewicht verschiedener Steine anpassen. Ich war recht klein und so habe ich generell von weiter weg werfen müssen als alle anderen. Die Wetteinsätze reichten, um für mehrere Tage Gildeabgaben und Essenskosten zu begleichen, und so bin ich gut im Werfen geworden.

Während ich meine eigene Magie nutze, um dicke, unförmige Schatten um meinen Kopf zu legen und mich auf diese Weise vor den drei Wachen zu verbergen, die in meine Richtung blicken, spähe ich um die Ecke, um mir eine Flugbahn für den Ka'kari zurechtzulegen. Er würde ganz knapp an der Ohröffnung des mittleren Wächters auf meiner Seite vorbeifliegen müssen, um sich sodann an der Speerspitze des linken Wächters auf der anderen Seite vorbeizuschlängeln. Dann müsste er, einen Moment, bevor er den Tragarm der Laterne durchtrennt, beginnen, nach rechts auszuscheren, damit er die Wand an der Kreuzung der Korridore frontal trifft, ohne an Rückwärtsdrall zu verlieren, und zu mir zurückrollt, statt in einen der Seitengänge geschleudert zu werden, der ihn aus der Reichweite meiner Magie bringen würde.

Machbar. Absolut machbar.

Wenn man Durzo Blint heißt.

Ich verfluche mich selbst. Ich habe jetzt keine Zeit für krisenhafte Selbstzweifel.

Also los. Ich trete ein Stück um die Ecke in den Gang zurück, hebe den Ka'kari-Zuba-Stein an mein Ohr, lehne mich nach vorn und werfe ihn.

Kapitel 6

Die schwarze Welle

~Ich sehe, du hast etwas zum Anziehen gefunden. Und was ist das da?~

Ein Plan. Ein Schaubild des Schiffes.

~Hattest du irgendwelche Schwierigkeiten, das alles ohne meine Hilfe zu bekommen?~

Ich bin zurechtgekommen.

~Möchtest du vielleicht noch eine kurze Zusammenfassung für dein zukünftiges Publikum abgeben?~

Ha. Nein. Eigentlich nicht. Jedenfalls nicht gerade jetzt im Augenblick.

~Also ist die Sache nicht so toll gelaufen.~

Die Sache ist so reibungslos über die Bühne gegangen, dass es da für mich nicht das Geringste zu erzählen gibt.

~Moment mal. Wir scheinen in der Zeit unserer Trennung wohl etwas verloren zu haben.~

Was? Was sollen wir denn verloren haben?

~Dein Versprechen auf Ehrlichkeit.~

Ertappt seufze ich.

Aber was tut es schon zur Sache? Niemand wird das hier lesen. Weder meine Ehrlichkeit noch meine Lügen spielen irgendeine Rolle. Alle Versuche, mein Unternehmen von moralischen Prinzipien leiten zu lassen, sind schwach, müßig und zum Scheitern verurteilt. Zimperlich entferne ich die Mücken aus dem Wein und schlürfe dann Blut. Wir werden von diesem Schiff nicht mehr herunterkommen. Das hier ist kein Auftrag, den zu erfüllen irgendwem sonst unmöglich wäre. Es ist schlicht ein unmöglicher Auftrag, Punkt. Ich kann ihn nicht erledigen. Und dieses Mal gibt es keinen Durzo Blint, um mich im letzten Moment herauszuhauen.

Um die Wahrheit zu sagen: Mir auch nur Kleidung und den Schiffsplan zu besorgen, habe ich ohne dich bloß mit Mühe hingekriegt. Nach all meiner Ausbildung, nach einem Leben der Arbeit, bist es immer noch du, der hier außergewöhnlich ist, nicht ich. Ich bin einzig aus dem Grund etwas Besonderes, weil ich dich habe. Was bedeutet, dass ich überhaupt nichts Besonderes bin. Wenn dich mir jemand aus den Fingern reißt und ins Meer wirft, bin ich verloren.

Der Ka'kari schweigt. Ich nehme mal an, wie er damit umgehen soll, wenn sein Besitzer einen Nervenzusammenbruch hat, ist kein Bestandteil seiner Anweisungen.

Viele Menschen behandeln ihre Hunde oder Pferde wie Menschen. Sie reden ständig mit ihnen. Teufel noch mal, Leute behandeln selbst ihr Schwert oder ihren Speer auf die gleiche Weise. Wer hätte nicht schon einmal gesehen, wie ein erwachsener Mensch gegen einen »blöden« Eimer tritt, als hätte sich der Eimer eigenständig bewegt, um ihm ein Bein zu stellen? Es sollte mich also nicht überraschen, dass ich unwillkürlich immer wieder darauf verfalle, den Ka'kari als Persönlichkeit zu betrachten.

Aber so ist es nun mal. Ich falle immer wieder darauf herein.

Sicher, es mag mit an meiner Isolation liegen, zweifellos. Ich habe sonst niemanden, mit dem ich reden kann, und ich schütte hier förmlich meine gesamte Geschichte aus. Das ist ganz natürlich.

Doch das Ganze birgt vermutlich eine gewisse Gefahr; irgendwann kommt der Punkt, wo ich etwas von meinem neuen *Freund* erwarte und er stattdessen als das Werkzeug reagieren wird, das er nun mal ist. Ein sagenhaft gutes Werkzeug, keine Frage, aber eben doch nur ein Werkzeug.

Durzo würde das alles als Schwäche betrachten. Er wäre der Ansicht, ich sei eben nicht stark genug für die Einsamkeit dieses Lebens – die Einsamkeit, vor der er mich von Anfang an gewarnt hat. Einsamkeit, die einen seelisch verkrüppeln lässt. Er hat mir das selbst gesagt.

Aber ich habe mir geschworen, dass ich das schaffen werde.

Und jetzt bin ich hier. Ich bin froh, dass er mich nicht sehen kann. Wie könnte ich wohl keine Enttäuschung für ihn sein? Ich bin ja auch für mich selbst eine Enttäuschung.

He, hast du so viel Persönlichkeit wie ein Hund?

~Nein.~

Ähm … heißt das, du hast mehr oder weniger Persönlichkeit?

~Eine andere.~

Das war wirklich hilfreich. Danke.

Ich ziehe den gestohlenen Plan hervor. Ihn zu beschaffen war leider mitnichten das Ergebnis einer genialen Heldentat. Diese Schiffspläne sind in den Fluren ausgehängt, damit sich verirrte Edelleute nicht noch mehr verirren.

Was bedeutet, dass dieser Plan keine Dienstbotengänge oder Dienstbotenquartiere vermerkt und, wenn es um Bereiche wie die Mannschaftsräume geht, keine brauchbaren Unterscheidungen macht. Was praktisch wäre. Aber so etwas habe ich nun mal nicht. Dieser Plan zeigt mir lediglich in groben Zügen, welche Richtung ich ansteuern muss, und das womöglich nicht einmal maßstabsgetreu.

Was wiederum bedeutet, dass mir der Plan nur wenig mehr verrät, als ich bereits weiß. Ich muss mich nach vorn und nach oben begeben; ja, wer hätte das gedacht. Die kaiserlichen Suiten erstrecken sich über die gesamte Länge der beiden oberen Decks und lassen nur einen kleinen Teil für die Brücke übrig.

Meine Aufgabe bleibt dieselbe wie immer, aber ich muss die Sache jetzt anders angehen. Logans Sohn lediglich zu retten reicht nicht aus; ich brauche einen Fluchtplan. Unablässig kann ich den außerhalb des Schiffsrumpfes tobenden Sturm hören und spüren. Selbst so tief unten im Schiffsbauch rumpelt und heult es, und das unregelmäßige Beben der Böden und Wände ist eine beständige Mahnung, dass dahinter ein lärmender, feuchter Tod lauert, der von dem knarrenden, strapazierten Holz und – hoffentlich – einer Menge mächtiger Magie auf Abstand gehalten wird.

Ich kann unmöglich in den Sturm hinausspringen und mich irgendwie ans Ufer rudern. Ich kann schwimmen, aber auch wenn ich ein Meisterschwimmer wäre, würde mir das nicht viel helfen. Ich muss es *mit einem Säugling* ans Ufer schaffen.

Das heißt, ich muss mich unentdeckt nach vorn arbeiten. Dann muss ich meine Ziele auskundschaften und mir einen Plan aus den Fingern saugen. Es gibt hier allerlei Möglichkeiten, selbst noch im Erfolg zu scheitern.

Wenn ich das Kind zu früh an mich bringe, könnte ich eine Woche lang in der Falle sitzen und gegen jeden Angreifer kämpfen müssen, ganz allein, mit einem Kind in den Armen. Ein Säugling ist kein Wesen, das für verstohlene Heimlichkeit taugt. Babys weinen, wenn ihnen kalt ist. Sie weinen, wenn sie hungrig sind. Sie weinen, wenn sie sich langweilen. Sie weinen, wenn sie sich eingenässt haben. Oder die Windeln vollgemacht haben. Oder wenn ihnen heiß ist. Oder auch ganz ohne Grund. Ein Baby ist der Raum zwischen einem Mund und einem Anus, ohne für das eine oder das andere irgendwie verantwortlich zu sein.

Wenn das Schiff also unterwegs nicht irgendwo einen Zwischenstopp einlegt – und sosehr ich mein Gedächtnis durchforste, ich kann mich nicht erinnern, von derlei je gehört zu haben –, muss ich ihn mir möglichst kurz vor dem Moment schnappen, wenn wir die Bahn des Sturms verlassen und in die Boramibucht einfahren. Und was dann? Mir ein Boot mopsen und rudern wie der Teufel?

Mit meinem magischen Talent kann ich wahrscheinlich schneller rudern als jeder ihrer Ruderer an Bord. Aber das allein dürfte nicht ausreichen – sie haben auch Magi. Ich muss davon ausgehen, dass die schneller sind als ich. Ich muss also heimlich ein Boot stehlen und unbemerkt entkommen. Dann muss ich irgendwo an Land gehen, Hilfe finden und quer durch das ganze Reich von Alitaera fliehen, während mir die geballte Macht des Reiches auf den Fersen ist. Während ich ein Baby im Arm habe.

Das ist Wahnsinn, sagt eine leise Stimme in meinem Kopf.

Ich werfe einen erneuten Blick auf meinen miserablen Plan des Sturmschiffes. Das Kind dürfte irgendwo in der Nähe von König Repha'im versteckt gehalten werden. Das bedeutet, dass ich es bis zur großen Treppe schaffen muss, die mich durch die verschiedenen Ebenen bis zu den obersten Decks bringt. Dann muss ich mich zur privaten kaiserlichen Treppe oder zum Zugang zur Brücke vorarbeiten – beide ohne Frage schwer bewacht.

Die verschiedenen Zugangswege tragen alle die Aufschrift: *Vorsicht, Lebensgefahr!*

Ich finde den langweiligen, nicht weiter differenzierten Bereich auf meinem Plan: *Besatzungsquartiere*. Davor die Beschriftung *Personalquartiere*. Ich nehme an, damit sind sämtliche Bediensteten der Passagiere gemeint.

Ich weiß noch immer nicht viel über Schiffe, aber ich weiß viel über Egos, und wenn es hier so ist wie überall sonst auf der Welt, dann gibt es auch jemanden, der an Land sehr wichtig ist – einen

Kämmerer oder Sekretär oder etwas dergleichen – und der nun meint, er oder sie sollte auch auf See sehr wichtig sein. Und dazu gibt es jemanden aus der Schiffsbesatzung, der anderer Meinung ist, weil das hier sein oder ihr Revier ist.

Die Alitaeri hatten viele Jahre Zeit, um für Ordnung zu sorgen. Vielleicht läuft alles reibungslos und jeder billigt, wer wann und wo und wofür zuständig ist. Aber wie Bäume, die von einem Waldbrand in Mitleidenschaft gezogen wurden, ist auch der Stolz bemerkenswert unverwüstlich, und solange es auch nur das geringste bisschen Boden für ihn gibt, ist er schneller wieder da, als man glauben möchte.

Mein nächstes Ziel müssen die Personalquartiere sein. Was ich suche, ist ein großer Raum in dem auf meinem Plan verzeichneten Bereich, aber er sollte sich möglichst nahe an den Quartieren der Edelleute befinden. Eine wichtige Person, die jedoch nicht wirklich auf diesem Schiff zu Hause ist? Sie wird über genau die Art von Schiffsplan verfügen, die ich benötige, und wenn nicht für ihren eigenen Gebrauch, dann braucht sie ihn doch, um ihre Untergebenen zu instruieren.

Innerhalb weniger Minuten erreiche ich unsichtbar einen großen Raum mit niedrigen Decken, Dutzenden von Tischen und vielen Stühlen. Die Messe.

Doch im Moment ist es eher ein Saustall. Angesichts der schmutzig zurückgelassenen Tassen und Teller, die sich auf den Tischen stapeln, muss es Küchensklaven geben, die das alles aufräumen. Moment mal, nicht Küchensklaven. Auf einem Schiff heißt die Küche Kombüse. Kombüsensklaven?

Klingt komisch.

Ich kann Schiffe nicht ausstehen. Aber ich glaube, das habe ich jetzt schon zum zehnten Mal gesagt, oder? Würde es für dich jemanden geben, der alles aufschreibt, was du sagst, wärst du überrascht, wie oft du dich wiederholst. Wie auch immer, entschuldige bitte, sollte ich dich langweilen.

~Kein Problem.~

Ich habe mich nicht bei dir *entschuldigt.*

~Ich weiß. Ich wollte damit nur sagen, dass es kein Problem für mich ist, alle früheren Bezugnahmen rauszustreichen.~

Ah, das kannst du? Danke … sage ich mal.

Ich weiß nicht recht, was ich davon halten soll, dass mein Text zusammengestrichen wird, aber es ist ja nicht so, als hätte ich jede Menge anderer Möglichkeiten, was die mir zur Verfügung stehenden Schreiber angeht, und es gibt da schließlich auch noch anderes, worum ich mich kümmern muss.

Wozu nicht zuletzt die neunzehn Frauen und Männer in der Messe gehören, die auf sechs verschiedene Grüppchen verteilt dasitzen – alle auf der mir gegenüberliegenden Seite des Raums, sonst hätte ich auch keine Zeit darauf verschwendet, mir Gedanken über Kombüsensklaven und dergleichen zu machen. Ich lege mir einen Weg durch das Labyrinth aus herausgezogenen Stühlen und gestikulierenden Matrosen zurecht. Die meisten sitzen, andere jedoch stehen herum oder schlendern von Gruppe zu Gruppe und machen sich so zu umherstreifenden Gefahrenquellen.

Es befindet sich niemand unter ihnen, der als Magier erkennbar wäre, aber selbst wenn da doch Magi wären, sollte das kein Problem darstellen. Mit Magi, die im magischen Spektrum sehen, verhält es sich so, als würde man die Augen so stark wie möglich zu Schlitzen zusammenkneifen: Natürlich *könnte* man es jeden Moment tun, aber wie oft am Tag kneifen die meisten Menschen die Augen denn wirklich stark zusammen?

Während ich mich durch die Reihen bewege, überkommt mich erneut die Freude, die mir das bereitet. Meine Fähigkeiten ermöglichen mir allerlei unerlaubte und sogar niederträchtige Vergnügungen, das hier gehört jedoch nicht dazu. Als ich mich zum ersten Mal unsichtbar durch eine Menschenmenge bewegte, war ich verblüfft, wie sozial die menschliche Bewegung doch ist, wie sehr unser tierhaft-instinktives Wesen auf die anderen menschlichen Tiere um uns herum abgestimmt ist.

Du hast deine Nase ständig in deinem Blickfeld, und doch blendest du sie aus, ohne das je bewusst zu steuern. Immer sichtbar, wird sie doch unsichtbar. So machen wir es auch mit den anderen Menschen.

Bewege dich mal durch eine Menschenmenge und achte darauf, wie jeder Fremde, den du passierst, Platz macht oder sich klaglos daran anpasst, wie du ihn ungesehen im Vorbeigehen streifst, meist ohne es überhaupt bewusst zu bemerken. Jetzt streife mal denselben Menschen in einem leeren Raum auf dieselbe Weise im Vorbeigehen. Es wird eine ganz andere Reaktion zur Folge haben.

Das menschliche Tier ist von der Seele bis zur Haut ein soziales Wesen. Selbst im Gedränge einer Menschenmenge ist es auf Berührungen eingestellt. Eine Berührung, die fehl am Platze ist, sorgt für Misstöne, wie eine falsch singende Stimme in einem Chor. Sich unsichtbar durch eine Menschenmenge zu bewegen sollte eigentlich einfach sein, aber unser animalisches Wesen reagiert instinktiv; die unerwartete Berührung kann die Berührung eines Raubtiers sein.

Die Menschen nehmen auch auf Fremde Rücksicht. Aber selbst da bin ich außen vor.

Das ist also die Freude, die ich empfinde. Eine Freude, in dünne Obsidianschichten des Schmerzes gefasst, feiner als jede Stahlklinge. Einen Herzschlag lang tut es mir weh; beim nächsten, als ich auf den Tisch steige, dringt meine Aufmerksamkeit mitten in meinen Körper ein. Alles bewusste Denken hört auf, wird eins mit dem Strom der sinnlichen, ganz nach außen gerichteten Reaktivität.

Es ist ein Spiel, wenn auch ein tödliches. Ein Wettbewerb, bei dem die erste Voraussetzung für eine mögliche Niederlage darin besteht, dass meine Gegner überhaupt bemerken, dass wir ein Spiel spielen.

Meine freudige Arroganz wird gezügelt durch mein Wissen, wie viel hier auf dem Spiel steht und dass ich unablässig betrüge, weil der Ka'kari meine Haut überzieht – und doch bleibt die Freude, sprudelnd, überschwappend, überschwänglich.

Freudige Erregung, als ich leichtfüßig einen Schritt über den Löffel einer Frau hinweg mache, der sich an ihre Lippen hebt, während gerade die Hand des Mannes daneben nach vorn zu seiner Tasse geht und ich schnell auch darüber hinwegtreten muss.

Freudige Erregung, als sich ein anderer Mann plötzlich nach vorn beugt, um irgendwelchen Klatsch nicht zu verpassen, und mich aus dem Gleichgewicht bringt, bis ich in die Knie gehe, den Rücken krümme, einen Blick über die Schulter nach unten werfe, um festzustellen, ob er sich wieder aufrecht hinsetzt, bevor ich umkippe. Sieht aus ... als ob ... nicht!

Warte, bis ... Jetzt!

Während er gerade eine ruckartige Kopfbewegung macht und laut etwas ausruft, mache ich einen Rückwärtssalto. Ich lande hinter ihm auf dem Boden. Er plappert pausenlos weiter, also hat er die Luftbewegung nicht registriert, die ich verursacht habe, als ich, Füße voran, den Raum um ihn durchschnitten habe.

Magie könnte meine Landung unhörbar leise machen, wenn ich nicht so schlecht darin wäre, Geräusche zu dämpfen. Aber sie haben es nicht gehört.

Es braucht noch einen weiteren Moment, bis ich das Gleichgewicht wiedergefunden habe, während ich mich zugleich unter dem ausgestreckten Arm eines Mannes ducke, der eine Schüssel mit Suppe an den Tisch bringt, und dann springe ich zurück, als er sein Bein über eine der am Boden festgeschraubten Bänke hebt, um sich neben seine Kameraden zu setzen.

Erneut kitzeln mich die spitzeren Kanten meiner Freude, als ich es an dieser Gruppe von Leuten vorbei geschafft habe – Soldaten und Dienstpersonal, die in leutseligem Tonfall aneinander herummäkeln, Witze machen, die nur sie verstehen, reumütiges Grinsen und schallendes Gelächter –, denn ich bin, ganz allein, siegreich über sie.

Dann sehe ich zwei mir bereits vertraute Gestalten auf mich zukommen, ihre Arme mit Essen beladen. Ich brauche nur einen Moment, um sie richtig zuzuordnen: Es sind die Brüder aus dem Gang, die fast auf mich getreten wären. Beider Blicke fallen im gleichen Moment auf eine attraktive junge Ingenieurin, die gerade ganz allein an einem der Tische Platz genommen hat und unsicher wirkt. Sie bleiben kurz stehen, neigen genau gleichzeitig und im selben Winkel den Kopf zur Seite, als wären sie Zwillinge und nicht bloß Brüder, und während sie einander ansehen, entfaltet sich binnen eines Sekundenbruchteils die lange Schriftrolle der vergnügten brüderlichen Rivalität eines Lebens und verlangt, um ein neues Kapitel ergänzt zu werden. Und als sie rechts und links der jungen Ingenieurin Platz nehmen, die schüchtern und dankbar zu ihnen auflächelt, wird meine Freude unerwartet, wie aus dem Nichts, getrübt, als sei ein Eimer voller Blut in das saubere, klare Wasser meines Bades geklatscht.

Es ist *Wut*.

Plötzlich aus meiner Konzentration gerissen, stolpere ich an eine Wand. Lehne mich zitternd dagegen.

Was soll *das* denn jetzt? Was stimmt nicht mit mir?

Ich brauche drei tiefe Atemzüge, und als mir die Antwort dann kommt, will ich, dass sich die Erde vor mir öffnet und mich begräbt. Es ist das brüderliche Beieinander, was mich in Rage bringt, Zugehörigkeit. All die Dinge vor Augen geführt zu bekommen, die mir verwehrt geblieben sind. Ein schwarzer, hässlicher Teil meines Wesens beneidet die Brüder darum, dass sie das alles haben.

Ein noch schwärzerer, noch hässlicherer Wesensteil von mir nimmt es ihnen übel. Verhöhnt es verächtlich, weil sie all das schließlich nur haben, weil ich sie in jenem Gang nicht getötet habe – und das hätte ich tun können.

Da ist etwas Ekelhaftes in mir, das möchte, dass sie mir dafür dankbar sind, dass ich sie nicht ermordet habe.

Und etwas noch Schlimmeres, das bedauert, es nicht getan zu haben.

Vielleicht ist das ja die Stimme meines wahren Ichs. Vielleicht ist es das, in meinem tiefsten Inneren, was ich wirklich bin. Alles andere ist nur falscher Schein, etwas, was ich mir selbst vormache, während ich versuche, es allen anderen vorzumachen.

Ich atme tief durch und schiebe das alles von mir weg. Ich darf mich nicht so gehen lassen. Ich kann das besser. Heul nachts allein im Bett, Kylar. Sei Jammertante und armes weibliches Hausschwein, wenn es dich – und sie – nicht umbringen kann.

»Weibliches Hausschwein«? Das *hast du korrigiert?*

~Bin ich da etwa zu weit gegangen?~

Es folgen noch drei weitere Grüppchen von Seeleuten, aber ich muss es nur durch eines von ihnen hindurchschaffen. Ich kann bereits den langen Korridor vor mir sehen. Durch seinen rot schimmernden Parkettboden und das gleichmäßige Licht, das statt von profanen von magischen Laternen kommt, macht dieser Flur unmissverständlich klar, dass er Teil des den Damen und Herren von Adel vorbehaltenen Bereichs ist.

Ich wäge meine möglichen Bewegungsrichtungen ab. In den Randbereichen des Raums befinden sich zu viele Menschen, lehnen an den Wänden. Das Grüppchen in der Mitte besteht nur aus vier Mann, doch der eine dort drüben ist furchtbar zappelig, gestikuliert wild herum. Der Mann daneben wirkt betrunken, aber ruhig und gesetzt, und die beiden Frauen werfen sich trotz des Abstands zwischen ihnen Blicke zu, die darauf hindeuten könnten, dass sie im Begriff stehen, gleich miteinander Händchen zu halten und mir dadurch den Weg zu versperren – und in diesem Moment spüre ich plötzlich, dass irgendetwas nicht stimmt.

Rasch halte ich nach Bedrohungen Ausschau, spule das gesamte Programm ab: Ich springe zuerst schnell zur Seite, für den Fall, dass das, was meine Sinne wahrgenommen haben, ein Angriff mit einer Waffe von größerer Reichweite ist, und gehe anschließend die Bereiche nah, mittel und fern durch, neben und hinter mir, dann vor mir und schließlich über und sogar unter mir.

Im Gang vor mir erlischt eine dritte magische Laterne, bevor es mir gelungen ist, meine Konzentration auf das zu lenken, was mich so beunruhigt.

Dann wird eine vierte Laterne dunkel, näher, aber immer noch einige Hundert Schritt den Flur hinunter. Eine fünfte, sechste, siebte – eine Welle der Schwärze rollt den Gang entlang auf mich zu.

Ich habe den Eindruck, dass die Dunkelheit aus mehr besteht als nur aus ein paar magischen Laternen, die die Verbindung zu ihrer Energiequelle verloren haben. Sie erscheint mir *gewaltig* und sie rast in einer Welle auf mich zu, die beständig an Geschwindigkeit zunimmt.

Ich spanne die Beine unter mir an, um einen langen Satz zu machen – ich weiß nicht wohin –, aber die schwarze Welle bricht über mich hinweg.

Ich bin ins Taumeln geraten, meine Glieder aller magischen Kraft beraubt. Die Dunkelheit ist durch die offene Tür hereingeströmt wie eine Flutwelle, schwerelos und für das bloße Auge unsichtbar, aber sie hat sich wirbelnd über die Tische ergossen und kurz Strudel gebildet, bis sie den Raum ganz ausfüllte, um dann eilends weiterzurollen.

Auch wenn die nicht Magiebegabten im Raum es unmöglich haben sehen können, ist allen sofort klar gewesen, dass da etwas Außerordentliches passiert ist. Ich konnte mir genauso wenig einen Reim darauf machen, was da passiert war, wie sie. Ich bemerkte, wie sie sich alle gegenseitig ansahen wie Menschen, die sich sicher sind, dass am Rande ihrer Hörschwelle soeben ein schrecklicher Alarm geschrillt hat. An ihren schlaffen Gesichtern und ihrem plötzlichen Schweigen konnte ich erkennen, dass sie wussten, dass hier etwas schrecklich faul war.

Aber von allen im Raum war ich der Einzige, der sich fühlte, als sei er soeben aufgehängt und gehäutet worden, ein Wald nackter Nervenenden den grausamen Elementen ausgesetzt, nachdem mir der Ka'kari grob von der Haut gerissen worden war.

Ich hörte einen Teller auf den Holzboden fallen. Ich fuhr herum und sah den mir nächsten Matrosen Glotzaugen machen. Während ich noch immer vor Schmerz keuchte, brauchte es, nachdem ich ihm in die Augen geblickt hatte, nur einen kurzen Moment, bis mir das Offensichtliche klar wurde: Auch er hatte *mir* in die Augen geblickt.

Ich war nicht mehr unsichtbar. Der Ka'kari überzog mich zwar immer noch wie eine zweite Haut, doch er hörte mich nicht, reagierte weder auf magische noch auf andere Weise.

Ich versuchte, ihn zu mir zu rufen.

~Hier bin ich!~

Wir passen gut zusammen, wie eine blutige Hand, die in einen abgetragenen Panzerhandschuh gleitet. Aber noch während sich der Ka'kari wieder an meine Haut schmiegt, lähmt mich eine plötzliche Veränderung in der Luft. Das tiefe, gleichmäßige Brummen der großen Maschinen, die das Sturmschiff antreiben, wird plötzlich noch tiefer und verstummt dann ganz.

Es ist, wie auf einem Wagen zu stehen, wenn plötzlich jemand mit voller Wucht bremst. Ohne das, was immer die Maschinen getan haben, um das große Schiff vorwärts zu befördern und die Wogen zu teilen, ohne Antrieb, wird das Meer selbst zur Bremse.

Ich habe nur einen Moment Zeit, die Hexen der Chantry dafür zu verfluchen, was immer sie da verdammt noch mal angestellt haben, dann fliege ich – und mit mir alle anderen in der Schiffsmesse und sicherlich im ganzen Schiff – nach vorn, während das große Schiff mit dem Bug voraus tief in die Wellen des Ozeans eintaucht und erbebend jede Vorwärtsbewegung einstellt.

Das Sturmschiff verliert von einem Augenblick auf den anderen seinen gesamten Schwung. Mit uns Übrigen verhält es sich anders.

Ich habe gerade noch Zeit, mich auf den Rücken zu werfen, als die hervorstehende Kante eines der festgeschraubten Tische mir das Bein aufzuschlitzen droht.

Halb fliegend, halb schlitternd, rutsche ich über die Tischplatte. Ich schaffe es gerade so, mich abzustoßen, um so den Gliedmaßen derjenigen auszuweichen, die am Tisch gesessen haben und sich nun zwischen dem festgeschraubten Tisch und den festgeschraubten Bänken und Hockern mit allen anderen verknäueln.

Ich krache in ein paar Unglückliche, die vor mir auf den Boden gestürzt sind, und bin schon wieder aufgesprungen, bevor sie reagieren können. Als ich auf die Beine komme, bin ich wieder unsichtbar und nur noch wenige Schritte von dem Gang entfernt, der in den vorderen Bereich des Schiffes führt.

Inmitten von Schreien und Stöhnen und während das Schiff von einem merkwürdigen Beben und Ruckeln erschüttert wird – vielleicht rührt es von einigen der kleineren Masten her, die über uns weggerissen werden –, schaffe ich es in den Gang hinein. Eine Alarmglocke beginnt zu läuten, dann eine zweite und noch eine, und alle brüllen in einem immer lauter werdenden Chor ihre Not heraus.

Mein Plan ist ein Scherbenhaufen. Ich bin gesehen worden. Das viele Alarmgeschrill wird eine Reaktion auf die Meldungen dieser Matrosen verzögern, doch das hält das Unvermeidliche nicht auf, sondern schiebt es nur ein wenig hinaus.

Jener Kämmerer, auf dessen Existenz ich spekuliert habe, damit ich ihn bestehlen kann, wird jetzt mit Sicherheit nicht in seiner Kabine sein, was meine Chancen halbiert, seinen Plan des Schiffes in die Finger zu bekommen. Wenn er ihn bei sich hat, ist er momentan für mich unerreichbar. Er befindet sich jetzt bestimmt dort, wo das Chaos und die Konzentration von Soldaten, Magi und Personal am größten ist.

Nach einem beängstigenden magischen Angriff wie dem, den wir da gerade erlebt haben, wird jeder Magier auf dem Schiff ständig seine magische Sicht überprüfen, was für mich die Wahrscheinlichkeit, ungesehen zu bleiben, auf einen winzigen Bruchteil meiner vormaligen Chancen reduziert.

Aber was auch immer ich sonst tun muss, so viel weiß ich: Die Seeleute hinter mir werden das lärmende Durcheinander ringsum bald um meinen eigenen, speziellen Kylar-Alarm ergänzen. Ich muss mich bewegen und handeln, auf der Stelle.

Also setze ich mich in Bewegung.

Kapitel 7

Ein unvermeidlicher Sturz

Ich renne einen Flur entlang, der sich immer wieder nach links oder rechts krümmt und seine Einrichtung ändert, was das gleichförmige Einerlei dessen aufbricht, was im Grunde ein einziger langer Korridor ist, der sich über das gesamte Schiff hinweg erstreckt. Bald jedoch muss ich mein Tempo drosseln, da mehr und mehr Leute vom Schiffspersonal auf den Gang strömen und dahin und dorthin stapfen, um ihre Notfallpositionen einzunehmen.

Nachdem ich gerade eben erst den Kontakt zum Ka'kari verloren habe, fällt es mir nun unverhältnismäßig schwer, die Willenskraft aufzubringen, meine Unsichtbarkeit aufzugeben. Bei dem Gedanken daran, dass sie mir beim nächsten Mal womöglich versagt bleiben könnte, schnürt es mir die Kehle zu. Aber wenn ich ohnehin nicht umhinkomme, Leute anzurempeln, kann ich mich einfach schneller bewegen und leichter vermeiden, Panik auszulösen, wenn ich sichtbar bin.

Jedoch kann ich die Unsichtbarkeit nicht einfach mitten auf dem Flur ablegen. Die Leute neigen dazu, es zu bemerken, wenn ein Mensch plötzlich aus dem Nichts auftaucht. Ich habe es noch nie vor einem Spiegel geübt, sodass ich überhaupt nicht weiß, wie so ein jähes Auftauchen aussieht.

Also greife ich im Vorbeigehen nach Türgriffen und rüttele daran. Schließlich finde ich einen Raum, der nicht verschlossen ist. Ich ducke mich hinein, schlüpfe aus meiner Unsichtbarkeit …

… und stehe direkt vor einem Dutzend Wachen von Edelleuten, die Waffen aus einem Schrank in einer Offiziersmesse verteilen.

Bis ich sie bemerke, haben sie mich offenbar alle schon gesehen. Mit aufgeklappten Mündern oder ungläubig gerunzelter Stirn stehen wir da, wie in einem surrealen Tableau erstarrt. Sie haben ihre zahlenmäßige Übermacht. Ich habe mich. Ich weiß, was sie zu bewerkstelligen vermögen, sie jedoch haben keinen blassen Schimmer, was der eben noch unsichtbare Typ vor ihnen zu bewerkstelligen vermag. Und da sie keine einfachen Soldaten sind, sondern die Wachen von Edelleuten, sind sie vielleicht klug genug, um zu begreifen, wie gefährlich mich das machen könnte. Jeder Einzelne hier im Raum weiß, dass jede Bewegung Gewalt zur Folge haben wird.

»Auauauau!«, kreischt einer von ihnen, als der kleine Mann hinten, der die Waffen verteilt, einen Kriegshammer auf seinen Stiefel fallen lässt.

Na gut, nicht jeder Einzelne.

»Warum hast du das gemacht?«, herrscht er den anderen an.

»Was meinst du damit? Warum nimmst du das Scheißding nicht! Was treibt ihr denn alle?«, ruft ein Typ in der Ecke, dem die Sicht versperrt ist.

Die Soldaten, die mich anstarren, werfen einen raschen Blick in seine Richtung. Offenbar ist der Schreihals ihr Offizier.

Mist.

Was hat Phaena noch mal gesagt – irgendetwas darüber, dass ich lernen müsste, dass nicht jedes Problem nach Gewalt verlangt?

~Nach einem Dolch im Nacken, wenn du genau …~

»Das muss doch jetzt gar nicht sein«, sage ich ruhig und vernünftig. »Wie wär's, wenn …?«

Sie greifen an.

Ich stürze mich mit freudigem Elan auf sie. *Ich hoffe, du nimmst es mir nicht übel, dass ich mir diese Stelle später noch einmal vorgenommen habe, um da ein paar Punkte genauer auszuführen. Dieser Kampf, den ich für eine kurze Störung gehalten hatte und nicht mehr, hat sich im Nachhinein als bedeutsamer erwiesen als zunächst gedacht, also ergänze ich jetzt, was ich ansonsten an Details noch im Gedächtnis habe; vielleicht kann ich dadurch herausfinden, warum alles so, wie es passiert ist, seinen Lauf genommen hat.*

Wenn man es mit einer großen Übermacht zu tun hat, muss man mit schonungsloser Brutalität vorgehen. *Durzo hat mir beigebracht, dass siegessichere Menschen anders kämpfen als Menschen, die Angst haben – sie kämpfen besser. Man muss ihnen diese Siegessicherheit sofort wieder nehmen.*

Aber als die ersten Männer durch meine Hände zu Boden gehen, spüre ich mehr als nur die Entschlossenheit eines professionellen Kämpfers. *Ich habe den Arm dort nicht verrenkt, ich habe ihn gebrochen. Ich habe diesen Mann nicht so von mir geworfen, dass er über den Boden rutscht; ich habe mir den Bruchteil einer Sekunde länger Zeit genommen, sodass ihn mein Wurf gegen die Wand knallt und er sich die Rippen bricht. Ich habe damals gemeint, es sei die ganz normale, auf Wirkung abzielende Brutalität.*

Doch da ist mehr, was mich antreibt. *Ich war verärgert. Nein, nicht nur das. In heller Wut entbrannt.*

Sie greifen mit einer geistlosen Dummheit an, verteilen sich kaum im Raum, um mir die Sache schwerer zu machen, versuchen gar nicht erst, ihre Angriffe zu koordinieren.

Mir ist klar, dass es verschiedene Arten von Menschen auf der Welt gibt. Mir ist klar, dass manche Menschen sich nichts aus ihrer Arbeit machen und meinen, sie hätten dann gewonnen, wenn sie ihre tägliche Arbeit mit dem geringstmöglichen Aufwand maximal erfolgreich gemeistert haben. Wenn ich ein misshandelter Diener oder ein Sklave wäre, würde ich es vielleicht genauso machen und versuchen, es meinem Meister heimzuzahlen, indem ich ihm etwas von meinem selbst erlittenen Schmerz zurückgebe.

Aber wie kann sich jemand bei seiner Arbeit so wenig Mühe geben, wenn sein Beruf die Gewalt ist? Wem willst du ein Schnippchen schlagen, wenn du hinsichtlich des kämpferischen Drills mogelst, der dich am Leben erhält? Wie kannst du faul sein, wenn deine Faulheit heute für dich sehr leicht den Tod morgen bedeuten könnte? Bei dieser Arbeit sind die Spielräume so klein, dass der Unterschied zwischen dem tausendfachen Abwehren eines Schlages im Training und seinem zehntausendfachen Abwehren nur ein winziger Unterschied in der eigenen Einstellung ist, aber auf dem Schlachtfeld kann dieses zusätzliche Maß an Übung sehr leicht den Unterschied zwischen einem Leben ohne jede Schramme am Leib und einem Leben als Krüppel machen.

Ich bin gerade mal Anfang zwanzig. Ich bin noch nicht zu meiner vollen Erwachsenenkraft und -schnelligkeit herangereift. Dennoch habe ich mehr zielgerichtete Arbeit geleistet als wohl jeder doppelt so alte Mann hier. Vielleicht zehnmal so viel.

Und das merkt man auch.

In einem rein körperlichen Kampf sollte niemand je hoffen, gegen acht, geschweige denn zwölf Mann zugleich zu gewinnen. Und doch dauert es nur einen Augenblick und ich bin von mehr als nur der Hoffnung erfüllt, dass ich siegen werde. Ich bin mir dessen sicher.

Die ersten sechs sind unbewaffnet. Von den nächsten beiden hole ich mir die Klingen, mit denen ich die Hiebe derjenigen parieren und abwehren kann, die bereits mit Waffen ausgestattet worden sind, während meine Füße und Fäuste die anderen kampfunfähig machen, sodass etliche Glieder gebrochen werden, aber niemand ums Leben kommt.

Sogar in meiner Wut bin ich achtsam und umsichtig gewesen – ich kann es beschwören. Und jetzt lese ich diese Sätze wieder und wieder und frage mich, ob sie die Wahrheit wiedergeben oder ob ich wollte, was als Nächstes passiert.

War ich meiner moralischen Fesseln so überdrüssig geworden, dass ich gemogelt habe, um mich von ihnen zu befreien?

War es Schicksal?

Oder lag es einfach nur daran, dass ich einmal zu oft ein allzu hohes Risiko eingegangen bin?

Dann passiert es. Eine Abwehr mit der Ferse und ein fester Stoß schleudern namenlosen Wachmann Nummer zwölf zurück zu seinen Freunden, während er vergebens wild mit den Armen rudert, um sein Gleichgewicht wiederzufinden. Man kann nicht immer wieder so schnell wie möglich so viele Leute wie möglich außer Gefecht setzen, ohne dass irgendwann mal so etwas passiert, nehme ich mal an.

Statt ihn aufzufangen und sich dadurch selbst für ein paar Sekunden aus dem Kampf zu nehmen, weichen die anderen ihrem aus dem Gleichgewicht geratenen Kameraden aus und drängeln sich an ihm vorbei, während er nach hinten fällt, stoßen ihn dadurch aus der Bahn, in die ich ihn gelenkt habe.

Ja, das stimmt! Ich habe ihn so gestoßen, dass er zwischen *den Tischen landen sollte. Ich hätte nicht vorhersehen können, dass …*

Ich hätte es nicht vorhersehen können? Natürlich hätte ich es vorhersehen können.

Sein Helm, nicht richtig befestigt, ist ihm durch die Wucht meines Stoßes über die Stirn gerutscht, sodass sein Nacken beim Sturz entblößt ist.

Er knallt mit der Schädelbasis hart gegen den klobigen Fuß eines Tisches.

Er erschlafft und liegt schlapp da wie eine Stoffpuppe.

Er könnte nur bewusstlos sein, aber ich weiß, dass dem nicht so ist.

Der Kampf machte keine Pause, um die Ungeheuerlichkeit des Augenblicks zu würdigen. Niemand sonst schien überhaupt zu begreifen, dass ich gerade einen Unschuldigen getötet hatte.

Tja, wenn die Welt doch nur so funktionieren würde – wenn uns Zettel in die Hand gedrückt würden, um uns darüber in Kenntnis zu setzen, dass gerade etwas Bedeutendes passiert ist, und um uns zwei Atemzüge lang Zeit zu geben, zu überlegen, ob die Verdammnis wirklich der Weg ist, den wir einschlagen wollen.

Diese Atemzüge wären für diese Wachen wertvoller gewesen als für mich.

Und dabei habe ich so achtsam und umsichtig gekämpft. Ohnehin möchte ich auf keinen Fall je einen Unschuldigen töten. Aber es gibt solche und solche Unschuld, und im Kampf gegen die Kaiserlichen gibt es für mich auch einen praktischen Grund, Blutvergießen zu vermeiden, einen dünnen Faden der Hoffnung: Wenn ich niemanden von ihren Leuten töte, könnte ich mir vielleicht die Vergebung der Kaiserin verdienen und Schande über Repha'im bringen, statt die Reiche in den Krieg zu stürzen.

Diese Hoffnung ist nun so tot wie namenloser Wachmann Nummer zwölf.

Und ich spüre, wie ein merkwürdiges Gefühl in mir aufsteigt. *Genau um das zu vermeiden, hatte ich alles in meiner Macht Stehende getan. Man sollte meinen, ich wäre jetzt tief betroffen gewesen.*

Was hätte wohl Durzo in diesem Moment von mir gedacht?

Denn: Weißt du, was ich in mir aufsteigen fühlte, als ich mir vorstellte, dass die Seele dieses Mannes nun seinen Körper verließ?

Weder Reue noch Trauer noch Bedauern noch irgendein anderes menschliches oder anerkennungswertes Gefühl. Ich verspürte ein Hochgefühl. *Den Jubel der Freiheit.*

Jetzt, jetzt kann ich *kämpfen*.

Kapitel 8

Hierarchien der Treuepflicht

»Ich hätte bei dir sein sollen«, sagte Viridiana in das Buch hinein. Es war alles zu spät. Zu spät, als dass irgendetwas, was sie jetzt tat, noch ins Gewicht fallen könnte. Sie konnte im Moment nicht mehr weiterlesen.

»Ich brauche Eure Hilfe«, sagte Viridiana, ihre Stimme nun lauter. »Ihr seid schlauer als ich. Ich brauche Euch, damit Ihr mir helft, etwas herauszufinden.« Erst als sie diese Sätze gesagt hatte, ging ihr Blick zu Schwester Ariel hinüber.

Schwester Ariel hatte nicht aufgeschaut. Offenbar übertrug sie gerade ein Zitat aus einer Schriftrolle in ihre Notizen. »M-hm.«

»Ich glaube, ich habe herausgefunden, was mein Problem ist«, verkündete Viridiana.

»Ist es denn wirklich nur ein einziges?«, fragte Schwester Ariel. Als sie mit ihrem Satz zu Ende war, verzog sie die Lippen zu einem Lächeln und blickte schließlich auf.

»Treuepflichten«, erklärte Vi. »Oder wechselnde Treuepflichten, würde ich sagen. Ich habe meine Zeit auf dem Sturmschiff damit verbracht, ständig zwischen den Seiten hin und her zu springen, und dadurch alles kaputtgemacht. Ihr seid klüger als ich und Ihr habt vorhin etwas über Eure oberste Treuepflicht gesagt. Wie entscheidet Ihr, worin die besteht? Wie wählt man zwischen verschiedenen Treuebindungen?«

»Irgendwann, Viridiana, müssen wir uns mal über diese Sache von wegen klug sein unterhalten. Ich habe so meine Probleme mit deiner Vorstellung von Intelligenz. Aber das machen wir nicht heute.« Schwester Ariel streckte sich und rieb sich das Kreuz. »Ich bestimme das, würde ich sagen, auf die logische Art und Weise. Es ist nicht die einzige Möglichkeit, aber für mich funktioniert es so.« Schwester Ariel zögerte und dachte nach. »Im Grunde sollte es genauso auch für dich funktionieren. Es ist eine dehnbare Kategorie, in die Impulse aus verschiedenen Bereichen mit einfließen können, sogar solche aus den Bereichen Gefühl oder Tradition. Genau.« Sie verstummte und starrte ins Leere.

»Äh … war's das schon? Ich habe nicht ganz …«

»Nein, nein, du hast mich dazu angeregt, meine eigenen Entscheidungen zu überdenken. Ich habe überprüft, ob ich irgendwie in die Heuchelei abgeglitten bin, doch das ist nicht der Fall. Was du brauchst, Viridiana, ist eine Hierarchie der Treuepflichten. Nehmen wir zum Beispiel mal …« Schwester Ariel wischte ihre Schreibfeder an der Seite ihres Tintenfasses ab und steckte sie dann wieder in ihre Halterung. »Meine Treue gilt über allem anderen der Wahrheit und ist eng verbunden mit meiner eigenen heiligen Ehre, von der sie gleichwohl zu unterscheiden ist. Ich erwähne das an erster Stelle, weil meine Auffassung dessen, was die Wahrheit ist, das Einzige ist, was meine Auffassung von einem ehrenhaften Handeln verändern könnte. Darunter gilt meine oberste Treuepflicht der Menschheit selbst. In Anbetracht meiner Begabungen und meiner Stellung in dieser Welt gebe ich dieser Treuepflicht dadurch Ausdruck, dass ich der Chantry dabei helfe, dem gerecht zu werden, wie sie nach meiner Erfahrung im besten Fall sein kann: die ideale Chantry – nein, das trifft es nicht ganz –, die Chantry, wenn sie mit ihren Idealen übereinstimmt, ja genau. Meine Treueverpflichtung der Chantry gegenüber, so wie sie tatsächlich ist, ergibt sich hieraus, wenngleich ich meine augenblickliche Pflichttreue meiner eigenen Gelehrsamkeit gegenüber manchmal etwas höher oder niedriger halte, das verschwimmt ein wenig und ist davon abhängig, wie sehr sie meiner Ansicht nach der idealen Chantry dient. Darunter sind dann – auch wenn ich wünschte, ich könnte das noch weiter zurückstellen – meine Treuepflichten zu mir selbst und zu meinem eigenen Wohlergehen angesiedelt, soweit es mir dadurch erlaubt ist, mich den vorgenannten höheren Pflichten ohne Konflikte und Einschränkungen zu widmen. Und darunter kommen dann noch die Treubindungen hinsichtlich Dingen wie meiner Familie, meinem Wunsch nach Ruhm und Anerkennung, meiner Nation und dergleichen: die trivialen Dinge.«

»Ihr habt Euch da … viele Gedanken gemacht«, sagte Viridiana vorsichtig. Sie war sich nicht sicher, wie viel davon sie verstanden hatte. Und wie hilfreich es für sie selbst war.

»Tut das nicht jeder? Fragen von maximalem Gewicht verdienen auch maximale Aufmerksamkeit. Ich habe festgestellt, dass sich meine ursprüngliche Investition in dieses Thema voll ausgezahlt hat. Ein Kategorisierungsraster klärt und beschleunigt die Entscheidungsfindung an jeder Weggabelung.«

»Nur zu wahr, nur zu wahr …«, sagte Vi und nickte zustimmend. Ihr fiel auf, dass Schwester Ariel einige der von ihr gebrauchten Begriffe auf eine Weise verwendete, wie Vi sie noch nie gehört hatte. Manchmal waren es nicht die ihr unvertrauten Wörter, die Vi aufs Glatteis führten, wenn sie eine Unterredung mit Schwester Ariel hatte. Es waren vielmehr die Wörter, die sie kannte, die aber auf eine Weise benutzt wurden, die Vi reichlich unvertraut war – das maximale *Gewicht* einer Frage? –, und die ihre Gedanken förmlich hängen bleiben ließen wie einen Ochsenkarren mit niedriger Achse, der sich in tiefen Spurrillen festgefahren hatte. Mit ein paar Anläufen würde sie sich wohl zurechtlegen können, was ein Kategorisierungsraster war – vielleicht war das ja so etwas wie ein Sieb, um Entscheidungsmöglichkeiten zu filtern?

Plötzlich kam Vi der Gedanke, dass Schwester Ariel ihr gerade den Schlüssel dazu an die Hand gegeben hatte, wie Vi die Ältere womöglich in ihrem Sinne beeinflussen könnte. Vi musste nur einen Weg finden, dasjenige, was sie von der älteren Schwester haben wollte, so zu verpacken, dass es in Übereinstimmung mit Schwester Ariels eigenen Treuepflichten stand, und Vi würde von ihr bekommen können, was immer sie wollte.

Aber Vi würde so etwas nicht ohne Vorbereitung bewerkstelligen können. Vielleicht würde es sogar gar nicht klappen. Sie war einfach nicht schlau und durchtrieben genug.

Und sie wusste auch nicht, wie zum Teufel sie ihr eigenes Kategorisierungsraster erstellen sollte.

»Wenn ich Euch also frage, ob ich Euch vertrauen kann, welche Antwort werdet Ihr mir dann geben?«, fragte Vi.

»Das hast du doch schon gefragt. Vor ein paar Stunden.«

»Ach ja, stimmt. Aber ich habe nicht ganz … Könntet Ihr Eure Antwort für mich wiederholen, vielleicht mit anderen Worten?«

Und da wunderte sich Schwester Ariel, warum sich Vi in ihrer Nähe so dumm vorkam.

Schwester Ariel verschränkte die Finger und wirkte besorgt, dass Vi ihr womöglich nicht zu folgen vermochte. »Du kannst dich darauf verlassen, dass ich nach den Prinzipien handle, die ich dir soeben auseinandergesetzt habe. Wenn du mich also bittest, ein Geheimnis für mich zu behalten, und es stellt sich heraus, dass dieses Geheimnis der Chantry schadet, werde ich in nahezu jedem erdenklichen Fall die zuständigen Behörden von deinem Geheimnis in Kenntnis setzen. Aufgrund meiner persönlichen Zuneigung zu dir werde ich das mit so viel Feingefühl wie irgend möglich tun, aber ich werde es tun. Nun ist es allerdings so, dass ich im Allgemeinen klug genug bin, jemandem mein Wort nicht in solchen Angelegenheiten zu geben, die mich dazu zwingen würden, zur Lügnerin zu werden, was ich höchst verwerflich finde, und das ist auch der Grund, weshalb ich dir gesagt habe: ›Nein, ich werde dein Geheimnis nicht bewahren‹, bevor du mir irgendetwas in diese Richtung hast anvertrauen können. Aber würde es dazu kommen, würde ich tun, was ich zu tun habe, um meinen eigenen Werten treu zu bleiben, so schmerzhaft das auch sein mag. Seine Werte vorher gründlich durchdacht zu haben macht einem die Entscheidungen nicht leicht, sie lassen sich nur einfacher treffen. Verstehst du?«

»Was ich verstanden habe, ist, dass die Menschen, die einen am wahrscheinlichsten belügen, genau diejenigen sind, die einen ihrer Ehrlichkeit versichern. Und ich habe verstanden, dass die Leute, die einen als Erstes betrügen, diejenigen sind, die Mark und Bein schwören, dass sie es nie tun werden. Ich denke also, dass Ihr entweder vertrauenswürdig oder so schlau seid, dass ich nicht die geringste Chance habe.«

»Ich habe dich nie gebeten, mir zu vertrauen«, betonte Schwester Ariel. »Ganz im Gegenteil, wenn du gut aufgepasst hast, ist dir sicher nicht entgangen, dass ich dir regelrecht davon abgeraten habe.«

»Auch ich möchte der Chantry gegenüber treu ergeben sein«, erklärte Vi. »Die Schwesternschaft ist nicht ganz das, was ich mir erhofft habe, aber … ich glaube nicht, dass ich es ganz allein da draußen in der Welt schaffen könnte, so wie Kylar. Ich glaube, ich muss mich für die Treue entscheiden. Mir bleibt doch nichts anderes mehr übrig, oder? Ich weiß nicht, zählt denn so eine Treueerklärung überhaupt, wenn man gar keine andere Möglichkeit hat?«

»Ach, Kind. Hast du während deines Aufenthalts auf jenem Schiff denn nicht das Geringste gelernt? Wenn du dich vom Schmiedefeuer erhebst, glühend heiß wie gehämmertes Eisen, dann ist das eine, was du mit Sicherheit weißt, dass als Nächstes der Sprung ins kalte Wasser kommt, der deinen Stahl entweder zerspringen lassen oder zu neuer Stärke härten wird.«

Kapitel 9

Raffinesse entwickeln

Ich trete aus der Offiziersmesse, sichtbar, und schließe rasch die Tür zwischen mir und den stöhnenden verletzten Männern im Inneren. Es wird nicht lange dauern, bis einer von ihnen wieder hinreichend zu Kräften gekommen ist, um Hilfe zu holen. Ich habe die Fesseln abgelegt, die mich daran hinderten, im Kampf zu verstümmeln und zu töten, aber ich bin nicht willens, ein Dutzend kampfunfähiger Männer zu ermorden. So unmenschlich bin ich auch wieder nicht.

Noch nicht.

Als ich auf dem Flur stehe und auf eine Gelegenheit warte, mich in das Gedränge der hin und her strömenden Menschen einzureihen, denke ich insgeheim: *Stimmt, aber in wie starkem Maße liegt das nicht vielleicht auch einfach nur daran, dass es allzu lange dauern würde?*

Ich greife nach unten, um einen meiner Stiefel zu richten, und lasse dabei ein Stück Metall fallen; es ist der Kopf eines Kriegshammers, der vom Ka'kari zu einem dreieckigen Türstopper zurechtgestutzt wurde. Ich schiebe das Ding unter die Tür. Dann richte ich mich wieder auf und trete das Stück Metall mit dem Absatz fest, um es zu verkeilen.

Mit meinen gestohlenen Kleidern sollte es jetzt ein Leichtes sein, mich unauffällig unter die Menge zu mischen.

Niemand kennt hier mein Gesicht. Das Personal ist nur befristet beisammen und besteht aus Leuten aus dem ganzen Reich, sodass Fremde die Regel sind. Es sollte also eigentlich kein Problem geben – aber es gibt da doch ein Problem. Ich spüre, dass mir Luft durch die Ärmel dringt und an einem meiner Oberschenkel durch das Hosenbein. Die Götter mögen wissen, wo ich sonst noch überall Löcher habe. Vielleicht will ich das gar nicht wissen.

Du hast Löcher in meine Kleidung gefressen?

~Ich musste die Magie erneuern, die ich verbraucht habe, um unsere Verbindung wiederherzustellen.~

Seine Antwort ist kurz; in Notfällen versucht er stets, die Dinge knapp zu halten. Also laufe ich im Moment einfach mit verschränkten Armen, um etliche der Löcher zu verdecken, den Blick nach vorn gerichtet, im Bemühen, keine Aufmerksamkeit auf mich zu lenken.

Gereizt sage ich: *Und so hast du meine Kleider gefressen.* Wieder einmal. *Und jetzt brauche ich neue Sachen. Wieder einmal.*

~Wäre es dir lieber, wenn ich die Magie direkt von deiner Glore Fryden nähme?~

Daran hatte ich noch gar nicht gedacht. Mit anderen Worten: Wäre es mir im Notfall lieber, wenn mir ein Teil meiner Kleidung fehlt oder dass mein Magiereservoir in einem Moment leer ist, in dem ich es eigentlich anzapfen müsste?

Ich versuche es auf andere Weise. *Kannst du deine Magie nicht sofort wieder auffüllen und mich vielleicht später fragen, welche Art – also wie du das machst – ich bevorzuge?*

~Ja. Aber nur unter gewissen Vorbehalten …~

Mach es das nächste Mal so, ja?

~Dein Zugang zu dieser Ebene meiner Betriebsanweisungen wird erst in 2904 Tagen freigeschaltet.~

Merkwürdig. Die Stimme des Ka'kari klingt irgendwie mechanischer, als ich es gewohnt bin. Vielleicht ist das der Originaltonfall seiner Stimme. Vielleicht war das eben die von seinem Schöpfer vorgesehene Antwort, der ihn einst ganz genau angewiesen hat, was er seinen jeweiligen Besitzern unter bestimmten Bedingungen zu sagen hat?

Es ist jetzt eigentlich nicht der richtige Zeitpunkt, um darüber nachzudenken, aber ich kann einfach nicht anders. Ich mache das ständig. Denke ständig über die falschen Dinge nach.

~In etwa acht Jahren, wenn es dir so lieber ist.~ Nun hat seine Stimmte wieder den lockeren Plauderton angenommen, den ich so gut kenne.

Ich würde ihn gerne noch mehr fragen, aber jetzt ist wirklich vonnöten, dass ich genau das eben nicht tue.

Ich habe gerade einen Raum mit einem ganzen Haufen von Soldaten verlassen. Hätte ich gleich gewusst, dass ich welche brauche, hätte ich Kleider von ihnen stehlen können. Jetzt jedoch müsste ich die Wäscherei aufsuchen, aber sobald mir dieser Gedanke gekommen ist, fällt mir ein, dass der Bereich der Waschküchen auf meinem Plan in der entgegengesetzten Richtung eingezeichnet ist. Doch ich mache nicht kehrt. Ich passiere eine weitere Doppeltür und bleibe dann stehen.

Die Kasernenquartiere. Der zweitbeste Ort, um jede Menge Sachen zum Anziehen zu finden. Ein weit abgeschlagener zweitbester Ort indes, wenn man bedenkt, was man sonst noch so alles in Kasernen findet.

Durch den Türspalt sehe ich einen Mann im Inneren stehen. Hier draußen sind jede Menge Leute, die in einem unablässigen Strom vorbeigehen. Ich muss mich genau in dem Moment unsichtbar machen, wenn gerade niemand zufällig in meine Richtung schaut. Es dürfte eine echte Herausforderung werden, aber sobald ich die Tür öffne, wird der Mann da drinnen – und wer auch immer noch mit ihm im Raum sein mag – sofort aufschauen, um nachzusehen, wer da hereinkommt. Ich muss also erst unsichtbar werden, dann die Tür aufschwingen lassen, eintreten und hoffen, dass die Leute dort drinnen glauben, irgendein Passant habe sie zufällig aufgestoßen.

Es ist machbar, aber riskant. Und wie soll ich die Truhen der Leute öffnen, während sich noch immer mindestens ein Matrose im Raum befindet?

»Ihr seid mehr als Eure größte Stärke«, hat Großmeister Vitruvius einmal zu mir gesagt, und seine Worte hallen nun plötzlich in meinem Kopf wider.

Gibt es eine Möglichkeit, die Sache zu erledigen, ohne mich auf den Ka'kari verlassen zu müssen?

Vielleicht nicht. Doch gibt es eine Möglichkeit, das herauszufinden. Wahrscheinlich sollte ich so etwas nicht spontan aus dem Stegreif tun, aber ich habe da eine Idee.

Ich stoße die Tür auf, bevor ich einen Gedanken daran verschwenden kann, das vielleicht doch besser bleiben zu lassen.

Drinnen befindet sich nicht nur der eine Mann, sondern da stehen zwei im Raum, die mein Eintreten mit Wachsamkeit, aber nicht alarmiert registrieren.

»He«, beginne ich schnell, »könnt ihr mir sagen, wo ich Hassens Koje finde?« Ich nuschele den Namen vor mich hin.

»Von wem?«, fragt derjenige, der mir näher steht. Ein langer Kerl mit einem Muttermal am Hals.

»Hassen? Hanson vielleicht?«, antworte ich und hoffe, mir einen hinreichend geläufigen Namen ausgesucht zu haben. »Ganz ehrlich, ich habe es nicht richtig verstanden, weil alle durcheinandergeschrien haben. Hampton?«

»Du meinst Bronmer Haslin? Kleiner Kerl, dunkle Haut?«

Man darf solche Fragen nicht direkt beantworten. Da sind zu viele Details im Spiel, was bedeutet, wenn es eine Falle ist, bist du bei der falschen Antwort wirklich am Arsch. »Hör mal«, antworte ich, »ich habe ihn nicht gesehen. Jemand hat es mir zugerufen. Verdammt noch mal, vielleicht ist es der. Keine Ahnung. *Alle* haben laut geschrien. Ihr wisst schon, dieser große Störfall. Kannst du vielleicht mal ein bisschen schneller machen?«

Der lange Kerl zeigt auf eine Kiste in der Nähe, die ich sofort aufreiße und zu durchsuchen beginne. Um Zeit zu gewinnen, damit ich mir nicht noch mehr Lügen ausdenken muss, frage ich: »Was macht ihr zwei eigentlich hier drinnen, wenn draußen die Hölle los ist?«

»Was ist denn mit Haslin passiert?«, fragt der andere, während der erste im gleichen Moment antwortet: »Das ist hier unser Posten. Wir sollen hierbleiben, für den Fall, dass …«

Ein neuerliches Alarmläuten ertönt.

Beide halten inne, schauen sich an, ihre Gesichter plötzlich besorgt.

»Für genau *diesen* Fall«, erklärt der Lange. »Komm jetzt, Gehm.«

»He, warte!«, sage ich. Wie sich herausstellt, ist Bronmer Haslin nicht klein, sondern *winzig*. Ich passe unmöglich in irgendwelche seiner Kleidungsstücke. »Ich will niemandem ohne seine Einwilligung seine Sachen wegnehmen, aber hat Haslin irgendwelche Freunde, denen es nichts ausmacht, wenn ich einen Waffenrock mitnehme, den er übrig hat? Man hat mir gesagt, er würde sehr stark bluten. Und, ähm, ich glaube nicht, dass ich ihm das Ding wieder zurückgeben werde.«

Der Mann von normaler Größe deutet auf eine Truhe in der Nähe. »Die da ist meine. Nimm alles, was du brauchst.«

»Und wie heißt du?«, frage ich.

»Warum?«, entgegnet er misstrauisch. »Hör mal, wir müssen los!«

»Wenn jemand reinkommt, während ich deine Sachen durchwühle, denkt er, ich klaue.«

»Gillson Jass, Kombüse, Nummer zwei.«

Ich nicke ihm zu und steuere seine Koje an. Die beiden sind bereits aus dem Raum, ehe ich seine Truhe aufgerissen habe.

~Wäre ja auch echt ein Jammer, wenn jemand denken würde, du klaust seine Sachen.~

Ich interpretiere das als einen lobenden Glückwunsch. Gut gemacht, Kylar! Du hast Fähigkeiten, die ich nicht einmal erahnt habe, Kylar. Du bist in der Tat ein wahres Wunder, Kylar.

Irgendwie kann ich den Ka'kari lachen hören. Allerdings lacht er nicht gerade *mit* mir.

Ich streife meine Kleider ab und bin schon wenig später als Sergeant Gillson Jass gekleidet, entweder von der Kombüse Nummer zwei oder Sergeant Nummer zwei der Kombüse. Ich wüsste verdammt noch mal gern, was von beidem es ist und wozu es mich berechtigt, aber ich bezweifle, dass mich dieses Wissen den ganzen langen Weg bis zum König bringen würde. Allerdings könnte es mich wohl durchaus ein paar Etagen weiter nach oben bringen.

Vielleicht bin ich in solchen Dingen doch besser, als ich gedacht habe. Vielleicht ist unmöglich für mich doch nicht ganz und gar unmöglich.

Ich atme ein paarmal tief durch und überlege mir meine nächsten Schritte. Dann fällt mir etwas ein.

He, ich wollte doch meine unmittelbaren Eindrücke niederschreiben. Vielleicht sollte ich das besser jetzt machen.

~Du meinst, dass du aufschreiben wolltest, was passiert ist, als wir getrennt gewesen sind?~

Genau. Die Sache mit der schwarzen Welle. Ich werde das sicher später noch einmal durchgehen wollen. Am besten schreibe ich jetzt auf, woran ich mich erinnern kann, bevor das Ganze noch verschwommener wird.

Wir nehmen uns also eine Minute Zeit dafür, während ich mein rasendes Herz etwas zur Ruhe kommen lasse, und dabei wird mir bewusst, dass ich inmitten einer ziemlich aussichtslosen Situation meine Sache gar nicht so schlecht gemacht habe. Alles in allem läuft es sogar ziemlich gut für mich.

Mit einem Lächeln im Gesicht verlasse ich das Kasernenquartier und betrete den Gang auf der gegenüberliegenden Seite der Tür, durch die ich hereingekommen bin …

Gerade rechtzeitig, um zu hören, wie jemand nur wenige Schritte entfernt laut »Eindringling!« schreit.

Dutzende von Soldaten kommen in meine Richtung gerannt, schubsen Leute zur Seite, stoßen andere um. Ich bin wie gelähmt, mein Lächeln erstarrt – und sie rennen direkt an mir vorbei und einer knurrt: »Aus dem Weg!«

Eine Frau auf dem Flur hebt den Hut auf, den ihr die drängelnden Soldaten vom Kopf geschlagen haben. Sie sieht erst mich an, dann blickt sie den Männern hinterher, die ihr einen Stoß versetzt haben, und bedenkt sie mit einem Wort, das eigentlich dem rückwärtigen Ende des Verdauungstrakts von Pferden vorbehalten ist.

»Die meisten sind wirklich welche«, pflichte ich ihr bei. »Aber nicht alle.«

»Nein. Manche sind sogar noch schlimmer«, erwidert sie. Sie lächelt mich an. »Wohin des Weges?«

Ein flottes Ding, so auf die feurig-draufgängerische Art. Ich lächle zurück.

Kapitel 10

Ein Soldat steht stramm

Ich bin also ein wenig abgelenkt gewesen und habe für ein paar verschwommene, sonnendurchflutete Minuten das Weitererzählen vergessen. Die Verführungskünste sind kein echter Bestandteil der Palette an Fähigkeiten gewesen, in denen mich Durzo unterrichtet hat, und in meinem jugendlichen Idealismus habe ich mich jedes Mal geweigert, auf diesem Gebiet etwas zu lernen, wenn Momma K das Thema angesprochen hat, weil ich der Überzeugung gewesen bin, es würde mit einschließen, dass ich der Frau, in die ich abgöttisch vernarrt war, dadurch irgendwie untreu würde. Und dann …

Kurz gesagt – ich habe keine Entschuldigung dafür, dass ich mir keinerlei Kenntnisse in den Verführungstechniken zugelegt habe, wo ich doch eine der geschicktesten Verführerinnen der Welt zur Verfügung hatte, die bereit war, mich zu unterrichten, und jetzt sitze ich in der Falle, weil es mir allzu peinlich wäre, Momma K die Tiefen meiner verführungsbezüglichen Unfähigkeit zu enthüllen.

~Verführungsbezüglich? Ich glaube, dieses Wort gibt es nicht.~

Nun ja, im Moment fällt es mir etwas schwer, klar zu denken, verstehst du?

All das ist jedenfalls der Grund dafür, warum ich nicht genau weiß, wie ich in dieser Wandnische gelandet bin und nun eine

Frau mit den wunderbarsten Lippen der Welt küsse. Also ihre Lippen, nicht meine. Ich küsse sie nicht *mit* den wunderbarsten Lippen der Welt – du … du verstehst schon.

Doch ich bin nicht dumm. Es ist ja nicht so, dass ich nicht wüsste, dass eine schöne Frau, die plötzlich mit mir allein sein will, mich womöglich nur in eine Falle locken will. Ich meine, das ist der älteste Trick auf der Welt. Ich bin nicht so dumm, darauf hereinzufallen, wenn mich eine …

~Hast du Vi nicht genauso kennengelernt?~

Entschuldige, ich war gerade nicht recht bei der Sache. Mit dir zu streiten schien mir irgendwie das Letzte, dem ich im Moment meine Aufmerksamkeit widmen sollte.

Meine Güte. Ihr Atem in meinem Ohr. Was das alles mit mir anstellt. Mann, es ist echt schon eine ganze Weile her.

Sie macht so Sachen mit ihren Händen, krallt sich sanft in meinen Rücken und in meine Seiten, während sie mich küsst und ihren Körper an meinen schmiegt.

Wenn ich nicht mit ihr auf ihr Zimmer gehen will, wie ich ihr vor ein paar Minuten klar und deutlich gesagt habe …

Warum eigentlich wollte ich noch mal nicht mit ihr auf ihr …?

Ach ja, richtig, das befindet sich hinten am Heck. Die falsche Richtung. Und, stimmt schon, da *sind* in der Tat all die Möglichkeiten von Hinterhalt und Mord und so weiter, keine Frage. Ihr Zimmer ist eine schlechte Idee. Eine schreckliche Idee.

Schrecklich reizvoll.

Entsetzlich. Schlecht. Im Gegensatz zu der Art und Weise, wie sie …

Wo war ich stehen geblieben? Ach ja, wenn ich nicht – ich küsse sie unter dem Ohr, um mir einen Moment Zeit zu verschaffen, meine fünf Sinne wieder zusammenzubekommen – mit ihr auf ihr Zimmer gehen will, scheine ich da gerade eine längere Reihe von Entscheidungen zu treffen, die nicht besonders gut mit diesem mir gesteckten Ziel übereinstimmen. Sie legt den Kopf in den Nacken, will mehr – das Ganze ist idiotisch, ich weiß ja nicht mal ihren Namen –, ein stöhnender Laut dringt tief aus ihrer Kehle, und sie stößt ihre Hüften in einer kleinen Kreisbewegung gegen mein Bein, das eng umklammert zwischen ihren Beinen steckt.

Es ist eine der Seltsamkeiten daran, ein Mann zu sein, dass es irgendwie sogar noch besser ist, einer Frau Vergnügen zu bereiten, als wenn sie einem selbst Vergnügen bereitet.

~Ich weiß nicht recht, ob das auch nur annähernd eine allgemein verbreitete Sichtweise ist.~

Ich meine, es ist zumindest ein klein wenig besser.

~Du solltest dich bei Momma K erkundigen, wie viele Männer so sind, Kylar.~

Ach, komm schon, sie ist eben Momma K. Eine Professionelle wie sie wird es zumeist mit einer anderen Art Mann zu tun bekommen. Aber du weißt doch, was ich meine. Ich meine … na ja, vielleicht weißt du es ja womöglich doch nicht, oder? Du bist aus Metall und Magie, nicht aus Fleisch und Blut.

Ich mache etwas sanft Erregendes, das Elene immer völlig dahinschmelzen ließ, aber plötzlich fühle ich mich zutiefst unwohl damit, hier ein Gespräch zu führen, das – auch wenn es bloß in meinem Kopf stattfindet – eher an die Prahlereien über Eroberungen erinnert, die ich früher immer auf der Straße gehört habe. Selbst wenn man solche Gespräche nur mit anhört, fühlt man sich dabei nicht unbedingt wie ein anständiger Mensch. Aber jetzt selbst solche Sachen zu sagen?

Ich sollte wirklich keinen körperlichen Kontakt mit dem Ka'kari haben, während ich …

Ich mache mich daran, ihn von meinem Körper zu entfernen, und lasse ihn auf das Platinarmband gleiten, damit die kleine Klette nicht weiterhin meine Gedanken belauscht.

~Ich habe versucht, dich überhaupt erst zum *Denken* zu bringen, du Affe mit Spatzenhirn.~

Unterdessen habe ich abwesend fortgefahren, sie zu küssen und durch mein Streicheln zu erregen, und bemerke nun, wie der Atem dieser attraktiven Fremden immer tiefer und schneller wird, sich ihr Hals zu röten beginnt. Doch statt angesichts meiner Berührungen zu zerfließen, wird sie mit einem Mal sehr energisch, packt mein bestes Stück unvermittelt durch die Hose und zischt mir ins Ohr: »Du kommst jetzt mit auf mein Zimmer. Sofort!«

»Ich, äh …« Ich will es wirklich. Und was kann es schon schaden?

~Du meinst, was kann es schon schaden, mal vorausgesetzt, sie bringt dich nicht um?~

Richtig. Ist doch klar.

Sicher, ihr Zimmer liegt in der falschen Richtung, aber wenn ich mit ihr gehe, sorgt das vielleicht für ein wenig Zeit, damit das mit dem ständigen Alarm und so weiter aufhört und sich alles ein wenig beruhigen kann. Ich kann hören, dass die Maschinengeräusche des Schiffes wieder lauter geworden sind. Abermals pflügt das Sturmschiff durch den schweren Wellengang des Meeres. Was auch immer nach der schwarzen Welle an Reparaturen nötig war, es scheint nichts Schwerwiegendes gewesen zu sein – doch die Nachricht von meiner Anwesenheit auf dem Schiff wird sicherlich für Panik sorgen oder hat bereits dafür gesorgt. Vielleicht könnte ich ein wenig Zeit fern des Geschehens dazu nutzen, mir eine neue Strategie zurechtzulegen, wie ich an die Spitze des Schiffes gelangen soll.

Du weißt schon, danach.

Vielleicht könnte sie mir sogar helfen, an die Spitze des Schiffes zu gelangen, wenn ich ihr nur hinreichend Anreiz gebe, mir helfen zu *wollen.*

Es wäre auch eine gute Übung zum Ausgleich für all die Unterrichtsstunden in Verführungskunde, die ich verpasst habe.

»Du kommst mit auf mein Zimmer, sonst ziehe ich dir genau hier die Hose runter, wo jeder auf dem Flur es sehen kann. Und ich will Baradrick keinen Vorwand dafür geben, mich meines priesterlichen Amtes zu entheben.«

Das klingt nach einer wichtigen Information, doch ich bin mit meinen Gedanken schon woanders.

Übung.

Ich kann den neuen Weg, den meine Gedanken eingeschlagen haben, nicht einmal dem Ka'kari anlasten, doch ich könnte das Ganze vielleicht auf Durzo schieben, der die künstlich geschaffene Persönlichkeit des Ka'kari offensichtlich sehr stark geprägt hat.

»Weißt du, was du beim Üben brauchst?«, hat mich Durzo einmal gefragt. »Eine Umgebung, wo man wiederholte Versuche machen kann und wo jedes Versagen offensichtlich, aber nicht katastrophal ist.«

Eine Verführung womöglich in die Hose gehen zu lassen, wenn man auf der Flucht ist – *und* dabei auch noch gezielt gejagt wird, *und* zwar in den beengten Räumlichkeiten eines Schiffes, das eine Woche lang auf See bleiben muss, von wo es keinerlei Fluchtmöglichkeit gibt …?

»Ich kann nicht«, sage ich mit trauriger Stimme. Je mehr ich darüber nachdenke, desto mehr wird mir klar, dass dem auch buchstäblich so ist, zumindest, wenn ich am Leben bleiben will.

Ein trotziges Funkeln tritt in ihre Augen, und sie zieht unter der Gürtellinie an mir, sodass es mir den Atem raubt.

»Der da unten versichert mir aber das Gegenteil.«

»Ich muss nach vorn zum Bug. Ich habe Pflichten. Ich muss jetzt wirklich gehen. Es tut mir leid. Wirklich.«

Sie zieht einen Schmollmund. Bisher hat sie ihren Griff durch meine Hose hindurch nicht gelockert.

»Wie heißt du eigentlich, mein Schöner?«

Schön? Ich? »Kylar.«

Ich zucke zusammen.

Sie lacht und lässt mich nun endlich los. »Bist du verheiratet, Kylar?«

»Nicht mehr. Warum fragst du?«

»Du bist eben zusammengezuckt wie jemand, der seinen richtigen Namen eigentlich nicht sagen wollte. Und ganz und gar nicht wie irgendein niedriger Offizier. Was mir verrät, dass du ein Mann von Adel bist, der sich verkleidet hat, weil er irgendwelche Schandtaten im Schilde führt. Nicht dass ich das verurteilen würde. Denn weißt du was? Sobald ich von diesem verfluchten Schiff runterkomme, habe ich vor, mich selbst aus den mich kettenden Banden zu lösen. Ich bin gerade selbst auf Schandtaten aus.«

»Baradrick?«, rate ich.

»Weißt du, es gibt da so ein paar Dinge, die ich dich lieber mit deinen süßen Lippen anstellen sehen würde, als den Namen dieses fremdgehenden Schweins auszusprechen. Aber ich sag dir mal was, Kylar … wie heißt du eigentlich mit Nachnamen?«

Erst jetzt fasse ich sie genauer ins Auge. Summend erwacht mein Hirn wieder zum Leben und beginnt träge zu arbeiten, noch langsamer als vorhin die Schiffsmaschinen. Sie ist zwar zwanglos gekleidet, doch ihre Sachen sind so edel und geschmackvoll geschneidert, dass sie entweder selbst eine Schneiderin oder eine Edelfrau ist – und eine Schneiderin wäre niemals so takt- und hirnlos, sich unter die rauen Gesellen zu begeben, die hier unten in den Katakomben eines Schiffes arbeiten. So etwas kann nur eine Frau von Adel tun. Eine Frau von Adel in der Hitze ihres Verlangens, die sich unters gemeine Volk mischen will, auf der Suche nach einem Mann, mit dem sie auf der Stelle ins Bett springen kann – und das ist kein Verlangen nach mir und auch nicht nach irgendeinem anderen bestimmten Mann. Ihr Verlangen gilt der Rache an ihrem Schwerenöter von Ehemann.

Ihrem *adeligen* Schwerenöter von Ehemann.

Na großartig. Da kann ja rein gar nichts schiefgehen.

»Sergeant Gillson Kylar Jass zu Ihren Diensten, meine Dame. Zweiter Messeoffizier.«

Sie lacht. »Die ganze Arbeit, die Kleidung zu besorgen und so weiter, und dann entscheidest du dich für Gillson statt für Hubert, hm? ›Aber für meine Freunde einfach Hu.‹«

»Ich kann dir nicht folgen.« Hu Kylar Jass? Ich merke, dass sie einen Witz macht, aber ich verstehe ihn nicht und bin momentan nicht in Stimmung.

~Aus der Perspektive von jemandem, der im Inneren deines Körpers steckt, scheint es mir durchaus so, als wärst du in Stimmung.~

»Ich erkenne einen Edelmann sofort, Kylar, aber dich kenne ich nicht – und das würde ich, wenn du irgendwo aus Westalitaera kämst oder in einer der großen Städte des Ostens aufgewachsen wärst. Vielleicht kommst du ja aus dem Ausland? Nein, du lässt dich nicht erweichen? Na gut, selbst schuld. Mein Mann – pardon, mein baldiger Ex-Mann – ist Lord der Hohen Marken, von Varisova und von Cawloon.« Sie mustert mein Gesicht, das ich ausdruckslos halte, auch wenn das Feuer in meinem Blut plötzlich abkühlt. Ich kenne ihn nicht, doch auch wenn ein Titel alles Mögliche bedeuten kann, habe ich festgestellt, dass er in der Regel umso weniger von echtem Reichtum und wahrer Macht kündet, je bombastischer er klingt.

Aber gleich drei, mal eben beiläufig fallen gelassen? Das bedeutet, dass er tatsächlich eine angesagte Nummer ist.

»Du kennst ihn nicht«, schlussfolgert sie. »Gut. Also kommst du entweder aus einem anderen Land oder irgendwo aus den abgelegenen Weiten des Reiches, aber auf jeden Fall bist du niemand, der Angst vor ihm hat. Ich schlage dir ein Geschäft vor, *Sergeant*.«

»Ein Geschäft?«, frage ich, als würde ich Desinteresse vortäuschen, doch ich schaue ihr auf die Lippen, werfe einen raschen Blick auf ihren tiefen Ausschnitt.

Ich spiele die Rolle lediglich, rede ich mir ein, den Schwachkopf, der sein Interesse nicht unterdrücken kann. Nicht dass es mir unangenehm wäre, diese Rolle zu spielen.

»Du sitzt hier hinten fest, nicht wahr? Ich würde gern wissen, warum, aber eigentlich spielt es keine Rolle. Wenn du mir hilfst, kann ich …«

»Ich wurde ausgeraubt.« Ich tue so, als sei es ein Geständnis und ein peinliches obendrein. »Mein Bruder schuldet einem gewissen Pfandleiher mit üblem Charakter sehr viel Geld. Jemand sollte mir ein bestimmtes Druckmittel gegen ihn verkaufen, das wir gegen unsere Schulden eintauschen wollten, statt sie zu bezahlen. Stattdessen hat mich dieser Jemand ausgeraubt. Hat mir alles genommen, sogar meine Kleidung. Ich glaube, er wollte mich sogar umbringen, aber dann hat es diesen großen … Störfall gegeben, und ich konnte ihm entwischen. Ich hatte gerade diese Kleider gestohlen, als du, nun ja, als du aufgetaucht bist.«

Sie lächelt spitzbübisch. »Das erklärt dann ja zumindest ein Rätsel.«

»Und das wäre?«, hake ich nach und frage mich, ob ich in meiner vorgeschobenen Tarngeschichte irgendeinen fürchterlichen Fehler gemacht habe.

»Ich habe mich schon gefragt, warum ein Sergeant seinen, äh, Soldaten frei baumeln lässt.«

Zum zweiten Mal in unserem kurzen Gespräch verstehe ich nicht, was sie meint. Dann dämmert es mir, dass sie bemerkt hat, dass ich keine Unterwäsche trage. Ich weiß, ich weiß, ich bin ein wenig widersprüchlich in meiner Zimperlichkeit – aber ist es denn wirklich so sonderbar, dass ich nicht die gebrauchte Unterwäsche eines anderen Mannes anziehen wollte? Um mein plötzliches – äußerst ärgerliches! – Erröten zu überspielen, sage ich: »Für einen Soldaten, der keine unangemeldete Inspektion erwartet hat, hat er immerhin eine geraume Weile strammgestanden.«

Sie wirft den Kopf zurück und lacht schallend. Legt mir die Hand auf die Schulter. Ich glaube nicht, dass meine Bemerkung wirklich so lustig gewesen ist, aber es freut mich, dass sie das anders sieht. Ich schlucke. Ich kann förmlich spüren, wie ich dümmer werde. Ungelogen. Gibt es etwas Berauschenderes als die Wertschätzung einer hübschen Frau?

»Du hilfst mir also?«, will sie von mir wissen und sieht mich mit ihren großen grünen Augen an.

Ich schaffe es, etwas herauszubringen, das weit weniger hirnlos ist, als ich mich momentan fühle: »Und worauf lasse ich mich da genau ein?«

Kapitel 11

Der einfache Weg

Ich habe mitnichten die Absicht, die Sache durchzuziehen, also hör auf damit.

~Hab ich denn etwas gesagt?~

Dein Schweigen kann ohrenbetäubend sein.

Der Ka'kari schweigt. Diesmal mit Absicht, selbst wenn es nicht auch schon vorher der Fall gewesen sein sollte. Das merke ich einfach. Ich gehe einen halben Schritt hinter Lady Ysmaena Mulkin daher, die bald wieder Lady Ysmaena Isicleia sein wird, sobald sie sich von Graf Baradrick Mulkin hat scheiden lassen. Ich glaube, sie ist außerdem auch eine Art Priesterin. Sie hat mich allerdings nicht alle ihre Titel wissen lassen, nur ihren Plan.

Da ich nicht mit ihr zurück auf ihr Zimmer gehen und mit ihr schlafen will (Ach nein? Nein, werde ich nicht), möchte sie, dass wir uns in einer winzigen Wandnische vor einem kleinen Wintergarten aufstellen, den ihr Mann und seine Freunde besuchen. Angeblich trinkt er dort mit seiner neuen Geliebten Kaffee. Sobald uns mitgeteilt wird, dass er die Lokalität gleich verlassen wird, werden wir anfangen, uns zu küssen und zu befummeln.

Sobald er uns gesehen hat, hat mir Lady Ysmaena versichert, kann ich mich verkrümeln, während sie den Riesenkrach mit ihm hat, auf den sie so scharf ist.

Klingt ganz nach der Sorte Angelegenheit, die für den anderen Mann nicht gut ausgeht, was? Und das ist die Aufgabe, für die ich mich freiwillig gemeldet habe – ohne dass mir das Privileg vergönnt wäre, das es gemeinhin mit sich bringt, der andere Mann zu sein.

»Kannst du ihn wissen lassen, dass wir nicht miteinander geschlafen haben und dass ich nicht gewusst habe, dass du verheiratet bist?«, bitte ich sie.

»Kein Problem! Mache ich gleich als Erstes«, antwortet sie und führt uns durch einen Salon, in dem eine Gruppe von Musikern eine bekannte Melodie spielt, während einige schon tagsüber betrunkene Adlige miteinander würfeln, und dann an einem weiteren Kontrollpunkt vorbei. Sie wirkt völlig aufrichtig und so glaube ich ihr.

~Wirklich?~

Nein! Wie sehe ich denn aus, etwa wie ein Idiot?

Als Ysmaena meine Hand nimmt, lösen sich die Wachen am nächsten Kontrollpunkt förmlich in Luft auf.

Das heißt, sie ist so bedeutend und einflussreich, dass sie sie vom Sehen kennen. Gütiger Himmel.

Ich meine, ich weiß, wonach das alles aussieht, aber ich bin wirklich kein Idiot. Es ist alles Teil meines gerissenen Plans. Ich werde nicht so lange warten, bis ich umgebracht werde. Ich will nicht, dass mir irgendwer auch nur die geringste Aufmerksamkeit schenkt. Bevor es zu der großen Konfrontation kommt, die sie sich da erhofft, werde ich bereits verschwunden sein und mich unsichtbar machen.

Du musst wissen, dass der Wintergarten, in dem sich Ysmaenas Mann aufhält, nur eine Treppe von den kaiserlichen Gemächern entfernt ist, die sich ganz vorn auf dem Schiff befinden – und sie führt mich auf dem Weg dorthin durch sämtliche Schutzvorkehrungen, die mich eigentlich aufhalten sollten.

Ich kann mich jederzeit aus dem Staub machen, und ich weiß, dass ich besser zu früh als zu spät verschwinden sollte, aber zuzusehen, wie diese eigentlich nahezu unpassierbaren Kontrollpunkte ohne die geringste Anstrengung meinerseits einfach an mir vorbeiziehen, macht mich regelrecht süchtig. Wir müssen uns bereits im vorderen Drittel des Schiffes befinden, und an jedem Kontrollpunkt steht nicht nur der eine oder andere kaiserliche Magier im langen Gewand, sondern es werden immer mehr von ihnen, und wenn die Vermutungen richtig sind, die ich auf Grundlage ihres zunehmenden Alters und der immer reicheren Stickereien an den Säumen ihrer Roben angestellt habe, sind es immer hochrangigere Magier.

Schließlich fordert ein Magier mit auf der linken Schädelseite glatt rasierter Kopfhaut, sodass dort die schartige Tätowierung eines Bären sichtbar ist, Lady Ysmaena zum Stehenbleiben auf. Mein Herz bleibt ebenfalls stehen. Aus einer kleinen Tasche zieht meine Mitverschwörerin ein Armband mit drei leuchtenden Saphiren hervor. Es scheint, dass die Regeln für Arm- und Halsbänder auf dem Schiff lockerer gehandhabt werden als zuvor in der Burg, aber je weiter man sich dem Bug des Schiffes nähert, desto schärfer werden die Sicherheitsvorkehrungen. Der Anblick nimmt dem Magier sichtlich den Wind aus den Segeln, doch dann wendet er sich trotzig an mich. »Und Ihr, wo ist Euer …«

»Das ist mein Freund«, antwortet Lady Ysmaena. »Mein sehr lieber Freund.« Sie nimmt meine Hand und küsst sie, geziert und zugleich herausfordernd.

»Natürlich, hohe Dame«, sagt der Magier verdrossen. Er lässt uns passieren.

Als ich an ihm vorbei in einen Flur trete, der ganz und gar mit blauem Samt und hellem Holz verkleidet ist, murmelt er mir zu: »Ich hoffe, es hat sich gelohnt.«

Ich zwinge mich zu einem Lächeln und vermute, dass er wahrscheinlich auch schon andere Diener auf dem Schiff gesehen hat, die mit einer der Edelfrauen angebandelt haben. Vielleicht bin ich ja nicht mal der Erste, den er zusammen mit Lady Ysmaena gesehen hat. Sie scheint alle lauschigen Winkel auf dem Schiff zu kennen, und wenn ich es mir recht überlege, hat sie ganz das Auftreten einer Frau, die regelmäßig und ausgiebig fremdgeht und dann völlig aus dem Häuschen ist, sobald es jemand wagt, sie seinerseits zu hintergehen.

In mir reift der Gedanke, dass ich bei der Konfrontation, die sie sucht, womöglich nicht auf der richtigen Seite stehe.

Was weiß ich schließlich schon wirklich über sie … außer dem Offensichtlichen? Vielleicht habe ich letztlich ja doch nicht so viel Glück, wie ich geglaubt habe. Gerade eben habe ich noch darüber nachgedacht, was für ein glücklicher Zufall es doch war, dass ich von all den tief verletzten Gatten und Gattinnen, die gestern Abend betrogen worden sind, ausgerechnet auf die eine gestoßen bin, die nicht nur Gefallen an mir gefunden hat, sondern auch in der Lage ist, mich ein großes Stück in Richtung meines Ziels zu bringen.

Ist doch ungeheuer praktisch, nicht wahr?

Andererseits wäre ich ja auch gar nicht mitgekommen, wenn sie mir nicht hätte helfen können, und ich hatte bereits vor, sie wieder zu verlassen, als sie versucht hat, mich in ihr Zimmer weiter hinten im Schiff zu bugsieren.

Also ist es vielleicht doch kein *so* großer Zufall. Vielleicht bin ich besser im Verführen, als ich gedacht habe. Ha! Ich, der Verführer, wanze mich an eine Edeldame heran und bekomme von ihr, was ich will, einfach nur durch die bloße Macht meines guten Aussehens, meines Charmes und meiner Kusskünste. Ich, der ich an all den Kontrollpunkten vorbeispaziere, mit einer fast völlig Fremden, die widerstandslos tut, was immer ich von ihr verlange, denn wie könnte sie auch anders, jetzt, wo sie von mir geküsst wurde? Vielleicht brauchte ich ja gar keinen Unterricht von Momma K. Vielleicht bin ich einfach ein echtes Naturtalent im …

»Da, seine Männer!«, zischt sie und zieht plötzlich den Kopf ein. »Das dort drüben ist der Hauptmann meines Mannes!«

Ich richte den Blick nach vorn und sehe zwei Soldaten, die sich mit den Magiern am nächsten Kontrollpunkt unterhalten. Sie haben sich zur Seite gewandt, sodass ich nicht erkennen kann, ob sie kommen oder gehen oder nur mal eben ein kleines Schwätzchen halten.

Sie haben uns noch nicht bemerkt.

Ysmaena ist wie ein Eichhörnchen auf halbem Weg zwischen zwei Bäumen, das gerade eine Katze gesehen hat. »Hier entlang!«, sagt sie.

Sie zieht mich in einen Winkel vor einer breiten Doppeltür, die zum Zuschauerraum eines Theaters oder zu einem Ballsaal führt. Sie rüttelt an beiden Türen. Verschlossen. Sie flucht leise. »Wenn wir nur hier durchkämen, könnten wir in den Gang auf der anderen Seite und an ihnen vorbei.«

Sie streckt den Kopf hinaus und hält Ausschau.

Ich prüfe die Türen selbst, um mich zu vergewissern, ob ein wenig zusätzliche Kraft womöglich ausreicht. Ich will allerdings nichts zerbrechen, also verzichte ich darauf, beim Drücken mein magisches Talent einzusetzen.

Die Türen geben nicht nach.

Sie hält immer noch Ausschau. »Vielleicht gehen sie ja weiter. O nein … ich glaube, sie kommen …«

Ich führe den Ka'kari in das Schloss ein und schüttle ihn einmal, um die Zuhaltungen zu prüfen, lasse das flüssige Metall die richtige Form findet. *Klick.*

»Sie kommen!«, zischt sie.

»Die Tür! Ich hab's«, sage ich. »Hat nur ein wenig Kraft gebraucht!«

Ich ziehe sie mit mir in den Zuschauerraum und führe sie durch die pechschwarze Dunkelheit.

Ich laufe hinter den Bankreihen entlang, während Ysmaena ängstlich hinter mir herstolpert. Erst auf halbem Weg durch den rückwärtigen Teil des Ballsaals merke ich, dass wir nicht allein sind. Mit meinen die Finsternis durchdringenden Augen kann ich, hinter übereinandergestapelten Bänken und Ziersäulen verborgen, die Wölbung einer Schulter und ein Stück hervorlugenden Helms erkennen.

Es ist ein Hinterhalt.

Vi schleuderte ihre Schreibfeder auf die Tischplatte. »Was zum Teufel!« Sie stieß ihren Stuhl vom Tisch weg, warf die Hände hoch, verschränkte die Arme vor der Brust und lehnte sich in ihrem Stuhl zurück.

Am anderen Ende des Raumes seufzte Schwester Ariel und legte ihre eigene Feder nieder. »Ja, Kind?«

»Wie können Männer manchmal so clever sein und dann wieder … dann wieder so … grrr!«

»In Anbetracht der Intensität der Gefühle, die du an den Tag legst, nehme ich an, dass du ›Männer‹ hier als eine Synekdoche für Kylar gebrauchst?«

»Als eine was …? Ja, *Kylar*! Der Riesenidiot. Ich bin gerade an der Stelle, wo seine Begegnung mit …«

»Psst!«, schnitt ihr Schwester Ariel das Wort ab.

Alles Blut wich Vi aus dem Gesicht. Sie hätte es um ein Haar laut gesagt. Hier. Wo die Wände Ohren hatten. Und die Reaktion dieser Ohren auf das, was sie da fast gesagt hätte, würde eine sehr heftige sein.

Und sie hatte gemeint, *Kylar* sei hier der Idiot?

»Was denn?«, fragte Viridiana den Lauschenden zuliebe und ließ ihre Stimme einen verärgerten Tonfall annehmen. »Er ist einem Haufen Soldaten begegnet und hat etwas … Dummes, etwas wirklich Dummes gemacht. Ihr wisst ja, wie das bei ihm läuft. Völlig unnötig.«

»Ach ja?«, erwiderte Schwester Ariel, als würde sie voll und ganz verstehen, was Vi da meinte. »Weißt du, manchmal habe ich den Eindruck, dass genau das, was Kylar am beängstigendsten macht, seine Schwächen sind, unter anderem seine Unreife. Für sich genommen wäre das alles vielleicht harmlos. Ein weiterer junger Mann unter Männern. Aber im Verein mit seinen enormen Kräften? Furchterregend. Sehr oft weiß er nicht, dass er etwas nicht vermag, was er doch ganz offensichtlich nicht bewerkstelligen kann, also versucht er es trotzdem – häufig mit katastrophalen Folgen, denn er versucht sich an Großtaten, die so schwierig sind, dass sich die meisten Leute hüten würden, so etwas überhaupt nur zu probieren. Aber manchmal nimmt er solcherart Dinge auch in Angriff und hat damit *Erfolg*, sehr zu jedermanns Verdruss. Das macht es sehr schwer, sein Verhalten vorherzusehen, und sogar noch schwieriger, ihn unter Kontrolle zu halten. Also, ich stimme dir zu, ja, so clever und dann wieder so … grrr.« Den letzten Satz brachte sie nahezu emotionslos über die Lippen, doch ein kaum merkliches Grinsen umspielte ihre Mundwinkel. Dann, als hätte sie nun Unterhaltung genug für einen ganzen Tag gehabt, nahm sie ihre Feder wieder zur Hand, wandte sich erneut ihren Unterlagen zu und raunte:

»Das Gleiche könnte man wohl auch über jemand anderen sagen.«

Jemand …?

»Ach, seid doch ruhig«, murmelte Vi in ihre Notizen hinein. Aber sie hatte Schwester Ariel sofort wieder vergessen, und fast hätte sie auch ihren Ärger darüber vergessen, dass Kylar in eine so offensichtliche Falle getappt war, denn auch wenn sie sehr genau wusste, was als Nächstes geschehen würde, weil sie nämlich selbst dabei gewesen war, wusste sie nicht, wie *Kylar* darüber gedacht hatte.

Ihr drehte sich der Magen um. Nein, das stimmte nicht ganz. Sie war gar nicht neugierig darauf, was er über das meiste von alledem dachte. Worauf es ankam, war, wie Kylar wohl über das dachte, was sie ganz am Ende getan hatte.

Kapitel 12

Eine finstere Vorführung

»Hier entlang«, sage ich und ziehe Ysmaena zu einer großen Statue in der Mitte des Raums.

»Die Tür ist direkt gegenüber«, erwidert sie. Aber sie ist hinter mir, und ich bewege mich schneller als sie. Sollte je ein Zweifel daran bestanden haben, dass sie mich bewusst in die Falle lockt, dann hat sich die Sache jetzt erledigt.

Mir bleibt keine Wahl mehr. Ich weiß nicht, wer mir diesen Hinterhalt gelegt hat und was diese Leute über mich wissen. Ich weiß nur, dass sich in jedem Moment, in dem ich all die Möglichkeiten durchdenke, die Schlinge fester zuzieht.

Durzo hat einmal gesagt: »Möglichkeiten bedeuten Gefahr: Hinter tausend Türen kann tausendmal Mord und Totschlag lauern. Aber das Fehlen von Möglichkeiten ist der Tod. Die Sackgasse ist immer eine Falle. Der Weg des Lebens ist es, am Rande der Schatten zu wandeln, den Pfad zwischen Gefahr und Tod einzuschlagen. Einen anderen Weg gibt es nicht.«

Da das Theater mehrere Zuschauerebenen umfasst, ist die Decke über mir relativ niedrig, aber in der Mitte öffnet sich ein Freiraum, der drei oder vier Stockwerke hoch ist. Da draußen gibt es mehr Möglichkeiten, mehr mögliche Schusslinien, aber ich habe auch mehr Alternativen. Nach oben und nach unten hin.

Suchend wandert mein Blick rasch hin und her, übergeht alle Details, die nicht zählen, um festzustellen, worauf es im Moment ankommt. Ich sehe keine kaiserlich grünen Polstermöbel, die mit Elektron bestickt sind, ich sehe Deckung. Die halb verborgenen Feinde sehe ich nicht als Menschen, sondern gemäß ihren Kampffähigkeiten: Speerkämpfer, Speerkämpfer, Offizier, Bogenschütze, eine Magierin, die ihre Hände unauffällig um eine versteckte Kugel dreht, die gleich Licht und Tod bringen wird, wobei sie hinter dem Vorhang, der sie verbirgt, Versteck mit Deckung verwechselt.

Aus der Nachlässigkeit, mit der meine Angreifer die Sache angehen, schließe ich, dass sie entweder nicht wissen, dass ich im Dunkeln sehen kann, oder dass sie es einfach nicht ernst nehmen.

Das alles erkenne ich, während wir kaum fünf Schritte in den Raum hineingegangen sind. Noch immer ist mein Blick angespannt. Wie viele Leute sind sonst noch hier?

Ysmaena zerrt fest an meinem Arm, versucht mich aufzuhalten. Sie sagt irgendwas, doch ich höre sie nicht. Ihre Worte sind Einzelheiten, die ich nicht zu wissen brauche. Sie hat mir bereits alles gezeigt, was ich über ihre Rolle in dieser Angelegenheit wissen muss. Aber jetzt, wo Ysmaena an mir zieht, bleiben mir auch in Bezug auf sie nicht mehr viele Wahlmöglichkeiten: töten, kampfunfähig machen, als Geisel nehmen oder laufen lassen.

Laufen lassen? Man lässt niemanden laufen, der versucht, einen umzubringen, schon gar nicht jemanden mit einem Messer am Gürtel.

Von ihrer lauten Stimme fast übertönt, höre ich das Kratzen von Holz auf Eisen von der Tür herüberdringen, durch die wir hereingekommen sind – da wird ein Riegel an der Tür angebracht, sodass wir hier drinnen gefangen sind.

Aus dem Augenwinkel bemerke ich, wie sich eine Magierin erhebt, um das Signal zum Angriff zu geben.

Ich reiße Ysmaena so fest an mich, dass sie sich den Arm auskugelt, schnappe mir das Messer aus ihrem Gürtel und schleudere es auf die aufstehende Frau, noch während sie »Jetzt!« schreit.

Das Ding ist kein Wurfmesser, und ich habe nicht exakt gezielt, aber die Klinge trifft die Magierin seitlich im Gesicht. Sie taumelt zurück und stolpert. Das magische Licht, das sie in der Hand gesammelt hat, um den Raum für die Angreifer zu erhellen, erlischt mit einem Zischen.

Während der Raum stockdunkel ist, befehle ich dem Ka'kari, mich vor magischer Sicht zu verbergen, und mache einen Hechtsprung nach vorn.

Zugleich bediene ich mich der netten kleinen Lichtpulsillusion, die ich entwickelt habe: Während ich meine Muskeln anspanne, strecke ich den Ka'kari von mir weg – in die entgegengesetzte Richtung zu der, in die ich zu springen vorhabe. Dann lasse ich die Lichter zuerst dort pulsieren, wo ich mich befinde, und dann weiter weg von mir; eins, zwei, und dann hole ich den Ka'kari zu mir zurück und springe. Wenn sich mein vieles Üben auszahlt, wird es nun so aussehen, als würde ein leuchtendes *Etwas* in die Richtung springen, die meiner tatsächlichen Sprungrichtung entgegengesetzt ist.

Ich höre Pfeile die Luft zerschneiden. Ysmaena schreit vor Schmerz. Im nächsten Augenblick werden Schreie der Verwirrung laut und Befehle werden gerufen. Ich lande seitlich hinter der Magierin. Ihr Gesicht blutet aus einer harmlosen Schnittwunde. Ein großer Leibwächter hilft ihr hoch, während zwei Speerkämpfer ihre hohen Schilde vor ihr zusammenschlagen und beide durch die Dunkelheit spähen.

Das Messer, das ich geworfen habe, liegt auf dem Boden unter ihr. Zu weit weg.

Einen Moment lang verliere ich die Hoffnung – wie kann ich gegen all die Menschen kämpfen, ohne jemanden zu töten?

Dann kommt es mir wieder in den Sinn. Das alles liegt mittlerweile hinter mir. Ein merkwürdiges Frohlocken erfüllt mich.

Ihr möchtet kämpfen? Dann wollen wir mal.

Schneller, als man bis drei zählen kann, habe ich mir ein Kurzschwert vom Gürtel des nächsten Wachmanns gegriffen – eins –, und ohne das geringste Zögern, denn ich kämpfe jetzt frei von allen moralischen Hemmnissen, vergrabe ich die Spitze in seiner Achselhöhle – zwei – und drehe die Waffe, während ich sie herausziehe – drei. Bei vier steche ich erneut zu – verfehle aber die Kehle der Magierin um Haaresbreite, weil ich auf irgendein unsichtbares Kleidungsstück auf dem Boden trete.

Mit dem fehlgegangenen Angriff habe ich mich übernommen, gerate aus dem Takt, verpasse Nummer fünf, wehrlos, weit ausgestreckt – ich schlage die Klinge schwunglos gegen den Hals der Magierin und rolle mich dann ab.

Ich wirble geduckt herum, für den Fall, dass da ein unsichtbarer Angreifer lauert, und setze den näheren Speerträger außer Gefecht. Meine Klinge durchtrennt die Sehnen an der Rückseite beider Beine, obwohl ich nur auf eines gezielt hatte.

Ich bin versucht, auch noch den letzten Mann anzugreifen, solange er verwirrt ist, aber Tempo ist jetzt alles, was zählt. Ich hechte weg, rolle mich ab – ohne Not, soweit ich das beurteilen kann, während ich wieder aufspringe, doch man kann verdammt noch mal nicht immer wissen, wann ein Ausweichen unnötig ist.

Ein Bogenschütze hat das Pech, in meiner Nähe zu sein. Er dreht seine ungeheuer breiten Schultern zum Geräusch der Todesseufzer der sterbenden Männer hin, hebt zielend den Pfeil an und blinzelt mit zusammengekniffenen Augen in die Dunkelheit, aber ich stürme an ihm vorbei, lasse die Klinge durch die Bogensehne und in sein Gesicht fahren. Er geht zu Boden, entwaffnet und blind, wenn nicht gar tot.

Meine ersten Ziele sind die Magier – aber es ist kein Magier, der die erste Fackel ins Geschehen einbringt. Ein beherzter junger Offizier beschließt, seine Karriere vorzeitig an den Nagel zu hängen, indem er das Richtige zur richtigen Zeit gegen den falschen Feind tut. Sein pausbackiges, schwitzendes, blasses Gesicht schimmert im roten Licht der Fackel, die er hochhält. Ich renne los, die Schritte abgemessen, dann Sprung, mache den Langen Schwanz. Sein Mund ist weit geöffnet, er schreit Befehle, doch wie durch einen sechsten Sinn alarmiert, versucht er, sich im letzten Moment wegzuducken.

Statt das weiche Gewebe seines Halses zu treffen, um ihm den Kopf abzuschlagen, trifft ihn meine Klinge oberhalb der Augen. Mit einem Knall wird das obere Drittel seines Schädels in die Luft geschleudert, während es mir zugleich das gestohlene Schwert aus der Hand reißt.

Er lässt die Fackel fallen, sein verbliebener Körper taumelt auf obszön wirkende Weise umher und klammert sich ans Leben, wo er es doch besser wissen müsste.

Aber jetzt leuchten weitere Lichter auf, ringsum im Kreis der oberen Ränge. Ich mache dort oben eine Magierin aus, die an einem Scheinwerfer hantiert, bis von dort schließlich ein scharf umgrenzter Lichtstrahl aufflackert, der die Dunkelheit durchschneidet.

Ich weiche einem Speerstoß aus, packe den Speer mit einer Hand, um den Speerkämpfer heranzuziehen, und schlage ihm im Vorbeigehen in den Nacken. Dabei lasse ich den Ka'kari, bevor ich ihn treffe, zu Knöcheln mit scharfen Spitzen werden. Ein geschwungener Halbmondtritt trifft den schweren Schild eines anderen Mannes, was meinen Schwung so weit abbremst, dass ich gerade noch mit einem kraftlosen Rundumtritt auf sein Gesicht zielen kann. Er weicht weit genug zurück, um meinem Fuß auszuweichen, nicht aber der sensenartig aus meinem Stiefel herausragenden Klinge, die den Radius meines ausladenden Tritts um eine Handbreit vergrößert. Er wirbelt blutend zu Boden.

Doch bevor ich davonrennen kann, kommen zwei Männer mit ineinander verschränkten Schilden auf mich zugestürmt. Die Wucht ihrer Attacke wirft mich auf eine nahe Wand zu. Gleich werde ich zermalmt. Die Köpfe gesenkt, die Schilde erhoben, stoßen sie ein lautes Gebrüll aus.

Da die Wand immer näher kommt, lasse ich mich fallen, statt gegen die Männer zu kämpfen, packe die Unterkanten ihrer Schilde und wuchte mich daran nach unten.

Sie trampeln an mir vorbei, einer tritt mir sogar auf den Bauch – und knallen nun selbst, die Schilde voran, gegen die Wand, ohne dass ich die Wucht ihres Ansturms abfangen muss.

Der Ka'kari schnellt mir als ein Stilett in die Hand, und ich stoße ihn beiden Männern dreimal in die Nieren, bevor ich wegspringe und für den nicht magischen Blick unsichtbar werde.

Während ich über Bänke und Tische eile, strecke ich nebenher noch zwei weitere Männer nieder – die klaffenden Stichwunden eines unsichtbaren Windes, der von einem Moment auf den anderen abrupt seine Richtung ändert, aber immer näher und näher an die große Statue in der Mitte des Raumes herankommt.

Der Scheinwerfer strahlt blendend grell auf mich herab. Die Geschwindigkeit, mit der er mir zu folgen versucht, verrät mir, dass nicht nur das Licht magischer Natur ist, sondern auch der Peilmechanismus. Das Ding bewegt sich fast so schnell, wie ein Mensch seine Blickrichtung wechseln kann.

Verflucht seien die Alitaeri und ihr grenzenloser Goldreichtum! Die Magierin, die den Scheinwerfer lenkt, scheint mich im magischen Spektrum sehen zu können, also verändere ich die Kräfte des Ka'kari so, dass er mich vor ihrem Blick schützt.

Ich klettere an der Schattenseite der Statue hinauf, so schnell ich kann, und reiße dabei Holzstücke und Farbfetzen von der knallbunten Figur irgendeines alten Kaisers herunter, um dann mit einem großen Satz von seinem Kopf durch den Raum zu springen. Der Scheinwerfer beleuchtet kurz meinen Bogen durch die Luft, dann lande ich ein Dutzend Schritte von der Magierin entfernt. Sie ergreift panisch die Flucht.

Ihr einzig verbliebener Leibwächter hält die Stellung und versucht, ihr Zurückweichen zu decken, obwohl sie ihn im Stich gelassen hat.

Warum nur müssen Männer mit Mut für Feiglinge sterben? Die Magierin verfügt über hundertmal mehr Waffen, die sie gegen mich einsetzen könnte, als er.

Er fällt auf meine Finte rein, und ich wehre seinen Speer ab, während er zustößt, springe an ihm vorbei, breche mir taumelnd Bahn und weiche seinem Gegenangriff aus, als er mit dem dicken Ende seines Speers auf mein Gesicht zielt, und der Ka'kari reißt ihm an der linken Seite vom Bauch bis zum Rücken den Leib auf.

Ich hole die Magierin ein, als sie in wilder Flucht die Treppe nach unten erreicht.

Der magische Scheinwerfer erlischt, als der Körper der Magierin mit einem feuchten Schmatzen auf die Treppenstufen knallt. Ihr Kopf hüpft separat hinter ihr her und dann über sie hinweg.

In der Dunkelheit und der plötzlichen Stille bleibe ich in Bewegung – denn man verharrt nie an Ort und Stelle, wenn man nicht weiß, welche Gefahren da draußen auf einen warten –, aber ich bewege mich lautlos, alle Sinne angespannt, und tappe vorsichtig die nassen, glitschigen Stufen hinunter.

Von draußen sind gedämpfte Schreie zu hören, die immer lauter werden, je weiter ich die Treppe hinabsteige.

Männer hämmern erfolglos gegen die Türen. Offenbar sind die Türen sowohl von außen als auch von innen versperrt.

Irgendwer da draußen schreit etwas über den König und verlangt, eingelassen zu werden.

Ich kann niemanden sehen, der noch versuchen würde, gegen mich zu kämpfen. Ich komme zu der Stelle, wo ich Ysmaena verlassen habe.

Sie ist nicht mehr da.

Ich muss von hier verschwinden. Und zwar schnell. Ich steuere eine Tür auf der gegenüberliegenden Seite von der an, wo ich eingetreten bin.

Die Soldaten an der Tür, durch die ich gekommen bin, können nicht herein, aber sie haben fraglos schon Leute ausgeschickt oder werden es gleich tun, um nach den anderen Türen zu sehen, bevor sie anfangen, Türen aufzubrechen.

Das ist das Schöne daran, wenn man gegen alte, fest verwurzelte Machtstrukturen kämpft: Die Leute vor Ort haben normalerweise nicht die Befugnis, selbstständig von ihrem Urteilsvermögen Gebrauch zu machen. Wenn man sich größere Sorgen darüber machen muss, wie viel Ärger man sich einhandelt, weil man eine Tür aufbricht, als darüber, wie viel Ärger man sich einhandelt, weil man nicht rechtzeitig zu einem Kampf eintrifft, trifft man eben nicht rechtzeitig zu dem Kampf ein.

Wenn ich allzu lange brauche, bedeutet das leider, dass sie die Möglichkeit haben, an allen Türen ihr Glück zu versuchen. Und wenn sie feststellen, dass alle verschlossen sind, muss ich damit rechnen, dass sie eine aufbrechen werden.

Gerade in dem Moment, als ich die Hände ausstrecke, um den Riegel von der Tür vor mir zu lösen, beginnen auf der anderen Seite Soldaten dagegen zu hämmern. Und ich höre, wie andere an die anderen Türen hämmern, die auf denselben Flur hinausführen.

Ich kann davon ausgehen, dass vielleicht ein Dutzend Mann da draußen sind, aber es könnten auch doppelt so viele sein. Ein Dutzend Soldaten auf einem einzigen, gut beleuchteten Gang? Wie viele Magier könnten unter ihnen sein? Hier, so nahe an der Spitze des Schiffes …? Ich weiß es nicht. Vielleicht sehr viele.

Ich renne zu den Türen an der Vorderseite des Ballsaals.

Doch ich bin noch nicht einmal auf halbem Weg dorthin, da höre ich auch dort von draußen Schreie.

Vor jeder Tür befinden sich Soldaten. Es kann gut sein, dass sie sich erst einmal zehn Minuten lang darüber streiten, was sie tun dürfen, und sich zwischen den Gruppen an jeder Tür untereinander abstimmen. Sie könnten jetzt aber auch jeden Moment eine der Türen aufbrechen.

Nein, Moment mal. Ich habe nicht alle Türen überprüft, nur alle Türen auf dieser Ebene. Ich befinde mich hier auf einem Schiff. Selbst wenn die Architekten dieser Räumlichkeiten gewollt haben, dass die meisten Menschen durch die Haupttüren hereinkommen, so hat doch bestimmt einer der Ränge …

In der Ferne ertönt ein Knallen und Licht dringt aus einer Tür ganz hinten auf dem obersten Rang. Soldaten mit Fackeln kommen hereingestürmt.

Mir schlägt das Herz bis zum Hals. Wohin ist Ysmaena verschwunden? Hätte ich es in der Dunkelheit des Theaters nicht bemerkt, wenn bei ihrem Hinausschlüpfen ein Lichtstrahl von den Flurlaternen hereingedrungen wäre? Allerdings sind alle Türen, die ich auf dieser Ebene überprüft habe, noch von innen verriegelt gewesen.

Ich eile in der Finsternis nach vorn zum Bühnenbereich, während die Soldaten oben die erste Treppe erreichen und einige von ihnen ausschwärmen, um den Oberrang zu durchsuchen. Ich lasse meinen Blick über den Bereich hinter der Bühne wandern, in der Hoffnung, irgendwo eine kleine Seitentür zu entdecken, die zu einem Gang hinausführt, wohin auch immer.

Nichts.

Aber es gibt eine winzige Luke im Boden der Bühne, eine sogenannte Versenkung. Sie ist geschlossen, doch der Griffring steht aufrecht, als hätte erst kürzlich jemand davon Gebrauch gemacht. Ich stelle mich seitlich der Falltür hin, in der Hoffnung, so vor einem möglichen Angriff geschützt zu sein, und ziehe sie auf. Eine Treppe, so steil, dass es schon fast eine Leiter ist, befindet sich darunter. Ich schlage einen vorsichtigen Bogen um die Öffnung, blicke hinab und erkenne darunter die unverkennbaren Merkmale einer Garderobe. Direkt unter der Bühne. Das ist naheliegend.

Allein, es gefällt mir nicht. Es ist ein Eingang, der nicht einsichtig ist. Ich kann nicht sehen, was sich dort unten befindet, und ich werde mich nicht verteidigen können, bis ich ganz am unteren Ende der steilen Stufen angelangt bin.

Wenn es diesen einen Garderobeneingang gibt, dann gibt es sicher noch einen anderen. Bühnenleute lieben es, irgendwo einen raffiniert versteckten Aufzug zur Bühne zu haben, damit sie bei ihren Veranstaltungen einen Überraschungsauftritt hinlegen können.

Aber ich sehe nichts dergleichen. Das Problem mit versteckten Aufzügen: Sie sind versteckt.

Ich höre einen Schrei, und die große Tür zu meiner Linken bewegt sich plötzlich in ihren Angeln, weil Männer von draußen etwas hineinrammen. Und die Soldaten, die vom obersten Rang die Treppe hinunterströmen, haben inzwischen den untersten erreicht.

»Noch mal!«, schreit draußen ein Offizier.

Sie rammen die Tür erneut und das Holz splittert im Bereich um den Riegel herum.

Plötzlich höre ich von unten die unmissverständlichen Geräusche eines Kampfes. Ein überraschter Aufschrei. Eine fluchende Frauenstimme.

Etwas klatscht auf menschliches Fleisch, das dumpfe Geräusch eines abgefeuerten Armbrustbolzens, der sofort auf Holz trifft, und das Klirren von Stahl auf Stahl – nur ein einziges Mal.

»Schwester! Was hast du denn hier zu suchen?«, ruft eine Stimme. Es klingt nach Ysmaena.

In der Hoffnung, dass die Leute dort unten durch das, was immer da gerade passiert, abgelenkt sind, springe ich das Zwischending von Leiter und Treppe hinunter.

In dem kleinen Raum sehe ich vier Tote oder Sterbende: Zwei liegen reglos da, zwei winden sich. Der Geruch von verbrannter Kleidung und verbranntem Menschenfleisch liegt in der Luft. Schwaden von schwarzem Rauch steigen auf. Magie, die sich entladen hat. Ysmaena sitzt in der Ecke am anderen Ende des Raums, meiner Treppe gegenüber, eine abgefeuerte Armbrust auf ihrem Knie, die sie mit der Hand umfasst, aber einer ihrer Arme ist verletzt, nutzlos – mein Zerren daran hat ihn ausgekugelt. Ein Bolzen steckt in der Wand neben mir, aber sie blickt nicht in meine Richtung.

Ysmaena starrt die rothaarige Frau an, die über die Toten und Sterbenden gebeugt dasteht, eine gezückte blutige Klinge in der einen Hand und einen zuckenden Feuerball in der anderen. Vi!

Vis Gesicht erhellt sich bei meinem Anblick. Ich habe vergessen, von magischer Unsichtbarkeit zu nicht magischer zu wechseln: mein Fehler, als ich ins Licht gestürmt bin, diesmal immerhin kein tödlicher Fehler.

Ysmaena sieht mich im selben Moment. »Töte ihn!«, fordert sie Vi auf.

»Nein«, sagt Vi.

»Schwester, das ist ein Befehl!«

»Nein.«

»Mein Kommando ist ranghöher als deines. Das weißt du«, betont Ysmaena. »Du hast keine Vorstellung davon, wie gefährlich dieser Mann ist. Wir müssen es schaffen, ihn …«

»Wage es ja nicht, Magie gegen mich einzusetzen«, unterbricht Vi sie in warnendem Tonfall. »Du weißt, wie das für dich ausgehen wird.«

Vi trägt immer noch ihr mit roten Juwelen besetztes Antimagiehalsband, die Art und Weise seines Leuchtens hat sich jedoch leicht verändert. Es ist trotz des Feuerballs in ihrer Hand nicht merklich enger geworden, also ist es mittlerweile wohl funktionsunfähig, was bedeutet, dass Vi vollen Zugang zu ihren beträchtlichen Fähigkeiten hat. Mit dem Halsband der anderen Frau verhält es sich genauso, daher vermute ich, dass alle Schwestern ihre Halsbänder wirkungslos gemacht haben. Die Sicherheitsvorkehrungen auf dem Schiff sind nicht so streng, wie sie es auf dem Fest gewesen sind.

Das Geräusch eines zersplitternden Türrahmens im Obergeschoss lenkt für einen kurzen Moment unsere Aufmerksamkeit ab. Ysmaenas Augen leuchten auf, und sie öffnet den Mund, um einen Zauberspruch aufzusagen oder laut zu rufen.

Wie der Blitz jagt ihr Vis Kurzschwert durch den Hals, und Ysmaenas Versuch zu schreien endet in einem grotesken Röcheln. Ysmaena sieht zu Vi auf, absoluter Schock und nacktes Entsetzen sind ihr ins Gesicht geschrieben. Sie versucht, tief Luft zu holen, um ihrem nun unausweichlichen Tod mit einem Schrei zu trotzen …

Und saugt dadurch Blut tief in ihre Lunge. Wie so etwas läuft, davon könnte jeder Schwimmer ein Lied singen.

Sie hustet geräuschvoll, würgt und sprüht eine zinnoberrote Wolke aus. Welche Vi indes verfehlt, weil sie, erfahrene Killerin, die sie ist, das Kommende bereits erwartet hat und zurückgewichen ist.

Fluchend und mit versteinerter Miene gleitet Vi im nächsten Augenblick wieder nach vorn und stößt ihre Klinge mit einem gezielten Stich tief durch das V von Ysmaenas Schlüsselbein direkt in ihr Herz. Mit einer ruckartigen professionellen Drehung reißt sie die Klinge wieder heraus und weicht noch einmal zurück, um einem möglichen Blutregen aus dem Weg zu gehen. Ysmaena erschlafft.

Verärgert wirft mir Vi ein Messer zu. Ihr Gesicht ist zu einer Maske erstarrt. »Mach dich nützlich«, bellt sie und deutet auf die beiden niedergestreckten Soldaten auf meiner Seite des Raums, die sich noch immer rühren. »Meine Tarnung taugt nichts, wenn sich herumspricht, dass ich dir geholfen habe.«

Während ich die Falltür über uns schließe, sticht sie nacheinander auf jeden der Männer auf ihrer Seite des Raums ein und dreht ihre Klinge in Herzen, die bereits zu schlagen aufgehört haben. Ich habe nicht so viel Glück.

Zweimal kann ich kurz sehen, wie sich Augen weiten, bin aber schon weiter, bevor sie brechen. Ich bin schnell, doch nicht schnell genug, um dem zu entgehen, was ich in diesen Augen sehe.

Vi schaut sich einmal im Raum um und begutachtet dann ihr Kleid. Sie hat vier Männer und eine Schwester der Chantry in einem Kleid getötet – einem *weißen* Kleid –, ohne dass es auch nur einen Tropfen Blut abbekommen hat! Mit einem weiteren gemurmelten Fluch stellt sie fest, dass sie sich den Saum unter ihrer Achselhöhle aufgerissen hat.

Sie bleibt an der offenen Tür stehen und wendet sich mir zu. »Ich brauche dir wohl nicht erst zu sagen, dass du jetzt genau das tun musst, was ich dir sage, sonst wird die Sache hässlich, nicht wahr?«

Ich lehne Ysmaenas gebeugten Kopf zurück, stütze ihn an der Wand ab. Die vollen Lippen, die ich nur Minuten zuvor noch so sehr genossen habe, sind blutig umrahmt, ein rotes Rinnsal läuft ihr das Kinn hinunter und in den Ausschnitt hinein. Ich schließe ihre blicklosen Augen. »In Ordnung. Wäre echt schlimm, wenn diese Sache noch hässlich werden sollte.«

Kapitel 13

Tausend kleine Stiche

»Warum machen sie es nur so schwer?«, fragte Vi.

»Du meinst, durch unvermittelte, zusammenhanglose Einwürfe?«, fragte Schwester Ariel, während ihre Feder mitten im Übers-Blatt-Kratzen innehielt.

»Wie?«

»Entschuldige bitte. Sprich weiter. Was machen sie schwer, und wer tut das?«

»Die Schwestern. Ihnen treu ergeben zu sein.«

Schwester Ariel legte ihre Feder zur Seite. Sie hob den Zeigefinger zum Zeichen, dass Vi sich still verhalten sollte, stand auf und schnappte sich ihren Schal. Dann führte sie Vi durch den verborgenen Raum zu dessen Ausgang, der um die Ecke vom Hauptausgang der Bibliothek lag und daher für die Türwächter nicht einsehbar war.

Bald schon standen sie auf einem leeren Balkon in der Morgensonne, die sich gerade über die Berge schob, um die vom See unter ihnen emporsteigenden Nebelschwaden hell aufglühen zu lassen.

Vi war darauf vorbereitet gewesen, Schwester Ariel alles zu beichten, aber die wenigen Minuten Unterbrechung hatten ihr die Möglichkeit gegeben, sich wieder zu sammeln und neu zu orientieren. Schwester Ariel mochte ein Herz für Vi haben –

sie verhielt sich jedenfalls bisweilen so –, aber die Chantry war Schwester Ariels ganzes Leben. Wenn Vi zugeben würde, dass sie eine Mitschwester getötet hatte, würde Ariel das wahrscheinlich auf der Stelle melden.

Was bedeutete, dass Vi einen anderen Grund vorbringen musste, warum es so schwer war, der Chantry treu zu sein, und nicht die Tatsache, dass eine der Schwestern versucht hatte, Kylar direkt vor ihren Augen zu ermorden.

»Also«, drängte Schwester Ariel und wickelte ihren Schal fester um sich. »Fahr fort.«

»Als ich hierhergekommen bin, erschien mir alles hier ganz erstaunlich und einzigartig«, begann Viridiana. »Unterrichten und Lernen und gemeinsames Schwitzen auf den Übungsplätzen, wie wir einander mit neuen Techniken vertraut machten, die wir entdeckt hatten, oder mit alten, die wir wiederentdeckten. Es war so schön, Teil einer Gruppe von Frauen zu sein, von denen ich wusste, dass sie ihr Leben für mich geben würden, und die dasselbe auch von mir wussten. Vermutlich habe ich gedacht, dieses Gefühl würde auch für die gesamte Chantry gelten. Dass wir wirklich Schwestern sind, versteht Ihr?«

»Aber nach der Schlacht am Schwarzen Hügel hat sich das geändert?«, hakte Schwester Ariel nach.

Vi nickte. Nachdem sie zurückgekommen waren und sich Schwester Ariel in ihre eigenen Studien vergraben hatte, schien sich alles andere bald mehr und mehr aufzulösen.

»Weißt du noch, worum du gebeten hast, als du als Kriegsheldin zurückgekommen bist?«, erkundigte sich Schwester Ariel.

»Ich war keine Kriegsheldin …«

»Das tut jetzt nichts zur Sache. Worum hast du gebeten?«

»Ich habe darum gebeten, weiter mit meiner Truppe arbeiten zu dürfen.«

»Deiner Truppe von Kriegsmagae, durch die wir die Alitaerischen Abkommen gründlich gebrochen haben. Aber das meine ich jetzt nicht. Du hast damals gefordert, die Chantry solle Kylar in Ruhe lassen. Die Sprecherin hat sich einverstanden erklärt, aber unmissverständlich deutlich gemacht, dass du, indem du um diesen Gefallen gebeten hast, alles, was du dir an Wohlwollen erworben hattest, aufgebraucht hast. Du bist für die meisten von uns als eine völlig Fremde hier aufgetaucht, und deine erste Forderung war, unsere Macht zu begrenzen – für einen Mann, den die meisten hier als eine Bedrohung angesehen haben, einen Mann, der uns bloßgestellt hatte. Verstehst du, wie sehr du dir damit Feinde gemacht hast, Viridiana?«

»Es ist ja nicht so, als wäre er nur *irgendein* Mann. Es ist Kylar, und nach allem, was er am Schwarzen Hügel geleistet hat, hat er unseren Dank verdient, nicht …«

»Das spielt keine Rolle. Und was du da beabsichtigt hast, spielt auch keine Rolle. Wie könnten Rivalinnen und Feinde es gegen dich verwenden? Das ist es, worauf es hier ankommt.«

»Ist das der Grund, warum alles so schwer gewesen ist?« Die Schönheit des Morgens kam ihr wie blanker Hohn vor.

»Viridiana, du musst das verstehen. Du kamst aus dem Nichts. Mehr oder weniger eine geborene Kriegsmagierin, was zunächst ein schreckliches Problem zu sein schien und sich dann, als wir es mit der Bedrohung aus Khalidor zu tun bekamen, als geradezu ideal herausstellte. Das hat dich schlagartig bekannt gemacht. Eine junge Kriegsheldin, zufällig auch noch mit einem ungeheuren magischen Talent, der unsere Sitten und Verhaltensnormen fremd sind, die sich bei vielen in den unteren Klassen und unter den Leibeigenen großer Beliebtheit erfreut und die zudem noch ziemlich umwerfend aussieht. Es gibt Dutzende von Leuten aus dem Inneren der Chantry, die jahrzehntelang auf eine größere

Machtfülle hingearbeitet und sich wartend hinten angestellt haben. Und du bist aus dem Nichts aufgetaucht und hast in ihren Augen die ganze Schlange vor ihnen übersprungen. Warst du wirklich überrascht, als du, sofort nachdem du da vorne gelandet bist, feststellen musstest, dass man dir Messer in den Rücken gestoßen hat?«

»Ich habe gedacht, dieser Ort hier wäre das Gegenteil von den Elendsvierteln und der Sa'kagé. Ich wollte einfach nur in Ruhe gelassen werden, um mit meinen Freundinnen zusammen zu trainieren und mich fortzubilden. Stattdessen …«

»Lass mich raten. Als Erstes haben sie einen hervorragenden Grund gefunden, dich und deine Kriegerinnen auf ein anderes Trainingsgelände zu verlegen, das weiter weg und weniger günstig gelegen ist. Was bedeutete, dass einige Frauen nicht zugleich zum Training kommen und trotzdem auch ihrem Unterricht, ihrer Arbeit oder ihrer Ausbildung nachgehen konnten. Dann wurden einige deiner wichtigsten Leutnants weggelockt, indem man ihnen Traumposten angeboten hat, wozu sie aber weit weggehen mussten oder die so zeitaufwendig waren, dass diese Frauen nicht mehr mit dir und den Übrigen trainieren konnten. Dann wurde euer Essen immer schlechter oder blieb einfach ganz aus. Ausrüstungsgegenstände gingen verloren, sodass ihr manchmal überhaupt nicht mehr trainieren konntet. Immer mehr Frauen fanden, dass das Training zu anstrengend oder sogar eine Verschwendung ihrer Zeit sei, und machten sich aus dem Staub. Deine Pflichten riefen dich oft weg – du hattest Besprechungen, die du nicht versäumen durftest und die seltsamerweise immer genau zu deinen Trainingszeiten angesetzt waren. Wann immer du von der Chantry-Führung Abhilfe oder Änderungen verlangt hast, wurden deine Forderungen zwar irgendwann an die zuständigen Stellen weitergeleitet, aber erst nach ärgerlich langer Zeit bearbeitet. Nötige Reparaturen und Verbesserungen wurden dann häufig noch weiter hinausgezögert, oder es stellte sich heraus, dass das entsprechende Ansinnen doch bei der falschen Stelle gelandet war. Bis du eine Anhörung bekommen hast, hatte bereits jemand anders einen neuen, eigenen Anspruch auf die von dir benötigten Mittel angemeldet, und dir wurde erklärt, sie könnten einfach nicht zur Verfügung gestellt werden, jedenfalls nicht jetzt. Gelang es dir dann irgendwann doch mal, eine Sache mit Nachdruck voranzubringen, etwa indem du dir einen Trainingsbereich für deine Frauen gesichert hast, hat irgendwer angemahnt, dass sich inzwischen die Fakten vor Ort geändert hätten: Du hattest keine zweihundert Frauen mehr in deinem Training, also brauchtest du doch auch sicher keine so große Fläche, oder? Und so weiter. Habe ich es in etwa getroffen?«

Vi war die Kinnlade heruntergeklappt. »Ihr habt demnach alles mitverfolgt, was sie mit mir angestellt haben?«

»Ganz und gar nicht. Jede Bürokratie verfügt über ihre eigenen Messerkämpfer, die Stiche austeilen und Wunden zufügen, Viridiana, und die Chantry hat mehr als die meisten anderen. Müsste ich noch weiterraten, würde ich vermuten, dass sie dir jedes Mal, wenn du dir so etwas nicht hast gefallen lassen, gesagt haben, du seist unvernünftig, dir Schwestern zu Feinden zu machen, die deine Freundinnen sein könnten, und dass du einfach nicht wüsstest, wie die Dinge hier laufen.«

Vi nickte. Ihr wurde übel.

»Letzteres ist ohne Frage wahr, wenn auch nicht so, wie du gedacht haben magst«, fuhr Schwester Ariel fort. »Was uns zu Schwester Ayayahs Sonderkommando bringt. Die Schwestern haben darauf bestanden, dass du, wenn du mit ihnen gehen wolltest, alle ihre Befehle befolgen müsstest und so weiter. Als ob deine

Anwesenheit eine große Zumutung wäre und sie dir einen Gefallen täten, wenn sie dich mitkommen ließen. In Wirklichkeit hättest du mit deinem Hintergrund und deinen Fähigkeiten das Kommando *leiten* müssen. Zumindest hättest du eine führende Position erhalten sollen.«

Vi war entgeistert. »Ich … ich bin niemals auch nur auf die Idee gekommen, die Leitung für mich einzufordern.«

»Wie alt bist du, Kind? Nein, sag es mir nicht. Wenn ich mich mit dir vergleiche, komme ich mir vor, als würde ich bereits mit einem Fuß im Grab stehen. In deinem Alter ist man es gewohnt, Befehle entgegenzunehmen. Das haben sie sich zunutze gemacht. In gewisser Weise war deine Stellung in der Gruppe für die meisten deiner Feinde hier in der Chantry überhaupt nicht von Belang. Wichtig war ihnen nur, dass du fort warst, und währenddessen konnten sie ausschalten, was immer du hier noch an Unterstützung haben mochtest.«

Vi stieß schwer die Luft aus und sackte in sich zusammen. »Und sollte ich gar nicht mehr zurückkomme, dann umso besser.«

»Ich denke schon, ja. Siehst du? Jetzt denkst du wie sie. Mach so weiter und … nein, vergiss es. Ich wollte eigentlich sagen, dass du dann deine Sache gut machen wirst. Aber das ist offensichtlich leider nicht wahr. Es ist zu spät für dich. Wie schade.« Schwester Ariel drehte sich um, um wieder ins Innere zurückzukehren.

»Wie schade? Wie schade?!«

Schwester Ariel blieb stehen. Ihr schien die Sache unangenehm. Obwohl es gar nicht so kalt war, mummelte sie sich fester in ihren Schal. »Ich scheine mal wieder eine unangenehme Wahrheit ausgesprochen zu haben. Wie es so meine Art ist. Ich weiß gar nicht, was ich jetzt sagen soll.«

»Na ja … wenn das alles für Euch so offensichtlich ist, warum habt Ihr mir dann nicht gleich davon erzählt?«, herrschte Vi sie an.

»Du hast mich nicht gefragt.«

»Ich habe nicht …! Ihr seid es gewesen, die mich hierhergebracht hat! Ihr hättet auf mich aufpassen müssen!«

Schwester Ariel senkte ihr Kinn, bis es sich ihr fast an den Hals drückte. Dann öffnete sie den Mund. Schloss ihn wieder. Ihre Augenbrauen gingen nach oben. »Das muss ich dir lassen, deine Argumentation ist durchaus schlüssig. Du hast recht. Das hätte ich tun sollen. Daran habe ich gar nicht gedacht.« Als sie feststellen musste, dass die jüngere Frau durch diese Antwort nicht im Entferntesten beschwichtigt wirkte, runzelte Schwester Ariel die Stirn. »Viridiana, mein ganzes Leben lang – einmal abgesehen von dem immer kleiner werdenden Bruchteil davon, wo ich noch keine Schwester war – habe ich Politik immer als zerstörerisch empfunden. Die eine Partei macht dies und das, die anderen Parteien machen es wieder rückgängig; die Gewinne von heute werden durch die Verluste von morgen zunichtegemacht. Eine Frau kämpft über Jahre hinweg um ein begehrtes Amt, und in dem Moment, in dem sie es bekommt, wird ihr Reich vom Feind überrannt, und alles war umsonst. Deshalb habe ich immer versucht, dem Wissensschatz der Menschheit etwas Bleibendes hinzuzufügen – und sei es auch noch so wenig. Die Entdeckung eines Heilmittels für ein weitverbreitetes kleines Gebrechen könnte das Leid von Zehntausenden Menschen lindern – jetzt Lebenden wie noch gar nicht geborenen. Bei den meisten solchen Dingen geht es natürlich um nichts vergleichbar Bedeutendes, besonders bei einer Gelehrten mit so stark begrenzter Reichweite wie mir, aber – na gut, ich schweife ab – ich liebe meine Bücher, meine Studien. Als wir vom Schwarzen Hügel zurückgekommen sind, war ich froh, mich wieder in sie vertiefen zu können. Du schienst mit deinen Kriegerinnen froh und zufrieden, also habe ich mich nicht weiter darum gekümmert. Jetzt sehe ich, dass ich mich geirrt habe. Ich möchte mich dafür entschuldigen.«

»Sie werden mich kreuzigen, nicht wahr?«

»Nein, nein. Wenn die Chantry dich hinrichten will, so ist die gängigste Methode die sogenannte Verweigerung des Lichts: Deine magischen Kräfte werden an ihrer Wurzel gepackt und herausgerissen, ein Verfahren, das in der Regel ein schweres Hirntrauma nach sich zieht, und selbst wenn du es schaffst und du überlebst die anfänglichen …«

Vi war kreidebleich geworden.

»Meine erläuternden Ausführungen scheinen für dich nicht gerade hilfreich zu sein, oder? Oh, ach so, du hast das eben metaphorisch gemeint! Dann: ja.«

»Sie werden mich doch nicht etwa … umbringen, oder?«

»Nein. Natürlich nicht. Du hast dir viele Feinde gemacht, aber du verfügst auch über einzigartige Fähigkeiten – Fähigkeiten, die zwar durch die Alitaerischen Abkommen verboten sind, sicherlich, doch das ist ja nicht deine Schuld, und die Sprecherin wusste schließlich bereits davon. Istariel ist keine Frau, die sich leichtfertig einer Mitschwester entledigen würde, wenn überhaupt. Insbesondere nicht, wenn es sich um eine Kriegsheldin handelt. Nun ja, in diesem Fall vielleicht doch nicht *insbesondere* – wenn man es recht betrachtet, könnte die Sache mit der Kriegsheldin die Wahrscheinlichkeit, dass du als eine Bedrohung angesehen wirst, eher geringfügig erhöhen, und damit wächst dann auch die Wahrscheinlichkeit, dass sie dich … aber das ist jetzt nicht das Thema, denke ich. Keine von uns will eine Schwester einfach so wegwerfen. Das ist der letzte Ausweg im Fall von schwersten Vergehen: Dinge wie Verrat an der Chantry oder der Mord an einer Mitschwester. Und wie du Ayayah versichert hast, hast du ja niemanden getötet. Sie ist so aufgebracht und so hartnäckig bestrebt, die Schuld für das Debakel auf dem Sturmschiff jemand anderem anzulasten, dass, wenn eines der beiden Sonderkommandos auch nur den geringsten Verdacht hätte, du könntest kaiserliche Soldaten getötet haben, du jetzt in einem Kerker sitzen würdest und nicht hier in der Bibliothek.«

Vi zuckte zusammen.

»Daher glaube ich, das Schlimmste, was du befürchten musst, ist …« Schwester Ariel brach ab. »Viridiana, du *hast* doch niemanden umgebracht, oder?«

Vi vermied jeden Blickkontakt.

»Kind, du bist dir aber darüber im Klaren, dass sie irgendwann vor dem Ende des Ratstreffens die vollständigen Berichte unserer Botschaft in Borami zu hören bekommen werden? Die Schwestern dort werden ausgiebige Gespräche mit Augenzeugen geführt haben. Wenn es irgendwelche Indizien dafür gibt, dass du an den Gewalttaten auf dem Sturmschiff beteiligt warst, wirst du sogleich in Schwierigkeiten von ganz anderer Tragweite stecken. Und das umso mehr, solltest du in diesem Punkt gelogen haben.«

Schwester Ariel nahm ihre Lesebrille ab und begann, mit einem Ende ihres Schals eines der Gläser zu putzen. Vi fühlte sich wie gelähmt. Der Wind wehte angenehm, die Sonne schien hell und spiegelte sich orange auf dem morgendlich stillen Wasser des Vestacchisees. Der gedrungenen älteren Schwester lag zweifellos mehr an Vi als irgendwem sonst während Vis erster Lebenshälfte. Hier war alles offen und frei und wunderschön.

Sie hatte noch nie so sehr das Gefühl gehabt, in der Falle zu sitzen.

»Viridiana. Gibt es da etwas, was du mir besser erzählen solltest?«

Kapitel 14

Neue Lügen, alte Lieben

»Jacke, aus. In den Schrank«, flüstert Vi.

Sie durchstöbert eine Tasche neben der Tür der Garderobe. Ich ziehe meine Offiziersjacke aus und werfe sie in einen der Schränke der Bühnenleute. Sie hält mir als Ersatz einen Mantel hin: rot, mit Gold bestickt, teuer, genau meine Große. Sie hilft mir hinein. Als Nächstes wirft sie eine Perücke über mein dunkles Haar. Die, die ich vorhin noch trug, muss ich während des Kampfes verloren haben.

Dann schlüpfen wir durch die Tür des Bühnenpersonals auf den Flur hinaus. Vi geleitet mich mit unauffälliger Geschwindigkeit, verfällt manchmal ins Laufen, wenn uns niemand sieht, und biegt seitwärts in Nebengänge ab.

»Keine Verfolger zu sehen«, lasse ich sie wissen.

In ihren Augen blitzt es verärgert. Vi konnte schon immer sehr schnell ungehalten sein. Sie benutzt ihre Verärgerung, um alle möglichen Gefühle zu übertünchen. Im Moment wahrscheinlich ihre Schuldgefühle, weil sie Ysmaena getötet hat.

Vi zieht mich hinter sich her, als wolle sie mich noch einige weitere Minuten lang komplett ignorieren. Wir steigen zwei Decks hinauf und schlüpfen schließlich in eine der Privatkabinen. Die von Vi, wenn ich nicht völlig falschliege.

»Du hast Fragen. Ich habe Lügen«, sagt Vi. »Aber mach schnell.«

»Wie bitte?«

»Ich habe nicht den ganzen Tag Zeit, Kylar. Ich habe nur ein paar Minuten, dann muss ich verschwinden und mir ein Alibi besorgen. Was ist das äußerste Minimum, das du wissen musst, damit du noch hier bist, wenn ich zurückkomme?«

Ich blinzle einfältig. Das geht mir zu schnell.

»Räumen wir zuerst mal die offensichtlichen aus dem Weg, ja?«, schlägt sie vor.

»Genau«, antworte ich. Ich weiß nicht recht, was hier die offensichtlichen Fragen sind, doch ich bin immer froh, wenn mich jemand für klüger hält, als ich bin. Besonders dann, wenn ich erst einmal wieder zu Atem kommen muss, ganz wortwörtlich, aber auch mental, bei all den gedanklichen Sprüngen, die ich gerade zu leisten versuche.

»Die Chantry hat mein Kommando nicht nur ausgesandt, um Logan zu helfen, das Treffen mit der Kaiserin heil zu überstehen.«

»So viel ist mir auch schon klar geworden. Und was führt ihr hier wirklich im Schilde?«

»Ich versuche ja, es dir zu sagen, wenn du mal die Klappe halten würdest«, blafft sie.

»Du hast bereits gesagt, dass du mich anlügen wirst!«

»So habe ich es nicht gemeint! Ich meinte, dass ich bereit bin, dir von den Lügen zu berichten, die ich dich bis jetzt habe glauben lassen.«

»Da fühle ich mich doch gleich viel besser«, entgegne ich. Aber dann halte ich wirklich den Mund. Momma K hätte jetzt vermutlich angemerkt, dass man besser mit offenen Ohren als mit offenem Mund lernt. »Sprich weiter.«

»Wie du wahrscheinlich schon vermutet hast, sind wir hier, um Logans Kind zu holen.«

»Welches?«, frage ich und habe sofort wieder vergessen, den Mund zu halten.

»Das, worauf es ankommt.« Sie macht Anstalten, ihr Kleid auszuziehen.

Ich sehe sie verständnislos an. Sie wendet mir den Rücken zu.

»Hilf mir mit den Knöpfen, ja?«

Ich öffne ein paar Knöpfe, ohne jede Ahnung, was das soll.

»Nadel und Faden, diese Schachtel dort«, sagt sie und deutet mit dem Zeigefinger.

Ich krame in einer Schublade, finde die Nadel, ziehe weißes Garn heraus, passend zu dem Kleid, und bin froh, dass mein Gehirn endlich wieder seine Arbeit aufgenommen hat. Sie flickt die gerissene Naht in der Achsel des Kleides: Eine gute Verkleidung erfordert so viel Sorgfalt wie eine gute Rüstung und sie kann dir genauso leicht das Leben retten.

Sie steht in einem Unterkleid da, das speziell für das Kleid genäht worden sein muss, um ihre Brüste bestmöglich zur Geltung zu bringen.

Ich habe Gerüchte über eine Magie gehört, die sehr schmerzhaft ist und normalerweise auch gar nicht funktioniert, die aber manchmal die Figur eines Menschen auf Dauer zu verändern vermag. Ich weiß nicht, ob Hu Gibbet Vi gezwungen hat, diese Tortur durchzumachen – er wäre genau die Art Mensch dafür gewesen –, oder ob Vi eine der seltenen Frauen ist, die sehr schlank, sehr durchtrainiert und trotzdem irgendwie vollbusig sein können. Es ist nicht so recht die Art Frage, die man jemandem stellen kann, oder? *Hey, nette Möpse. Natur oder Folter?*

Ich habe sehr lange gebraucht, musste Vi sehr lange kennen, bis ich nicht mehr alle paar Sekunden verstohlene Blicke auf ihren Busen geworfen habe.

~Alle paar *Sekunden*?~

Nicht wortwörtlich. *Ich habe um der Wirkung willen ein wenig übertrieben.*

Im Moment weiß ich nicht, ob es daran liegt, dass ich solo bin, oder daran, dass ich enthaltsam lebe, oder einfach daran, dass ich lange Zeit von ihr getrennt war, aber ich scheine in alte Muster zurückzufallen. Da sind irgendwelche Korsettstäbe in ihrem Unterkleid, und ansonsten ist es bis zum Bauchnabel offen, und wie ein geiler Schuljunge muss ich immer wieder auf ihr Dekolleté schauen, trotz allem anderen, was wir hier momentan um die Ohren haben.

Vi überprüft ihrerseits jeden Teil ihres Kleides, auf der Suche nach Blutspritzern.

»Ein weißes Kleid?«, frage ich. »In unserem Metier?«

Sie flucht überschwänglich, aber leidenschaftslos, dann verstummt sie und weicht meinem Blick aus. »Wir befinden uns mitten in einer Jahreszeit der Farben«, erklärt sie dann. »Ganz in Weiß in einem Meer aus kräftigen Farben und Mustern – das lässt mich besonders hervorstechen.« Sie zeigt auf ihr Dekolleté, als müsste ich, im Blutgeschäft bewandert, wie ich bin, doch wissen, dass es sich hier um ihr berufliches Rüstzeug handelt.

Ich verstehe voll und ganz, was sie meint, während ich sie gleichzeitig überhaupt nicht verstehe. Ja, ja, ich verstehe, wir kennen uns schon lange, verstehe, dass du deine Brüste im Moment nicht zu sexuellen Zwecken zur Schau stellst.

Aber trotzdem … Brüste.

»Ich sollte mich wohl dafür bedanken, dass du mir vorhin da drin das Leben gerettet hast«, sage ich und drehe mich zur Seite.

»Lass es«, antwortet sie. »Ich habe wahrscheinlich … Götter, ich will gar nicht daran denken. He, hast du vor, einfach nur untätig dazusitzen? Du kannst besser mit Nadel und Faden umgehen als ich. Könntest du vielleicht …?«

Wie kann sie sich an so etwas erinnern? Ich meine, wir haben eine Zeit lang mehr oder weniger zusammengelebt, Elene, sie und ich, während ich mit Elene verheiratet und auf magische Weise an Vi gebunden war und der Chantry weismachte, dass sie und ich verheiratet seien – was für eine Katastrophe das gewesen ist! –, aber ich kann mich nicht daran erinnern, jemals genäht zu haben.

»Du nähst. Ich rede«, sagt sie und ein entschuldigender Tonfall schleicht sich in ihre Stimme.

Ich beginne zu nähen und bin froh, etwas zu haben, womit sich meine Augen beschäftigen können.

Sie berichtet: »Gleich nach der Sache am Schwarzen Hügel haben die ersten Heilerinnen bemerkt, dass alle von unserem gewaltigen Magiepuls in Mitleidenschaft gezogen worden waren. Iures und Curoch miteinander vereint und von uns Zwölfen gemeinsam eingesetzt? So etwas hat es seit Jahrhunderten nicht mehr gegeben. Vier der Frauen werden wahrscheinlich nie wieder von Magie Gebrauch machen können. Andererseits ist eine der zuvor Schwächsten der zwölf jetzt zu einer der fähigsten lebenden Schwestern überhaupt geworden. Zwei können immer noch Zauber wirken, leiden aber dabei jedes Mal unglaubliche Schmerzen. Schon bald befürchteten unsere Heilerinnen mögliche Auswirkungen der Magie auf die Ungeborenen. Zu Recht, wie sich jetzt herausgestellt hat.«

»Logans Jungen«, werfe ich ein. Ich hatte also recht.

»Genau. Wir mussten uns vergewissern, ob ihnen etwas zugestoßen sein könnte.«

»Und wie steht es mit dir?«, hake ich nach. »Hat es da noch irgendetwas anderes gegeben, außer der Sache mit den Haaren?« Ich deute auf die Strähne in ihrem Haar, die statt Vis natürlichem Rot nun eine Tönung von Schwarz, Orange, Rot und Gelb angenommen hat, als würden helle Flammen darin lodern.

Sie wirft einen Blick in den Spiegel und zuckt zusammen. Sie murmelt einen Zauber, und ihr Haar nimmt eine undeutliche Mischfarbe an, als hätte sie rote Farbe in die bereits vorhandenen Farbtöne geschüttet. Sie stößt die Luft zwischen den Zähnen aus und murmelt erneut etwas. Die Strähne wird erst reinweiß und dann rot, genau der Ton ihrer natürlichen Haarfarbe.

Sie fährt fort: »Jetzt ist nicht der richtige Moment, um das alles zu erläutern. Die Gandi – die besten Heiler der Welt, manche sagen, sie seien sogar besser als die der Chantry – glauben, dass die Seelen von Säuglingen erst im dritten oder vierten Monat nach der Geburt eine feste Bindung mit ihren Körpern eingehen. Sie nennen es das vierte Trimester. Du hast doch schon mit Babys zu tun gehabt, nicht wahr? Weißt du, so nach ein paar Monaten, da kann man doch irgendwie erkennen, wie die Babys, na ja, ich weiß nicht, aufwachen? Anscheinend verhält es sich mit der ganzen magischen Geschichte irgendwie auch so.«

»Aber ein magisches Talent zeigt sich erst in der Pubertät.«

»Richtig, meistens jedenfalls. Es sei denn, dieses Talent ist wahnsinnig stark, und zumeist zeigt es sich nicht einmal dann. Verdammt, ist wohl ziemlich chaotisch, das alles. Vielleicht verstehe ich es auch einfach nur selbst nicht so ganz. Aber offenbar zeigt sich bei einigen kleinen Kindern das magische Talent und verschwindet nicht wieder, weshalb man hin und wieder Geschichten von Vierjährigen hört, die für absolute Verheerungen sorgen.«

»Solche Geschichten habe ich noch nie gehört.«

»Du bist eben nicht die letzten sechs Monate in die Schule der Chantry gegangen. Wie auch immer, da gibt es magische Wutanfälle und dergleichen. Und wenn du der Ansicht bist, dass Dreizehn- oder Fünfzehnjährige, die plötzlich enorme magische Kräfte an den Tag legen, erschreckend sein können, dann überleg mal, wie sich das erst bei richtigen Kindern verhält, wenn sie noch klein sind. Es kommt nicht oft genug vor, um die Regeln verstehen zu können, nach denen so etwas abläuft, aber offenbar zeigen sich für gewöhnlich ihre zukünftigen Fähigkeiten nur kurz und verschwinden dann wieder. Bis zur Pubertät, wo sie sich erneut bemerkbar machen. Doch manchmal haben sie als Erwachsene dann völlig unterschiedliche Fähigkeiten. Wir wissen nicht genau, welche Entwicklung die von Caedan später einschlagen werden, aber jetzt verfügt er nun mal über diese bestimmten Fähigkeiten, und was er da bewirken kann, ist für die Chantry und für sämtliche Magieanwender auf der Welt äußerst beängstigend.«

»Es ist also Caedan, der sich hier auf dem Schiff befindet?« Derjenige, den ich in den Armen gehalten habe, war doch Kiern, oder?

»Sag bloß, du hast nicht einmal *das* gewusst?«, fragt Vi verwundert. »Warum hast du dich dann ihm an die Fersen geheftet und nicht seinem Bruder?«

»Ich dachte zunächst, die beiden wären zusammen. Wie auch immer, es war meine einzige Spur.« Soll ich ihr sagen, dass ich für Momma K arbeite? Soll ich ihr vom Nemesis-Kompass berichten? Verdammt, ich weiß inzwischen nicht einmal mehr, ob es etwas dergleichen überhaupt gibt. Wenn der Kompass nur eine Erfindung ist, stehe ich wie ein Idiot da, und wenn es ihn doch gibt, würde ich die Chantry darauf aufmerksam machen, also beschließe ich, lieber den Mund zu halten.

»Oh, die Sache wird ja immer besser«, erwidert Vi. Sie sieht aus, als wolle sie noch mehr sagen, aber das tut sie nicht. Es sieht auch so aus, als würde sie ihrerseits ebenfalls Informationen zurückhalten.

Ich halte den Mund geschlossen und die Augen nach unten gerichtet und fahre fort, an der Achselnaht herumzunähen.

»Ich darf dir von alledem eigentlich kein Sterbenswörtchen sagen, Kylar.«

»Du hast gerade eine der Schwestern getötet. Wenn du dir Sorgen machst, sie gegen dich aufzubringen, ziehst du die Grenze an einer recht merkwürdigen Stelle.«

Vi tritt heran, um sich mein Werk anzusehen. Dadurch drückt sich ihr Körper auf eine Weise gegen mich, die mich von meiner Arbeit ablenkt. »Pass lieber mit den Möpsen auf«, grummele ich.

»Bleib mal locker«, entgegnet sie, macht aber einen Schritt von mir weg.

Doch als ich mit allem fertig bin und die Fäden abbinde, wird ihr Tonfall sanfter. »Warum läuft mit uns nur immer alles schief, Kylar?«

»Wie?«

»Es ist so schön, dich zu sehen. Ich wünschte, es wäre nicht *hier*, und ich wünschte, ich hätte nicht … tun müssen, was ich vorhin dort unten getan habe. Aber es ist schön, dich zu sehen. Wirklich schön.«

Ich richte den Blick hinauf zu ihren großen Augen, dann schaue ich weg. Ich reiche ihr das Kleid. »Ich finde es auch schön, dich zu sehen, Vi … Viridiana«, korrigiere ich mich schnell.

Sie steigt in das Kleid und zieht es sich über die Hüften. »Jetzt erzähl mal, wie bist du auf das Schiff gekommen?«, erkundigt sie sich.

»Du hast noch nichts davon gehört?«, frage ich.

»Würde ich denn fragen, wenn ich es schon wüsste?«

»Ich nehme mal an, ich bin mehr oder weniger … draufgesprungen?«

»Von der Burg her«, sagt sie, ihre Stimme ausdruckslos.

»Ja. Ich bin durch die Luft rübergeglitten. Im Flügelanzug. Ein echter Spaß. Ich empfehle es nicht weiter.«

»Warum bist du nur so ein Blödmann?«, knurrt sie und schüttelt entrüstet den Kopf. »Es war nur eine einfache Frage. Wenn du sie nicht beantworten willst, etwa um deine neue Geliebte zu schützen oder was auch immer, kannst du mir das auch einfach sagen.«

»Meine neue *Geliebte*?«

»Das geht mich nichts an. Hat sie es auch aufs Schiff geschafft?«

»Das weiß ich noch nicht. Ich hatte vor, nach ihr zu suchen, sobald ich mal eine Minute Zeit zum Durchatmen habe. Aber sie ist nicht meine Geliebte. Ich bin mir nicht mal sicher, ob sie überhaupt ein Freund ist. Sie ist, äh, jemand, mit dem ich zusammenarbeite.«

»Jemand, mit dem du zusammenarbeitest?«

»Wir beide …« Ich breche ab. »Wer will das jetzt wissen? Viridiana oder die Chantry?«

»Hast du Angst, dass ich ihnen von deinem Kindermädchen erzähle?«, fragt Viridiana.

»Würdest du das denn nicht?«

»Doch!«

»Na also!«

Ihre Wangen sind gerötet. Wir stehen dicht nebeneinander. Ich registriere, wie sie einen raschen Blick auf meine Lippen wirft.

Ich fahre mir mit den Fingern über den Mund und frage mich, ob Essensreste an meinen Lippen kleben oder so was. »Warum schreien wir uns hier eigentlich an?«, will ich wissen.

»Ach, ich wäre froh, wenn sie ein Freund für dich wäre«, sagt Viridiana, macht einen halben Schritt zurück und wendet den Blick ab. Sie greift hinter ihren Rücken und fängt an, ihre Knöpfe zu schließen. Ich biete ihr meine Hilfe nicht an.

»Was soll das heißen?«

»Die Chantry hat da eine Regel: keine Einzelgänger. Man kommt dort nicht weiter, wenn man keine Freundschaften pflegen kann. Jede Schwester, mit der ich gesprochen habe, hat versichert, dass das einer der Punkte sei, in denen wir den männlichen Magiern überlegen sind. Sie sagen, talentierte Einzelgänger auszubrüten sei immer eine Katastrophe.«

»Auszubrüten?«

»Ihre Wortwahl, nicht meine. Stell dir mal das idealtypische einsame Genie vor.«

»Wie bitte?«

»Mach es einfach mal, ja? Es ist eine Übung, die sie mir gezeigt haben. Bist du so weit?«

»Gib mir eine halbe … alles klar. Bin so weit.«

»Und? Wie sieht sie aus?«, erkundigt sich Vi.

»Sie?«

»Du hast dir einen Mann vorgestellt, stimmt's?«

»Genau. Dorian.«

»Gut, nun ja, er passt wohl auch, nehme ich an. Ich glaube, eigentlich hättest du dir keine konkrete lebende Persönlichkeit vorstellen sollen. Das bringt die Sache jetzt vielleicht durcheinander. Aber die Chantry würde sagen, du hast dir einen Mann vorgestellt, weil der Mythos des einsamen Genies ein männlicher Archetyp ist. Und noch dazu eine Lüge. Mir ist es übrigens genauso ergangen, obwohl ich Momma K besser kenne und sie mindestens so klug ist wie Dorian, deutlich fähiger und, du weißt schon, bei klarem Verstand. Und Schwester Ariel ist mir auch gar nicht erst in den Sinn gekommen, erinnerst du dich noch an sie?«

»Natürlich. Aber was hat das alles damit zu tun, was …«

»Ein echter Freund hält dich davon ab, große Fehler zu machen, Kylar, wenn du auf ihn oder sie hörst.«

»Dazu muss man erst einmal Freunde haben«, entgegne ich.

»Wenn du nur die Augen aufmachen würdest, würdest du vielleicht näher in deinem Umkreis Freunde finden, als du denkst«, erwidert sie.

»Was soll das denn heißen? Dass ich weder hinhöre noch richtig hinsehe? Suchst du noch nach irgendetwas anderem, um mich runterzuputzen? Du klingst wie Durzo an einem schlechten Tag.«

»Wie geht es ihm denn so?«, erkundigt sie sich gekränkt.

»Keine Ahnung. Er ist auf und davon, wahrscheinlich weil er etwas Besseres zu tun hatte. So wie es jeder andere Freund gemacht hat, den ich je gehabt habe.«

Das sitzt, wie ich merke. Ich hatte ihr eigentlich nicht wehtun wollen. Ich wollte mich einfach nur freuen, weil bei ihr alles gut lief und sie ihren Weg ging. All der anderen Gefühle bin ich mir nicht bewusst gewesen, bis ich ihnen Ausdruck verliehen habe.

»Ich hätte nicht … ich wollte dich wirklich nicht …«, setze ich an.

»Wann immer sie über die Gefahren der Isolation sprechen, muss ich an dich denken, Kylar. Ich mache mir Sorgen um dich.«

Sie macht sich Sorgen um mich? Ich weiß nicht, was ich darauf erwidern soll. »Ich bin nicht isoliert«, erkläre ich.

Wenn ich mich plötzlich in einen sprechenden Honigkuchen verwandelt hätte, hätte Viridiana auch nicht verblüffter aussehen können als jetzt. »Ich, ich … dafür habe ich jetzt wirklich keine

Zeit«, sagt sie, nicht wütend, sondern es klingt fast flehentlich. Sie will sich nicht mit mir streiten.

Aber ich denke an etwas, das Dorian bei seinem letzten Besuch zu mir gesagt hat. Er sagte: »Weißt du, was einem Menschen geschieht, der zu lange isoliert ist? Schau mich an.«

Ich hatte ihn missverstanden. Er meinte nicht, dass er selbst wisse, was einem solchen Menschen geschieht; er meinte sich selbst. *Er* ist es, was einem geschieht. Einem solchen Menschen passiert das, was ihm passiert ist. Ich kenne nicht die gesamte Verkettung von Ereignissen, die Dorian in den Wahnsinn getrieben hat, aber vielleicht weiß ich genug. Er hat sich ganz allein in eine gefahrvolle Situation gestürzt, hat schreckliche Entscheidungen getroffen, die in der damaligen Lage durchaus richtig erschienen, und hat Wahnsinn, Betrug und Tod geerntet. Vielleicht hat er sagen wollen, all das wäre nicht passiert, wenn er nicht so isoliert gewesen wäre. So wie ich es bin.

Welch aufmunternder Gedanke. Ich wende mich wieder an Vi: »Also, äh, ich hätte gedacht, Kiern sei der wichtige Zwilling.«

»Warum?«

»Die prophetischen Träume?«

»Träume?« Doch plötzlich fällt ihr der Unterkiefer herunter. »Prophetische Träume? Ist es das, was sie …?« Sie lässt sich abrupt auf ihren Stuhl fallen, das Kleid weit offen. Vi hat ein erstaunliches Bewusstsein für die Wirkung ihres Körpers im physischen Raum und zugleich fehlt ihr jegliches Bewusstsein für die Wirkung ihres Körpers im gesellschaftlichen Raum.

Ich trete hinter sie und fange an, die kleinen Perlenknöpfe zuzumachen.

»Sie – also das Kommando – verraten mir nichts, wovon sie glauben, dass ich es nicht zu wissen brauche, Kylar. Aber sie hatten da einen großen Streit. Kiern verursacht bei jedem, der ihn in den Armen hält, seltsame Träume. Die Heilerinnen haben versucht herauszufinden, ob es sich dabei vielleicht nur um halluzinatorische … Wie sagt man noch? Egal, die Frage war jedenfalls, ob es vielleicht nur Halluzinationen sind. Aber es ist ausnahmslos jeder Schwester passiert, die ihn einmal gehalten hat. Sie sind der Ansicht, dass jeder, in dem auch nur ein Hauch von magischem Talent steckt, davon betroffen ist. Daher konnte Logan den Jungen ohne irgendwelche Probleme in den Arm nehmen, Jenine jedoch verfügt über ein schlummerndes magisches Potenzial, das ist bei vielen Frauen der Fall.«

Sie merkt, dass ich mit den Knöpfen fertig bin, steht auf, richtet sich das Kleid und bindet die letzten Schnürbänder vorne zu.

»Oh, Götter«, entfährt es mir. »Das erklärt dann alles! Was haben Logan und Jenine denn gesagt, als die Schwestern es ihnen berichtet haben? Als ich mich nämlich mit Logan unterhalten habe, hat er immer noch gedacht, sie sei verrü…«

Sie zuckt zusammen. Mir klappt die Kinnlade herunter.

»Ihr habt es ihnen *gar nicht* gesagt«, wird mir klar. »Ihr habt es ihnen einfach nicht *gesagt*?«

»Nicht ich! Ich habe auch noch nichts davon gewusst, als ich dort war. Ich wusste nur, dass es mir verboten war, einen der beiden Jungen in den Armen zu halten.«

»Diese gemeinen *Biester*.« Das war wieder mal so typisch für die Chantry. Sie kamen daher, boten ihre Hilfe an, ließen sich Zeit, um die Ursache des Problems zu finden, und beschlossen dann, dem neuen König und der neuen Königin kein Sterbenswörtchen davon zu verraten, was da mit ihren beiden Kindern geschah – und das, wo doch die Königin regelmäßig halluzinierte und alle, einschließlich ihres Mannes, glaubten, sie sei gerade dabei, den Verstand zu verlieren.

»Ruhig bleiben!«, mahnt Viridiana.

»Warte«, sage ich, ohne auf sie einzugehen. »Wenn also Kiern den Menschen Träume verleiht, die die Zukunft vorhersagen, was könnte dann Caedan bewirken, das ihn sogar noch wichtiger macht?«

»Niemand hat gesagt, dass er wichtiger ist.«

»Du brauchst es auch gar nicht zu *sagen*, denn schließlich bist du *hier*. Oder ist er eure einzige Spur, und ihr habt keinerlei Ahnung, wo Kiern sein könnte?« Immerhin hat sie diesbezüglich eben erst ihren Spott mit mir getrieben, und jetzt weiß ich nicht, wie weit ich ihren Worten trauen kann.

»Das ist es nicht, nein.«

»Dann findet die Chantry also, dass er der Wichtigere ist.«

»Wir haben auch ein Kommando, das Kiern auf den Fersen ist.«

»Aber du selbst befindest dich in diesem Kommando und es ist das beste. Das hast du selbst gesagt. Was vermag Caedan zu bewirken, Vi?«

Sie wirft die Hände hoch. »Ist das denn nicht offensichtlich?«

»Nein.«

»All die Alarme, Kylar? Sie hat es alle seinetwegen gegeben. Ich meine, einmal abgesehen von dem, der dir gegolten hat.«

»Hä?«

»Die beiden Jungen sind jetzt fast drei Monate alt, Kylar. Seine Seele ist dabei, sich endgültig mit seinem Körper zu verbinden. Der Störfall vorhin, als auf dem Schiff nichts mehr ging? Die magischen Fähigkeiten der Jungen beginnen zutage zu treten. Caedans magisches Talent ist dabei viel unterschwelliger als das seines Bruders. Zuerst glaubten die Heilerinnen, Caedan sei gar nicht magisch begabt. Schon gar nicht vermuteten sie bei ihm etwas so Spektakuläres wie Kierns Verleihen von Träumen. Wenn überhaupt, dann beruhigte es Jenine, Caedan in den Armen zu halten. Aber dann … Ich muss jetzt gehen, Kylar. Können wir …?«

»Aber dann was?«, verlange ich zu wissen.

»Caedan schien völlig gesund, also haben ihn die Heilerinnen meist sich selbst überlassen. Doch dann bemerkte eine, dass sie manchmal keinen Gebrauch von ihren magischen Gaben machen konnte, solange sie ihn im Arm hatte. Weitere Experimente bestätigten es. Zuerst war es nur dann so, wenn sie ihn direkt in den Armen hatte. Dann hielt es auch noch für ein paar Minuten danach an. Bald schon ging es einen ganzen Tag lang so. Schließlich bekamen die Heilerinnen zu große Angst, um noch weitere Versuche anzustellen, denn sie befürchteten, ihr magisches Talent womöglich für immer zu verlieren, wenn sie zu viel Kontakt mit ihm hatten. Und jetzt … das ist er gewesen. Die Nullwelle. Er hat die Magie auf dem gesamten Sturmschiff ausgeschaltet.«

»Ein Säugling? Das kann ich nicht glauben.«

»Genau *das* ist der Grund, warum wir hier sind. Sein magisches Talent könnte auch wieder schwächer werden, aber stattdessen wird es bisher immer stärker und stärker. Die Schwestern befürchten, wenn er heranwächst, ohne dass ihm jemand beibringt, wie er seine Fähigkeiten unter Kontrolle halten kann, könnte er die Magie generell zunichtemachen. Nicht nur um ihn herum. Sondern überall. Deshalb ist er für uns wichtiger als sein Bruder. Kiern könnte einem Feind Visionen über ein zukünftiges Geschehen an die Hand geben. Aber wäre *Caedan* in Feindeshand, könnte das das Ende der Chantry bedeuten. Und nicht nur der Chantry. Seit jeher setzen Könige, Kaiserinnen und Stammesfürsten überall auf der Welt Magie ein, um ihre Herrschaft auf geschickte und komplexe Weise zu stützen. Was passiert mit der Welt, wenn das alles über Nacht verschwindet?«

»Er ist ein *Baby*.«

»Meinst du, ich weiß das nicht? Ich habe geschworen, für die Sicherheit der beiden Jungen zu sorgen, und das werde ich auch!«

»Du hast auch geschworen, der Chantry zu gehorchen.« Ich hätte das nicht sagen sollen, doch es ist mir herausgerutscht, bevor ich mich zügeln kann.

»Und wer liegt mausetot da unten, Kylar?«, schnauzt sie mich an. »Du Hundesohn! Wie kannst du es wagen, meine Treue infrage zu stellen? Weißt du, was mich das kosten könnte? Was es mich jetzt schon kostet? Ich habe das für dich getan! Und ich bereue es jetzt schon.« Sie flucht erneut und reibt sich die Stirn, wendet den Blick ab. »Du musst jetzt hier drinnen bleiben«, fährt sie fort, »und ich muss mich bei den anderen sehen lassen. Ich habe womöglich schon zu lange gewartet, um mir noch ein sicheres Alibi verschaffen zu können. Ich bin in einer Stunde zurück. Dort ist der Eimer, wenn du musst. Im Speisekämmerchen findest du was zu essen. Sei bitte hier, wenn ich zurückkomme.«

Sie wartet meine Antwort nicht ab und verlässt den Raum.

Ich weiß nicht, ob ich wirklich bleiben soll. Ich weiß nicht, ob ich ihr mein Vertrauen schenken soll, weiß es nicht mit Sicherheit. Andererseits hat sie vier Männer und eine ihrer eigenen Schwestern getötet, um mich aus einem Hinterhalt zu retten, sodass ich nicht wüsste, was ich noch von ihr verlangen könnte, um mir zu beweisen, dass sie mein Vertrauen verdient hat.

Vielleicht fühle ich mich im Moment einfach zu verwundbar.

Es ist schließlich nicht so, als ob ich viele Möglichkeiten hätte.

Ich beschließe, mich kurz hinzulegen und die ganze Sache zu durchdenken.

Irgendwann mitten in der Nacht merke ich, wie Vi zurückkommt. Sie schließt leise die Tür hinter sich, verriegelt sie, zieht sich dann aus und hängt ihr Kleid in der Dunkelheit an einen Haken. Sie kramt einen Herrenkittel hervor, den sie sich als

Nachthemd über den Kopf zieht. Mit meinem speziellen Sehvermögen könnte ich natürlich alles in vollendeter Deutlichkeit erkennen, was sie tut, doch es zeugt von meiner neu gewonnenen Reife, dass ich nicht hinsehe. Vielleicht liegt es aber auch an meiner Erschöpfung.

Ich jedoch setze auf meine Reife.

»Rutsch rüber«, sagt sie ein paar Sekunden später. Vielleicht sind es auch Jahre.

»Hm?«, frage ich.

Sie gibt mir einen Schubs und ich wälze mich zur Seite.

Als ich aufwache, ist einer meiner Arme wie abgestorben unter Vis Kopf gefangen und dient ihr als Kopfkissen. Meine andere Hand hält ein Kissen umfangen, das eindeutig nicht meins ist. Und es ist auch kein Kissen.

Die Sache sollte mir wohl peinlich sein, nehme ich an, und wenn schon nicht wegen der Stelle, auf der meine Hand da zu liegen gekommen ist, dann doch wegen meiner körperlichen Reaktion darauf. Es ist das zweite Mal in zwei Wochen, dass ich beim Aufwachen die Brust einer Frau umfasst halte, ohne es eigentlich beabsichtigt zu haben.

Aber das Gefühl, das mich jetzt zu überwältigen droht, ist nicht das von Peinlichkeit.

Ich entschuldige mich im Stillen, nehme meine Hand von Vis Brust, schäle meinen Arm unter ihrem Kopf hervor und setze mich auf. Sie murmelt etwas, scheint aber nicht zu erwachen.

Ich ziehe mir die Knie bis ans Gesicht und versuche mit aller Gewalt, meine Gefühle zu unterdrücken, damit ich sie nicht aufwecke. Doch es ist, als wollte ich eine Flut mit meinen Fingern aufhalten. Obwohl meine ausgestreckten Hände Stopp sagen, brodelt die Flut in Sekundenschnelle zwischen allen Fingern hindurch und wirft mich um. Die Frau, die all meine Gedanken in Beschlag nimmt, ist jedoch weder Vi noch Phaena, sondern Elene.

Wie oft habe ich sie so gehalten, bevor sie gestorben ist?

Ich hatte geträumt, sie sei es gewesen, geträumt, dass ich aufwachen und mit meiner schönen Frau schlafen würde, dass es ihr Körper sei, der sich da eng an mich schmiegt, dass sie mich auf jede erdenkliche Weise willkommen heißen würde, mein Gesicht von ihren Händen umfangen, ihre Augen, die all meinen Schwächen mit Liebe begegnen, ein rückhaltloses Annehmen, das zu wildem Verlangen aufflammt, wenn sie meine Hüften an ihre zieht.

Elene konnte von Zärtlichkeit zu heißem Verlangen übergehen, vom Schwelgen in Liebkosungen zu spielerischem Aneinanderknabbern und zu fröhlichem Lachen und wieder an jeden anderen Punkt dieses Reigens zurück, und mit ihr konnte ich, unbeholfen und strauchelnd, dasselbe tun, langsam, langsam, langsam anfangen, an ihre Liebe zu mir zu glauben, langsam, langsam damit aufhören, sie mir verdienen zu wollen, langsam meine vielen Ängste eine Antwort finden lassen, die keine Antwort war, sondern schlicht und einfach ihre Gegenwart. Bei ihr hatte ich einen stets gefährdeten, unsicheren Frieden gefunden. Ihre Arme waren ein kleiner Hafen und eine ganze Welt für mich. In ihrer Liebe erschuf sie eine Welt für mich und lud mich in diese Welt ein, sagte mir, ich solle mich dort wohlfühlen, versicherte mir, es sei mein Zuhause.

Jetzt ist das für immer vorbei. Es wird für mich nichts so Gutes und Schönes mehr geben, nie wieder.

Mein Weinen erschüttert das Bett, obwohl ich mir doch alle Mühe gegeben habe, mich still zu verhalten.

An ihrer Atmung kann ich erkennen, dass Vi inzwischen nur noch so tut, als würde sie schlafen. Wahrscheinlich jage ich ihr eine Heidenangst ein.

»Ich komm schon klar«, sage ich und schäme mich dafür, dass meine Stimme leicht zittert. »Ist gleich wieder gut.«

Aber das ist natürlich eine Lüge. Selbst wenn ich sieben Jahrhunderte lang leben sollte, es wird nie wieder *gut* sein. Und ich weiß, dass diese nicht enden wollende irdische Einzelhaft nur eine gerechte Strafe für meine Sünden ist. Ich habe meine Chance auf unverdiente Gnade gehabt, und ich habe sie, Elene, verloren.

Kapitel 15

Eine Mordsgarderobe

»Guten Morgen«, sage ich mit aufgesetzter Fröhlichkeit. »Ich hätte dich ja gerne mit einem ans Bett gebrachten Frühstück geweckt, aber mir wurde gesagt, dass uns das umbringen könnte.«

Vi murmelt etwas, rollt sich auf die Seite, schlägt ihre langen schlanken Beine übereinander und streckt sich, wobei ihr das karmesinrote Haar übers Gesicht fällt, sodass sie halb wie das Modell eines Künstlers und halb wie ein Wischmopp aussieht. »Hör auf zu lachen«, murmelt sie erneut. »Die Tür. Schau mal vor der Tür nach. Essen.«

Während sie sich aufrichtet und mit ihrem Haar ringt, damit es ihr nicht mehr das Gesichtsfeld verhängt, werfe ich einen Blick vor die Tür und finde ein Tablett mit abgedeckten Servierschalen. Vorsichtig, ich darf nicht gesehen werden, ziehe ich es herein und schließe die Tür. »Echt jetzt? Die bringen uns das Essen an die Tür? Ich habe meine Überfahrt offensichtlich im falschen Schiffsabschnitt gebucht.«

»Du bist ein blinder Passagier«, grummelt sie. »Was bedeutet, dass das hier nicht unser Essen ist. Es ist *mein* Essen. Wage ja nicht, es anzurühren.«

Ich reiche ihr einen der Teller und nehme einen anderen für mich, während ich ihre Warnung grinsend ignoriere. Es sind

Wachteleier oder etwas Ähnliches. Mir ist es völlig egal, was es gibt. Hauptsache Energie. Sie stellt sich den Teller auf den Schoß und bindet sich das Haar zurück. Sie seufzt fast vor Freude darüber, dass ihr typischer stramm gebundener Pferdeschwanz wieder dort ist, wo er hingehört.

Vi und ihr Haar, das war schon immer eine seltsame Angelegenheit.

»Tut mir leid wegen heute Nacht«, sage ich. Es rutscht mir heraus, ohne dass ich es eigentlich habe sagen wollen. Vi hat schon eine ganze Menge mit mir durchgemacht.

»Meinst du das Herumspielen an meinen Brustwarzen oder die andere Sache?«

Ich bin wie vom Donner gerührt. »Ich ... was soll ich gemacht haben? Ich, ich ... ich habe eigentlich das andere gemeint, aber wenn ich ... gütige Götter, Vi, ich wollte wirklich nicht ...«

»Mach dir keine Gedanken darüber. Es ist, als wäre es nie passiert«, erwidert sie.

Ich schlage die Hände vors Gesicht. »Oh ... Vi, es tut mir so ...«

»Weil dem auch so ist«, erklärt sie und stibitzt mir etwas Rührei vom Teller.

»... leid, dass ich ... Wie bitte?«

Sie grinst mich mit einem Mundvoll Ei an, mit einer kindlichen Freude im Gesicht, wie ich sie schon seit Ewigkeiten nicht mehr gesehen habe.

»Was, wie ... ich habe gar nicht an deinen ...?«

»Kylar, komm schon! Du hast in meiner kleinen Koje geschlafen. Ich bin später zu dir reingekrochen. Du hast meinen einen Busen im Schlaf berührt. Jetzt mach doch keine Riesengeschichte draus.«

»Nun gut, aber ich habe doch gar keine ... bis du dann gesagt hast ... Oh, Mann!«

Sie lacht, und meine Gefühle schlagen ungefähr zwölf Purzelbäume, ehe sie mit ihrem Lachen fertig ist. In einem Moment ist sie wie die kleine Schwester deines besten Freundes, eine Komplizin bei deinen Streichen, und dann ist sie einer von den Jungs, und dann ist sie der sexy Wildfang mit einem Männerkittel und sonst nichts weiter am Leib und sich vollauf ihres Körpers und deiner Blicke bewusst, und dann ist sie eine eigenständige, unabhängige Frau, die ihre Gefühle vollends unter Kontrolle hat und außerhalb all der Verkleinerungsformen steht, die dein Blick auf sie für sie parat hat; sie ist ihr eigenes Ich, ihr eigenes Universum, und sie ist das Vertraute und das Geheimnisvolle zusammengenommen, das wohltuend Nahe und das unendlich Faszinierende – und dann, mit allem anderen kollidierend, ist sie die beste Freundin deiner Frau. Das verlockend Nahe plötzlich, verstörend, in weite Ferne davonkatapultiert.

Und auf einmal bricht alles andere zusammen: die einfachen Freuden der Freundschaft und die komplizierteren Freuden der Freundschaft, vermengt mit Anflügen von Sehnsucht, und mehr als nur Anflügen, sowie kurz aufblitzenden sündhaft-verruchten Gedanken an mögliche Sinnesgenüsse und längeren Erwägungen hinsichtlich etwaiger Beziehungsmöglichkeiten, die über das bloß Zeitweilige, das bloß Körperliche hinausgehen.

Und als sie dann aufgehört hat zu lachen, ist mein eigenes Lächeln angestrengt. Es erscheint mir unfair zu lächeln, so als würde ich diesen Moment noch immer mit ihr teilen, und es scheint mir unfair, nicht zu lächeln, diesen unschuldigen Moment bereits wieder verlassen zu haben, wo sie doch nichts getan hat, um zu verdienen, dass ich sie dort allein lasse.

»Ich meinte, dass mir das andere leidtut«, sage ich leise, und trotz all meiner Bemühungen schiebt sich der Kummer dazwischen. »Es ist das andere, was mir leidtut.« Mit einem Kloß im

Hals stehe ich ruckartig auf und trete an ihren Schrank, sodass sie mein Gesicht nicht sehen kann. »Kann ich, ähm, sonst noch was nähen, solange ich hier bin?«

Sie wartet einen Moment mit ihrer Antwort, aber ich halte ihr weiterhin den Rücken zugekehrt. Ich kann sie nicht anschauen, nicht jetzt. »Du könntest mir helfen, meine Garderobe für heute zusammenzustellen«, bietet sie mir an. »Weißt du, wenn du ohnehin schon den Weg zum Kleiderschrank versperrst.«

Ich lächle und greife mir ein paar vertraute Sachen. »Wie wär's mit denen?«, frage ich und ziehe ihre graue Blutjungenmontur hervor. »Unfassbar, dass sie es dir haben durchgehen lassen, die hier aufs Schiff mitzunehmen!«

»Willst du wissen, was ich tun musste, damit sie es mir erlaubt haben?«, fragt sie.

»Klar. Was denn?«

»Schau mal im nächsten Regalfach nach. Ich musste sie überreden, mich alle möglichen exotischen Sachen mitnehmen zu lassen, um so das eine zu verstecken, was ich wirklich mitnehmen wollte.«

Ich wühle mich durch die unpraktischsten und teuersten Kleidungsstücke, die ich je gesehen habe. Ich halte etwas in die Höhe, was kaum mehr zu sein scheint als mehrere juwelenbesetzte Schnüre.

»Wie wär's, wenn du heute mal das da anzie…?« Ich drehe mich um, um ihr das Ding zu reichen. Sie steht splitternackt vor mir.

Ich erröte und drehe mich wieder weg. »Das war … rundum vorhersehbar. Entschuldige.« Ich seufze. »Ob ich es wohl je schaffen werde, dir gegenüber die Peinlichkeiten zu vermeiden?«

»Ich hoffe nicht«, flüstert sie mir ins Ohr und umarmt mich kurz von hinten. Eine rasche und sehr nackte Umarmung. »Es ist so lieb und goldig. Du bist manchmal wie der kleine Bruder meines Freundes. Und … ich werde dieses Ding heute definitiv nicht anziehen, also leg es weg, es sei denn, du hast vor, selbst reinzuschlüpfen.«

Abermals errötend, ziehe ich etwas anderes heraus.

Sie seufzt. »Eine hervorragende Wahl. Es ist herrlich, wie gut das Teil passt. Aber es ist ein Abendkleid. Mit der Betonung auf *Abend*.«

Vor mich hin murmelnd suche ich weiter.

»Ach ja, das wollte ich dich schon die ganze Zeit fragen. Seit wann trägst du so eine Stulpe?«, will sie wissen.

Ich schaue sie verständnislos an und merke dann, dass sie auf mein Platinarmband schaut. Ist Stulpe etwa der technische Fachausdruck dafür? »Es passiert mir häufig, dass ich plötzlich nackt dastehe. Ich habe mir überlegt, ich sollte etwas bei mir tragen, das ich gegen neue Kleidung eintauschen kann.«

»Ah ja«, erwidert sie und wirkt belustigt. »Ich wollte meine Nase nicht in Dinge stecken, die mich nichts angehen. Ich finde nur, es sieht hübsch aus.«

»Oh.« Schon wieder ist mir die Sache peinlich und keine Platinstulpe wird mich da herausholen. »Es ist ein Geschenk. Von Durzo. Nichts Magisches, leider.«

Sie fragt nicht weiter, und bald finde ich Sachen für sie, die besser zum heutigen Tag passen, schlichter, aber so geschnitten, dass man sich darin gut und frei bewegen kann, dazu praktische Unterkleider und die passenden Schuhe. Dann kommen noch eine Schärpe und eine Tasche hinzu, die einen reizvollen Kontrast zur übrigen Kleidung bilden. Danach Ohrringe. Und eine Halskette.

Bei jedem neuen Accessoire neigt sie den Kopf weiter, bis ich schließlich von der eulenhaften Beweglichkeit ihres Halses höchst beeindruckt bin. »Du kannst das viel besser, als ich es von dir erwartet hätte«, lobt sie mich.

»Ich danke dir«, antworte ich, »dass du so niedrige Erwartungen an mich stellst.« Fast hätte ich gesagt, *dass du eine so niedrige Meinung von mir hast,* aber ich verkneife es mir im letzten Moment.

Oh, Mann, meine Gefühle sind immer noch ganz durcheinander.

Ich falte die Kleider zusammen, die sie abgelehnt hat, und räume sie weg. Dann lehne ich mich an den Schrank, ihr den Rücken zugewandt, während sie sich anzieht, so unbekümmert, wie es nur geht, keine Spur von Peinlichkeit oder Verlegenheit.

Plötzlich kann ich mich in der Dunkelheit hinter meinen halb geschlossenen Augenlidern kaum mehr rühren. Allein schon hier zu sein ist schier unerträglich.

Ich vergöttere Vi. Ich meine, ich hab sie ungeheuer gern. Es macht Spaß, mit ihr zusammen zu sein, und sie ist ein lustiger Mensch, manchmal absichtlich, manchmal unabsichtlich. Und sie ist genauso linkisch wie ich; schon in jungen Jahren bei Hu in die Ausbildung gegangen zu sein hat sie zu einem genauso einseitig entwickelten Menschen gemacht wie mich meine so früh begonnene Ausbildung bei Durzo. Manchmal kann sie unglaublich gefühllos und gemein sein, und manchmal ist sie lieber und menschlicher, als man es einer Killerin zutrauen würde. Sie hat mehr von der Welt gesehen als viele Frauen, die dreimal so alt sind wie sie, und mehr Hässliches erlebt als die meisten Kriegsveteranen, und für mich wird es vielleicht immer unmöglich sein, in ihrer Gegenwart nicht ständig an Elene zu denken.

Und das ist ungerecht, aber so ist es nun mal. Wenn ich mit Vi zusammen bin, ist meine verstorbene Frau immer mit uns im Zimmer.

»Ich vermisse sie auch«, sagt Vi mit leiser Stimme und tritt näher an mich heran. Woher weiß sie, dass ich an sie gedacht habe?

»Ja«, bringe ich mühsam heraus. »Danke.« Ich kann mich nicht umdrehen.

Sie legt mir die Hand auf den Rücken. Versucht nicht, mich zu ihr umzudrehen, lässt sie einfach dort liegen. Es hat etwas Tröstliches, aber es ist ein Trost, der alles nur noch schmerzhafter macht. Die Trauer ist ein Messer in meinem gefrorenen Rücken, und dass sie mir das Fleisch erwärmt, führt dazu, dass ich die Wunde spüre.

Sie steht einfach nur da, ist bei mir, verlangt für mindestens eine volle Minute nichts von mir, doch es kommt mir wie eine Ewigkeit vor.

Ich bin zu viel für sie. Ich weiß, sie wird des Wartens müde werden und gehen, aber das tut sie nicht, und langsam, ganz langsam, lässt der Schmerz nach. Schließlich atme ich tief durch und jetzt erst nimmt sie die Hand weg.

Ich drehe mich um und weiß nicht, wie ich meinen Dank in Worte fassen soll, sie jedoch schenkt mir nur ein zurückhaltendes Lächeln und sagt dann in einem Tonfall des Bedauerns: »Ich muss mich jetzt bei den Schwestern melden. Ich bin spät dran. Es dürfte ein, zwei Stunden dauern. Bist du hier, wenn ich zurückkomme?«

Sie ist bereits spät dran. Das bedeutet, dass sie geduldig bei mir gestanden hat und hiergeblieben ist, obwohl sie wusste, dass sie eigentlich woanders sein müsste. Was hat das zu bedeuten?

Ein besorgter Blick huscht über ihr Gesicht, als sie mein Zögern sieht. »Du kannst mir vertrauen, Kylar.«

Ich nicke und eine Flut von warmen Gefühlen wogt über mich hinweg. Ich weiß, dass ich das kann.

Sie verlässt den Raum.

Vi sprang auf und rannte nach draußen, schniefend, ein seltsames Würgen in der Kehle. Es war fast Mittag, und der Alabasterseraph war in Licht getaucht, obwohl sich der kleine Balkon der Bibliothek in einer Falte des Ärmels der großen Statue befand und daher im Schatten lag.

Sie starrte über den Vestacchisee, mit all dem geschäftigen Treiben unten in der kleinen Seestadt, die ganz in den Diensten der Chantry stand. Ihre Straßen waren Wasserläufe, erfüllt von magischen Strömungen, die die unzähligen kleinen Boote vorwärtstrieben. Doch sie nahm nichts wahr. Ihre Schultern zitterten und Tränen liefen ihr über die Wangen.

Eine Minute später öffnete sich die Tür hinter ihr. »Du wirkst bekümmert«, wandte sich Schwester Ariel an Vis ihr zugekehrten Rücken. »Gibt es etwas, was ich, ähm, für dich tun kann?«

»Nein«, antwortete Vi.

Schwester Ariel verschwand wieder nach drinnen.

Ein paar Minuten später stieß Vi mit lautem Knall die Tür zur Bibliothek auf. Die ältere Frau blickte erschrocken von ihrem üblichen Tisch auf, die Schreibfeder in ihrer Hand erstarrt.

»Wie könnt Ihr so etwas nur machen?«, fragte Vi. »Wenn jemand weint und sagt, dass er in Ruhe gelassen werden will, dann nimmt man ihm das doch nicht ab! Das weiß sogar ich. Wie kommt es nur, dass Ihr in solchen Dingen sogar noch schlimmer seid als ich?«

»Du hast nicht gesagt, dass du in Ruhe gelassen werden willst … Ach so … es *gibt* da also etwas, was ich für dich tun kann?«, folgerte Schwester Ariel.

»Nein!«, entgegnete Vi und schlug im Gehen die Tür hinter sich zu.

Eine halbe Minute später kam die ältere Frau nach draußen auf den Balkon. Sie stellte sich neben Viridiana ans Geländer.

Viridiana schwieg. Stockend setzte Schwester Ariel an: »Emotionen zermürben mich. Sie sind verwirrend. Selbst wenn es mir gelingt, sie zu durchschauen, dann … dann verwirren sie sich doch bald schon wieder.«

»Seht Ihr? Ihr versteht mich vollkommen!«, erwiderte Viridiana.

»Tatsächlich?«

Eine Minute standen sie gemeinsam da, teilten sich den Tag, die frische Brise. Als sich Viridiana die Tränen von den Wangen wischte, strömten keine neuen mehr herab, um sie zu ersetzen.

»Gibt es da etwas, was, äh, du mir sagen möchtest?«, fragte Schwester Ariel.

»Nein, nein, ist schon gut. Ich bin jetzt wieder im Lot.«

»Sollte ich …? Sollte ich dir da dieses Mal Glauben schenken?«

»Ich weiß es nicht«, bekannte Vi.

Sie merkte, dass Schwester Ariel kurz davor war, wieder zu gehen, also stieß sie hervor: »Ich habe versucht, den Mann meiner besten Freundin zu verführen.«

»Aha?«, sagte Schwester Ariel vorsichtig. »Und wie ist die Sache für dich gelaufen?«

»Nicht gut.«

»Hm.«

»Kommt schon, jetzt lasst es nicht so klingen, als wäre es dumm von mir gewesen!«, entfuhr es Vi. »Ich meine, es war nach ihrem Tod.«

»Du redest doch nicht etwa … Oh, doch, du sprichst von *ihm*, tatsächlich«, erwiderte Schwester Ariel.

»Ich … ich habe mit vielen Männern geschlafen, bevor ich in die Chantry gekommen bin. Ich meine, mit wirklich vielen. Ein Erfordernis meiner Arbeit, versteht Ihr? Und es war nie … Ich habe mir geschworen, das nie wieder zu tun, sobald ich hier eingetreten bin.«

»Wir haben schon darüber gesprochen, aber mir ist bisher nicht bewusst gewesen, dass du dir Keuschheit gelobt hast.«

»Nein, das habe ich auch nicht! Ich habe mir gelobt, dass ich mich nicht mehr zum Werkzeug mache, dass ich nicht mit irgendwelchen Typen … Unzucht treibe? Genau, dass ich nicht zu meinem persönlichen Vorteil Unzucht treibe oder um andere zu verletzen oder auf Anweisung von irgendwem, Frau oder Mann, der über mir steht. Hu hat mich immer … Ach, was spielt das jetzt noch für eine Rolle? Ich meine, was stimmt denn bloß nicht mit mir, Schwester? Ich beschließe, dass ich nicht ohne moralische Grundsätze leben kann, also greife ich mir ein paar heraus, um sie zu befolgen, damit ich ein bisschen Respekt vor mir selbst haben kann … nur um dann sofort gegen sie zu verstoßen? Ist es das, was Ihr mit Eurer Bemerkung über das Härten des Stahls zu neuer Stärke gemeint habt? Ich glaube schon, oder? Nur dass ich eben versagt habe. Wusstet Ihr auch das schon längst? Oder kennt Ihr mich einfach nur gut genug, um es erraten zu können?« Viridiana sackte in sich zusammen, unglücklich und elend.

»Das heißt, Schwester Ayayah hat dir befohlen, Kylar zu verführen?«

»Nachdem ich gemeldet hatte, dass er mich ausfindig gemacht hatte, wollten sie von mir, dass ich … Ich redete mir ein, dass das so schon in Ordnung sei, dieses eine Mal, weil er mir sowieso … er hat mir sowieso schon sehr viel bedeutet. Und wenn ich, indem ich mit ihm schlief, so viel würde retten können, für uns alle? Ich meine, was sollte das dann schon schaden?«

Kapitel 16

Erkundungen im Paradies

Jetzt, wo es zum Fragen zu spät ist, habe ich plötzlich jede Menge höchst bedeutsamer Fragen an Vi. Woher stammen die Kleider, mit denen sie mich ausgestattet hat? Hat sie sie von jemandem gestohlen, dem ich womöglich über den Weg laufen könnte? Hält das Armband nur einer Begutachtung mit dem Auge stand oder auch einer magischen Überprüfung?

Haben die Schwestern das alles für mich vorbereitet, weil sie erwartet haben, dass ich bei ihrem Plan mitmache? Oder versuchen sie mich loszuwerden? Was haben sie überhaupt für einen Plan?

Was ist *mein* Plan?

Ich muss Phaena finden. Ich muss mich dorthin vorarbeiten, wo auch immer Caedan versteckt gehalten wird – sicherlich im vorderen Teil des Schiffes, in der Nähe von König Repha'im. Sobald ich den Jungen gefunden habe, kann ich mir überlegen, wie ich ihn mir hole und dann uns beide von hier wegbringe. Aber im Moment weiß ich nicht einmal, womit genau ich es zu tun habe.

Ergo: Zeit für einen Erkundungsgang.

Der Flur vor Vis Zimmer kreuzt sich mit einem anderen, der, den Abständen zwischen den Türen nach zu urteilen, größere

Kabinen oder Zimmerfluchten zu beherbergen scheint. Ich finde eine Treppe – die Stufen steiler als üblich, um Platz zu sparen, selbst noch so weit vorn im Sturmschiff. Ich bin hier auf der zweiten oder dritten Schiffsebene, was bedeutet, dass sich unter mir die Schlafräume der privilegiertesten Dienerschaft, verschiedene Arbeitsbereiche und ein Teil des Frachtraums befinden.

Über mir liegen die Quartiere für die mächtigsten Edelleute und die Schiffsoffiziere. Der übrige Teil des vorderen Drittels des riesigen Schiffes ist zwischen den Privatgemächern der Kaiserin, verschiedenen ihrer offiziellen Arbeitsbereiche – darunter Ratssäle, kleine Audienzräume und dergleichen – und luxuriösen Speise- und Unterhaltungsräumen für alle anderen Adligen aufgeteilt, darunter auch ein künstlich nachgebautes Stadtviertel namens Elysion.

Unter den Augen der kaiserlichen Wachen trete ich zusammen mit vielen anderen durch einen hufeisenförmigen Torbogen nach Elysion hinein. Der Anblick raubt mir den Atem; es ist, als hätte ich plötzlich das Schiff verlassen und stünde nun im wohlhabendsten Handelsviertel des Reiches. Ein mindestens vier Stockwerke hoher Freiraum tut sich vor mir auf, mit einer Glasdecke darüber, um die Illusion eines Aufenthalts im Freien zu schaffen. Frei stehende Gebäude, mit Ranken überwuchert. Ein Wasserfall ergießt sich über Felsen in ein Becken vier Stockwerke tiefer. Ein von herrlichen Brücken überspannter Bach schlängelt sich durch die Straßen der nachgebildeten Stadt.

Es ist, als sei die Aussicht auf einen zehntägigen Aufenthalt im Inneren eines Schiffes etwas so Schreckliches, dass das Reich einen bedeutenden Teil seines grenzenlosen Reichtums und seiner unendlichen magischen Möglichkeiten darauf verwendet hat, ein schönes Stadtviertel voller Annehmlichkeiten mitten im Schiff selbst nachzubauen.

Ich schreite über perfekt gepflasterte Straßen und versuche, nicht durch ungläubiges Glotzen aufzufallen, auch wenn ich nach ein paar Minuten feststelle, dass ziemlich viele der Leute hier ungläubig glotzen. Die hohen Damen und Herren, die über diese Straßen flanieren, sind alle tadellos gekleidet – wenn auch nicht, wie Viridiana bereits hervorgehoben hat, in Abendkleidern. Ich sehe Männer und Frauen mit Tätowierungen, die zu leben scheinen, mit Haar, von dem ein glühendes Leuchten ausgeht, mit Augenfarben, wie kein Mensch sie von Natur aus hat. Alle scheinen makellose Zähne zu haben, weißer als eigentlich möglich. Ich sehe Männer, die mit Sicherheit keinen einzigen Tag in ihrem Leben körperlich gearbeitet haben, und doch sind sie mit mehr Muskeln bepackt, als man im Zunfthaus der Schmiede zu sehen bekommen würde. Eine Frau geht an mir vorbei, ihre metallisch silbrige Haut ist an Handgelenken und Schlüsselbeinen mit Goldstaub überzogen. Ich vermute, dass es sich bei den meisten oder gar allen dieser Merkwürdigkeiten um Illusionen handelt, aber ich nehme mir nicht die Zeit, dem näher nachzugehen.

Ich passiere Gaststuben, die auf die verschiedensten Geschmäcker aus allen Winkeln des Reiches ausgerichtet sind, inklusive der passenden Dekoration und Kleidung der Bediensteten. Musiker geben bekannte und fremde Lieder zum Besten, letztere bisweilen auf Instrumenten, von denen ich nicht einmal die Namen weiß. Gegen meinen Willen gebe ich mich einer wohlig nostalgischen Stimmung hin. Fülle und Überfluss einer ganzen Welt werden hier aufgetischt, man trifft auf Düfte und Speisen und sogar Völker aus allen Regionen des Reiches sowie weit darüber hinaus. Salons, Tavernen, Tanzlokale und sogar Boutiquen mit Luxusgütern reihen sich an den Straßen. Spielhöllen, Opiumhöhlen, Arenen für Schaukämpfe, Bordelle und andere Etablissements, um die Laster und Süchte der Adligen zu bedienen, befinden sich alle eine Etage unter dieser Ebene, gut belüftet und über verschiedene diskrete Treppen und unverfänglich wirkende Läden zu erreichen, in denen jeweils irgendeine augenzwinkernde Gestalt oder ein stark geschminkter Mann, der heimlichtuerisch den Zeigefinger an die Lippen legt, zu finden ist, oder ein ähnlich verstohlen tuendes errötendes Dienstmädchen, als wollten sie sagen: *Was da unten passiert, ist unser beider Geheimnis.*

Was jedoch nicht zur Illusion eines echten Stadtviertels passt, ist die Tatsache, dass es hier keinen Schmutz gibt. Im Bach und in den Teichen schwimmen Kois, aber kein Müll. Und natürlich gibt es keine Armen, ja nicht einmal umherschlendernde Handwerker. Und auch keine Diener, die für ein paar Minuten ihre Zehen ins Wasser tauchen, um sich von ihrer Arbeit auszuruhen, sind zu sehen. Alles ist makellos, elegant und sauber und verrät nichts von der vielen Arbeit, die dahintersteckt.

Während ich das alles erkunde, kommt mir in den Sinn, dass hier alles genau so ist, wie sich die widerwärtig Reichen das ganze Leben wünschen. Dass die Alitaeri eine solche Illusion überhaupt aufrechterhalten können, ist beeindruckend. Aber dass sie es sich sogar leisten können, das in diesem schwimmenden Palast zu bewerkstelligen? Purer Luxus.

Wenn ich Momma Ks Unterrichtsstunden in Sachen Politik aus meiner Kindheit recht in Erinnerung habe, begann das Königreich Alitaera einst als ein Handelsland, das seine Aktivitäten in den Bankensektor ausdehnte, sagenhaft reich wurde, von mehreren eifersüchtigen und verschuldeten Nachbarn angegriffen wurde, sich nur mit knapper Not vor dem Untergang retten konnte, sich sämtliche Königreiche einverleibte, die es angegriffen hatten, und dann scheinbar zu einem Zustand der Friedensliebe zurückkehrte. Mit seinen gewaltigen natürlichen Ressourcen, großen Häfen, hervorragend ausgebauten Straßen, starken

Schutzvorkehrungen für alle Händler und all den mächtigen Gilden gibt es heute kein anderes Königreich in ganz Midcyru, das Alitaera auch nur im Entferntesten das Wasser reichen könnte.

Für einige wenige der Adligen des Landes mag das Maß an Luxus, wie es hier zur Schau gestellt wird, normal sein. Ich nehme an, es entspricht dem, wie ein paar Dutzend Alitaeri tatsächlich jeden Tag leben. Aber weit mehr von denen, die derzeit in diesem Paradies für Vergnügungssüchtige umherspazieren, werden nach Hause zurückkehren, um über abgelegene Winkel des Reiches zu herrschen, die unter Staub ersticken, kleine Regionen, die an einem einzigen Tag durchquert werden können. Was soll der Gouverneur eines aufsässigen Volkes über seine Aussichten denken, Anführer einer Rebellion zu werden, wenn er von diesem Anblick zurückkehrt? Wenn er sich vor Augen führt, dass die für ihn selbst ruinösen Kosten für die Verpflegung und Bewaffnung von tausend Mann für einen Monat niedriger sind als die Kosten für ein einziges Kleid der Kaiserin, von denen sie vielleicht drei an einem Tag trägt und keines mehr als einmal – wie soll er dann seinen Traum von einer Rebellion weiterverfolgen und erwarten, sie mit Erfolg krönen zu können?

Wenn auch Botschafter aus anderen Ländern an dieser Reise teilnehmen, wie könnten sie von alledem nicht völlig überwältigt und eingeschüchtert sein? Wie wird es die Art und Weise beeinflussen, wenn sie Handelsgespräche eröffnen oder irgendwelche Beschwerden vorbringen wollen?

In nahezu jeder erdenklichen Hinsicht ist diese protzende Zurschaustellung von Reichtum eine amoralische Verschwendung, die durch nichts zu rechtfertigen ist. Doch sieht man es von der anderen Seite, könnte die Verschwendung von so viel Reichtum auch zur Folge haben, dass dadurch der Bedarf an Verteidigungsmaßnahmen im eigentlichen Sinne sinkt, denn die billigste Methode, einen Aufstand niederzuschlagen, ist es nun mal, die Aufstandswilligen schon im Vorfeld zu entmutigen. Eine solche Verschwendung bedeutet, sich gegenüber Freund wie Feind gleichermaßen bessere Bedingungen zu sichern, sei es im Handel, sei es im Krieg.

Ich habe keinen blassen Schimmer, ob die Alitaeri womöglich genau das im Sinn hatten, als sie ihre Geldbörsen für die Kosten dieses Sturmschiffes öffneten, oder ob seine Baumeister einfach nur rücksichtslos verschwenderisch waren. Aber nachdem ich gehört habe, dass die Kaiserin versucht, so viele Edelleute wie möglich auf diese Reise mitzunehmen, erkenne ich jetzt, dass sie diese für sie ohnehin bestehenden Fixkosten in ein nützliches Werkzeug verwandelt hat: Reichtum und Wohlstand als Waffe, Verschwendung als Schwert.

Gegen meinen Willen wächst mein Respekt vor ihr.

Ich verbringe den ganzen Tag mit meinen Erkundungen. Während der Essenszeiten der Edelleute fallen wahre Horden von Dienern in Elysion ein. Alle jedoch werden gründlich durchsucht, bevor sie eingelassen werden. Nirgendwo sind Kinder zu sehen. Offenbar ist in den Paradiesvorstellungen dieser Adligen kein Platz für Kinder vorgesehen.

Das lässt mich wieder an Caedan denken. Und an Phaena. Aber ich finde in beiden Fällen nicht den geringsten Hinweis, der auf ihren jeweiligen Aufenthaltsort hindeuten könnte.

Es gibt ein paar Dinge, die nicht ins perfekte Gesamtbild passen. Ein sich um das Ufer des Teichs herumziehender Ring zeigt, dass der Wasserstand über eine Handbreit unter der eigentlich üblichen Höhe liegt. Eine Brücke ist mit Seilen abgesperrt und der Mörtel zwischen ihren Backsteinen weist Risse auf. Eines der Gebäude ist von Gerüsten umgeben.

Erst als ich mir die Reparaturarbeiten ansehe, die daran vorgenommen werden, bemerke ich, dass sich hoch oben ein rundum verglaster Steg durch die Luft spannt, der sich rings um das gesamte künstliche Stadtviertel zieht. Sicherlich ist er für die Kaiserin bestimmt, damit sie von dort aus das Treiben ihrer Untertanen begutachten kann – der Steg ist an mehreren Stellen in verschiedenen Höhen mit offenen Podien versehen, von denen aus sie das Wort an ihr Volk zu richten vermag.

Gerade sind auf dem transparenten Steg Arbeiter am Werk, darunter einige, die, nach den aus ihren Händen aufleuchtenden Lichtern zu urteilen, Magier sein müssen. Im flackernden Spiel von Licht und Schatten der Magie erinnert einer von ihnen an einen zerquetschten Frosch, ohne Hals und mit einem riesigen Mund. Der Anblick lässt mich unwillkürlich an Schwester Ayayah Meganah denken. Was hätte jetzt wohl meine Mutter gesagt? »Das arme Ding! Ist vom Baum gepurzelt und hat auf dem Weg nach unten von praktisch jedem Ast einen Schlag abbekommen.«

Ich höre die Klänge einiger Musiker, die in einem der mit Büstensäulen geschmückten Parkpavillons Aufstellung genommen haben, und lächle gefühlt zum ersten Mal seit Jahren. Ich gehe in Richtung ihrer Melodien, meide die Seitenstraße, in der mehrere Metzger gerade eine Seekuh zerlegen, und mache mich auf den Weg zu einem nachgebildeten Marktplatz.

Es gibt dort einige Feuerspucker, die für den abendlichen Festzug üben, und so reihe ich mich hinter ihnen ein und jongliere mit ein paar Dolchen, um den Anschein zu erwecken dazuzugehören. Ich schaffe nur vier Messer, weitaus weniger als ein Profi, aber ich bin auch nie wagemutig genug gewesen, um an den Tagen, an denen Durzo mich an die Kette gelegt hat, Schnitte zu riskieren. Jonglierdolche erschienen mir schon gefährlich genug. Aber heute bin ich in guter Stimmung.

Ich probiere es mit fünf. Der glänzende, sich drehende Stahl ist ein wahrer Augenschmaus. Fünf, dann sechs. Ich schaffe es bis sieben, bevor mir die Messer ausgehen und mich auch mein Glück verlässt. Ich bin gerade um die Ecke gebogen, und vor mir liegt der Park, wo sich die Musiker warmspielen, als ich einen großen Mann erblicke und abrupt alle Messer fallen lasse.

Sieben Messer zugleich auf das Kopfsteinpflaster purzeln zu lassen ist nicht unbedingt das Unauffälligste, was ich je getan habe – kein Wunder also, dass der riesige Mann herumfährt und mich sieht.

König Repha'im, keine zehn Meter von mir entfernt, wird rechts und links von monströs großen kaiserlichen Leibwächtern begleitet. Er wirkt nicht gerade glücklich, mich zu sehen, vielleicht weil er gerade mit dieser gehässigen Schlampe Schwester Ayayah Meganah beschäftigt ist und sie ihre Zunge in seinem Mund und die Hand in seiner Hose hat.

Falsch, falsch, falsch, auf den zweiten Blick sehe ich, dass es doch nicht sie ist. Diese Frau sieht ihr zwar ähnlich, aber als sie sich nun umdreht, bemerke ich, dass die Frau hier vor mir sogar recht hübsch ist.

»Was hat das zu bedeuten?«, herrscht mich die Frau an.

Ich bin erstarrt, entsetzt.

»Es gibt nur eine einzige Möglichkeit, wie du dich für dieses Vergehen verantworten kannst«, knurrt König Repha'im. »Nur einen einzigen Weg, wie wir die ganze Sache ein für alle Mal beilegen können!«

Und ich weiß es ebenfalls. Es war schon immer klar, dass es am Ende auf diesen Moment hinauslaufen würde. Ich richte meinen Gürtel und gehe breitbeinig in Stellung. Er tut das Gleiche.

Er deutet auf die Musiker der Kapelle und wir rufen beide: »Der Tanz soll beginnen!«

Und dann fängt die Musik an zu spielen, und die Schlacht beginnt ihren Lauf zu nehmen, und das hast du nun davon, wenn du jemandem heimlich über die Schulter schaust und mitliest, du heimtückische Hexe. Ja, genau, dich meine ich, Schwester Ayayah Meganah, mit deinen Hängetitten und dem Ausdruck auf deinem Gesicht, als würdest du beständig unter Verstopfung leiden.

Was war das denn? Verwirrt stellte Viridiana ihre Lektüre ein und blickte auf. Sie hörte ein leises Geräusch, fuhr herum und sah hinter sich.

Nicht weit weg stand Schwester Ayayah Meganah auf einem Stuhl, ein Fernrohr in der Hand, schaute Vi über die Schulter auf die Finger und las mit, hinterrücks, ganz buchstäblich. Ihr Gesicht war violett angelaufen und sie bebte am ganzen Leib.

In dem Versuch, zumindest einen Teil ihre Würde wiederzuerlangen, stieg sie vom Stuhl herab, stolperte dabei jedoch.

Vi konnte nicht anders. Sie schnaubte amüsiert.

So war es bei ihr immer, sie brach genau dann in Lachen aus, wenn sie es auf keinen Fall sollte.

Der Blick, den sie sich von der älteren Schwester einhandelte, war pures Gift. Sie stürmte an Vi vorbei und murrte erbost: »Damit kommst du nicht durch. Ich weiß nicht, wie du das bewerkstelligt hast, aber ich lasse mich von niemandem verhöhnen. Du, du … du respcktloses kleines Biest!«

»Ich … ich habe da überhaupt nichts …«

»Lüg mich nicht an! Das wird noch ein Nachspiel haben!«

Und dann stolzierte Schwester Ayayah aus dem Raum hinaus und schlug die Tür hinter sich zu.

Vi wandte sich an Schwester Ariel, die noch immer an ihrem eigenen Schreibtisch saß. »Habt Ihr gewusst, was sie da gemacht hat?«

»Ich weiß nicht, wie oft ich mich innerhalb von ein paar Minuten räuspern kann, ohne dass es anfängt, unglaubwürdig zu wirken«, erwiderte Schwester Ariel. »Du scheinst mich nicht gehört zu haben.«

Vi presste ihre Lippen zu einem dünnen Strich zusammen. »Nun ja, Ihr räuspert Euch erstaunlich oft. Ich versuche, es nicht zu beachten.«

»Mache ich das wirklich?«, wunderte sich Schwester Ariel. »Und machst du das wirklich?«

»Ja!«

»Nun, das scheint mir eine für eine Bibliothek ungehörige Verhaltensweise zu sein. Ich werde mir alle Mühe geben, das in Zukunft einzustellen. Wie auch immer, mehr habe ich nicht tun können. Sie haben mir verboten, mich in ihre Untersuchungen einzumischen. Allein schon durch meine bloße Anwesenheit fordere ich mein Glück mächtig heraus. Außerdem bin ich davon ausgegangen, dass die Zauber, mit denen dieses Buch versehen ist, gut genug sind, um ihre Lektüre im schlimmsten Fall nutzlos und im besten Fall womöglich recht unterhaltsam und vergnüglich zu machen.«

»Ahhhh«, machte Vi und kam sich sehr, sehr dumm vor. »Also hat das Buch das alles erfunden? Einfach so aus dem Ärmel geschüttelt?«

»Aus dem Einband, meinst du?«

»Wie?«

»Egal. Du hast gesagt, wenn du vorblätterst, sind die Seiten leer?«

Vi nickte.

»Die Magie des Buches spürt, wer es liest; deshalb kannst nur du allein es lesen. Es will nur von dir gelesen werden, daher wird, wenn es jemand anders versucht, eine Art Falle ausgelöst. Die Schwestern können froh sein, dass es nicht in Flammen aufgegangen ist. Bei besonders gefährlichen Büchern sind mir derlei Zauber bereits untergekommen.«

»Ich würde sagen, auch *ich* kann darüber froh sein«, warf Vi ein. Zum ersten Mal wurde ihr bewusst, dass ihre Nähe zu einem hochmagischen Buch auch eine Nähe zu etwas *womöglich Gefährlichem* war.

»Wer weiß? Vielleicht ändert es ja seine Meinung und beschließt, dich am Ende zu töten«, gab Schwester Ariel zu bedenken.

Dann, als sie Vis entsetzten Gesichtsausdruck bemerkte, schob Ariel ihre dünnen Lippen vor und seufzte. »Ein Scherz. Das war ein Scherz.«

»Und? Was … äh, soll ich jetzt machen?«, wollte Vi wissen.

»Die Magie des Buches hätte eigentlich durch irgendein Zeichen zu erkennen geben müssen, dass sie bemerkt hat, dass sich da eine Leserin ohne Erlaubnis eingeschlichen hat. Wahrscheinlich etwas, was dir hätte auffallen müssen? Nicht dass derlei Anzeichen ein notwendiger Bestandteil der Magie sein müssen. Ich habe es schon ein paarmal mit allgemeinen Verschlüsselungen zu tun gehabt; über auf bestimmte Personen abgestimmte Verschlüsselungen habe ich indessen bisher nur gelesen, und lediglich in einem dieser Bücher wurde Verspottung als mögliche Folge eines solchen Verstoßes erwähnt. Ich bin außerordentlich froh, dass der Magier, der dein Buch präpariert hat, den gleichen Band gelesen haben muss wie ich! In welcher Form hat sich das Buch denn an Schwester Ayayah gewandt?«

»Ich … ich sollte wohl erst einmal meine Lektüre beenden, bevor ich auf all die Einzelheiten eingehe. Ich liege jetzt schon hinterm Zeitplan.«

»O ja, ja, natürlich, und was mich angeht, so habe ich in meinem Text mit ein paar ziemlich aberwitzigen Interpolationen aus pellestischer Zeit zu kämpfen, die ich noch vor dem Abendessen richtigstellen muss. Wie ich immer sage: Ein guter Kopist ist mir allemal lieber als ein schlechter Übersetzer!«

Vi runzelte die Stirn. Dann wandte sie sich wieder dem Buch zu und blätterte eine Seite zurück.

Alles sah noch genauso aus wie vorher. Wie sollte sie jetzt vorgehen?

Sie las den Text noch einmal. »Ach, ist es vielleicht das?«, fragte sie sich und legte den Zeigefinger auf die Stelle, wo von Kylars Mutter die Rede war. Kylar war ein Waisenkind. Sie wusste, dass er ein Waisenkind war. Hatte es immer schon gewusst. Die Magie hatte in den Zeilen zuvor sogar bereits den Namen von Schwester Ayayah untergebracht. Die Magie des Buches hatte regelrecht mit den Händen gewedelt und war auf und ab gehüpft, um Vis Aufmerksamkeit zu erregen, und jetzt, wo sie sich die Stelle noch einmal ansah, schien es ihr praktisch unmöglich, den Hinweis zu übersehen. Und doch hatte sie es getan.

So bin ich! Ich mache das Unmögliche. Das unmöglich Dumme.

Sie las weiter und überflog noch einmal die Passagen über seine Erkundungen, die ihr alle unverändert geblieben zu sein schienen, aber jetzt, nach dem Abschnitt, in dem sich Kylar mit dem Fußgängersteg oben in der Luft beschäftigte, änderte sich der Text mitten im Absatz, ohne dass ihre Augen den Punkt des Wechsels überhaupt ausmachen konnten. Der gesamte Text über Schwester Ayayah Meganah war einfach verschwunden: die Beleidigungen, die Seekuh, die Musikerkapelle, der Kampf, der zugleich Tanz war. An der Stelle von alledem befand sich nun ein neuer Text – der richtige Text.

Oder jedenfalls das, wovon Viridiana annahm, dass es der richtige Text war. Dass sich die Wörter auf den Seiten so leicht und durch irgendjemandes Magie verändern konnten, bereitete ihr Unbehagen. War es womöglich *nicht* Kylars Magie, die das bewirkte? Wenn er das alles durch die Zusammenarbeit mit einem Magier bewerkstelligt hatte, wie konnte Viridiana dann wissen, wessen Text sie gelesen hatte, als sich die Magie des Buches an Schwester Ayayah gewandt hatte?

Hatte der von Kylar beauftragte Magier noch etwas anderes verändert? Und wenn ja, wie oft hatte er das im Bisherigen schon getan? Wie konnte sie das feststellen? Was, wenn sie es nicht konnte?

Sie hatte keine Antworten auf ihre Fragen und keine Möglichkeit, diese Antworten zu finden, es sei denn, sie las weiter.

Gerade sind auf dem transparenten Steg Arbeiter am Werk, darunter einige, die, nach den aus ihren Händen aufleuchtenden Lichtern zu urteilen, Magier sein müssen.

Ich setze mich auf eine kleine Bank und schaue zu. Es ist eine recht beträchtliche Höhe, aber andererseits bin ich ja auch ein guter Kletterer. Aus dieser Entfernung kann ich nicht sagen, was die Magie der Arbeitenden bewirkt – obwohl für mich allein schon die Tatsache entmutigend ist, dass sie Magie einsetzen. Ich vermute, dass ihr Tun zumindest den Zweck hat, den röhrenartigen Laufgang zu verstärken, aber es sind auch andere Schutzzauber denkbar.

Ich verfüge immerhin über den schwarze Ka'kari, den Magieverschlinger, also habe ich vielleicht gerade eben meinen Weg dort hineingefunden. Wo immer sich die Kaiserin hinbegibt, geht sicherlich auch König Repha'im hin, zumindest manchmal, und ein geselliger Spaziergang, um einen Blick auf ihre Untertanen zu werfen, scheint mir für die beiden eine nicht unwahrscheinliche gemeinsame Beschäftigung für einen der kommenden Abende zu sein.

Wie viele Probleme und Schwierigkeiten könnte ich der Welt wohl ersparen, würde ich König Repha'im niederstrecken?

Er ist nicht meine Leiche. Er ist nicht einmal eine Zielperson im Rahmen dessen, was ich zu tun habe – aber er könnte mich zu meinem Ziel führen, und schließlich stellt er immerhin die Hauptbedrohung meines Ziels dar.

Ich richte meinen Blick auf die Wand, begutachte die Art und Weise, wie die Lichter angeordnet sind. Ganz oben befinden sich riesige Fensterfelder aus verstärktem Glas, die einen Spaltbreit geöffnet sind, um für Frischluft im Inneren zu sorgen. Über Nacht werden sie wohl ganz zugezogen.

Ich präge mir ein, an welchen Stellen die Rippen des Schiffes, die das Dach stützen, tiefe Schatten werfen, die mich zu verbergen versprechen, und wo möglicherweise Wachposten aufgestellt sein könnten, obwohl es dort oben jetzt merkwürdig leer zu sein scheint. Wenn dort häufig Magier Wache stehen …

Nachdem ich ein paar Minuten die voraussichtlichen Probleme und Gefahren beim Hinaufklettern ausgekundschaftet habe, drängt sich mir der Eindruck auf, dass noch längeres Sitzen Verdacht erregen könnte, also gehe ich weiter und lege mir im Kopf einen Plan der Innenräume des Schiffes und der Anordnung der Decks zurecht.

Ich nehme mir Zeit, erkunde die Gänge der Bediensteten, einige von ihnen durchstreife ich unsichtbar. Sie werden jeweils nur an einem Ende bewacht, aber bewacht sind sie alle, und ich muss mit Magiern rechnen, die ihre Arbeit sehr sorgfältig machen.

Auf dem Rückweg sehe ich Aufseher mit Peitschen in den Händen, die lange Reihen von aneinandergeketteten männlichen und weiblichen Sklaven die Treppe hinunter zu den allen möglichen Lastern vorbehaltenen Räumlichkeiten führen, alle tropfnass, halb nackt, gebadet und geschrubbt zur späteren Verwendung durch die Edelleute.

Diener mit Schrubbern folgen ihnen, wischen die nassen Pflastersteine trocken, schließen und verriegeln die Tür im Unterdeck, hinter der die armen Kreaturen verschwunden sind, beseitigen alle Spuren.

Einen Moment lang überlege ich, ob auch ich nach unten gehen soll. Aber was soll das nützen? Wenn ich dort hinuntergehe, werde ich Menschen töten. Ich werde es nicht verhindern können – und wofür? Diese Sklaven werden nicht freikommen, ganz egal, was ich tue. Es gibt für sie keinen Weg von diesem Schiff herunter, keinen Ausweg aus diesem Leben.

Momma K hatte recht. Ich bin sehr gut – in sehr wenigen Dingen. Doch nichts davon wird den meisten Menschen auf diesem Schiff helfen, wie sehr sie auch Hilfe nötig haben mögen.

Jetzt, wo ich mir diese Stelle im Nachhinein noch einmal durchsehe, halte ich es für geboten, darauf hinzuweisen, dass ich mich damals geirrt habe. Die »Sklaven« hier waren vielmehr Schuldknechte. Das scheint allen sehr wichtig zu sein; nicht nur den Edelleuten aus Alitaera, die schließlich eine viel zu hohe Moral haben, um etwas mit Sklaverei zu tun zu haben, das wäre unter ihrer Würde – sondern, so seltsam es klingen mag, auch den Schuldknechten selbst. Indem sie auf diese Art und Weise dienen, verkürzen sie die Dauer ihrer Schuldknechtschaft, sagen sie. Sie können auch jederzeit damit aufhören, wenn sie wollen – das heißt, falls sie bereit sind, die Dauer ihrer Schuldknechtschaft zu verlängern, weil sie gegen die Bedingungen ihres Untervertrags verstoßen haben. Nein, dies hier ist keine Sklaverei; es sieht nur so aus, riecht so und fühlt sich so an. Aber es ist etwas vollkommen anderes.

Vollkommen anders.

Ich erkunde noch die übrigen Straßen und Ecken von Elysion, zumindest jene Bereiche, die den harmlosen Lastern gewidmet sind. Nach dem Abendessen werden die Edelleute in Massen in das nachgebaute Stadtviertel strömen, was bedeutet, dass sie die Schiffsbereiche verlassen werden, die ich als Nächstes auskundschaften muss. Ich stelle alle möglichen Vermutungen an, doch was ich bereits bemerkt habe, ist die hier vorherrschende kulturelle Abneigung – vielleicht auch die persönliche Aversion der Kaiserin selbst –, störende Kinder im Weg zu haben. Ich vermute, dass das auch für Säuglinge wie den kleinen Prinzen gilt, den ich zu retten versuche.

Säuglinge sind laut und fordernd, und selbst dann, wenn sie es nicht sind, lenken sie die geballte Aufmerksamkeit der Frauen in ihrer Nähe auf sich, was keine ideale Situation für einen Mann ist, der aktiv versucht, eine dieser Frauen – wie würde Logan es ausdrücken? – *buhlend zu umgarnen,* um sie zu jenem Akt zu verleiten, durch den Kinder gemacht werden.

Ich gehe davon aus, dass König Repha'im auf dieser Reise hofft, genau das tun zu können. Sobald das Sturmschiff in Borami anlegt, werden die Kaiserin zehntausend Aufgaben und Verpflichtungen vonseiten jener Hälfte ihres Reiches erwarten, die sie seit sechs Monaten nicht mehr zu Gesicht bekommen hat. Vielleicht lässt sie Repha'im ihr Bett mit ihr teilen, während sie sich um diese Aufgaben kümmert.

Aber er wäre ein Idiot, darauf zu setzen.

Das bedeutet, dass sich das Kind, so wertvoll es ihm auch sein dürfte, wahrscheinlich nicht in den kaiserlichen Gemächern befindet. Es wird irgendwo in der Nähe sein, an einem für ihn leicht zugänglichen und sicheren Ort, in den Quartieren der Bediensteten oder in einem Kasernenbereich. Vielleicht auch im Schiffsgefängnis, wenn seine Sicherheit von größter Bedeutung ist.

Das würde Repha'im jedoch nicht gut aussehen lassen. Ich kann mir nicht vorstellen, dass die Kaiserin mit ihrem neuen König zufrieden ist, wenn das Erste, was sie von ihm mitbekommt, die Tatsache ist, dass er Säuglinge einsperrt. Es würde ihm außerdem den Anschein geben, ängstlich zu sein. Ich glaube nicht, dass er irgendwen das denken lassen möchte.

Aber ich kann es nicht *wissen*. Noch nicht.

Wo wir schon einmal bei möglichen Gefahren sind: Wenn Viridiana bei der Sache mit Caedan und der Nullwelle recht hat, warum zum Henker hat Repha'im dann ein Kind mit antimagischen Kräften auf ein Schiff gebracht, das von Magie zusammengehalten wird? Weiß er etwa nicht, was Caedan da macht?

Nun, einige der besten Heilerinnen der Welt aus der Chantry haben lange gebraucht, um herauszufinden, wozu Caedan fähig ist, also ist auch nicht unbedingt davon auszugehen, dass Repha'im es sofort herausfinden würde.

Es scheint aber doch so, als habe er da fürchterliches Pech gehabt. Leider allerdings nicht nur er allein. Schließlich habe ja auch ich selbst unbedingt auf dieses Schiff springen müssen, nicht wahr?

Was führt er überhaupt mit dem Kind im Schilde? Wenn er nichts von der Antimagie weiß, geht er dann davon aus, dass das Kind die Fähigkeiten seines Vaters geerbt hat? Soweit ich weiß, kommt es bei Kindern von magiebegabten Eltern häufiger vor, dass sie ein magisches Talent an den Tag legen, doch es ist alles andere als sicher. Aber vielleicht gehört das ja zu den Dingen, die Repha'im mit seinen sonderbaren Augen erkennen kann. Vielleicht kann er sehen, dass das Kind über eine magische Begabung verfügt.

Und in diesem Moment überläuft es mich eiskalt. Als ich von ihm wissen wollte, wo die beiden Jungen sind, habe ich geglaubt, er würde mich ignorieren, als er sich darüber ausließ, wie man jemanden in die perfekte Waffe verwandelt, wie man ihn bricht, ihn so verformt, dass er als Werkzeug nur einem einzigen Zweck dient, wie man gerade so viel an Menschlichkeit übrig lässt, dass man ihn für die eigenen Absichten manipulieren kann. Ist es etwa das, was er diesem Kind antun will?

Ich stelle fest, dass mich meine Füße unwillkürlich den Weg zurück zu Viridianas Zimmer getragen haben. Mein Herz ist in wildem Aufruhr. Ich vermisse sie schrecklich. Wieso das denn? Ich bin doch gerade eben noch bei ihr gewesen! Aber unter mein ungeduldiges Verlangen, sie wiederzusehen, mischt sich auch eine Art Angst. Ich werde die Sache vermasseln. Jedes Mal, wenn alles allzu gut zu laufen scheint, schärfe ich mir ein, dass ich nicht darauf vertrauen darf.

Außerdem ist sie gegangen, um sich bei den Schwestern zu melden. Wer weiß schon, welche mich betreffenden Befehle sie ihr erteilt haben? Sie ist jetzt eine von ihnen. Selbst wenn ich die Sache nicht vermassle, ist die Wahrscheinlichkeit, dass wir das hier heil überstehen und hinterher auch weiterhin noch Freunde sind, bestenfalls gering. Selbst all jene Schwestern, die sich nicht für den harmlosen kleinen Streich rächen wollen, den ich letztes Jahr der Sprecherin gespielt habe, wollen mich festsetzen und auseinandernehmen – manche metaphorisch, manche jedoch auch wörtlich, mit dem Seziermesser.

Eine Schwester der Chantry kann nicht meine gute Freundin sein. Und mehr als nur eine gute Freundin kann sie auf gar keinen Fall sein.

Ich bleibe auf dem Flur vor ihrem Zimmer stehen. Ich sollte einfach weitergehen. Hier gibt es nichts für mich. Wenn ich hineingehe, vermurkse ich entweder alles oder ich werde selbst von alledem vermurkst.

Wie Großmeister Vitruvius mir versichert hat, ich kann auf diesem Schiff nicht gewinnen.

Könntest du mir bitte sagen, dass ich an der Tür vorbeigehen soll?

~Kylar, geh weiter.~

Danke. Du hast recht.

Jetzt, wo die Sache entschieden ist, fühle ich mich sofort besser. Dann öffne ich die Tür und trete ein.

Kapitel 17

Das Bett und der Dolch

»Es gibt eine Planänderung«, erklärt Vi, schließt die Tür ihres Zimmers und schiebt energisch den Riegel vor. Sie trägt einen Stapel Kleider zu einem Tisch, ohne sich umzudrehen. »Die Knöpfe«, blafft sie.

Dieses Mal ist es mehr oder weniger ein Befehl, und das wurmt mich, aber ich merke, dass irgendetwas mit ihr nicht stimmt, also trete ich an sie heran und öffne ihr die Knöpfe.

Sie beachtet mich dabei nicht weiter, sondern zieht sich aus, als wäre sie allein im Raum, begutachtet das Kleid und hängt es dann sorgfältig an den Haken. Sie zieht Unterkleid und sonstige Wäsche aus und wirft alles gleichgültig in einen Wäschesack, dann tritt sie vor den Spiegel und wischt sich die Schminke ab, völlig nackt und völlig unbefangen.

Wenn sie so etwas tut, weiß ich nie, was mit ihr los ist. Ist das ein Überbleibsel ihrer verkorksten Erziehung, oder macht sie das absichtlich? Hat sie so wenig Bezug zu ihrem Körper, dass es ihr nichts ausmacht, sich vor jemandem splitternackt auszuziehen? Hat sie kein Gespür dafür, dass ihr Körper das Interesse des jungen Mannes auf sich lenken könnte, der direkt neben ihrem Bett steht? Glaubt sie, ihr Körper sei nur dann attraktiv, wenn sie selbst das will?

Nein, das sicher nicht. Sie muss schon viel zu oft von Fremden belästigt worden sein, um so etwas glauben zu können. Hält sie mich also für geschlechtslos, für den guten Freund und nichts weiter, mithin für einen Eunuchen?

Ich erwäge auch die Alternative dazu: dass das hier eine Verführung ist. Sie reckt den Hals, zieht mit Gewalt die Haut ihrer Brust zur Seite, um ein eingewachsenes Haar aus ihrer Achselhöhle zupfen zu können.

Es wäre eine verdammt ungeschickte Verführung.

»Was stimmt denn nicht mit dir?«, herrsche ich sie an. Warum bin ich so verärgert? Warum bin ich überhaupt verärgert?

»Was?«, erwidert sie und fährt fort, sich mit dem Haar abzuplagen. In dem Augenblick weiß ich, dass sie das alles mit Absicht macht. Aber nicht warum. Und auch nicht, was das Ganze soll.

»Du versuchst also, mich auf die Palme zu bringen, wie?«

»Es dreht sich nicht immer alles um dich, Kylar.«

»Das hier schon.«

Sie sieht mich mit einem Blick purer Verachtung an, doch als ich ihn erwidere und ihr unverwandt in die Augen schaue, gibt sie klein bei und sieht beschämt zur Seite.

In ein paar Jahren, das weiß ich, wird sie solchen Blicken standhalten können. Sie hätte mich mit ihrem Blick jetzt schon fast dazu gekriegt, klein beizugeben, der Teufel soll sie holen. Es bringt mich in Rage. Ich sage: »Was geht nur in jener Hölle zum Mit-sich-Herumtragen vor, die du dein Gehirn nennst? Willst du, dass ich gehe? Willst du, dass ich dich schlage und dich wüst beschimpfe, so wie es Hu immer gemacht hat? Denn das werde ich jetzt. Gehen, meine ich. Wenn du Prügel und Demütigungen willst, musst du dir jemand anderen suchen.«

Ich stehe auf und rufe den Ka'kari auf meine Handfläche.

»Nein, Kylar! Warte!«

Sie greift nach meiner Hand, geht dann auf die Knie und umarmt meine Beine. Und während ich mir zuvor ziemlich sicher gewesen bin, dass es keine Verführung war, was sie da vorhatte, bin ich mir jetzt genauso sicher, dass es genau das und nichts anderes ist. Eine nackte Frau, die sich an dich schmiegt, die Wange an deinen Schritt gepresst, flehend? Von hier bis zum Bett, keinen Meter entfernt, ist es nur einen Stimmungsumschwung weit.

Und meine Stimmung schwankt wie ein betrunkenes Pendel.

Was für ein Mensch bin ich, dass mich das hier erregt? Eine Frau, die Hilflosigkeit vortäuscht?

Aber vielleicht ist es nicht die Hilflosigkeit. Vielleicht ist es einfach nur Vi. Ihre Nähe. *Sie* erregt mich. Mögen die Götter mir beistehen, sie erregt mich immer. Hat mich schon immer erregt.

»Geh weg!« Ich versetze ihr einen leichten Stoß ins Gesicht, gegen die Schulter und versuche, sie von mir wegzubekommen, ohne ihr wehzutun.

Aber sie hält sich fest, dreht den Kopf weg, sodass meine Hand abrutscht, und küsst plötzlich meine Leistengegend. »Lass mich einfach. Lass mich einfach«, sagt sie zwischen den Küssen, die eine Hand immer noch um meinen Rücken geschlungen, um mich daran zu hindern, mich von ihr zu lösen, während sich die andere zu meinem Gürtel bewegt.

Sie verbündet sich mit meinem Körper gegen mich. Ich reagiere auf sie, reagiere so, wie ich es nicht will.

Abrupt muss ich an das letzte Mal denken, als ich mit Elene geschlafen habe. Wenn Elene und ich uns körperlich geliebt haben, habe ich das als ganzes Wesen getan, Herz, Verstand und Seele in Einklang gebracht, ein Sich-Verbinden ohne Furcht.

Ich fühle mich wie ein Geldwechsler, dem eine Handvoll gefälschter Münzen angeboten wird. Ich kenne das wahre, echte

Wertvolle. Ich brauche keine Waagen und Gewichte, um Falschgeld als solches zu erkennen.

Aber eine Stimme in meinem Hinterkopf flüstert: *Das hier ist alles, was du bekommen kannst. Elene ist nicht mehr da. Nimm, was du kriegen kannst.*

Ich weiß nicht, warum Vi das tut. Es kommt mir nicht so vor, als wolle sie überhaupt, was sie da tut.

Sie hat meinen Gürtel geöffnet. Wenn ich noch länger zögere, trifft mein Körper die Entscheidung für mich.

Ich will Vi so sehr, dass es wehtut, aber ich will sie nicht auf diese Weise. Nein, nicht so!

Ich packe eine Handvoll ihres Haars und ziehe ihren Kopf zurück. Mit einem scharfen Zischen springt mir der Ka'kari in die Hand, und sie ist gezwungen, den Ka'kari hinaufzuschauen, der die Form eines schwarzen Faustmessers angenommen hat.

»Genug«, sage ich mit zittrig heiserer Stimme.

Sie lässt sich auf den Boden fallen und fängt an zu weinen. Ich wappne mich gegen jedes Gefühl von Mitleid, trete an ihre Schubladen, finde ein Nachthemd und werfe es ihr zu.

»Zieh das an. Und dann heraus mit der Sprache«, blaffe ich. »Was zum Teufel ist in dich gefahren?«

Ich drehe ihr den Rücken zu, viel zu wütend, um überhaupt hinzusehen, was sie macht. Eine leise Stimme in mir mahnt mich, dass die Annäherungsversuche einer gefährlichen Frau rüde zurückzuweisen und ihr dann den Rücken zuzudrehen wohl das Dümmste ist, was ich seit Langem getan habe – und das will etwas heißen.

Fast erwarte ich Stahl, der mir heiß in den Rücken schneidet, aber ich will nicht, dass sie den Ausdruck auf meinem Gesicht sieht. Ich bin mir selbst nicht sicher, was wohl darauf zu lesen ist. Abscheu? Ekel? Verärgerung? Sinnliche Erregung? Selbstekel, weil ich sie so sehr begehrt habe, obwohl ich doch wusste, dass sie mich nur benutzen wollte, um etwas Dunkles zu verdrängen und zu betäuben, das in ihrem Inneren sein Unwesen treibt? Verärgerung, weil ich weiß, dass meine Freundin gegen ihre höchsteigenen Interessen gehandelt hat?

Dass sie mich einfach dazu missbraucht, eine Rolle in dem Drama zu übernehmen, das sie in ihrem Kopf wieder wach werden lässt – worum immer es da geht –, macht mich erneut wütend. Ich habe nicht viele Freunde. Vielleicht überhaupt keine, wenn ich es mir genau überlege. Es ist nicht leicht, in unserer Welt, bei unserer Arbeit, einen Freund zu behalten, und sie hätte uns diese Freundschaft soeben fast genommen.

»Die Schwestern …« Ihre Stimme ist rau. »Ich bin ungestraft damit davongekommen, Kylar. Dass ich sie getötet habe. Sie haben keinen Verdacht geschöpft. Aber irgendwie bin ich doch nicht ungestraft davongekommen. Nicht ganz. Vielleicht kommen wir mit überhaupt nichts je ungestraft davon.«

Ich drehe mich zu ihr um und sehe, dass sie sich nicht vom Boden wegbewegt hat. Sie hat sich lediglich das Nachthemd über den Kopf gezogen. Ihr langes rotes Haar ist immer noch in ihrem Nacken unter dem Stoff eingeklemmt. Sie zieht es nicht heraus. Ihr Blick ist gesenkt.

»Wie meinst du das?«, frage ich.

»Ich habe ihnen gesagt … als ich der Schwesternschaft beigetreten bin, habe ich ihnen gesagt, dass es zwei Dinge gibt, die ich niemals wieder tun würde, nicht für sie, für niemanden. Schwester Ariel hat gemeint, das ginge in Ordnung. Es stünden mir in der Chantry viele, viele Posten zur Verfügung, die ich einnehmen könnte, wo niemand auch nur im Traum daran denken würde, solche Dinge von mir zu verlangen, und es gebe keinen einzigen, wo man je beides von mir verlangen würde.«

»Lass mich raten«, werfe ich ein. »Sie wollen von dir, dass du beides tust.«

Sie schluckt, den Blick nach unten gerichtet. Nickt.

Ich verfluche die Chantry.

Viridiana rutscht mit dem Rücken gegen die Wand und umklammert ihre Knie mit den Armen. »Es hat zwei Kommandos für Spezialtaktiken gegeben. Meine Gruppe sollte Caedan an sich bringen. Die Gruppe um Ysmaena hat versucht, den inneren Kreis des neuen Königs zu unterwandern. Ysmaena hatte beschlossen, ihm deinen Kopf auf einem silbernen Tablett zu servieren.«

»Darum also ging es bei dem Überfall?«, hake ich nach. »Aber sie wissen nicht, warum die Sache nicht geklappt hat?«

»Sie wissen, dass du es gewesen sein musst, der sie umgebracht hat. Sie wissen aber nicht, ob du den Verdacht hast, dass die Schwesternschaft selbst hinter dem Überfall steckt. Sie glauben nicht, dass Ysmaena etwas in diese Richtung herausgerutscht wäre. Sie war dazu viel zu klug und der Chantry viel zu treu ergeben.«

»Und woher wollen sie wissen, dass ich es gewesen bin?«, erkundige ich mich, auch wenn ich im gleichen Moment bereits merke, dass es eine dumme Frage ist.

»Kylar, wer sonst hätte tun können, was du in diesem Raum gemacht hast? Irgendwer ist in einen Hinterhalt hineinmarschiert, der eigens für dich vorgesehen war, und alle, die dir dort aufgelauert haben, sind tot. Einige Mitglieder des Kommandos sind damals nicht in der Chantry gewesen, als du dort deine kleine Nummer abgezogen hast, und sie waren auch nicht am Schwarzen Hügel dabei. Sie haben die Geschichten vom Nachtengel nicht geglaubt. Vor allem nicht, nachdem sie dir persönlich begegnet sind. Jetzt glauben sie es.«

»Vor allem nicht, nachdem sie mir persönlich begegnet sind?«

»Ich meinte, weil du jünger bist, als sie erwartet hatten«, sagt sie reichlich ungelenk. Manchmal ist sie eine miserable Lügnerin.

Sei es, wie es ist, aber was kümmert es mich schließlich, was sie über mich denken?

Vi fährt fort: »Hast du auch nur die leiseste Ahnung, was da gerade draußen auf dem Schiff los ist?«

»Sicher, ich habe eben erst Elysion ausgekundschaftet.« Vielleicht hätte ich ihr das nicht verraten sollen.

»In Elysion und im Bereich noch weiter vorn im Schiff versuchen sie ihr Bestes, so zu tun, als sei alles normal. Und sie haben dort auch genug Magier, um das hinzubekommen. Aber im Rest des Schiffes? Weißt du noch, wie es war, wenn mal eines der Wohnhäuser im Labyrinth Feuer gefangen hat? Hu hat mich einmal zusehen lassen, wie er eins niederbrannte und dabei siebenundvierzig Menschen tötete, um einen Auftragsmord durchzuführen, der einem einzigen von ihnen galt. Als das Feuer ausbrach und noch bevor die Leute überhaupt wussten, was vor sich ging, war da plötzlich eine ganze Flut von Ratten, die auf die Straße strömten, ein wimmelnder Teppich aus dreckigem graubraunem Fell. Genauso ist es auch hier, Kylar. Zuerst ging es um sämtliche Räume in der hinteren Hälfte des Schiffes, und alle unteren Decks wurden von den Kaiserlichen, die nach dir suchten, auf den Kopf gestellt. Die Leute mussten sich in Reihen aufstellen und jeder und jede wurde einzeln kontrolliert. Alle Decks wurden gleichzeitig von ganzen Kolonnen durchkämmt, damit niemand durchschlüpfen konnte. Uns hier oben blieb das meiste davon erspart, weil sie sich absolut sicher waren, dass du es unmöglich durch ihre Schutzvorkehrungen und so weit hierher geschafft haben könntest. Schutzvorkehrungen, die die Schwestern schleunigst wieder funktionstüchtig machen mussten. Ich meine, nicht *ich* – ich bin für diese Arbeit nicht gut genug –, aber die anderen mussten es tun. Nach dem, was du im Ballsaal abgezogen hast, müssen sie jetzt allerdings wissen, dass du es doch nach hier oben geschafft hast. Vermutlich ist diese Nullwelle der einzige Grund, warum sie uns noch nicht gefunden haben. Das Schiff droht an einem Dutzend Stellen auseinanderzubrechen. Einige Decks im hinteren Bereich sind überflutet.«

»Was ist deine Aufgabe?«, frage ich. »Was sollst du für sie tun?«

»Jetzt, wo Ysmaena tot ist, muss ich ihren Platz einnehmen. Sie sagen, es gäbe niemanden sonst, der tun könne, was sie getan hat.«

»Ihren Platz einnehmen? Du meinst, du sollst dich in Repha'ims inneren Zirkel vorarbeiten? Was ist mit Melena? Sie macht ganz den Eindruck, als könne sie sich überall einschmeicheln.«

»Ich glaube, sie ist nicht sein Typ. So etwas entspricht auch nicht ihrer Arbeitsweise. Oder vielleicht ist es in Wahrheit einfach so, dass sie sich geweigert hat, sich zu prostituieren, und sie nimmt eine höhere Position ein, also kann sie sich das herausnehmen. Tut auch nichts zur Sache. Für die Schwestern ist die Sache ganz einfach. Repha'im hat ohnehin bereits ein Auge auf mich geworfen. Sie wollen, dass ich zu einem Teil seines Kreises werde und in seiner Nähe bleibe, vielleicht für sechs Monate, vielleicht auch länger, um für die Chantry zu spionieren und auf weitere Befehle zu warten, jetzt, wo es so viel Chaos und Durcheinander gegeben hat.«

»Und du musst bereit sein, mit ihm das Bett zu teilen oder ihn zu ermorden, oder erst kommt das Bett und dann der Dolch. Die beiden Dinge, die zu tun du doch eigentlich kategorisch ausgeschlossen hast, nicht wahr?«

Sie sieht zu mir auf, wirkt jedoch irgendwie abwesend. »Es gehört mehr dazu, als nur dazu bereit zu sein. Du weißt doch, dass ich ein gewisses Talent für Glanzzauber habe.«

»Meinst du etwa, ich könnte vergessen, wie wir uns kennengelernt haben? Ich glaube, du hast mich dafür beglückwünscht, dass ich nicht regelrecht zu sabbern angefangen habe, so sehr hast du mir damals den Kopf verdreht.« Ich zwinge mich zu einem Lächeln. An einem anderen Tag wäre das vielleicht eine lustige gemeinsame Erinnerung für uns: ihr knapp gescheiterter Versuch, mich zu verführen.

Heute ist die Sache nicht mehr so lustig.

»Mein neues Kommando verlangt von mir nur die Bereitschaft dazu. Aber jetzt hat es sich für mein altes Kommando als notwendig erwiesen, dass ich die Sache erledigt habe, bevor wir das Wolkenkap erreichen. Das heißt, bis zum Morgengrauen übermorgen.«

»Warum?«

»Glanzzauber sind eine Art von Illusionsmagie.«

»Ich weiß, was ein Glanzzauber ist.«

»Kannst du mal die Klappe halten, Kylar? Ich habe viel von der Chantry gelernt, und dabei habe ich auch gelernt, dass einiges von dem, was ich in meiner Jugend ›gelernt‹ habe, falsch war, also weiß ich nicht, wie viel von dem, was du zu wissen glaubst, ebenfalls falsch ist. Ich brauche nur ein paar Sekunden, um es dir zu erklären, ja?«

Du hattest Hu Gibbet als Meister. Ich hatte Durzo Blint. Ich glaube nicht, dass ich in Sachen Magie so vielen Täuschungen unterliege wie du.

Aber das denke ich nur. Ich sage: »Na gut, meinetwegen.«

»Also: Es gibt zwei Möglichkeiten, Illusionen zu erzeugen, zumindest habe ich das so gelernt. Die eine besteht darin, eine Art gegenständliches Abbild der Sache zu schaffen, die man nachahmt. Dem sind allerdings sehr enge Grenzen gesetzt.«

Ich nicke. »So kann ich mit meinem magischen Talent neue Gesichter schaffen. Das dauert zwar ewig, die Masken sind ziemlich zerbrechlich, und die Einsatzmöglichkeiten sind sehr stark eingeschränkt, vor allem, wenn man sich richtig und normal bewegen will.«

»Genau. Die andere Möglichkeit ist ein Glanzzauber. Er beeinflusst direkt die Sinne der Zielperson. Damals, in der schlechten alten Zeit, war mir das noch nicht klar, zumindest habe ich es nicht bewusst durchschaut, aber meine Glanzzauber waren wesentlich wirkungsvoller, wenn ich die Sinne meiner Zielperson für mich in Beschlag nehmen konnte – wenn du mich gerochen hast, wenn ich dich berührt habe, wenn du meine Stimme gehört hast; und damit meine Zauber überhaupt wirken konnten, hast du mich sehen müssen.«

Ich setze mich auf den Hocker, den sie benutzt, wenn sie sich schminkt. »Ich muss zugeben, dass ich das in der Tat noch nicht gewusst habe.«

»Danke. Wo war ich stehen geblieben? Eine subjektive Illusion hat also andere Nachteile als eine objektive, aber sie ist für bestimmte Fälle wirkungsvoller. Würde ich versuchen, einen Mann zu verführen, der eine ausgeprägte Vorliebe für vollbusige Brünette hat, bräuchte ich das gar nicht erst über ihn zu wissen. Bei einem Glanzzauber würde sein Bewusstsein seine Vorlieben von selbst ergänzen. Und der Mann, der neben ihm steht, könnte sich mich vielleicht als eine kleine Blondine vorstellen, wenn ihm das besser gefällt. Aber wie auch immer, nach meinem Weggehen hätten die meisten Männer das Gefühl, dass hier etwas nicht gestimmt hat. Und je stärker der Glanzzauber, desto stärker das Gefühl der Verkehrtheit.«

»Lass mich raten, die Chantry hat einen Weg gefunden, solche trivialen Einschränkungen zu umgehen.«

»Es ist ja nicht so, dass die Chantry diese Dinge erfunden hat, Kylar! Hast du Momma K eigentlich nie zugehört? Die älteste Magie ist Geschlechtsmagie. Wenn überhaupt, dann hat die Chantry der Welt einen Dienst erwiesen, indem sie solche Techniken unter Verschluss gehalten, ihrer Anwendung ein Ende gesetzt hat, wo immer sie konnte, und sie nicht in die Hände der Menschen hat gelangen lassen, wo sie unermesslichen Schaden anrichten könnten.«

»Na klar. Mit dem sicher völlig unvorhergesehenen Nutzen für sie, dass niemand dergleichen argwöhnt, wenn die Chantry diese Art von Magie einsetzt. Es ist wahrhaft nobel von den Schwestern, auf diese Weise das Wohl der ganzen Welt im Auge zu haben. Du musst dir doch darüber im Klaren sein, dass, wenn jeder wüsste, dass man sich vor dieser Art von Magie in Acht nehmen muss, es vermutlich einfache Gegenmittel gegen solche Glanzzauber gäbe – aber dann wären die Spielchen der Chantry schwerer zu bewerkstelligen, nicht wahr? Und jeder würde sämtliche Schwestern verdächtigen, dass sie … nun ja, eben das tun, was sie tun!«

Ein helles Funkeln ist in ihre Augen getreten. »Bitte, fahr fort. Durch die moralische Entrüstung eines professionellen Mörders fühle ich mich ja so dermaßen zu Recht verurteilt.«

Meine Kiefermuskeln zucken. »Ich nehme an, genau deshalb sind wir Freunde, oder? Ich bin der Mörder, du bist die Hure. Ich meine, du bist eine Hure *und* eine Mörderin; wenn wir also Freunde bleiben wollen, sollte ich vielleicht meine Künste zu völlig neuen Höhen aufsteigen lassen. Allerdings bin ich bisher davon ausgegangen, dass du eigentlich damit aufhören wolltest, sowohl das eine als das andere zu sein.«

Sie macht ein langes Gesicht und ihr Feuer erlischt. »Davon bin ich auch ausgegangen.«

»Jetzt sag mal, was musst du denn genau für sie tun?«, frage ich, meine Stimme nun leiser. Unglaublich, dass ich sie gerade eine Hure genannt habe. Es ist zu spät, das Gesagte zurückzunehmen, doch ich muss mich auf der Stelle dafür entschuldigen. »Viridiana, nicht zu fassen, dass ich gesagt habe, dass du ... es tut mir sehr ...«

»Ich kann die geforderte Magie nicht allein wirken«, schneidet sie mir das Wort ab. »Ich bin noch nicht gut genug, bei Weitem nicht. Aber sie können mir bei allem helfen, was ich nicht kann. Und es ist eine ... eine für die Chantry sehr eigentümliche Form von Magie. Du weißt doch, dass der größte Teil unserer Magie Kopfsache ist und durch Stimme und Rhythmen in Erscheinung gerufen wird, nicht? Hier jedoch handelt es sich um etwas anderes. Weil dieser Zauber sich quasi mit Haken an den Sinnen festmacht, braucht er auch Haken, um sich mit dem Körper zu verbinden. Mithilfe eines speziellen Zaubers haben sie bereits den Klang von Repha'ims Stimme eingefangen. Jetzt muss ich alles andere von ihm sammeln, was ich in die Finger bekommen kann – Abschürfungen von seiner Haut, seine Fingernägel, sein Haar, sein Blut, seine Spucke, seinen ...«

»Seinen Samen?«, rate ich. Wobei es da nicht sonderlich viel zu raten gibt.

Sie nickt, wendet jedoch schnell den Blick ab. »Ich meine, ich muss, wenn möglich, seinen *Urin* bekommen. Je mehr Verbindungen ich zu ihm habe, desto feiner, stärker und raffinierter können die magischen Netze des Glanzzaubers gewebt werden. Und umso haltbarer sind sie. Je mehr wir von ihm bekommen können, desto mehr können die Schwestern damit bewerkstelligen. Das Wichtigste aber, was all diese Dinge bewirken werden, ist, dass sie ein Gefühl des Angezogenseins in ihm wecken werden, einen begehrlichen Reiz, der von Dauer ist und jeder magischen Prüfung standhalten sollte.«

»Was ihn dazu bringen wird, dich stets in seiner Nähe zu behalten und dir zu vertrauen. Beides Dinge, die dich für die Chantry zu einem Aktivposten erster Güte machen werden.«

»Und was die Mission meines ursprünglichen Kommandos angeht, verleiht es ihnen die Möglichkeit, ein täuschendes Abbild der anderen Art zu erschaffen – du weißt schon, ein Trugbild, etwas Gegenständliches – und die Sache für ihn noch viel, viel unwiderstehlicher zu machen.«

»Und welcher Art soll dieses Abbild sein? Was schwebt dir da vor?«

»Nicht mir, das Ganze ist nicht mein Plan, aber … es soll eine täuschende Illusion vom kleinen Caedan sein, wie er in seiner Wiege schläft. Auch nachdem sich die Schwestern ihn geholt haben, kann auf diese Weise jeder, der nachschauen geht, speziell König Repha'im, sehen, dass das Baby noch immer da ist und ruhig schläft. Der Zeitplan muss genau passen, denn wie gut das Trugbild auch immer sein mag, man kann ein nur nachgeahmtes Baby nicht dazu bringen, Milch aus der Brust einer Amme zu trinken. Wir müssen den gewohnheitsmäßigen Tagesablauf des Babys in Erfahrung bringen, und ich weiß ja nicht, ob du darüber Bescheid weißt, aber diese Abläufe ändern sich bei Babys *ständig*. Trotzdem sollte es uns – den Schwestern, sollte ich besser sagen – einen Vorsprung von mehreren Stunden verschaffen. Und ein paar Stunden sind alles, was sie brauchen. Übermorgen im Morgengrauen wird die *Sturmjäger* nahe dem Wolkenkap in eine Flaute geraten, wenn das Schiff gen Norden wendet. Die Bemalten Hügel enden dort in einer bergigen Landzunge, sodass kurzzeitig aller Wind abgefangen wird. Dort wird dann ein Boot ausgesandt, mit dem wir uns treffen sollen. Eine der Schwestern auf dem Boot ist eine Wettermagierin, aber der Zeitrahmen ist sehr eng.«

»Mir scheint, du bist mir da weit vorausgeeilt. Ich war noch bei … ach ja, Repha'im. Was weißt du über ihn?«

»Alitaerischer Adliger aus dem Hinterland des Aschwaldes, verfügt über einige Besitztümer und Geschäfte in Cenaria, Waeddryn, Modai und Elenea. Wahrscheinlich hat er dort überall seine Titel. Er ist einer von diesen Geiern, die nach Gelegenheiten suchen, wo immer sie sie finden können.«

»Schön und gut, aber das ist nicht das, was ich gemeint habe.«

»Was hast du denn gemeint?«, fragt Viridiana.

»Er sagte etwas davon, dass der Chantry eine Lektion erteilt werden müsse. Ähm …« Dann wird mir bewusst, dass ich gar nicht erst versuchen muss, mich an eine ungefähre Wiedergabe seiner Worte zu erinnern.

Was war es noch mal?, wende ich mich an den Ka'kari.

~»Obwohl sie argwöhnen, was ich bin, glauben sie noch immer, sie könnten mich übers Ohr hauen. Mich! Und da hat deinesgleichen so viel Respekt vor dem langen Gedächtnis der Chantry. Aber ab und zu ist es einfach an der Zeit, dass man ihnen eine Lektion erteilen muss. Wie bei einem Hund, der dir in die Fersen zwickt – ein rascher Knüppelschlag auf die Augen lehrt mehr als tausend scharfe Worte. Ich werde es ihnen schon bald und ohne Umschweife in aller Deutlichkeit beibringen.« Meintest du das?~

Du bist echt nützlich!

~Du tust da immer so überrascht.~

»Er sagte, dass die Chantry argwöhnen würde, was er ist, und fand es lustig, dass unsereins so viel Respekt vor dem langen Gedächtnis der Chantry hat. Er sagte, man müsse den Schwestern eine Lektion erteilen und dass er das bald tun wolle.«

»Was meint er mit dem Gedächtnis der Chantry?«, fragt Viridiana.

»So etwas wie ... ein Wissen, das die Schwestern über die Generationen hinweg aneinander weitergeben, glaube ich. Das Besondere dabei ist, dass er gesprochen hat, als sei er selbst uralt. Als ob er« – ich mustere sie sorgfältig, um ihre Reaktion einzuschätzen – »nicht unbedingt ein Mensch wäre.«

Ihre Augenbrauen klettern in die Höhe. »Wir haben am Schwarzen Hügel allerlei verrückte Dinge erlebt, Kylar, also bin ich offen dafür, dass es da draußen Dinge gibt, die ich nicht verstehe.«

»Aber?«, hake ich nach.

»Wir haben Unterlagen über diesen Kerl, eine ganze Lebensgeschichte. So was wäre doch etwas, was die Chantry an die große Glocke hängen würde, nicht wahr?«

»Ich habe seine Augen gesehen. Sie ... haben sich gedreht.«

»Sie haben was?«

»Sie waren nicht menschlich.«

»Du hast das mit einem deiner magischen Talente gesehen?«, fragt sie. Und ich kann erkennen, was sie denkt.

»Ich weiß, dass sich viele Adlige hier aller möglichen Illusionen bedienen, aber ich glaube nicht ...« *War* es eine Illusion? Hat er mich nur vorführen wollen? Aber es schien so echt. »Nein, nicht mit meinem magischen Talent. Irgendetwas stimmt mit ihm nicht, absolut nicht. Wenn die Chantry da tiefer graben kann, um mehr herauszufinden, dann umso besser.«

»Und wie sollen wir das hier mitten auf dem Meer machen, Kylar? Wir müssen handeln. Wir haben nur ein begrenztes Zeitfenster zur Verfügung. Wenn wir bis Borami warten, verlieren wir jeden Vorteil, den wir im Moment haben. Also, ich weiß nicht, war das jetzt alles?« Vi macht Anstalten aufzustehen, als sei das Gespräch beendet. Früher in meinem Leben hätte ich die Sache auf sich beruhen lassen, wäre dem Peinlich-Unbehaglichen ausgewichen, statt mich ihm zu stellen.

»Moment mal, nicht so schnell«, sage ich und sehe einen schuldbewussten Ausdruck über ihr Gesicht huschen. Seltsam, dass wir beide dem Tod ins Auge sehen können, vor der Verlegenheit jedoch wenden wir den Blick ab. Diese Frau ist mir manchmal so ähnlich. »Und was war jetzt *das hier*?«

»Das hier?«, echot sie, als wüsste sie nicht, wovon ich spreche, aber die Lüge ist so offensichtlich wie ihre rot angelaufenen Ohren.

»Vor ein paar Minuten hattest du dein Gesicht in meinem Schritt und hast versucht, mir die Hose vom Leib zu reißen.«

»Ach, das meinst du.« Ihre Hände fallen in ihren Schoß. Ihre Schultern sacken herab. »Kylar, ich kenne dich. Ich weiß, wenn ich zu … zu alldem, diesem Leben, zurückkehre … dann bist du mit mir fertig. Ich wäre an deiner Stelle auch mit mir fertig. Ich habe gesagt, dass ich aus alledem aussteigen würde, und jetzt bin ich hier, mache weiter wie zuvor. Also habe ich mir gedacht, wenn wir jemals miteinander … ich weiß nicht, ich habe immer wieder mal gedacht, dass wir vielleicht eines Tages mal … Es ist … wie auch immer.«

»›Es ist … wie auch immer?‹«, wiederhole ich, als könnte unsere Beziehung einfach so beiläufig weggeworfen werden.

Sie wendet ihre feucht glänzenden Augen ab. »Vielleicht wollte ich, dass es meine eigene Wahl ist. Meine Wahl, ein letztes Mal oder vielleicht auch zum ersten Mal. Bisher ist es immer auf Geheiß von jemand anderem geschehen. Immer für die Arbeit. Für Hu und jetzt die Chantry …«

»Du wolltest also einfach nur mit jemandem ins Bett steigen, und da ist zufällig schon jemand in deinem Schlafzimmer gewesen, warum also nicht ihn nehmen?« Es ist nicht das, was sie gesagt hat, aber ich bin so wütend, dass alles zu explodieren droht.

»Vielleicht«, sagt sie, und ein Hauch von Trotz schleicht sich in ihre Stimme.

»Weißt du, wie viele Freunde ich habe, Vi?«

»Viridiana«, betont sie mit scharfer Stimme.

»Klar, weil du ja so anders bist als die alte Vi.«

Sie zuckt zusammen, als hätte ich ihr eine Ohrfeige versetzt.

»Nicht viele«, erkläre ich.

»Nicht viele?«

»Freunde.«

»Wundert mich wenig.«

Aber ich lasse mich davon nicht aufhalten und presche weiter, wie ein Streitross, das die feindlichen Linien durchbricht. »Vielleicht ja gar keine, wenn ich es mir recht überlege. Ich werde Logans Freundschaft wegen dieser Sache hier verlieren. Du weißt schon, schließlich hat er seine Kinder verloren, weil ich mehr daran interessiert war, mit dir einen netten Plausch zu halten. Also bleibst du übrig. Und weißt du, was mich höllisch sauer macht?«

Sie verschränkt die Arme. »Sag es mir bitte.«

»Es macht mich höllisch sauer, dass du unsere Freundschaft wegwirfst, nur weil es dich zwischen den Beinen juckt. Ich meine, unsere Freundschaft hätte es wohl überlebt, wenn du eine scheinheilige Heuchlerin gewesen und zu all den Dingen zurückgekehrt wärst, die zu lassen du geschworen hattest. Wie du selbst gesagt hast: Wer bin ich schon, dass ich mir da ein Urteil erlauben könnte? Das ist nur gerecht. Die Schwesternschaft bedeutet dir alles und sie haben dich in eine Zwangslage gebracht. Ich meine, klar, wenn sie dir versichern, dass sie dich nur dieses eine Mal zum Verführen und Morden brauchen, dann meinen sie in Wirklichkeit *nur dieses eine Mal in diesem Monat*, und nächsten Monat gibt es dann einen neuen und ebenso wichtigen Auftrag für jemanden mit deinen *einzigartigen Fertigkeiten*. Das ist vollkommen offensichtlich. So gehen diese Leute vor. Sie brauchen Werkzeuge, die für sie die Drecksarbeit erledigen, und genau dazu hast du dich bereit erklärt. Also, keine Frage, für mich ist das ganz offensichtlich, und das sollte es auch für dich sein, aber vielleicht verhält es sich ja anders. Vielleicht liege ich sogar falsch. Vielleicht musst du auch einfach nur noch diese eine Geschichte für sie durchziehen, und danach ist die Sache für dich wirklich erledigt. Ein letzter Auftrag, nicht wahr? Auf so was fallen wir alle rein. Aber vielleicht denkst du: ›Besser ich mache das, statt dass sich jemand anders damit die Seele besudelt‹, oder? Klar, du bist ein Dummkopf, wenn du das glaubst, aber ich verstehe es. Ich bin selbst ein Dummkopf gewesen. Bis an diesen Punkt hätte ich das alles verstehen können. Aber dass du vorhattest, ausgerechnet *mich* zu verführen? Nur um etwas Spaß zu haben, bevor du dann nach oben gehst und in einer Stunde für Repha'im die Beine breitmachst? So etwas würdest du tun? Du würdest uns das antun? Vielleicht sagt es mehr über mich aus als über dich, dass ich mir jemanden als einzigen Freund ausgesucht habe, der mich auf eine solche Weise behandelt. Soll ich dir mal etwas ziemlich Klägliches sagen? Ich bin seit Elenes Tod nicht mehr mit einer Frau zusammen gewesen. Seit ich sie umgebracht habe, sollte ich wohl sagen, schließlich sind wir heute mal ganz ehrlich. Und es ist mir peinlich zuzugeben, dass ich, schon als sie noch am Leben war, immer diesen komischen Gedanken hatte, dass du all das bist, was sie nicht war, Vi. *Viridiana*, entschuldige. Weißt du, wenn es mich frustriert hat, dass sie zu verklemmt oder zu züchtig war oder was auch immer es da an dummen Dingen gegeben hat, über die ich mich geärgert habe. Aber ich habe ihr nie die Gerechtigkeit zukommen lassen zu begreifen, was das sonst noch alles bedeutet hat.«

Vi schüttelt den Kopf, *nein, nein, nein*. Ihre Lippen zittern regelrecht. Aber ich kann mich jetzt nicht bremsen.

»Verstehst du, Elene war all das, was du nicht bist. Lieb, rücksichtsvoll, hat die Bedürfnisse anderer über ihre eigenen Launen gestellt, ihr Handeln von einer unerschütterlichen Lauterkeit, ganz egal, was es sie kostete. Ich meine, ich versteh schon! Ich weiß, wie wir aufgewachsen sind, du und ich, wir sind auf unterschiedliche Weise ausgebildet worden, und die Lehren, die ich aus meiner Ausbildung mitgenommen habe, waren reichlich verkorkst, vielleicht ganz besonders in Bezug auf Sex. Vielleicht sollte ich die Sache lockerer angehen. Wahrscheinlich. Aber du kennst mich. Du *weißt,* dass ich das nicht locker sehe. Wenn du also versuchst, mich in dein Bett zu zerren, dann behandelst du nicht den Sex als etwas Locker-Nebensächliches, sondern *mich.* Es ist mir schlicht unbegreiflich, wie du so kaltschnäuzig sein kannst. Wo wir uns doch so gut kennen. Du musstest wissen – wenn du auch nur zwei Sekunden darüber nachgedacht hast! –, dass ich nicht mit dir schlafen kann, ohne dass es etwas bedeutet. Dass es mich umbringen würde herauszufinden, dass du von unserem Bett direkt weiter in seines spazierst. Du musstest doch wissen, dass ich es für etwas Bedeutungsvolles halten würde, wenn wir miteinander schlafen. Dass ich dann glauben würde, *ich* würde dir etwas bedeuten.« Und mit einem Mal stehe *ich* nun kurz davor, einfach loszuheulen, verdammt noch mal. »Ich weiß, wie verkorkst und im Eimer ich bin, Vi, und vielleicht sollte ich mich anders verhalten, aber so bin ich nun mal nicht. Du kannst mich mal. Das verzeihe ich dir nicht. Dass du mich behandelst wie irgendeinen nachmittäglichen Zeitvertreib.«

»Kylar ...« Tränen strömen ihr übers Gesicht. »Ich habe eine meiner Schwestern für dich umgebracht. Wie kannst du da glauben, dass es mir egal ist, was ...?«

»Eine deiner *Schwestern,* die mich an Repha'im ausliefern wollten. Von dem sie wissen, dass er böse ist. Und warum wollten sie das tun? Wegen meiner Taten? Nein. Zu diesem Zeitpunkt hatte ich ihnen rein gar nichts angetan. Sie wollten mich ihm übereignen, weil sie Angst vor mir haben. Vor dem, was ich tun könnte. Das ist deine Schwesternschaft. *Das* sind die Leute, denen du dich verschrieben hast. Menschen, die deinen Freund ermorden würden, damit sie mehr Macht haben.«

»Kylar, du kannst nicht die ganze Schwesternschaft danach beurteilen, was ein einziges Kommando auf Abwegen tut.«

»Gut, dann bin ich mir sicher, dass die Chantry als Ganzes auch *mich* nicht verurteilen wird, wenn ich dieses auf Abwege geratene Kommando ausmerze. Meinst du nicht auch? Wahrscheinlich werden sie mir sogar dafür danken, dass ich die Welt von diesen Galgenstricken befreit habe, hm? Ich werde die Schwestern davor bewahren, dass alle anderen fälschlicherweise denken, diese schwarzen Schafe würden die Chantry repräsentieren!« Ich schnaube verächtlich. »Glaubst du, so wird die Sache laufen? Oder glaubst du nicht eher, dass die Chantry mich bis ans Ende der Welt jagen wird, sobald ihre Mitglieder erfahren, dass ich eine der Ihren getötet habe?«

»Kylar …«

»Was müssen sie noch alles tun, um dir zu beweisen, was sie wirklich sind, Viridiana? Sie versuchen, mich zu ermorden, sie zwingen dich zurück in die Prostitution und machen dich zur Sexsklavin – und du glaubst immer noch, sie seien die Guten?«

»Sie sind nicht alle so. Sie haben Angst, Kylar. Du hast ja keine Ahnung, wovon du da redest. Es ist ja nicht so, als wäre derlei normal für sie!«

»Vi. Ich bitte dich. Es gibt immer eine Ausrede. ›Dieses Mal‹ ist immer die Ausnahme. ›Nur dieses eine Mal‹ bedeutet für eine Organisation wie die Chantry das Gleiche wie ›noch ein einziger weiterer Auftrag‹ für Leute wie uns. Ich weiß, du bist jung, aber wie kannst du so naiv sein?«

»Wir reden hier vom Ende der Magie, Kylar. Von aller Magie. Und weißt du, wessen Schuld das ist? Unsere. Deine und meine. O ja, sicher, es ist auch die Schuld von Durzo und Dorian und all den Übrigen, aber von den zwölf, die damals mit dabei waren, befinden sich nur du und ich jetzt *hier*. Wir haben am Schwarzen Hügel etwas getan, das ein jahrhundertealtes Gleichgewicht durcheinandergebracht hat, und die Chantry ist die einzige Gruppe von Menschen, die auch nur den Hauch einer Chance hat, die Dinge wieder in Ordnung zu bringen.«

»Aha: ›Wir sind die Einzigen, die diese Riesenangelegenheit in Ordnung bringen können, also musst du uns schon verzeihen, dass wir uns all die kleinen Dinge zuschulden kommen lassen‹? Wieder einer der großen Klassiker. Wo gehobelt wird, da fallen Späne, und wer ein Omelett braten will, muss eben ein paar Eier zerbrechen. Und wo ist hier das Omelett?«

Ihre Augenbrauen ziehen sich eng zusammen und sie verkneift den Mund. »Du bist wirklich ganz schön anstrengend, Kylar.«

»Dann war's das hier wohl. Ich sehe schon, für welche Seite du dich entschieden hast. Danke, dass du mir das Leben gerettet hast, Viridiana. Tut mir leid, dass ich der Anlass dafür gewesen bin, dass du die klaren Linien, die du gezogen hast, verwischen musstest. Das nächste Mal lasse ich mich von deinen neuen Freundinnen umbringen. Ich hoffe, sie zeigen sich für die Treue erkenntlich, mit der du ihnen dienst. Ich verschwinde.« An der Tür bleibe ich noch einmal kurz stehen. »Ach ja. Was meinst du, soll ich dir vielleicht den erstbesten Mann herschicken, der mir über den Weg läuft, damit er dich kratzt, wo es dich juckt?«

Ich trete durch die Tür und bin mir sicher – auch wenn ich sie sanft schließe –, dass ich die Tür hinter meiner letzten Hoffnung zuschlage.

Aus irgendeinem Grund war sich Viridiana überdeutlich der Luft bewusst, die ihr über die Zunge strich, ihr durch die Kehle drang und ihre Lunge mit kühler Luft füllte.

Schwester Ariel blickte argwöhnisch zu ihr auf. »Willst du reden?«, fragte die ältere Frau. Sie sah aus, als versuche sie, geduldig zu sein, wolle aber eigentlich lieber den Absatz beenden, den sie gerade las.

»Nein«, antwortete Viridiana mit einem schwachen Lächeln. »Es ist schon komisch, ich ... ich hätte gedacht, wenn er an gewissen Stellen seines Berichts übertreiben oder lügen würde, dann ganz bestimmt an dieser hier. Aber ... er hat es genau so erzählt, wie es passiert ist. Hat sich nicht geschont.«

»Er war in vielerlei Hinsicht ein bewundernswerter Mensch. Es erfüllt mich mit tiefem Bedauern, dass mir die Gelegenheit zu weiteren Gesprächen mit ihm verwehrt geblieben ist.«

Schwester Ariel ließ ihren Blick noch einen Moment auf Vis eingefrorenem Lächeln ruhen, dann wandte sie sich wieder ihrer Arbeit zu, offenbar im Glauben, das Nötige getan zu haben.

»Mich hat er auch nicht geschont«, fügte Viridiana mit leiser Stimme hinzu. »Nicht dass ich es anders gewollt hätte.«

Vielleicht war es die Wahrheit selbst, von der Viridiana nicht geschont worden war.

Was wäre wohl geschehen, wenn ich ihm damals gefolgt wäre? Wenn ich ihm die ganze Wahrheit gebeichtet hätte?

Jedenfalls nicht das hier. Nicht das.

Kapitel 18

Der Zorn einer verrückten Königin

Hast du etwas schon einmal gründlich in den Sand gesetzt und bist dir dessen sofort bewusst gewesen? Hast du schon einmal vor einer Tür gestanden und gewusst, dass du eigentlich sofort wieder reingehen solltest, doch deine Glieder waren allzu schwer, als ob Stolz, Ärger und Rechtfertigungsbedürfnis all deine besseren Regungen gelähmt hätten? Hast du nur wenige Meter entfernt dagestanden und bereits damit angefangen, in Gedanken zu wiederholen, was du gesagt hast und was die andere Person gesagt hat, während du zugleich nicht wusstest, ob du weinen oder schreien oder um Vergebung bitten solltest? Hast du schon einmal am Ufer jenes Meeres der Schwäche gestanden, das so tief ist, dass du unweigerlich ertrinkst, wenn du auch nur einen Schritt hineinmachst?

Ich nicht. Ich bin ein Super-Meuchelmörder. Ich stehe draußen vor Vis Zimmer und überlege mir in aller Ruhe meine nächsten Schritte. Gefühle sind nur Ballast. Sie bremsen einen. Daher lasse ich sie hinter mir. Ich ruhe mich hier nur ein wenig aus. Alles reine Kopfsache. Das Atmen stellt eine gewisse Herausforderung dar. Keine Ahnung, woran das liegt. Ist auch egal.

Ich bin hungrig. Das ist es. Ich habe seit dem Frühstück nichts mehr gegessen.

Es kostet mich eine enorme Kraftanstrengung, mich von der Wand abzustoßen. Die ersten Schritte sind, als würde ich aus einem Sumpf herausstapfen – was beweist, wie dringend ich von hier wegmuss. Vis Gegenwart macht mich schwach. Ich werde sie in Zukunft meiden.

Vielleicht hatte Durzo ja doch recht. Gefühle sind nur Ballast, hat er gesagt. Beziehungen sind bindende Seile, hat er gesagt. Liebe ist … Nun, hier handelt es sich nicht um Liebe, also ist dieser Punkt nicht von Belang.

Da ich regelrecht ausgehungert bin, schlage ich einen Bogen um Elysion herum und steuere einen der Salons der Edelleute an, der sich hoch oben auf dem Schiff befindet, mit Fenstern vom Boden bis zur Decke, die den Raum in das unwirkliche Orange eines Pfeilgiftfrosches tauchen. Der Sonnenuntergang ist heute durch den Staub, den der Große Sturm aufs Meer hinausgetragen hat, intensiv glühend verfärbt.

Kaum bin ich einen Schritt in den großen Salon hineingegangen, höre ich eine Frauenstimme, die mich abrupt stehen bleiben lässt.

»Ich kann Euch nicht aufhalten. So viel weiß ich inzwischen«, sagt sie. Mir ist, als habe jemand meine Brust mit einem Haufen Steine beschwert. Ich drehe mich um, in der Hoffnung, dass ich mich täusche und das Gesicht nicht zur Stimme passt. Aber ich habe mich nicht geirrt.

Königin Jenine Gyre, Logans Frau, sitzt an einem für zwei Personen gedeckten Tisch. Sie zeigt auf den leeren Platz, als hätte sie ihn schon seit geraumer Zeit für mich frei gehalten. Ihre Augen sind wie glimmende Kohlen, deren Glut in einem kalten Gesicht erlischt.

Die Chance, dass es klappt, ist unter eins zu tausend, trotzdem lasse ich meine Stimme einen raueren Klang annehmen und sage: »Gute Frau, ich fürchte, Ihr verwechselt mich mit …«

Diese sterbenden Kohleaugen werden vom einen Augenblick auf den nächsten lebendig heiß, doch ihre Stimme bleibt ruhig.

»Kylar. Kommt her und sprecht mit mir. Ich bestehe darauf.«

Von einem Riesenfehler zum nächsten.

He, mir ist ein Titel für meine Geschichte eingefallen! Die Kylar-Stern-Saga: Von einem Riesenfehler zum nächsten. Was sagst du dazu?

Der Ka'kari antwortet nicht.

Ich persönlich bin ziemlich beeindruckt.

Ein rascher Blick bestätigt mir, dass Magier und Wachen an jedem der sechs Ausgänge des großen Salons postiert sind. Ansonsten ist der Raum nicht sonderlich gefüllt, einige Edelleute trinken miteinander und unterhalten sich laut, andere genehmigen sich eine Mahlzeit. Ich befeuchte meine Lippen, setze ein angespanntes Lächeln auf und nehme Platz.

Der Tisch ist klein. Als ich meine Schenkel darunterschiebe, streifen meine Knie fast Jenines überkreuzte schlanke Beine. Ich achte sorgsam darauf, sie nicht zu berühren, nicht wissend, welche Explosionen daraus resultieren könnten.

Sie deutet auf einen Teller mit Appetithäppchen. »Die Krabben sind einfach köstlich. Sehr frisch. Bedient Euch.«

Ich nehme mir eine. Wenn sie mir Gewalt antun will, verfügt sie über schnellere Wege, mich zu töten, als Gift. Ich kaue. Schlucke.

Ihre großen haselnussbraunen Augen mustern mich eingehend, und ich frage mich, ob die Empfindung, die sich plötzlich in meiner Kehle festgesetzt hat, wohl ein Anzeichen dafür ist, dass sie mich doch vergiftet hat. Vielleicht sieht sie mir lieber zu, wie ich mich in Todesqualen winde, statt meinem Leben durch einen raschen Speerstoß ein Ende setzen zu lassen.

Trotz allem, was sie hat durchmachen müssen, sieht sie jung aus. Ihre Stirn ist glatt und makellos. Keinerlei Falten zieren ihre Augenwinkel. Doch in diesen Augen ist nichts von Jugend zu erkennen. Vor mir sitzt eine Frau, die unter Drachen wandelt.

Ich stecke bis zum Hals in der Klemme.

Hast du da was umgeändert? »Klemme«?

~Ja.~

Ich vertilge auch noch den letzten Bissen geröstetes Brot mit sahniger Krabbe und Kräutern darauf.

»Wein?« Sie deutet zu dem zweiten Kelch auf dem Tisch.

»Ähm, nein danke. Ich bin …«

»Bei der Arbeit? Aber natürlich seid Ihr das. Bitte, pausiert für einen Moment mit Eurer Plackerei. Trinkt. Ich bestehe darauf.« Während sie das sagt, spiegelt sich das Orange des Sonnenuntergangs in ihren Augen, und ich sehe, dass sie vor Vergnügen blitzen. Vielleicht ist das Gift ja in meinem Kelch.

Ich trinke, ein richtiger Zug, nicht nur ein winziger Schluck. Ich habe nicht vor, ihr das Vergnügen zu gönnen, mir meine Angst anmerken zu lassen.

Außerdem, wenn ich jemanden vergiften wollte, der dergleichen bereits argwöhnen könnte, würde ich ein so starkes Gift nehmen, dass schon der kleinste Schluck tödlich ist.

»Ausgezeichnet. Wie schaffen sie es, ihn kalt zu servieren?«, frage ich.

»Magie. In die Kelche selbst eingewoben, heißt es. Könnt Ihr Euch das vorstellen?«

»Kosten spielen bei den Alitaeri keine Rolle. Sie wollen damit bewusst einen Akzent setzen.«

»Oh, natürlich. Sie setzen dadurch deutliche Akzente, und obwohl man schon weiß, was sie damit erreichen wollen, funktioniert es trotzdem. Ist das nicht komisch?«

Es ist, als hätte ich einen Aal verschluckt, so aufgewühlt ist mein Magen. Diese Frau ist so beherrscht und im Gleichgewicht, Welten entfernt von dem schluchzenden Häufchen Elend, mit dem ich es neulich zu tun hatte. Ich spüre, wie mir der Schweiß im Kreuz zusammenläuft.

»Mir scheint, die Alitaeri sind Meister in solchen Dingen«, sage ich.

»*Meister*, ja!«, erwidert sie leise, aber mit einer plötzlichen Hitze und Intensität in der Stimme, als hätte ich den Blasebalg einer Schmiede auf die Glut in ihren Augen gerichtet.

Ich schlucke. Genehmige mir noch einen Schluck Wein.

Diese Hitze tief unten in meiner Kehle ist doch nur der Alkohol, oder?

Ich habe nicht bemerkt, dass sie irgendein Signal gegeben hätte, aber ich höre Schritte hinter mir. In Vorbereitung auf den Angriff spannen sich meine Muskeln an, während ich zugleich darauf achte, mir nicht anmerken zu lassen, dass ich die Attacke aus dem Hinterhalt kommen höre.

Ich warte.

Warte.

Und dann, als ich das Schlurfen von Füßen und entspanntes Atmen höre, begreife ich, dass es Kellner sind, die uns den Hauptgang bringen. Ich zwinge mich, mich zu entspannen, als sie einen Teller wegnehmen und das Essen vor uns abstellen.

Einer der Bediensteten verkündet, worum es sich bei unserer Mahlzeit jeweils handelt, aber ich höre kein Wort von dem, was er sagt. Jenine mustert mich, und der Blick ihrer Augen hat etwas Beunruhigendes, da sich darin immer wieder phasenweise der unwirkliche Sonnenuntergang spiegelt. Ich bin in einer Art Spiel gefangen, dessen Regeln ich nicht kenne.

Als wir uns das letzte Mal begegnet sind, hat Jenine versucht, mir den Tod auf den Hals zu schicken. Um ein Haar hätte es auch geklappt. Und jetzt ist sie hier. Sie sollte eigentlich zusammen mit Logan bereits auf halbem Weg nach Hause sein. Was zum Teufel macht sie hier? Und warum lächelt sie?

»Erkennt Ihr, was das ist?«, fragt sie. »Seefisch und Meeresfrüchte sind zu Hause so schwer zu bekommen, dass ich einfach nicht anders konnte.«

Sie hat einen ganzen gebratenen Roten Schnapper auf dem Teller – viel zu viel für sie, aber die Alitaeri lieben nun mal ihre verschwenderischen Darreichungen. Auf meinem Teller liegt ein Kugelfisch, dessen Gräten kunstvoll angeordnet sind, um offensichtlich zu machen, was das vor seiner Zubereitung für ein Geschöpf gewesen ist.

Ich lächle nachsichtig. Es ist ihr erster Fehlgriff. Sie ist noch nicht auf dem Niveau von Momma K.

Ihr eigenes Lächeln verfliegt. »Was ist?«, fragt sie.

»Wisst Ihr, was das Wichtige bei verhüllten Drohungen ist? Sie funktionieren am besten, wenn sie verhüllt sind. Ihr gebt einem Mann in meinem Metier Kugelfisch zu essen? Das ist allzu dick aufgetragen. Wenn Ihr vorhabt, jemandem wie mir so etwas zu servieren, solltet Ihr keine Aufmerksamkeit darauf lenken. Das ist, wie einem Hofnarren eine Pointe zu erklären.« Ich stecke mir einen Bissen Fisch in den Mund. »Nur ein kleiner Tipp von jemandem, der es schon mit jeder Menge Morddrohungen zu tun bekommen hat.«

Ihr Blick ist hart und streng geworden. Das hätte ich nicht tun sollen. Aber andererseits: Ich habe noch nie gut auf Drohungen reagiert.

»Mmm, meine Lippen kribbeln«, sage ich. Dass einem davon die Lippen taub werden, ist eine der Mythen, die sich um diesen Fisch ranken. In Wahrheit ist man beim Gift des Kugelfischs entweder auf der sicheren Seite, oder man ist tot.

Warum treibe ich meinen Spott mit ihr?

Ich stecke hier in sehr großen Schwierigkeiten. Wie kommt es, dass ich jedes Mal, wenn mir das Wasser ohnehin bis zum Hals steht, noch eine Schippe drauflegen muss?

Aber ihr Gesichtsausdruck hat sich von Verärgerung zu einer Miene gewandelt, die ich nicht deuten kann. Und jetzt fällt mir etwas auf, was ich zuvor durch sein Fehlen hätte bemerken müssen. Sie wirkt genau wie die Königin, die sie ist, weder derangiert noch überreizt, sondern förmlich und gebieterisch. Ich sollte das für eine großartige Veränderung zum Besseren halten, doch ihre stählerne Härte lässt mich auf der Hut sein.

Wie dünn, wie zerbrechlich ist diese Gefasstheit?

»Warum seid Ihr hier?«, will ich wissen. »Wo ist Logan?«

»Logan befindet sich auf dem Heimweg. Ich dagegen habe beschlossen, dass ich anderes zu erledigen habe, und zwar hier. Nicht dass mich hier irgendwer haben wollte. Aber wisst Ihr, es ist äußerst schwer, einer Königin etwas zu verweigern, was sie sich in den Kopf gesetzt hat.«

»Ist es für Logan denn in Ordnung, dass Ihr hie…«

»Logan ist mein Mann, nicht mein Besitzer«, blafft sie. Ihre Augen blitzen wütend.

Ich atme tief durch und verzichte dann auf eine Erwiderung. Ich kann einen Streit mit ihr nicht gewinnen.

Sie wechselt das Thema und fährt fort: »Was meint Ihr, ist es falsch, jemanden für etwas zu hassen, das er nie tun wird – wobei aber der einzige Grund, warum er es nicht tut, die Tatsache ist, dass er nicht die Möglichkeit dazu hat?«

Ich streiche mir über das Kinn. »Ich, äh, finde in der Tat, dass es falsch ist, Menschen für Dinge zu hassen, die sie nicht getan haben, ja. Aber trotzdem ist es vielleicht nur gerecht, sich vor Augen zu führen, dass der Grund, warum die meisten Menschen nicht noch mehr falsche Dinge tun, darin liegt, dass sie nicht die Möglichkeit dazu haben.«

Sie beugt sich vor. »Glaubt Ihr, dass es falsch ist, jemanden für etwas zu hassen, das er tun *wird*, aber noch nicht getan hat?«

»Das ist eigentlich nicht die Art von ethischer Frage, die wirklich einen Sinn hat. Wir können nicht wissen, was die Menschen tun werden. Wir können unsere Vermutungen anstellen, doch die Leute überraschen einen, nicht wahr?«

»Ha!«, erwidert sie, und ihr Gesicht kündet von tiefer Verbitterung, aber ich kann nicht sagen, gegen wen sie einen solchen Groll hegt. Vielleicht gegen sich selbst. »Wisst Ihr, trotz all der Dinge, die er mir angetan hat, habe ich in den letzten Monaten ein neues Mitgefühl für Dorian entwickelt.«

»Für Dorian?«, sage ich vorsichtig. Wenn es eine Liste von Dingen gibt, die Jenine in Rage bringen könnten, dann steht ein Gespräch über den Mann, der sie durch Vortäuschung falscher Tatsachen zur Bigamie verführt und ihre Zwillinge gezeugt hat, ganz oben.

Bis eben ist ihr Blick ziellos in die Ferne gerichtet gewesen, jetzt jedoch kehrt sie ruckartig in die Gegenwart zurück. »Logan stand im Begriff, etwas Unverzeihliches zu tun. Er wird es nicht mehr tun, wegen Euch.«

»Meinetwegen? Klingt doch gut …?«

»Er wird es nicht mehr tun müssen. Weil Ihr nämlich etwas Schlimmeres tun werdet. Soll ich Logan also verzeihen, wozu er keine Gelegenheit haben wird? Soll ich schlechter von ihm denken, weil er bei einer Prüfung versagen würde, bei der die meisten Menschen versagen würden? Wie kann ich meinem Mann je wieder vertrauen, jetzt, wo ich seine Grenzen kenne?«

Ich will konkrete Einzelheiten wissen – was genau wird Logan *nicht* tun, was so schrecklich wäre? –, aber ich weiß, dass ich sie nicht aus ihr herausbringen werde, wenn ich sie direkt danach frage. Sobald sie den Eindruck hat, ich wolle etwas von ihr, wird sie es mir nicht geben. »Ich glaube, Ihr werdet Eurem Mann nur umso mehr vertrauen, weil Ihr seine Grenzen kennt.«

»Ah ja, das stimmt.« Sie gestikuliert mit ihrer kleinen Fischgabel. »Die Leute können einen in der Tat überraschen. Ich habe vergessen, wie treu Ihr zu ihm steht. Kylar, der loyalste Anhänger, den man sich vorstellen kann – zumindest, wenn es um meinen ersten und dritten Ehemann geht.« Sie lächelt schief, aber ich sehe die Galle dahinter.

»Wenn Ihr Euch von dieser Verbitterung auffressen lasst, verliert Ihr alles an Euch, was Ihr liebt und wertschätzt. Ich befürchte, dass Logan, statt Euch im Stich zu lassen, Euch eher mitten in jenen Abgrund folgen wird, weil er Euch so sehr liebt.«

Ihr Wein verharrt für einen kurzen Moment auf dem Weg zu ihren Lippen. »Ach, ich … ja.« Sie stellt den Wein wieder ab und fasst über den Tisch hinweg nach meinem Arm, als wären wir gute Freunde. »Wisst Ihr, mir ist da gerade eine Idee gekommen! Möchtet Ihr vielleicht an unseren Hof kommen, Kylar? Mein Hofnarr sein?«

»Weil sich sonst niemand traut, Euch die Wahrheit zu sagen? Ist das die Art von Königin, die Ihr zu sein beabsichtigt?« Ich blicke auf ihre Hand auf meinem Arm hinab. Sie nimmt sie weg. »Ich sehe, dass ich jeder Chance, die ich womöglich bei Euch hatte, verlustig gegangen bin, obwohl ich nichts getan habe, um das zu verdienen. Es tut mir leid, dass ich …«

»Entschuldigt Euch ja nicht bei mir! Wagt es nicht!« Ihre Stimme ist so laut geworden, dass ich mehrere Kaiserliche den Kopf in unsere Richtung wenden sehe. Sie scheint es nicht zu bemerken, den Blick ihrer brennenden Augen unentwegt starr auf mich gerichtet.

»Dann will ich Euch einfach nur einen guten Tag wünschen, Eure Hoheit.« Ich mache Anstalten, mich zu erheben.

»Setzen.« Sie zischt das Wort, ohne ihre Stimme zu erheben, aber da ist etwas Rücksichtsloses unter ihrem kühlen Auftreten. Sie weiß nicht, wie die Sache enden wird, wenn sie die Aufmerksamkeit der Kaiserlichen auf mich lenkt. Ihr muss bewusst sein, dass es auch für sie selbst schlecht ausgehen könnte. Als ob ich zulassen würde, dass ihr etwas zustößt! Aber wenn sie überhaupt nur mit dem Gedanken spielt, dann ist es ihr wohl einfach egal.

Ich setze mich wieder.

»Ich habe versucht, Euch aufzuhalten«, beginnt Jenine. »Ich habe den Leuten gesagt, wo Ihr zu finden sein würdet. Entweder haben sie mir nicht geglaubt – ich bin schließlich eine hysterische Frau, wisst Ihr das etwa nicht? Oder sie haben versucht, Euch aufzuhalten, und sie haben es nicht geschafft. Deshalb möchte ich, dass Ihr etwas darüber wisst, was da auf Euch zukommt, etwas, das ich durch all meine schlaflosen Nächte herausgefunden habe und genauso auch durch meine Nächte der endlosen Albträume. Das Schicksal ist kein Entführer, der dich über seinen Sattel wirft und mit dir zu einem Abgrund jagt, um dich in dein Verderben zu stürzen. Das Schicksal bist du selbst, dein eigener Charakter, der diesem Pferd die Sporen gibt, seinen Kopf in Richtung des Abgrunds zieht, ohne es je zur Seite ausweichen zu lassen. Ich habe etwas von der Zukunft gesehen, ja, vielleicht, aber ich weiß auch, dass das alles eine Täuschung sein könnte. Ich habe Dorian danach gefragt, wisst Ihr das? Er meinte, dass er und ich nicht viel mehr sehen würden, als jeder kluge Mensch wissen könnte, wenn er sich die Spieler in diesem Spiel ansieht. Wenn Ihr es also tut, will ich, dass Ihr wisst, dass niemand Euch zu diesem Handeln zwingt. Wenn es da jemanden gäbe, könntet Ihr Euch vielleicht bei ihm oder ihr beschweren und Ihr könntet Euch vielleicht für unschuldig halten. Vielleicht würde Euch dann nicht Euer Verdammungsurteil treffen. Aber darauf könnt Ihr Euch nicht berufen. Und das Verdammungsurteil wird Euch treffen. Ich will keine Entschuldigungen von Euch hören, und es wird keine Vergebung für Euch geben.«

»Wovon redet Ihr da? Was glaubt Ihr denn, was ich tun werde?«, frage ich. Ich weiß, dass ihre Seele Schaden genommen hat. Ich weiß, dass das Ganze nicht ihre Schuld ist, aber mein Gesicht ist glühend heiß.

»Ihr sagt das, als würdet Ihr es wirklich wissen wollen, aber ich weiß, was Ihr im Schilde führt. Es ist eine Falle. Ihr versucht, mich wieder verrückt aussehen zu lassen. Denn wenn …« Ihre Lippen zittern, eine Mischung aus Grimasse und Schluchzen. »Wenn ich es laut ausspreche, breche ich wieder zusammen. Und dann werdet Ihr die Flucht ergreifen. Wieder.«

Wieder fliehen?

Was immer das auch sonst noch bedeuten mag, es bestätigt, was ich vermutet habe: Am Ende dieses Gesprächs wartet eine Falle auf mich. Sie hat nicht die Absicht, mich von hier weggehen zu lassen.

Ich sollte jetzt verschwinden. Sollte wegrennen. Sie wird schreien, da bin ich mir sicher, aber zu warten spielt ihr nur in die Hände. Ich schärfe meine Sinne, schaue in die Spiegelung in meinem Löffel, halte Ausschau, ob sich da jemand von hinten nähert.

Ich nehme mir einen Moment Zeit, um den Raum erneut abzusuchen. Ich kann keine Anzeichen für einen bevorstehenden

Angriff entdecken. Ich hätte es bemerkt, wenn sich die Diener aus dem Raum verdrückt hätten, so wie es die Wachen tun würden, bevor sie versuchen, mich zu überwältigen. Doch es ist nichts dergleichen passiert. Zumindest bis jetzt.

Auf der anderen Seite des großen Salons erhebt sich eine Gruppe von Frauen von ihrem Tisch, alle mehr oder weniger gleichzeitig. Solange sie saßen, konnte ich sie nicht sehen, da waren all die Tische und Pflanzen und die den Raum schmückenden Skulpturen dazwischen, doch ihre gemeinsame Bewegung lässt mich meine Aufmerksamkeit auf sie richten. Drei der Frauen sind recht ähnlich gekleidet, in Weiß mit roten Kreuzen auf den Kragenaufschlägen, eine hat zusätzlich auch rote Stickereien auf den Schultern. Zwei Militärs begleiten sie.

Ich erkenne einen dieser Männer – Ishael, einer von Repha'ims Leibwächtern! Ich lehne mich nach links, sodass Jenines Kopf zwischen mir und ihm ist. Ishael kennt mich vom Sehen.

Jenine scheint nichts Außergewöhnliches zu bemerken, aber noch während ich meine Aufmerksamkeit wieder auf sie richte, damit mein kurzzeitiges Abgelenktsein nur wie das normale Umherschweifen der Augen erscheint, fällt mir ein, dass ich so ein weißes Gewand mit roten Kreuzen auf den Kragenaufschlägen schon einmal gesehen habe. Phaena hat solche Kleidung getragen!

Die Frauen sind weit entfernt und verlassen den Raum durch eine Tür in Richtung Schiffsbug, wo die Sicherheitsvorkehrungen höher sind. Obwohl sie sicher erst vor wenigen Minuten von dorther gekommen sind, werden sie von den Wachen bereits wieder sorgfältig kontrolliert. Ich kann sie nicht gut sehen, aber bei zweien von ihnen bin ich mir sicher, dass sie beide nicht Phaena sind.

»Habt Ihr bei der Beerdigung mit den Heilerinnen gesprochen?«, fragt Jenine.

»Wie bitte?«, hake ich höflich nach und frage mich, ob ich vielleicht irgendeinen Hinweis verpasst habe, ob sie zuvor schon etwas gesagt hat, was ich überhört habe, während ich zu Ishael hinübergesehen habe. Aber nein, ich bin mir sicher, dass sie nichts gesagt hat. Ich habe nichts verpasst. Vielleicht ist auch das ein Symptom ihres Wahnsinns, umso grausamer, weil es nichts Offensichtliches ist. Ihre Krankheit ist nicht Dorians hirnloses Geplapper. Stattdessen ist es dieses schwankende, unsichere Festhalten an der Wirklichkeit, wo Sinn und Verstand kommen und gehen, ohne dass sich ihr Schwinden ankündigt, verbunden mit hochgradiger Paranoia.

»Welche Beerdigung?«, frage ich höflich nach.

Eine Frau wendet sich am Ausgang von der Gruppe ab und läuft schnell zu dem Tisch zurück, den sie eben verlassen haben. Sie ruft den anderen etwas über die Schulter zu. Es ist Phaena.

Sie hat mich nicht gesehen. Ich würde am liebsten aufstehen, mit den Armen winken und schreien – aber Ishael und sein Kollege sind bei ihr, und davon abgesehen weiß ich nicht, welche Falle Jenine jeden Moment zuschnappen lassen möchte. Wenn ich Phaenas Aufmerksamkeit auf mich lenke, bringe ich sie nur in größte Gefahr. Doch zumindest weiß ich jetzt, wo sie ist.

Aber was treibt sie da?

»Einer der jüngeren Helferinnen der Chantry ist bei der Beerdigung eine Bemerkung herausgerutscht. Ich nehme an, sie waren da noch nicht instruiert, welche Lügen sie mir auftischen sollten«, berichtet Jenine. »Unglaublich, dass sie gar nicht vorhatten, mir etwas davon zu sagen. Könnt Ihr Euch das vorstellen?«

Auf der anderen Seite des Raumes beugt sich Phaena über den Tisch und greift nach einem weißen Halstuch. Für einen kurzen Moment schaut sie auf und unsere Blicke begegnen sich. Aber sie hält nicht in ihrer Bewegung inne, lässt ihren Blick nicht auf mir ruhen, zeigt in keiner Weise Überraschung darüber, mich zu sehen. Die eine Hand vor ihrem Schal, so als wolle sie sicherstellen, dass ich es sehen kann und ihr Wächter nicht, macht sie eine Bewegung, als trommele sie mit den Fingern, während sie sich zugleich abwendet. Das Ganze ist so fließend, dass Ishael, selbst wenn er sie unablässig beobachtet hätte, nichts Ungewöhnliches hätte bemerken können.

Dann schließt sie sich ihren Kolleginnen an und verschwindet mit ihnen. Ich schaue nicht hin. Ich wage es nicht.

»*Schlangen*«, entfährt es Jenine leise, jedoch mit einer so nachdrücklichen Heftigkeit, dass sie regelrecht zittert.

Es dauert einen Moment, bis ich den Schock über Phaenas plötzliches Auftauchen und das Rätsel, was sie mir da hat signalisieren wollen, verdaut habe und wieder ganz bei Jenine bin, die mit einem Mal den Eindruck macht, als sei sie zu einem Mord fähig.

Eine Helferin der Chantry hat noch mal was getan? Ach so, sie meint die Heilerinnen der Chantry, die ihr zu Hilfe gekommen sind. Sie haben Dinge vor ihr geheim gehalten. Die Kluft zwischen Jenine und der Chantry ist mir bisher noch nicht aufgefallen, aber wovon redet sie da?

Verwirrung ist offenbar keine unpassende Reaktion. Jenine beobachtet mein Gesicht so aufmerksam wie eine Viper, die sich Zentimeter um Zentimeter ihrer Beute nähert. Nur ist sie nicht so kalt. Da ist eine gespannte Ungeduld in ihr, und sie strotzt nur so vor Boshaftigkeit.

»Elene war nicht schwanger«, verkündet Jenine. »Die Heilerinnen haben die Leichen nach der Schlacht am Schwarzen Hügel genauestens untersucht, aus Besorgnis darüber, was all die Magie mit uns angestellt haben könnte. Die Toten konnten keinen Einspruch erheben, und wir anderen waren zu sehr mit anderen Dingen beschäftigt, um sie aufzuhalten.«

Ein Blitzschlag durchzuckt mich. Sie spricht von *Elenes* Beerdigung. Die Chantry soll magische Mittel an Elenes Leichnam angewendet haben?

Ohne irgendwen zu fragen? Ohne *mich* zu fragen?

Ich schüttle den Kopf und mein Magen krampft sich zusammen. Ich habe keinerlei Interesse daran, darüber zu reden. »Ihre Schwangerschaft war noch nicht weit fortgeschritten. Irgend so ein Chantry-Grünschnabel hat es eben übersehen. Elene selbst hat mir von ihrer Schwangerschaft berichtet. Sie hätte mir nichts gesagt, solange sie sich nicht sicher gewesen wäre, und sie hätte mich niemals angelogen.«

Für einen kurzen Moment stand ich im Begriff, Vater zu werden. Eine grausame Realität hat mir das genommen und das muss jetzt nicht noch einmal durch grausamen Wahnsinn wiederholt werden.

»Ich habe es mir später von anderen bestätigen lassen«, entgegnet Jenine in aller Ruhe und starrt mich immer noch mit einer solchen Eindringlichkeit an, dass es beunruhigend ist. Die Sonne ist inzwischen untergegangen, aber der Himmel ist tiefrot und genauso auch ihre Augen. »Nicht von der Chantry. Dorians Meister wurden in der Schlacht getötet, doch was die Kräuterfrauen des Nordens angeht, so bedienten sich nicht alle von ihnen einer verderblichen Magie. Ich habe mir meine eigenen Hebammen gesucht, Frauen, die mich behandelt haben … vor Logans Rückkehr.«

»Ich kann Euch nicht folgen.«

»Auch ich stand noch am Anfang der Schwangerschaft. Vielleicht waren wir sogar in der gleichen Woche.«

»Und …« Ich versuche, weiterhin auf meine Umgebung zu achten, doch ihre Worte haben sich wie eine Schlinge um mich gelegt. Wenn das hier Wahnsinn ist, dann ist es ein Wahnsinn, der perfekt dazu geeignet ist, mich wie angewurzelt an Ort und Stelle verharren zu lassen. »Und weiter?«

»Wisst Ihr, wo Dorian in seinen frühen Jahren ausgebildet worden ist, nachdem er Khalidor verlassen hatte?«

»Jetzt sind wir also wieder bei Dorian?«, frage ich verwundert. »Er ist überall auf dem Kontinent in die Schule gegangen.«

»Und sogar darüber hinaus! Er war großartig, in ausnahmslos allem, nicht wahr? Ihr seid in Tover gewesen und habt von seiner Zeit bei den Blauen erfahren, oder?«

Ich nicke unbehaglich. Woher weiß sie das?

»Er war auch bei den Roten. Aber nachdem er Khalidor verlassen hatte, ist er zuerst nach Horachi gegangen, um sich bei den Hoth'salar fortzubilden.«

»Wo er der führende der grünen Magier wurde. Ja, ja, ich weiß über das alles Bescheid. Er hat versucht eine Möglichkeit in Erfahrung zu bringen, seinen sich anbahnenden Wahnsinn mittels Magie zu heilen.«

»Während seiner Zeit dort war er dafür berühmt, dass ihm gelungen ist, was sonst niemand konnte«, fährt Jenine fort, und ihre Augen scheinen jetzt von einem hellen Licht erfüllt. »Und all jene unglaublichen Heilungen? Die hat er vollbracht, ohne gleichzeitig Iures und Curoch zu befehligen. Stellt Euch vor, was er *mit* ihnen hätte tun können.«

»Am Ende hatte er keine Zeit mehr für magische Heilungen. Er hatte alle Hände voll damit zu tun, eine Armee von Monstern zu vernichten.« Dorian war der Leiter all unserer magischen Bemühungen gewesen. Er, der Beste von uns, wenn es darum ging, das großen Ganze im Auge zu behalten, hatte unsere Kräfte gebündelt und sie zu seinem Meisterwerk verwoben.

»Und eine Stadt zu errichten«, fügt Jenine hinzu. »Warum hat er Elene nicht gerettet, wenn er für all das Zeit hatte? Sicherlich hätte er ein paar bloße Bauangelegenheiten für später aufheben und Eure Frau retten können.«

»Manches kann nicht geheilt werden. Wie Wahnsinn. Tod. Sie ist mit Curoch getötet worden. Was Curoch vollbringt, kann nicht durch andere Magie rückgängig gemacht werden. Es kann überhaupt nicht rückgängig gemacht werden. Das ist einer der Gründe dafür, warum dieses Schwert geschaffen wurde.« Curoch wurde geschmiedet, damit selbst ein Wesen wie ich getötet werden kann. Ja, vielleicht wurde das Schwert sogar speziell dafür erschaffen, dass *ich* getötet werden kann. Wenn Curoch mich tötet, komme ich nicht mehr zurück.

»Aber Ihr gebt zu, dass er Zeit für andere Magie hatte.«

»Und?«

»Da war noch ein Funke Leben in Elene.«

Ich will nicht darüber nachdenken. Ich weiß, dass da noch ein Funke war. Elenes Vorhaben und Ziele haben überlebt, indem sie in die Magie eingewirkt haben, die die Stadt erschaffen hat. Logan hat ihr Opfer, ihre Rettung von uns allen dadurch geehrt, dass er die ganze Stadt nach ihr benannt hat. In dieser Magie hat genug von ihr hinreichend lange überlebt, um der Stadt die roten Frühlingstulpen zu schenken. Das ist ihr Geschenk gewesen, und auch wenn deren Schönheit allen in der Stadt zuteilwurde, war die Botschaft doch nur für mich allein bestimmt. Ich habe bis zu Momma Ks Besuch in meiner Wohnung versucht, die letzte Tulpe am Leben zu erhalten.

»Ich meine das nicht metaphorisch, Kylar«, unterstreicht Jenine, und ihre Stimme wird plötzlich schroff. »Er hat schon zuvor solche magischen Kunststücke vollbracht.«

»Was hat er vollbracht?«, will ich wissen, während ich mich im Geiste noch immer verzweifelt an Elenes Arme klammere, unsere letzte hässliche Umarmung. »Magie welcher Art?«

Jenines Augen sind hell, intensiv leuchtend. Ich kann diese gespannte Ungeduld jetzt einordnen. Dahinter steckt der Wunsch, mich zu verletzen. »Wenn ich sage, dass es noch einen Funken Leben in Elene gab, nachdem Ihr sie erdolcht habt, dann meine ich damit nicht *ihres*. Am Morgen jenes Kampfes war ich schwanger, aber nicht mit Zwillingen. Als sie Elene beerdigt haben, war sie überhaupt nicht mehr schwanger.«

Mein Mund fühlt sich trocken an. Was auch immer sie da andeuten will, es will einfach keine klaren, zusammenhängenden Formen annehmen.

Sie fährt fort: »Die Chantry hält mich für dumm oder für verrückt oder für ein Kind. Sie haben mir immer noch nicht gesagt, wie die Magie meiner Kinder funktioniert. Als ob ich nicht auch selbst eins und eins zusammenzählen könnte. Dorian kann in die Zukunft sehen. Wenn ich Kiern in den Armen halte, habe ich manchmal Träume von der Zukunft. Wenn ich Caedan halte, verleiht er mir Frieden. Er hat mir Ruhe vor dem Wahnsinn gegeben, habe ich gedacht. Zuerst habe ich ihn für nicht magisch begabt gehalten, dann für einen Heiler, wie sein Vater Dorian. Aber er ist kein Heiler. Er ist ein Hemmer. Seine Gabe wirkt der Magie entgegen. Sehr seltsam, findet Ihr nicht auch? Kinder erben manchmal die Gaben ihrer Eltern, und Dorian hat sehr, sehr viele magische Gaben, aber keine wie diese. Und ich verfüge über gar keine magischen Begabungen. Ein echtes Rätsel. Fällt Euch irgendwer von den Leuten am Schwarzen Hügel ein, der über Magie negierende Gaben verfügt hat?«

Meine Brust ist so zusammengeschnürt, dass ich nicht sprechen kann, Gefühle von Widerwillen und Hoffnung, ineinander verschlungen, steigen in mir auf.

»Dorian hat es gut gemeint, Kylar. Er wollte Euch helfen. Eure Frau lag im Sterben, aber er konnte das Kind retten. Wie passend, dass Ihr, genauso wie ich, herausfinden musstet, dass Dorians gute Taten immer von seinen Grausamkeiten eingeholt werden. Was mich angeht? Er hat eine Närrin aus mir gemacht. Ich bin eine unlautere Ehe mit ihm eingegangen, im Glauben, Gutes zu tun, indem ich Dorians Königin bin. Ich habe ein ganzes Land gerettet, eine Kultur von ihrer dunklen Geschichte befreit! Mir wurden die Früchte des Betrugs gereicht und ich habe mit meinem Betrüger freudig das Bett geteilt. Mir schwoll das Herz vor Liebe und der Bauch von seinem Samen. Niemand hat mir die Ehre erwiesen, mich selbst entscheiden zu lassen, Kylar, und so sage ich Euch die Wahrheit, obwohl Ihr es mir nicht danken werdet. Ich mag Euch nicht aufhalten können, doch ich kann dafür sorgen, dass Ihr ganz genau wisst, was Ihr tut. Versteht mich nicht falsch: Das ist keine Gnade. Ihr verdient keine. Ich lasse Euch das alles wissen, um Euch Eure einzige Rechtfertigung zu nehmen. Ihr werdet nie behaupten können, Ihr hättet nicht gewusst, was Ihr tut. Denn Ihr wisst es. Jetzt wisst Ihr es. Ich kann Euch nicht aufhalten, aber wenn Ihr es tut, sollt Ihr Folgendes wissen: Caedan ist nicht Dorians Sohn. Er ist Eurer.«

»Was glaubt Ihr denn, was ich tun werde?«, zische ich, im Bemühen, meine Stimme nicht zu erheben. »Der einzige Grund, warum ich den ganzen Weg hierhergekommen bin, ist die Rettung Eures … Wie bitte? Was?«

Ein Teil meines Wesens ist von mir losgelöst, das Steuerrad eines Schiffes, das sich allein und führerlos im Sturm dreht. Ein anderer Teil von mir sagt: *Mach jetzt keine Szene, lass deine Verkleidung nicht auffliegen.* Und wieder ein anderer Teil von mir schweift in Gedanken zurück.

Hatte Großmeister Vitruvius nicht irgendetwas über Dorians Zeit bei den Grünen gesagt? Ich muss an die Stelle zurückgehen und es suchen. Gut, dass ich das alles aufgezeichnet habe.

Ich kann das einfach machen. Denn, weißt du, sonst könnte das alles ein Fehler sein.

~Bittest du ernsthaft darum, das noch mal zu hören?~

Ich weiß es nicht. Ich ringe um Atem. Meine Augenlider flattern, als könnten meine Wimpern das Gehörte wegblinzeln.

~Großmeister Vitruvius hat gesagt: »Eine hochschwangere Frau mit einem Lungenwurmbefall im Endstadium kam zu ihm und bettelte nicht um ihr eigenes Leben, sondern um das ihres Kindes. Es heißt, er habe den Fötus in die Gebärmutter ihrer Schwester verpflanzt …«~

Ich hatte dieser Geschichte überhaupt keine Aufmerksamkeit geschenkt, als Vitruvius sie erzählt hat. Hatte keinen Moment lang daran gedacht …

Ein *Sohn*?

Das Kinn in die Höhe gereckt, sagt Jenine kühl: »In meinen Augen sieht Caedan Euch nicht sehr ähnlich. Aber seine Fähigkeiten machen die Sache untrüglich, nicht wahr?«

Ich weiß nicht, wie er aussieht. Ich habe noch nicht einmal einen *Blick* auf Caedan geworfen. Ich habe selbst Kiern kaum angeschaut und ihn habe ich im Arm gehabt. *Was bedeuten mir Babys schon?*, habe ich gedacht.

Es kommt mir vor, als würde ich eine Handbreit außerhalb meines Körpers schweben. Das kann doch alles nicht wahr sein.

Sie entschuldigt sich, um die Toilette aufzusuchen, aber ich bemerke kaum, wie sie fortgeht. Meine Gedanken sind ein wirbelnder Strudel, die Fakten ziehen mich in die Tiefe hinab, immer tiefer und tiefer:

Der schwarze Ka'kari kann Magie verschlingen.

Caedans Gabe verschlingt Magie.

Sie war schwanger. Aber nicht mit Zwillingen.

Elene, mit einer leeren Gebärmutter begraben.

Dorian, der Heiler. Wie er sowohl Curoch als auch Iures befehligt.

Ich starre blicklos auf meine vergoldete Gabel, als ich eine Stimme hinter mir höre.

»Mein Herr?«, sagt ein junger Mann. Wieder der Kellner.

»Ja?« Ich schaue auf, zu spät.

Ein halbes Dutzend kaiserlicher Soldaten hat sich in einem Halbkreis um mich herum aufgereiht, alle zielen mit Armbrüsten auf mich. Drei Magier stehen hinter ihnen und halten die Angriffslinien frei. Hinter ihnen werden schweigende Adlige aus dem Raum geführt, außer Reichweite der Gewalt, die man hier erwartet.

»Kommt bitte mit uns«, fordert der Kellner mich auf. Er hält seine Armbrust, als wisse er, wie man von ihr Gebrauch macht.

Hinter dem ersten Kreis von Kaiserlichen gibt es einen weiteren, größeren.

Jenine hat die Falle zuschnappen lassen, von der ich wusste, dass sie kommen würde, und die ich trotzdem irgendwie nicht gesehen habe.

Wie stehen meine Chancen gegen so viele? Eins zu hundert?

~An einem guten Tag.~

Heute ist kein guter Tag. Die Keule des Schocks hat mir die Hirnschale zertrümmert. Der Rossschinder der Überraschung hat mir die Eingeweide aus dem Leib gerissen. Die Glieder ungelenk, schwer, verblutende Hoffnung. Mein Kampf ist an ein Ende gelangt.

Ich hebe meine Hände in die Höhe, und Männer mit Knüppeln, die sich wie schwarze Flügel heben und senken, stürzen sich auf mich, eine krächzende Krähenschar auf einem Schlachtfeld voller Aas.

Kapitel 19

Ein Schatten hinter Gittern

Mein Leib schlurft in die angewiesene Richtung, aber wenn es da irgendein wesenhaftes *Ich* gibt, das diese Minute, diese Stunde überdauert, dann ist es irgendwo in mir verloren, irgendwo tief in den unbeleuchteten, salpetergeschwängerten Kellern meines Seins, wohin es vor den grellen, schneidenden Schrecken des Tageslichts geflohen ist, um sich in der dumpfen Düsternis hinter den Fässern alter Freuden zu verbergen, deren Inhalt inzwischen zu Essig geworden ist. Wenn das Ungeheuer, vor dem man flieht, man selbst ist, bietet die Flucht kein Entrinnen.

Ich zähle die Wachen nicht. Ich beurteile nicht, wer gut im Umgang mit den Waffen zu sein scheint, die er trägt, wer reibungslos mit den anderen zusammenarbeitet oder wer Probleme mit den aufzusagenden Parolen hat, um mir einen Eindruck zu verschaffen, wer entweder neu oder dumm und dadurch ein schwaches Glied in der Kette ist. Die leise summende Aktivität der gespannten Sinneswahrnehmung, die über das letzte Jahrzehnt hinweg meine instinktive Haltung zur Welt geworden ist, ist jetzt auf gespenstische Weise matt und heruntergefahren.

Aus den Kellern meines Geistes steigt unvermittelt ein Bild von Elene auf, in strahlendem Weiß, mit einem Bündel in den Armen, den Blick nach unten gerichtet, ein Lächeln von einem Ohr bis zum anderen im Gesicht. Sie wiegt das Baby in den Armen, gibt sich ganz dem Moment hin und beginnt zu tanzen.

Wellen der Übelkeit schwappen durch meinen Magen. Heiße, beißende Galle brennt mir in der Kehle.

Nach einer weiteren Drehung mit wehenden Röcken sieht sie mich und errötet, für einen kurzen Moment verlegen, dann lacht sie und winkt mir zu, schnell zu ihr herüberzukommen. Der Geruch ihrer Eukalyptusseife und ihr sanfter Atem wehen über mich hinweg, als sie das Bündel schräg nach oben hält. »Schau nur! Er lächelt. Dein Sohn lächelt für seinen Papa.«

Als sie das Bündel anhebt, sehe ich die klaffende Wunde, wo ich das Schwert in sie hineingerammt habe.

Ihre Stimme wird undeutlich, während meine Wahrnehmung von ihr abschweift, vor diesen Phantomen mit den Rasiermesseraugen wegrennt, wieder tiefer in die Katakomben meines Geistes hinein. Aber die Finger dieser Wesen haben sich genauso tief in mein Gehirn gegraben wie die einzigartige Mischung ihrer Düfte, die ich niemals wieder riechen werde.

Nicht kotzen. Nicht kotzen.

Dunkelheit senkt sich um mich. Die Zeit vergeht. Bewusstheit ist Schmerz.

Eine Stimme aus der Ferne. ~Kylar?~

Ich versuche, meine Augen zu öffnen; das eine ist halb zugeschwollen. Die Schmerzen von den Schlägen sind nichts im Vergleich zu der atemlähmenden Brustwunde, die die Worte von Königin Jenine Gyre hinterlassen haben.

Ich schließe die Augen wieder. Ziehe mich in mich selbst zurück.

~Kylar. Du bist noch nicht am Ende.~

Einige Zeit später komme ich in einer Zelle wieder zu mir, Gesicht nach unten, eine Lache Galle unter meiner Wange. Ich spucke aus, versuche den Geschmack von Erbrochenem aus dem Mund zu bekommen. So viel Spucke gibt es auf der ganzen Welt nicht.

Das Atmen schmerzt. Ich spüre, wie sich meine Rippen wieder zusammenfügen, und weiß irgendwie, dass ich jetzt einen quälend tiefen Atemzug nehmen müsste, um einige von ihnen wieder so auszurichten, dass sie richtig heilen können.

Ich schaffe es nicht.

Ein Sohn. Ich habe schon zu viele unmögliche Dinge Wirklichkeit werden sehen, um die Neuigkeit einfach deshalb nicht zu glauben, weil es eigentlich ein Ding der Unmöglichkeit sein sollte. Ich bin am Schwarzen Hügel dabei gewesen. Ich war Teil von alledem. Vielleicht der kleinste Teil, gut möglich, aber ich habe Dorians Explosion der Magie meine Kräfte geliehen. Ich habe ihm meinen Willen übereignet, damit er ihn nach eigenem Gutdünken lenken konnte, so wie wir es alle getan haben. Er hat getan, was nicht getan werden konnte. Wer bin ich, um zu sagen, dass er nicht auch getan hat, was nicht getan werden sollte?

Ich bin nicht dazu geeignet, ein Vater zu sein. Ich bin selbst kaum mehr als ein Kind. Aber ich kann den Jungen nicht im Stich lassen. Ich bin ein Waisenkind gewesen, und ich würde nicht einmal zulassen, dass das Kind eines Feindes ein Leben auf der Straße führt, geschweige denn mein eigenes. Ich kann nicht zulassen, dass die Welt ihn zerreißt und verstümmelt, wie es mir einst ergangen ist.

Aber was passiert jetzt mit ihm? Wollte Jenine etwa andeuten, dass sein Adoptivvater ihn gar nicht zurückhaben will? Die Abwesenheit des Kindes löst für Logan Probleme. Indem Logan die Zwillinge adoptiert hat, hat er – trotz bester Absichten – den Keim des Bürgerkriegs in seine eigene Familie gepflanzt. Wird er das Kind überhaupt zurücknehmen?

Sicherlich kann mein Freund unmöglich so katastrophal versagen.

Und doch ... Wer bin ich, um raten zu können, an welcher Stelle andere versagen?

Ach so, wer ich bin? Der Nachtengel, oder? Kann ich die Seelen auf den Waagschalen der Gerechtigkeit derart perfekt abwiegen?

Wann habe ich Logan das letzte Mal in die Augen gesehen, um seine Seele abzuwiegen? Noch nie? Oder hatte ich zu viel Angst, meinen Freund nackt vor dem Richterstuhl zu sehen?

Und woher will ich wissen, dass mein eigenes Urteilsvermögen fehlerfrei ist? Lässt nicht jeder Mensch die Waage zu seinen Gunsten ausschlagen, die meisten von uns, ohne sich dessen bewusst zu sein? Wer will sagen, dass ich nicht das Gleiche mache?

Ich atme tief ein, um weinen zu können, und meine Rippen packen die Gelegenheit am Schopf, Knochen knirscht auf Knochen, scharf hervorstehende Rippenenden brechen ab, und die einzelnen Bestandteile setzen sich wieder zusammen.

Ich schnappe nach Luft, unfähig zu atmen, würge Galle auf den Boden, rufe tausend andere Schmerzen ins Leben, winde mich in Qualen.

Einige Zeit später halte ich still, atme schnell hechelnd wie ein verletztes Tier, liege auf dem Steinboden, vor mir nur Eisenstangen im Blickfeld, die Hände hinter dem Rücken gefesselt.

Ein Sohn. Ein Sohn bedeutet, dass ein Stückchen von Elene noch am Leben ist.

Und hier liegt der unwürdige Vater. Der Vater, der versagt hat, der zugelassen hat, dass dieser Sohn aus seinem guten Leben herausgerissen wurde.

»Willkommen zurück.« Ein Stuhl knarrt, als sich ein großer Mann nach vorn lehnt.

Ich schließe die Augen und atme tief ein. Auf der anderen Seite der Gitterstäbe in diesem winzigen, beengt vollen Raum sitzt König Repha'im, als habe er mich eine Zeit lang schlafen lassen.

Meinem alten Instinkt folgend, mustere ich die Magier, die er bei sich hat. Es sind ihrer sechs, Schulter an Schulter in den Raum gedrängt, daneben zwei Leibwächter mit Hälsen dicker als meine Taille. Alle sind sie aufmerksam auf mich konzentriert, als würde ein gebrochener Mann hinter Gittern für sie eine unmittelbare Bedrohung darstellen.

»Ich weiß nicht, ob du mir das glauben wirst, Kylar Stern, aber ich habe dich unterschätzt – und ich bin noch nie so froh gewesen, mich geirrt zu haben. Kannst du dir vorstellen, dass ich versucht habe, dich zu töten?«

»Ich bin selbst dabei gewesen«, krächze ich heiser. »Also ja. Ich kann es mir vorstellen.«

»Hör damit auf, so zu tun, als ginge es hier allein um dich. Was ich meinte, war: Kannst du dir vorstellen, dass *ich* versucht habe, dich zu töten? Ich, der ich doch so gut darin bin, Potenzial in einem Menschen zu sehen. Ich hätte dich beinahe einfach weggeworfen!«

Ich setze mich mit schmerzendem Rücken auf und lehne mich an die Wand, die nicht weit entfernt ist. Der Geruch von alter Pisse und Körperausdünstungen gesellt sich zu dem beißenden Gestank meiner Kotze. Die penible Art der Alitaeri macht offensichtlich vor den Türen ihrer Schiffsgefängnisse halt.

Repha'im sagt: »Lasst den Magier hereinkommen.«

Einer der Soldaten stößt eine Tür im Boden auf, die eine Treppe zum darunterliegenden Deck freigibt, und verschwindet. Dem übel riechenden Gestank von Jauche nach zu urteilen, der heraufdringt, befindet sich dort unten eine noch tiefere, schlimmere Ebene des Schiffsgefängnisses. Schön zu wissen, dass sie mich mit so viel Nachsicht behandeln.

»So sieht es also aus, wenn du mich nicht einfach wegwirfst?«, erkundige ich mich.

»Geduld. Du wirst schon sehen. Wir haben alle Zeit der Welt.«

Er vielleicht, ich jedoch nicht. Ich wünsche mir nichts sehnlicher, als in meiner Verzweiflung allein gelassen zu werden. Es ärgert mich, dass ich tief im Hinterkopf bereits wieder nach Fluchtmöglichkeiten Ausschau halte.

Was kümmert mich schon die Flucht? Es gibt nichts für mich dort draußen.

Außer einem Baby. Aber dafür ist es zu spät.

König Repha'im verbringt seine Zeit damit, mich eindringlich zu mustern.

»Was ist das eigentlich mit deinen Augen?«, frage ich.

»Nicht vor den Kindern, mein Lieber«, erwidert er mit einem leichten Grinsen auf den Lippen.

Mir rutscht das Herz in die Hose. Er würde das nicht sagen, wenn das, was ich da gesehen habe, nur eine Illusion gewesen wäre. Ich wende mich an die Wachen. »Wie gefällt euch der neue Boss? Derjenige, der euch Kinder nennt? Gefällt euch der Gedanke, für ihn zu sterben?«

Bevor ich reagieren kann, blitzt ein Speerkolben durch die Gitterstäbe und trifft mich in den Bauch. Ich gehe stöhnend zu Boden.

Also ein Blaumagier, denke ich Richtung Boden. Eine solche Geschwindigkeit kann nur kineturgisch sein. Ich schaue auf. Es war gar nicht das hintere Ende eines Speers. Sondern das eines Dreizacks.

Bis ich aufgestanden bin, schwerfällig und langsam, befindet sich ein Gefangener mit beginnender Glatze bei ihnen, in schmutzige Seide voller Flecken gekleidet. Der Mann von unten. Um seinen Hals trägt er ein Halsband aus Eisenholz mit drei blauen Lichtern an der Vorderseite. Vier breite, keilartige Klingen ragen, kreisförmig angeordnet, daraus hervor. Es ist ein Guillotine-Halsband.

»Das hier ist … egal, sein Name spielt keine Rolle. Er hat *vergessen* anzugeben, dass er ein Magier ist. Schon komisch, dass so etwas passieren kann. Wir können doch nicht zulassen, dass auf einem Schiff, das von Magie zusammengehalten wird, Leute herumlaufen, die unerlaubt Magie wirken und uns alle in Gefahr bringen, nicht wahr?«

Er sieht mich an, als erwarte er, dass ich ihm zustimme. Ich erwidere seinen Blick, ohne zu blinzeln.

Er seufzt und wendet sich an die bemerkenswert gut aussehende Leibwächterin in Himmelblau, die mir gerade ihren Dreizack in den Bauch gespießt hat. »Kynígi. Deine Hand. Mach es sichtbar.«

Die Frau trägt schwarze Lederstiefel, die bis zum Oberschenkel geschnürt sind. Sie tritt vor und murmelt etwas, das ein blaues Feuer in ihrer Handfläche in Gang setzt, die sie daraufhin Repha'im hinhält.

»Nicht so stark. Nur ein Glühen«, weist Repha'im sie an und greift nach ihrem Handgelenk. Während er sich wieder mir zuwendet, brennen die Flammen herunter und werden zu einem schwachen Glimmen.

Ich mustere sie, während sie mich mit ihren kalten toten Augen ihrerseits begutachtet. Extravaganz ist kein Merkmal, das die Chantry fördern würde, aber die Kleidung dieser Frau kündet davon und wohl auch ihre Persönlichkeit. Blondes Haar mit einem seitlich ausladenden Zopf, der von blauen und goldenen Strähnen durchzogen ist. Hinter ihrem Kopf hängt eine Kapuze, die teils aus Stahl besteht – ein zurückziehbarer Helm? Ihr linker Ärmel ist dicker und länger und weniger beweglich als der rechte, als handele es sich um eine leichte oder teilweise magische Abart des Manica-Armschutzes eines Gladiators, wobei der ganze Arm als Schild dient. Adlernase. Ihre Figur so schlank wie der Dreizack in ihrer Hand. Für eine solche Waffe ist seine gabelförmige Spitze sehr schmal, mit tückischen Widerhaken versehen. Sie trägt ein Korsett aus schwarzem Leder mit blauen Einsätzen, passend zu ihren Haarsträhnen und ihren magischen Künsten, aber statt von einem hübschen Kittel ist es weitgehend von einem Gurt voller hochgefährlicher Waffen bedeckt.

Repha'im schnippt mit den Fingern. »Kylar. Kylar. Sei ein braver Junge. Schau hierher.«

Ich blicke zu ihm hinüber, noch immer irgendwie nicht richtig in meinem Körper zu Hause. In den wenigen Augenblicken – oder war es doch etwas länger? –, in denen ich Kynígi begutachtet habe, ist das Gesicht des Gefangenen schweißnass geworden. Warum?

Ach ja, die Magie.

»Ich versteh schon«, sage ich. Ich spucke aus, um den Geschmack von Erbrochenem loszuwerden, den ich noch immer im Mund habe. »Wenn er von Magie Gebrauch macht, schnappen die Klingen zu. Du brauchst ihn nicht umzubringen, nur um zu beweisen, was für ein knallharter Kerl du bist.«

Der Mann mit dem Halsband sieht mich an und ein Ausdruck von Dankbarkeit huscht über seine Züge.

Repha'im deutet mit dem Zeigefinger auf mich. »Sieh mal einer an. Gut zu wissen. Du bist *nicht* dumm. Nicht … in allem zumindest. Wir werden uns da noch früh genug vergewissern. Aber du irrst dich, was meine Beweggründe angeht. Ich habe gar nicht versucht, dich einzuschüchtern. Todesdrohungen? Gegen dich? Nein, ich wollte nur sicherstellen, dass du weißt, wie die Sache funktioniert.«

Der Mann mit dem Halsband holt tief Luft. Offenbar zum ersten Mal seit Minuten.

Dann, als Repha'im Kynígis glühende Hand zur Brust des Gefangenen führt, gibt das mörderische Todeshalsband einen Warnton von sich. *Tuuut.* Eines der drei blauen Lichter vorn am Halsband ist rot geworden.

Vier Holzgriffe drehen sich nach außen, und die vier Klingen drehen sich nach innen, eine kleine Rasiermesserblume, die ihre Knospen verbirgt. Alle vier keilförmigen Klingen werden sich direkt ineinander schmiegen, sobald das Ganze zuschnappt.

Repha'im legt Kynígis Hand auf die Brust des Mannes und der Ton wird höher. *Diiit.*

Vier Stifte, die ich bisher nicht gesehen habe – ich nehme an, sie dienten dazu, die Klingen zu arretieren –, fallen unten aus dem tödlichen Halsband heraus. Ein zweites blaues Licht hat sich rot verfärbt.

Das Gesicht des Gefangenen verzerrt sich, und er drückt das Kinn gegen den Hals, doch dadurch streift er eine der Messerspitzen. Bluttropfen rinnen seinen Hals hinunter, während sein Adamsapfel auf und ab hüpft. Sein Atem geht keuchend, schnell und flach. Er reißt sich von der übereifrigen Leibwächterin los, aber er prallt mit dem Rücken gegen die Wand. Die Wachen auf beiden Seiten packen ihn fester an den Armen und wenden den Blick ab. Es gibt für ihn kein Entrinnen.

Repha'im nickt und Kynígi führt ihre glühende Hand näher an sein Halsband.

Diiit! Das letzte Licht lodert rot auf. Seine Hände krallen sich um das Halsband, aber da ist kein Platz für seine Finger. Kynígis Augen weiten sich erwartungsvoll.

Klack. Mit einem laut schmatzenden *Ka-tschack* schlagen die vier Klingen zusammen und dem Gefangenen wird der Kopf abgetrennt.

Die Blutfontäne klatscht gegen eine von Kynígi errichtete unsichtbare Wand aus Magie, sodass König Repha'im nicht einen Tropfen abbekommt. Sie reißt dem Toten das Halsband vom Leib, während er zusammensinkt. Zwei Wachen packen die Leiche und lassen sie in dem beengten Raum zu Boden gleiten.

Der Leib des Mannes sinkt gegen die Gitterstäbe meiner Zelle und Blut strömt aus seinem kopflosen Hals.

»Jedes Jahr«, erklärt Repha'im, »dürfen die Gouverneure eine kleine Anzahl von Gefangenen zur Kaiserin bringen, um sie zum Gegenstand einer gerichtlichen Sonderverfügung zu machen, was in der Sprache der alitaerischen Bürokratie bedeutet, sie verschwinden zu lassen. Dieses Jahr hat es wesentlich mehr dieser Fälle gegeben als sonst. Woraufhin uns die Halsbänder ausgegangen sind. Also, jetzt weißt du, wie die Sache funktioniert.« Er dreht sich um. »Wurrick, statte bitte der Botschafterin von Modai einen Besuch ab und lass sie wissen, was mit ihrem Mann hier geschehen ist.«

Einer der Leibwächter setzt sich in Bewegung, bleibt dann aber stehen. »Ähm … dass er versucht hat zu fliehen, Eure Hoheit?«

»Nein. Sag ihr die Wahrheit. Uns sind die Halsbänder ausgegangen und wir brauchten das seine für jemand Wichtigeren.« Er hält den Zeigefinger hoch. »Nein, du hast recht. Die Sache erfordert ein wenig Feingefühl. Sag ihr … sag ihr, es sei nichts

Persönliches gewesen, nur ein Versehen, wir hätten uns einfach in der Zahl der benötigten Halsbänder geirrt, genauso wie wir wissen, dass es für sie nichts Persönliches war, als sie es verabsäumt hat, ihren Spion zu melden. Wir werden ihr die persönliche Habe des Spions zukommen lassen, aber er wird auf See bestattet.«

Mich lässt das alles seltsam unbeteiligt. Selbst der Hass, der sich angesichts dieses sinnlosen Mordes in mir regt, bleibt verhalten. Wo Hass ohne Aussicht auf Rache ist, ist Teilnahmslosigkeit ein Trost.

~Kylar. Du weißt, was als Nächstes kommt. Warum fragst du mich nicht, ob das Halsband mich spüren wird?~

Es tut nichts zur Sache.

~Dann sage ich dir, dass ich nicht weiß, ob das Halsband mich spüren wird oder nicht. Ich werde mal sehen, was ich herausfinden kann. Es könnte eine Weile dauern, bis du wieder von mir hörst. Ruf mich nicht zu dir, verstanden? Wenn die Magie diese Klingen auslöst, bevor ich mich an das Metall anpassen kann, aus dem sie bestehen, was immer das sein mag, kann ich sie erst verschlingen, wenn du tot bist ...~

Kynígi reißt die Griffe des Halsbandes einen nach dem anderen zurück und spannt sie wie eine Armbrust, zügelt die großen Kräfte, die mir die Messer in den Hals treiben werden. Sie lockert den inneren Ring, damit mein Kopf durch das Halsband passt, und streckt es mir dann hin. »Zieh es an.«

Ich zögere.

Ihre Stimme klingt wie geknautschter Samt. »Zieh es an, sonst schlagen wir dich zusammen und ziehen es dir dann selbst über. Wenn deine Knochen gebrochen sind, hast du die Genugtuung, uns bis zum Schluss Widerstand geleistet zu haben, aber das ist auch schon alles.«

Ich lege mir das blutige Halsband an. Es ist nass und noch warm. Der Gestank von Blut und Körpergeruch und der Angstschweiß des Toten steigen mir in die Nase. Kynígi macht einen Schritt nach vorn, um das Halsband fest zuzuziehen, und ich höre zwei hohe Töne in schneller Folge – *tüüt, düt* – und spüre, wie sich etwas an meinem Hals herumdreht und die Klingen nach innen schnappen. Kynígi erstarrt.

Wir blicken beide nach unten und sehen, dass eine der herausgefahrenen Klingen gegen ihre Arretierung hin und her wippt und kurz davor ist, sich daraus zu lösen.

Dann schauen wir beide auf ihre Hand, die immer noch schwach blau leuchtet. »Hab ich vergessen«, sagt sie. »Wie peinlich.«

Sie klingt allerdings nicht so, als sei es ihr wirklich peinlich, und ihr Lächeln angesichts der Tatsache, dass sie mich versehentlich fast umgebracht hätte, ist breit und freundlich. Sie scheint so der Hu-Gibbet-Typ zu sein. Sie winkt einen anderen Leibwächter heran, der das Halsband schnell wieder richtet und es mir dann fest um den Hals legt.

Sie führen mich die Treppe hinunter, die Hände immer noch hinter dem Rücken gefesselt. Dazu haben sie mir Fußfesseln angelegt, die mir das Gehen, nicht aber schnelleres Laufen ermöglichen. Und natürlich ist da das Band um meinen Hals, das mir mit sofortigem federgespanntem Tod droht.

König Repha'im – er trägt einen hochgeschlossenen lila Mantel über einem blassblauen Uniformrock mit dicken Platinketten und allen möglichen Ringen – folgt mir auf eine tiefere Ebene des Schiffsgefängnisses hinunter und bleibt vor einer offenen Zelle stehen, die nicht einmal einen Schritt breit ist und ihm nur halb bis zur Brust reicht. Eine solche Zelle ist an sich schon Folter. Sie ist zu niedrig, um darin aufrecht stehen zu können, und zu eng, um sich hinzulegen.

Aber er bedeutet mir nicht, mich hineinzubegeben. »Es wird die Zeit kommen, Kylar, wo einige eurer Religionen predigen werden, dass du und die anderen euch an einer Form von Magie zu schaffen gemacht habt, an die nicht zu rühren der Menschheit stets eingeschärft wurde, und dass ihr dadurch Fremdlinge befreit habt, die nun Tod und Zerstörung über Midcyru bringen werden.« Er hebt die Augenbrauen hoch. »Jenes Verbot der Zuhilfenahme derartiger magischer Kräfte war klug und es ist der Menschheit in der Tat auferlegt worden. Doch den Priestern selbst wurden bestenfalls Halbwahrheiten erzählt, denn bloße Bauern konnten die ganze Wahrheit nicht verstehen, waren nicht bereit dafür. Die Khalidori haben am Schwarzen Hügel dunkle Dinge wachgerufen. Das ist wahr. Allerlei Gleichgewichtsverhältnisse wurden gestört. Die Vürdmeister haben Dinge auf der Erde und unter der Erde erweckt. Alte Dinge – aber, im Wesentlichen, irdische Dinge. Diese Bedrohungen hatten die Welt auch zuvor schon heimgesucht, und sie konnten mit den Kräften, die euch zur Verfügung standen, wieder zur Ruhe gebettet werden. Aber weißt du auch, warum der Schwarze Hügel eine Kuppel gewesen ist? Weil Jorsin Alkestes, als er Jahrhunderte zuvor viele der gleichen magischen Mittel einsetzte, wie auch ihr sie dort angewandt habt, klug genug gewesen ist, erst einen Energieschirm zu errichten – *bevor* er dann alle in seinem Inneren gefangenen Feinde vernichtet hat. Jorsin Alkestes hat nicht nur die Monster darin zurückgehalten, sondern auch seine eigene Magie. Aber ihr? Um eure Feinde zu verbrennen, habt ihr dummen Wilden sie in Flammen gesteckt. Ihr habt auf einem Hügel ein weithin sichtbares Feuer gelegt. Mit Werkzeugen, deren Gebrauch eure Weisheit bei Weitem überstiegen hat, habt ihr einen gewaltigen magischen Impuls in das Universum hinaus entsandt. Diese Welle setzt sich bis zum heutigen Tag fort und breitet sich in alle Richtungen aus. Noch jetzt im Moment erreicht sie immer weitere der tausend Welten. Die meisten Wesen dort draußen dürften unfähig sein, das Licht wahrzunehmen. Einige werden es sehen können, aber nur so, wie eure menschlichen Völker einen neuen Stern am Himmel sehen. Andere verfügen selbst über so viel Magie, dass sie kein Interesse daran haben werden. Andere werden Interesse an den Tag legen, verfügen jedoch über keine Mittel, um hierherzureisen. Aber wieder andere … Erschließen sich dir nun allmählich die größeren Zusammenhänge? Mit so viel roher und ungesicherter Magie habt ihr nicht nur auf die magischen Wesen auf diesem Kontinent und im Umkreis eurer Welt Einfluss genommen, ihr habt auch Parasiten aus weiter Ferne zu erkennen gegeben, dass sie hier leicht zu ergatternde Nahrung finden werden. Ihr habt eure Feinde nicht vernichtet. Ihr habt für ein gefräßiges Universum die Essensglocke geläutet.«

Der Mann ist ein Lügner, schärfe ich mir ein. Dennoch lässt mir seine Beschreibung das Mark gefrieren. Lügner würzen ihre Lügen oft mit etwas Wahrheit, damit sie leichter geschluckt werden. Vielleicht will er sich einfach nur meine Ängste hinsichtlich dessen, was wir am Schwarzen Hügel getan haben, zunutze machen. Vielleicht bin ich ja selbst einer dieser ahnungslosen Bauern, die sich darüber sorgen, dass wir eine Magie angerührt haben, die wir besser unangetastet gelassen hätten.

Aber ich kann nicht anders, als mich unwillkürlich zu fragen: Was ist, wenn er die Wahrheit sagt?

Im Bewusstsein, dass er gespannt nach einer Reaktion von mir Ausschau hält, gebe ich mir alle Mühe, mein Gesicht ausdruckslos zu halten.

Er zuckt mit den Schultern, als wäre es ihm egal, ob ich ihm glaube oder nicht.

Dadurch wirkt das Ganze echter. Lügner kümmert es, ob du ihre Lügen glaubst; sie wollen wissen, ob es ihnen gelungen ist, dich hinters Licht zu führen. Leute, die die Wahrheit sagen, wiederum wissen, dass sie die Wahrheit sagen, ob du dich ihr stellst oder nicht. Besonders wenn es sich um schlimme Wahrheiten handelt.

Er wirft einen Blick über die winzige Zelle hinweg, dann sieht er mich an und scheint sich entschieden zu haben. Er verschließt die Zelle wieder und begibt sich zu einem Ausgang, der mit vielen Schlössern versehen ist. Diese entriegelt er eigenhändig und sagt währenddessen: »Ich fürchte, du wirst, was als Nächstes kommt, für eine unnötige Verschwendung halten. Doch in künftigen Jahren wirst du begreifen, dass der zu zahlende Preis zwar hoch war, aber nicht allein notwendig, sondern dass er eben durch deine eigene Sturköpfigkeit notwendig geworden ist. Ich möchte dich also bitten, die Lektion nicht abzubrechen, solange du nicht restlos von meinen Argumenten überzeugt bist. Wenn du sie nicht wirklich verinnerlicht hast, wird diese Lektion später zu noch höheren Kosten wiederholt werden müssen. Und jetzt komm.«

Er lässt es so klingen, als hätte ich eine Wahl.

Kapitel 20

Die Mathematik des Mordes

»Es wird dir gefallen«, versichert Repha'im über seine Schulter hinweg, als würde er mich zu einem Besichtigungsrundgang über das Schiff führen. »Das verborgene Juwel des Schiffes. Noch ungeschliffen, aber immerhin!«

Wir befinden uns jetzt tief unten im Schiff, nachdem wir die Luxussäle für die Reichen hinter uns gelassen haben und in die schmucklosen Korridore des Schiffspersonals vorgedrungen sind.

Er betritt vor mir einen großen offenen Raum, ohne in seinem Vortrag innezuhalten. »Nächstes Jahr wird es hier viel anheimelnder sein. Parkettboden, Teppiche, Feuerschalen gegen die Kälte, Throne, Logenplätze dort drüben, und die Schandflecken hier und da werden entweder entfernt oder unsichtbar gemacht worden sein.«

Mein erster Blick, als wir auf ein großes offenes Deck hinaustreten, geht zum Himmel hinauf, der hier, mittschiffs, seltsamerweise wie durch Glas sichtbar ist. Über den Wellen bemerke ich einen eigentümlich hellen Nebel, der alles auf sonderbare Weise beleuchtet. Vielleicht rührt er von all dem Wasser und Staub in der Atmosphäre her, durch den Sturm emporgeblasen. Der Nebel leuchtet zu hell, als dass es vom Licht des frühen Morgens oder des späten Abends kommen könnte, aber andererseits ist das Ganze zu diffus und zu orange, um irgendetwas anderes zu sein. Das Licht ist so schwach, dass ich nicht erkennen kann, ob es Morgen, Mittag oder Nachmittag ist, aber nach all den Prügeln und meinen, ähm, Träumereien sieht es so aus, als sei ich die ganze Nacht und einen Teil des nächsten Tages nicht bei klarem Bewusstsein gewesen.

Als wir weiter auf das offene Deck hinaustreten, erkenne ich, dass eine der Wände durch den Schiffsrumpf gen Backbord verläuft, doch hier ist der Rumpf aufgrund irgendwelcher magischen Künste durchsichtig wie Glas, viele Meter breit, und es eröffnet sich ein Blick, der vom Kiel bis hinauf zu den Wolken reicht. Ich kann sehen, wie der Sturm draußen direkt neben uns riesige brechende Wellen gegen das Schiff wirft, mehrfach übermannshoch, ja um ein Vielfaches höher als jedes normale Schiff. Unter uns kann ich in das tosende Wasser sehen, das brausend und zischend unter dem Schiff verschwindet. Es ist nervenaufreibend, die geballte Kraft des Meeres so nah zu haben.

Ich kann sowohl nach oben als auch nach unten sehen, da das Schiff hier nicht wie sonst überall in verschiedene Decks unterteilt ist. In diesem riesigen hallenartigen Raum stehen wir vielmehr auf einem vorspringenden Steg aus Holz und Eisen. Gegenüber befindet sich ein weiterer solcher Vorsprung, der sich beunruhigend asynchron zu unserer eigenen Bewegung biegt und streckt: der nächste Schiffsabschnitt. Dicke Metallketten und Träger aus Eisen und magischer Kunst ziehen sich kreuz und quer durch den freien Raum und halten das Schiff zusammen. Sie sind dabei jedoch nicht starr, sondern erlauben jede notwendige Biegung und Krümmung, während der Bug des Schiffes durch Wellen pflügt, die höher aufsteigen als Burgen.

»Kannst du es hören?«, fragt er wissbegierig. »Tritt weiter vor.«

Ich frage mich, ob er mich jetzt gleich von diesem Vorsprung über dem Abgrund in den Tod stoßen wird. Nicht dass ich viel tun könnte, um ihn aufzuhalten. Durch den Schiffsrumpf abgedämpft, kann ich den Wind und die Wellen hören, und ich vernehme das Ächzen von Balken und strapazierten Verbindungsstücken. Aus der Ferne dringen leise Musik und das schrille Lachen einer Frau herüber, während sich irgendwo eine Tür öffnet und dann wieder schließt. Doch dann folge ich seinem Blick hinunter in die Tiefe und höre ein schäumendes, zischendes Geräusch von dort heraufdringen, und als ich an die Kante des Abgrunds trete, bemerke ich, dass ein Teil des Rumpfes zum Wasser hin offen ist.

Der hintere Rand der Öffnung ist sorgfältig umkleidet, damit von der Strömung darunter keine hohen Wasserstrahlen in das Schiff hinaufspritzen, und mit verbeultem Eisen verstärkt, das längst alle frische Farbe verloren hat. Dennoch steigt Nebel aus der Öffnung auf. Uns gegenüber, auf einer niedrigeren Ebene der senkrecht abfallenden Wand, sehe ich den eigentlichen Zweck der Öffnung dort unten. Männer leeren Eimer und Fässer mit Schiffsabfällen durch dieses kleine Loch hinunter ins Meer. Irgendwelcher Müll springt kurz vom Wasser hoch, das unter dem Rumpf vorbeischießt, wird aber bald von den gewaltigen Kräften des Sogs unter die Oberfläche gerissen.

»Ein Loch. Mitten im Schiffsrumpf«, sage ich.

»Genau. Man sollte meinen, das Wasser würde hereinströmen, sodass wir sinken, nicht wahr?«

»Wie kann das gehen?«, frage ich.

»Mittels Magie vielleicht? Man hat mir gesagt, dass der Luftdruck … Hast du die Abdichtungen an den Türen bemerkt?

Aber ich verstehe es auch nicht ganz. Ist mir eigentlich auch egal, solange es nur so aussieht, wie es aussieht. Es sieht offen aus und verhält sich auch wie offen, und das reicht. Die Steuerbordseite ist genauso angelegt, aber sie ist für Jauche und Abwasser des Schiffes zuständig, und so duftet die andere Seite allzu intensiv für die empfindlichen Nasen der hohen Damen und Herren.« Er lächelt, und er ist dabei so gut aussehend, dass sein Lächeln etwas beunruhigend Angenehmes hat.

Er wirft einen Blick hinter mich. »Sind meine Gäste bereit?«

Ein Mann und eine Frau treten hinter einem Sichtschirm der kaiserlichen Wachen in dem Gang hervor, der hierherführt. Sie sind nicht in Ketten gelegt, aber irgendetwas an ihnen schreit förmlich: »Auf der Flucht gefasste Delinquenten«. Ihre Augen gehen unstet hin und her, als würden sie nach Gefahren oder nach einer Fluchtmöglichkeit Ausschau halten. Ihre Kleidung ist ärmlich und verdreckt. Beide sind entweder mittleren Alters, oder sie haben ihr Leben in solcher Armut zugebracht, dass sie älter aussehen, als sie sind.

»Das sind ein paar der unbequemen Gefangenen, von denen ich dir vorhin erzählt habe«, teilt Repha'im mir mit. »Kommt, kommt. Zu mir«, wendet er sich in freundlichem Tonfall an sie. »Stellt euch vor.«

Der Mann wirft einen Blick hinter sich. Die bedrohlichen Mienen auf den Gesichtern der Wachen fordern ihn auf vorzutreten, und zwar *sofort*. Der Unterkiefer der Frau zittert, doch sie gibt keinen Laut von sich und zögert nicht. Sie schreitet vorwärts.

»Dorinda Karrenbauer, Euer Majestät«, stellt sie sich vor. Sie macht einen Knicks. Ziemlich guter Auftritt, angesichts der Umstände. Die meisten Leute halten sich nicht halb so gut, wenn sie zum ersten Mal auf eine königliche Hoheit treffen.

»Landin Karrenbauer, Majestät«, sagt der Mann. Er schluckt und verbeugt sich, lässt mitten auf seinem ansonsten kahlen Kopf ein einzelnes lächerliches Haarbüschel sehen.

»Aha, ihr seid verwandt?«, folgert Repha'im.

»Ja, Euer Majestät, er ist mein …«

»Bruder«, geht Landin dazwischen. Aber verlegen fährt sie fort, während er noch spricht: »… Mann.«

Sie sehen sich mit vorwurfsvollen Blicken an, die dem jeweils anderen die Schuld geben.

»Ah«, sagt Repha'im amüsiert.

Dorinda zuckt zusammen. Offensichtlich hatten sie einen Plan geschmiedet, und sie hat ihn verbockt. Jetzt sagt sie: »Ich meinte, mein Bruder ist mir sehr lieb und teuer geworden, seit mein Mann gestorben ist.«

Repha'im winkt ab; die Beziehung der beiden ist ihm gleich, ihre Spielchen bedeuten ihm nichts. »Ich brauche eure Hilfe, Dorinda und Landin. Wollt ihr mir helfen?«

Sie werfen sich Blicke zu.

Aber es ist keine echte Frage. Repha'im fährt fort: »Kylar hier ist ein Mann, der seine Ketten nur als eine Art zusätzliches Accessoire trägt. All meinen Bemühungen zum Trotz hege ich kaum einen Zweifel, dass er sie im Handumdrehen von sich werfen könnte. Für mich als König gibt es eine Kategorie von Problemen, mit denen ich konfrontiert bin und die ich nur lösen kann, wenn ich zehn- oder zwanzigtausend Soldaten aussende – oder einen einzigen Mann mit den Fähigkeiten von Kylar. Weißt du, Dorinda, es ist ein Krieg im Anzug, ein Krieg, von dem der Schwarze Hügel nur ein kleiner Vorgeschmack war. Um diesen Krieg zu gewinnen, müssen Kylar und seine Freunde … ja, hast du schon gewusst, dass Kylar hier einer der zwölf gewesen ist?«

Die beiden scheinen überhaupt noch nie etwas von den zwölf gehört zu haben.

Enttäuscht fährt Repha'im fort: »Wie auch immer, Kylar und seine Freunde haben von einer Magie Gebrauch gemacht, die den Menschen verboten ist.« Er wirft mir einen verschwörerischen Blick zu. »Dinge, die selbst Jorsin Alkestes nicht geweckt hat, wälzen sich jetzt in unruhigem Schlummer herum und drohen zu erwachen. Kleinere Albträume sind sogar tatsächlich bereits auf die Welt losgelassen worden und streifen nun umher, auch wenn sich das noch nicht weiter herumgesprochen hat. Doch das wird kommen. Die Wahrheit ist, dass die Menschheit noch für Jahrzehnte einen hohen Preis für Kylars leichten Sieg zahlen wird – oder sogar für Jahrhunderte, wenn wir falsch darauf reagieren. Und mehr braucht ihr darüber nicht zu wissen.«

Er sieht zu mir, als wolle er sagen: *Aber wir beide kennen die ganze Geschichte, nicht wahr?*

»Versteht mich richtig, Dorinda, Landin. Ich weiß, dass Könige nur allzu oft übertreiben. Unsereins spricht gern vom Schicksal der Welt. Oder vom Schicksal der gesamten Zivilisation. Das ist nützliches Zeug, um Truppen zu mobilisieren, um Leute zu überzeugen, für die gerechte Sache zu sterben. Und ich? Ich sage nicht, dass wir für das Schicksal der Welt kämpfen. Die Welt wird fortbestehen. Sie wird nur ein weitaus feindseligerer Ort für menschliches Blühen und Gedeihen sein, ein Ort, an dem sich das menschliche Leben durch seine Brutalität und Kürze auszeichnet.«

»Und was ist mit dir?«, frage ich plötzlich, finde einen Funken von Trotz in mir. »Bist du auch einer von diesen Albträumen?«

Er starrt mich an; alle Anzeichen von Geduld und Nachsicht sind aus seinem Blick geschwunden. »Ja, Kylar. Zumindest haben das diejenigen gedacht, die mich gefangen gehalten haben. Mich und meinesgleichen hat es alle gleichermaßen erwischt, wir wurden alle für die – echten und schweren – Gräueltaten einiger weniger bestraft. In Sachen Kollektivbestrafung hat sich die Menschheit schon immer besonders hervorgetan. Was Gerechtigkeit angeht, nicht so sehr. Was mich betrifft, so will ich dir sagen, was ich bin. Und ich sage die Wahrheit. Das ist meine Stärke und zugleich meine Schwäche. Glaubst du, dass all die anderen Albträume sich so leicht erkennen lassen werden? Glaubst du, sie alle werden dir so leicht einen Einblick in ihre wahre Natur geben, wie ich es getan habe? Glaubst du, ich habe das aus Versehen getan? Dass mir das nur so herausgerutscht ist?« Er schüttelt den Kopf, als könne er meine Naivität nicht fassen. »Du trägst da ein Relikt aus meiner Zeit bei dir. Glaubst du, du kannst ihm trauen? Glaubst du, du kannst dem Wolf trauen?«

Mir schnürt sich die Kehle zu. Woher weiß er davon? Wie *viel* weiß er?

Wie viel weiß ich denn?

»Kannst du dir selbst trauen, Nachtengel? Bist du mit deinen blutverschmierten Händen wirklich jener Hüter der Gerechtigkeit, für den du dich hältst? Bist du wirklich in der Lage, Heilige und Sünder auseinanderzuhalten? Du folgst blindlings deinem Freund Logan, als wäre auch er fehlerlos, untadelig, unfehlbar in seinen Urteilen und über die Maßen weise in seinen Entscheidungen. Du hältst dich für integer und unbestechlich? Du bist so parteilich wie jeder gute Soldat. Du nennst es Treue; du versuchst zu glauben, es sei eine deiner Tugenden. Und doch weißt du – du kannst es nicht länger leugnen –, dass du zu groß bist, um das Schoßhündchen irgendeines Königs zu sein. Du bist längst viel höher aufgestiegen. Du bist größer als die sterblichen Könige, und deine Berufung ist es, auch wirklich der zu sein, der du bist. Es ist eine Berufung, der zu folgen du ein zu großer Feigling gewesen bist. Ich bin hier, um dir eine letzte Chance zu geben, dein Potenzial zu entfalten. Aber wie die armselige kleine Schlange, die du auch bist, musst du dich zuerst häuten, weil die alte Haut dir zu eng geworden ist.« Er seufzt. »Kylar, du bist auf sehr dumme Weise leichtsinnig gewesen, also lass mich dir eine Frage stellen. Landin, dreh dich um.«

Landin schaut ihn an und wird leichenblass, aber was auch immer er da in Repha'im sieht, bringt ihn dazu, sich von ihm wegzudrehen und in die schreckliche Tiefe vor ihm hinabzublicken. Ich kann Schweißperlen auf seinem kahlen Kopf sehen.

Repha'im legt Landin seine gewaltige Hand auf die Schulter. »Kylar, wenn ein Mann sich selbst abschlachtet, wenn er beschließt, den Abgrund nicht nur auf metaphorische Weise in die Arme zu schließen, betrifft sein Handeln dann nur ihn?« Er versetzt dem verdreckten blinden Passagier einen Stoß, sodass er baumelnd über dem Rand des Abgrunds hängt und nur noch von Repha'ims Griff an seiner Schulter gehalten wird.

»Mylord!«, entfährt es Landin. »Bitte! Ich wollte Euch nicht beleidigen! Ich habe nur …«

»Landin. Sei still. Du bist hier, um mir zu helfen. Wenn du dich dabei einmischst, statt deinen Beitrag zu leisten, lasse ich dich fallen. Verstanden?«

Landin brabbelt kurz noch etwas, dann wird er so leise, wie das sein ersticktes Schluchzen zulässt.

»Kylar«, wendet sich Repha'im an mich. »Muss ich die Frage wiederholen?«

»Nein«, antworte ich und fühle, wie sich mein Magen umdreht. »Natürlich betrifft es auch andere.«

»Genau«, sagt Repha'im und zieht Landin von der Kante des Abgrunds zurück. »Nehmen wir jetzt einen anderen Fall. Wie verhält es sich mit einem Soldaten, der sich für seine Einheit aufopfert?«

»Er rettet Leben. Es ist sozusagen Sinn der Sache und völlig unvermeidlich, dass sein Handeln diejenigen betrifft, die er rettet, nicht?«

»Er opfert also nur sich selbst?«

Ich ziehe die Brauen zusammen. »Ähm … ja?«

»Glückwunsch«, sagt Repha'im. »Du hast es geschafft, mich zu enttäuschen. Schon wieder. Du siehst nur das, was jeder sieht. Das Triviale. Der Mann, der für seine Einheit stirbt, entscheidet sich für sein eigenes Opfer, aber auch für das seiner Familie. Ist es nicht so, dass seine Frau, seine Tochter, sein Vater, seine Mutter und seine Freunde jeden Tag ihres Lebens für seine heldenmütige Entscheidung zahlen müssen? Hat er sie vorher um Erlaubnis gefragt? Betrifft sein Tod nicht genauso viele Menschen wie der Tod eines Selbstmörders? Solange du also nicht von irgendeinem hypothetischen Mann sprichst, der niemanden hat, der ihn liebt, tauscht der Mann, der sich selbst opfert, die eine Reihe von Opfern gegen eine andere ein. Es gibt keinen Preis, der nur von einem allein gezahlt werden kann.«

»Also?«, frage ich.

»Also ist das schon mal eine Tatsache. Es ist eine moralisch neutrale Feststellung: Wir alle treffen Entscheidungen für andere Menschen. Das ist kein Problem, das Königen und Befehlshabern vorbehalten wäre. Wenn sich eine schwangere Frau entscheidet, ihr Leben für ihren Mann zu opfern, entscheidet sie dann nur für sich selbst?«

»Bitte nimm ein anderes Beispiel«, flüstere ich.

Er sieht mich mit seinem durchdringenden Blick an und nickt.

Ich bin ihm dafür dankbar und hasse mich dafür.

»Geben wir der Sache also eine andere Richtung«, fährt er fort. »Lass uns in der Sprache des Herzens sprechen, nicht des Kopfes. Du bist kein tiefschürfender Denker, sondern ein Mann der Tat. Also lass uns handeln.« Er dreht sich zu Dorinda und Landin um. »Wähl sie oder ihn. Der andere stirbt.«

»Was?«

Mit einer unvermittelten, brutalen Bewegung versetzt Repha'im Dorinda einen Tritt, pflanzt seinen großen Fuß scheinbar mühelos auf ihre Brust und schleudert sie von dem vorspringenden Steg mitten in den leeren Raum hinein.

Er muss ihr mit seinem Tritt den Atem geraubt haben. Sie gibt keinen Laut von sich. Kurz sehe ich weit aufgerissene Augen, einen zu einem O geöffneten Mund, rudernde Arme.

Die Wucht seines Trittes ist so groß, dass sie auf ihrem Weg in die Tiefe nirgendwo anschlägt, mit immer höherer Geschwindigkeit Deck um Deck passiert. Sie landet mitten im aufspritzenden Wasser der Öffnung im Schiffsrumpf und ist einfach weg; das Geräusch, das ich von ihrem Aufprall auf den Wogen des Ozeans eigentlich erwartet hätte, wird genauso verschluckt wie ihr Leichnam. Der Nebel, der aus diesem fauchenden offenen Maul emporsteigt, färbt sich nicht einmal für eine kurze Sekunde rosa.

Nichts ist von ihrem Verschwinden aus dieser Welt geblieben, außer dem Entsetzen auf Landins Gesicht.

Er fällt auf die Knie und weint hemmungslos.

»Ruhe«, mahnt Repha'im. Der Mann hat Schwierigkeiten, dem Folge zu leisten, und so sagt Repha'im: »Schweig oder werde zum Schweigen gebracht, du hast die Wahl.«

Beim Versuch, sein Schluchzen zu unterdrücken, blähen sich Landins Wangen grotesk auf, seine Gesichtsfarbe wechselt vor Anstrengung von Rosa zu Rot, Schweiß steht ihm auf der Stirn, Tränen rinnen ihm über die Wangen.

Seltsamerweise empfinde ich kaum etwas. Sicher sollte sein Schmerz mein Herz doch rühren. Wenn ich denn eines hätte.

»Indem du es vorziehst, keine Wahl zu treffen, triffst du eine Wahl«, betont Repha'im.

»Ich weiß nicht, was du damit beweisen zu können glaubst, aber es funktioniert nicht. Ich habe nicht mal gewusst, was du tun willst.«

»Stimmt. Jetzt aber weißt du es, und du weißt, dass ich das Ganze ernst meine, und so sind wir schon mal zwei Schritte weiter.« Er wedelt mit der Hand. Ein weiterer Mann wird herausgeführt und neben Landin gestellt.

Der Mann – gut aussehend, fein gekleidet und lächelnd – scheint nichts von dem mitbekommen zu haben, was geschehen ist, bevor er herausgebracht wurde. Sein Lächeln schwindet, als er Landins Entsetzen sieht, und nun sinkt auch er auf die Knie und fleht lautlos um Gnade.

»Wähle einen aus. Sonst sterben sie beide«, sagt Repha'im.

»Ich spiele deine kranken Spielchen nicht mit«, antworte ich.

Repha'im versucht gar nicht erst, mich davon zu überzeugen, dass er wirklich tun wird, was er sagt. Er tritt einfach gegen Landins Brust und dann gegen die des anderen Mannes. Der gut aussehende Mann weicht dem Tritt aus und steht schwankend über dem Abgrund. »Was macht Ihr da? Was macht Ihr da?«

Repha'im versetzt ihm einen erneuten Tritt und er stürzt außer Sicht. Ich höre ein Aufklatschen aus der Tiefe, wie das Geräusch einer berstenden Melone – ein Schädel, der mit großer Geschwindigkeit auf etwas prallt, das härter ist als ein Schädel.

Irgendwie bin ich trotz allem, was ich in diesem Leben bereits gesehen habe, und trotz allem, was ich über den Charakter der Menschen weiß, die in den Schatten dieser Welt leben, entsetzt über seine bedenkenlose Brutalität. Aber ich wende den Blick nicht ab.

Ich beobachte Repha'im ununterbrochen.

Er sieht zu, wie die beiden Männer in die Tiefe stürzen, dann wendet er sich mir zu, ohne zu lächeln. Wieder wedelt er mit der Hand und streckt nun drei Finger hoch.

»Wir alle treffen Entscheidungen für andere, Kylar. Einige von uns treffen mehr Entscheidungen für eine größere Zahl von Menschen, einfach aufgrund der Stellung, die wir jeweils innehaben. Das hat keinen speziellen Wert an sich, sondern kann zum Guten oder zum Schlechten genutzt werden. Und eigentlich ist immer beides der Fall.« Ein leises, wehmütiges Lächeln umspielt seine Lippen. »In diesem Leben sind einige von uns jener Mann, der sein Leben für seine Einheit gibt und sich so dafür entscheidet, seine Frau zur Witwe zu machen, seine Kinder notleidend, seine Eltern trauernd. Einige von uns sind der General, der diese Einheit abkommandiert, um ein Stadttor zu halten, willens, nicht nur jenen einen Mann, sondern möglicherweise dessen ganze Einheit oder seinen ganzen Zug sterben zu lassen, um eine Stadt davor zu bewahren, überrannt zu werden. Leben wird gegen Leben abgewogen, Elend gegen Elend. Kylar, es ist ein sehr humaner Krieg, wenn er dich wählen lässt, wen du retten kannst.«

»Ich spiele deine Spielchen nicht mit«, wiederhole ich.

»Wenn du dich dafür entscheidest, nichts und niemanden zu retten, triffst du die Entscheidung eines Pazifisten. Eine durchaus berechtigte Möglichkeit, gewiss, aber speziell für dich eine sehr sonderbare. Ich persönlich finde Pazifisten abscheulich. Kannst du dir vorstellen, dass jemand es als moralisch bezeichnet, die Sauberkeit der eigenen Hände über das Leben anderer zu stellen? Es ist auch ein sehr bequemer Schutzschirm, um Feigheit und Egoismus zu verbergen. ›Oh, ich könnte unmöglich in den

Krieg ziehen. Es wäre moralisch falsch … ganz zu schweigen von schmutzig, unbequem, voller Unannehmlichkeiten, all die Vorgesetzten, die einen herumkommandieren, die Möglichkeit, verstümmelt oder getötet zu werden …‹ Aber wähle, wie du willst, Kylar. Oder wähle nicht. Dieses Mal haben wir drei Kandidaten. Zwei auf der einen Seite und einen auf der anderen. Willst du die beiden Gruppen selbst auswählen?«

Ohne es eigentlich zu wollen, werfe ich einen Blick zu ihnen, bevor ich antworte. Sie knien am Rande des Abgrundes und wirken verwirrt. Sie haben nicht gesehen, was mit den anderen passiert ist. Zwei junge Frauen, etwa in meinem Alter, und ein älterer Mann. Was haben sie verbrochen, dass sie hier gelandet sind?

Repha'im tippt sich mit dem Zeigefinger auf die Lippen und hält für eine Weile mit sich selbst Rat, dann fragt er: »Kynígi, wie viele haben wir noch?«

»Nach diesen dreien sind es noch acht weitere«, sagt sie und lächelt. Sie genießt das Ganze.

»Ah, also genügend. So viele! Wir sollten sie nach ihren Lebensgeschichten fragen. Aber das würde den eigentlichen Punkt, um den es hier geht, nur verunklaren, nicht wahr? Und es ist auch nicht weiter wichtig, oder? Jedes Leben ist gleich wertvoll, nicht?«

Er weist Kynígi an, den alten Mann auf die eine und die beiden Mädchen auf die andere Seite zu stellen. Die eine ist hübsch, die andere so unscheinbar und reizlos, dass sie fast schon hässlich ist.

Es ist schrecklich, sie im Angesicht des Todes auf diese Weise zu beurteilen. Aber beide sind sie jung, beide brünett, ähnlich gekleidet, und ich weiß sonst nichts über sie.

»Wähle, wen du retten willst, Kylar«, fordert er mich auf. »Oder keinen, ganz wie du willst. Um es mehr als deutlich zu verstehen zu geben: eine Weigerung zu wählen, bedeutet die Entscheidung, niemand von ihnen zu retten.«

Die Augen der blinden Passagiere weiten sich, als sie begreifen, was passiert.

Eine der jungen Frauen beginnt zu weinen. Die andere scheint in ihrem Nicht-wahrhaben-Wollen versteinert. Der alte Mann seufzt nur resignierend und richtet den Blick zu Boden. Seiner Ansicht nach ist die zu treffende Wahl eine offensichtliche Sache.

Und das *ist* sie auch tatsächlich. Verdammt noch mal. Aber es sollte nicht zugleich auch eine Erleichterung sein.

Ich sage: »Das hier hat nichts mit Pazifismus oder Tapferkeit oder Feigheit zu tun – das hier ist kein Krieg. Das hier ist Mord, und es geht alles auf deine Kappe. Nichts von dem, was du hier machst, habe ich zu verantworten.«

»Kylar. Ich bitte dich. ›Das hier ist kein Krieg‹? Ist die Bewegung von Truppen vor der ersten Schlacht eines Krieges nicht schon Teil des Krieges? Das hier, was ich heute tue, ist eine Aktion im Vorfeld, die die Gestalt des kommenden Krieges verändern kann. Und ich stimme dir zu. Du hast nichts davon zu verantworten, es sei denn, du entscheidest dich dafür, keine Leben zu retten. Es kostet dich nicht mehr als ein Wort. Zeit«, sagt Repha'im und setzt sich in Bewegung.

Zeit? Was?

Er nähert sich den Mädchen. »Die beiden! Die beiden!«, rufe ich. »Ich rette die beiden.«

Er bleibt stehen, nickt und unterdrückt ein Lächeln. »Also gut.«

Aus irgendeinem Grund kommt es mir so vor, als hätte ich soeben alles verloren.

Der alte Mann fleht: »Bitte, Eure Hoheit. Gnade.« Er hat einen weißen Bart und eine vornehme Art, und obwohl er nicht sterben will, ist da keine Angst in seinem Auftreten.

Repha'im legt ihm die Hand auf die Stirn, als wolle er ihn segnen. »Ich möchte, dass Ihr wisst«, teilt Repha'im ihm mit,

»dass dies hier wahrscheinlich das Wichtigste ist, was Ihr in Eurem ganzen Leben getan habt.«

Und dann stößt er ihn, fast schon liebevoll, von sich. Der Mann versucht noch, Repha'ims Hand zu fassen zu bekommen, aber er reißt sie ihm weg.

Die unscheinbare junge Frau sieht den Mann in die Tiefe stürzen, dann kreischt sie auf, stemmt sich auf allen vieren hoch und will davonrennen.

Die Spitze von Kynígis Dreizack trifft sie am Hals und das Mädchen geht in einem Schwall von Rotz und wallenden Unterröcken zu Boden.

»Hör auf«, rufe ich. »Hör auf! Warum tust du das alles?«

»Weil ich an dich glaube, Kylar. Du bist das hier wert. Also, wo waren wir stehen geblieben?« Er reibt sich die Hände. »Ach ja. Jetzt wähle eine von diesen beiden.«

Ich habe es kommen sehen, aber es trifft mich trotzdem wie ein Schlag ins Gesicht. Mein erster Impuls ist so falsch wie offensichtlich. Ich will die Hübsche retten. Ich muss noch nicht einmal überlegen. Dabei ist sie, nach allem, was ich weiß, nicht mutiger oder stärker oder in irgendeiner Weise besser als die andere. Womöglich hat sie es sogar weniger verdient – das andere Mädchen hatte zumindest den Mumm, fliehen zu wollen.

Ich bin so oberflächlich.

Aber was sollte ich sonst tun? Das Mauerblümchen nehmen, nur weil es mein erster Impuls war, die Hübsche zu wählen, und ich mich deshalb schuldig fühle? Ist das denn irgendwie besser? Sie sterben lassen, um mich selbst für meine Oberflächlichkeit zu bestrafen? Sie also letztlich für ihre Schönheit mit dem Tod bestrafen?

Das unscheinbare Mädchen fängt an zu schluchzen: »Bitte, Herr, bitte!«, sagt sie – nicht zu Repha'im, sondern zu *mir*.

Ich würde am liebsten laut schreien. Diese blöde Kuh macht *mich* für das alles verantwortlich?

Erst dann kommt mir in den Sinn, dass ich diesen Mädchen in die Seele schauen könnte, um mich so zu vergewissern, wer von beiden Leben oder Tod mehr verdient hat.

Aber vielleicht dreht es sich hier ja genau darum. Repha'im weiß bereits zu viel über mich. Er lässt mich die ganze Zeit so stehen, dass er mein Gesicht sehen kann. Ist das alles eine abgekartete Sache, damit er sich ein Bild von meinen magischen Fähigkeiten machen kann? Inwieweit verspricht das, ihm zu helfen?

Außerdem, kann ich sie denn überhaupt schauen, ohne das tödliche Halsband auszulösen?

»Ich hätte eigentlich gedacht, diese Entscheidung sei die einfachste«, sagt er, Verärgerung in der Stimme. »Oder versuchst du, eine dritte Möglichkeit zu finden?«

»Wählt Kopf oder Zahl«, wende ich mich an die Mädchen. »Ich habe keine Münze bei mir, aber ich habe im Kopf eine Wahl getroffen. Ich werde sie nicht ändern, das verspreche ich. Ihr entscheidet selbst über euer Schicksal.«

Doch ich habe meinen Gedanken sofort ausgesprochen, als er mir gekommen ist. Ich hatte mich noch nicht entschieden. Ich nehme Kopf.

Nein, Zahl. Scheiß auf die gekrönten Häupter, wie Repha'im.

»Ein Münzwurf?«, sagt Repha'im. »Gut!«

Als eine der jungen Frauen Anstalten macht, etwas zu sagen, bewegt er sich schnell und umfasst ihr Kinn mit seiner großen Hand. Er knurrt: »Kein Wort. Oder du fliegst.« Er dreht sich erneut zu mir um, plötzlich wieder ganz gelassen und würdevoll. »Jetzt hast du mich so einiges über dich wissen lassen, Kylar. Siehst du? Das war wirklich wertvoll! Jetzt weiß ich, warum du Logan dienen willst. Du willst nicht unbedingt *Logan* dienen.

Du willst einfach *dienen.* Du willst, dass jemand anders die schweren Entscheidungen trifft. Aber Kylar, Kylar, verstehst du nicht? Du entscheidest dich dafür, schwach zu sein! Das verstehe ich. Ich kann mit dir arbeiten, wenn du an dieser Einstellung festhältst, zumindest eine Zeit lang, aber du wirst nie so herausragend sein, wie du es sein könntest, solange du den Weg des geringeren Widerstands gehst. Denk mal darüber nach. Auf genau diese Weise benutzt dich Logan. Er ist ein Feigling, der nur mit seinen Worten tötet. Er beruhigt sein Gewissen, indem er es vermeidet, selbst Blut zu vergießen. Du beruhigst das deine, indem du abstreitest, für das von dir vergossene Blut eine Schuld zu tragen. Ihr verteilt die Verantwortlichkeit unter euch, werft die moralische Last eurer Schuld so einfach ab, wie ihr euren Weg mit Leichen pflastert. Ihr könnt beide nachts schlafen. Der Mensch, der Logan zum Ärgernis geworden ist, ist am Ende trotzdem tot, und du bist immer noch *klein.* Welch eine Verschwendung für einen Mann von deinen Möglichkeiten!«

»Ich habe noch nie jemanden für Logan getötet, den ich nicht mit Freuden auch ohne seine Bitte umgebracht hätte.«

»Wirklich? Für welche Dienste genau wollte er dich denn zurück an seinen Hof holen? Er wollte dich dort haben. Und warum? Weil du ein so begabtes Köpfchen für Verwaltungsaufgaben bist? Wegen deines sprühenden Witzes?«

»Er ist mein Freund. Er hat gewusst, dass ich Elene verloren habe. Er hat versucht, mir zu helfen.«

»Es war also alles bloß seine freundliche Güte? Einen legendären Meuchelmörder an seiner Seite zu haben würde ja auch rein gar nichts dazu beitragen, irgendwelche schwierigen Verhandlungen, mit denen er es zu tun hat, zu erleichtern, was?«

»So ist es nicht gewesen. Und, wie auch immer, ich habe auch diejenigen getötet, die er nicht von mir umbringen lassen wollte.

Als er dir weisgemacht hat, ich hätte Lady Trudana Jadwin auf seinen Befehl hin getötet, ist das eine Lüge gewesen. Er wollte mich nur schützen.«

»Ach ja, da hat er gelogen. In dem Punkt sind wir uns einig. Aber warum bist du dir so sicher, dass er mich und das ganze Gericht belogen hat und nicht auch dich?«

Ich weiß, dass es nicht klug ist, meinen Gefängniswärter anzusehen, als wäre er die dümmste Person, die mir je über den Weg gelaufen ist, aber ich kann nicht anders. »Ähm, weil ich dabei war?«

»Wie bist du denn auf mein Anwesen gekommen, Kylar?«

»Ich …« Die offensichtliche, schnippische Antwort – *ich bin teils geritten, teils zu Fuß gegangen* – ist offensichtlich auch zu banal. Er hat mit seinen Worten etwas anderes im Sinn.

»Woher wusstest du, wo Trudana Jadwin zu finden ist?«, fragt Repha'im.

»Eine meiner Quellen. Fertig, aus.«

»Eine Quelle, die du dir selbst an Land gezogen hast?«

Nein, eine Quelle, die mir Momma K vermittelt hat … die Logans rechte Hand ist. Aber Momma K hat gesagt …

Klar, und Momma K würde ihre Freunde ja auch niemals für ihre eigenen Zwecke zu missbrauchen versuchen, stimmt's?

Letzten Endes habe ich genau das getan, was Logan gebraucht hat. Alles, was er in seiner Rede vor dem Gericht gesagt hat, ist wahr gewesen.

Der Kummer, das sich sofort einstellende Gefühl von Verletzung, des Betrogenwordenseins, ist fehl am Platz – oder etwa nicht? –, aber trotzdem fährt mir jetzt ein peinigender Stich durchs Herz.

Nein. Es ist nicht so, dass er mich nicht gerettet hätte, indem er mich unter seine Fittiche genommen hat. Er hat mich wirklich gerettet. Mit Sicherheit ist es der erste Gedanke gewesen, der ihm durch den Kopf gegangen ist – dass ich nach dem Tod von Elene etwas zu tun haben musste, um nicht vor die Hunde zu gehen. Aber er hatte auch tausend Probleme, bei denen ich ihm bisher nicht geholfen hatte und bei denen ich ihm durchaus würde helfen können.

Er hilft mir, und er hilft mir dabei, ihm zu helfen. Er holt mich zurück in seinen Kreis, wo meine Seele heilen und ich mich vielleicht sogar neu entfalten kann, und ich sorge dafür, dass seine Probleme nicht zu ausgewachsenen Krisen werden. Gut möglich, dass er nicht einmal die Absicht hatte, mich je dazu zu benutzen, für ihn zu töten.

Aber er hat mich dazu benutzt.

Logan ist jetzt ein König und nicht mehr der idealistische Junge, dessen Naivität mir als Kind so auf die Nerven gegangen ist.

Vielleicht sollte ich das nicht, aber plötzlich vermisse ich diesen Jungen.

All diese Gedanken schießen mir in wenigen Momenten durch den Kopf, wie ein Sprung in einen Bergsee aus niedriger Höhe, doch als ich wieder aus dem Wasser auftauche, ist die Welt klarer, schärfer und kälter geworden.

Repha'im verzichtet darauf, mir Salz in die Wunde zu streuen, wiewohl ich mir sicher bin, dass er seinen Triumph an meinen herabgesackten Schultern ablesen kann. Vielleicht ist er der Ansicht, es sage Schlimmeres über Logan aus, als ich das finde.

Es ist kein Treuebruch. Ich habe Logan ja nicht mal eine Gelegenheit gegeben, mich zu fragen, ob ich die Jadwin-Sache erledigen will. Ich bin ihm über Monate komplett aus dem Weg gegangen. Vielleicht hätte er mir seine ganzen Pläne in allen

Einzelheiten auseinandergesetzt, wenn ich nicht so ein furchtbar schlechter Freund gewesen wäre.

Aber er hat mich in der Tat benutzt. Ich verzeihe es ihm, aber es verändert die Sachlage zwischen uns irgendwie, und das verändert meine ganze Welt.

»Ich kann dir helfen, Kylar. Dann und wann bin ich in der Lage, dir auf dem schweren Weg zum Du-selbst-Werden zu helfen«, sagt Repha'im. »So wie jetzt.«

Er stößt das Mauerblümchen vom Sims.

Sie schreit. Nur kurz. Ich zucke zusammen, als ich höre, wie sie mit einem dumpfen Knall auf dem Metallrand der Öffnung unten aufschlägt.

»Siehst du?«, sagt er.

Ich schließe die Augen.

Die Atemzüge kommen. Die Atemzüge gehen. Ich kann nicht einmal denken. Ich fühle mich zu verwundet, zu geschockt. Gefangen in einer Welt, in der mich Feinde für ihre Zwecke benutzen und Freunde auch. Habe ich überhaupt irgendwelche echten Freunde, oder gibt es da nur Menschen, die mich für ihre jeweiligen Vorstellungen von einem übergeordneten Wohl benutzen wollen?

Ich bin das Opfer, das jeder zu bringen bereit ist.

Eine Träne fiel auf die Buchseite.

Viridiana wischte sie weg, bevor sie die Tinte verschmieren konnte. »Ach, Kylar, es tut mir so leid. Es tut mir so leid. Die Götter mögen mir verzeihen, aber ich habe das Gleiche mit dir getan.«

»Aber nicht immer«, erklärt Repha'im.

»Hm?«, frage ich und öffne die Augen für das, was auch immer mich da an neuen Albträumen erwartet. Alle übrigen blinden Passagiere sind herausgeholt, jedoch nicht am Rand des Abgrunds aufgereiht worden.

»Ich werde dir nicht immer so helfen können wie jetzt gerade. Bevor wir den nächsten Schritt machen und weitergehen, müssen wir beide erst einmal etwas über dich in Erfahrung bringen.« Der wirbelnde Wind von unten zerrt ihm eine Locke seines dunklen Haares über die Augen. Er streicht sie zurück.

»*Wir* gehen nur so weit, wie weit wir nun mal kommen, bis ich dich umbringe«, entgegne ich. Rieche ich Blut in diesem Wind? Die Entfernung ist zu groß. Es muss Einbildung sein.

Repha'im erhebt seine Stimme und sagt: »Letzte Prüfung! Wen willst du retten, diese bezaubernde junge Frau?« Er streichelt ihr sanft mit der offenen Hand über die Wange, während sie vor ihm zurückschreckt und sich alle Mühe gibt, nicht zu weinen. »Oder sie alle?« Er deutet mit dem Dolch auf die anderen acht Gefangenen, die noch am Leben sind.

Ich blicke das Mädchen an. Sie sieht mir durch Tränen hindurch in die Augen. »Ich … ich mache Euch keine Vorwürfe, mein Herr. Wenn es sie alle rettet, dann ist es wohl eine gute Sache, nicht?« Sie schluckt mühsam, und dann sehe ich, wie sie die Schultern durchdrückt und ihr Kinn reckt.

»Verstehst du jetzt, Kylar?«, fragt Repha'im leise.

»Ich verstehe, wie krank du bist.«

»Du bist ein Mann der Gewalt, Kylar. Wie entscheidest du, wann es richtig ist zu töten? Ich gebe dir eine Möglichkeit, es zu wissen, wirklich *zu wissen,* wann das, was du tust, richtig ist.«

»Indem du Menschen in den Tod stürzt?«, entgegne ich laut.

»So lernst du es auf die harte Art, keine Frage. Aber du bist auch ein ganz besonders störrischer Schüler. Du sitzt da und hüllst dich in die Wolken deines Selbstmitleids. Wir haben nicht jeden Tag wochenlang Zeit, um zu reden. Wir entscheiden genau jetzt, wie sich die Sache zwischen uns verhält.«

Eine kaiserliche Wache, die ich bisher nicht bemerkt habe, tritt neben Repha'im und flüstert ihm etwas ins Ohr.

Repha'im zieht eine Schnute. »Sie kann warten.«

Dann, während die Wache hinausgeht, fährt er sich mit der Hand durch sein langes Haar.

»Nein, halt. Sag ihr, dass ich ihr gleich meine Aufwartung machen werde, sobald ich mich hier um ein kleines Sicherheitsproblem gekümmert habe.«

Der Mann eilt davon und Repha'im wendet sich erneut mir zu.

»Kylar. Der Unterschied zwischen uns ist, dass du dir deine Vorgehensweise je nach den Erfordernissen der jeweiligen Situation spontan zurechtlegst. Dir fehlt eine klare Grundlage. Du steckst in einem ständigen Zwiespalt zwischen dem, was du denkst, und dem, was du fühlst. Wahre Philosophie ist nicht nebulös, keine Sache der Interpretation, nicht wechselnd und umkehrbar wie die Gezeiten und nicht bedeutungslos, sobald sie aus dem Zusammenhang gerissen wird. Philosophie ist feststehend, sicher und wahr. Wahre Philosophie ist keine Poesie; sie ist Mathematik. Du glaubst, ich will dir übel mitspielen? Lass uns die Karten einmal ganz zu deinen Gunsten verteilen. Denk an all die Menschen auf der Welt, die du liebst. Füge auch noch alle hinzu, die du magst. Und alle, die du zumindest ein kleines bisschen gernhast. Wie groß ist diese Zahl? Vielleicht zweihundert Leute? Vielleicht auch nur die Hälfte, vielleicht doppelt so viele. Spielt keine Rolle. Du kannst ein bisschen rechnen, oder? Für Rezepturen? Zum Abmessen des Mischungsverhältnisses bei deinen Gifttränken und dergleichen? Ja? Sehr gut. Nimm die Zahl deiner Freunde als Zähler. Das, was wiederum du all den anderen Leuten auf der Welt bedeutest, ist der Nenner. Jetzt dividiere. Bei den meisten Menschen ist die Zahl, die herauskommt, eins. Sie sind für genauso viele Menschen wichtig, wie ihnen selbst andere Menschen wichtig sind. Wenn jeder Mensch von sich aus den gleichen Wert hat, dann ist eine Handlung, die größere Kosten als Nutzen erfordert, falsch. Aber wir wollen die Karten für dich noch vorteilhafter gestalten. Einigen wir uns darauf, dass deine Freunde etwas ganz Besonderes sind! Lassen wir unter den Tisch fallen, dass auch jeder andere das Gleiche von seinen Freunden behaupten würde. Sagen wir, dass jeder Mensch, den du liebst oder auch nur magst, allein schon durch die Tatsache, dass der einzigartige Kylar Stern sie oder ihn kennt, mehr wert ist als zehn normale Menschen. Die Rechnung ist noch immer die gleiche. Wenn der Nenner gegen unendlich geht, geht die Bedeutung des Zählers – egal wie groß er sein mag – gegen null. Eins mehr als unendlich ist praktisch gleich null. Tausend mehr als unendlich ist praktisch gleich null. Das ist nichts Persönliches. Das ist die brutale Mathematik der Wahrheit. Das ist das offengelegte Uhrwerk des Universums. Andere sind zu schwach, um unerschrocken in dessen Inneres zu blicken. Nicht Schwäche war es, was dich aus dem Labyrinth herausgebracht hat. Nicht Schwäche hat dir geholfen, aus der Hölle herauszukriechen. Noch nie in deiner Vergangenheit hast du dich für die Schwäche entschieden, Kylar. Fang jetzt nicht damit an. Du siehst dieses Mädchen und weißt, dass es falsch ist, acht Menschen sterben zu lassen, nur damit sie leben kann. Eine einfache Sache. Aber du? Du bist hundert dieser Gefangenen wert, tausend, zehntausend! Deshalb bin ich bereit, sie zu opfern, um dich zu retten. Deshalb ist es für mich auch *richtig*, das zu tun. Vielleicht nicht lobenswert, vielleicht sogar bedauerlich, aber es ist nicht falsch, nicht, wenn der dafür winkende Preis so riesengroß ist. Du weißt, dass du derart wichtig bist, Kylar. Der

Schlüssel. Du bist etwas Besonderes. Das macht dir Angst. Das muss es nicht. Ich will von dir, dass du dich deiner Stärke stellst. Ich wage es, dir die Wahrheit zu sagen, wohl wissend, dass du sie hassen wirst, wohl wissend, dass du sie hässlich finden wirst, wohl wissend, dass du zunächst gegen sie aufbegehren und sie von dir weisen wirst, wohl wissend, dass du auch mich dafür hassen wirst. Zumindest eine Zeit lang. Wie viele andere Menschen in deinem gegenwärtigen Leben würden so etwas für dich tun – dir die Wahrheit sagen? Mit der Zeit wirst du erkennen, dass auch hässliche Wahrheiten eine unausweichliche Schönheit haben.«

»Du meinst … all die Morde … das alles, weil … du versuchst, mich *anzuwerben*?!« Mir dreht sich der Magen um und ich schmecke saure Galle in der Kehle.

»Natürlich tue ich das! Warum sollte ich gegen jemanden kämpfen wollen, der – wenn er denn so lange überlebt – eines Tages erkennen wird, dass alle Unterschiede zwischen uns nur darauf zurückzuführen sind, dass du bisher nicht zu durchschauen vermochtest, was hier auf dem Spiel steht? Ich will nicht behaupten, dass wir nicht unterschiedlich sind. Das sind wir. Du hast dich für händeringende Nutzlosigkeit entschieden und überlässt die furchtbaren Entscheidungen alle mir. Es sind Feinde unterwegs. Feinde, die so beängstigend sind, dass schon ihr bloßer Anblick dich für immer in einen stammelnden Wahnsinnigen verwandeln könnte. Im Moment kämpfst du gegen den Einzigen, der an der Errichtung eines Verteidigungsbollwerks arbeitet. Schließ dich mir bei dieser unerfreulichen Arbeit an, wenn du willst, dass diese Welt in zwanzig Jahren noch wiederzuerkennen ist. Schultere dieses unangenehme Joch zusammen mit mir und hilf mir ziehen.«

»Nein«, sage ich. Doch da ist kein Trotz in meiner Stimme und meine Entgegnung ist nur ein Flüstern.

»Schau sie dir an, Kylar. Diesmal werde ich dich nicht fragen, wen du retten willst. Ich frage dich, wen du töten willst. Wenn du keine Wahl triffst, tötest du sie alle.«

Ich habe bereits verloren. Vielleicht habe ich schon vor langer Zeit verloren. Es gibt keine Unschuld für mich, keine moralische Überlegenheit, die ich irgendwie beanspruchen könnte. »Das Mädchen«, sage ich und blicke ihr dabei unverwandt in die Augen. Ich schlucke. Der Wind frischt auf, lässt mich frösteln.

»Die richtige Antwort«, antwortet er. »Jetzt tu es.«

»Wie?«

»Befreit seine Hände«, wendet sich Repha'im an seine Leibwächter.

Sie tun wie geheißen. Ich sollte die kurze Zeit nutzen, um mir einen Plan zurechtzulegen, einen Ausweg zu finden, doch ich bin völlig erstarrt.

Bist du da?, frage ich den Ka'kari. *Hilf mir!*

Keine Antwort. Mit welcher Magie mein Halsband auch immer versehen ist, der Ka'kari schweigt still, um nicht den Mechanismus auszulösen, durch den mir das Halsband den Kopf abschlagen würde.

Die Fesseln lösen sich von meinen Armen. Die kaiserlichen Soldaten halten alle ihren erbarmungslosen Blick auf mich gerichtet, Waffen in der Hand, einsatzbereit. Meine Beine stecken weiterhin in Fußfesseln. Der Ka'kari antwortet mir immer noch nicht. Verdammt, ich weiß nicht einmal, ob er die ganze Zeit über gehört hat, was ich sage.

»Kylar, deine Frau ist gestorben, um Tausende zu retten. Zehntausende. Sie hat dich nicht um Erlaubnis gefragt, oder? Trotzdem hat sie dein Leiden als zu zahlenden Preis in Kauf genommen, um all diese Leute zu retten – und sie wusste, wie sehr du, Kylar, deshalb leiden würdest und das noch für eine sehr, sehr lange Zeit. Sie hat die Entscheidung auch für euer ungeborenes Kind getroffen. Keine leichte Entscheidung – ein Kind zu töten, um die Welt zu retten –, aber es war die richtige Entscheidung. Sie war eine großartige Frau. Bist du tapfer genug, ihrem Beispiel zu folgen?«

»Nicht … bitte …«

»Ich verlange von dir nur, Kylar, genau das zu verstehen, was Elene begriffen hat. Das Leiden derer, die wir am nächsten an unserer Seite wünschen, mag eine traurige Sache sein. Mag tragisch sein. Aber ab einem gewissen Punkt werden diese Leiden vernachlässigbar im Vergleich zu all dem Guten, was wir für Tausende von anderen tun könnten.« Er schweigt einen Moment und fügt dann hinzu: »Dieses Mädchen stirbt so oder so. Wenn du es nicht tun willst, mach ich es … und ich werde auch all die anderen hinunterstoßen.«

Er neigt den Kopf zur Seite, und sonderbarerweise sehe ich in seinen Augen das Letzte, was ich von ihm erwartet hätte. Ich sehe *Mitgefühl.*

»Ich weiß, es ist schwer, Kylar. Ich weiß, es kommt einem ganz anders vor, wenn man die eigenen Hände blutig machen muss. Aber ich will, dass du verstehst, wer du bist. Was du hier tust, ändert alles – für uns beide und für die Welt.« Er schmatzt plötzlich mit den Lippen, wirft einen Blick zum Ausgang. »Aber so sicher ich mir bin, dass du gern noch weiter in deinem Elend schwelgen und dich ausführlich über deinen Seelenschmerz auslassen würdest, ich muss jetzt gehen. Auf der Stelle. Du hast deine Wahl getroffen. Du hast fünf Sekunden, um mir zu zeigen, dass du auch entsprechend handeln kannst.«

Erinnerst du dich noch, wie ich dir versichert habe, dass ich dich wegschauen lassen würde, wenn die Sache allzu schrecklich wird?

»Vier.«

Das Mädchen sieht den Ausdruck auf meinem Gesicht, und all der Mut, den sie gesammelt hat, verlässt sie. Sie wimmert leise.

Ich brauche den Ka'kari nicht, um aufzuschreiben, was als Nächstes passiert. Du brauchst es nicht zu hören, und ich werde mir nie erst wieder ins Gedächtnis rufen müssen, was hier passiert ist. Ich werde es nicht vergessen. Wie so viele Dinge in meinem Leben sind meine Scham und meine Schande mit einem für immer unlöschbaren Feuer auf die Seiten meines Lebens geschrieben.

»Drei.«

Mein Freund, es ist an der Zeit wegzuschauen.

Kapitel 21

Kein guter Mensch

Wie sich herausstellt, kann man noch anstößigere Dinge tun, als Unschuldige zu ermorden. Zum Beispiel, sich angesichts dessen in Selbstmitleid zu suhlen. Ich habe Seite um Seite voller wahrhaft herzzerreißender, vor Kummer über mein Los triefender Selbstgespräche diktiert – wie sich herausgestellt hat, konnte der Ka'kari mich hören, also dafür ein Hoch auf ihn.

Dabei bin ich mir ein wenig wie der wiedererstandene Everard Ffanerund vorgekommen, der die Männer in Tränen ausbrechen und Jungfrauen in Ohnmacht fallen ließ – nur ohne die Harfe und das künstlerische Talent. Bist du auch schon mal an diesen Punkt gekommen, wo sich Melancholie *gut* anfühlt? Wo du das Gefühl hast, eine Art Reinheit des Leidens erreicht zu haben, eine Finsternis der Gemütslage, die so tiefschwarz und ohne Linderung ist, dass sie sich in etwas verwandelt, aus dem du einen ästhetischen Genuss ziehen kannst? Wo du deine Selbstbestrafung missbrauchst und zu etwas machst, womit du dein Selbst befriedigst?

Genau an diesem Punkt bin ich gewesen. Die Sache hätte mir ein Ansporn sein sollen, mich meiner eigenen Kleinheit zu stellen, aber stattdessen konnte ich nur die Größe meines eigenen Leidens sehen. Möglich, dass das Leiden etwas Läuterndes, ja sogar Adelndes sein kann, aber für mich ist es das nicht gewesen. Nicht heute. Vielleicht müsste man da mit einem besseren Menschen anfangen, damit das funktioniert. Aber ich? Ich fühlte mich einzigartig in meiner Trostlosigkeit, als habe sich in der gesamten Geschichte der Menschheit noch nie jemand so fern von jedem positiven Lichtblick gefühlt, an dem er sich in seiner Misere hätte festhalten können. Als sei in der ganzen Geschichte des menschlichen Leids noch nie jemand sonst in der Lage gewesen, ein vergleichbares Gefühl der Verzweiflung und Hoffnungslosigkeit zu empfinden.

Widerlich, was? Dumm und ichbezogen, selbstverliebt und ekelhaft.

Dann, plötzlich, stellte ich mir das tote Mädchen vor. Mit einem mitfühlenden Ausdruck im Gesicht trat es in meine Zelle, Haare und Kleider nass, als sei die junge Frau gerade aus dem Meer heraufgeklettert, das Blut tropfte ihr noch immer aus den Ohren, ihr Becken zertrümmert, wo sie über die Metalleinfassung des Lochs im Schiffsrumpf geschrammt war. Sie blickte mir über die Schulter und las mit, und dann sagte sie voller sanfter Freundlichkeit: »Ach, armer Kylar. Dein Leben ist wirklich ungerecht, nicht wahr?«

Ich weiß nicht, warum mir gerade diese Vorstellung gekommen ist. So wie ich es mir wirklich hätte vorstellen sollen, hätte sie genau dieselben Worte gesagt, jedoch mit all dem bitteren Spott in der Stimme, den ich eigentlich verdient hätte. In dieser Vision jedoch war überhaupt nichts Spöttisches in dem, wie sie das sagte.

Stattdessen war ihre Freundlichkeit schärfer als ein Schwert.

»Ich habe dich reingelegt«, sagte ich zu ihrem Gespenst.

»Aber du hast es nicht getan, um grausam zu sein, oder? Hatte ich denn wirklich irgendeine Chance, mit dem Leben davonzukommen?«

»Vielleicht eine von eins zu einer Million. Ich fand, das sei vielleicht besser als gar keine Chance. Es ist die Art, wie ich würde sterben wollen: nicht auf das Ende wartend, sondern aktiv dagegen ankämpfend. Auch wenn es unvermeidlich war. Doch es ging gar nicht um dich. Tut mir leid, aber es war keine Tat der Freundlichkeit. Eigentlich habe ich gar nicht versucht, dich reinzulegen. Ich habe versucht, mich selbst reinzulegen.«

»Dich selbst?«

»Ich bin eher heißblütig als kalt berechnend. Durch dein Weglaufen konnte ich den Raubtierinstinkt das Kommando übernehmen lassen. Ich habe dich dazu gebracht, mir die Sache leichter zu machen.«

»Klingt für mich eher kaltblütig. Aber mit Zwischenschritten«, antwortete sie.

»Ich muss mich manchmal ganz schön ins Zeug legen, um mir etwas vorzumachen. Ich weiß nicht immer, was richtig ist, aber ich weiß immer, was falsch ist.«

»Hättest du mich auch umgebracht, wenn ich stehen geblieben wäre? Wenn ich mich an deinen Knien festgeklammert und dich angefleht hätte?«

»In dem Moment habe ich das nicht geglaubt. Jetzt jedoch weiß ich es besser. Ja, ich hätte es auch dann getan. So ist es einfach nur leichter für mich gewesen.«

Sie tätschelte mir die Hand, diese Phantomfrau, eigentlich gar nicht da, und sie sah mich noch immer ohne jeden Groll an. »Du bist kein guter Mensch, Kylar, aber du tust mir trotzdem leid.«

Und dann hörte ich damit auf, mir ihr Bild vor Augen zu führen. Ich hatte nichts mehr zu sagen.

Und das war's. Das hat meinem Selbstmitleid ein Ende gesetzt.

Doch meine ichbezogene Selbstbetrachtung während der nun folgenden dunklen Stunden war damit keineswegs zu Ende –

aber es ist nicht nötig, dass du da noch viel mehr darüber hörst. Ich kann es kurz für dich zusammenfassen: Ich habe mich Stück für Stück von »Buhuu, ich Unglücklicher!« über »Buhuu, wie bin ich schrecklich!« zu »Buhuu, ich sitze in der Klemme!« bewegt.

Ja, stimmt, ich habe mehrere Stunden gebraucht, um so weit zu kommen.

Es heißt, ich sei schnell. Körperlich. In anderer Hinsicht bin ich es weniger.

Ich überspringe all diese Dinge, die ich diktiert habe, nicht einfach nur, weil es langweiliges Zeug ist. Wie sich herausgestellt hat, gibt es einfach Dinge, wo es unmöglich ist, ehrlich zu sein. Selbst wenn jedes Wort, das ich festgehalten habe, völlig schonungslos gegenüber mir selbst und unbedingt aufrichtig und wahr gewesen wäre, wäre es doch irgendwie trotzdem auch eine Lüge gewesen, weil sich meine Worte unweigerlich ganz allein auf mich konzentrierten. Würde ich mich ausführlich über meinen eigenen Schmerz auslassen, würde ich dich mit mir nehmen und in einem großen Bogen an all dem Schmerz vorbeiführen, den ich so vielen anderen zugefügt habe.

Wie viel Schmerz und Leid habe ich verursacht? Wie viele habe ich getötet oder wahrscheinlich getötet – allein nur in der Zeit, während ich dieses Tagebuch geführt habe?

~Achtundzwanzig.~

Das war keine richtige Frage. Hast du inzwischen eine Möglichkeit gefunden, wie ich dieses Halsband abnehmen kann?

Es ist erst das zweite Mal, dass er etwas zu mir gesagt hat, seit sie mir das todbringende Halsband umgelegt haben. Das erste Mal war es ein geflüstertes: ~Ich kann dich hören. Ich arbeite daran.~

Da habe ich nicht den Weitblick gehabt, um genauer nachzuhaken.

Der Ka'kari antwortet nicht auf meine Frage. Was wohl Antwort genug ist.

Als mich Repha'im zurück in diese Zelle gebracht hat, hat er sich sogar regelrecht dafür entschuldigt, mich einzusperren. Er meinte: »Du hast jetzt Unschuldige getötet, um Unschuldige zu retten. Ich habe den Eindruck, wir stehen kurz davor, miteinander zusammenzuarbeiten – aber ich muss dich erst noch vom Allerwichtigsten überzeugen.«

Ich stieß ein Grunzen aus. Er hat meine Reaktion als eine Frage verstanden.

»Ich muss dich davon überzeugen, dass ich auf der richtigen Seite stehe. Dass die gewaltige Bedrohung, die der Welt bevorsteht, selbst die abscheuliche und bedauerliche Vorführung von eben rechtfertigt, ganz zu schweigen von all den anderen widerwärtigen Aufgaben, die noch vor uns liegen. Solange ich dich noch nicht davon überzeugt habe, dass das, was wir tun, notwendig ist, muss ich dir wie ein Verrückter erscheinen. Aber ich kann das nicht allein leisten und schon gar nicht jetzt im Moment. Ich werde anderswo gebraucht. Ich bitte dich daher, mir zu verzeihen. Oh! Ein Letztes noch. Wir stehen so kurz davor, du und ich, so vieles zu retten. Also sei so gut und versuch nicht zu entkommen.«

Ich rüttelte an meinen Ketten und reckte den Hals, sodass das mörderische Halsband deutlich zu sehen war, dann antwortete ich trocken: »Da du so nett gefragt hast, werde ich über deine Bitte nachdenken. Bestimmt.«

Er wandte sich zum Gehen.

»Warte«, sagte ich. »Wenn du mich nicht selbst überzeugen kannst, wer dann?«

Er grinste. »Das Kind.«

Dieses Grinsen lässt mich seither nicht mehr los. Wie viel weiß Repha'im? Und woher weiß er es?

Wie groß sind die Kräfte des Kindes überhaupt?

Die Kräfte *meines* Kindes.

Aber darüber will ich jetzt nicht nachdenken. Ich stelle das zurück.

Was, wenn Repha'im recht hat? Wenn es Hand und Fuß hat, was er sagt? Ich meine, es könnte falsch von ihm sein, dass er all diese Menschen tötet, aber trotzdem richtig, mich anzuwerben. Man kann schrecklich sein und trotzdem auf der richtigen Seite stehen – ich selbst bin der Beweis dafür.

~Ich bekomme es nicht hin.~

Wie bitte?

~Ich kann dich nicht befreien. Das Halsband sitzt nicht ohne Grund am Hals. Es ist ringsherum mit hochempfindlichen magischen Feldern besetzt. Wenn eines dieser Felder gestört ist, ertönt der erste Warnton – offenbar versucht jeder Magier, an den Halsbändern herumzuhantieren. Jeder meint, wenn er nur behutsam genug vorgeht, könnte er den magischen Schließmechanismus knacken. Der Warnton ist das Signal dafür, dass das nicht funktioniert. Wenn man die Sache dann sein lässt, gibt es keinen zweiten Ton. Wer sich davon nicht abhalten lässt, bekommt es auch mit den anderen Tönen zu tun. Je schneller man sich daran zu schaffen macht, desto schneller werden die Warntöne. Wenn man eines der Felder zerstört, statt nur die Verbindung zu unterbrechen, kann nichts mehr den mörderischen Prozess aufhalten.~

Dann gibt es also keine Hoffnung. Nicht einmal bei deinen Fähigkeiten?

~Ich habe es geschafft, unentdeckt zu bleiben, was mehr ist, als die meisten Magier hinkriegen. Hätte ich mich, als sie dir das Halsband angelegt haben, hinauf in deinen Kopf begeben statt hinunter in deinen Rumpf, hätte es mir vielleicht gelingen können, den Stahl zu verschlingen, der die Schnappklingen auslöst, bevor die Magie in Gang gesetzt wurde. Aber ich habe mich nun mal runter in deinen Leib verzogen. All der Witze zum Trotz, die ich gerne über dich mache, ist in Wahrheit gar nicht genug leerer Platz in deinem Schädel, als dass sich ein Ka'kari dort niederlassen könnte, ohne dass du bleibende Hirnschäden davontragen würdest. Außer vielleicht in deinem Nasenbereich – aber befände ich mich dort, würde es dir beständig so vorkommen, als würdest du ertrinken, und du würdest nicht mehr schlucken können, und ich bin davon ausgegangen, dass du damit nicht zurechtkommen würdest, ohne uns zu verraten. Wie auch immer, trotzdem hätte ich die Felder vielleicht unterbrechen können, selbst wenn ich unter der Kopfhaut oben an deinem Scheitel geblieben wäre.~

Das ist alles ... sehr unerfreulich. Was soll ich jetzt machen?

~Wie dein Meister seinem Lehrling einst eingeschärft hat: »Wenn du jetzt nicht handeln kannst, schmiede Pläne für die Zeit, wenn du es kannst.«~

Klingt vernünftig. Aber ... ich glaube nicht, dass Durzo das je zu mir gesagt hat.

~Ich habe auch nicht behauptet, dass es sich bei dem fraglichen Lehrling um dich handelt.~

Für einen langen Moment verschlägt es mir vor Erstaunen die Sprache. Oder wohl eher das Denken.

Willst du mir damit sagen, dass Durzo bereits einen anderen Lehrling vor *mir gehabt hat? Allein schon den bloßen Gedanken an einen möglichen Lehrling hat er nicht ausstehen können!*

~Genau deswegen. Die Sache ist nicht gut ausgegangen. Ist es wirklich das, worüber du dir jetzt den Kopf zerbrechen musst?~

Also verlege ich mich darauf, meine Umgebung sorgfältig in Augenschein zu nehmen, meine Möglichkeiten abzuwägen und Pläne und Alternativpläne zu schmieden.

Eine elegante Art, um zu umschreiben, dass ich einfach hier sitze und darauf hoffe, dass jemand die Tür zu meiner Zelle öffnet.

Ganz ehrlich, ich kann nicht das Geringste tun. Da sind sechs Wachen, die mich allesamt anstarren. Kynígi allerdings ist mit Repha'im verschwunden, was wirklich schade ist; sie ist wahrlich meine Herzensliebste gewesen. Die Wachen sind nervtötend disziplinierte Kerle. Sie haben keine Sekunde davon abgelassen, mich zu mustern, als sei ich eine unmittelbare Bedrohung. Was ich nicht bin.

Ich kann mein magisches Talent nicht nutzen.

Ich kann den Ka'kari nicht nutzen.

Ich habe keine Waffen.

Vielleicht hat Repha'im nicht ganz unrecht, was mich betrifft.

Warum wollte ich Logan nicht an seinen Hof folgen? Ich habe Logan sehr gern. Ich möchte gern klein sein. Von oben gelenkt werden. Alle Schuld abgeben. Jede Verantwortung vermeiden. Warum habe ich also meinen Willen nicht einfach Logans Willen untergeordnet? Entweder ich diene ihm oder ich diene niemandem. Warum habe ich die Chance nicht am Schopf gepackt?

Vielleicht ist es an der Zeit, mit den Ausweichmanövern aufzuhören. Vielleicht ist es an der Zeit, mich dem zu stellen, was ich am meisten fürchte, und vielleicht fürchte ich mich am meisten davor, die volle Verantwortung für die Kräfte und Fähigkeiten zu übernehmen, über die ich verfüge.

Ich war willens zu leiden, aber ich wollte nie, dass jemand anders das tut.

Ich war klein, weil ich nie willens war, mir ein Ziel zu setzen und anderen zu sagen: *Nimm diesen Berg ein, und wenn du dabei stirbst, dann ist das eben so. Das ist es wert.*

Wer würde mir zuhören, wenn ich so etwas sagen würde? Diejenigen, die mir am meisten vertrauen und mich am meisten lieben.

Und vielleicht ist es das, was ich mehr als alles andere fürchte: nicht, dass diejenigen, die ich liebe, sich opfern und für einen angemessen großen und edlen Zweck sterben – genau das hat Elene getan –, sondern dass sie sterben und mich für immer allein lassen. Elene hat auch das getan.

Wenn ich früher am Boden zerstört war, habe ich mich nach innen gewandt und einen kleinen Teil von mir gefunden, der sich geweigert hat aufzugeben, der in den Schmelztiegeln des Lebens nur dichter und härter wurde, aber nicht zerbrach. Etwas, das alles überstanden hat.

Wo ist dieses Etwas jetzt?

Wie kommt es, dass ich, wenn ich jetzt in mich blicke, nur Ödnis sehe? Den erstickend heißen Staub der roten Wüste, und im Wind wirbelt die Verheißung endloser Dürre. Die ausgebleichten Skelette vertrockneter Hoffnungen, zu trocken, um überhaupt zu stinken, zu ausgedörrt, um zu verwesen, aber dadurch auch für die Ewigkeit konserviert – so wie ich selbst. Ich bin der wandelnde Tod, doch ich bin auch nicht besser als die Toten. Auch ich bin eine seelenlose Hülle, nur von den Geistern größerer Männer und Frauen bewegt, deren Absichten mich hin und her treiben.

Ich denke ständig, ich sei etwas Besonderes. Aber was macht mich denn zu etwas Besonderem, außer dass ich den Ka'kari habe? Ob absichtlich oder nicht, Durzo hat einen Weg gefunden, um dieses Band zu brechen. Er hat den Ka'kari verloren und war hinterher immer noch genauso etwas Besonderes.

Aber ich?

Eine plötzliche Gefühlswallung schnürt mir die Kehle zusammen.

Oh, eine neue Angstattacke. Na großartig!

Was, wenn ich ein Nichts bin? Wenn ich einfach nur das Glück hatte, mir einen Ka'kari zu sichern, der zufällig auf der Suche nach einem neuen Meister war? Ich bin nicht speziell ausgewählt worden. Mit Sicherheit bin ich kein Auserwählter. Ich bin nur ein kleiner Junge, der sich in einer Gasse einen Ball geschnappt hat und glaubt, er habe ein Tor geschossen.

Ich denke an den idiotischen Jungen damals an Repha'ims Anwesen, der diesen dummen Ball gegen eine Wand gekickt hat, ohne zu wissen, dass der Ball mit mächtiger Magie durchtränkt war, und der ihn für sich behalten wollte, weil er ihm so gut gefallen hat.

Ein kleiner Schwachkopf, der sein Spiel inmitten eines Spiels mit Spielern spielt, die größer und tödlicher sind, als er sich das je vorstellen könnte.

Das bin ich. Ich bin dieses Kind.

Was bin ich ohne den Ka'kari? Welche meiner Fähigkeiten sind denn überhaupt wirklich meine? Ohne den Ka'kari bin ich mit großer Mühe gerade mal ein schlechter Magier. Ich verfüge über ein wenig Körpermagie, aber Magie über eine Distanz hinweg wirken kann ich überhaupt nicht.

Das Einzige, was an mir besonders ist, besteht in der Tatsache, dass ich wieder zurückkomme, nachdem ich gestorben bin. Und das funktioniert nur, solange es Menschen gibt, die mich so sehr lieben, dass sie ihr Leben für meines opfern. Ich weiß nicht einmal, ob sie die Möglichkeit haben, *nicht* für mich zu sterben. Vermutlich nicht.

Ich bin der reine Horror.

Um Macht zu erlangen, morde ich diejenigen, die mich lieben. Wenn ich sterbe, lebe ich weiter, indem ich den Menschen, die mir am nächsten stehen, das Leben aussauge.

Was für ein Mensch bin ich, so etwas überhaupt zuzulassen?

Ich kann nicht einmal sterben, um dem ein Ende zu setzen, denn der einzige sichere Weg, um meine Verbindung zum Ka'kari zu lösen, wäre, Curoch, das Schwert der Macht, wiederzufinden – das jetzt, soweit ich weiß, in Ezras Wald vom Jäger versteckt und bewacht wird. Selbst wenn ich es finden und den Jäger lange genug abwehren könnte, um mich damit zu töten, könnte es womöglich nicht nur mich selbst dauerhaft töten, sondern auch alle, die mit mir verbunden sind. Vielleicht würde das auch nicht passieren, doch der einzige Weg, das herauszufinden, wäre, es zu versuchen. Meine einzige Lösung ist also überhaupt gar keine Lösung.

Durzo ist der einzige andere Ausweg, und ich weiß nicht, wie lange er gebraucht hat, um den Ka'kari so sehr von sich zu entfremden, dass dessen Bindung an ihn immer schwächer wurde, bis sie sich schließlich löste. Ich bräuchte vielleicht Jahrhunderte dazu.

Ich sitze ohne Ausweg im Leben fest. Allein in einem einsamen Leben, einem Leben, in dem jede von mir geknüpfte Freundschaft für den Menschen, mit dem ich mich anfreunde, wahrscheinlich mit dem Tod endet, eben *weil* er oder sie mein Freund geworden ist. Wer kann so etwas tun? Wer kann so etwas tun, ohne ein Ungeheuer zu sein? Der reinste Ausdruck meiner Liebe für jemand anderen wäre es sicherzustellen, dass dieser andere Mensch mich seinerseits nicht wiederliebt.

Und ich soll Vater sein?

Vielleicht hat Elene nicht nur die Welt gerettet, indem sie mich allein zurückgelassen hat. Vielleicht hat sie vorausgeahnt, dass ich nie ein Vater sein könnte, dass ich dazu bestimmt war, mein eigenes Kind zu töten.

Ich bin mit Sicherheit kein Mann, der ein Kind aufziehen könnte. Was weiß ich schon von Vaterschaft? Ich hatte selbst keinen Vater. Kann man anderen aus der Leere der Sehnsucht im eigenen Inneren heraus etwas beibringen, was man selbst nie erfahren hat? Vielleicht können das andere, wenn sie seelisch einigermaßen gesunde Erwachsene geworden sind, wenn sie die Leerräume in ihrer eigenen Menschlichkeit ausgefüllt haben. Aber ich? Was weiß ich schon über Kinder? Und überhaupt, was weiß ich darüber, ein Mann zu sein?

Das Beste, was ich für dieses Kind tun kann – für meinen *Sohn*, ich will hier meine Gefühle nicht durch die Verwendung von Euphemismen schonen –, das Beste, was ich für meinen Sohn tun kann, ist, ihn im Stich zu lassen. So wie mein Vater mich verlassen hat.

Aber ich kann ihn nicht wirklich verlassen. Ihn nicht einfach irgendwem überlassen. So hat das mein Vater mit mir getan. Und ganz bestimmt kann ich ihn nicht Repha'im überlassen. Ich kann ihn nicht irgendwo lassen, wo er wie dieses Ungeheuer werden könnte.

Wenn mich Neph Dada statt Durzo Blint als Lehrjungen aufgenommen hätte, was hätte dann aus mir werden können? Ich bin so schon schlimm genug. Repha'im hat angedeutet, dass er meinen Sohn in eine Waffe verwandeln will. Nimm einen Krieger und schleife alles ab, was an ihm unnötige und nutzlose Menschlichkeit ist, und lass nur so viel Mensch übrig, dass er dir treu ergeben bleibt. Die Straße hat bewirkt, dass ich meine Menschlichkeit tief vergraben habe, und sie hat mich zu viel davon opfern lassen. Aber selbst in den schlimmsten Momenten hatte ich Menschen um mich, die noch einen Funken Anstand im Leib hatten: Momma K und Durzo, und dann gab es auch noch die, bei denen es mehr als nur ein Funke war, Graf Drake und seine Frau und Ilena, Serah und Mags. Was wäre aus mir geworden ohne sie?

Was könnte aus meinem Sohn werden, wenn er von Menschen umgeben ist, die ihn schlagen, foltern und hungern lassen, die ihn töten, wenn er nicht so unnachgiebig hart wird, wie sie es wollen?

Ich werde das nicht zulassen. Ich werde alles tun, um das zu verhindern.

Alles.

Weißt du, was hilfreich wäre? Wenn ich jemanden hier hätte, der mir sagen könnte, wie diese ganze Magie funktioniert. Besonders die Sache mit meinem Band mit dem Ka'kari, wie es entscheidet, wer stirbt, ob dieser Mensch auch Nein sagen könnte und ob es auch Kinder mit einschließt …

Ich warte.

Ähem.

Weißt du, was hilfreich wäre? Wenn ich jemanden hier hätte, der mir sagen könnte, wie diese ganze …

~Ich hab dich schon beim ersten Mal gehört. Ich darf dir nicht sagen, wie es funktioniert. Noch für eine lange Zeit nicht.~

Schon kapiert. *»Noch für eine lange Zeit nicht«? Du kannst mich mal. Wir werden beide keine lange Zeit* haben, *und das wissen wir beide. Diese Partnerschaft war nie darauf ausgelegt, auf lange Dauer zu funktionieren.*

~Das mag sein, wie es will. Es gibt Regeln, die ich zu befolgen habe.~

Klar. Das sagst du. Vielleicht müsste ich mal ein paar davon kennen.

Doch das ist eine Überlegung für später. Jetzt muss ich meinen Sohn erst einmal von diesen Leuten wegbringen. Später werde ich ihn dann auch von mir wegbringen. Damit ich ihn nicht durch meine bloße Gegenwart in Gefahr bringe.

Ich werde dafür sorgen, dass Logan ihn wieder als sein Kind aufnimmt. Ich werde alles tun, was nötig ist. Aber im Moment muss ich ihn erst einmal von Repha'im wegbringen.

Aber wie?

Einfach so, aus heiterem Himmel, als hätte er nur auf mich gewartet, habe ich plötzlich einen Plan. Keinen *guten* Plan, wohlgemerkt.

Repha'im hat in einem Punkt recht: Um etwas Gutes zu vollbringen, muss ich bereit sein, die, die ich liebe, in tödliche Gefahr zu bringen. Um meinen Sohn zu retten, werde ich ihn benutzen müssen.

Und in diesem Moment sehe ich, dass da etwas nicht stimmt. Einer meiner Wächter, derjenige, der der Tür am nächsten steht, verschwindet einfach durch den Spalt hindurch, als würde er von der Hand eines Riesen weggezerrt. Eine neue Wache tritt ein, und die große quietschende Tür schließt sich geräuschlos, als ob es durch Magie geschähe.

Vielleicht sollte ich das »als ob« aber auch einfach weglassen.

Denn ich kenne den neuen Wachmann. Er ist gekleidet wie die anderen. Aber die neue Wache ist Jasmine Jakweth, der Mann fürs Grobe des Kommandos für Sonderprobleme.

Ich brauche nur einen Moment, um ihn zu erkennen und dann meinen Blick weiterwandern zu lassen, um ihn nicht zu verraten, aber dieser Moment reicht aus, um ihn unglücklich wirken zu lassen, weil ich ihn überhaupt angesehen habe.

Die anderen Wachen sind nach wie vor ganz auf mich konzentriert, als würde ich immer noch eine Bedrohung darstellen.

Es gibt nur einen Grund, warum das Chantry-Kommando jetzt hier sein kann – um mich zu retten.

Nein, das ist nicht wahr. Sie könnten auch hier sein, um mich umzubringen, wenn sie Angst haben, ich könnte reden.

Wie auch immer, ich will sie jetzt nicht hierhaben. Ich will nicht gerettet werden. Das passt nicht in meinen Plan.

Gut, in meinen fürchterlich schlechten Plan, den ich mir vor wenigen Augenblicken aus den Fingern gesaugt habe, das muss ich einräumen.

Doch plötzlich scheint es so, als würde mir die Entscheidung aus der Hand genommen werden. Einer der Wachmänner begutachtet

Jasmines Stiefel, die sich leicht von denen der übrigen Wächtergruppe unterscheiden. Er lässt den Blick neugierig prüfend über die Uniform des großen Mannes wandern. Vielleicht hat er noch nicht einmal selbst gemerkt, dass er nach weiteren Mängeln sucht.

Was passiert, wenn er welche findet?

»He«, sage ich zu einer anderen Wache, die seitlich steht. »Nein. Nicht du. Ich meine den Hässlichen.«

Einer von ihnen hustet in seine Hand, um sein belustigtes Schnauben zu verbergen. Ich habe die Aufmerksamkeit aller auf mich gezogen, also fahre ich schnell fort: »Geh deinen Boss holen. Sag ihm, dass ich ein paar Geheimnisse zu verraten habe, aber nur, wenn er auf der Stelle herkommt. Ja, ich meine es ernst. Es ist eine Information von der Art, die in einer Stunde nichts mehr wert sein wird. Glaub mir, wenn du ihn nicht schnell holen gehst, wird er ganz schön wütend werden.«

Repha'im wird vielleicht wütend werden, aber Jasmine Jakweth ist es jetzt schon. Er scheint verpasst zu haben, dass ich ihm das Leben gerettet habe, indem ich die Wache abgelenkt habe, die im Begriff stand, ihn auffliegen zu lassen.

»Merc«, wendet sich der Offizier an einen schlanken Soldaten. »Du bist der Schnellste. Und Seine Majestät hat dir schon eine ganze Weile nicht mehr den Arsch aufgerissen. Heute bist du dran.«

Merc zieht eine Schnute, dann nickt er, salutiert und ist im Handumdrehen verschwunden.

Ich kann nur hoffen, dass er den Hexen von der Chantry draußen vor der Tür einen gehörigen Schrecken eingejagt hat.

Und auch, dass Vi nicht zu ihnen gehört.

Es sind keine Schreie zu vernehmen, also haben sie sich und den inzwischen vermutlich bewusstlosen Wachmann erfolgreich versteckt.

Ich mache mich daran, jede Wache der Reihe nach zu mustern, beurteile Größe, Haltung, Muskulatur und vermutliche Fertigkeiten im Umgang mit den verschiedenen Waffen, die sie bei sich haben, doch das ist alles nur ein Vorwand, um schließlich auch Jakweth ansehen zu können, um so nach Möglichkeit herauszufinden, was er im Schilde führt.

Doch noch bevor ich bei ihm angekommen bin, sehe ich aus dem Augenwinkel, wie er mehrere tiefe Atemzüge macht, als würde er sich auf etwas vorbereiten. Er streicht seinen Umhang hinter die Schultern, wo er nicht im Weg ist, lockert sein Schwert in der Scheide und nimmt seinen Infanteriespeer fester in die Hand.

Er hat doch wohl nicht etwa vor, es mit dem ganzen Raum aufzunehmen?

Die Tür hinter ihm öffnet sich einen winzigen Spaltbreit.

Dann, auf ein Signal hin, das ich weder sehe noch höre, weiten sich seine Augen, und statt anzugreifen, tritt er plötzlich an die Seite und hüllt sich in seinen Umhang.

Die Tür wird aufgerissen, und eine Frau in einem Umhang tritt ein, eine Kapuze über dem Kopf, rechts und links begleitet von zwei riesigen Männern, die ebenfalls Zivilkleidung tragen, deren Statur und Auftreten jedoch unmissverständlich klarmachen, dass es sich bei ihnen um niemand anderen handeln kann als um genau die, die sie auch sind – die Prätorianergarde der Kaiserin.

Die Kaiserin zieht ihre Kapuze zurück. Alle Wachen im Raum nehmen stramm Haltung an.

»Kylar Stern«, verkündet sie. »Ich benötige Eure Dienste.«

Kapitel 22

Ein Ehrenmann genießt und schweigt

Als meine Gedanken in alle Richtungen zerstäuben, ist es mein einziger Trost, dass Repha'ims königliche Wachen sogar noch verwirrter und am Rande der Panik zu sein scheinen. Da jedoch kein Repha'im zur Stelle ist, um ihnen abweichende Befehle zu erteilen, gehorchen sie schnell – wenn auch nicht ganz so schnell, wie es die Kaiserin gerne hätte.

Letztlich dauert es kaum eine Minute, da folge ich ihr auch schon durch eine Reihe von nicht öffentlichen Gängen, und nur ihre beiden riesenhaften Prätorianer begleiten uns.

Ich trage leider immer noch das Halsband des Todes.

»Falls du auf dumme Gedanken kommst«, sagt einer von ihnen mit tiefer, volltönender Bassstimme, »wir sind beide Magier. Dieses Halsband wird jedem Unsinn, den du im Schilde führen magst, schneller ein endgültiges Ende setzen, als es jedem von uns hier lieb sein kann. Also versuch keine Dummheiten. Verstanden?«

Schon seine Stimme allein hätte wahrscheinlich gereicht, um mich aufzuhalten. Aber eine Antwort scheint vonnöten, also nicke ich so energisch wie möglich, während ich mein dickes Halsband trage, das mit federgespannten Guillotinen versehen ist. Wenn sie mir Magie entgegenschleudern, könnten sie selbst dann noch den Mechanismus des Halsbands auslösen, wenn sie mich verfehlen.

»Du machst einen netten Eindruck. Wie heißt du denn? Ich heiße Kylar. Aber meine Freunde nennen mich Kylar. Du kannst mich ruhig ebenfalls Kylar nennen.«

Er sieht mich mit umwölktem Blick an, dann seufzt er, als hätte er entschieden, der schnellste Weg, mich zum Schweigen zu bringen, sei es wohl, mir zu antworten. »Man nennt mich den Steinbock. Oder einfach Steinbock. Und du hältst jetzt besser deine verdammte Klappe.«

»Steinbock? Die hat es bei uns in Cenaria nicht gegeben. Bergbewohner, nicht wahr?« Erst jetzt bemerke ich, dass dieser monstergroße Kampfmagier nur eine Hand hat. Sein linker Arm endet in einem Stumpf. Er gibt sich keine Mühe, es zu verbergen, also kann ich einen genauen Blick darauf werfen und stelle fest, dass es sich nicht um eine durch einen Kampf hervorgerufene Verstümmelung, sondern um einen angeborenen Defekt handelt.

Ich sehe ihn mit neuem Respekt an und verstehe nun, warum sich die Kaiserin mit nur zwei Wachen so sicher fühlt. Wenn ein Mann, obwohl er lediglich eine Hand hat, so beeindruckend und gefährlich ist, dass er jeden Zweifler eines Besseren belehren und bis zum persönlichen Wächter der Kaiserin aufsteigen kann, dann hat er einen Grad der kämpferischen Tüchtigkeit erlangt, mit dem ich mich wirklich, wirklich nicht messen möchte.

Der andere Mann, olivfarben und mit perfekter Frisur, ist verblüffend gut aussehend. Vor ihm habe ich nicht so viel Angst. Den wirklich attraktiven Mistkerlen serviert jeder sein Leben auf einem silbernen Tablett.

Ich versuche zu begreifen, warum die vermutlich mächtigste Frau der Welt mich unter vier Augen ins Verhör nehmen will. Damit ich ihr etwas über König Repha'im berichten kann? Um mich aufzufordern, jemanden zu töten? Etwa *Repha'im* persönlich?

Das käme mir ein wenig plötzlich vor, aber andererseits habe ich gehört, dass in der alitaerischen Politik schnelle Aufstiege und noch schnellere Abstürze gang und gäbe sind, und diese Abstürze enden vielfach tödlich, während der einzige konstante Machtfaktor die Kaiserin selbst ist.

Wie viel will ich ihr in den wenigen Augenblicken sagen, die sie mir zu sprechen erlaubt? Wie viel wird sie mir glauben?

Alles, was nicht genauestens darauf abgestimmt ist, mich aus der akuten Gefahr herauszubringen, könnte meinen Tod bedeuten.

Erneut frage ich mich: Wenn mir der Kopf vom Leib getrennt wird, komme ich dann wieder zurück? Was passiert, wenn mein Körper komplett zerstört wird, zum Beispiel durch ein Feuer?

Es gibt eine Möglichkeit, das herauszufinden!

~Du willst doch nicht etwa …~

Nein, nein. Ich meinte, ich könnte dich fragen. Nicht mich umbringen. Das wäre dumm.

~Es liegt mir fern, dich mit einer langen Aufzählung deiner Fehler martern zu wollen, aber …~

Dann lässt du es am besten gleich und hältst den Mund.

Wundersamerweise hält der Ka'kari tatsächlich den Mund. Vielleicht, weil wir jetzt offenbar am Ende unseres Weges angelangt sind. Die Kaiserin führt uns an zwei weiteren riesigen Prätorianern vorbei in ein Gemach, das nur ihr persönlicher Empfangssaal sein kann.

Oder vielleicht sind es doch eher die kaiserlichen Wohnräume, wie ich bei meinem Eintreten feststelle, denn ihre Quartiere sind riesig: der Luxus einer verschwenderischen Raumnutzung, hier zusätzlich hervorgehoben durch eine so unglaubliche Pracht, dass es scheint, als habe die Bewohnerin dieser Räumlichkeiten auf der Suche nach einer möglichst demonstrativen Zurschaustellung von Prunk den Globus umrundet, sich auf dem Heimweg verirrt und sei dabei an den Gestaden dessen gestrandet, wie sich ein armer Mensch die Vorlieben reicher Leute vorstellt. Gold? An allem und jedem. Exotische Hölzer? Von jedweder Art, in jeder Farbe und Schattierung, ohne dass auch nur zwei Stücke zusammenpassen. Juwelen? Glitzern auf sämtlichen Oberflächen, in jeder Farbe, jedem Schliff. Elfenbein? Ebenfalls auf allen erdenklichen Oberflächen, sogar auf dem Boden und an der Decke. Kunst? Von einer Wand zur anderen, mit nur einem kleinen (juwelenbesetzten) Freiraum zwischen den einzelnen Stücken, ohne sichtliche Einheitlichkeit in Bezug auf Motiv oder Farbe oder zumindest Herkunft.

Das verbindende Thema des Ganzen, so scheint mir, ist lediglich, dass all diese Ausstattungsstücke haarsträubend teuer sind.

Tierfelle? Natürlich von exotischen Tieren.

Kostbare Kandelaber? Muss da überhaupt gefragt werden?

Eine himmelhohe Decke? Eine unwahrscheinlich große Badewanne? Ein Schreibtisch, größer als so manche Stadt?

»Oh, Mann!«, sage ich, bevor ich es mir verkneifen kann. »Hier hat der gute Geschmack also seinen Tod gefunden.«

Die Kaiserin wirft mir einen überraschten Blick zu, wendet sich dann ab und schreitet weiter auf ihren gigantischen Schreibtisch zu.

Magische Dekoration? Selbstredend! Bei jedem Schritt leuchten am Boden kleine, individuell abgestimmte Farbblitze auf – das Weiß der Kaiserin schimmert unter ihr hell schillernd, bei den Wachen ist es ein entsprechendes Blau, und bei mir leuchtet es karmesinrot. Die wie eine Schleppe hinter ihr über den Boden gleitenden Enden des Umhangs der Kaiserin sind wie von unsichtbaren Dienstmädchen zur optimalen Wirkung ausgebreitet. Wandernde kleine Lichtkugeln schweben durch die Luft.

»Wärst du bitte so gut, die magischen Schwebebälle von der Todesfalle an meinem Hals fernzuhalten?«, wende ich mich an meinen neuen Freund, den Steinbock.

»Hm? Oh.« Er winkt mit der Hand und alle Kugeln weichen ein paar Schritte von mir zurück.

Die Kaiserin nimmt an ihrem Schreibtisch Platz, dann dreht sie sich um und richtet den Blick auf die Wand dahinter. Möbel und Kunstwerke verschieben sich auf magische Weise, und das blitzende Farbenmeer dort teilt sich wie ein Vorhang, sodass sich ein Fenster hin zum Großen Sturm auftut, das die gesamte Länge und Höhe der Wand einnimmt.

Das Wetter draußen ist bizarr. Schwere, tief hängende Nebelschwaden haben sich über das Wasser unter uns gelegt, werden von einem Wind vor sich her getrieben, der eigentlich heulen müsste, in dieser besonderen Kabine jedoch völlig lautlos ist. Aus meinem gegenwärtigen Blickwinkel und angesichts der ruhigen Fahrt des Schiffes hätte ich keinerlei Vorstellung davon, wie weit weg und damit wie hoch die Wellen sind, die manchmal aus dem Nebel emporragen, hätte ich sie nicht selbst von tiefer unten im Schiff gesehen. In dieser Kabine scheint das Sturmschiff ohne die kleinste Störung über sie hinwegzugleiten. Kein ächzendes Holz oder protestierendes Metall ist zu hören oder gar durch den Boden hindurch zu spüren. Hier oben in dieser Höhe sind die kaiserlichen Gemächer mehr als nur vom Lärmen und Wüten von Wind und Wellen abgeschirmt. Sie liegen vielmehr über dem Sturm selbst; in strahlenden Sonnenschein gebadet, blicken sie auf den Sturm und die ganze Welt dort unten herab, als sei die Kaiserin eine Göttin auf einem Berggipfel, in all ihrer Macht weit über die Sorgen der Menschen erhaben. Die Sonne steht leicht schräg am Himmel – ob es Vormittag oder Nachmittag ist, kann ich nicht sagen, ich habe in der Zelle jedes Zeitgefühl verloren –, aber selbst mit der recht hoch stehenden Sonne sorgen das Wasser und der Staub in der Luft draußen für eigentümliche Lichtverhältnisse, und wie sich so die ganze Welt unter uns wie ein Wolkenmeer in alle Richtungen erstreckt, fühle ich mich unwillkürlich von allem losgelöst, wie ein im Wind peitschendes zerrissenes Schiffstau.

Die Kaiserin hebt zu sprechen an, ohne sich zu mir umzudrehen. »Ich habe fast zwanzig Jahre gebraucht, um diesen Raum auch nur einigermaßen von all dem Müll, den Hadrissan zurückgelassen hat, zu entrümpeln. Es wird weitere zwanzig Jahre dauern, bis ich ihn nach meinem eigenen Geschmack einrichten kann. Und das Staatsschiff, Kylar Stern, ist sogar noch schwerfälliger, es dauert ewig, es in eine neue Richtung zu lenken. Hadrissan war ein eitler Pfau. Er hielt auch Pfauen, lebende, und zwar hier in diesem Raum, buchstäblich. Haben überall hingekotet. Er hat es zu einer Mode werden lassen, dass reiche Haushalte im ganzen Reich anfingen, Menagerien zu unterhalten. Die mögen noch hundert Jahre lang so fortbestehen. Anderes wird sich schneller ändern.« Caelestia wendet ihren Blick vom weiten Meer ab und lächelt duldsam. »Für Eure Ehrlichkeit und Euren Mut dabei, uns zu sagen, was Ihr wirklich denkt, räumen wir Euch die Erlaubnis ein, unsere kaiserlichen Angelegenheiten im Zuge dieses Gesprächs ein einziges Mal zu beleidigen, ohne dass es schlimme Folgen für Euch hat. Diese Nachsicht habt Ihr nun ausgeschöpft.«

»Wenn Ihr hofft, dass ich etwas für Euch tue, dann ist der schnellste Weg, um es zu bekommen, einfach zu fragen«, erwidere ich.

»Ich frage nicht, ungehobelter kleiner Mann. Ich weise an.«

Ungehobelt? Ungehobelt! Wie kann sie es wagen, mich zu behandeln wie einen …

Na gut.

Das höfische Gespräch ist eine Kunst für sich. Es ist eine eigene Sprache, mit ihren eigenen Gepflogenheiten. Die Kaiserin hört mich gar nicht und wird es wahrscheinlich auch nicht tun, es sei denn, ich spreche ihre Muttersprache.

Du hast dich in diesem Punkt bereits über mich lustig gemacht, aber jetzt brauche ich deine Hilfe. Du hattest recht. Jedes Mal, wenn ich versuche, hochgestochen daherzureden, verfalle ich in endloses Grübeln. Wirst du mir helfen?

~*Natürlich* werde ich das.~

Ich stocke. Ich habe nicht genug Zeit, alles zu erklären, was ich dem Ka'kari mitteilen will.

~Durzo hat ein paar Jahrzehnte als Barde zugebracht. Ich kenne dich und ich kenne Kaiserinnen. Sprich mir nach.~

Wie ein Papagei oder eine Marionette wiederhole ich also, was mir vorgesagt wird.

Ich lege meine geketteten Hände zeltartig zusammen, berühre mit aneinandergeschmiegten Fingerspitzen meine Lippen über dem Halsband und spreche nach: »Ich habe meine Manieren vergessen. Mit Eurer Erlaubnis, Erhabenste Hoheit, lasst es mich noch einmal versuchen: Wie ein Komet, der durch die leeren Räume des Alls rast, losgelöst von all den silbernen Fesseln von Gehorsam und Gönnerschaft, die um Euch herum all die vornehmen Planeten von Adel in ihren beharrlichen Bahnen kreisen lassen, segle, taumle, fliege ich mit ungeahnter Geschwindigkeit, ziellos – fürwahr, doch zugleich auch frei –, bis ich durch Eure innerste Umlaufbahn gesaust komme, o Kaiserin, wobei ich bislang ohne Zwischenfall durch die wirbelnden Kreise dieser geringeren Lichter hindurchgeschlüpft bin, und ein Beinahezusammenstoß wird uns beide atemlos vor Staunen und Ehrfurcht über dieses Geschehen und über das, was da hätte passieren können, zurücklassen; gleichwohl liegt ein solcher Zusammenstoß noch immer im Bereich des Möglichen, mit gegebenenfalls unseligen Folgen für uns beide.«

»Wollt Ihr mir etwa … drohen?« Sie wirkt verblüfft, aber auch ein wenig erfreut, als entzücke sie das eigenartige Missverhältnis dieses Schauspiels – dass da ein hilfloses Insekt in einem gehoben höfischen Idiom verschleierte Drohungen gegen sie ausspricht.

Drohe ich ihr denn wirklich?, frage ich den Ka'kari.

~Ja, versteckt. Jetzt weiter …~

Ich fahre fort. »Dieser arme Hinterwäldler hier vor Euch ist nichts als ein schlichter Affenmensch, der entsprechend versucht, jene Sprache nachzuäffen, die Ihr so wohlklingend zu sprechen wisst. Ich bin hier weit von den Elendsvierteln entfernt, in denen ich einst das Licht der Welt erblickte, obgleich es mir scheint, dass der Wert des menschlichen Lebens an beiden Orten ein ähnlicher ist.«

»So ungefähr ist es, ja«, sagt sie. »Stimmt es, dass König Repha'im zu Eurer Belustigung Gefangene ins Meer geworfen hat?«

»Nein …«

»Gut. Ich hatte gehofft, dass …«

»Er hat es getan, um zu beweisen, dass …«

»Unterbrecht mich nicht«, zischt sie.

Ich schlucke. Meine Replik ist mir herausgerutscht, ohne dass ich mir meine Worte vom Ka'kari habe vorsagen lassen.

Aber sie hält gespannt inne. »Fahrt fort.«

»… dass er im Recht ist«, führe ich den Satz zu Ende. »Er hat versucht, mich für sich anzuwerben. Er wollte mir demonstrieren, dass wir im Bestreben, unsere Ideale zu verwirklichen, alle rücksichtslos Menschen töten. Es ging um edle Gefühle und um Opferzahlen. Auf einem recht hohen Niveau.«

Sie wirkt besorgt, aber nur für einen kurzen Moment. Ich kann nicht sagen, ob sie mir Glauben schenkt. Das scheint mir weniger beunruhigend als die Tatsache, dass sie prompt bereit ist, das Faktum der Ermordung so vieler Unschuldiger gedanklich hinter sich zu lassen. Vielleicht gehört sie zu jenen Leuten von Adel, die glauben, dass die Leben von gemeinen Leuten und Kriminellen nicht wirklich als Menschenleben zählen. Sie erwidert: »Ich habe gehört, dass Ihr Euch, was Opferzahlen angeht, selbst auf einem recht hohen Niveau bewegt.«

»Ein Ehrenmann genießt und schweigt«, sage ich und wiederhole damit die Worte des Ka'kari.

Sie wirkt einen Moment lang verwirrt und spricht dann weiter. »Ich nehme an, Ihr könnt Euch den wahren Grund denken, warum Ihr hier seid.«

Ich nicke. Sie treibt hier ihre Spielchen hinter dem Rücken von »König« Repha'im, was bedeutet, dass sie glaubt, guten Grund zu haben, ihm zu misstrauen. Sie weiß, dass Repha'im an mir interessiert ist, also will sie erfahren, was ich über die Sache weiß.

»Dann hört auf, meine Zeit zu verschwenden«, erklärt sie schneidend. »Was könnt Ihr mir über sie sagen?«

Ich runzle die Stirn. »Ihr meint ›ihn‹?«

»Was?«

»Ich glaube, ich habe Euch falsch verstanden. Habt Ihr gefragt, was ich Euch über *ihn* sagen kann?«

»Jetzt tut nicht so kokett, Stern.«

»Ich kann Euch versichern, dass meine Koketterie noch kurzlebiger ist als Eure Geduld. Wen meint Ihr mit ›sie‹?«

»Wenn es hier in diesem Raum jemanden gibt, der eine Ausrede dafür haben könnte, einen Ehepartner vergessen zu haben, dann seid das nicht Ihr, Kylar Stern.«

»Einen … Ehepartner?« Die Worte sind mir entschlüpft, ehe ich sie mir verkneifen kann. Was könnte Elene mit der Kaiserin zu tun haben? Gab es am Schwarzen Hügel irgendeine Form von Magie, die Auswirkungen auf die Alitaeri gehabt haben könnte? Wie kommt sie darauf, dass Elene unter all den Magiern, die wirklich dort gewesen sind, besonders erwähnenswert wäre? Ach …

~Sie meint nicht Elene. Sie meint Viridiana.~

»Ach so. Ihr habt Eure Spione in der Chantry«, begreife ich. »Natürlich habt Ihr die. Aber, nein, da muss ich Euch enttäuschen. Die Informationen, die sie Euch da verschafft haben, sind nicht nur alt, sondern sie waren auch von vornherein falsch.«

»Aha, jetzt fällt Euch also alles wieder ein?«, hakt sie nach. »Auch ich hatte zweifellos so ein paar Liebhaber, die ich gerne vergessen würde, aber leider ist mir das bisher nie gelungen. Bitte verratet mir, wie man das anstellt.«

Noch während sie spricht, fällt bei mir endlich der Groschen. Mit »sie« meint sie die Chantry. Vielleicht meint sie konkret eines der Kommandos für Sonderprobleme und Spezialtaktiken.

In jedem Fall werden die Schwestern nun für mich zu einem echten Sonderproblem. Wie viel bin ich der Chantry überhaupt schuldig?

Inwieweit sollte ich die Geheimnisse jener schützen, die sich bereit gezeigt haben, mich an Repha'im zu verkaufen?

Inwieweit bin ich bereit, Viridianas Kommando für das leiden zu lassen, was das andere Kommando versucht hat, mir anzutun? Inwieweit bin ich bereit, die gesamte Chantry für das leiden zu lassen, was ein einziges ihrer Kommandos mit mir anstellen wollte?

Ich bin schließlich auch von einem Mitglied eines dieser Kommandos gerettet worden. Doch das war Vi und sie hat dabei gegen ihre eigene Leute gehandelt.

Aber wenn ich ihr Kommando auffliegen lasse, lasse ich auch Vi auffliegen.

»Ich habe die Chantry damals hinters Licht geführt«, erkläre ich. »Ich wurde zusammen mit einer Freundin, die eine Novizin war und in der Sache selbst auch keine Wahl hatte, in eine ihrer innenpolitischen Streitigkeiten hinsichtlich der sogenannten Leibeigenen verwickelt. Uns beiden wurde aufgetragen, uns als Mann und Frau auszugeben, doch ich bin nie mit ihr verheiratet gewesen.«

Die Kaiserin stöbert in einigen Pergamentbögen auf ihrem Schreibtisch, hebt eine Schriftrolle auf und fördert mehrere Seiten mit Porträtskizzen von sechs verschiedenen Edeldamen zutage. Eine davon ist unzweifelhaft Viridiana, zwei weitere erkenne ich aus ihrem Kommando wieder. »Und mit welcher von denen seid Ihr ›nie verheiratet‹ gewesen?«

~Vorsicht, Kylar.~

Doch der Ka'kari teilt mir nicht mit, was ich jetzt sagen soll. Meine Lippen sind plötzlich ganz trocken. »Wenn ich jetzt sage, dass ich mit *keiner* von ihnen je im eigentlichen Sinne verheiratet war, geht die Sache nicht gut für mich aus, hab ich recht?«

Aus den haselnussbraunen Augen der Kaiserin schwindet jeder Sinn für Humor. Sie nimmt einen schwach leuchtenden Briefbeschwerer von ihrem Schreibtisch und nähert sich mir damit, bis mein Mordhalsband zu vibrieren beginnt, auch wenn sie nicht nah genug herankommt, um den Alarmton auszulösen.

Siehst du, Jenine? So vermittelt man eine Drohung. Subtil und dabei doch überhaupt nicht subtil.

Ich tippe auf das Bild von Viridiana und frage mich, ob ich der Kaiserin damit irgendwelche für sie neuen Informationen an die Hand gebe und ob ich Viridiana womöglich gerade dem Tod überantwortet habe.

»Stimmt. Immerhin kein Lügner, wenn es um Bagatellen geht«, sagt die Kaiserin.

Ich fühle mich seltsam erleichtert. Ich stecke zwar immer noch bis zum Hals in der Patsche, aber wenigstens habe ich Viridiana nicht *gedankenlos* auffliegen lassen. Leider muss ich davon ausgehen, dass mir bald noch mehr Gelegenheiten gegeben werden dürften, um zu entscheiden, wem ich die Treue halte.

»Welche dieser anderen Frauen erkennt Ihr wieder?«

Abermals verrät mir der Ka'kari nicht, was ich sagen soll. Er ist ein Hilfsmittel, das mir dabei helfen kann herauszufinden, wie ich meine Entscheidungen zu treffen habe, aber er vermag mir die Entscheidungen nicht abzunehmen. Und wenn ich zu lange brauche, um mich zu entscheiden, kann er mir nicht einmal mehr dabei helfen.

Ich sage: »Entschuldigt bitte, aber das werde ich Euch nicht sagen, es sei denn …«

»Es sei denn?«, geht sie dazwischen. »Ihr wagt es, Bedingungen zu stellen? Mir gegenüber? Ihr scheint nicht nur Eure Frau zu vergessen, mein Herr, sondern auch Euch selbst.«

»Keine Bedingungen. Keineswegs. Ich befinde mich voll und ganz in Eurer Hand. Ich weiß, wie vollständig ich Euch ausgeliefert bin. Die einzige Macht, die ich habe, liegt in der Entscheidung, ob ich mit Euch kooperieren will oder nicht. Damit ich über eine solche Zusammenarbeit entscheiden kann, muss ich erst wissen, warum Ihr auf der Suche nach diesen Frauen seid. Ich stehe mit der Chantry nicht gerade auf gutem Fuß. Ich habe ihnen nur wenig Gutes zu verdanken, stattdessen haben sie versucht, mir Schlimmes anzutun. Doch das gilt nicht für alle von ihnen. Ich werde nicht einfach so unschuldige Frauen dem Tod überantworten, nur um dadurch mein eigenes Leben zu schonen.«

Dieses Mal habe ich meine gesamte Rede selbst formuliert. Ich habe den Eindruck, den höfischen Ton recht gut getroffen zu haben, doch kaum haben die Worte meinen Mund verlassen, schießt mir auch schon ein Wort durch den Kopf: *Heuchler, Heuchler, Heuchler.*

Aber es erscheint mir nur richtig zu tun, was ich tue. Es passt zu mir. Ich bin ein Mensch, der für andere leiden kann.

Ich lächle.

»In Eurem Kopf stimmt etwas ganz und gar nicht«, bemerkt die Kaiserin.

Ihr habt ja keine Ahnung, gute Frau. Sie hat recht, aber das hier ist das Erste seit Tagen, was mir richtig erscheint.

Sie fährt fort: »Es ist seit vielen Jahren bekannt, dass die Chantry bestimmte Elitekommandos hat, die sich in geheimer Mission in andere Länder begeben, um die Durchsetzung ihrer Absichten sicherzustellen. Das … gefällt mich nicht, doch es macht mir auch nicht allzu viele Sorgen. Jeder unternimmt insgeheim dergleichen. Sie sind darin besser als die meisten anderen. Aber unter dem Vorwand, dass es notwendig sei – anlässlich jener Schlacht am Schwarzen Hügel –, sind sie zu offenen Aktionen übergegangen. Sie bilden Magae für den Krieg aus. Heben das Heiratsverbot für Schwestern auf, was mich argwöhnen lässt, dass sie heimlich ihre alten Zuchtprogramme wieder aufgenommen haben, im Versuch, dadurch erneut Supermagier hervorzubringen.«

»Erneut?«, frage ich und zucke zusammen. »Wenn Ihr mir verzeiht, dass ich frage.«

»Das hat es tatsächlich schon einmal gegeben. Das Resultat waren einige wenige Wunder und weitaus größere Katastrophen. Der Vorfall in der Sarasennsee? Der Krater von Hrothan? Das Abraxianische Massaker? Die Bürgerkriege von Tolvaren? Möglicherweise ja sogar der Große Sturm selbst.«

Ich habe nur von zweien dieser Ereignisse je gehört, also halte ich den Mund.

Sie fährt fort: »Die ganze Welt hat von der Arbeit profitiert, die meine Vorgänger und Vorgängerinnen beim Zustandekommen der Alitaerischen Abkommen geleistet haben. Unter dem Vorwand der *Notwendigkeit* setzt sich die Chantry jetzt über diese Abkommen hinweg. Es gibt immer eine Notwendigkeit, Stern. Magie wird immer als das Allheilmittel angesehen. Magie ist die ultimative Wunscherfüllung für schwache Geister: Winke mit der Hand und die Probleme verschwinden.« Sie wedelt mit dem Briefbeschwerer in ihrer Hand und erneut vibriert mein todbringendes Halsband: Auch ich bin ein Problem, das sie verschwinden lassen kann. Sie lächelt spöttisch. »Die Chantry weiß, dass das nicht stimmt, und in vielerlei Hinsicht profitiert niemand mehr von den Abkommen als sie. Wir räumen ihnen ein Monopol auf Magie ein. Wir schicken unsere talentierten jungen Frauen zur Ausbildung zu ihnen und zu niemandem sonst. Wir Alitaeri haben diesen Präzedenzfall geschaffen. Wir haben dafür gesorgt, dass alle anderen Nationen unserem Beispiel folgen. Wir haben unsere Politik aus der Chantry herausgehalten – trotz ernster Versuchungen, dort unsere Muskeln spielen zu lassen. Wir haben eine langfristige Strategie verfolgt. Und sie ganz genauso. Bis jetzt. Ich muss wissen, warum ich es mit einer aufs Neue militant gewordenen Schwesternschaft zu tun habe.«

»Das Kommando dürfte keine Ahnung haben, ob ihre Obrigen aufs Neue militant oder überhaupt militant sind. Dabei handelt es sich um die klassische Vorenthaltung von Informationen: Wer in einem Elitekommando ist, kennt nur seine eigenen Befehle. Alles, was man darüber hinaus weiß, kann aus einem herausgefoltert werden.«

»Oder man entlockt es einem mit List«, erwidert sie mit einem Haifischlächeln. »Es gibt hier also ein Elitekommando an Bord.«

Ich werde blass, will mir meinen groben Schnitzer jedoch nicht eingestehen. Ich versuche, das Ganze zurückzunehmen: »Ihr habt doch damit angefangen, von irgendwelchen hypothetischen Kommandos in geheimer Mission zu sprechen, nicht ich.«

Ich glaube nicht, dass ich damit durchkomme. Mir wird bewusst, dass, während ich mich viele Jahre darin geübt habe, meinen eigenen Körper und die Körper anderer in genau die Bahnen zu lenken, in denen ich sie haben will, sie sich ebenso lange darin geübt hat, Gespräche in jene Bahnen zu lenken, die sie wünscht, mit vergleichbar hohem Einsatz. Sie scheint eine ähnlich große Begabung für ihre Kunst zu haben wie ich für meine. Ich würde sie liebend gern einmal zusammen mit Momma K in einen Raum stecken. Und eine Frau wie Phaena könnte wahrscheinlich den ganzen Tag am Hof sitzen und die Kaiserin beim Reden verfolgen und dabei so viel lernen wie ich, als ich den Sturmhänden zugeschaut habe, während sie sich in der Vorausschau übten.

Leider sind sie beide nicht hier. Nur ich. Und ich bin allein. Und ich bin unbewaffnet, nicht gewappnet, sowohl im wörtlichen wie im übertragenen Sinn.

Mit zusammengezogenen Brauen kaut sie auf einem ihrer lackierten Nägel, die jeweils mit einem einzelnen Edelstein aus Katzenauge besetzt sind. »Was wollt Ihr haben, Kylar Stern?«

Ich ziehe eine Augenbraue hoch. »Ist das eine Fangfrage? Meinen Kopf. Immer noch fest auf meinem Hals. Vereint mit meinem Körper. Ohne dass ihn irgendwelche körperfremden Stahlteile durchbohren. Und auch keine Eisen- oder Bambusspitzen oder irgendwelche anderen Materialien. Hände ohne Ketten daran. Ich muss gestehen, auf einmal scheint mir die Liste meiner

Wünsche ganz schön lang. Ein gutes Essen? Einen Kuss von diesen zarten Lippen?«

Sie verdreht die Augen und ich setze meine Aufzählung nicht weiter fort.

~Kylar. Das kannst du doch wohl nicht wirklich gesagt haben.~

Nun ja, offensichtlich schon. Und ich stelle mal wieder unter Beweis, auf welch inkonsequente Weise ich charmant bin.

»Ich meinte«, fügt sie hinzu, »dass Ihr es offensichtlich auf etwas ganz Bestimmtes abgesehen habt, wo Ihr doch einen solchen Aufwand betrieben habt, um auf dieses Schiff zu gelangen. Warum?«

»Der schnellste Weg nach Borami«, erwidere ich prompt.

Sie wirft einen Blick zu ihrem Riesen mit der einen Faust. »Bring ihn zurück in seine Zelle. Gerbe ihm für seine Unverschämtheit das Fell. Stufe zwei, nicht mehr, denn mein neuer König hat vielleicht noch Verwendung für ihn.«

Der Steinbock packt mich am Hals, direkt unter dem Halsband des Todes, was niemals eine angenehme Erfahrung ist, wenn ein Mann eine so große Hand hat, dass sie sich buchstäblich rund um deinen Hals legt. Doch in seinem Fall ist es sogar noch schlimmer, weil seine schlummernde Körpermagie die Klingen gegen ihre Arretierung schlagen lässt, als stünden sie im Begriff, sich nach innen zu drehen.

»Ruhig, ruhig! Halsband! Magie!«, schärfe ich ihm ein.

Er lässt seine Hand vom Kragen weg hinunter zum Saum meines Überrocks rutschen und schleppt mich zur Tür. Keine Möglichkeit, ihm Widerstand zu leisten. Ich kann nur hoffen, dass sie mich zu sich zurückruft.

Was sie nicht tut. Es ist kein Bluff.

Oder wenn ja, dann kann sie es sich leisten, auf Zeit zu spielen.

Ich nicht.

Wir nähern uns der Tür.

Tu's nicht, Kylar.

Wir sind bereits durch die Tür. Doch sie hat sich noch nicht hinter uns geschlossen.

Sag nichts. Es wäre ein Fehler. Sag jetzt auf keinen Fall ...

Mein Mund lässt sich von meinem besseren Wissen nicht beirren. »Er hat meinen Sohn!«, schreie ich.

Die Tür schlägt hinter uns zu.

»Wer?«, fragt mich der Steinbock, bleibt kurz stehen und dreht mich zu sich um. In seinem Griff fühle ich mich wie ein Kätzchen, das am Nacken hochgehoben wird.

»König Repha'im. Er hat mein Kind entführt, weil er glaubt, dass es über irgendwelche magischen Fähigkeiten verfügt«, lasse ich ihn mit kläglicher Stimme wissen.

»Hm, das ist wirklich nicht schön«, erwidert der Steinbock. Ich kann heraushören, dass er es auch so meint. Was ihn indes nicht davon abhält, mich den Flur hinunterzuschleppen.

Die Tür öffnet sich wieder und ich höre eine seidig-sanfte Stimme sagen: »Athanasio? Dreh ihn um.«

Die Kaiserin steht zwischen den beiden Prätorianern an der Tür, die wie zwei riesige, nicht zusammenpassende Obelisken aussehen. Der eine ist ein schwarzhaariger khalidorischer Hochländer mit strahlend saphirblauen Augen und einer Haut so weiß wie die schneebedeckten Berggipfel seines Heimatlandes, der andere ein breitbrüstiger Friaker mit vernarbten Schnitten auf der Haut, größer als die Ponys seiner Heimatsteppe.

Sie winkt mich nicht wieder zu sich herein und sie kommt auch nicht auf mich zu. Wenn es ein Bluff ist und sie mich genauso sehr braucht wie ich sie, dann spielt sie ihren Bluff sehr gut.

So leise, dass ich sie kaum hören kann, fragt sie: »Repha'im hat Euren Sohn?«

Ich kann nicht sprechen. Ich nicke.

Ihr Blick ist eindringlich, abwägend, als sie fragt: »Was würdet Ihr tun, um ihn zurückzubekommen?«

Ich atme tief durch. Meine Schultern sacken herab.

Kapitel 23

Dinge, die man nie tun sollte

Bist du jemals in einen Kampf von der Art verwickelt gewesen, wo du einen Schlag nach dem anderen ausgeteilt, doch nichts getroffen und mit jeder Anstrengung wie ein noch größerer Idiot ausgesehen hast, während dich dein Gegner mit der gelangweilten Gleichgültigkeit eines Metzgers an einem ruhigen Tag auseinandergenommen hat? Hast du jemals die verbale Entsprechung dazu erlebt, hinter den Holzschuppen geführt zu werden und den Hintern versohlt zu bekommen, bis du nicht mehr hast laufen können?

Genauso sind meine Verhandlungen mit Kaiserin Caelestia verlaufen. Ich habe nicht vor, hier das ganze Gespräch zu wiederholen, denn, ehrlich gesagt, würde ich dadurch noch schlechter dastehen, als wenn ich dir einfach nur versichere, dass es schlimm gewesen ist. Richtig schlimm.

Wenn ich ein Mann von mehr Format wäre, würde ich das alles diktieren, damit ich es mir später noch einmal vornehmen und mir ein Bild davon verschaffen kann, wie sie mir das alles angetan hat. Um es eingehend zu studieren und sicherzustellen, dass mir dergleichen nicht noch einmal passiert.

Aber dazu müsste ich das Ganze aufs Neue durchleben ... immer und immer wieder. Und dazu fehlt mir die nötige Seelenstärke.

Der langen Rede kurzer Sinn: Im Vergleich zu all den schrecklichen Dingen, die ich in meinem Leben mit eigenen nackten Händen getan habe, habe ich das hier irgendwie als schlimmer empfunden. Als glatter, sauberer.

Diese Sauberkeit ist eine Lüge, und ich, für den Lügen zum Tagewerk gehören, habe einen ausgeprägten Würgereiz, der mich davon abhält, jene Dinge zu schlucken, mit denen Menschen das Böse schmackhaft zu machen versuchen.

Anfangs habe ich gedacht, ich würde nur eine von ihnen beim Namen nennen: Schwester Ayayah Meganah hat keinen Anspruch darauf, dass ich ihr gegenüber Treuegefühle hege, nicht wahr? Sie hat mir schließlich ins Gesicht gesagt, dass sie mir den Tod wünscht. Da scheint es nur gerecht, dass ich ihr den Gefallen erwidere. Sie hat mir zuerst den Krieg erklärt, stimmt's?

Als dann ziemlich schnell offensichtlich wurde, dass ich mich übernommen hatte und nun bis über beide Ohren im Schlamassel steckte, bin ich ein klein wenig von meinem ursprünglichen Vorhaben abgewichen. Ich habe Schwester Ayayah Meganah auffliegen lassen, und dann habe ich auch noch Petaria Feu verraten, die unerquickliche kleine Diebin, die so scharf darauf gewesen ist, mich tot zu sehen. Die Kaiserin schien es mir nicht abzunehmen, dass der erste Mensch, den ich preisgab, ausgerechnet die Anführerin des Kommandos war, also habe ich behauptet, Petaria sei die Anführerin. Eine Lüge, die gerade mal eine halbe Minute lang Bestand haben wird, sollte die Kaiserin Petaria jemals begegnen, aber ich habe versucht, mir einen Hauch von Anstand zu bewahren, indem ich wenigstens ein bisschen gelogen habe.

Innerhalb einer Minute hatte ich mich bereit erklärt, Petaria selbst zur Strecke zu bringen – ein Mord, um der Kaiserin zu beweisen, dass ich vertrauenswürdig bin.

Das wäre an sich nicht sonderlich schrecklich gewesen. Ich weiß, dass Petaria genug böse Taten vollbracht hat, sodass mich dieser Mord nicht um den Nachtschlaf bringen wird. Und wenn ich sie nur schnell genug kaltmache, wird die Kaiserin ihr nie begegnen, und meine Lüge, dass Petaria die Leiterin des Kommandos ist, wird niemals auffliegen. Vielleicht sollte ich mich also glücklich schätzen. Ich habe gelogen, und innerhalb einer Minute sind mir die Mittel an die Hand gegeben worden, meine Lüge zu vertuschen.

Allerdings, so viel sei eingeräumt, um den Preis, dass ich mich zu einem Mord bereit erklärt habe.

Und, ja, das nenne ich heute einen Sieg. So niedrig hängt die Messlatte.

Dann wurde ich noch stärker unter Druck gesetzt und dazu genötigt, die Namen aller anderen Mitglieder des Kommandos für Sonderprobleme und Spezialtaktiken zu verraten.

Und mir ist irgendwie herausgerutscht, dass es da zwei Sonderkommandos gibt.

Ich muss zugeben, die ganze Befragung war eine Ansammlung von Momenten, die allesamt nicht meine hellsten waren.

Die Kaiserin hatte so eine Art, mich zu verhören, bei der sie sich an alles erinnerte, was ich gesagt hatte, und mich dazu brachte, meine eigenen Lügen ein Dutzend Mal zu wiederholen, um dann alles zu zerpflücken und jedes Mal irgendwelche neuen Ungereimtheiten im zeitlichen Ablauf aufzudecken. Ich hatte kaum Zeit, mit dem Ka'kari Rücksprache zu halten, denn sie nahm jede Pause als Beweis dafür, dass ich eine Lüge plante.

Was stimmte.

Selbst wenn ich die Wahrheit sagte, schenkte sie mir nicht immer Glauben – zum Beispiel, als ich ihr versicherte, dass Logan nicht stärker in die Pläne der Chantry verwickelt sei.

Vielleicht hat sie ihren Unglauben aber auch nur vorgetäuscht, um noch mehr Informationen aus mir herauszubekommen.

Ich habe es immerhin geschafft, Vi nicht zu erwähnen.

Heldenhaft, was?

Jetzt, wo ich das alles so ausführlich beschreibe, wünschst du dir wahrscheinlich, ich hätte es auch so erzählt, wie es passiert ist, was?

Tja, Pech gehabt. Das hier ist meine Geschichte, und du bekommst nur das, was ich dir zu geben bereit bin. Wenn es dir nicht gefällt, weißt du ja, was du tun kannst.

Aber du wirst die Geschichte doch wohl nicht an dieser Stelle verlassen wollen, oder?

Du hast gehört, was am Ende passiert ist. Deshalb bist du doch hier, oder? Du willst sehen, wie ein Mann völlig erniedrigt wird, nicht wahr? Du willst wissen, wie ich so etwas tun konnte, damit du dir einreden kannst, wie anders du doch bist. Dass du besser bist als ich.

Vielleicht bist du es ja.

Ich verlasse die Räume der Kaiserin tief aufgewühlt und wahrscheinlich dem Verhängnis preisgegeben – aber ohne ein Halsband um den Hals.

Hat der Magier etwas mit mir angestellt, als er mir das Halsband abgenommen hat?

~Hab alles überprüft. Keine Rückstände zu finden.~

Hat er bemerkt …

~Soweit ich das beurteilen kann, bin ich nicht entdeckt worden.~

Wo hat er den Zauber versteckt, mit dem sie mich aufspüren können?

~In deinem Haar.~ Der Ka'kari wirkt belustigt.

Was hast du denn?

~Du lernst dazu. Schön, das zu sehen.~

Ich stoße ein Schnauben aus. *Ist der Aufspürzauber etwas, was du verschlingen kannst? Möglichst, ohne mich dabei umzubringen?*

~Mit Leichtigkeit. Sag das Wort.~

Ich denke darüber nach, während ich davongehe. Ich muss schnell aus diesem Schiffsbereich verschwinden, damit ich nicht König Repha'im oder Ishael oder sonst jemandem über den Weg laufe, der mich erkennen und töten könnte, aber ich weiß nicht, wohin ich mich zuerst wenden soll.

Weißt du, was jetzt praktisch wäre? Genau jetzt Phaena über den Weg zu laufen. Sagen wir mal, wenn sie zufällig hinter der nächsten Ecke stünde. Mit Schlüsseln. Und ein Plan. Ein Plan wäre gut.

Ich biege um die Ecke.

Na los, rate mal, ob Phaena dort steht.

Natürlich tut sie das. So läuft das doch in Geschichten, oder? Etwas Bestimmtes muss passieren und es passiert auch. Es spielt keine Rolle, wie unwahrscheinlich es ist. Es passiert, weil die Geschichte sonst nicht weitergehen kann. Ich meine, denk nur mal an den Alkestia-Zyklus, wenn man an die Stelle kommt, wo Prinzessin Bel Ishta nach Trayethell flieht und Gol Gannu ihr nachstellt? Sie ist als Bürgerliche verkleidet in einer der größten Städte der alten Welt, und wie lange dauert es, bis er sie findet? Richtig, sofort.

Wohingegen du oder ich in der gleichen Stadt wie ein guter Freund leben könnten, ohne ihm über Jahre hinweg zu begegnen.

Aber ich sollte wohl eher sagen, *du* könntest in der gleichen Stadt wie einer deiner Freunde leben. Mir gehen die Freunde allmählich aus.

Wie auch immer, praktischerweise steht dort jedenfalls Phaena, als ich um die Ecke biege.

Nur, dass sie es nicht ist. Ich komme um die Ecke und sehe zwei kaiserliche Wachen, die rechts und links im Gang postiert sind. Einer der Männer sagt: »He! Lass das!«

Ich stocke mitten im Schritt – aber er redet gar nicht mit mir.

»Wenn du dich mit den Rot-Weißen anlegst«, ermahnt er den anderen Wachmann, »bist du bald ein gewisses Körperteil los, das dir lieb und teuer ist.«

»Ich habe mich nicht mit ihr angelegt. Es war nur als ein kleines Zeichen der Wertschätzung gedacht«, mault der andere, und aus seinen Worten und der Tatsache, dass ich noch einen kurzen Blick auf eine Frau in Weiß erhaschen kann, die gerade den Gang hinunter verschwindet, schließe ich, dass er ihr gegenüber gerade einen Annäherungsversuch unternommen oder eine unfeine Bemerkung gemacht hat.

»Dann zeig auch mal ein wenig Wertschätzung für deinen eigenen winzigen … Guten Tag, hoher Herr«, sagt der Erste, als er mich bemerkt. Er wirft einen warnenden Blick auf den jüngeren Wachmann, als ich vorbeigehe.

Ich wage wieder zu atmen. Ich hätte eben fast einen Herzanfall bekommen. Sein »hoher Herr« ist sehr wohlmeinend und rührt wahrscheinlich mehr daher, dass ich mich in diesem Teil des Schiffes befinde, und weniger daher, dass ich entsprechend aussehen würde – denn nach all den Prügeln und dem Gekotze bin ich optisch nicht gerade in bester Verfassung. Aber sie lassen mich ohne ein weiteres Wort passieren, mehr über ihr eigenes schlechtes Auftreten als über meines besorgt. Ich habe es nach wie vor nur mit mir allein und meinen Gedanken über die magische Peilvorrichtung zu tun, mit der die Kaiserin mich versehen hat.

In dem Moment, in dem ich den Aufspürzauber zerstöre, erkläre ich mich zum Feind der Kaiserin. Sie mich ausspähen zu lassen ist nie Teil unserer Abmachung gewesen, allerdings habe ich mir inzwischen ein Bild davon machen können, wie die Kaiserin arbeitet. Sie wird jeden Schritt, den ich unternehme, um von ihr wegzukommen, als einen Schritt gegen sich selbst betrachten.

Erst als ich um die Ecke biege und in einen weiteren Flur mit Parkettboden und Marmor einbiege, kommt mir in den Sinn, was die beiden Männer da gerade gesagt haben. Was sind Rot-Weiße? Aus der Art, wie es der Mann gesagt hat, habe ich sogleich geschlossen, dass sie über Frauen gesprochen haben und dass einer der beiden irgendeinen unerwünschten Annäherungsversuch unternommen hat. Ich habe hier schon Frauen in Rot und Weiß gesehen – in Gesellschaft von Phaena.

Ich bin froh zu hören, dass die Frauen, was auch immer ihre Aufgabe sein mag, Nachstellungen nicht schutzlos ausgeliefert sind. Ich habe hier auch schon anderes Dienstpersonal in speziellen Uniformen gesehen, die kenntlich machen, wem sie dienen und zu welchen Bereichen sie Zugang haben. Da Phaena vor dem Ablegen im Hafen mit Repha'im gesprochen hat und sie vorhin zusammen mit den anderen von Ishael in den Salon begleitet wurde, muss ich annehmen, dass sie unter Repha'ims Hofbediensteten untergekommen ist. Ein Glück, dass sie gerade in dem Moment zu Repha'im gestoßen ist, als er König wurde – er hat sein Personal mit Sicherheit in aller Eile aufstocken müssen, um den Anforderungen seines neuen Amtes gerecht zu werden.

Was genau dabei ihre Zuständigkeit ist, ist nicht so wichtig. Das alles verrät mir, dass sie daran gearbeitet hat, seinen Schutzvorkehrungen zum Trotz in seinen inneren Kreis vorzudringen. Ich kann nicht wissen, wie weit sie dabei gekommen ist, aber das spielt auch erst dann eine Rolle, wenn ich sie aufspüren kann.

Und jetzt geht das noch nicht. Schon gar nicht, solange ich mit einem Aufspürzauber versehen bin. Und ich kann diesen Peilmechanismus nicht loswerden, solange ich die Sache mit Petaria nicht erledigt habe.

Bei meiner Arbeit besteht der erste und grundlegende Schritt in der Ausführung eines Mordauftrags darin festzustellen, was dabei die Probleme sind. Wie groß ist die Bandbreite der möglichen Lösungen?

Es gibt Fälle, in denen es nicht nur eine zur Not annehmbare, sondern sogar die beste Lösung ist, einfach in ein paar schäbige Klamotten zu schlüpfen, direkt auf seine Leiche zuzumarschieren und dem Kerl ein halbes Dutzend Mal ein Messer in den Leib zu rammen, während man so tut, als wolle man ihn ausrauben. Man sollte meinen, Leute wie ich würden nicht für solche Aufträge angeheuert. Warum sollte jemand auch den Preis zahlen, den ein Profi für einen Auftrag verlangt, wenn jeder Straßenstrolch diesen Mord ebenfalls erledigen kann?

Aber du würdest dich wundern. Die meisten Leute, die Aufträge im Blutgeschäft vergeben, sind Stammkunden. Die Art von Menschen, die regelmäßig Leute um die Ecke bringen lassen.

Diese Personen haben in der Regel schon versucht, das Problem auf die billige Art zu lösen. Und was ist passiert? Du bezahlst irgendeinen dummen Straßenschläger dafür, eine Frau um die Ecke zu bringen, die lebendig zu einem größeren Problem geworden ist als tot, und in der Hälfte der Fälle trinkt sich dein Schläger Mut an und verpatzt einen einfachen Auftrag, der mit einem Messer und zehn Sekunden zackiger Bewegungen direkt auf der Straße hätte erledigt werden können. Und sobald der Straßenschläger einmal versagt hat, weiß die Zielperson, dass es jemand auf sie abgesehen hat. Sie verkriecht sich irgendwo. Vielleicht beginnt sie sogar, Rachepläne zu schmieden.

Jetzt ist die Zielperson vom bloßen Problem zu einer Komplikation aufgestiegen. Am Ende könnte sie sogar noch einige Leute des Auftraggebers umbringen. Sein Versuch, eine Quelle der Beschwernis zu beseitigen, hat stattdessen seine Beschwernisse vergrößert. Nachdem er reichlich Zeit und Geld verschwendet hat, muss er nun also jemanden wie mich anheuern, und ich berechne die Höhe meines Lohns nach der Schwierigkeit der Aufgabe – die durch solche Dilettanten gleich sehr viel schwieriger geworden ist.

Ich erledige diese Aufgabe trotz der neuen Hürden mit Leichtigkeit.

Beim nächsten Mal kommt er zuerst zu mir, auch wenn es sich nur um irgendwelche einfachen Probleme handelt, denn dann kann er sich sicher sein, dass sie nicht zu schwierigen Problemen werden.

Aufträge dieser Art sichern aufstrebenden Blutjungen den Lebensunterhalt. Durzo Blint war ein Sonderfall unter den Sonderfällen. Andere Blutjungen ließen ihm die Aufträge zukommen, die ihnen zu heiß waren – allerdings erst, nachdem sie die Auftraggeber, deren Ansinnen sie an ihn weiterleiteten, einer genauen Prüfung unterzogen hatten. Niemand wollte schließlich derjenige sein, der Durzo einen Spitzel aus den höchsten Kreisen auf den Hals hetzte.

Ungeachtet der Bezahlung lehnte Durzo regelmäßig Aufträge ab, die ihn nicht interessierten. Es konnte sein, dass er nur ein paar Aufträge pro Jahr erledigte, meist solche, die seinen Neigungen entgegenkamen oder bei denen es sich um einen Gefallen für Momma K handelte.

Aber diese Welt habe ich hinter mir zurückgelassen.

Na ja, vielleicht habe ich sie nicht allzu weit zurückgelassen.

Im vorliegenden Fall ist das Problem ein wenig komplizierter. Ein aus dem Ruder gelaufener Raubüberfall? Auf einem Schiff, wo jeder reich oder ein vertrauenswürdiger Diener der Reichen ist, nicht sonderlich glaubwürdig. Niemand wird hier jemanden wegen der paar Münzen umbringen, die er gerade in seinem Geldbeutel mit sich herumträgt.

Ein aus dem Ruder gelaufener Raubüberfall, der Petarias Privatgemächern gilt? Man sollte davon ausgehen, dass es ein Einbrecher auf die größeren Reichtümer in den Prunkgemächern eines Mannes oder einer Frau von Adel abgesehen haben würde.

Ein außer Kontrolle geratener Streit unter Liebenden? Dieses Mordgeschäft ist schon eine zersetzende, zynische Sache. Es zwingt einen dazu, ständig an derartige Dinge zu denken, zum Beispiel sich zu fragen, wie viele Frauen wohl von den Männern, die sie lieben, ermordet werden. Diese Zahl ist sicherlich hoch genug, dass Blutjungen damit arbeiten können: einbrechen, den Mann mit Betäubungsmitteln außer Gefecht setzen, die Frau totschlagen, die Wohnung verwüsten, laut schreien, um die Nachbarn auf den Plan zu rufen, und dann abhauen.

Die Nachbarn finden den Mann nach einem offenbar schrecklichen Kampf, blutverschmiert und betrunken oder verkatert, und sie hängen ihm den Tod der Frau an. In der Hälfte der Fälle verdient sich der Mann eine Freifahrkarte an den Galgen, und du hast zwei für den Preis von einem getötet, eine saubere Sache.

Allerdings nur nach ganz bestimmten Definitionen von *sauber*, muss ich einräumen.

Aber ich weiß nicht, ob Petaria einen Liebhaber hat, und ich bringe auch nicht einfach so zwei Menschen um, also kommt das nicht infrage.

Ich muss Petarias Leichnam nicht verschwinden lassen; tatsächlich könnte ich das auch gar nicht. Wenn ich das tue, glaubt die Kaiserin womöglich nicht, dass ich sie umgebracht habe. Damit habe ich also schon mal einen Punkt, an dem ich mein Problem klar festmachen kann: Ich brauche eine Leiche. Die von den Leuten der Kaiserin gefunden werden muss.

Ich kann sie also nicht einfach aus irgendeinem Fenster stoßen – einem Bullauge? Egal. Das ist jammerschade. Inmitten eines solchen Sturms schwimmt niemand ans Ufer, also besteht die einfachste Art, jemandem auf einem Schiff den Garaus zu machen, zweifellos darin, ihn oder sie über Bord zu werfen.

Sie ist eine Magierin, also muss der Mord überraschend und schnell sein. Ich darf ihr keine Gelegenheit geben, sich zu verteidigen oder ihrem Kommando ein Zeichen zu geben.

Das Kommando ist ein echtes Problem. Dieser Mord muss so erfolgen, dass es für die Chantry nichts gibt, was auf mich verweist. Zusammen könnten sie mich bestimmt erledigen, doch selbst wenn es ihnen nicht gelänge, brauchen sie nur die Möglichkeit zu haben, der übrigen Chantry da draußen eine Mitteilung darüber zukommen zu lassen, was ich getan habe, und ich werde es mit einer Horde rachsüchtiger, magisch befähigter Frauen zu tun bekommen, die über ganz Midcyru ausschwärmen, mit einem riesigen Netzwerk von Spionen, mit jeder Menge Macht und Reichtümern, die mich in wechselnden Wellen verfolgen werden, solange es die Chantry gibt. Ich bin unsterblich, aber auf eine sehr handfeste Weise ist die Chantry das ebenfalls.

Weißt du, irgendwie sieht es allmählich so aus, als hätte ich meinen Mordplan nicht wirklich zu Ende gedacht.

Warum nur reite ich mein zukünftiges Ich immer tiefer in den Dreck, nur um meinem heutigen Ich ein wenig Raum zum Atmen zu verschaffen?

Als ich als Kind auf der Straße gehungert habe, haben wir manchmal reichen Händlern aufgelauert, in der Hoffnung, vielleicht eine Gelegenheit zu bekommen, ihnen heimlich in die Tasche zu greifen oder sie niederzuschlagen und dann zu bestehlen. Zumeist hatten wir den Eindruck, als würden diese fein gekleideten Schwachköpfe nur über ihre Geldprobleme jammern.

Geldprobleme?, haben wir dann immer gedacht. *Du hast warme Kleidung, einen sicheren Ort zum Schlafen und hattest heute schon was zu essen!*

Ich konnte damals nicht glauben, dass diese Kaufleute all ihrem offensichtlichen Reichtum zum Trotz Probleme hatten und dass das tatsächlich echte Probleme waren.

Und jetzt bin ich hier, verfüge über geradezu aberwitzige Kräfte, ein Meister meiner Kunst und Besitzer eines magischen Gegenstands von unglaublicher Wirkmächtigkeit, und sitze irgendwie trotzdem tief und gründlich in der Scheiße.

Es ist fast so, als sei das Problem nicht meinen Umständen geschuldet, sondern läge an mir.

Was sage ich da? Natürlich liegt es an den Umständen.

~Entschuldigung. Hast du dich soeben als meinen »Besitzer« bezeichnet?~

Ja …? Moment mal, bist du jetzt beleidigt? Im Ernst?

~Warum nennst du dich nicht meinen »Meister« und fertig?~

Abgemacht. Ich bin dein Meister. Ich war ein wenig verwirrt, was unsere Beziehung angeht.

Er schnaubt abfällig.

Was willst du denn dann? Bin ich vielleicht dein »Handhaber«?

~Handhaber! Als wäre ich ein *Messer*?~

Du bist, ähm, tatsächlich schon ein Messer für mich gewesen. Und zwar ein ziemlich gutes. Ich finde es großartig, wie du das mit dem kleinen Stilett anstellst. Sehr praktisch. Aber du hast recht. Dein Meister ist das richtige Wort. Gut, dass wir das geklärt haben.

~Ich habe nie gesagt, dass … Ach so. Du versuchst mal wieder, einen Sinn für Humor an den Tag zu legen. Wie possierlich. Ich bin ja so froh, dass die Unterernährung in entscheidenden

Phasen deiner Jugend nicht zur Folge gehabt hat, dass du in allen Bereichen zurückgeblieben bist.~

Lediglich was die soziale, die moralische und die geistige Entwicklung angeht, da muss ich dir recht geben.

Er kann es nicht ausstehen, wenn ich so bin.

~Du weißt, dass ich diese Einwürfe hören kann, oder? Schließlich erzählst du das alles niemand anderem als *mir.*~

Und du lässt mich gut dastehen, ja? Du streichst all die »Ähs« und »Achs« raus, so was in der Art?

~Du befiehlst mir, dass ich mir das alles jetzt noch einmal vornehme, um die »Ähs« und »Achs« rauszustreichen?~

Ja!

Der Ka'kari seufzt. Ich weiß immer noch nicht, wie er das macht, so ganz lautlos, ohne Lunge. Einer jener Tricks, die ich wahrscheinlich erst irgendwann später enträtseln werde.

Tatsächlich habe ich noch einen weiteren Auftrag für dich: Lass mich in dieser Geschichte gut aussehen, ja?

~Ich bitte unterwürfig um Verzeihung, *Meister,* aber Ihr habt mir da jetzt zwei widersprüchliche Befehle erteilt. Welchem soll ich gehorchen?~

Habe ich? Ich weiß nicht, warum ich die Frage stelle. Ich kann regelrecht spüren, dass ich bereits in die Falle getappt bin.

~Willst du, dass ich deine Worte festhalte, oder willst du, dass ich dich gut dastehen lasse?~

Ich zucke zusammen. Das muss ein neuer Tiefpunkt sein, selbst für mich – einen geistigen Wettstreit gegen einen unbeseelten Gegenstand zu verlieren.

Es ist nicht meine Woche. Von Jenine in die Falle gelockt, von ihren Handlangern aus dem Hinterhalt überfallen, geschlagen, gefangen genommen, eingesperrt, bedroht, in jeder Auseinandersetzung den Kürzeren gezogen, und jetzt muss ich die Drecksarbeit machen, die die Kaiserin auch von tausend anderen hätte erledigen lassen können, nur weil ich …

Ich bleibe in der Mitte des Flurs stehen.

Das stimmt doch gar nicht, oder? Eigentlich scheint es, als könne die Kaiserin die Chantry-Leute unter jedem beliebigen Vorwand, der ihr in den Sinn kommt, einfach verhaften lassen. Aber aus irgendeinem Grund tut sie das nicht.

Ich habe hier eben *keinen* Auftrag übernommen, von dem sie glaubt, dass sie ihn auch jedermann sonst erledigen lassen könnte. Sie und die Chantry stehen kurz vor einem ausgewachsenen diplomatischen Debakel, befinden sich vielleicht sogar am Rande eines Krieges.

Die Kaiserin kann es nicht riskieren, wegen ein, zwei Toten einen Krieg auszulösen.

Wenn große Mächte am Rande eines offenen Krieges stehen, passiert etwas Seltsames, zumindest wenn sie von im Grunde vernünftigen Menschen geführt werden, die sich bewusst sind, dass sie durch einen Krieg mehr zu verlieren als zu gewinnen haben: Dieser Rand des Krieges ist viel stabiler, als die meisten Menschen annehmen. Dieses Wissen habe ich von Durzo, denn so etwas ist auch eine hervorragende Zeit für Mordaufträge, manche davon sind sogar moralisch gerechtfertigt.

Wenn ein Staatsführer die Aussichten für seine Seite so einschätzt, dass ein Krieg im besten Fall nur geringen Gewinn bei enormen Kosten und im schlimmsten Fall den totalen Untergang bringt, wird er sich vonseiten des Feindes weitaus größere Kränkungen und Aggressionen gefallen lassen, als er es in normalen Zeiten tun würde.

Nehmen wir mal an, einer der Diplomaten eines Verbündeten wird in ein Duell verwickelt und tötet den Neffen der Königin. In normalen Zeiten würde dieser Diplomat seine Rückreise vermutlich im Sarg antreten. Aber lass die beiden Mächte nur eine Handbreit vom Krieg entfernt sein, so wird dieser Diplomat oftmals mit nichts weiter als einem in strengen Worten formulierten Brief nach Hause geschickt.

Es steht so viel auf dem Spiel, dass niemand die üblichen Reaktionen riskieren will, um nicht alle in den Abgrund zu stürzen. Wenn jedermann glaubt, dass ein Krieg bevorsteht, kann man paradoxerweise mit fast allem durchkommen.

Und das bringt mich … nun ja, noch nicht direkt auf einen Plan, aber es beginnen sich zumindest die groben Umrisse eines solchen zu formen.

Ich steuere direkt die nächste kaiserliche Wache an. »He, ich habe schon überall nach Athanasio gesucht. Er ist weder im Dienst noch ist er an einem seiner üblichen Essensplätze zu finden.«

»Wer?«, fragt der Mann.

»Du weißt schon, der Steinbock. Prätorianer. Nach all der Zeit merke ich jetzt plötzlich, dass ich gar nicht weiß, wo sich seine Kabine befindet. Kannst du mir helfen? Kann ja nicht weit sein, oder? Kannst du mich hinführen?«

Bitte sag Nein, bitte sag Nein.

»Ich … nun ja, nein, ich darf meinen Posten hier nicht verlassen. Aber es ist ganz einfach zu finden.«

Ich lächle ihn an. »Großartig, danke.«

Kapitel 24

Der Weg des Blutes

Der Steinbock ist eine vertrauensvolle Seele. Sein Zimmer ist nicht verschlossen. Ich trete ein. Es ist klein, aber die Tatsache, dass es sich um ein Einzelzimmer handelt, ist ein Indiz für den hohen Rang, den die kaiserlichen Leibwächter bekleiden. Vielleicht vertraut er darauf, dass niemand so dumm sein würde, ausgerechnet ihn zu bestehlen.

Tja, manchmal überrasche ich sogar mich selbst.

In einer Schublade finde ich einen Ersatzwaffenrock, fein säuberlich gefaltet, genau so, wie ich es erwartet hatte. Ich inspiziere ihn gründlich und suche dann weiter, bis ich einen mit goldenen Knöpfen finde. Als Nächstes sehe ich mich im Raum um. Der Steinbock hat alle möglichen Gerätschaften hier drinnen, die mir nützlich sein könnten, ich nehme jedoch nur eine Tasche aus Wachstuch mit. Ich will nichts von den Dingen, die ich hier stehle, bei mir behalten.

Mein Blick fällt auf eine auffällige Hellebarde, über zwei Meter hoch, die Klinge und der Knauf golden. Ich knie mich hin und kratze am Knaufende. Etwas goldene Farbe blättert ab. Ich lächle.

Endlich mal etwas, das nicht mittels Magie geschaffen wurde. Es ist durchaus möglich, Gold magisch zu härten, aber vielleicht haben selbst die scheinbar unerschöpflichen magischen Reichtümer des alitaerischen Reiches irgendwo ein Ende. Oder vielleicht mögen es bärbeißige alte Veteranen einfach manchmal, Dinge auf die beschwerliche Art zu erledigen.

Ich atme ein paarmal durch und schlüpfe ganz bewusst in eine meiner Lieblingsverkleidungen: den gestressten, leicht überforderten Diener. Ich schiebe mein Adelsarmband den Arm nach oben, sodass es außer Sicht ist, zerzause mir das Haar, prüfe mein Äußeres in seinem winzigen Spiegel auf verkrustetes Blut oder Erbrochenes, dann lasse ich die Schultern hängen, stecke den gefalteten Waffenrock in meinen Gürtel und umfasse die Hellebarde mit beiden Händen, als handele es sich um eine lebende Schlange.

Ich trage das Ding durch den Flur, als hätte ich Angst, es zu zerkratzen oder damit aus Versehen die wenigen Gruppen von Edelleuten und anderen, echten Bediensteten aufzuspießen, an denen ich vorbeikomme, bis ich schließlich jenes Zimmer erreiche, das laut Kaiserin das von Petaria Feu ist.

Alle Tröstungen, die ein Leben im Blutgeschäft bereithält, sind einseitig und unvollkommen. Ein vergleichsweise süßer Trost besteht jedoch im Folgenden: In jedem Leben gibt es hell glitzernde Augenblicke, die alles verändern, was danach kommt, Momente, wo man seinen Mut hochhängt wie eine Fahne und handelt, ohne zu wissen, was jetzt passieren wird, nur im Bewusstsein, dass die Sache wichtig ist, dass man im Begriff steht, etwas zu tun, das entweder Freude oder Verderben für dich oder für andere bedeuten wird. Wie viele solcher Momente hat ein ganz normaler Mensch schon in seinem Leben? Ein halbes Dutzend?

Wenn überhaupt. Vielleicht, dass es dieser ganz normale Mensch nach langer Zeit endlich schafft, eine langjährige Freundin zu bitten, nicht mehr Freundin, sondern Geliebte zu sein. Vielleicht meldet er sich freiwillig, um in den Krieg zu ziehen.

Vielleicht ballt er die Fäuste, steht auf und stellt sich entschlossen dem brutalen Rüpel in den Weg, der alle schikaniert. Vielleicht kündigt er die sichere Arbeitsstelle, die er hasst. Vielleicht erzählt er seiner Frau endlich einmal, was er schon immer von ihrem Linseneintopf nach dem geheimen Rezept ihrer Großmutter gehalten hat.

Im Gegensatz hierzu ist der Weg des Blutes durchtränkt und glitschig von solchen Momenten, die auf diesem Pfad so häufig sind wie Regen in den Küstengebirgen. Wenn die Bürde im Leben der meisten Menschen im niederdrückenden Wissen besteht, dass nichts, was sie heute tun, wirklich von Belang ist, dann besteht der Vorteil – ich will es gar nicht Segen nennen – unseres Weges darin, dass das, was wir tun, *immer* von Belang ist.

Mit einer unheimlichen Ruhe im Herzen klopfe ich an Petarias Tür, denn ich weiß, dass das, was jetzt als Nächstes passiert, Himmel oder Hölle oder beides zugleich bedeutet.

Es kommt niemand den Flur entlang, aber ich recke trotzdem den Hals und verdrehe ihn, so weit es geht, in beide Richtungen, hin und her, her und hin – ein Schauspiel Petaria zuliebe, für den Fall, dass sie über eine Art magisches oder auch ein ganz profanes Guckloch verfügt. Ich trommle mit den Fingern, zucke zusammen, murmle vor mich hin.

Die Tür öffnet sich einen Spalt. Petaria steht dahinter, nur Kopf und eine Schulter sichtbar, den Leib so verdreht, wie es jemand tut, der einen Fuß an der Tür verkeilt hat, damit niemand sie aufstoßen kann.

»Den Göttern sei Dank«, platzt es aus mir heraus, bevor sie etwas sagen kann. »Nimm das, schnell nimm das, bevor die Kaiserlichen es sehen!« Ich schiebe die Spitze der langen Stangenwaffe schräg durch die offene Tür und versuche, sie ihr in die Hand zu drücken.

Sie nimmt mir das Ding verwirrt ab. »Was zum Teufel hat das …?« Sie macht einen Schritt zurück, als die gut zwei Meter lange Hellebarde gegen die Tür klappert.

»Die gehört dem Prätorianer, den sie den Steinbock nennen, kennst du den? Riesengroß … nun gut, sie sind alle riesig. Bei den Göttern, das fällt mir jetzt erst ein: Er hat nur eine Hand. Wie zum Henker kann er eine *Hellebarde* mit nur einer Hand führen?«

Es ist schon komisch mit den Waffen: Wenn sie einen Mann mit einer Waffe auf sich zukommen sehen, erstarren viele Menschen verständlicherweise, aber wenn man ihnen selbst eine Waffe in die Hand drückt, ändert sich ihr Fragenkatalog so plötzlich, dass sie ganz aus der Fassung geraten. Etwas Lebensbedrohliches verwandelt sich nun in allenfalls eine gesellschaftliche Bedrohung: Warum hast du mir diese Waffe da gegeben? Wo hast du die her? Und was soll *ich* jetzt damit anstellen?

Wir erwarten von jemandem, der uns eine Waffe in die Hand drückt, eine Erklärung. Feinde reichen uns keine Waffen.

»Wozu trägst du das alles?«, fragt Petaria, tritt noch einen Schritt zurück und mustert den Prätorianerrock, der in meinem Gürtel steckt. »Du solltest jetzt besser ein paar Erklärungen abgeben.«

»Ach, das? Ich …« Ich stoße die Tür mit dem Fuß hinter mir zu und tue so, als würde ich den Waffenrock aus meinem Gürtel ziehen, greife darunter, ziehe das verborgene Gürtelmesser heraus und ramme es ihr in die Brust.

Ich renne mit ihr vorwärts, während sie zurücktaumelt, die Hellebarde noch immer in den Händen; gleichzeitig drehe ich die Klinge mit ruckartiger Wucht herum, um die Wunde weiter zu öffnen, ziehe sie schnell heraus, schlage ihr fest auf die Nase, um sie zu betäuben, ziele recht tief, falls sie sich reflexhaft duckt, und trete dann vor, während sie zurücktorkelt, packe eine Handvoll Haar und reiße ihren Kopf zurück. Ihre Arme fahren zu dem üblichen umgekehrten V nach oben, als ihre Hände nach ihrer gebrochenen Nase greifen, wodurch sich mir für einen kurzen Moment die Gelegenheit eröffnet, die Klinge erneut in ihr zu vergraben, und dieses Mal stoße ich sie ihr in den Kehlkopf.

Und dort lasse ich sie auch.

Ein Mann oder eine Frau mit einem Loch im Herzen ist dem Tode geweiht – aber bis er oder sie das Bewusstsein verliert, kann es so lange dauern, wie man braucht, um bis zehn zu zählen. Das ist wichtig, wenn du eine Magierin tötest, die dich mit Magie zerfetzen könnte, ehe du bis drei zählen kannst. Magae müssen gemeinhin sprechen, um ihre Magie wirken zu können. Deshalb musst du für besagte Zeitspanne sicherstellen, dass deine sterbende Magierin dir nicht den Tod auf den Leib hext.

Ihre Augen füllen sich mit Tränen, während ich sie festhalte. Es wäre ein Fehler zu glauben, dass sie im Wissen um ihren bevorstehenden Tod aus Trauer oder Angst weint. Wenn man einen Schlag auf die Nase bekommt, treten einem eben Tränen in die Augen. Außerdem bleibt dem Bewusstsein bei einem so starken körperlichen Schock keine Zeit für tiefschürfende Gedanken.

Ihre Lippen bewegen sich, doch es kommt kein Laut heraus. Ich kann nicht sagen, ob sie versucht zu sprechen, mich zu verfluchen oder einen Zauberspruch aufzusagen.

Die Überraschung des »Oh, verdammt, ich sterbe gerade, nicht wahr?«, dieser Blick des Begreifens, tritt gerade erst auf ihre Züge, als sich auch schon die Dunkelheit des Erschlaffens über sie legt.

Ich habe ganz vergessen, bis zehn zu zählen, aber da das Licht aus ihren Augen geschwunden ist, muss ich das auch nicht, und das ist gut so, denn in solchen Momenten ist Zeitdehnung ein echtes Problem. Ich kann nie sagen, wie lange es schon her ist.

Aber Petaria – gut, es ist eklig, aber he, du wolltest doch einen Einblick in dieses Leben haben, oder? – lässt mich wissen, wann sie wirklich tot ist, indem sie ihre Blase entleert. Ich halte sie noch ein paar zusätzliche Augenblicke hoch, nur um sicherzugehen, und lasse sie dann fallen, wobei ich darauf achte, kein Blut abzubekommen und die Hellebarde aufzufangen, die zwischen uns eingeklemmt war, damit sie nicht mit lautem Klappern auf den Boden knallt.

Sie sackt tot in ihrem eigenen Blut und Urin zusammen, und einen Moment lang betrachte ich sie leidenschaftslos.

Das ist meine Zukunft. Ein Leichnam zu werden, würdelos und stinkend in den eigenen Körperflüssigkeiten zu liegen.

Es ist auch deine Zukunft, also solltest du dich nicht allzu überlegen fühlen, klar?

Auf die eine oder andere Weise ist es jedermanns Schicksal: erschlaffte Därme und ausströmendes Blut und Auf-dem-Boden-Zusammensacken in ewiger schmachvoller Ruhe.

Ich ziehe ihr vorsichtig meine Klinge aus der Kehle und reinige sie gründlich an ihrer Kleidung. Es besteht immer die Versuchung, einen Menschen nach der Art und Weise zu beurteilen, wie er stirbt, als würden uns die letzten Momente vor dem Tod eine Form von einzigartigem Einblick in ein ganzes Leben gewähren. Das ist auch oft genug wahr, um uns zu Missverständnissen zu verleiten.

Wenn ein Soldat, der schon ein Dutzend Mal Heldentum bewiesen hat, eines Tages feststellt, dass er nicht in der Lage ist, direkt in den sicheren Tod zu rennen, so sehen wir das als Beweis dafür, dass er der Gefahr gegenüber nicht unempfindlich ist. Er ist kein Verrückter und kein Narr, und so wissen wir, dass er ein *wirklich* mutiger Kerl ist. Paradoxerweise katapultiert dieser eine Moment der Feigheit all seinen bisherigen Mut auf eine höhere Stufe, denn wir sehen nun, dass er die Male zuvor heldenhaft gehandelt hat – obwohl er aus dem gleichen Stoff wie wir gemacht ist, ist er doch regelmäßig in der Lage, auf eine Art und Weise zu handeln, von der wir nur träumen können. Und wir erwarten zu Recht, dass er morgen erneut in der Lage sein wird, dem Tod zu trotzen, denn die Bahn, die sein ganzes Leben eingeschlagen hat, hat gezeigt, dass die Tapferkeit ein Teil seines Wesens ist und die Angst nur ein vorübergehendes Gebrechen.

Und wenn ein gläubiger Mensch an einem normalen Tag mit Zweifeln zu kämpfen hat, nehmen wir es auf die gleiche Weise als Beweis dafür, dass er kein unreflektierter Eiferer ist.

Doch wenn ihn an seinem Sterbetag der Zweifel ankommt, tauschen wir, wie unehrliche Kaufleute, die Waagschalen aus, mit denen wir diesen Mann beurteilen. Wir nehmen es als Beweis dafür, dass sein Glaube eine Lüge und er selbst ein Scharlatan gewesen ist.

Oder wenn eine gestrenge Matriarchin, von langer Krankheit geschwächt und gequält, nicht mehr den Mut für ihre letzten Qualen aufbringen kann, seufzen wir, darüber enttäuscht, dass sich am Ende herausgestellt hat, dass sie insgeheim die ganze Zeit über ein Feigling war.

Wenn du so denkst, wenn du nach solchen Maßstäben urteilst, dann behalte diese selbstgefällige Überlegenheit ruhig bis zu deinem letzten Augenblick bei. Wir werden schon sehen, wie du dich dann schlägst.

Ich sage dir mal, wie ich das sehe. Um auf dieser Welt in irgendeiner Fähigkeit wahre Könnerschaft zu erlangen – egal ob es sich um Jonglieren, das Ballspiel auf der Straße oder um abstraktes Philosophieren handelt –, braucht man Übung: Versuche, Misserfolge, Korrekturen und sorgfältige Wiederholung.

Selbst ein Veteran, der schon tausend Kämpfe hinter sich hat, kann einen Tag auf dem Schlachtfeld erleben, an dem ihn seine Beine nicht mehr vorwärtstragen, wo sein Heldentum von gestern außer Reichweite ist. Bist du schon einmal gestolpert, als du die Treppe hinuntergestiegen bist? Wenn wir so einfache Dinge vergeigen können, dann kann sicherlich jeder von uns auch etwas Schwieriges vergeigen, selbst wenn wir es schon tausendmal getan haben. Wir können einen schlechten Tag haben. Wie viele von uns machen etwas Schwieriges gleich beim ersten Versuch perfekt?

Durzo hat mir gesagt, dass man das erste Mal, wenn man etwas tut, zwangsläufig etwas vermasselt.

Und weißt du was? Die meisten Menschen sterben nur einmal.

Man sollte sich also lieber damit zurückhalten, die Tapferkeit einer kranken Frau im Todeskampf zu verunglimpfen, die dabei die Last des Wissens trägt, dass sie diesen Kampf nicht gewinnen kann. Jeder gläubige Mensch hat Momente des Zweifels. Was ist so Schockierendes daran, dass er im schlimmsten Moment seines Lebens einen weiteren solchen Moment haben könnte? Warum sind wir so schnell bereit zu glauben, dass ein Moment der Schwäche einen verhängnisvollen Schatten auf ein ganzes Leben wirft?

Wenn du ohne jede Übung bei Erfüllung einer neuen Aufgabe Mittelmaß erreichst, so betrachte das als einen Sieg, vor allem, wenn es sich um etwas so Schwieriges handelt, wie gut zu sterben.

Nachdem sich nun eine ausreichend große Blutlache unter ihrer Kehle gesammelt hat, gehe ich in die Hocke und lege die kleinere Klinge der Hellebarde (die gegenüber der vorderen Beilklinge) in die Lache. Ich stehe auf, halte die Hellebarde hoch, drehe sie schnell – und stoppe sie dann abrupt.

Ein Blutregen spritzt über die Wände und die Decke. Kein kräftiger Schwall, aber das will ich auch nicht. Ich möchte unauffällige Hinweise für die Schwestern hinterlassen, die sie dann zum perfekt falschen Bild zusammensetzen können. Sie müssen glauben, dass sie – die sich ja so gerne überlegen fühlen – in diesem Raum Anzeichen für einen Mord gefunden haben, die die schlampigen Soldaten übersehen werden.

Als Nächstes untersuche ich die Sockelleiste rings um den Raum und spiele dann einen möglichen kurzen Kampf durch, in dessen Verlauf ich die Hellebarde des Steinbocks durch die Luft wirbele und den golden bemalten Knauf über die Leiste ritzen lasse. An einer Stelle, wo eilige Soldaten es wahrscheinlich nicht bemerken dürften, wetze ich etwas Goldfarbe ab.

Ich rolle sie auf den Rücken – ich meine *es*, nicht sie. Das tote Ding. Das Fleisch.

Selbst für mich ist es schwer, nicht den Fehler zu begehen, in irgendein nebelhaftes Pathos zu verfallen. Und für mich ist das ganz wichtig. Ich schände hier keinen Leichnam. Ich arrangiere völlig leidenschaftslos eine Szene, damit so wenige Menschen wie möglich sterben.

Genau.

Ich ramme der Leiche die Spitze der Hellebarde in die Kehle, genau dort, wo ich sie schon zuvor durchbohrt habe. Dann ziehe ich sie wieder heraus. Wische die Klinge mit einem Lappen sauber. Stopfe den Lappen in die Wunde, damit kein Blut heraussickert. Dann steche ich ihr die unten am Schaftende befindliche Klinge der Hellebarde durch die Rippen, dort, wo ich ihr zuvor das Messer direkt ins Herz gestoßen habe.

Für sehr erfahrene Leute gibt es Möglichkeiten festzustellen, ob eine Wunde vor dem Tod, im Moment des Todes oder danach entstanden ist, mithin hätte Durzo Petaria vielleicht gleich mit der Hellebarde getötet, um noch jenes kleine bisschen überzeugender zu sein. Aber ich? Ich habe mir mehr Sorgen darum gemacht zu verhindern, dass sie mich ihrerseits attackieren kann, was ebenfalls etwas ist, was mir Durzo beigebracht hat. Manche Blutarbeiter sind Künstler, andere einfache Handwerker, nehme ich mal an.

Ich ziehe der Leiche die Klinge aus der Brust, säubere sie und verstopfe auch diese Wunde mit den blutigen Tüchern.

Ich reiße einen der goldenen Knöpfe vom gestohlenen Waffenrock des Steinbocks. Ich schrubbe den Knopf mit einem Tuch ab, für den Fall, dass sie über irgendwelche magischen Mittel verfügen, mit denen sie feststellen können, wer ihn zuletzt berührt hat. Ich schließe die Faust der Leiche um den Knopf. Dann packe ich das Handgelenk der Toten und schleudere den Knopf gegen die Wand. Er landet am Rande eines Kleiderstapels, mit der glänzenden Seite nach oben. Allzu gut sichtbar.

Ich drehe den Knopf mit der Stiefelspitze um und schiebe ihn unter den Kleiderstapel, wo er außer Sicht ist.

Dann blicke ich mit gerunzelter Stirn zum Leichnam hinunter. Offenbar hatte sie schon lange nichts mehr getrunken und war reichlich ausgedörrt, als sie sich im Sterben bepinkelt hat; der Gestank des Urins aus ihrer entleerten Blase ist beißend und durchdringend. Ich bin in einer Zwickmühle: Einerseits will ich möglichst schnell und andererseits möglichst raffiniert und umsichtig sein.

Seufzend ziehe ich der Leiche die Unterwäsche aus, reinige ihre Haut, wringe den Urin und das Wasser, das ich zum Aufwischen genommen habe, in den Nachttopf aus, falte die urinfeuchten Kleidungsstücke fest zusammen und verstecke sie dann in der Tasche aus Wachstuch, die ich aus der Kabine des Steinbocks mitgebracht habe.

Ich binde die Leiche schnell zusammen, um sie leichter transportieren zu können, und achte dabei besonders darauf, Verbände um die Wunden zu schnüren. Wenn du eine Leiche als harmloses Bündel verborgen mit dir herumschleppen willst, ist es nicht gut, wenn sie eine Blutspur hinter dir herzieht.

Nachdem ich aus einigen Schlaufen Seil ein Tragegeschirr gefertigt habe, trete ich an Petarias Kleiderschrank, nehme mehrere Kleider und ihren Umhang heraus und versuche, die Sachen so gut wie möglich zusammenzulegen.

Als ich fertig bin, ist der Körper in ein Bündel eingewickelt, das so kompakt wie möglich zusammengeschnürt ist, die Knie an der Brust, die Arme fest um die Knie. Petaria war eine kleine Frau, andernfalls wäre das Ganze gar nicht möglich gewesen. Aber ich bin kein großer Mann, also ist die Sache viel schwieriger, als wenn ich so groß wäre wie der Steinbock.

So, wie es jetzt ist, die Kleider darunter, ihr Umhang vorne herabhängend und der Umhang des Steinbocks oben drübergebreitet, hoffe ich, so auszusehen, als trüge ich ein dickes Bündel Kleidung bei mir: nur ein weiterer überlasteter Diener in einer Welt, in der Diener unsichtbar sind.

Selbst mit den versteckten Seilgurten ist das Gewicht eines Körpers nichts, was ich in dieser Position ohne Weiteres tragen könnte, vor allem nicht so mühelos, wie ich den Anschein erwecken muss. Aber genau hier kommt mein magisches Talent ins Spiel. Magie löst nicht so viele Probleme, wie man meinen würde, aber die Probleme, die sie löst, löst sie ganz wunderbar.

Petarias Kabine ist ein einziges Durcheinander, was sich für das Finden von Lumpen als ein Segen erwiesen hat. Jetzt werfe ich ihre Kleider ein wenig im Raum umher und trampele darauf herum, wie das Soldaten tun würden.

Dann blase ich die Laternen aus und setze die gläsernen Lampenzylinder wieder über die rauchenden Dochte.

Ich stecke meinen kleinen Zettel für die Kaiserin unter den Rand einer der Laternen.

Fertig? Dann vernichte jetzt die Peilvorrichtung.

Ich fahre mir mit der Hand durchs Haar, und der Ka'kari lässt meine Finger kribbeln, als er den Aufspürzauber verschlingt, den der Magier der Kaiserin dort angebracht hat.

Ich gehe tief in die Hocke, werfe mir die Seilrollen über die Schultern, ziehe mir dann mit etwas Mühe eine Jacke über, um sie darunter zu verbergen, und hebe das Bündel aus Kleidung und Leiche hoch.

Ich strecke gerade die Hand nach der Türklinke aus, als es auf der anderen Seite klopft.

»Petaria!«, ruft eine Frauenstimme. »Du bist spät dran.«

Ich schaue auf den Riegel, den ich nie vorgeschoben habe. Ich drehe mich um und schiebe mich mit Wucht in den Kleiderschrank, stolpere fast, als ich versuche, mich aus dem Blickfeld der Tür zu drücken.

Die Tür öffnet sich. »Petaria? Es ist schon Mittag. Bitte sag mir, dass du nicht immer noch im Bett liegst.«

Aus einem schrägen Winkel sehe ich in der Dunkelheit, wie Melena den Kopf durch die Tür streckt. Ich drücke mich eng an die Schrankwand und versuche, das Kleiderbündel ganz still zu halten.

Ich höre Melena schnüffeln. Ich erstarre. Riecht sie etwa den Rauch der gelöschten Lampen?

»Igitt, Mädchen, du bist so eine Sau. Das Ding hier gehört unbedingt weggebracht, warum machst du das nicht?«

Sie tritt in der Dunkelheit in den Raum und hebt mit spitzen Fingern den Nachttopf auf.

Ich halte die Luft an. Ich will Melena nicht umbringen. Verdammt, so behindert und eingeschränkt, wie ich gerade bin, *kann* ich sie vielleicht gar nicht umbringen.

Sie dreht sich um – in die andere Richtung, mir den Rücken zugekehrt statt das Gesicht – und verlässt den Raum mit einem angeekelten Schnauben, den Nachttopf in der weit ausgestreckten Hand. Plötzlich bin ich unsagbar froh, dass ich die nassen Pisslumpen in diesen Topf ausgewrungen habe. Hätte ich das nicht getan, wäre der Nachttopf leer gewesen und sie hätte gewusst, dass der Geruch von woanders kommen muss.

Als sie auf den Flur hinaustritt, ruft sie jemandem zu: »Ich weiß wirklich nicht, warum ich ihr immer hinterherputze. Schlimmer als meine kleine Schwester.« Sie schließt die Tür hinter sich und ich kann endlich wieder atmen.

Ich darf nicht lange warten. Die Leute der Kaiserin werden bald kommen, um herauszufinden, warum meine Peilvorrichtung verschwunden ist. Ich trage meinen Kleiderstapel und die darin versteckte Leiche zur Tür.

Ich öffne sie einen Spalt. Auf dem Flur ist nichts Auffälliges zu sehen.

Nicht dass ein Hinterhalt etwas Auffälliges wäre.

Jetzt erst wird mir bewusst, wie viel Glück ich habe.

Durzo würde mich verprügeln, wenn ich nach so einem Gedanken einfach weitermachen würde. »Wenn du Glück für einen Plan brauchst«, würde er sagen, »brauchst du einen besseren Plan.«

Aber ich habe keinen besseren Plan.

Mit zugeschnürter Kehle trete ich auf den Flur hinaus und schaue mich um. Niemand zu sehen. Ich nutze mein magisches Talent, um den Anschein zu erwecken, dass mein Bündel leicht ist, und halte die Hellebarde des Steinbocks absichtlich linkisch gegen die Brust gedrückt.

Ich schaffe es durch den Flur und um die Ecke, da höre ich trabende Schritte aus dem Gang in die andere Richtung – Soldaten, die nachsehen sollen, warum meine Peilvorrichtung verschwunden ist?

Mit zusammengeschnürter Kehle eile ich Richtung mittschiffs, hin zu dem biegsamen Bereich des Sturmschiffes, den mir König Repha'im gezeigt hat.

Meine Glückssträhne reißt nicht ab. Ich sehe hier niemanden.

Mir schlägt das Herz bis zum Hals. Ich wickle den Mantel des Steinbocks um seine Hellebarde und schleudere beides zusammen in die zischenden Wellen weit unten. Das Meer nimmt mein Geschenk kommentarlos entgegen. Ich löse die Seile, die mich an den Körper binden, und verstecke den Leichnam in einer Ecke in der Nähe der Stelle, an der mich König Repha'im bedroht hat. Ich breite die Kleider über die Leiche. Sie ist nicht gut versteckt, aber das soll sie auch gar nicht sein.

Ich drehe mich um und bin mir sicher, dass ich zu lange gebraucht habe, dass die kaiserlichen Wachen nun den Ausgang versperren, mir einen Hinterhalt gelegt haben.

Es ist niemand da.

Ich hülle mich zum ersten Mal seit einer gefühlten Ewigkeit wieder in den Ka'kari und werde unsichtbar. Es sollte nicht lange dauern, bis die Kaiserlichen hier hereingestürmt kommen, nachdem sie meine Notiz in Petarias Zimmer gefunden haben:

Eure kaiserliche Majestät, ich habe meinen Teil der Abmachung eingehalten. Ihr findet den Beweis in einer Ecke gegenüber der Stelle, wo König Repha'im gerne seinerseits seinen unnützen Plunder beseitigt. Ich gehe davon aus, dass dies nach der Überprüfung der Ausführung der Tat die diskrete Beseitigungsarbeit Eurer eigenen Männer erleichtern wird. Im Zuge meiner Tätigkeit habe ich entdeckt, dass einer Eurer Magier versehentlich eine Peilvorrichtung an mir angebracht hat. Deren Anwesenheit hätte leicht von unseren Gegnern entdeckt werden können. Sie hat nicht nur mich unnötig in Gefahr gebracht, sondern hätte auch Euch mit bestimmten Aktivitäten in Verbindung bringen können, mit denen Ihr nicht in Verbindung gebracht werden wollt. Daher habe ich die Peilvorrichtung in unserem beiderseitigen Interesse entfernt. Hochachtungsvoll der Eure.

Ich habe den Brief nicht unterschrieben. Nicht dass ich durch das Zurückhalten meiner Unterschrift gegenüber denjenigen, die mir am gefährlichsten sind, anonym bleiben könnte. Aber es schien mir ein Risiko, meinen Namen schriftlich bekannt zu geben, also habe ich es auch nicht getan.

Ich bewege mich unsichtbar ein Stück den Korridor hinunter zu einer Stelle, wo ich Ausschau halten und mich vergewissern kann, dass kein zufällig des Weges kommender Diener über die Leiche stolpert.

Zum Glück – schon wieder! Wie viel Glück kann sich ein Mensch erhoffen? – begeben sich keine Diener dorthin. Nach ein paar Minuten sehe ich, wie mehrere der massigen Prätorianer aus der Richtung von Petarias Zimmer kommen und sich auf den Müllbeseitigungsbereich zubewegen.

Mehr brauche ich nicht zu sehen. Ich verschwinde.

Und so einfach begann – und endete hoffentlich auch – meine Laufbahn als Meuchelmörder in kaiserlichen Diensten. Unter Zuhilfenahme all meiner hochentwickelten alten Fähigkeiten und einer nachgerade beunruhigenden Menge an Glück scheint die Sache wirklich gut gelaufen zu sein.

Jetzt muss ich nur noch all die Dinge tun, in denen ich furchtbar schlecht bin, und habe es dabei ausgerechnet mit jenen Leuten zu tun, die in solchen Dingen vielleicht die Besten der Welt sind und die es deshalb wohl auch am ehesten bemerken dürften, wenn da ein Anfänger herumzappelt wie ein Fisch, der Kolibris das Fliegen beibringen will: Während mir Petarias Blut immer noch warm an den Händen klebt, muss ich ihre Freundinnen täuschen, mich in eines der besten verdeckten Einsatzkommandos der Welt einschleichen und dazu meine letzte Freundschaft nutzen (und dabei zerstören).

Alles in allem klingt das alles recht einfach ... zumindest die Sache mit dem Zerstören von Freundschaft.

Kapitel 25

Ein Taschentuch und Wein

»Ich fühle mich krank«, sagte Viridiana, als Schwester Ariel die Bibliothek betrat, und stieß sich vom Tisch ab. »Ich bin fertig.«

»Du hast also deine Lektüre abgeschlossen?«, erkundigte sich Schwester Ariel. Sie neigte den Kopf zur Seite. »Ich hätte eher mit mehr Tränen gerechnet.« Sie blickte unsicher auf das Taschentuch, das sie in der einen Hand hielt, und auf den Weinkrug in der anderen.

»Nein, ich bin nicht mit der Lektüre fertig. Ich bin nur fertig. Vom Lesen dieses Buches.« Viridiana drehte sich der Magen um. Das war jetzt schlimm genug gewesen. Wie sollte sie da erst das Ende ertragen?

»Wir müssen an deinen kommunikativen Fertigkeiten arbeiten, meinst du nicht auch?«, fragte Schwester Ariel.

»Hm?«

Viridiana hatte nicht gewusst, dass Kylar Schwester Petaria getötet hatte.

Das machte alles nur noch schlimmer: für das Kommando für Sonderprobleme und Spezialtaktiken, für Viridiana, für die

Hoffnung auf Frieden mit Alitaera und … nun ja, für Kylar konnte es nicht noch schlimmer werden, oder?

Sie hatte Kylar nicht einmal verdächtigt! Was auch einleuchtete. Wenn man jemanden auf grausame Weise ermorden lassen wollte, um damit eine Botschaft zu senden, engagierte man Hu Gibbet. Wenn man jemanden geschickt oder lautlos *beseitigen* wollte, wandte man sich an Durzo Blint. Kylar kam nach seinem alten Meister.

Ein plötzlicher Gedanke schoss Viridiana durch den Kopf und sie blickte auf das Taschentuch und den Weinkrug hinunter. »Ihr hofft, dass ich mein emotionales Chaos schnell hinter mich bringe – und wollt nicht etwa andeuten, dass mir die Zeit davonläuft, oder?«

Schwester Ariel runzelte die Stirn.

»Sagt mir, dass ich Zeit habe«, bat Viridiana.

»Du hast Zeit.«

»Lügt Ihr mich an?«

»Wie gewünscht«, bekannte Schwester Ariel, ohne zu zögern.

»Wie war das noch mal mit diesem ganzen Kram von wegen ›Treue gegenüber der Wahrheit‹?«

»Ich hätte nicht gedacht, dass du mir *glauben* würdest.«

Vi war perplex. Wollte sich Schwester Ariel etwa über sie … lustig machen? »Was soll das?«, fragte Vi. »Ihr seid doch sonst nicht so.«

Schwester Ariel trat von einem Fuß auf den anderen. Sie stellte den Becher ab, der umgedreht über der Öffnung des Weinkruges platziert gewesen war. Sie befüllte den Becher und hob ihn hoch, trank aber nicht. »Ich bin gerade dabei, die Arbeit an meinem misslungenen Kommentar zu beenden, und so habe ich einige der Reden durch den Türspion mitgehört, während ich recht mühselig meine Forschungsergebnisse durchgegangen bin, um zu sehen, ob irgendetwas davon auch nur den geringsten Wert hat – über die Bestätigung dessen hinaus, was andere, bessere Experten wortgewandter gesagt haben –, und, nun ja, der Parlamentarier hat einen überarbeiteten Zeitplan verlesen. Du bist nicht mehr darauf vermerkt.« Den letzten Satz sagte sie in aller Eile, als wollte sie die schreckliche Nachricht schnell hinter sich bringen.

»Bin ich nicht?«, fragte Viridiana. »Heißt das, ich habe so viel Zeit zum Lesen, wie ich brau…?«

»Aber es steht eine Abstimmung auf dem Plan.«

»Wie können sie abstimmen, wenn ich nicht ausgesagt habe? Ich habe gedacht, sie würden darüber abstimmen, was mit mir geschehen soll.«

»Es ist eine Abstimmung, ob wir Alitaera den Krieg erklären sollen.«

»Was?« Viridiana setzte sich kerzengerade auf, bereit aufzuspringen. Aber es gab keinen Ort, wohin sie jetzt rennen konnte.

»Mir kam es so vor, als würden sie allerlei Dinge in der falschen Reihenfolge erledigen, also habe ich meine Schwester gefragt, was los ist. Istariel meinte, es sei ein regelrechter Putsch der alten Garde im Gang. Weder ein tatsächlicher Putsch noch wortwörtlich eine alte Garde, wenn ich so darüber nachdenke. Ein schlauer Schachzug. Sie sagt, Versammlungen müssen sich auf das Thema Krieg erst vorbereiten, so wie junge Männer sich auf einen Kampf vorbereiten. Würden sie wirklich Krieg wollen, würden wir niemals als Erstes über den Krieg abstimmen. Da würden sie es so einrichten, dass wir zuerst über irgendeine triviale Strafe für dich abstimmen, als würde es sich dabei um eine isolierte Angelegenheit handeln. Dann würde dieser Punkt als abgeschlossen betrachtet werden. Dann würden wir entweder darüber abstimmen, ob wir die Alitaerischen Abkommen aufkündigen oder, weniger aggressiv, darüber, ob wir eine Kommission einsetzen sollen, die prüft, wie wir aus diesen Verträgen herauskommen können. Sollten die Alitaeri mit der Entsendung von Soldaten reagieren, würden wir uns bei dieser Ausgangslage lediglich verteidigen. Sie wären die Aggressoren. Andererseits, eine Abstimmung über eine Kriegserklärung, ohne dass vorher irgendwelche Rechtfertigungen ins Feld geführt werden? Eine solche Abstimmung hat zweifellos keinerlei Aussicht auf Erfolg. Niemand will einen Krieg, und fast jeder ist gegen einen Angriffskrieg, bei dem eindeutig wir die Schuldigen wären. Indem sie die Chantry dazu bringen, zuerst gegen den Krieg zu stimmen, gibt die alte Garde die Bedingungen für die Diskussion vor. Da ein Krieg nicht infrage kommt, konzentriert sich die Debatte darauf, welchen Preis wir für den Frieden zu zahlen bereit sind.«

»Ich verstehe das nicht«, erklärte Vi. »Das klingt so, als würde man einem Brutalo versichern, dass man ihn nicht schlagen wird, egal was er einem antut.«

»Ich habe es auch nicht verstanden … Tja, ich glaube, du hast es getroffen. Ich habe sie gefragt, und sie meinte, würde der Rat zuerst darüber abstimmen, ob wir eine Schwester an eine ausländische Macht ausliefern sollen, würde niemand dafür stimmen. So etwas ist undenkbar. Aber wenn man das Ganze in den Kontext des Preises stellt, der für die Vermeidung eines Krieges und die Rettung vieler anderer Menschenleben zu zahlen ist, wird das Undenkbare plötzlich unvermeidlich. ›Wir haben das eine ausgeschlossen, also müssen wir nun das andere tun.‹«

»Die Alitaeri verlangen ernsthaft eine Auslieferung?«, hakte Viridiana nach. »Ich wusste, dass Schwester Ayayah in großen Schwierigkeiten stecken würde, aber …« Viridiana schluckte, als sie sah, wie Schwester Ariel zusammenzuckte. *»Schwester …?«*

»Wenn die alte Garde vorhätte, Schwester Ayayah auszuliefern, stündest du immer noch auf der Liste, um deine Aussage zu machen. Es würden Suggestivfragen gestellt, wer für die Gruppe für Sonderprobleme und Spezialtaktiken verantwortlich gewesen sei, wer die Befehle gegeben hat, was es bedeute, Befehlsgewalt über diese Kommandos zu haben, wie die Schuld in anderen Fällen festgestellt worden sei. Sie würden fragen, ob Schwester Ayayah jemals vorübergehend die Leitung des Kommandos abgegeben habe oder ob sie die ganze Zeit über die Leiterin gewesen sei, ob sie jemals von dir verlangt habe, Dinge zu tun, die gegen die Statuten und die Werte der Chantry verstoßen … derartige Dinge. Auch hier wieder ist das nicht meine Analyse. Das kommt alles von Istariel.«

»Aber wenn nicht Schwester Ayayah ausgeliefert wird, wer soll dann …? Oh …« Viridiana warf sich in ihrem Stuhl zurück. »Ah ja.«

»Das ist ihr Plan«, bestätigte Schwester Ariel. Sie ließ ihren Blick zu dem Becher Wein wandern, den sie vollgeschenkt hatte, und trank ihn in einem Zug aus. »Das heißt aber nicht, dass die Sache für sie nicht auch schiefgehen kann. Auch wenn es nicht so aussieht, als würde die Abstimmung besonders knapp ausfallen. Aber …«

»Aber was?«

»Es gibt immer noch einen Ausweg, einen Weg, ohne dass du an Alitaera ausgeliefert wirst.«

»Und worin besteht der? Ich bin offen für Vorschläge!«, erwiderte Viridiana, und ihre Ängste verwandelten sich in Zorn.

»Lies das Buch zu Ende. Finde heraus, ob seine sterblichen Überreste geborgen werden können. Mach dich für uns so wertvoll, dass wir dich unmöglich an sie ausliefern können. Es ist nur eine hauchdünne Chance, Viridiana. Das weiß ich. Aber …« Sie zuckte unbeholfen mit den Schultern.

»Es ist die einzige Chance«, ergänzte Viridiana.

»In der Zwischenzeit werde ich mich mal umschauen und sehen, ob ich etwas unternehmen kann.« Mit diesen Worten stapfte Schwester Ariel in Richtung ihres Ausgangs davon.

»He!«, rief Viridiana.

»Was?« Schwester Ariel drehte sich nicht um, offensichtlich verärgert.

»Wie wär's mit: den Wein dalassen?«

Schwester Ariel schnaubte. Sie ließ den Wein nicht da.

Kapitel 26

Die Unverfrorenheit alter Flammen

Das Problem stellt eine derart beängstigende Herausforderung dar, dass ich beschlossen habe, die Sache sofort in Angriff zu nehmen. Was natürlich bedeutet, dass ich tatsächlich erst einmal nichts dergleichen unternehme. Warum ist es nur so, dass, je dringlicher die Hauptsache ist, alle Nebensächlichkeiten umso verlockender werden?

Als ich den Flur hinuntergehe, in dem sich die Menschen drängen, bemerke ich einen Mann, der sich einen Hut in seinen Gürtel gesteckt hat. Ich drehe meinen Kopf über die Schulter und nicke, als würde ich irgendjemandem hinter mir bei etwas zustimmen, streife seinen Arm, schnappe mir den Hut und murmle eine Entschuldigung, wie man es macht, wenn man jemanden anrempelt.

Ich könnte einfach direkt zur Kaiserin gehen, nicht wahr? Ich habe den Auftrag erledigt, den sie mir gegeben hat. Warum sollte ich mir über die Chantry den Kopf zerbrechen? Wenn es irgendeine Gruppe gibt, die meine Lügen womöglich zu durchschauen vermag, dann ist das sie.

Ganz ehrlich, das Kommando für Sonderprobleme und Spezialtaktiken hat nichts, was ich will. Jedenfalls noch nicht. Die

Kaiserin hat alles. Vielleicht könnte mein nächster Schritt ganz einfach sein. Vielleicht mache ich hier nur etwas furchtbar kompliziert, was ganz einfach sein könnte. Vielleicht mache *ich* mir mit meiner misstrauischen Art nur alles selbst schwer.

Das ist auch schon anderen passiert, die klüger und verschlagener waren als ich.

Aber ich habe nicht so lange überlebt, weil ich eine vertrauensvolle Seele gewesen wäre.

~Genau genommen *hast* du gar nicht so lange überlebt.~

Ich brauche diesen Streit jetzt wirklich nicht. Ich muss mich auf die Kaiserin konzentrieren.

Ich trete in eine Nische mit einem Spiegel, setze mir den gestohlenen gelben Federhut auf den Kopf und verstaue so viel wie möglich von meinem Haar darunter, dann schlüpfe ich in die Menge der vorbeiziehenden Menschen. Niemand nimmt Notiz von mir.

Ich habe gesehen, was Macht mit Menschen anstellt. Ich habe gesehen, wie enorm mächtige Menschen ihren Frieden mit ihrer Macht machen: Entweder schwelgen sie darin, oder sie achten darauf, sich durch ihren Gebrauch möglichst nicht korrumpieren zu lassen. Diese Kaiserin lässt alle im Ungewissen, weshalb ich auch nicht sagen kann, wie sich das bei ihr verhält. Aber es verrät mir, wie es bei ihr *nicht* ist.

Die Kaiserin lässt sich von all den Menschen um sie herum, die es sich zu ihrer alleinigen Aufgabe gemacht haben, sie zu manipulieren, *nicht* manipulieren.

Würde sie immer tun, was am zweckmäßigsten und bequemsten erscheint und für die geringsten unmittelbaren Probleme sorgt, dann könnten ihre Höflinge sie leicht dazu bringen, nach deren Pfeife zu tanzen. Solche Menschen wittern instinktiv Schwäche, nutzen sie aus, machen von Lügen und Drohungen und verschleierten Ankündigungen schlimmer Konsequenzen mit der gleichen Leichtigkeit Gebrauch, mit der ich Messer, Speere und Schwerter einsetze. Sie ist also keine Sklavin von Annehmlichkeit und Müßiggang.

Wenn sie immer das täte, was sie für richtig hält – wie Logan es zu tun versucht –, könnte sie ebenso leicht umgestimmt werden. Für Tauben liegt die Weisheit darin, die Gesellschaft von Schlangen zu meiden, was bedeutet, dass die meisten Tauben nicht weise sind, wenn sie es mit den Methoden der Schlangen zu tun bekommen.

Aber dem ist nicht in jedem Fall so. Und wie auch immer, sie ist keine Taube.

Manche Herrscher sind wirklich chaotisch oder stellen sich als chaotisch dar, weil sie wissen, dass ihre Höflinge ein Spiel spielen, und sie entschlossen sind, dieses Spiel zu gewinnen, auch wenn sie dadurch im größeren Spiel des tüchtigen und erfolgreichen Herrschens verlieren.

Andere Herrscher sind wirklich in sich gefestigt, mit der Klarheit einer Vision und einer unbeirrten Zielsicherheit, wie sie die Wankelmütigen bei einem intelligenten Herrscher für unmöglich halten – und so verwirren sie mit ihrer Einfachheit die Weisen.

Andere Monarchen unterscheiden zwischen ihrer privaten Ehre und den Erfordernissen des Staates und sind einerseits in der Lage, eine tiefe Demut an den Tag zu legen und ihr Privatleben in absoluter Redlichkeit zu führen, während sie andererseits ihre Feinde dadurch verblüffen, dass sie in Staatsangelegenheiten gleichzeitig mit äußerster Verschlagenheit handeln und sogar vor Hinterlist und Betrug nicht haltmachen.

Ich weiß nicht, in welche Gruppe sie gehört.

Und ja, ich schinde gerade Zeit. Ich fühle mich wie ein Jongleur mit Messern, der, nachdem er an die Grenzen seines Könnens gelangt ist, in Panik alle Messer so hoch in die Luft geworfen hat, wie er konnte. Jetzt sitze ich zusammengekauert auf dem Boden und warte darauf, dass sie herunterkommen.

Wenn die Messer fallen, befinde ich mich genau an der falschen Stelle.

Die Prätorianergarde ist eine zu kleine und zu straff organisierte Truppe, als dass ich sie unterwandern könnte, also mache ich mir gar nicht erst die Mühe, mich als einer der Ihren zu verkleiden. Ein Magier, das ist es, was ich brauche. Das Reich benötigt jede Menge Magier. Einige der Jüngeren – also diejenigen, die ungefähr in meinem Alter sind – dürften noch nicht allen Höflingen und Mitgliedern der kaiserlichen Wache oder der Prätorianergarde bekannt sein. Wenn ich mich als Magier verkleide, habe ich auch eine Entschuldigung, meine Begabung nicht vor denen zu verbergen, die so etwas wahrnehmen können.

Es erfordert ein gewisses Suchen, was bedeutet, dass ich manchmal mit eingezogenem Kopf an Leuten vorbeigehen muss und bei anderen Malen unsichtbar bleibe und warte, bis sie vorbeigegangen sind. Obwohl sich an Bord eine ähnlich große Zahl an Magiern wie an Soldaten befindet, gibt es für die kaiserlichen Magier aus irgendeinem Grund keine kasernenartigen Quartiere. Was nicht bedeutet, dass die Magier im Luxus leben. Jeder von ihnen hat seine eigene, winzig kleine Kabine, so winzig, dass sie in einer Kaserne besser aufgehoben wären. Ich vermute mal, es ist eine Sache des Stolzes.

Magier nehmen Unannehmlichkeiten hin, solange sie dadurch den Eindruck erwecken, wichtiger zu sein als einfache Soldaten. Den Konstrukteuren des Schiffes hingegen war es offensichtlich nur darum zu tun, den Magiern auf den Decks nicht mehr Raum zu geben als nötig.

Ich breche in vier der winzigen Kabinen ein, die für Magier reserviert sind, ohne irgendwelche Kleidungsstücke zu finden, die auch nur annähernd meiner Größe entsprechen. Warum sind Magier nur entweder winzig klein oder unglaublich fett?

Auf der Suche nach einer weiteren Kabinenreihe verlangsame ich mein Tempo, bevor ich den Gemeinschaftsbereich erreiche. Fast ohne Vorwarnung, weil sie alle so still dasitzen oder stehen, bin ich über eine Gruppe von fast fünfzig kaiserlichen Magierinnen und Magiern gestolpert.

Trotz der Nähe ihrer eigenen Kabinen scheint die Hälfte von ihnen zu schlafen – genau hier an Ort und Stelle, in ihren Stühlen oder auf dem Boden. Die anderen konzentrieren sich gespannt, alle den Blick auf die Fenster nach draußen gerichtet. Sie stehen oder sitzen in allen möglichen verschiedenen Haltungen, einige bewegen sich sogar in bestimmten Stellungen, als wären sie Kampfkünstler. Fast alle, die wach sind, sind in magisches Tun vertieft.

Ich habe den Schweiß gerochen, bevor ich den Raum betreten habe. Ich bin überrascht, dass ich nicht auch die Magie gespürt habe. Aber alles ist so sehr auf die Fenster konzentriert, so diszipliniert, dass es verwirrend ist. Die meisten Frauen murmeln vor sich hin; es ist kaum mehr als ein Flüstern, das Minimum, das sie brauchen, um Geist und Magie mit ihren Worten aneinanderzubinden, aber einige Frauen scheinen zu schweigen, und auch manche der Männer murmeln. Was auch immer sie tun, wahrscheinlich tun sie es schon seit Stunden.

Sie wirken wie Soldaten, die Schützengräben ausheben und sich auf eine Belagerung vorbereiten: Nach den ersten Stunden gibt es keine unnötigen Worte, keine unnötigen Bewegungen mehr.

Ein älterer Mann und eine ältere Frau sitzen in der Nähe, die Rücken mir zugekehrt. Er hat ein graues Gesicht, und jetzt nimmt er seine Brille aus mit Gravuren verziertem Elfenbein ab und reibt sich Schläfen und Augen, den Rücken gebeugt. Sie sitzt aufrecht wie eine Königin, wirkt aber genauso müde und abgespannt wie er. Beide haben mehr Abzeichen auf ihren Uniformen als alle anderen, die ich sehen kann.

»Wir werden ein paar der Jüngsten und der Ältesten verlieren, aber wir können es zusammenhalten«, erklärt er. »Sie sollte nicht von Bord gehen. In diesem Fall könnte es eine Massenpanik geben. Und die Magier, die sie mitnehmen wird, könnten genau die Katastrophe auslösen, die wir hier …«

»Wir tun unsere Pflicht«, unterbricht ihn die Frau. Sie ist grauhaarig, hat markante Gesichtszüge und eine erstaunlich tiefe Stimme. »Nein. Sagt es nicht noch einmal. Ich bin da ganz der gleichen Meinung wie Ihr. Aber wir können nicht mit der Kaiserin spielen. Der Einsatz ist zu hoch.«

Mit der Kaiserin spielen? Heißt das, ein Spiel *gegen* die Kaiserin spielen, oder will sie sagen, dass sie die Kaiserin nicht aufs Spiel setzen, nicht gefährden dürfen?

Ich lasse den Blick über die versammelten Magier wandern und versuche, ihre Uniformen zu entschlüsseln, damit ich keinen Fehler begehe, wenn ich mir eine stibitze. Militärs haben immer Rangabzeichen an ihren Uniformen, quasimilitärische Einrichtungen dagegen sind oft kompliziert, weil sie entweder viel mehr Freiheit haben oder viel förmlicher sind, oder sie zeichnen sich durch irgendeine merkwürdige Kombination aus beidem aus.

Alle alitaerischen Magier, ob Männer oder Frauen, tragen sehr lange Überröcke, die ihnen bis über die Knie reichen. Dabei scheinen Farbtöne von Weiß über Grau und Silber bis hin zu Schwarz zulässig. Die Säume und Ausschnitte sind bestickt, entweder – bei den Magiern niedrigeren Ranges – in Grau oder Gelb oder mit Silber- und Goldfäden bei den hochrangigeren.

Vielleicht handelt es sich da auch einfach nur um die Reicheren, aber allzu häufig geht das ja Hand in Hand, nicht wahr? Die Überröcke sind an den Seiten hochgeschlitzt, und die Magier tragen darunter Hosen, manchmal von der gleichen Farbe, oft bilden sie jedoch auch einen deutlichen farblichen Kontrast. Die Wahl der Schuhe oder Stiefel wirkt ebenfalls recht eigenwillig und individuell.

Höherrangige Magier haben eindeutig eine größere Palette von Wahlmöglichkeiten bei ihrer Kleidung, genauso wie weibliche Magier generell. Vielleicht haben die Frauen aber auch einfach mehr Fantasie: Ihre Ausschnitte sind oft rund oder viereckig und nicht wie bei den Männern, wo die einfache Aussparung oder der V-Ausschnitt dominiert. Häufig sind der Ausschnitt und entsprechend auch der Saum mit Runen bestickt. Die Frauen tragen auch Halsketten, Ohrringe und Armbänder, während die Männer manchmal offene Wendelringe um Hals oder Arm tragen. Bei den Frauen gibt es keine vorherrschende Frisur, viele der Männer hingegen haben kurz geschnittenes Haar, oder die linke Seite ihres Kopfes ist sogar kahl rasiert. Einige tragen Tätowierungen oder Narbenverzierungen auf ihrer nackten Kopfhaut.

Die offen erkenntlichen regulären Zeichen von Rang und Amt scheinen auf dem verstärkten Stoff von den Schultern bis zur Brust hinunter angebracht zu sein, der auf der linken Seite mit farbigen Anstecknadeln versehen ist. Die rechte Seite scheint demgegenüber leer, bis ich mir den Ka'kari kurz vor die Augen halte.

Oh, sieh an, auf der rechten Seite ihrer Brust gibt es ein unsichtbares magisches Symbolsystem, nur für die anderen Magier sichtbar. Fantastisch.

»Nicht einmal, wenn ihr Von-Bord-Gehen bedeutet, dass wir das ganze Schiff verlieren?«, hakt der männliche Magier nach.

Das lässt mich aufhorchen. Ich dachte, es handele sich hier nur um das Übliche: Leute, die über den Vorgesetzten stänkern. Ich hatte ihren Worten bisher nicht wirklich Beachtung geschenkt.

~Was genau der Grund ist, warum du mir das alles berichtest, vergessen?~

He, du hast völlig recht!

Erstaunlich. Ich *bin* schlau.

Der Ka'kari bedenkt mich mit jenem entnervten leisen Schnauben, das in etwa so viel bedeutet, wie wenn er seine goldigen kleinen Augen verdrehen würde. Wenn er denn Augen hätte.

Die Magierin hat zunächst geschwiegen. Jetzt sagt sie: »Besser wir verlieren das ganze Schiff und alle, die sich darauf befinden, uns eingeschlossen, als die Kaiserin zu verlieren.«

Der Mann nickt, als sei das eine Selbstverständlichkeit.

Doch weißt du was? Ich muss den beiden da widersprechen.

Aber wovon redet sie überhaupt?

Dann fügt die Frau hinzu: »Wenn sie sich für ihre Ausschiffung entscheidet, werde ich dafür sorgen, dass Ihr den Leuten zugeteilt werdet, die sie begleiten, Intan.«

»Das verlange ich gar nicht!«, entgegnet er barsch. »Ich nehme meine Eide sehr er…«

»Ich habe weder Eure Ehre noch Eure Tapferkeit in Zweifel gezogen«, blafft sie. »Ich schicke Euch mit ihr, weil Ihr es wart, der sich bei ihr dafür eingesetzt hat, dass sie bleibt. Wenn wir anderen alle sterben, weil sie von Bord gegangen ist, werdet Ihr ihr eine bleibende Mahnung sein, unser Leben nicht noch einmal so achtlos wegzuwerfen. Außerdem sollten diejenigen, die klar Stellung beziehen, selbst wenn sie sich damit unbeliebt machen, auch etwas davon haben, wenn sich herausstellt, dass sie im Recht gewesen sind. Es ist gut für die gesamte Truppe, denn es ermutigt die jungen Leute, einen ähnlichen Mut an den Tag zu legen.«

»Das ist … sehr freundlich von Euch, Agatta. Besonders in Anbetracht unserer Vergangenheit. Aber wenn man alles sorgfältig abwägt, sollten wir besser Mircelle und Havdan mit ihr schicken. Die beiden werden in Zukunft das Herz und die Seele der Truppe sein und in jedem Fall wären sie ein größerer Verlust als ich. Und Ihr wärt natürlich ein unermesslicher Verlust, keine Frage.«

Sie schnaubt abschätzig, als wäre sie zu erschöpft, um noch irgendwelche Spielchen zu spielen. »Genau das ist es. Das ist einer der wesentlichen Gründe, warum ich Euch nicht mag, Intan. Ich spreche die Wahrheit aus, und Ihr haltet es für ein Kompliment, das Ihr erwidern müsst. Aber Ihr habt da ein gutes Argument vorgebracht. Wenn wir wählen müssen, wen …«

Sie setzen ihr Gespräch mit weiterem Hickhack und Diskussionen über ihre Organisation, Plänen für die Zukunft und Ähnlichem fort, aber meine Gedanken schweifen ab. Ich bin mir ziemlich sicher, dass nichts wirklich Wichtiges mehr nachkommt, und frage mich immer noch, was sie mit der »Ausschiffung« der Kaiserin meinen. Ich weiß natürlich, was der Begriff bedeutet, aber ich weiß nicht, warum sie von ihm Gebrauch machen. Ich werde die Sache später noch einmal durchgehen müssen.

»Es ist wirklich sonderbar«, sagt Intan. »Aber diese Nullwellen. Irgendetwas an ihnen erinnert mich ein wenig an den alten Mythos ›Voraussicht und das verfluchte Geschenk des Götterkönigs‹.«

»Welche Fassung meint Ihr?«, erkundigt sich Agatta. »Die von Thesiod?«

»Nein, die von Schylius. Ihr wisst schon, die Stelle, wo …«

»Ah, jaja. Ich verstehe. Das ist aber ein bisschen grausig, findet Ihr nicht?«

»Es ist sicher reiner Zufall«, erwidert Intan. Er rutscht unbehaglich hin und her. »Aber wenn man sich um die jordische Zirkularitätshypothese sorgen müsste …«

»Ich hatte schon befürchtet, dass Ihr das ansprechen würdet. Selbst wenn Ihr nicht so weit gegangen wärt, sondern Euch der Sache nur über die temisischen Iterative angenähert hättet, habt Ihr da eine finstere Bahn beschritten. Ich habe auch schon vorher nicht schlafen können, wisst Ihr. Jetzt werde ich Albträume haben, dass die Götter uns jede Möglichkeit nehmen, von unserem …«

Natürlich muss sie den Rest mit gedämpfter Stimme murmeln, und ich kann dabei ihre Lippen nicht sehen, um zu erraten, was sie sagt. Worüber auch immer sie jedoch reden und egal, wie wichtig es ist, sie unterhalten sich in der verknappten Kurzform, wie zwei Menschen, die im selben Metier tätig sind, derlei oft verwenden. Eigentlich würde ich gerne noch bleiben, um festzustellen, ob ich enträtseln kann, wovon sie da sprechen, aber ich bin schon zu lange hier.

Außerdem steht da jetzt eine Magierin, die mich finster ansieht. Sie scheint ihre Schicht am Fenster beendet zu haben.

»Mircelle!«, ruft Agatta, als die Frau auf mich zugeht. »Komm zu uns. Wir haben gerade von dir gesprochen.«

Mircelle dreht sich zu ihnen um, und ich nutze die Gelegenheit, um mich schnell davonzumachen.

In der nächsten Reihe von Kabinen – unverschlossen! – finde ich endlich die passende Kleidung zum Wechseln. Ich brauche nur wenige Minuten, bis ich von dort aus wieder die Empfangsgemächer der Kaiserin erreicht habe, ohne auf irgendwelche Schwierigkeiten zu stoßen.

Das sollte für mich eigentlich nichts Enttäuschendes sein – eine der größten Enttäuschungen bei der Blutarbeit bedeutet es schließlich, dass man manchmal für alle Eventualitäten plant und Wochen oder Monate an einem Auftrag arbeitet, nur um dann im letzten Moment mit einem Problem konfrontiert zu werden, das man nie auch nur ansatzweise in Erwägung gezogen hat und das nun alles zunichtemacht.

Dieser Punkt hat nichts Überraschendes für mich. Das liegt einfach in der Natur der Sache, ein Beweis dafür, dass man nicht an alles gedacht hat, dass man immer noch wachsen und besser werden muss. Aber umgekehrt trifft man dann manchmal all seine Vorbereitungen, legt sich Pläne und Notfallpläne zurecht – und dann ergibt es sich, dass man einfach ungestört mitten hineinmarschieren kann. Wachen, von denen du *weißt*, dass sie dich einer gründlichen Leibesvisitation unterziehen werden, winken dich einfach durch. In Bereichen mit doppelten Patrouillen gibt es plötzlich gar keine mehr. Eine Parole, die herauszubekommen du ein Vermögen ausgegeben hast, wird von dir nicht einmal verlangt.

Solche Vorkommnisse bringen mich mehr als alles andere auf die Palme. Da hast du die ganze Arbeit gemacht, um einen Auftrag zu erfüllen, den niemand sonst zu erledigen vermag, und dann wird er plötzlich zu etwas, das jeder Trottel erledigen kann?

Ich weiß. Ich weiß! Ich sollte es als Geschenk betrachten. Ich weiß, dass man für so etwas nicht planen kann und dass es besser ist, auf alle erdenklichen Zwischenfälle vorbereitet zu sein, ohne von dieser Vorbereitung Gebrauch machen zu müssen, als nicht über dergleichen zu verfügen und es dann plötzlich doch zu brauchen. Ich weiß das alles.

Trotzdem, das ist mir egal. Es *wurmt* mich einfach.

Und heute? Heute ist genau so ein Tag. An einer der Stellen auf der Treppe, wo ich mir absolut sicher gewesen bin, dass da zuvor Wachen standen, sind jetzt keine Wachen. Die Leute auf den Fluren sind abgelenkt und werfen mir kaum einen flüchtigen Blick zu.

Sicher, sicher, man könnte behaupten, dass ich eben mit der größten unbekümmerten Sorglosigkeit der Welt direkt an den Prätorianerwachen vorbeimarschiere und dass sie mich genau deshalb nicht aufhalten, denn ein solches Selbstbewusstsein könne man schließlich nicht vortäuschen. Aber, doch, das kann man. Ich mache es die ganze Zeit.

Ganz ehrlich, jedes Mal, wenn ich zu oft hintereinander Glück habe, beginnt es mir mächtig auf die Nerven zu gehen. Ich *weiß*, dass die Würfel kein Gedächtnis haben, aber es kommt einem eben doch so vor, als hätten sie eins, nicht wahr? Es ist, als würde ich da einen ganzen Vorrat an Pech ansammeln, der dann auf einmal auf mich einstürzen wird. Und in letzter Zeit hatte ich eine Menge Glück. Was dazu führt, dass das geballte Grauen in meinem Magen Stück für Stück größer wird.

Wie auch immer, ich könnte noch ewig so weitermachen. Eigentlich fange ich gerade erst damit an, all die Punkte aufzuzählen, die ich daran nicht ausstehen kann, wenn etwas allzu einfach ist – aber ich habe dafür jetzt gar keine Zeit mehr, denn unvermittelt habe ich bereits nahezu jedes mögliche Hindernis zwischen mir und einem Treffen mit der Kaiserin hinter mir gelassen.

Und jetzt stehe ich also hier, vor der Tür zu den Räumen der Kaiserin. Zwischen mir und ihren Gemächern nur ein einziger Prätorianer.

»Geschäftlich?«, erkundigt sich der Prätorianer mit dem gegabelten Bart, dessen eine Hälfte blau gefärbt ist. Auch seine Augen haben verschiedene Farben, das eine braun und das andere blau.

»Nachricht vom Hohen Thaumaturgen Intan«, sage ich. »Nicht dringend.«

»Ha. Das hatten wir noch nicht. Ihr solltet ein wenig Zeit mitbringen«, antwortet der riesenhafte Prätorianer. »Ich gehe stark davon aus, dass Ihr noch ein Weilchen werdet warten müssen.«

Ich nicke dankend und trete leise in die Gemächer der Kaiserin. Als ich geräuschlos die Tür hinter mir schließe, höre ich, warum ich zu warten habe. Von der anderen Seite des großen Raumes erhebt sich die laute Stimme eines Mannes. Eine vertraute Stimme. Und eine erhitzte Unterredung.

Keiner von beiden blickt in meine Richtung. Keiner hat mich bisher bemerkt.

Ich schaue mich schnell im Raum um, sehe aber niemanden sonst. Allerdings gibt es an den Seiten Sichtschutzwände, die weitere Personen verdecken könnten. Im Moment spielt das keine Rolle: Ich bin selbst durch eine solche Wand von ihnen abgeschirmt.

»Ich bedrohe dich nicht!«, betont König Repha'im. Ruhiger fügt er hinzu: »Und das werde ich auch nicht. Niemals! Caelestia! Warum sollte ich dir etwas wegnehmen wollen? Jeder könnte so etwas tun. Dieser *Meuchelmörder* Stern kann einer Frau das Leben nehmen.« Er winkt mit der Hand vage in Richtung der Tür – die sich zufällig genau dort befindet, wo ich stehe.

Der Stapel aus angesammeltem Pech kippt mir im Magen um. Ich gleite zur Seite, sodass ich eine Säule zwischen mir und dem kaiserlichen Paar habe.

»Zum Töten braucht es nichts als Hass und ein bisschen Stahl. Aber ich? Ich himmele dich an. Ich möchte dir etwas *geben*. Ich möchte dir die Welt zu Füßen legen – alles, was dein Herz begehrt! Und glaubst du etwa, ich, der ich dich besser kenne als all diese belanglosen kleinen Junker um dich herum – glaubst du, ich würde nicht wissen, was dein Herz begehrt?«

»Ja, du bist außergewöhnlich«, erwidert die Kaiserin kühl. »Das sehe ich jetzt. Du bist nicht wie die anderen.« Sie gähnt.

Repha'im knetet sich den Nasenrücken. Holt tief Luft. »Vielleicht hast du recht. Vielleicht sieht jeder so klar wie ich, was du willst. Immerhin braucht man dafür keine verborgenen Kräfte. Dein beißender Witz rührt vielleicht einfach von der langen Reihe enttäuschender Männer her, mit denen du zu tun gehabt hast. Vielleicht auch von der Tatsache, dass es noch immer keiner von ihnen mit Arevy Tilsin hat aufnehmen können, diesem unbedeutenden Menschen, der …«

»Entschuldigung!« Ihr Gesicht rötet sich augenblicklich, ihr Kiefer ist verbissen. »Woher kennst du diesen Namen?«

»… der seinerseits dich enttäuscht hat, indem er diese charmante kleine Gräfin heiratete, bevor du ihn in einen Rang erheben konntest, der ihm erlaubt hätte, dich zu heiraten, ohne den gesamten Hochadel des Reiches zu verärgern. Dann besaß er auch noch die Unverfrorenheit, ein halbes Dutzend Söhne und drei Töchter zu zeugen, und zwar in nur … wie lange war es? In zwölf Jahren. Neun Kinder in zwölf Jahren? Und nach allem, was man hört, sind Lord und Lady Tilsin wahnsinnig glücklich, von ihren Vasallen geliebt, von ihren Nachbarn verehrt, von ihresgleichen respektiert, wenn auch, das stimmt, nicht sonderlich wohlhabend. Es heißt, Lord Tilsin lehne alle lukrativen Geschäfte ab, die es für ihn erforderlich machen würden, zu weit oder zu oft zu reisen, und er hat ohne Frage keine Zeit für politische Intrigen gehabt, obwohl man hört, dass er ein getreuer Gefolgsmann der Kaiserin ist und keinerlei kritisches Gerede über Euch duldet.«

»Das *reicht.*« Mit der Säule zwischen uns kann ich sie jetzt nicht sehen, doch die Kaiserin klingt wütend.

»Ich frage mich, was dich mehr kränkt, ihr Glück oder ihre Fruchtbarkeit?«

»Sieh dich vor, Rabisu.«

»Du lässt alle in dem Glauben, dass du sämtliche Lords hinhältst, indem du entweder gar nicht mit ihnen schläfst oder, wenn du es doch tust, durch magische Mittel dafür sorgst, nicht schwanger zu werden. Du hast sogar absichtlich entsprechende Gerüchte durchsickern lassen, aber du weißt, dass du diese Schmierenkomödie nicht mehr lange aufrechterhalten kannst. Du bist jetzt, ähm, achtunddreißig Jahre alt. Jedermann geht davon aus, dass das bedeutet, dass du dich in den nächsten ein bis drei Jahren ganz gewiss dazu entschließen wirst, endlich Kinder zu bekommen und deinen nächsten Prinzgemahl zum Kaiser zu machen. Sie wissen nicht, dass du das mit der Schwangerschaft schon längst versucht hast. Und das, soweit ich es beurteilen kann, bereits seit mindestens vier Jahren – du hast es mit den letzten drei Königen versucht, ganz zu schweigen von deinen zahlreichen Liebhabern. Deine Heiler können keine Ursache dafür finden. Du hast Kräuterfrauen, Magae, Zhuzhin-Wirker, Torphaline, Cha-ryen-Täuscher und sogar ein paar Scharlatane zurate gezogen. Einige haben dich krank gemacht. Einige haben auf eher zu vernachlässigende Weise geholfen. Niemand hat es dir ermöglicht, einen Erben zu zeugen.«

Ihre Stimme ist so ungerührt, als würde sie über den Preis von importiertem Tuch sprechen. »Wenn du mich so genau im Auge gehabt hast, dann solltest du wissen, dass ich mich nur im Rahmen meiner Aufgabe, eine pflichtbewusste Herrscherin zu sein, mit meinen gesundheitlichen Problemen beschäftigt habe. Ich persönlich empfinde keinerlei Mangel. Ich habe keine Lust auf die Belastungen einer Schwangerschaft und bin auch nicht darauf erpicht, mich dadurch körperlich zu entstellen.«

»Dann ist es seltsam, dass du deiner lieben Freundin Caranna Darivar gegenüber vor zwei Monaten bemerkt hast, du würdest dich fühlen, als ob ›in meinem Bauch ein schwarzer Abgrund wächst, wo eigentlich ein Kind sein sollte‹. In Zukunft solltest du daran denken, dass man seine Geheimnisse am besten nicht mit einer einprägsamen Formulierung preisgibt. Zu verlockend für eine Vertraute, etwas herausrutschen zu lassen und andere einzuweihen, und sei das auch nur der eigene Ehemann, der selbst auch noch der Inbegriff von Diskretion ist. Leider sind die Wände ihrer Privatgemächer ziemlich dünn.«

Ich werfe einen raschen Blick um die Säule und sehe, wie sich die schmalen Lippen der Kaiserin anspannen.

»Wenn es an der Zeit ist, für meine Nachfolge zu sorgen, werde ich entweder eine Familie so begünstigen, dass sie allen anderen übergeordnet ist, oder, falls nötig, einfach ein Kind aus einer der führenden Familien des Reiches adoptieren. Vielleicht überspringe ich sogar die Kinderzeit mit all ihren Scherereien und adoptiere gleich einen erwachsenen Verbündeten. Wenn du meinst, ich wüsste nicht hundert Möglichkeiten, um meine Herrschaft zu sichern …«

»Natürlich kennst du die, aber du weißt auch, dass sie alle mit beträchtlichen Gefahren verbunden sind. Und jede einzelne stellt etwas noch nie Dagewesenes dar, bricht mit einer zweihundertjährigen Tradition. Wenn du deinen Verbündeten zu früh adoptierst, wirst du unter Druck gesetzt, zu seinen Gunsten zurückzutreten, und du gehst das Risiko ein, ermordet zu werden, wenn du dich dem widersetzt. Adoptierst du ihn zu spät, werden die Unterlegenen behaupten, du wärst nicht bei klarem Verstand gewesen oder man hätte deine schlechte Gesundheit ausgenutzt. Für ein Reich mit einer unfruchtbaren Kaiserin gibt es viele Wege in den Bürgerkrieg. Das größere Problem besteht darin, dass du vielleicht sogar den perfekten Plan haben kannst, aber da du nicht mehr miterleben wirst, ob jeder andere auch wirklich dem von dir vorgegebenen Weg folgt, könnte das Reich dem Untergang geweiht sein, ganz egal, was du tust. Deine Unfruchtbarkeit bedroht nicht nur deine eigene Familie und dein Erbe, sondern auch Tausende von anderen Leben – und, was noch gefährlicher ist, Tausende von anderen Bestrebungen. Wenn du richtig mit dieser Herausforderung umgehst, wird sie nicht mehr als eine Fußnote deiner Herrschaft sein. All deinen anderen Leistungen wird das Gewicht zukommen, das sie auch verdienen. Wenn du in diesem Punkt jedoch versagst, werden diese Leistungen, wenn überhaupt, nur am Rande erwähnt werden: ›Sie hat zwar ein paar große Dinge vollbracht, aber …‹, und dann wird dir der Untergang dieses Reiches in die Schuhe geschoben, denn das Einzige, was schlimmer ist, als einen für den Thron ungeeigneten Erben zu hinterlassen, ist es, gar keinen zu hinterlassen.«

»Glaubst du etwa, ich hätte von alledem nicht den Hauch einer Ahnung?«, blafft die Kaiserin.

»Ich weiß, dass einer der Gründe dafür, warum du mich magst, darin besteht, dass ich dir die Wahrheit sage. Also werde ich jetzt genau das tun: Ich kann aus deinem bisherigen Verhalten nicht erschließen, worüber du dir bewusst bist und worüber nicht. Ich sehe, dass du durch Speichellecker, Blutsauger und kriecherische Schmeichler von deinem Volk ferngehalten wirst, die ganze Palette von albernen Schleimern – und sie alle hindern dich daran, jene Herrscherin zu sein, die du sein könntest.«

Als sie antwortet, ist ihre Stimme so leise, dass ich sie kaum hören kann. »Wie kannst du es wagen!«

»Wie ich was wagen kann? Die Wahrheit zu sagen? Du brauchst noch mehr solche Kühnheit an deinem Hof.«

»Raus! Verschwinde, bevor ich beschließe, dich zur Belustigung dieser *Speichellecker* über Bord werfen zu lassen.«

»Natürlich, meine Lehnsherrin. Nur eine letzte Sache noch.« Ich kann sein Gesicht jetzt nicht sehen, doch seine Stimme klingt nicht wie die eines Mannes, der im Begriff steht, eine Niederlage einzustecken, der von der Kaiserin vor die Tür gesetzt wird und wahrscheinlich bald seine Stellung und früher oder später auch sein Leben verliert. »Das Problem«, betont er, »ist nicht körperlicher Natur. Einen schönen Tag noch.«

Er schreitet auf die Tür zu, was bedeutet, dass er auf mich zugeht – was wiederum bedeutet, dass ich mich, bevor ich bis drei zählen kann, entscheiden muss, ob ich mich in die Sichtlinie der Kaiserin begebe oder an Ort und Stelle bleibe, wo ich gleich in seinem Gesichtsfeld sein werde.

Zwei. Ich kann seine Schritte hören.

Ich werfe mir den Ka'kari über und trete in die Blickachse der Kaiserin.

Sie verfügt nicht über magische Kräfte. Zumindest gibt es da keine, von denen ich wüsste.

»Was ist es dann?«, ruft sie seinem Rücken zu. Ja, seinem Rücken – weil er in Verletzung der höfischen Etikette der Kaiserin den Rücken zugewandt hat, was förmlich nach Bestrafung ruft. Dieser Mann ist arrogant. Das muss ich im Kopf behalten.

Außerdem befindet er sich direkt auf der mir gegenüberliegenden Seite der Säule. Wenn er sich schnell entweder in die eine oder die andere Richtung bewegt, bin ich seinem ... nun ja, vielleicht bin ich auch gar nichts ausgesetzt. Ich weiß nicht, über welche Kräfte er verfügt. Ich weiß nicht, was er mit seinen beunruhigenden Augen sieht. Vielleicht kann er mich genauso wenig sehen wie die Kaiserin mich sehen kann.

Ich hoffe jedenfalls, dass die Kaiserin mich nicht sehen kann.

Ohne sich umzudrehen, sagt Repha'im: »Deine Unfruchtbarkeit ist das Werk eines Geistes von außen. Ein kleiner Gott, wenn du so willst. Sehr gut möglich, dass es auch zwei sind, die zusammenarbeiten. Ich weiß noch nicht, welcher oder welche. Aber ich werde es in Erfahrung bringen.«

»Aha«, antwortet sie spöttisch, »lass mich raten. Im Gegenzug für eine beträchtliche Spende an eine bestimmte Priestergemeinschaft, die du kennst …«

»Nichts dergleichen«, brummt er. »Du hast mir überhaupt nicht zugehört, oder? Ich bin nicht gekommen, um dir irgendetwas zu *nehmen,* Caelestia. Reichtümer? Ich brauche dein Gold nicht. Macht? Ich kann auch auf andere Weise zu Macht kommen. Sex? Ich habe keinerlei Schwierigkeiten damit zu bekommen, was immer ich begehre. Ich bin hier, um dir zu *helfen.* Na gut, ich sehe, dass du mir auf andere Weise nicht zuhören wirst. Das ist nicht gerade meine Stärke, aber …«

Selbst von meiner Position an der Seite kann ich sehen, wie sich seine Pupillen plötzlich in die Länge ziehen und ihm wieder jenes ekelerregende ziegenhafte Aussehen geben, mit verhaltenen Grüntönen in den Pupillen anstelle von Schwarz, doch dann nehmen sie von einem Moment auf den anderen wieder menschliche Formen an.

»Jetzt«, sagt er.

Aus ihrer Entfernung hat sie offensichtlich nicht sehen können, was er da gerade mit seinen Augen angestellt hat. Wie sie sich verändert hatten.

Sie wirkt verwirrt. »Was? Was jetzt?«

»Du wirst es jeden Moment als Wärme spüren können, mit einer Stimulierung der umliegenden Nerven.«

»Ich spüre keinerlei …« Die Kaiserin zuckt in die Höhe und reckt sich, als hätte ihr jemand Eiswasser in den Rücken geschüttet. Oder vielleicht auch in den Schoß. Mit einem unwillkürlichen Aufjaulen presst sie die Beine zusammen.

Ihre Stimme ist atemlos, und sie hat Mühe, ihren Tonfall ruhig zu halten. »Was machst du da?«

»Was ich mache? Nichts. Ist schon vorbei. Für diesen Zyklus war es zu spät, aber vom nächsten Monat an bist du wieder fruchtbar – und wirst es Jahre länger bleiben als andere Frauen in deinem Alter. Ich habe vielleicht nicht für all die Jahre, die dir geraubt wurden, Wiedergutmachung geleistet, aber ich habe mein Bestes getan.« Er neigt den Kopf zur Seite. »Und trotzdem glaubst du mir noch immer nicht. Hmm. Dabei ist es doch so einfach, das zu überprüfen, oder? Zum richtigen Zeitpunkt deines Zyklus – ich bin mir sicher, selbst deine arbeitsscheuen Magier können dir helfen herauszufinden, wann das ist, wenn du es nicht selbst weißt – geh mit einem Mann ins Bett, von dem du weißt, dass er guten Samen hat, also solltest du wohl besser deine von der Syphilis geplagten Edelleute meiden. Ich weiß nicht, vielleicht könntest du ja auch deine alte Flamme Lord Tilsin kommen lassen.«

Sie atmet schwer, als wäre die ›Stimulierung der umliegenden Nerven‹ möglicherweise etwas intensiver ausgefallen, als von Repha'im beabsichtigt. Sie glättet sich die Röcke, versucht, die Fassung zu wahren.

»Du … du sagst mir ins Gesicht, dass es dir egal ist, wer mein Erbe ist?«, fragt sie ungläubig.

»Du menschl… Du hast mir nicht zugehört. Ich helfe dir nicht, damit mein eigener Erbe eines Tages seinen dicken kleinen Hintern auf deinen Thron drücken kann. Ich helfe *dir*. Schlafe, mit wem immer du willst. Nimm jeden Kerl, auf den du Lust hast, um dich fortzupflanzen. Für mich macht das kaum einen Unterschied.«

»Du willst mir sagen, dass du mich nicht begehrst?« Sie klingt verletzt.

»Doch, natürlich begehre ich dich! Aber ich will nichts Gutes für mich, das auf deine Kosten ginge. Oder dass du denkst, dass dem so wäre. Ich will nicht, dass du glaubst, ich sei hier, um dich zu meinem Vorteil auszunutzen.«

»Und doch bist du hier, um dich meiner zu deinem Nutzen zu bedienen«, entgegnet sie.

Ich brauche einen Moment, um überhaupt zu durchschauen, was sie meint. Ich glaube, sie will damit andeuten, dass das, was er da sagt, zwar im strengen Sinne wahr sein mag, aber auch irreführend ist. Sie ist vom Hof her derlei Vorträge gewöhnt – oder vielleicht ist sie einfach nur so schnell von Begriff.

Ich jedenfalls bin das auf keinen Fall.

»Natürlich bin ich aus einem bestimmten Grund hier«, antwortet er entnervt. »Warum sonst hätte ich überhaupt kommen sollen?«

»Und weil du ja so ein Wahrheitsjünger bist, frage ich dich: Was ist das für ein Grund?« Sie ballt verärgert die Fäuste, wiegt aber auch die Hüften.

»Ich weiß nicht, ob du mir glauben wirst«, antwortet er. Er klingt beunruhigt oder unsicher, doch ich weiß nicht, ob ich es wagen kann, allzu oft zu ihm hinüberzuspähen.

»Nach dem hier?«, erwidert sie und deutet auf ihren Bauch. »Wenn du mich wirklich geheilt hast, dann glaube ich dir alles.«

Ich riskiere einen weiteren kurzen Blick. Er holt tief Luft und nickt dann vor sich hin, als würde er gerade eine Entscheidung treffen. »Die Welt steht im Begriff, sich zu verändern, Caelestia, und zwar grundlegend. Sie hat sich bereits verändert. Manche ahnen es schon, aber der größte Teil der Welt wird es bald unmissverständlich erfahren. In fünfzehn bis zwanzig Jahren werden Bedrohungen jener Art auftauchen, wie sie sich lediglich einmal im Jahrtausend ergeben. Nur dass es statt einer einzigen

Jahrtausendbedrohung gleich drei sein werden, die wie Hammerschläge nacheinander zuschlagen. Danach wird nichts mehr so sein wie zuvor.«

»Was meinst du damit? Was steht auf dem Spiel?« Selbst noch von meinem Blickpunkt aus wirkt die Kaiserin erregt.

»Vergiss Folgendes nicht: Es mag trivial klingen, wird jedoch mit der Zeit alles in Mitleidenschaft ziehen. Du weißt, dass manche der Ansicht sind, der Mensch sei in seinem Wesen schlecht und korrupt und müsse durch Institutionen und Gesetze im Zaum gehalten werden, um zu verhindern, dass er all seine schrecklichen Impulse auslebt, während andere behaupten, der Mensch sei im Grunde gut, würde aber durch schlechte Institutionen, mangelhafte Bildung und Unwissenheit korrumpiert, sodass er nicht im Sinne seiner höchsteigenen Interessen handelt. Ja?«

»Ich habe von derartigen Debatten gehört. Ich habe immer gedacht …«

»Das nun wird alle Debatten beenden. Was auf dem Spiel steht, ist nichts anderes als die menschliche Natur selbst. Es geht nicht um die vollständige Umgestaltung der menschlichen Identität, sondern stattdessen um einen kleinen, aber bedeutungsvollen Anstoß gleich zu Beginn, in jedem Kind, für jeden menschlichen Willen, für immer, bei jeder Generation, in alle Ewigkeit. Am Anfang wird sich nur wenig ändern, aber im Laufe der Zeit? Einfach *alles* wird sich verändern, für immer, in einer langsam immer mächtiger werdenden Lawine, die niemals wieder aufhören wird. Sie wird sich aus sich selbst heraus vergrößern, so wie der Reichtum in den Palästen und Banken wächst und sich die Schulden in den Elendsvierteln häufen, nur gilt das für die gesamte Menschheit, auf der ganzen Welt, für alle Zeiten. Ich bin speziell an *deinen* Hof gekommen, weil ich glaube, dass du für die kommenden Schlachten die beste Verbündete in ganz Midcyru sein könntest.« Er lächelt, doch es ist ein Lächeln, das sich über Traurigkeit legt. »Verglichen damit, was zählt da alles andere? Ich … ich habe es genossen, deine Zeit und dein Bett zu teilen, mehr, als es Worte ausdrücken können. Wenn es sich jedoch als notwendig erweisen sollte, dass ich diese Gemeinschaft und dieses tiefe Glück opfern muss, damit du mir vertraust und du dich mir in diesem langen Krieg anschließt, werde ich es tun. Ich werde meinen Kummer hinter einer lächelnden Fassade verbergen, sollte mein stilles Leiden dein Leben dadurch über die nächsten Jahrzehnte hinweg auch nur ein bisschen leichter machen.«

Sie wirkt aufgewühlt, und dann verliere ich sie aus dem Blick, als sie näher an ihn herantritt. »Ich … ich glaube, so etwas Romantisches hat in meinem ganzen Leben noch nie jemand zu mir gesagt.«

Dann wirft sie sich ihm so heftig an den Hals, dass ich kurz den Eindruck habe, sie würde ihn angreifen.

Was sie auch tut. Nur nicht auf diese Weise.

Obwohl ich mich durchaus mit Schnelligkeit bewege, sind sie schon miteinander zugange, bevor ich den Raum verlassen kann.

Die Leibwache aus der Prätorianergarde bedenkt mich mit einem misstrauischen Blick.

Ich sage: »Sie sind, ähm …« Ein wonnevolles Stöhnen, begleitet von einem gleichzeitigen Knarren von Mobiliar, dringt aus dem Raum hinter mir.

Verstehen gleitet über seine Züge. »Beschäftigt?«, sagt er. »Und Ihr hieltet es für das Beste, lieber nicht zu stören?«

»Genau«, antworte ich mit einem gequälten Lächeln. »Ich kann warten.«

Kapitel 27

Der falsche Ehrengast

»Wie, äh, wie lange kann das dauern?«, frage ich den großen Leibwächter.

Er wiegt den Kopf hin und her. »Ein paar Minuten, vielleicht.«

»Ach, das ist nicht so schlimm. Ich …«

»Oder vielleicht auch zwei Stunden. Kommt auf die Stimmung und den Mann an.«

»Ah …«

»War da eigentlich sonst noch jemand drinnen? Sie möchte, dass wir den Raum verlassen, wenn sie … Ihr wisst schon. Manchmal meinen Höflinge nämlich, sie könnten besser einfach dableiben, damit sie ihren Platz in der Warteschlange nicht verlieren. Was, ganz ehrlich, durchaus vorkommt. Pech, wenn einem so was passiert.«

Selbst *er* weiß nicht, ob da noch jemand drinnen war! Ich hätte heute sogar noch unvorsichtiger sein können. Das ist sicher nicht der Normalzustand. Aber es läuft eben immer wieder mal etwas schief. Selbst in der besten Truppe kommt es zu Ausrutschern.

»Nein … na ja, ich, ich war eigentlich vor allem über den Streit der beiden erschrocken, was mich voll und ganz in Beschlag genommen hat, und dann ist das Ganze ziemlich abrupt in sein Gegenteil umgeschlagen und sie …« Plötzlich dringt ein schrilles Kichern aus dem Innern. Wir tun beide so, als hätten wir es nicht gehört. »Ich war abgelenkt«, führe ich meinen Bericht halbherzig zu Ende.

Er schnaubt. »Dann muss ich wohl mal nachsehen gehen. Aber hey, Ihr seid mir gegenüber offen und ehrlich gewesen«, fügt er hinzu. »Ich habe Dienst, bis es dunkel wird. Wenn Ihr noch etwas anderes erledigen müsst und dann wiederkommt, setze ich Euch an den Anfang der Schlange.«

»Danke! Das ist furchtbar nett von Euch«, erwidere ich. »Ich hatte schon eine volle Blase, bevor ich hergekommen bin! Können Ihr mir vielleicht zeigen, wo …?«

Er deutet mit der Hand. »Die Treppe hinunter, zweimal links abbiegen und dann hinter den Vorhang. Eigentlich für die Prätorianer reserviert, aber allen Übrigen ist die Benutzung auch nicht direkt verboten.« Der große Mann reckt die Schultern, dreht sich um und nimmt einen Hut aus dem Stapel an Ausrüstungsgegenständen hinter seinem Posten. Er setzt ihn auf und schiebt ihn sich in einem schrägen Winkel übers Gesicht, offensichtlich um sich die Sicht auf alles zu versperren, was in Richtung des kaiserlichen Bettes passiert. »Viel Gl…«, setzt er an, bemerkt dann aber, dass ich verschwunden bin.

Wobei »verschwunden« in diesem Fall nur »unsichtbar geworden« meint.

Ich werde nicht gehen. Nicht, solange ich meine Aufgabe nicht erledigt habe. Ich bringe meine Arbeit immer zu Ende.

Mein Leibwächter öffnet die Tür zum kaiserlichen Schlafgemach einen Spalt (einen breiten Spalt, denn er ist ein Riese von Mann) und schlüpft hinein. Ich schlüpfe mit angehaltenem Atem hinterher, ihm so nah, dass ich sein Schatten sein könnte. Ich weiß nicht, ob er die Tür hinter sich schließen wird.

Das tut er nicht. Er geht ein paar Schritte hinein, durchsucht die Schatten des Raumes und zieht dann die andere Seite seiner Hutkrempe herunter, damit er die andere Hälfte des Raumes überprüfen kann, während ihm der Blick aufs Bett noch immer versperrt ist. Ich bleibe auf der Rückseite einiger Säulen, weiter zur Raummitte hin, da ich meiner Unsichtbarkeit nicht wirklich traue, nicht wenn ich es mit einem Prätorianer zu tun habe, nicht einmal an einem Tag, an dem sie so viele fahrlässige Fehler gemacht haben.

Er geht wieder hinaus und lässt mich mit dem ausgelassen kopulierenden Paar und meiner eigenen Heimtücke allein im Raum zurück.

Ich stehe ungesehen im Schlafgemach eines sich liebenden Paares, das glaubt, allein zu sein. Ist es ein Zeichen dafür, wie krank ich bin, oder eher dafür, wie weit ich mich von der Menschheit entfremdet habe, dass die Tatsache meines Hierseins keine der eigentlich üblichen menschlichen Gefühle in mir weckt? Peinliche Verlegenheit sollte jetzt sicher der Ehrengast sein, auch die Lüsternheit hätte vermutlich einen Platz am Tisch, und dazu könnte uneingeladen noch ein Gefühl von Einsamkeit über mein eigenes Ausgeschlossensein von einer solchen menschlichen Gesellschaft des Sich-gegenseitig-Annehmens auftauchen. Aber keines dieser Gefühle meldet sich bei mir. Nicht einmal jener schwatzhafte Nachbar, das Selbstmitleid.

Stattdessen denke ich: *Ich könnte sie beide umbringen. Ich wette, damit würde ich mir und der Welt später jede Menge Ärger ersparen.*

Das erschreckt mich ein wenig, denn ich weiß nicht, ob ich falschliege, aber ich weiß, dass es befremdlich ist, so leidenschaftslos über Mord nachzudenken. Dass ich als Erstes denke: *Diese Person könnte eines Tages Ärger machen. Ich bringe sie besser um, solange ich die Gelegenheit dazu habe.*

Das kann doch nicht richtig sein, oder? Selbst wenn es objektiv wahr sein sollte, was ist das für ein Mensch, der so denkt? Ist es das, was es bedeutet, ein Nachtengel zu sein? Manchmal kommt mir meine Menschlichkeit wie eine Handvoll Sand vor und die Luft wie ein Sturm, der mir diesen blind machenden Splitt ins Gesicht bläst, ein schmerzendes Ärgernis, das man loszuwerden versucht.

Aber wenn meine Hände schließlich leer sind, was bleibt dann noch übrig?

Woher kommt dieses Gefühl der Scham über meine Schamlosigkeit?

Ich bewege mich tiefer in den Raum hinein, werfe einen verstohlenen Blick zu den Zerstreuungen, denen sich das Paar hingibt, steuere die Wandschirme und Möbelstücke auf der anderen Seite des Raumes an, um nicht an der Tür zu stehen und darauf zu warten, gesehen zu werden.

Die Kaiserin schreit lustvoll auf und holt mich auf den Boden der Tatsachen zurück. In diesem Moment kann ich in Repha'ims Gesicht weder Glück noch Vergnügen noch Stolz auf seine eigene Potenz erkennen, aber als ihr Kopf sich himmelwärts und von ihm wegdreht, wendet er sich, ohne in seinen athletischen Bewegungen innezuhalten, einem Spiegel zu.

Er bewundert sich selbst. Dann stochert er zwischen seinen Zähnen herum, klaubt etwas hervor, untersucht es mit prüfendem Blick.

In dem Moment, als sie sich ihm wieder zudreht, starrt er sie erneut an, sein Gesicht ganz verzückte Zuwendung.

Auch er ist ein Fremder. Selbst wenn er das durch sein plötzliches Krampfen und Stöhnen gut verbergen kann. Oder vielleicht hat er seinen Körper sogar in solchen Dingen völlig unter Kontrolle.

Dann liegt er über ihr, Gesicht an Gesicht, und grinst breit, ein Lächeln, wie um den Himmel zu zerteilen. Er betrachtet prüfend ihr Gesicht – nicht mit inbrünstiger Leidenschaft oder freudigem Glück, sondern auf der Suche nach etwas, womit er sie noch besser umgarnen kann. Kichernd rollt er sich zur Seite und hält sie nun so, dass sie auf seiner großen Brust liegt. Sie schmiegt ihren Kopf an seinen Brustkorb und streichelt mit den Fingerspitzen seine eindrucksvollen Muskeln.

»Kylar hat die Hexe getötet«, berichtet sie.

»Wirklich? Jetzt schon?«

»Deshalb wollte ich, dass wir uns beeilen. Ich gehe davon aus, dass die Chancen etwa fünfzig zu fünfzig stehen, dass er jeden Moment an die Tür klopft und mehr Geld verlangt.«

»Du hast ihn aber doch sicher mit einer Peilvorrichtung versehen lassen?«

»Natürlich«, erwidert die Kaiserin mit nur leichtem Zögern. Hätte ich nicht nach diesem Zögern – dem möglichen Haarriss in der Beziehung zwischen ihr und Repha'im – Ausschau gehalten, hätte ich es gar nicht bemerkt.

»Wie hast du es geschafft, eine Peilvorrichtung an ihm anzubringen, ohne das magische Halsband auszulösen?«, will Repha'im wissen und spielt beiläufig mit ihrem Haar, aber ich sehe die Anspannung seiner Bauchmuskeln.

»Ich habe ihm das Halsband abgenommen.«

»Du hast was?« Seine Finger erstarren, Strähnen ihres Haares zwischen ihnen.

»Damit er die Arbeit erledigen kann«, erklärt sie. Sie setzt sich auf, wirkt beunruhigt. »Du hast da einen Gesichtsausdruck, den ich ganz und gar nicht schätze«, sagt sie mit scharfer Stimme.

Für einen Moment bewundere ich sie. Sie zieht keine Decke über sich. In dieser Situation, allein mit einem viel größeren

Mann, würden sich die meisten Menschen bei einem unvorhergesehenen Konflikt fürchterlich verwundbar fühlen.

»Verrät dir mein Blick, dass du da sehr, sehr dumm gewesen bist?«, fragt Repha'im. »Denn das hätte dir dein eigener gesunder Menschenverstand gesagt, wenn du denn einen besitzen würdest.«

»Wie bitte?«

»Sag mir, dass du die Zahl der Wachen vor diesem Zimmer mindestens hast verdreifachen lassen«, fährt er fort, während er aus dem Bett steigt und in seine Hose schlüpft.

Sie steht rasch auf und versetzt ihm eine Ohrfeige. »Vergiss nicht, wer du bist!«

Seine Muskeln sind angespannt, seine Gestalt ist riesig, seine Kiefer verbissen. Er holt tief Luft und sagt dann: »Du hast recht. Bitte verzeih mir.« Er kniet nieder und wirft sich dann flach vor ihr zu Boden.

Ihre Augen blitzen, immer noch heiß vor Zorn, aber ihre Lippen verziehen sich kurz, als sie ihn in seiner Demutshaltung betrachtet. »Dann gibt es meines Erachtens nur noch eine Sache zu entscheiden. Möchtest du deine Bestrafung in aller Öffentlichkeit oder im Privaten erhalten?«

Er blickt zu ihr auf, und da ist weder in seinen Augen noch in seiner Stimme auch nur ein Anflug von Schwäche. »Ich vertraue darauf, dass du die beste Entscheidung triffst.«

»Gib mir deinen Gürtel«, fordert sie, während sie in ihr Unterhemd schlüpft.

Er kniet sich mit ausdrucksloser Miene vor sie hin, nimmt den Gürtel ab und reicht ihn ihr. Sie ist im Stehen kaum größer als er auf den Knien. »Soll ich mich noch einmal hinlegen, Eure Eminenz?«, fragt er.

Ich kann keinerlei Verdrießlichkeit oder Trotz in seinem Tonfall wahrnehmen. Es scheint ihn ehrlich nicht zu bekümmern.

»Nein«, antwortet sie und legt den Gürtel in ihrer Hand zusammen. »Ich erweise dir stattdessen Gnade.«

Er klingt zerknirscht, als er sagt: »Du sollst meinem Lohn dafür haben.«

»Kylar hat die Peilvorrichtung entfernt«, lässt sie ihn wissen und beobachtet ihn dabei genau.

Seine Lippen werden kurz weiß, und die Muskeln in seinem Nacken treten hervor. Dann antwortet er: »Ich verstehe.«

»Das Ding hat bis dahin nichts vermeldet. Er hat nicht von seinem magischen Talent Gebrauch gemacht, bis die Vorrichtung weg war. Er muss die ganze Zeit über gewusst haben, dass sie da war. Was bedeutet, dass es ihm nicht das Geringste ausgemacht hat, eine Magierin zu töten, ohne dabei seine Zauberkräfte zur Verfügung zu haben – einfach auf die bloße Gefahr hin, dass wir ansonsten womöglich irgendwie aufzeichnen könnten, was er getan hat. Oder wie er es getan hat.« Sie wirft ihm seinen Gürtel zu und knurrt: »Steh auf. Zieh dich an.«

»Er ist gefährlich«, sagt Repha'im. »Ich würde nie etwas anderes behaupten. Ihn zu zähmen, wird wie das Zähmen eines Wolfs sein: keineswegs unproblematisch, aber auf Generationen hinaus mit so vielen Vorteilen verbunden, dass sich der Versuch unbedingt lohnt.«

»Solange er uns nicht umbringt, meinst du?«, wirft sie leichthin ein und zieht sich das Haar aus dem Ausschnitt ihres Kleides. Sie läutet eine Glocke, um ihre Zofen herbeizurufen.

Ich ducke mich und hocke mich hinter einen kaiserlichen Stuhl in der Sitzecke auf meiner Seite des Raumes, noch immer für profane Augen unsichtbar.

»Ganz genau«, antwortet er. Dann, als eine Gruppe von Dienerinnen und Dienern durch eine Tür in meiner Nähe eilt, fügt er hinzu: »Eure Hoheit, wollt Ihr Euch angesichts dieser neuen

Gefahr nicht endlich mit meinem Vorschlag in puncto Wolkenkap anfreunden?«

Sie seufzt, breitet die Arme aus, damit die Zofen sie überall erreichen können, schenkt ihrem Personal aber ansonsten keine Beachtung. »Zu fliehen würde meine Position gegenüber meinem Volk beschädigen. Du weißt das. Sie werden sagen, ich hätte sie im Angesicht der Gefahr im Stich gelassen.«

»Ich weiß«, sagt er knapp. »Aber es wird ihnen ins Bewusstsein rufen, dass ihr Wert für das Reich ein relativer ist. Und wofür baut man sich letztlich auch einen guten Ruf auf, wenn nicht dafür, ihn zu opfern, wenn es nötig werden sollte?«

Zögernd fragt sie: »Und du willst immer noch zurückbleiben?«

»Ob ich es will? Ich würde viel lieber mit dir gehen. Aber es wird ihnen ins Bewusstsein rufen, dass *mein* Wert für das Reich ebenfalls ein relativer ist.«

Sie schüttelt traurig den Kopf. »Du meinst, es würde dir gestatten, in meiner Abwesenheit das Heft des Handelns in die Hand zu nehmen. Du magst es, schnell Herrscherpräsenz einzufordern, nicht wahr?«

»Ihr habt mich völlig durchschaut, Eure Eminenz. Ich räume ein, dass es mir in den Sinn gekommen ist, dass ein kleines, aber frühes Vertrauenszeichen von dir einem Außenseiter wie mir gegenüber all den Edelleuten in Borami und darüber hinaus sehr hilfreich sein würde. Außerdem wäre ich für ein Schiff mit einem einzigen, klaren Ziel und fähigen Steuerleuten am Ruder ohnehin nur nominell verantwortlich … Wie viel kann ich da schon in den Sand setzen?« Er lächelt sie keck an.

Sie lächelt verzückt zurück. »Oh, na ja, gut. Ich werde die Befehle für meine Ausschiffung geben. Aber ich warne dich: Ich erwarte dann eine sehr enthusiastische Begrüßung im Palast.«

»Sehr«, versichert er und sieht sie mit unverhohlenem Verlangen an. Dann, als sie sich ihren Dienern und Zofen zuwendet, fügt er vorsichtig hinzu: »Und die Prätorianer?«

»Was ist mit ihnen?«

»Verdoppelung oder Verdreifachung der Zahl von Gardisten, die dich beschützen?«

»Mach dich nicht lächerlich. Stern ist keine Bedrohung für mich. Ich brauche meine Prätorianer später wach und in guter Verfassung.«

Er macht Anstalten, Einspruch zu erheben, zügelt sich jedoch und begreift offenbar, dass gerade nicht der richtige Zeitpunkt ist, um sein Glück herauszufordern.

»Du kannst jetzt gehen«, lässt ihn die Kaiserin mit scharfer Stimme wissen, und Repha'im setzt sich eilig in Bewegung.

Doch als er die Tür erreicht, erhebt die Kaiserin ihre Stimme. »Kylar hat da etwas … Beunruhigendes gesagt. Er meinte, das Kind sei sein Sohn.«

Mir ist, als habe sich eine Falltür in meinem Gedärm aufgetan.

Ich kann Repha'im von hier aus nicht sehen, und ich wage es nicht, ihn anzuschauen, aus Angst, dass er mich bemerkt. Er zögert kurz, und dann nimmt seine Stimme einen leicht spöttischen Tonfall an. Er sagt: »Und du hast ihm geglaubt?«

Ohne eine weitere Verabschiedung abzuwarten, schließt er die Tür hinter sich.

Diese Leute lügen beständig. Sie haben keinen Funken Wahrheit im Leib.

Ich sollte von hier verschwinden. Was soll ich auch tun? Mit dieser Frau verhandeln? Was könnte ich ihr denn anbieten? Soll ich sie bedrohen? Und wie?

Was auch immer ich tun werde, ich sollte es schnell tun. Eine Herrscherin kann über ihre Zeit nicht frei verfügen. Sobald sie angezogen ist, wird sicher jemand an sie herantreten und ihr eine Liste von zu erledigenden Dingen vorlegen.

Sie hat mir nicht versprochen, mir als Gegenleistung für meinen Mord an Petaria meinen Sohn zu geben. Sie hat mir nur meine Freiheit versprochen. Und das war, bevor ich ihre magische Leine durchtrennt habe.

Ich höre, wie eine ihrer Ankleiderinnen ihr ein verärgertes Geräusch entlockt – insgesamt sind es drei Frauen und ein schrecklich hagerer Mann, der mit aufgeklebten Federn an den Wimpern in lässiger Hüftschwungstellung danebensteht. »Nein«, entscheidet die Kaiserin, »wir können die Schminke wieder in Ordnung bringen, solange ich mit meinem Sekretär rede.«

Das nimmt keinen guten Verlauf.

Mit einem scheppernden Knall verriegle ich die Seitentür und stelle sicher, dass sie sich so leicht nicht wieder öffnen lässt. Dann eile ich zur Haupttür und mache dort dasselbe.

Alle halten in ihrem Tun inne, erheben sich, ihre Köpfe wenden sich wie die von Präriehunden von einem Geräusch zum nächsten, verblüfft, dass sich die Ausgänge einfach von selbst schließen. Der effeminierte Ankleider fuchtelt ängstlich mit den Händen, aber die Kaiserin streckt die Hand aus und gemahnt ihn, sich zu beruhigen.

Weißt du, was mit ihnen passiert, wenn man Menschen, die jede Menge Zeit und Geld dafür aufwenden, sich sicher und geborgen fühlen zu können, plötzlich ihres Sicherheitsgefühls beraubt? Nein? Ich weiß es auch nicht. Aber ich stehe im Begriff, es herauszufinden.

»Eure kaiserliche Hoheit«, sage ich und werde mit einer schwungvollen Bewegung samt Verbeugung mitten im Raum sichtbar. »Ich habe den Auftrag erledigt, wie vereinbart. Ich würde jetzt gerne über den nächsten sprechen.«

»Ihr wagt es!«, schimpft sie und erhebt sich. Nach ihrer ungleichmäßigen Gesichtsfarbe zu urteilen, sind ihre Ankleiderinnen gerade einmal so weit gekommen, ihre Kosmetika zu entfernen.

»Ja«, antworte ich vorsichtig. Hat sie dasselbe nicht gerade auch zu Repha'im gesagt?

»Raus!«, brüllt sie.

Ich schaue nach links, dann nach rechts, wo ich höre, wie jemand an den Schlössern herumhantiert. »Mmm, nein.«

»Raus!«, ruft sie ein weiteres Mal, mit der ganzen Empörung einer Frau, die sich nur selten wiederholen muss.

»Eure Hoheit«, beginne ich. »Ihr habt gefragt, was ich tun würde, um meinen Sohn zurückzubekommen. Die Antwort lautet: alles. Aber der Junge ist nicht nur mein Sohn. Hochkönig Logan Gyre hat ihn adoptiert. Er ist auch Jenines und Logans Kind, und Ihr riskiert einen Krieg, wenn Ihr ihn mir nicht zurückgebt. Alles, worum ich Euch bitte, ist, dass Ihr ihn mir aushändigt – oder irgendeinem von Logans Bevollmächtigten. Jenine Gyre befindet sich hier auf dem Schiff; sie wird überglücklich sein, wieder mit ihrem Kind vereint zu sein. Was Ihr mit Repha'im wegen der Entführung und der von ihm begangenen Morde anstellt, bleibt Euch überlassen. Mit einem Wort, Ihr könnt vor dem Volk von Logans neuem Reich als Heldin aus dieser Sache hervorgehen.«

»Als Heldin?«, echot sie, als wäre ich dumm.

»Und noch so manches darüber hinaus. Ich weiß, dass Ihr nichts mit der Entführung zu tun habt, aber jetzt, wo Ihr wisst, dass es den Jungen gibt, besteht für Euch sicher die Versuchung, ihn Repha'im einfach wegzunehmen, damit er Euch als Verhandlungsmasse dient. Aber ich kann Euch weit mehr bieten.«

Erneut hebt sie eine beschwichtigende Hand zu ihrem Ankleidepersonal und scheint plötzlich regelrecht entzückt über meine Dreistigkeit. »Und das wäre?«

Es ist falsch, was ich ihr gleich anbieten werde. Dadurch werden sich einige der schlimmsten Dinge, die Repha'im über mich gesagt hat, als wahr erweisen. Trotzdem werde ich alles tun, um meinem Sohn die Hölle zu ersparen, die Repha'im für ihn im Sinn hat.

»Eure Hoheit, ich biete Euch meine Dienste an. Meine Lehnstreue. Ich habe Petaria für Euch in einer einzigen Stunde aus der Welt befördert. Ich habe mir mit Leichtigkeit Zugang zu Euren Privatgemächern verschafft. Ihr habt gesehen, dass meine Fähigkeiten nicht ihresgleichen kennen. Niemand kann mich aufhalten. Ich kann ganz der Eure sein. Euer Messer in den Schatten. Kein Feind, kein Rivale, wird je vor Euch sicher sein. Ich kann töten und dafür sorgen, dass die Indizien auf jeden als Mörder hindeuten, auf den Ihr den Verdacht fallen lassen wollt, oder auf überhaupt niemanden. Ich bin beim legendären Durzo Blint in die Lehre gegangen. Ich kann es so aussehen lassen, als sei ein Feind in Verzweiflung versunken und habe Selbstmord begangen, und dafür sorgen, dass seine eigene Familie die Umstände des Todes vertuscht, was für jeden, der genauer hinschaut, beweist, dass es ein Selbstmord war. Unfälle, Vergiftungen, Verschwinden von Menschen. Ich kann das alles und zwar auf einem so hohen Niveau, dass selbst Ihr es nicht für möglich halten würdet.«

»Was ist aus Eurem ›Ich werde den Teufel tun und für Euch arbeiten‹ geworden?«, fragt sie.

»Oh, ich rechne fest mit Teufel und Verdammnis. Mein Sohn ist meine Seele wert.«

Sie gibt ein bellendes Lachen von sich. Es ist ein hässliches Geräusch. »Ihr werdet Eure Verdammnis anderswo suchen müssen. Ich habe keinen Bedarf für Eure Dienste. Ihr könnt gehen. Und Ihr werdet mir für die Gnade danken, dass ich über diesen …

sehr schwerwiegenden Fehler hinwegsehe.« Sie deutet auf die verschlossenen Türen und wirbelt mit dem Zeigefinger in der Luft.

Wenn sie Angst vor mir hat, lässt sie auch nicht die leiseste Andeutung davon erkennen.

Sie versteht es nicht. Wie ist es möglich, dass sie das nicht versteht? »Eure Hoheit … *Er ist mein Sohn.*«

Ihre Augenbrauen gehen erst nach unten, dann zucken sie in die Höhe. »Nein. Er ist jetzt mein. Nicht mein Sohn. Aber *mein.*«

»Eure Hoheit, Ihr habt keine Ahnung, was Ihr da tut.«

Sie wirft einen kurzen Blick zu ihren Ankleidern, streckt die Hand aus und scheint ihnen erneut das Zeichen zu geben, nichts zu unternehmen. Dann wendet sie sich wieder an mich. »*Ich* habe also keine Ahnung? Apropos keine Ahnung: Wisst Ihr, warum ich von allen Anwärtern gerade Repha'im zu meinem König im Westen erhoben habe?«

»Ähm …« Ich hatte angenommen, dass er sie mit seinen Schlichen umgarnt hat, jetzt jedoch habe ich eine ungute Vorahnung.

»Weil er mir dieses Kind gebracht hat, Kylar. Ein Junge, der zumindest eine Geisel ist, um das Wohlverhalten von Logans aufstrebendem Reich zu garantieren, und der mir im besten Fall eine Möglichkeit gibt, der wachsenden Bedrohung durch eine wieder militant gewordene Chantry ein Ende zu setzen. Das habe ich jetzt alles in meiner Hand, und im Gegenzug bietet Ihr mir die Dienste eines … Meuchelmörders an. Und Ihr glaubt, ich hätte keine Ahnung, was *ich* tue?«

Es ist jetzt alles so offensichtlich. Für mich war die Entführung eine Farce. Für sie ist es Politik.

Vielleicht war es sogar von Anfang an ihre Idee.

»Er ist … er ist mein Sohn«, stottere ich.

»War«, korrigiert sie. »Er war es.«

»Lasst mich … lasst mich ihn aufziehen. Ich werde Euch trotzdem immer noch dienen. Ich werde ihm beibringen, was immer …«

»Kommt nicht infrage«, unterbricht sie mich.

»Ihr könnt Repha'im nicht trauen! Er wird den Jungen gegen Euch aufhetzen, gegen alle!«

»Ein Problem für morgen. Heute seid Ihr mein Problem.« Sie nickt ihrem effeminierten Ankleider zu. Der Mann ballt die Hand zur Faust, und alle Türen springen auf – einschließlich einer, die ich gar nicht gesehen hatte, weil sie in einer Wand verborgen war.

Ihr Ankleider mit seinen lackierten Fingernägeln, den ins Haar eingeflochtenen Federn und seinem feige wirkenden Auftreten ist ein Magier. Ich hatte gedacht, er sei in Panik. Doch er war nicht in Panik, sondern hat es kaum erwarten können, seine Zauber anzuwenden – und sie hat ihn zurückgepfiffen. Unfassbar, dass ich ihn und seine Fähigkeiten übersehen habe. Dass ich die Professionalität übersehen habe, mit der die Alitaeri zu Werke gehen. Es war dumm von mir zu glauben, dass sie die Kaiserin auch nur einen Moment lang ohne Schutz lassen würden.

Zwei Dutzend gewaltige Prätorianer kommen in den Raum geströmt und gehen um mich herum in Stellung, ohne aber näher vorzurücken.

Die Kaiserin sieht zu ihren Füßen hinunter und bewegt sich ein wenig nach links, dann blickt sie zu mir auf. »Tötet ihn«, sagt sie. Und *peng!*

Der Boden fällt unter ihr weg, und sie verschwindet außer Sicht. Einen Moment später folgt ein zweites *Peng*, als die Falltür zuschnappt und sie nun von mir abgeschirmt ist.

»He«, sage ich, bewege mich zurück, bis ich mit dem Rücken an der Wand bin, den Blick auf die einschüchternden Gestalten von zwei Dutzend der furchterregendsten Kriegermagier des Reiches gerichtet, darunter auch der Steinbock, der wirkt, als sei er mehr als nur ein wenig über den Verlust seiner Hellebarde verärgert. »Meine Herren. Ich bin mir in dieser Angelegenheit nicht *hundertprozentig* sicher, aber ich bin doch reichlich überzeugt davon, dass die Kaiserin eben nur Spaß gemacht hat. Wie wir zu Hause auf dem Land sagen: *Diese Kaiserin, sie ist ein echter Scherzkeks.* Aber bevor wir tiefer in die Materie eindringen, scheint es mir nur fair, wenn ich euch warne, dass …«

Sie lassen mir keine Zeit, um meine Pointe zu Ende zu bringen. Sie greifen an.

Kapitel 28

Didos durchschlagende Verdünnungsdiät

Es gibt eine schon von den alten Meistern gelehrte uralte Technik, wie man es mit vielen bewaffneten Männern gleichzeitig aufnehmen kann: Sie ist so schwierig, dass nur wenige es überhaupt je mit ihr versuchen, denn sie erfordert Disziplin, eine genaue zeitliche Abstimmung, Geschicklichkeit, Willenskraft und Glück. Kurz, um überhaupt eine Aussicht auf Erfolg zu haben, braucht es dazu die gesammelten Fähigkeiten eines Elitekriegers in der Blüte seiner Kunst.

Wie viele der besten Techniken ist auch diese von allen großen Kampftraditionen entdeckt und wiederentdeckt worden, sodass ich sie schon unter vielen verschiedenen Namen kennengelernt habe. Jules jagendes Jucken. Des Reihers rasender Ausritt. Didos durchschlagende Verdünnungsdiät. Durzo allerdings konnte schicke, ausgefallene Namen für Kampfkombinationen nicht ausstehen, und er hat sie mir nur deshalb mitgeteilt, damit ich ihn nicht schlecht würde aussehen lassen, sollte ich mit anderen trainieren und nicht wissen, wovon sie da sprechen. Er hat mich in dieser Technik für Fortgeschrittene in seinem eigenen unnachahmlichen Stil unterrichtet: »Eines Tages wirst du es mit zu vielen Kämpfern auf einmal zu tun bekommen. Wenn du besser wirst, wird sich die Zahl der Gegner ändern, mit denen du es aufnehmen kannst. Aber du wirst es merken, wenn es zweifellos zu viele sind. Wenn das passiert, gibt es einen und nur einen Weg, um zu siegen: Reißaus nehmen.«

Als das dumme Kind, das ich damals war, wartete ich ein paar Sekunden darauf, dass er mir endlich sagte, dass er nur einen Scherz gemacht habe, und meinte dann: »Das ist kein Siegen.«

»Bei manchen Spielen gibt es kein Siegen. Lass es sein, diese Spiele zu spielen. Aber manchmal hast du schon angefangen zu spielen, weil du nicht gewusst hast, dass es sich um ein Spiel dieser Art handelte. Wenn das der Fall ist, ändere das Spiel, wenn du kannst. Schummele, wenn du kannst. Und wenn du nicht schummeln oder das Spiel ändern kannst, ändere deine Definition von Sieg. Manchmal bedeutet Siegen, das bestmögliche Ergebnis aus der Situation herauszuholen, in der man sich befindet. Selbst wenn es eine Situation ist, in die du dich nie hättest hineinbegeben sollen.«

Dann hat er das gemacht, was er immer mal wieder mit mir gemacht hat. Er bekam diesen Gesichtsausdruck, als würde er diese Worte zum ersten Mal aus seinem Mund kommen hören. Ich habe es damals nicht durchschaut, aber jetzt glaube ich, dass er in diesen Momenten begriffen hat, dass seine Worte auf ihn selbst zutrafen.

Sein Gesicht nahm erst einen gequälten, dann einen zornigen Ausdruck an, und er sagte schroff: »Einen Zusammenstoß zu überleben, der dich eigentlich töten sollte, *ist* ein Sieg. Manchmal ist es sogar der einzig mögliche Sieg.« Dann stürmte er davon, wie er es in meiner Jugend so oft getan hat.

Das sind momentan eigentlich viel zu viele Gedanken, die mir da durch den Kopf gehen, während ich mit dem Rücken an die Wand trete und mich viel zu viele gut bewaffnete Elite-Kriegermagier immer enger umzingeln, aber ich kann ziemlich schnell denken, vor allem, wenn all meine Gedankenschnelle in eine Richtung geht, die nicht hilfreich ist.

Als der Steinbock als Erster vorspringt, um mich anzugreifen, werfe ich mich nach vorn und zur Seite, hechte ausweichend in das bisschen freien Raum hinein, das mir noch bleibt.

Zumindest tut das ein illusorisches Bild von mir, was mir ein paar Herzschläge zusätzliche Zeit gibt, bis der Ka'kari, der meinen Rücken überzogen hat, das Schott hinter mir vollständig verschlungen hat.

Könntest du eigentlich überhaupt noch langsamer sein?

~Du hast keine Ahnung, wie viele Schichten aus Stahl und Magie es da zu durchdringen gibt!~

Ich werfe eine weitere Illusion aus: Ich, wie ich mich in die Höhe werfe, um mich an der Decke festzuhalten, während ich unsichtbar werde. Doch diese Illusion zerfällt in sonderbare schimmernde Fetzen, noch bevor sie die Decke erreicht hat, und die Hälfte der Prätorianer, deren Augen vor Magie glühen, wendet nicht einmal den Blick ab, um ihr nach oben zu folgen.

Die Prätorianer bewegen sich mir erschreckend koordiniert entgegen: Ihr Kreis biegt sich, um sich meiner illusorischen Bewegung anzupassen. Im selben Moment, als einige vorrücken, um mit Speer, Hellebarde und Kette anzugreifen, weichen andere zurück, um die in ihrer Reihe entstandenen Lücken zu schützen. In einem Tempo, wie ich es noch nicht erlebt habe, wechseln die Augen aller Prätorianer ins magische Spektrum, wo ein Glitzern in sie tritt, oder vom magischen zurück in das sichtbare Spektrum. Diejenigen mit den glitzernden Augen schreien den anderen zu, was sie sehen, während diese die Illusion zerstören, die ich vor mir ausgeworfen habe.

Doch die Rufe bleiben unbeachtet, sind überflüssig, denn genau in diesem Moment hat sich der Ka'kari durch die letzten Schichten des Schiffsrumpfs geschnitten.

~Jetzt! Fertig! Los!~

Für einen Moment peitscht der Wind fauchend in den Prunksaal der Kaiserin hinein …

Und dann bin ich auch schon mittendrin in diesem Fauchen, als mich die Klauen des Sturms mit der erschreckenden Leichtigkeit eines Grizzlys, der Larven aus einem morschen Baumstamm klaubt, aus dem Schiff reißen.

Das Brüllen des Windes und seine reißenden Krallen, die von Kopf bis Fuß an mir zerren, nehmen mir für einen Moment alle Sinne, einen Moment lang bin ich außerhalb der Zeit.

Dann hat der Ka'kari meine Haut vollständig umhüllt, und ich kann wieder atmen, kann wieder sehen.

Und das ist ganz wunderbar. Statt einfach nur zu spüren, wie ich hilflos an der einheitlich glatten Schiffswand ohne Erhebungen und Unterbrechungen entlangrutsche, kann ich es auch sehen. Wie stets weht der Wind direkt von hinten und lässt das Schiff durch die gewaltigen Wellen schießen, aber er katapultiert mich auch in direkter Linie in Richtung Schiffsbug, der nicht weit weg ist.

Ich rutsche über die strukturlose gepanzerte Außenhaut des Schiffskörpers, vorwärts und abwärts, gleite von den Gemächern der Kaiserin nahe am höchsten Punkt des geschlossenen Schiffsrumpfs hin zur breitesten Stelle des großen Sturmschiffes.

Ich bin schon zu weit vorn, um die Flügel des Sturmschiffs erreichen zu können, die sich zu den Pontoons hinüberwölben. Wenn ich vom Mittschiff abrutsche, gibt es für mich nichts als Wind und Wellen und den Tod in den aufgewühlten Wogen.

Ich rolle mich auf den Bauch, und der Wind reißt mich fast vom Schiff weg, um mich in die Lüfte zu befördern, aber das Sturmschiff macht einen Satz in die Höhe, als eine gewaltige Welle den Bug anhebt, und der Rumpf steigt empor, um mich mit solcher Wucht von unten zu treffen, dass ich fest aufschlage.

Ich bohre krallenartige Finger in den Rumpf. Der Ka'kari reagiert, als wäre er ein Teil von mir – er kennt inzwischen die Magie, die die Schiffshülle schützt, und weiß, wie er ihr am besten begegnen kann. Meine Finger graben sich hinein, Funken aus Magie und flüssigem Metall gleißen auf – und mein Gerutsche hat ein Ende.

Als ich den Kopf über die Schulter zurückdrehe, sehe ich, wie dicht ich dran war, vom Rumpf hinunter und hinein in den Tod zu schießen.

Eigentlich bin ich gar nicht so nah am äußersten Schiffsrand. Ha! Wenn ich die Geschichte in einer Dorfkneipe erzählen würde, würde ich behaupten, ich hätte meine gleitende Todesfahrt erst stoppen können, als ich schon mit beiden Beinen über dem Abgrund baumelte. Ach ja, und dass ich mich nur noch mit einer Hand festgehalten hätte.

Vermutlich würde ich dann auch noch etwas tun, um meine beherzte, furchtlose Geisteshaltung unter Beweis zu stellen.

Wenn ich so drüber nachdenke ... *He, wenn wir das hier überleben, erinnere mich daran, mir die Stelle noch mal vorzunehmen, damit ich ein paar Ausschmückungen ...*

Ohne Vorwarnung reißt mir eine stärkere Windbö innerhalb des Sturms plötzlich die Beine vom Rumpf und schüttelt mich von oben bis unten durch wie ein Schankkellner, der den Staub aus einer Fußmatte klopft. Beim ersten Klopfen behalten meine Hände ihren krallenartigen Griff bei, dann rutschen sie ab, und dann, als ich all mein magisches Talent konzentriere, finde ich wieder festen Halt.

Genauso plötzlich lässt der Wind nach und wirft mich wieder auf den Rumpf zurück. Da hänge ich nun, zitternd und keuchend, das Gesicht vom Wind abgewandt, die Wange an den kalten, rutschigen Rumpf gepresst, während ich allmählich wieder zu Kräften komme.

Dann schicke ich den Ka'kari zu meinen Füßen, um auch dort hakenförmige Krallen wachsen zu lassen.

Ich meine, ähm … Wie wäre es mit Folgendem?

Nachdem es mir gelungen ist, meine zweite Hand wieder an den Rumpf zu bringen, ziehe ich mich mit bewundernswerter Anstrengung von der Kante weg, an der ich herabbaumle, und in einer Situation, wo andere Männer vor Angst vergehen würden, hangele ich mich, heldenhaft, hinauf, eine Hand über der anderen, bis ich den Ka'kari zu meinen Füßen entsenden kann, um auch dort hakenförmige Krallen wachsen zu lassen.

Dann grabe ich mich an allen vier Punkten ein – nein, vergiss das –, lasse den Ka'kari auch aus meiner Hüfte stechen und klebe nun wie eine Zecke am Rumpf.

Was meinst du? Zu dick aufgetragen?

~Kylar. Folgende Faustregel. Sobald du dich fragst, ob es zu dick aufgetragen ist, ist es viel, viel zu dick aufgetragen.~

Ja, kann schon sein. Wie fändest du …?

Eine weitere Bö packt mich, noch stärker als die vorherige, und droht mich vom Rumpf zu reißen.

Ich weiß nicht, warum es dieses Mal eine Erinnerung in mir wachruft. Eine meiner frühesten. Ich war ein kleines Kind in unserer Straßengilde und hatte kein Geld angebracht, um meinen Gildepfennig beizusteuern. Es war das erste Mal, dass von mir erwartet wurde, meinen Beitrag zu leisten, und ich hatte das Ganze noch nicht recht verstanden, glaube ich. Ja'laliel schrie mich an und beschimpfte mich öffentlich mit wüsten Flüchen. Ich erinnere mich, wie ich mich zusammenkauerte, während seine Schimpfkanonade wie ein Sturm über mich hinwegging.

Er hat mich nicht geschlagen. Ja'laliel war nicht grausam. Nein, vergiss es. Er war nur nicht grausamer, als er glaubte, es sein zu müssen, um zu überleben. Vielleicht sollte ich sagen, er war brutal, aber nicht grausam. Es machte ihm keinen Spaß, uns zu bestrafen und zu züchtigen – doch er tat es. Bei so kleinen Kindern, wie ich es damals war, bedeutete das, dass ein Großer als mein Watschenmann einspringen musste.

Das Komische ist, dass sie so genannt wurden, Watschenmann, egal ob es sich um Jungen oder Mädchen handelte, und die Strafe beschränkte sich normalerweise auch nicht auf Ohrfeigen. In meinem Fall meldete sich ein Großer, der mich eigentlich kaum kannte.

Gritch.

Ich habe seit Jahren nicht mehr an Gritch gedacht. Gritch hat Ja'laliels Schlag in den Bauch und zwei Schläge ins Gesicht weggesteckt, als wäre es nichts. Aber Ja'laliel trug einen Ring, den wir gestohlen hatten, und einer der Schläge riss Gritchs Wange auf. Nichts Ernstes, so dachten wir alle. Doch die Wunde hat sich entzündet. Zwei Tage später hatte er Fieber. Fand keinen Schlaf mehr. Stöhnte. Wir konnten uns keinen Breiumschlag von den Heilern leisten. Wir waren kurz zuvor von einer der größten Gilden ausgeraubt worden, also war das nicht einmal im Bereich des Möglichen. Zwei Tage später war Gritch tot.

Er hat sich für mich eingesetzt, ist für mich eingesprungen und dafür gestorben. Für mich. Er starb, weil ich die Sache verbockt, die Gesetze der Straße nicht verstanden hatte. Weil ich zu langsam und zu dumm war. Weil ich versagt habe.

Vielleicht sind die wüsten Beschimpfungen, an die ich mich jetzt erinnere, diejenigen, mit denen mich Ja'laliel nach Gritchs Tod überzogen hat, als er mir all diese Dinge an den Kopf warf. Und mich mit seinen wütenden, schuldbewussten Augen verurteilte. Ich weiß es nicht, diese beiden Erinnerungen haben sich miteinander vermischt wie die Bäche aus Abwasser und Sumpfwasser in den matschigen Straßen des Labyrinths.

Erinnerungen sind schon etwas Komisches.

Ich muss von hier weg. Ich muss wieder ins Innere kommen. Das heißt, ich muss denken, muss arbeiten, muss alle Gefühle beiseiteschieben und handeln. Ich suche die strukturlose Seite des Sturmschiffes ab und versuche, mir vor Augen zu führen, wo ich mich befinde. Wenn ich schon den Versuch unternehmen muss, mich ganz durch den Rumpf zu graben, dann will ich es an einer dünnen Stelle tun und möglichst irgendwo, wo ich in Sicherheit bin.

Das Loch, durch das ich herausgekommen bin, ist mit Magie wieder verschlossen worden, was letztendlich viel besser ist, als wenn die Leibwächter jemanden hinter mir hergeschickt hätten. Ich kann nur hoffen, dass sie mich für tot halten.

~Tja, das müsstest du schließlich auch sein. Sie hätten dich ja auch unmöglich sehen können, während du … nur *an einer Hand* vom Schiff herabbaumelst, oder?~

Schon gut, schon gut, das war tatsächlich zu dick aufgetragen. Und jetzt lass es gut sein, ja?

Ich wende mich wieder meiner Entscheidungsfindung zu. Wie sich herausstellt, bin ich nicht besonders gut darin, mir große Teile des Schiffsinneren vor Augen zu führen, die ich noch nie aufgesucht habe. Am Ende beschließe ich, mich einfach irgendwo durch den Rumpf zu wühlen und mich dann, wenn ich drinnen bin, um das zu kümmern, was ich dort vorfinde.

Dann erregt ein nadelkopfgroßer goldener Lichtpunkt gen achtern meine Aufmerksamkeit. An der Stelle dort wölbt sich der Rumpf. Und dann, einen Moment später, reißt die Wölbung auf, goldenes Licht strahlt heraus, und im Rumpf öffnet sich ein Loch.

Nein! Sie sind hinter mir her.

Der plötzliche Knoten von Angst in meinem Magen – wo soll ich jetzt hin? Wie kann ich von hier aus gegen sie kämpfen? – löst sich mit einem Mal in Wohlgefallen auf, als ich dort den Hinterkopf einer Rothaarigen erkenne.

Dann dreht sie sich um. Vi lässt suchend ihren Blick auf und ab wandern, und als mich ihre Augen schließlich finden, leuchtet ihr ganzes Gesicht auf. Die Freude auf ihren Zügen verrät mir, dass alles vergeben und vergessen ist und nun alles gut werden wird. Dann verschwindet sie. Einen Moment später taucht ihr Arm über mir auf, eine Seilrolle in der Hand. Ihr Kopf folgt, und sie versucht, mir das Seil zuzuwerfen.

Der Wind reißt es weg und zerrt es fast bis in die Waagerechte. Ich beobachte, wie sich ihr Gesicht bestürzt in Falten legt, dann sieht sie wieder zu mir, und ich muss unwillkürlich lachen.

Ich habe sowieso nicht vor, den Rumpf loszulassen, um mich an einem Seil festzuhalten.

Sie schreit mir etwas zu, doch bei all dem Wind verstehe ich kein Wort davon. Sie merkt es, gibt mir Handzeichen – aber, wie gesagt, ich kenne nur die einfachsten Grundlagen der Gebärdensprache, und ich verstehe nicht, was sie mir mitteilen will.

Langsamer, als es uns beiden lieb ist, krieche ich zu ihr hinauf, drücke mich, so flach es geht, an die Schiffswand, um dem gierigen, schnappenden Wind möglichst wenig Angriffsfläche zu bieten.

Doch innerhalb weniger Minuten bin ich bei ihr und sie zieht mich ins Innere. Als ich hineinpurzle, zieht sich mein Ka'kari-

Helm in mich zurück, und in meiner Ungeduld, dem Wind da draußen zu entkommen, reiße ich Vi mit mir zu Boden und verfalle unwillkürlich in erleichtertes Lachen.

Sie schaut mir in die Augen, als der Ka'kari nun wieder vollständig in mir verschwunden ist, und da ist viel, was ich nicht lesen kann, doch selbst ich kann die Zärtlichkeit und Freude in ihrem Blick nicht übersehen.

Sie löst sich von mir, lässt mich auf dem Boden liegen und steht auf, verschließt murmelnd die Öffnung im Schiffsrumpf, und wir sind allein in einem winzigen Kämmerchen, das nur noch von ihren sanft leuchtenden Händen erhellt wird.

Mein Herz überschlägt sich stolpernd, als ich sie in diesem goldenen Licht ansehe. Wie gebannt starre ich zu ihr hoch. Ich kann mein Herz klopfen hören. Als der Sturm nun ausgesperrt ist, scheint die Welt plötzlich sehr ruhig.

Ich weiß nicht, ob dir schon einmal das Leben von jener schönen Frau gerettet worden ist, die dir von allen auf der Welt die liebste ist, aber wenn nicht, kann ich es nur wärmstens empfehlen.

Die ihm liebste …?

Viridiana rieb sich den Nasenrücken. Sie konnte sich noch gut an den Blick erinnern, den er in jenem kleinen Zimmer in den Augen gehabt hatte. Er war ihr gleich aufgefallen, und sie hatte sich eingeschärft, dass es nicht das sei, wofür sie es hielt. Nicht von Kylar. Kylar, völlig hingerissen? Nein, nicht er.

Irgendetwas schien ihr in der Kehle zu sitzen und sie am Schlucken zu hindern. Ihre Augen fühlten sich feucht an.

Aber zum ersten Mal, seit sie mit der Lektüre seines Berichts angefangen hatte, war da in ihr noch etwas anderes als Trauer über die bevorstehende Katastrophe. Zum ersten Mal konnte sie es kaum erwarten, die nächsten Passagen zu lesen. Da war ein freudig erregter voyeuristischer Kitzel in ihr. *Ich weiß, wie ich mich gefühlt habe, ich weiß, was ich gesehen habe, und es kommt mir so vor, als würde ich mich noch an jede Einzelheit erinnern – aber was hat er empfunden, wie hat er die Sache gesehen, als wir zusammen waren? Welche Details waren für ihn wichtig? Was wiederum ist für ihn überhaupt nicht von Bedeutung gewesen?*

Viridiana blickte auf den leeren Becher, den Schwester Ariel stehen gelassen hatte – sie hatte ihr nicht einmal ein einziges Glas Wein gegönnt, um ihre Nerven zu beruhigen. Es war schon nach Mittag, aber Viridiana wollte jetzt auf keinen Fall mit dem Lesen aufhören.

Tief durchatmend, beugte sie sich über das Buch.

Da klopfte es an der Tür.

»Ach komm, muss das jetzt sein?« Viridiana unterstrich den Satz mit einem Fluch – Schwester Ariel war nicht im Raum, um sie deshalb zu rügen, und manchmal musste man eben fluchen.

Von der anderen Seite der Tür wurde eine Frage laut. Wer auch immer dort war, hatte ihren Ausruf gehört.

»Ich habe gesagt, komm rein!«, sagte Viridiana mit laut erhobener Stimme. »Das hier sind nicht meine Privatgemächer, nur eine Bibliothek, also kann … Oh.«

Die Tür öffnete sich, und ein Mädchen, ein Tablett mit Obst, einer abgedeckten Schüssel und einem kleinen Blumenstrauß in den Händen, trat in den Raum. Sie war vielleicht dreizehn Jahre alt und trug Novizengewänder, am Saum ein wenig zu kurz, als erlebe sie gerade einen Wachstumsschub. Ihr Haar war schlecht geschnitten, und Viridiana argwöhnte, dass ihre Vorgesetzten das mit Absicht gemacht hatten. Schlaksig und linkisch wirkend, wie das Mädchen nun mal war, deutete nur wenig darauf hin, dass seine Mutter als die größte Kurtisane ihrer Zeit berühmt gewesen war. Viridiana konnte in ihren Gesichtszügen nicht viel von Ulyssandras Mutter oder Vater erkennen. Doch Uly war – auch wenn sie es die ersten zwölf Jahre ihres Lebens selbst nicht gewusst hatte – die Tochter von Durzo und Momma K.

Als Uly auf Vi zukam, wurden die Seiten des Buches wieder einmal leer. Das Mädchen stellte das Tablett auf Viridianas Tisch ab, griff nach Vis leerem Becher, stellte die Blumen hinein und befüllte das Gefäß mit Wasser aus dem Wasserschlauch, den es um den Hals trug.

»Wohl kein Wein, hm?«, fragte Viridiana.

»Merkwürdigerweise mögen sie es noch immer nicht sonderlich, wenn Novizinnen gefüllte Weinschläuche aus dem Küchentrakt mitnehmen. Vor allem angesichts dessen, was beim letzten Mal passiert ist.«

»Das war nicht meine Schuld.«

»Es war voll und ganz deine Schuld!«, widersprach Uly.

Beide lachten.

Nach einer kurzen Pause sagte Uly: »Sie haben also vor, dich umzubringen oder so was?«

»Woher weißt du das?«

»Ist das ein Ja?«

»Ja.«

»Das dürfte mir wohl das Abschreiben meiner sämtlichen Unterrichtsmitschriften für dich ersparen.«

»He! Aber jetzt mal ernsthaft.«

»Ich habe zwei Tage lang meine Kurse geschwänzt, um den Schwestern in dem Stockwerk, wo der Rat tagt, Erfrischungen zu bringen. Es hat sich herausgestellt, dass es nicht gerade die beste Art ist, um zu spionieren, aber mir ist nichts Besseres eingefallen.« Sie nestelte an den Blumen herum, richtete sie in dem Becher und arrangierte sie sogleich wieder um. »Aber das werden die doch nicht wirklich machen, oder?«

»Ähm, nein?«, antwortete Viridiana gequält.

»Lügst du?«

»Ja.«

»Ich könnte dir bei der Flucht helfen. Ich kenne alle Geheimtunnel und so weiter.«

»Alle Schwestern sind selbst einmal Novizinnen gewesen, weißt du. Sie kennen die geheimen Tunnel und so weiter alle ebenfalls.«

»Meinst du?«

»Erwachsene sind nicht so dumm, wie sie scheinen.«

»Manche von ihnen sind es«, erwiderte Uly.

»Uly. Du weißt, dass ich nichts lieber machen würde, als mit dir zu tratschen und zu scherzen. Aber ich muss diese Sache hier erledigen.«

»Welche Sache denn?«

Kylar und Elene hatten Uly in Sicherheit gebracht, als Cenaria unter der Invasion aus Khalidor gefallen war. Eine Zeit lang war Kylar für das Mädchen so eine Art Zwischending zwischen einem großen Bruder und einem Vater gewesen. »Das darf ich dir nicht verraten«, erklärte Viridiana.

»Ist das Kylars Tagebuch? Warum sind die Seiten leer?«

»Woher … woher weißt du das?«

»Ich sagte doch, ich habe gelauscht. Darf ich es lesen?«

»Es ist magischer Natur. Es lässt nur mich es lesen. Glaubst du, die Schwestern würden es mir anvertrauen, wenn es anders wäre?«

Ulys Maske der kühlen Abgeklärtheit bekam Risse. »Kannst du es mir dann laut vorlesen?«, bat sie in einem bettelnden Jammerton.

Viridiana blickte auf die Seiten hinunter. Sie wusste, was auf den Seiten als Nächstes kam. Freilich konnte sie unmöglich wissen, wie sehr Kylar ins Detail gegangen war. »Äh …«

»Warum wirst du jetzt rot?«, fragte Uly.

»Ich werde nicht rot.«

»Warum lügst du schon wieder?«

»Uly! Raus! Ich muss das hier lesen. Ich, ich kann jetzt nicht … du lenkst mich ab. Bitte, kannst du so gut sein und verschwinden? Danke für das Essen.«

Uly wirkte niedergeschlagen. Sie wandte sich zur Tür, blieb noch einmal stehen, eilte zurück und umarmte Viridiana so fest, als wollte sie sie zerquetschen.

Einen Moment lang wusste Viridiana nicht, was sie tun sollte, und dann drückte sie Uly ebenfalls, ganz fest. Es war ein schönes Gefühl und zugleich auch irgendwie so zärtlich und unter die Haut gehend, dass sie es kaum ertragen konnte.

»Lass nicht zu, dass sie dich umbringen, ja?«, murmelte Uly in Viridianas Schulter.

Sie konnte nicht antworten und umarmte das Kind nur noch fester.

Kapitel 29

Heraus aus der Bredouille …

Im schwindenden goldenen Licht von Vis Magie rappele ich mich mit klopfendem Herzen hoch. Der Raum erscheint mir plötzlich ungeheuer still, das Geräusch meines Atems heftig und rau. Die Enge der Kammer zwingt uns so nah zueinander, dass ich sie riechen kann. Ihren Atem, ihr Haar, eine Spur von verfliegendem Parfüm, Rosenwasser und frischem Schweiß, als sei sie gerannt, um hierherzugelangen. Mit großen Augen betrachte ich sie, weide mich an ihr wie ein Verhungernder. Ich registriere das legere blaue Freizeitkleid einer Edelfrau, das sie trägt, aber mein Augenmerk gilt allein ihrem Gesicht, die Schminke auf jene kaum merkliche Art aufgetragen, die den Gipfel der Kunst darstellt: *Schminke? Nein, ich habe einfach von Natur aus eine makellose Haut, große, leuchtende Augen und auf dem Gesicht die zarte Röte meines romantischen Interesses an dir.*

Ihre smaragdgrünen Augen verengen sich besorgt. »Kylar?«, wiederholt sie. Ich glaube jedenfalls, dass sie es nicht zum ersten Mal sagt. Ich habe es beim ersten Mal vor lauter Anstarren überhört.

»Weißt du, was ich bin?«, sage ich und fühle mich irgendwie, als sei ich nicht mehr so recht mit meinem Körper verbunden.

»Ich bin ein Super-Meuchelmörder. Kann durch Wände gehen und das alles! Hahaha.«

Jetzt, wo mir keine Magie mehr durch die Adern fließt, erinnern sich meine Muskeln plötzlich daran, dass ich mich vor Kurzem noch baumelnd an der Bordwand des Sturmschiffes festgehalten und um mein Leben gekämpft habe. Plötzlich gerate ich ins Torkeln und …

Und Vi fängt mich kurz vorm Umkippen auf. »Ganz ruhig«, flüstert sie mir ins Ohr. »Ganz ruhig.« Ich halte mich zitternd an ihr fest, spüre ihre Arme um mich herum, Haut an Haut, und das Gefühl ist wie ein Dolch, der die wohlgefüllte Börse eines Händlers aufschneidet, und all meine Gefühle kommen in Bewegung, strömen heran, um sich auf den Boden zu ergießen. Vis Geruch erfüllt meine Nase. Ihr Hals ist ganz nah. Ich befeuchte meine Lippen, um ihn zu küssen.

Sie löst sich von mir. Ich schaue ihr tief in die Augen. »Ich mag deine Sommersprossen«, verkünde ich. »Ich finde, du solltest sie nicht verstecken.«

Ich sehe Röte in ihren Wangen aufsteigen. Sie streicht eine widerspenstige Haarlocke zurück, eine seltsame Strähne von glänzendem Gold inmitten ihres Rots. »Kylar. Du weißt, dass du nackt bist, oder?«, erkundigt sie sich.

»Ich bin was?«

»Nackt«, sagt sie.

Ich schaue nach unten. Es stellt sich heraus, dass sie in der Tat über die Bedeutung dieses Wortes Bescheid weiß.

Was zum Teufel hat das zu bedeuten?

~Du willst doch, dass sie so wenig wie möglich über mich wissen, nicht?~

Ach ja, stimmt. Sie ist ja jetzt eine von *denen*. Eine Schwester. Das vergesse ich immer wieder.

Das erklärt, warum du mich nicht bedeckst. Es erklärt aber nicht, wo meine Kleidung geblieben ist. War der Wind wirklich so schlimm?

~Vielleicht war es nicht der Wind allein.~

Aha. Der Ka'kari hat Teile meiner Kleidung verschlungen – offenbar genug, um es dem Wind leichter zu machen, auch noch den Rest wegzureißen.

»Ich habe dir Anziehsachen mitgebracht«, teilt sie mir mit sanfter Stimme mit.

»Anziehsachen?«

Sie lächelt, ganz so, als sei ich ein hoffnungsloser Fall, aber doch ein goldiges Kerlchen. »Eine neue Verkleidung. Du vergisst immer wieder, dass ich dich kenne.«

»Wann hast du mich denn schon mal gesehen, als ich der Nacht...? Oh, irgendwann am Schwarzen Hügel, oder?«, sage ich.

»Kommt einem so vor, als sei es schon sehr lange her, nicht wahr?«, antwortet sie und reicht mir die Sachen.

»Wie eine Ewigkeit«, bestätige ich und fange an mich anzukleiden. »In gewisser Hinsicht.« Ich ziehe den blassblauen Waffenrock über. »Jetzt sag mal, wie hast du ...? Der passt perfekt. Danke. Wie hast du mich gefunden?«

»Ich habe eine Peilvorrichtung an dir angebracht.«

»Eine Peilvorrichtung? Wie habe ich das übersehen können?«

Das hätte eigentlich eine Frage an dich sein sollen. Wie hast du das übersehen können?

~Keine Ahnung.~ Es klingt beunruhigt.

»Ich hab sie dir ins Ohr gesteckt«, erklärt sie. »Dieses Anzugsteil von dir bedeckt die Ohren normalerweise nicht vollständig. Ich habe gedacht, du könntest das Ding dort übersehen.«

~Alle Achtung! Ist das nicht das Mädchen, das sich selbst für dumm hält? Diese Vorrichtung ist jetzt nicht mehr da. Muss im Sturmwind weggeweht worden sein.~

»Hab ich das Ding immer noch am Leib?«, frage ich, während ich nicht anders kann, als mir unaufhörlich über die Ohren zu fahren.

»Nein. Ich bin losgerannt, als ich gespürt habe, wie du an einem Ort, von dem ich wusste, dass es dort keine Treppen gibt, plötzlich über fünf Decks in die Tiefe gestürzt bist. Als ich dann spürte, dass du vom Schiff geweht wurdest und das Zaubergewebe zerbrach, als es auf dem Wasser aufschlug, habe ich gedacht …« Sie bricht ab. Die Peilvorrichtung ist von mir herunter und ins Meer gefallen. Ich kann mir denken, was sie gedacht hat. Ihr Mund verzieht sich zu einem gezwungenen Lächeln. »Nun gut, ich habe mich geirrt, nicht?«

»Habe ich mich eigentlich schon dafür bedankt, dass du mich gerettet hast?«, frage ich und bin plötzlich verlegen, ohne recht zu wissen, warum. »Danke, dass du mich gerettet hast.«

Nun ist es ein echtes Lächeln. »Ja, ist angekommen, Kylar. Aber wir sollten uns jetzt zügig in Bewegung setzen. Ich habe eine Menge Magie eingesetzt, um das Loch in den Rumpf zu schlagen. Irgendwer dürfte das bemerkt haben.«

Ich drehe mich um und sehe, dass sie das Loch tatsächlich *geschlagen* hat. Zersplittertes Holz und verformtes Metall künden auf dieser Seite immer noch von der Magie, die sie zum Flicken des Rumpfes eingesetzt hat. Ich versuche zu pfeifen, aber ich bin so erschöpft, dass selbst meine Lippen zu träge sind, um einen Ton hervorzubringen. »Ist das der Grund für diese Strähne in deinem Haar? Das Reagieren auf Magie?«

»Ach, das vergesse ich immer!«, entfährt es ihr verdrossen. Sie schließt die Augen und murmelt etwas, und die Strähne beginnt in einer Welle von der Kopfhaut nach außen zu schimmern, und das Haar nimmt wieder sein natürliches Rot an. »Besser?«, fragt sie.

Ich nicke. »Und ich?«

Sie richtet mir den Gürtel, damit er richtig hängt. Es ist eines dieser mit silbernen Einlegearbeiten versehenen Teile, bei denen das lose Ende störend bis über die Hüfte baumelt. So als Schmuck vermutlich. Ich hasse solche Gürtel. Aber ich beschließe, mich nicht darüber zu beschweren.

»Weißt du, du siehst gar nicht so übel aus, wenn du richtig angezogen bist«, erklärt sie.

»Ähm … danke«, erwidere ich und streiche mir mit der Hand übers Haar, um es zu glätten.

»Finger weg von deinem Haar! Diese Frisur ist gerade in Mode.«

Sie streckt ihren Kopf aus dem kleinen Raum hinaus. Wenige Augenblicke später sind wir draußen auf dem Gang, gehen die Korridore entlang.

»Also«, sage ich, »jetzt haben wir unsere Antwort.«

»Was meinst du?«, fragt sie.

»Hast du nicht mal gesagt: ›Kylar, es würde dich nicht gleich umbringen, hin und wieder mal zu versuchen, schick auszusehen?‹ Jetzt wissen wir es.«

Aber sie zeigt nicht einmal den Anflug eines Lächelns. »Das habe ich nie gesagt.«

~Sie hat recht. Im genauen Wortlaut hat sie gesagt …

Jaja. Schon gut. Erinnere mich daran, die Formulierung lustiger zu gestalten, wenn wir wieder darauf zurückkommen, ja?

~Klar doch, Boss.~

»Gut, lass uns darüber reden, wie du da draußen gelandet bist und warum«, fährt Vi fort. »Aber fass dich kurz.«

Mist. Wahrscheinlich hätte ich die Bemerkung lassen sollen.

Zum Glück hat mich der Wind nach vorne geweht, sodass wir keinerlei Kontrollpunkte passieren müssen – die einzigen, um die ich mir Sorgen machen müsste, sind diejenigen direkt über uns, rings um die Gemächer der Kaiserin, die aber im Moment nicht von Interesse für mich sind.

Ich bin nicht in der Verfassung, um in Sachen Kaiserin irgendetwas zu unternehmen, und ich muss das nächste Mal wirklich einen Plan parat haben, wenn ich hoffen will, meine Sache besser zu machen.

Ich folge Viridiana, ohne zu fragen. Ich kann mich im Moment nicht konzentrieren.

»Du weißt, dass ich Fragen habe, oder?«, erkundige ich mich.

»Ich weiß«, sagt sie abgelenkt. Sie führt uns weiter, und wir passieren eine Schlange von Edelleuten, die alle Armbänder mit zwei Juwelen tragen. Auch wenn sie mich mitten durch die Schlange hindurchführt, bekomme ich doch einen Eindruck von deren Länge, und sie reicht in beide Richtungen, so weit ich sehen kann.

Ich stelle jedoch keine Fragen, weil wir andauernd an Leuten vorbeikommen. Wir steigen ein Deck nach oben und biegen zur Seite ab, und schon bald sind alle um uns herum, nach den Armbändern und der kostbaren Kleidung zu urteilen, entweder Repräsentanten des Hochadels, ihre Diener oder aus dem Kreis der ranghöchsten Diplomaten. Die kaiserlichen Wachen sind allgegenwärtig, Magier sehen wir allerdings keine.

Nach wenigen Minuten treten wir auf ein breites verglastes Deck hoch oben am Bug des Schiffes. Dort sind Dutzende von Stühlen aufgestellt. Ich habe mir auf diesem Schiff die ganze Zeit über einen Weg nach vorn gebahnt, und jetzt bin ich so weit gekommen, wie es nur geht.

»Das ist das Frischluftdeck«, erklärt Vi.

»Genau das, was ich vermisst habe«, erwidere ich. »Frische Luft.«

»Haha«, sagt Vi, doch sie klingt nicht belustigt. Wenn Wichtiges ansteht und sie ganz bei der Sache ist, dann ist sie ganz bei der Sache.

»Und wo ist die frische Luft?«, will ich wissen.

»Kylar«, mahnt sie. »Konzentration bitte. Wenn wir morgen früh das Wolkenkap erreichen und wir in seinem Windschatten sind, wird die Kuppel über uns zurückgezogen. Die Bereiche unten, wo die Leute jetzt schon Schlange stehen? Die sind für den niederen Adel. Der hohe Adel hat hier oben reservierte Plätze. Es gibt ein Unterhaltungsprogramm: Magier, die mit Feuer jonglieren und dergleichen.«

»Faszinierend.«

»Ja, das ist es tatsächlich für all die Leute, die die ganze Zeit über in fensterlosen engen Räumen voller Menschen eingesperrt sind.«

Als ich nach wie vor nicht ausreichend interessiert wirke, sagt sie leise: »Sieh dich ein wenig um. Denk taktisch.«

»Verstanden. Erledigt«, erwidere ich.

»Schon?«, fragt sie.

»M-hm«, antworte ich.

Es ist das zweite oder dritte Mal, dass ich den Namen Wolkenkap höre. Wenn dort der Wind vom Kap abgefangen wird und dieses Deck offen ist, muss es für die Schwestern ein möglicher Ort sein, um das Schiff zu verlassen.

Mir scheint dieses Deck kein guter Ausstiegspunkt zu sein, wenn man bedenkt, wie hoch wir uns hier über den Wellen befinden, aber solche Urteile können wir erst einmal zurückstellen, bis ich auch den Rest des Plans kenne.

»Gibt es noch einen anderen Weg vom Schiff?«, frage ich.

»Du hast kaum einen Blick … in Ordnung. Ja, den gibt es. Hier entlang.«

Sie führt mich auf einem Umweg in Richtung Mittschiff. Schließlich bleibt sie vor einer dem Personal vorbehaltenen Tür stehen. »Wenn du geradeaus durch diese Tür gehst, drei Räume weit den Gang entlang, hast du über diesen Gang einen Verbindungsweg«, erklärt sie.

»Zu?«, frage ich. Ich habe da einen starken Verdacht, aber ihr macht das Ganze großen Spaß, also gönne ich es ihr, mich hinzuhalten.

»Du wirst gleich sehen«, sagt sie.

Sie nimmt mich mehrere Ebenen mit nach oben, und dann geht es gen achtern.

»Streng genommen dürfen wir diesen Bereich nicht durch diese Tür dort betreten«, lässt sie mich wissen, »aber die Edelleute verstoßen so oft gegen diese Vorschrift, dass das Ganze nächstes Jahr umgestaltet werden soll, wie ich gehört habe.«

»Die Tür dort führt aber zur Backbordseite«, werfe ich abwesend ein.

Ich weiß jetzt, wo wir uns befinden. Ich folge ihr in die andere Richtung zum biegsamen Bereich in der Mitte des Schiffes – auch wenn wir uns hier auf der Steuerbordseite befinden, es ist derselbe Bereich, in den mich König Repha'im mitgeschleppt hat, um mir die Beseitigung des Schiffsmülls und seine ganz persönliche Beseitigung unschuldiger Bürger zu zeigen.

Vi führt mich bis an den Rand des Abgrunds und deutet mit einem leichten Heben des Kinns in die Tiefe. »Dort kommt die dem Personal vorbehaltene Tür heraus, die ich dir vorhin gezeigt habe.«

Zahlreiche Decks unter uns, auf der Höhe des Wassers, befindet sich eine Tür. Ich habe vorhin hinsichtlich der Verbindungswege richtig vermutet.

Das ist schön und gut, aber es beantwortet nicht, warum das wichtig sein sollte.

Im Gegensatz zur Backbordseite, wohin Repha'im mich geführt hat, gibt es am Steuerbordrumpf keine magisch verstärkten Fenster, die vom Himmel bis hinab in die Tiefe reichen, sondern stattdessen eine riesige Fläche aus undurchsichtigem Metall, direkt über der Wasserlinie.

Kein Wunder, dass sie die geplante Aussichtsplattform für die Edelleute auf der anderen Seite einrichten wollen. Hier stinkt es nicht nur nach dem Abwasser, das an die Seiten des Loches klatscht, sondern das Metall versperrt auch die Sicht auf die Wellen.

Ich begutachte die Metallfläche und frage mich verwirrt, welchen Zweck sie wohl hat. Das ganze Ding ist mit riesigen Gelenkstücken versehen.

»Zum Be- und Entladen?«, rate ich. »Das Ding wird bestimmt nur geöffnet, wenn das Schiff in Borami anlegt, oder?«

»Und auch am Wolkenkap«, ergänzt Vi. »Es hat schon zuvor immer mal wieder Notfälle auf dem Schiff gegeben. Wie gesagt, am Wolkenkap ist das Schiff kurzzeitig vom Sturmwind abgeschirmt, aber es gibt dort für ein Schiff dieser Größe keine Möglichkeit, um anzudocken. Tatsächlich ist es so, dass das ganze Ding dort unten aufgeklappt wird, sodass andere Schiffe an uns andocken können. Jedenfalls: Wenn das Schiff irgendwelche Probleme hat, müssen sie sie dort lösen, bevor sie es wieder in den Sturm steuern. Das Schiff bleibt nur für ein paar Stunden im Windschatten des Berges.«

»Ich glaube, es ist an der Zeit, dass du mir erklärst, was es dann zu tun gilt, Vi.«

»Das werde ich«, verspricht sie. »Jetzt habe ich allerdings erst mal ein Treffen.«

»Nicht mit … nicht mit *ihm*.« Die Vorstellung, wie sie mit Repha'im ins Bett steigt, weckt derart plötzlich die finstersten Gefühle in mir, dass ich geschockt bin. Und diese Gefühle sind so stark, dass ich sie nicht einmal benennen kann.

Sie schüttelt den Kopf. »Ein Planungstreffen. Ich meine, na ja, die Planung ist eigentlich abgeschlossen. Es handelt sich um eine letzte Kontrolle, ob alles in den richtigen Bahnen ist, bevor …« Sie zieht eine Grimasse und schaut sich um, als könnte uns jemand belauschen oder ihr die Worte von den Lippen ablesen. Vor der Entführung, meint sie. »Ich muss jetzt wirklich gehen. Du weißt den Weg zurück in mein Zimmer?«

Ich muss nachdenken und es bleibt keine Zeit mehr zum Nachdenken. Alles, was ich hier tue oder nicht tue, könnte ein fataler Fehler sein.

»Ich muss mit dir kommen und mit den Schwestern reden.«

»Das ist keine gute Idee«, erklärt sie. »Du bist bei ihnen im Moment nicht gerade der beliebteste …«

»Oh, glaub mir, das weiß ich.« Ich muss jetzt mitten hineinspringen, ohne sehen zu können, wo ich lande, und der lange Fall mit dem abrupten Stopp ist für mich ohnehin längst überfällig. Auch wenn ich im Moment niemanden sonst in dem riesigen Raum bemerke, lege ich mir die Hand vor den Mund, als ich sage: »Sie müssen wissen, dass Petaria in großer Gefahr ist. Sie könnte bereits tot sein.«

Vi schaut mich bestürzt an, Entsetzen im Gesicht.

Und damit habe ich mich für mein Spiel entschieden. »Es sei denn, sie haben schon versucht, sie umzubringen, und Petaria ist irgendwie davongekommen. Aber *sie*« – ich mache eine Kopfbewegung, die verdeutlichen soll, dass ich die Kaiserin meine – »hat ihr die Sorte Männer auf den Hals geschickt, die selbst dich und mich in große Schwierigkeiten bringen würde, Vi. Ich glaube nicht, dass Petaria eine Handvoll Prätorianer ausschalten kann, wenn sie ihr einen Hinterhalt legen.«

»Sie? Welche sie meinst du? Wer hat …?«, will Vi wissen.

Ich mache eine Pause, damit sie sich darüber Gedanken machen kann, wer wohl den Prätorianern befehlen könnte, eine Schiffspassagierin zu ermorden.

»Du meinst doch nicht etwa …«

»Doch, genau das meine ich«, sage ich.

Sie stößt die Luft aus. »Damit ist die Sache wohl entschieden. Du kommst auf jeden Fall mit mir.«

Es ist genau das, was ich wollte. Warum nur fühle ich mich dann jetzt wie ein Mann, der zum Waschen statt eines Schwamms eine Wanne mit rohen Steaks in die Hand gedrückt bekommt, während er gerade in ein Haifischbecken springt?

Kapitel 30

… und mitten hinein in Plan B

Eines Tages werde ich alt genug sein, dass die Angst vor meinem wahrscheinlichen Tod ausreicht, mich davon abzuhalten, an Sex zu denken. Heute ist dieser Tag noch nicht gekommen.

»Ich gehe besser voran«, hat Viridiana vor einer Minute gesagt. »Wenn sie mich zuerst sehen, sollte ich sie davon abhalten können, dich sofort bei deinem Auftauchen anzugreifen.«

Da ist sie also, mir voraus und führt mich an, was mir eine hervorragende Gelegenheit gibt, meine Lügen, meine Ausflüchte und sogar die Menge an Wahrheit zu planen, die ich einem Kommando von Frauen mitzuteilen gedenke, die fest davon ausgehen, dass ich eine ihrer Schwestern getötet habe, und die inzwischen argwöhnen könnten, dass ich vor Kurzem noch eine weitere ermordet habe.

Zu meiner Verteidigung sei gesagt, dass Vi gekleidet ist, um zu verführen – klar, nicht um *mich* zu verführen –, aber es ist eine Aufgabe, für die sie umfangreich ausgerüstet worden ist. Ich weiß, dass Moden kommen und gehen und dass verschiedene Kulturen bestimmte Körpertypen anderen gegenüber bevorzugen, aber unabhängig davon, ob Viridianas spezifischer Körpertyp sie nun an die Spitze der alitaerischen Schönheitsideale stellt oder nicht, bin ich mir doch ziemlich sicher, dass auf eine symmetrisch proportionierte Sanduhrfigur mit schmaler Taille nirgendwo auf dieser Welt verächtlich herabgeschaut wird.

Und doch kann ich mir ein Lächeln nicht verkneifen. Sie schreitet mit durchgedrückten Schultern und verbissenem Kiefer dahin, eine Athletin, die beschließt, dich entweder wuchtvoll aus dem Weg zu werfen oder dich einfach zu überrennen, keine Tänzerin, die dich wie dahingleitendes Wasser umspielt. Sie geht mit breitbeinigen Schritten, sodass sie fest in ihrem Schwerpunkt ruht und aus ihm heraus angreifen kann.

Sie wirft einen Blick zu mir zurück. »Worüber lächelst du? Warum tust du das?«

»Was tue ich?«, frage ich unschuldig.

Ganz ehrlich, genau das liebe ich an ihr. Je mehr sich die Dinge ändern, desto mehr bleiben sie beim Alten.

Dann bleibt sie stehen und ich wäre fast in sie hineingelaufen. »Verdammt, das vergesse ich immer!« Sie blickt zur Decke hinauf und murmelt mit einem starken Akzent vor sich hin: »… nicht so zu gehen wie irgendein wütender Bohnenbauer.«

Sie richtet sich auf, streckt die Hand über den Kopf und macht eine Bewegung, als würde sie sich an einer dort befestigten Schnur emporziehen. Habe ich schon erwähnt, dass ihr Haar perfekt frisiert ist? Mittels Magie. Hier benutzen alle Magie für jede erdenkliche lästige Pflichtaufgabe.

Nur ich nicht – ich hänge schlicht und einfach da draußen an der Schiffswand und lasse mir das Haar vom Wind in Form bringen. Du weißt schon, so wie von der Natur vorgesehen.

Wenn ich so darüber nachdenke, habe ich da letztlich auch Magie eingesetzt, um mir das Haar zu frisieren, also sollte ich dergleichen vielleicht lieber nicht kritisieren.

Viridiana hat sich nun in ihre Rolle eingefunden. Sie dreht sich zwinkernd zu mir um. »Schau mal zu. Sag mir, ob du einen Unterschied bemerkst.«

Dann geht sie los, lang und schlank, mit erhobenem Kopf und gerecktem Hals, lehnt sich leicht zurück, um ausgreifende Schritte zu machen, wobei sich die Füße bei jedem Schritt kreuzen, um zusätzliche Bewegung in ihre Hüfte zu bringen. Sie bewegt sich mit der …

~Jetzt sag nicht: mit der Anmut einer Tänzerin. Ich weigere mich strikt, das festzuhalten.~

Hatte ich auch gar nicht vor!

~Lügner.~

Ähm. Wie ich bereits zu sagen vorhatte: Sie bewegt sich mit der ganzen Kinästhesie der Elitekampfkünstlerin, die sie ist.

~Kinästhesie, das ist ein Logan-Wort.~

~*Pah!* Kinästhesie *gehört absolut zu meinem aktiven Wortschatz. Ich benutze den Begriff ständig. Ich meine, jedenfalls wenn ich unter Leuten bin, von denen ich weiß, dass sie ein hinreichendes Maß an sprachlichen Fertigkeiten besitzen, um in der Lage zu sein, all meine mühelos dahingeworfenen Wortungetüme zu verstehen. Jedwede Form von Protzerei liegt mir fern. Weißt du, ich versuche, das geistige Niveau möglichst herunterzuschrauben, wenn ich mit Leuten spreche, die mich nicht verstehen können. Mit den Senilen. Den Einfältigen. Den Greisen. Den Kindern. Ka'kari.*

Ich spüre so etwas wie Zustimmung vom Ka'kari ausgehen. Es ist vielleicht das erste Mal, dass ich das spüre.

~Manchmal überraschst du mich wirklich, Kylar Stern. Hoffen wir, dass du das Gleiche auch bei den Schwestern zuwege bringst.~

Das bringt mich unsanft auf den Boden der Tatsachen zurück.

Nicht dass ich mich nun ganz und gar im Land der Schlagfertigkeit verloren hätte. Nicht solange Vi vor mir herumtänzelt.

Und so geht es nicht nur mir. Auch jeder andere, an dem wir vorbeikommen, nimmt von ihr Notiz. Selbst von meiner Position hinter ihr kann ich erkennen, dass sie denjenigen, an denen wir vorbeigehen, soziale Signale aussendet: die Länge des Augenkontakts, bevor sie wegschaut, Ausprägung und Zeitpunkt eines koketten Lächelns, das Zusammenspiel von keck und schüchtern.

Wäre ich nicht ein wenig abgelenkt, würde ich laut herauslachen. Nicht wenige Männer bleiben ruckartig stehen und drehen sich um, um ihr nachzustarren, sobald sie vorbeigegangen ist. Ich sehe einen Mann mit seiner Frau, der regelrecht in Schweiß ausbricht beim Versuch, sich nicht umzudrehen und Vi hinterherzugaffen, so sehr ist er sich der Blicke seiner Frau bewusst, als fordere sie ihn heraus, sie ruhig anzusehen, und kündige ihm für diesen Fall Vergeltung an.

Und dann schaut die Frau zuerst hin, und er tut es auch, wie ein losgelassener Jagdhund, löst seinen Blick jedoch schnell wieder von ihr und reißt ihn zurück zu seiner Frau, murmelt ihr etwas zu. Sie hat sein Gaffen nicht gesehen und seine Erleichterung ist förmlich mit Händen zu greifen.

Wir durchteilen das Ende einer Menschenmenge und ein paar Schritte später dreht sie sich um und lächelt mir spitzbübisch zu.

In ihren Augen sehe ich die alte, fröhliche Vi, und ihr Gesichtsausdruck sagt: *Siehst du, was ich da Lustiges gelernt habe? Ist das nicht toll?!*

Ich lächele leer zurück und bin erleichtert, als sie sich wieder umdreht, um uns weiterzuführen. Ihre verschwörerische Freude zerreißt mich innerlich.

Sie erwartet, dass ich bei ihr bin, auf ihrer Seite, und findet es urkomisch, wie gut diese neue Technik wirkt, die sie da erlernt hat.

Aber sie wirkt auch bei mir.

Ist das ein Glanzzauber? Ich glaube nicht, auch wenn mich alle möglichen unwillkommenen Gefühle durchzucken. Nicht nur triviale Begierde, wie bei jedem der lüsternen Fremden, an denen wir vorbeigekommen sind. Nein, ich verspüre auch Kummer. Meine alte Freundin, die sich, bei all ihrer Schönheit, wie ein … wie ein wütender Bohnenbauer fortbewegt hat, verändert sich. Sie verändert sich nicht nur irgendwie zufällig, sie wird von den Schwestern verändert.

Fühle ich mich dadurch bedroht? Dadurch, dass sie jetzt ihre wahre Berufung finden könnte, dass sie entdeckt, wie sie ihre gesellschaftliche Macht geschickter einsetzen kann als zuvor?

Das wäre ziemlich kleinlich, schäbig und ekelhaft von mir.

Vielleicht liegt es weniger daran, dass sie sich verändert und in jeder Beziehung weiterentwickelt hat, als vielmehr daran, dass diese Veränderung ein weiteres Zeichen für die Kluft ist, die sich zwischen uns auftut. Die Schwesternschaft nimmt mir die Freundin weg, die ich gekannt habe. Dass sie gleichzeitig schön und ungelenk-linkisch sein konnte, war etwas, was ich an ihr geliebt habe. Ich fand es liebenswert, süß. Und jetzt machen sie sie zu einer Frau, die schön und selbstsicher-gelassen ist, kultiviert und weltgewandt.

Gut für Vi. Nehme ich mal an.

Aber ich werde das Gefühl nicht los, dass ich sie verliere.

Und gerade *jetzt* sollte ich mir darüber wirklich keine Gedanken machen.

Es ist nichts weiter als ein Körper, Kylar. Das ist doch lächerlich.

Bevor wir in den letzten Gang einbiegen, bleibt sie stehen und fragt: »Und? Was meinst du?«

»Ich, äh, ich habe die ganze Zeit über gewartet. Hast du denn … hast du da irgendetwas anderes gemacht?«, frage ich.

Sie öffnet den Mund, um zu protestieren, aber dann kann ich mein Lächeln nicht mehr zurückhalten.

»Nicht schlecht«, gebe ich zu. »Einige der willensschwächeren Männer haben ihre Augen gar nicht von dir lassen können.«

»Einige der willensschwächeren Männer?«, wiederholt sie.

Ich versteife meine Gelenke und lasse mein Gesicht unbeweglich werden, als wäre ich eine Marionette. Dann weite ich die Augen, und mein Blick schwenkt hölzern zu ihr hinüber, senkt sich und verharrt auf ihrer Brust.

Sie gibt mir einen Klaps auf die Schulter. »Kylar!«

Ich lächle, doch plötzlich meldet sich ein flaues Gefühl in meinem Magen. Ich mag diese Frau, sehr sogar.

Was zum Teufel mache ich da?

Dann, von ihren eigenen Gedanken eingeholt, wird Vis Gesicht lang. »Bist du bereit für das, was jetzt kommt?«

»Nein. Aber wir sind da und es ist so weit.«

Sie zögert nicht. Eins muss man Vi lassen: Sie ist kein Feigling.

Als wir in das von den Schwestern in Beschlag genommene Besprechungszimmer treten, bringt mich keine von ihnen sofort um, also hat sich mein großes Opfer, hinter Vi herzugehen, offenbar gelohnt.

Bei meinem Anblick legt sich ein Ausdruck auf Schwester Ayayah Meganahs Gesicht, als genieße sie gerade ihren ersten Biss in eine Zitrone. »Er bleibt draußen. Du passt auf ihn auf«, weist sie Jasmine Jakweth an.

Die Doppeltüren schließen sich, und ich höre sie durch das Holz der Türen sagen: »Versiegelt den Raum.«

Von innen lässt sich ein leises Knistern vernehmen. Dann – ich vermute, durch magische Kunst – höre ich kein Wort mehr von dem, was sie sagen.

Jasmine mustert mich mit untätiger Trägheit, aber es ist gar keine untätige Trägheit. Er hat den Blick einer zusammengerollten Schlange, den der Ungeübte für träge halten könnte.

»Hab irgendwie gedacht, dass die Schwestern sich gern mal mit mir unterhalten würden«, bemerke ich.

»Mh«, grunzt er.

Minuten vergehen.

»Ist es in Ordnung, wenn ich Jasmine zu dir sage?«

»Mh.«

»Hast du irgendwelche bevorzugten Freizeitbeschäftigungen, Jasmine?«

»Mh.«

»Grunzen? Echt? Das ist auch mein Steckenpferd! Mit einem Grunzen kann man viel mehr sagen, als den Leuten bewusst ist, meinst du nicht auch?«

Er wirft mir einen scheelen Seitenblick zu. »Mh.«

»Meine Güte, Jasmine, ich bin schockiert«, sage ich und lege mir geziert die Hand auf die Brust, als hätte er gerade etwas Unpassendes gesagt.

Unwillkürlich schüttelt er den Kopf und grinst.

Wenn es schlecht läuft, müssen wir uns wahrscheinlich gegenseitig umbringen, doch das heißt nicht, dass er mir unsympathisch sein muss – und das ist er auch nicht. Ganz im Gegenteil, ich mag ihn. »Und wie bist du in der Chantry gelandet?«, will ich von ihm wissen.

Diesmal grunzt er nicht, aber er antwortet auch nicht sofort. Schließlich siegt mein umwerfender Charme oder vielleicht auch seine Langeweile. »Das ist eine komplexe Frage.«

»Zu meiner Verteidigung sei gesagt, ich habe es auf die denkbar einfachste Art gemeint.«

»Mit dem Pferd.«

»Ein bisschen komplexer darf es schon sein.«

»Dann sage ich dir, dass es wirklich der einzige mögliche Ort für mich war.«

Ich schürze die Lippen. »Vielleicht noch einmal einen kleinen *Hauch* komplexer.«

Irgendeine Erinnerung entlockt Jasmine ein wehmütiges Lächeln. »Die Leute haben manchmal ziemlich festgefahrene Vorstellungen. Das gilt für jeden und alle. Auch für die Chantry. Was mich betrifft, so war ich im Sho'cendi, als mir bewusst wurde, dass ich etwas bin, von dem sie glauben, dass es das gar nicht gibt. Oder nicht geben sollte, vielleicht. Es gab einige Lehrmeister, die sehr einfühlsam auf meine missliche Lage reagiert haben, aber der ständige Streit mit den anderen deswegen wurde mir mit der Zeit zu mühselig.«

»Ähm … was ist das an dir, was es eigentlich nicht gibt?«, frage ich.

»Ach«, sagt er überrascht. »Ich dachte, du wüsstest es. Ich bediene mich meiner Magie auf die gleiche Weise wie die Frauen. Sehe Auren so wie Frauen. Ich muss sprechen, um meine Zauber zu formen. Das ganze Programm.«

»Hm. Irgendeine Vorstellung, wie es dazu kam?«

»Schon, ja. Manchmal, wenn eine Frau Zwillinge im Leib hat und das eine Kind stirbt, übernimmt das andere etwas von seinem Geschwisterchen. Wie sich herausgestellt hat, hätte ich eigentlich eine Schwester haben sollen.«

»Hätte?«, hake ich irritiert nach.

»Ich fühle mich bisweilen immer noch schuldig deswegen, aber ja, anscheinend habe ich als Fötus meine Schwester verschlungen und mir ihre Magie angeeignet.«

»Grundgütiger! Wirklich?«

»Nein.«

»Hä?« Als ich seinen selbstzufriedenen Blick sehe, geht mir ein Licht auf: Er hat mir einen Bären aufgebunden. »Diese Frage bekommst du oft gestellt, was?«

Er nickt. »Ich versuche, jedes Mal eine andere Antwort zu geben. Macht die Sache amüsanter.« Er zuckt mit den Schultern. »Die Wahrheit ist, dass Magie eine seltsame Sache ist. Sie hat ihre Gesetze, doch innerhalb dieser Gesetze gibt es Ausnahmen und Sonderfälle, und die Hälfte von ihnen kennen wir noch nicht einmal.«

»Tja«, sage ich.

»Du hast da so einen Ausdruck auf dem Gesicht. Na los, frag schon.«

»Einen Ausdruck?«, erwidere ich und habe keine Ahnung, wovon er spricht.

»Du willst doch wissen, ob ich schwul bin, oder?«

Ich will es nicht und habe es auch nicht gedacht, aber er scheint von dem einen wie von dem anderen überzeugt zu sein.

»Wäre auch tragisch, wenn es so wäre«, erklärt er.

»Warum tragisch?«

»So viel weibliche Zuwendung zu verschwenden. Ein gut aussehender Mann wie ich, umgeben von Tausenden einsamer junger Frauen, weit weg von ihrem Zuhause? Die einsamen älteren Frauen nicht zu vergessen. Und wo es doch all die vielen Zauber gibt, die Frauen ›unbedingt ausprobieren müssen, um zu sehen, ob sie auch in der wirklichen Welt funktionieren‹. Du weißt schon, Magie, die tatsächlich nur bei einem *Mann* funktionieren kann. Zauber, die die Frauen ›üben‹ müssen.« Sein Blick nimmt einen entrückten Ausdruck an, als würde er gerade angenehme Erinnerungen wachrufen.

Nun bin ich es, der grunzt. Jetzt will ich ihn doch umbringen. Angeber. Aber einer von der unterhaltsamen Sorte und wahrscheinlich nimmt er mich sowieso nur wieder auf den Arm.

Auch er grunzt, zufrieden mit sich selbst.

Ich schaue ihn misstrauisch an und grunze zurück.

Er grunzt zurück.

Dann bemerken wir, dass die Tür hinter uns offen ist. Schwester Ayayah Meganah schaut zwischen uns Grunzenden hin und her, als wären wir die größten Schwachköpfe.

Der Frau fehlt eindeutig der feine Sinn für gehobenen Humor.

Sie schnaubt verächtlich und blafft: »Kommt rein.« Dann wendet sie sich an die anderen: »Nicht vergessen: vor unserem Gast ausschließlich Decknamen.«

Als ich den Raum betrete, bin ich nicht überrascht, dass Melena und die mausgraue Aashvi zusammen mit Viridiana und Ayayah Meganah versammelt sind, allerdings bin ich überrascht, dass sich noch sechs weitere Frauen im Raum befinden. Ich kann keine von ihnen erkennen, da ihre Züge alle unter dichten Wolken verborgen sind, die ihre Gesichter in magischen Wirbeln umspielen. Offensichtlich sollen sie ihre Identitäten vor mir geheim halten.

Das müssen die Mitglieder des anderen Kommandos für Sonderprobleme und Spezialtaktiken sein – Ysmaenas Truppe. Das Kommando, das, schon bevor ich einer von ihnen auch nur irgendetwas angetan hatte, fest davon überzeugt war, was für eine gute Idee es doch sei, mich umzubringen.

»Oh, hallo«, sage ich. »Niemand hat versucht, mich zu überwältigen, also gehe ich davon aus, dass hier niemand in den nächsten ein, zwei Minuten stirbt, oder?«

»Führt Euch nicht auf wie ein Idiot«, schimpft Schwester Ayayah. »Der Bund, den die Chantry mit Viridiana Sovari geschlossen hat, gilt. Wir alle haben uns von Schwester Ysmaenas unüberlegten Handlungen distanziert und sind übereingekommen« – sie blickt trotzig in die Runde, als würde sie die anderen herausfordern, sich ihr entgegenzustellen –, »Euch in dieser Sache keine Schuld zuzuschreiben.«

Aus der starren Körperhaltung der versammelten Frauen schließe ich, dass ich hier auf Messers Schneide stehe. Diese Frauen halten ihre Magie einsatzbereit, und manche von ihnen hoffen, dass ich eine falsche Bewegung, den falschen Zug mache.

Ich beschließe, sie nicht gegen mich aufzubringen. »Ich habe Ysmaena wirklich gemocht. Sie hat einen netten Eindruck gemacht«, bemerke ich. Ich verziehe die Lippen zu einer Schnute. *Sag es nicht, Kylar.* »Bis zu dem Moment, als sie mich in einen Hinterhalt gelockt hat, um mich zu ermorden – als Geschenk für einen bösen Verrückten.«

Hoppla.

Sie nehmen eine drohende Haltung an und eine lehnt sich murmelnd zur anderen hinüber.

»Kylar!«, zischt Vi. »Kannst du nicht wenigstens *einmal* …?«

»Wenn ihr mich also alle töten wollt – und ich verstehe das ja, aber das Gefühl beruht nicht auf Gegenseitigkeit, solltet ihr euch da Sorgen gemacht haben. Ihr habt euch wie mörderische Verräterinnen aufgeführt und bekommen, was ihr verdient – aber wenn ihr mich alle tot sehen wollt, warum habt ihr es Ysmaena dann ganz allein mit mir aufnehmen lassen …?«

»Kylar!«, zischt Vi mit zusammengebissenen Zähnen.

»Schon gut, schon gut«, sage ich, aber in einem lauten Flüsterton fahre ich fort: »Doch ganz im Ernst, Viridiana, warum waren die anderen nicht ebenfalls zur Stelle? Auch nur eine einzige weitere Schwester von den Besten der Chantry hätte ihr das Überleben gesichert, während …«

Vi spricht sehr leise, als sie erklärt: »Sie sind alle unter streng geheimen Tarnidentitäten hier auf dem Schiff, Kylar. Alle getrennt voneinander. Die Kommunikation auf dem Schiff braucht Zeit. Ysmaena war …«

Eine feiste Frau mit einem geschlitzten grauen Überwurf mit viel goldener Spitze über einem roten Hängerkleid und einem Gesicht aus wirbelnden Gewitterwolken ergreift das Wort: »Ysmaena war nicht nur eine wunderbare Freundin, geistreich und geradezu übermäßig fleißig, sondern auch allzu unbesonnen in ihrer Jagd nach dem Ruhm. Sie war großartig, solange sie ihr eigenes Feld bestellt hat, neigte jedoch dazu, sich in die Zuständigkeitsbereiche ihrer Nachbarn zu verirren. Ihr Tod ist eine Lektion, die wir Übrigen stets gut im Gedächtnis behalten sollten. Ihr könnt mich übrigens Schwester Prudentia nennen.«

»Aha, du hast also das Sagen. Nur über dein Kommando oder über beide?«, frage ich.

»Genug der Höflichkeiten«, geht Schwester Ayayah dazwischen. Ihre Stimme verrät mir, dass ich da einen strittigen wunden Punkt getroffen habe. Sie tritt an den großen Tisch in der Mitte des Raumes, auf dem eine Reihe von Trugbildern Planzeichnungen des Schiffes abbilden. Ich bemerke eine Tür mit einer in der Mitte darauf befindlichen Gravur, versehen mit einer Reihe von Runen, die mittels Magie glühend hervorgehoben werden, sowie farbig gekennzeichnete Pfade, die vermutlich für die Fluchtwege der einzelnen Schwestern stehen. »Gehen wir den Plan noch ein letztes Mal durch, ja?«

Mein Herz macht vor Freude einen Sprung. Endlich!

»Nein«, widerspricht Schwester Prudentia. »Nicht, wenn unser Gast dabei ist.«

Es gibt ein paar Seufzer und Gemurmel – aber dann, nur ein Wink mit ihrer Hand, zerbröseln zum Entsetzen aller die Trugbilder und lösen sich auf.

»Verdammt noch mal, was soll das!«, ruft Melena aufgebracht. »Aashvi und ich haben uns drei grässliche Stunden lang daran abgearbeitet, die Dinger zu erstellen!«

»Ihr könnt dem Ungeheuer da erklären, was es zu tun hat«, entgegnet Prudentia und deutet auf mich. »Er braucht nicht zu wissen, was der Rest von uns tut. Nur für den Fall des Falles.«

»Nur für den Fall des Falles?«, begehrt Vi auf. »Ich habe mich für ihn verbürgt! Er wird uns nicht verraten. Kylar hätte nicht den geringsten Grund …«

»Nicht mit Absicht. Das erkenne ich an«, sagt Prudentia in unverbindlich höflichem Tonfall aus ihren nun unbewegt ruhigen Wolken heraus. »Aber ich fände es allzu ärgerlich, wenn ihm ganz *zufällig* gegenüber einem seiner Freunde etwas herausrutschen würde.«

»Freunde?«, fragt Vi, ohne den Sarkasmus in Prudentias Stimme registriert zu haben. »Er hat keine Freunde auf diesem Schiff. Und im Übrigen auch nicht außerhalb des Schiffes.«

Autsch. »Sie meinte die Folterknechte, falls ich erwischt werde«, gehe ich dazwischen. »Aber ich weiß deine unverstellt ehrliche Einschätzung meines Privatlebens zu schätzen.«

Viridiana fährt zusammen. »Ich wollte damit nicht sagen, dass …« Aber sie bricht ab, denn natürlich wollte sie es sagen.

»Wir müssen sowieso mit Plan B vorliebnehmen, unserem Ersatzplan«, betont Schwester Prudentia. »Oder ist es inzwischen schon der Ersatzplan für den Ersatzplan? Nachdem Schwester Petaria auf so mysteriöse Weise durch die Hand eines unbekannten Meisters in den Kampfkünsten gestorben ist.«

Aber trotz des eindringlichen Blicks, den sie mir zuwirft, freue ich mich insgeheim auch ein klein wenig. Die Kommandos liegen sich untereinander dermaßen in den Haaren, dass die Sache für mich bislang viel besser läuft, als ich befürchtet hatte.

»Sie haben sie also erwischt?«, hake ich nach.

»Offenkundig sehr zu Eurem Kummer und Eurer Bestürzung, ja«, antwortet Schwester Ayayah und richtet ihre geballte Wut auf mich.

Tja, ich hätte besser den Mund halten sollen.

»Sie hat einen regelrechten Hass auf mich entwickelt«, räume ich ein. »Den ich eigentlich nicht erwidert habe, aber im Grunde hast du recht. Sie ist nicht gerade der mir liebste Mensch auf Erden gewesen. Trotzdem habe ich sie als eine Verbündete betrachtet. Und ich sehe auch euch alle jetzt als Verbündete. Wir müssen zusammenarbeiten, wenn wir das Kind aus den Klauen dieser Leute retten wollen. Verratet mir also, für welche Aufgabe Petaria vorgesehen war. Vielleicht müssen wir den alten Plan ja doch nicht fallen lassen. Vielleicht kann ich für sie einspringen?«

Ich kann ringsum am Tisch Kopfschütteln sehen.

»Seid Ihr ein guter Taschendieb?«, fragt Schwester Ayayah.

»Es ist schon ein paar Jährchen her, aber ja, ich habe ziemlich geschickte Hände. Und ich bin nicht schlecht darin, heimlich und gewieft vorzugehen.«

~Eine bewundernswerte Untertreibung.~

»Kennen die Zielpersonen ihn nicht bereits vom Sehen? Das ändert die Sache grundlegend«, wirft Melena ein.

»Kommt auf die Zielpersonen an«, sage ich. »Wer sind sie denn?«

»König Repha'im und die Kaiserin«, antwortet Vi.

»Schweig still, kleine Schwester. Du vergisst, wer du bist«, blafft Schwester Ayayah.

Vi murmelt eine Entschuldigung und schaut zerknirscht zu Boden. Offenbar hat sie hier überhaupt kein Mitspracherecht und sollte eigentlich den Mund halten.

Ich mag diese Damen immer weniger. Und ich habe sie von Anfang an nicht besonders gemocht.

»Sie kennen Euch beide vom Sehen«, betont Schwester Ayayah, doch in ihrer Stimme schwingt zugleich eine leise Frage mit. Vielleicht hofft sie, mich bei einer Lüge zu ertappen. Wenn ich sage, dass ich nicht mit der Kaiserin gesprochen habe, würde das bedeuten, dass meine Behauptung, ich sei gekommen, um sie zu warnen, dass Petaria in Gefahr sei, eine Lüge gewesen ist.

»Sie wissen, wie ich aussehe, und ich denke, dass sie nicht leicht zu täuschen sein werden.«

»Könntet Ihr der Kaiserin einen Schlüssel stehlen und ihm ein kleines Notizbuch?«, will Schwester Prudentia von mir wissen.

Ich lasse den Blick von Schwester zu Schwester wandern. »Ja. Aber nein. Das Problem ist nicht der Diebstahl an sich. Sondern mit all den Prätorianern um sie herum überhaupt nahe genug heranzukommen, um es versuchen zu können. Hat Petaria gemeint, sie könne das? War sie so gut?«

Schwester Ayayah erwidert: »Die Frage ist, seid Ihr es?«

»Nicht einmal annähernd.« Ich brauche gar nicht erst einen Gedanken daran zu verschwenden. Ich meine, ich hätte stehlen können, was immer ich wollte, während Repha'im und die Kaiserin miteinander Sex hatten und ihre Kleider auf dem Boden lagen – aber so eine Gelegenheit bekomme ich auf keinen Fall noch einmal.

Eine Welle der Enttäuschung geht um den Tisch herum. Melena ergreift das Wort: »Also zurück zum Ersatzplan von Plan B?«

»Schwestern«, meldet sich eine Frau zu Wort, die von den roten Wolken des Sonnenuntergangs maskiert ist. »Will denn hier niemand das Offensichtliche zugeben? Wir müssen die ganze Sache abblasen. Die gesamte Operation. Euer Kommando sollte zur Chantry zurückkehren und den Schwestern dort persönlich berichten, was wir in Erfahrung gebracht haben. Wir Übrigen setzen die Reise nach Borami fort, um uns dort in die verschiedenen Kreise einzuschleusen, die Dinge im Auge zu behalten und auf eine bessere Gelegenheit zu warten.«

»In Borami gibt es tief verankerte Spionagenetzwerke aus allen Ländern der zivilisierten Welt und darüber hinaus«, sagt Schwester Ayayah. »Ganz zu schweigen von all den Vorkehrungen zur Spionageabwehr des gesamten Reiches, den gegenständlichen und magischen Abwehrvorrichtungen und darüber hinaus wahrscheinlich noch von einem halben Dutzend anderer Abwehrmaßnahmen. Wenn ein solches Raubkomplott überhaupt eine Chance auf Erfolg hat, dann jetzt.«

»Ach, hör doch auf, Ayayah«, erwidert Schwester Prudentia und verschränkt die Arme vor der Brust. »Es geht dir doch gar nicht darum, ob unsere Chancen jetzt besser sind als später. Es geht dir nur darum, dass du nicht mit dem Makel des Versagens in einer ansonsten perfekten Bilanz in die Chantry zurückkehren willst. Es geht hier um deinen Ehrgeiz.«

»Es spielt keine Rolle, warum sie es will oder nicht will«, sagt eine andere der wolkenverhüllten Frauen. »Diese Frage ist müßig. Wir können es ohnehin unmöglich schaffen. Es geht hier nicht um die Unterschiede zwischen zwei schwierigen Aufgaben. Es geht hier um eine unmögliche Aufgabe auf der einen Seite und einem Fragezeichen auf der anderen. Und das hier ist das Unmögliche.«

Nicht unmöglich für *mich*, schießt es mir sofort durch den Kopf.

»Einen Moment«, unterbreche ich, bevor Schwester Ayayah eine scharfe Erwiderung anbringen kann. »Du hast das Ganze ein Raubkomplott genannt. Entweder verwendest du den Begriff falsch, oder du verrätst mir da mehr, als du glaubst. Ich bin bei den Sa'kagé aufgewachsen und kenne mich ein wenig mit solchen

Unternehmungen aus. Ein Raubkomplott hat eine Reihe von charakteristischen Bestandteilen. Wenn man da eine schlechte Wahl trifft, setzt man alles in den Sand. Man hat seine Kommandos und seine speziellen Fähigkeiten, und das ist toll, aber jedes Raubkomplott braucht sein Lamm – sein *paccio,* den Bauern, den Gimpel, den Tölpel, das Opfer, richtig?«

»Wir nennen es den Narren«, sagt Vi leise.

»Richtig, euren Narren. Ohne einen Narren ist so ein Raub nur ein stinknormaler altmodischer Diebstahl. Man schnappt sich etwas, wenn niemand hinsieht, und rennt damit weg. Das ist sicherer, schlauer, besser. Die Art von Raubunternehmung, um die es hier geht, zieht man nur dann in Erwägung, wenn man es muss. Denn dabei sieht dein Narr die ganze Sache direkt vor seinen Augen ablaufen und er sieht alles. Alle Einzelteile liegen auf dem Tisch, doch er setzt sie falsch zusammen. Dann tut er mit dieser falschen Information genau das, wovon du weißt, dass er es tun wird, und öffnet dir beispielsweise die Tür, sodass du direkt in seine Schatzkammer marschieren kannst, richtig? Denn ihr seid diejenigen, die als die Bewacher der Schatzkammer verkleidet sind. Das Zweitschlimmste, was man bei einem derartigen Raubkomplott machen kann, ist, sich den falschen Narren auszusuchen.« Ich spreche langsam und gefasst, damit ich nicht anfange, sie mit all den Schimpfwörtern zu belegen, die sie verdienen. »Und ihr habt *Repha'im* als euren Narren ausgewählt? Glaubt ihr, ihr könnt diese Unternehmung direkt vor der Nase eines Wesens durchziehen, das *alles* sieht? Er ist mir und euch bisher stets einen Schritt voraus gewesen …«

Ich breche ab. Ich kann sehen, dass ich sie gekränkt habe. Ich fasse mich wieder. Noch einmal. »Aber das ist, wie gesagt, nur das Zweitschlimmste, was ihr tun könnt. Vom Schlimmsten habt ihr euch ja schon einen Eindruck verschafft. Ihr seht die Warnzeichen aufleuchten: Schon jetzt versucht ihr, eure Ersatzpläne funktionieren zu lassen. Das verrät euch etwas. Hört ihr, was es euch mitteilt?«

Sie sind still geworden. Einigen von ihnen gefällt offensichtlich nicht, was ich gesagt habe, und ich argwöhne, dass ihnen auch der Rest meiner Ausführungen nicht gefallen wird, doch immerhin hören sie zu. Ich fahre fort, bevor sie ihre Meinung ändern können: »Ich habe mit den besten Langfingern, Greifern und Spionen der Sa'kagé und all den anderen zusammengearbeitet. Ich habe eine Menge Geschichten gehört. Die Sa'kagé haben als Institution ein Gedächtnis für Verbrechen, genauso wie die Chantry für Magie. Sie haben alles ausprobiert und sind bei allem mindestens einmal gescheitert. Und auch dort, wo sie ganz allmählich gelernt haben, sind sie immer wieder und wieder gescheitert und haben jedes Mal Leute verloren, bis sie im Laufe der Zeit das eine oder andere herausgefunden haben. Bitte nehmt also, was ich euch sage, mit dem gebotenen Respekt zur Kenntnis. Ich weiß, dass ihr alle über ausgezeichnete Fertigkeiten verfügt. Aber die Wahrheit über Raubunternehmungen von der Art, wie wir hier eines vorhaben, ist, dass sie fast nie funktionieren. Und wenn so ein Raubkomplott kompliziert wird, scheitert es immer. Viele Leute glauben dann, es läge daran, dass ihre Mannschaft nicht gut genug war. Sie denken, so etwas gälte für die besten Kommandos nicht. Sie irren sich. Es hat nichts mit den eigenen Fähigkeiten zu tun. Es hat etwas damit zu tun, dass es in dem Plan zu viele frei bewegliche Einzelteile gibt. Komplizierte Raubaktionen scheitern immer, weil man nicht alle Spieler in dem Spiel im Voraus überblicken kann. Und das liegt daran, dass jeder, und ich meine wirklich *jeder*, plötzlich einer dieser Spieler werden kann. Irgendein zufälliger Dienstbote bricht einen Schlüssel in einer Tür ab, durch die du hindurchmusst – nicht um dich zu ärgern, sondern aus Versehen –, oder vielleicht beschließt ein aufrechter Bürger, den Helden zu markieren, oder eine Straße oder ein Gang ist versperrt, weil sich zwei betrunkene Adlige gerade einen Kampf liefern, oder die für ihre Ohnmachtsanfälle bekannte Dame entscheidet, dass sie schon eine ganze Weile nicht mehr genug Aufmerksamkeit bekommen hat, oder jemand verschüttet einfach nur Saft auf der Treppe! Wenn es für ein Problem auch nur eine Wahrscheinlichkeit von tausend zu eins gibt, genau in diesem Moment aufzutreten, dann schadet es der Ausführung des Plans, und wir müssen alle für uns ein Risiko eingehen. Wir gehen davon aus, dass diese Sache heute nicht passieren wird. Aber selbst beim einfachsten Raubkomplott gibt es eine Million Dinge, die schiefgehen können, und für jede Komplikation kommen noch einmal hunderttausend dazu. Die meisten dieser Dinge werden nicht eintreten, aber genug davon tun es immer. Es heißt, kein Schlachtplan überlebt den Kontakt mit dem Feind. Ihr glaubt, ihr könnt mit zwölf verschiedenen Plänen in die Schlacht ziehen und dass sie alle fehlerfrei funktionieren werden? Wie viele von euch können in der Erfüllung ihrer Aufgaben versagen, ohne dass euer Plan als Ganzes versagt? Die Hälfte von euch?« Ich schaue mich in der Runde um, versuche, ihre Gesichter oder ihre Haltung zu lesen. »Ach, *alle* eure Pläne müssen funktionieren?« Ich versuche, es nicht so klingen zu lassen, als hielte ich sie für komplette Idiotinnen. Ich bin mir nicht sicher, ob ich damit Erfolg habe.

»Genug«, sagt Schwester Prudentia mit scharfer Stimme.

Aber ich rede weiter. »Haben eure Kommandos zuvor schon einmal zusammengearbeitet? Vertraut ihr dem jeweils anderen Kommando genauso sehr wie eurem eigenen? Wenn sich eine von ihnen verspätet und dadurch euer Leben in Gefahr bringt, wartet ihr dann genauso lange auf sie wie auf die Kollegin aus dem eigenen Kommando? Hier geht es nicht um Tüchtigkeit und Kompetenz. Es geht um Komplexität. Es ist eine Frage der Klugheit – ist das nicht die Bedeutung deines Namens?« Das Letzte sage ich an Schwester Prudentia gewandt.

Sie hält den Zeigefinger in die Höhe.

Nach und nach werden alle ganz still, schweigen erwartungsvoll. Und in dem Moment weiß ich, dass letztlich sie das Sagen hat. Vielleicht nicht aufgrund ihrer Position, aber aufgrund ihrer Persönlichkeit.

»Danke, dass Ihr uns Eure Gedanken und die gewichtige Summe Eurer Erfahrungen unterbreitet habt. Aber ich glaube, wir müssen uns zuerst über etwas anderes Klarheit verschaffen«, sagt Schwester Prudentia leise und fügt dann hinzu: »Etwas, das die Beziehung von Euch und uns betrifft.«

Ich breite meine Hände aus und hoffe, dass ich nur neugierig und nicht auch schuldbewusst aussehe.

»Es gibt viele Fragen, die ich Euch gerne stellen würde«, fährt sie fort. »Und viele Fragen, die ich Euch speziell dann gerne stellen würde, wenn Ihr die Waagschalen der Wahrheit in Händen haltet. Ich würde Euch gerne auf vielerlei Weise untersuchen, wobei mir einige dieser Methoden indes nicht offenstehen, solange Ihr noch am Leben seid.«

»Das ist bemerkenswert« – im letzten Moment weiche ich, wie ein betrunkener Reiter, dem Wort *blutrünstig* aus – »ehrlich«, erwidere ich.

Die Sturmwolken über dem Gesicht von Schwester Prudentia hüpfen auf und ab. Ich glaube, sie muss genickt haben. »Ich habe da so meinen Argwohn in Bezug auf Euch und auf das, was Ihr getan habt«, spricht sie weiter. »Aber dieser Verdacht kann warten. Wir brauchen Euch.« Schwester Ayayah macht Anstalten, sie zu unterbrechen. »Zumindest«, beeilt sich Schwester Prudentia fortzufahren, »müssen wir sicherstellen, dass Ihr nicht mit dem Zartgefühl eines durchgegangenen Eisenbullen in unsere Pläne hineintrampelt. Und im besten Fall glauben wir, dass uns Eure Begabung, aus dem Stegreif zu handeln, hilfreich sein könnte. Die Frage ist, ob wir Euch überhaupt trauen können.«

Jetzt macht Viridiana Anstalten, etwas zu sagen, aber Schwester Prudentia gebietet ihr mit erhobener Hand zu schweigen.

»Ihr wisst, wo ich aufgewachsen bin«, antworte ich. »Ich weiß es also besser, als zu versuchen, euch mit bloßen Worten von meiner Vertrauenswürdigkeit zu überzeugen. Vertraut stattdessen darauf, dass ich genau das tun werde, wovon ihr wisst, dass ich es tun muss. Ich muss das Kind von Repha'im wegbringen, der mir selbst erklärt hat, wie er den Jungen zerstören will. Ich muss Caedan für seine Eltern retten, sonst werde ich nie wieder in den Spiegel schauen können. Ich habe schon einmal gegenüber meinem Freund Logan versagt. Darum bin ich jetzt hier. Die Rettung dieses Jungen ist meine einzige Aussicht auf Wiedergutmachung.«

Der Wolkenkegel neigt sich zur Seite. Schließlich sagt Schwester Prudentia: »Ich glaube Euch. Wollen wir uns also auf einen Waffenstillstand einigen?«

»Ein Waffenstillstand ist weit weg von einem Bündnis«, entgegne ich.

»Ja. Das ist er.«

»Und warum sollte ich dir vertrauen?«, will ich wissen.

Die anderen Schwestern nehmen eine feindselige Haltung ein, doch ich würdige sie keines Blickes. Schwester Prudentia wirkt auf mich wie eine Anführerin, die sich nicht beirren lässt, selbst wenn sie dafür einen hohen Preis zahlen muss. Ich höre, wie sie tief einatmet, und dann greift sie sich an den Hals, lässt ihre Hand in den Wolken verschwinden.

»Schwester Prudentia!«, protestiert Schwester Ayayah.

Doch einen Moment später rollen sich mit einem blauen Schimmer die Wolken von ihrem Hals bis zum Scheitelpunkt über ihrem Kopf auseinander und lösen sich in nichts auf. Genauso rollen sich die Wolken auch nach unten hin auseinander, was mich überrascht.

Anstelle der feisten Frau in einem geschlitzten grauen Gewand mit Wolkenmaske steht da nun eine zierliche Frau mittleren Alters mit gewelltem dunklem Haar und einer olivfarbenen Haut, die etwas dunkler ist als die von Phaena, doch hat die Frau auffallend hellgrüne Augen. »Mein richtiger Name ist Schwester Prospaya Beteh«, erklärt sie. »Ich weiß, dass Euch mein Gesicht zu zeigen und meinen Namen zu nennen nur ein kleines Zeichen des guten Willens ist. Aber ich möchte Euch in Erinnerung rufen, dass, bevor eine aus unserem Kreis versucht hat, Euch dem König auszuliefern, wir Euch das Leben gerettet haben, als Ihr versucht habt, mit einem Armband, das als gestohlen bekannt war, beim Fest der Kaiserin Einlass zu finden. Auch wenn ich nicht glaube, dass wir heute Freunde oder auch nur Verbündete sein können, sind wir doch keine Feinde, junger Meister Stern. Wir sind hier, um Leben zu retten, und bis auf Weiteres will ich glauben, Ihr seid es auch. Also, haben wir einen Waffenstillstand?« Sie streckt die Hand aus.

»Bis wann?«, frage ich.

»Bis wann möchtet Ihr denn?«, erwidert sie und lässt ihre Hand ausgestreckt. Und erneut sehe ich, dass Schwester Ayayah darüber verärgert ist – was mich seltsamerweise den Schwestern nun ein größeres Vertrauen entgegenbringen lässt als zuvor. Wenn sie aufgebracht ist, dann deshalb, weil ein Waffenstillstand wirklich etwas von Gewicht ist.

»Wie wäre es mit: So lange, bis wir Alitaera verlassen haben …?«

~Vergiss nicht die alitaerischen Hoheitsgewässer.~

»… und darüber hinaus auch die alitaerischen Hoheitsgewässer und Schiffe und Besitztümer«, erkläre ich. »Was im Klartext heißt: von *jetzt* an bis wir den Jungen sicher aus Alitaera herausgebracht haben. Muss ich die Sache noch stärker umgrenzen?«

Die anderen Schwestern wollen sich offensichtlich erst einmal darüber beraten und werfen einander Blicke zu. Nur Melena und Viridiana mustern mich stillschweigend.

»Keine weiteren Umgrenzungen erforderlich«, sagt Schwester Prospaya und sieht dabei die anderen nicht einmal an. Anzeichen von Unzufriedenheit machen sich bei ihnen bemerkbar.

Ich ergreife Schwester Prospayas Hand, und obwohl ihre Hand klein ist, ist ihr Griff fest.

»Du kannst das garantieren?«, frage ich und lasse ihre Hand los, nicht aber ihren Blick.

»Und das werde ich auch«, versichert sie, und ihr Gesicht nimmt einen grimmigen Ausdruck an.

»Also gut, dann«, verkünde ich, »ich habe gehört, wie die Kaiserin, ohne zu wissen, dass ich im Raum war, etwas gesagt hat, was eure bisherigen Planungen über den Haufen werfen könnte.«

»Bist du sicher, dass sie nicht wusste, dass du im Raum warst? Vielleicht hat sie versucht, dich zu manipulieren«, wirft Melena ein.

Es ist nicht gerade die erste Frage, die mir selbst in den Sinn gekommen wäre, aber diese Leute ticken eben anders.

»Nein«, erwidere ich. »Sie wusste wirklich nicht, dass ich da war.«

»Wie könnt Ihr Euch da sicher sein?«, erkundigt sich Schwester Ayayah.

»Weil es ihr Schlafgemach war, und sie war gerade damit beschäftigt, mit jemandem, ähm, zu schlafen. König Repha'im. Wenn du mehr Details darüber wissen willst, was genau sie gemacht haben ... Ich kann es dir sagen, aber ich bin mir nicht sicher, ob diese Einzelheiten relevant sind.«

Sie wechseln Blicke.

Schwester Prospaya ergreift das Wort: »Nein, das reicht völlig aus. Was hat sie denn gesagt?«

»In dem Moment habe ich nicht begriffen, wovon Repha'im da redete, aber sie sind so besorgt, dass das Schiff auseinanderbrechen könnte, dass er sie dazu hat überreden können, das Schiff zu verlassen. Am Wolkenkap. Sie hat sich gesorgt, eine solche Ausschiffung würde ihrem Ansehen bei ihren Edelleuten schaden, aber anscheinend hat er sie davon überzeugt, es trotzdem zu tun.«

Wieder sehen sie einander an. Aus der Haltung der wolkenverhüllten Schwestern lese ich Unsicherheit, Überraschung.

»Das ändert gar nichts«, sagt eine der noch immer verhüllten Schwestern.

»Stimmt nicht«, entgegnet Schwester Ayayah. »Es ändert alles! Schwester Prospaya, das siehst du doch sicher auch?«

Schwester Prospaya hebt die Hand. »Vielleicht«, erwidert sie.

»Wir müssen das besprechen«, sagt Schwester Ayayah, »aber nicht vor dem Mörder.«

Ich stehe kurz davor, darauf hinzuweisen, dass es kein Mord war, als ich Schwester Ysmaena getötet habe, aber genau genommen haben sie ja auch nicht gesagt, dass ich *sie* ermordet habe. Sie haben mich nur einen Mörder genannt. Was ich auch bin.

Wortklaubereien lenken lediglich zusätzliche Aufmerksamkeit auf die Sache, also schweige ich still.

»Kylar, wärst du so gut …?«, beginnt Melena und weist mir den Weg zur Tür. Sie ist die vollendete Friedensstifterin; mit bedauernd klingender Stimme versucht sie, beide Seiten zu beschwichtigen.

»Natürlich«, antworte ich. »Ihr seid so liebenswerte Gastgeberinnen gewesen. Es wäre mir schrecklich unangenehm, eure Gastfreundschaft zu sehr zu beanspruchen. Aber noch mal zurück zu unserem Vorhaben. Wenn ihr die Sache trotz allem, was ich gesagt habe, durchziehen wollt, solltet ihr euch bei der Planung auf meine Hilfe stützen.« Ich werfe einen Blick in die Runde und muss feststellen, dass sie mir so viel Vertrauen auf keinen Fall schenken werden. »Also gut. Ich verschwinde. Und ich werde tun, was ihr von mir verlangt, schnell und ohne Fragen zu stellen. Doch ich habe eine Bedingung. Ich gehe dorthin, wo der Junge hingeht. Lasst mich in dieser Angelegenheit euer Verbündeter sein. Ich möchte euch helfen. Ich bin überzeugt, meine Hilfe wird sich für euch als …«

Schnell, gib mir ein Wort! Ich kann nicht sagen, dass sie meine Hilfe als hilfreich empfinden werden. Ich habe schon ungefähr zwölfmal das Wort »Hilfe« verwendet.

~Unentbehrlich.~

»… unentbehrlich herausstellen«, führe ich den Satz so zu Ende, als würde ich mich bewusst für einen Begriff entscheiden, in dem nichts Bedrohliches steckt. »Aber wenn ihr mir Steine in den Weg legt, wird es für uns alle schlecht ausgehen. Wie eure Anführerin, Schwester Prospaya, so weise bemerkt hat, gibt es keinen Grund für uns, Feinde zu sein. Ich glaube nicht, dass sich das im Moment irgendwer von uns leisten kann. Also lasst mich Folgendes klarstellen. Egal wie es kommt, ich schwöre bei allen Göttern der Meere und der Unterwelt, der Junge geht mit mir. Anders funktioniert das hier nicht. Verstanden?«

Sie brauchen einen Moment, um meine Worte zu verdauen. Die einen geben sich gelassen, die anderen wenig überrascht.

Schwester Ayayah zeigt sich über das mit der »Anführerin Schwester Prospaya« empört, was mich tief befriedigt.

»Schwester … Justitia«, beginnt Schwester Prospaya und nickt in Richtung einer Frau, deren richtiger Name ganz offensichtlich nicht Justitia ist, »erkundige dich bei deinen Leuten, ob Re-pha'im ebenfalls am Wolkenkap von Bord geht. Schwester Caritas, überprüfe, ob die Dienstleute irgendetwas von den Sachen der Kaiserin so verpacken, dass es auf eine bevorstehende schnelle Abreise hinweisen könnte.«

Die beiden Frauen nicken gerade tief genug, dass ihre Sturmwolken die Bewegung anzeigen, sagen aber kein Wort – vielleicht, damit ich ihre Stimmen nicht hören kann.

»Schwester Viridiana, begleite Kylar in dein Zimmer und warte unsere weitere Planung ab«, befiehlt Schwester Ayayah.

Ich gehe Richtung Tür und höre Schwester Prospaya sagen: »Wahrscheinlich kannst du die Karte nicht einfach auf die Schnelle wieder für uns herstellen, oder, Schwester Aashvi?«

Als ich nach draußen trete, wo Jasmine Jakweth steht, wird mir bewusst, dass das Treffen ziemlich gut gelaufen ist. Die Schwestern waren so sehr mit ihren Rivalitäten und der Notwendigkeit beschäftigt, sich über ihre nächsten Schritte Klarheit zu verschaffen, dass sie mich nicht annähernd so gründlich ins Verhör genommen haben, wie sie es hätten tun können. Andererseits habe ich immer noch keinen Schimmer, worin ihr Plan eigentlich besteht, und auch keine Möglichkeit, die Einzelheiten vorzeitig aus ihnen herauszukitzeln. Ich glaube, ich habe sie geschickt getäuscht, sodass sie meine Hilfe angenommen haben – und sie scheinen mich nicht umbringen zu wollen.

Ist das ein Sieg? Heute nenne ich es einen Sieg.

Jakweth schließt die Tür hinter uns und bezieht wieder seine Wachstellung draußen. Er ist es offenbar zufrieden, nicht an der Planungsdiskussion teilzunehmen. Er nickt mir zu. »Du bist nicht klug, Kylar, aber du hast echt Eier. Doch solltest du hier lieber aufpassen, sonst werden sie sie dir noch abreißen.«

Kapitel 31

Die letzte zu brechende Regel

»Ich habe etwas zu essen heraufbringen lassen. Kommst du mit, Kylar? Es gibt für uns nichts, was wir hier noch tun können«, sagt Vi.

»Nicht zu fassen, dass sie nicht einmal bei der Planung meine Hilfe wollen …«

»Kylar. Nicht mal reden. Wir dürfen hier nicht mal miteinander *reden.*« Vi wirft einen vielsagenden Blick auf ein leeres Feld der getäfelten Wand, als könnten sich dahinter Spione befinden. Ich seufze. Ich bin so müde. Ich werde Fehler machen, wenn ich nicht bald etwas Schlaf bekomme, aber ich mache mir auch Sorgen, dass ich so müde bin, dass ich mich sterbenselend fühlen werde, sobald ich wirklich etwas schlafe. Die Erwähnung von Essen trifft mich wie ein Schlag in den Magen. Ich habe meinen Bedürfnissen lange Zeit keinerlei Beachtung geschenkt.

»Bei mir können wir reden«, verspricht Vi. »Komm schon, du hast eine Menge durchgemacht. Ich werde mich ein bisschen um dich kümmern.«

Das hinterlässt bei mir einen merkwürdigen Eindruck. Jemand will sich um *mich* kümmern?

Nach allem, was zuletzt zwischen uns vorgefallen ist? Ich schaue sie skeptisch an.

Mit einem leisen Lächeln streckt sie die Hand aus, als wolle sie ein scheues wildes Tier locken. »Komm.«

Ich nehme ihre Hand und lasse mich von ihr mitziehen. Ich bin froh, dass sie einen Schritt vor mir ist, dass sie mich nicht sehen kann, denn dieser menschliche Kontakt hat etwas an sich, was mich innerlich zerreißt.

Und dann erinnere ich mich an das letzte Mal, als ich Vis Hand gehalten habe.

Bei Elenes Beerdigung.

Elene. *Götter, Elene, ich liebe dich, aber ich wünschte, ich könnte dich vergessen. Und ich wünschte, ich hätte nicht bei jeder Stunde, die vergeht, ohne dass ich an dich denke, bei jeder aus meinem Gedächtnis schwindenden Einzelheit von dir, das Gefühl, dich zu verraten. Als sei dich zu vergessen der Beweis, dass du mir nie wirklich etwas bedeutet hättest.*

Vi muss etwas von alledem an der Art gespürt haben, wie ich ihre Hand halte, denn mit einem kurzen Blick zurück zu mir lässt sie sie los.

Ich weiß nicht, ob ich meine Gesichtszüge schnell genug wieder in den Griff bekomme, um zu verbergen, was ich fühle.

Ich bin einfach nur müde. Überreizt. Die jämmerliche kleine Heulsuse in mir kommt zum Vorschein, wenn ich zu müde bin.

Götter, ich werde mich blamieren.

Ohne ein Wort erreichen wir die Tür zu ihrer Kabine. Ein zugedecktes Tablett wartet in einer Nische in der Nähe; als ich das Tablett berühre, ist es heiß. Überall Magie im Spiel bei diesen Leuten. Magie, um das Essen warm zu halten! Was hätten jetzt wohl die Jungen und Mädchen meiner alten Gilde gedacht, die davon gelebt haben, sich die Essensreste aus der Gosse in der Nähe der Tavernen zu klauben?

Der niedrigste Magier aus der Spülküche dieses Schiffes hätte mit seinem Lohn eines einzigen Tages meine gesamte Gilde einen Monat lang ernähren können.

Ich wünschte, das würde mich weniger hungrig machen. Aber das war schon damals nicht der Fall, und so ist es auch jetzt nicht. Wie so oft schiebe ich meine Wut darüber, wie die Dinge sind, und meine Unfähigkeit, irgendetwas Wesentliches zu ändern, weit von mir weg.

»Das schmeckt großartig«, murmle ich und verschlinge irgendetwas. Komplexe Aromen, unterlegt mit feinen Geschmacksnuancen. Für mich ist es nur Zunder, um das Feuer auflodern zu lassen. Die Energie, die mich am Laufen hält.

Habe ich gesagt, ich sei ein Super-Meuchelmörder? Wohl eher ein Suppen-Meuchelmörder.

Aber auch mein Versuch, Humor zu beweisen und mich über mich selbst lustig zu machen, schafft es nicht, meine Laune zu heben.

Könnte ich nicht etwas essen, das nur ein Zehntel so delikat und ausgefallen ist, ein Zehntel so teuer, und die preisliche Differenz den Kindern da draußen geben, die das Geld so dringend bräuchten?

Aber so funktioniert die Welt nicht.

Viridiana hat mich während des Essens die ganze Zeit beobachtet. Wahrscheinlich verurteilt sie mich dafür, dass ich wie ein Barbar gegessen habe, obwohl ihr auf mir ruhender Blick ein sanfter ist. Sanfter, als ich erwartet hätte. Sanfter, als ich es verdiene. »Sie werden dir eine einfache Aufgabe übertragen«, sagt sie jetzt. »Mehr werden sie dir nicht anvertrauen wollen. Und dich mit etwas Kleinem beschäftigt zu halten, sollte dafür sorgen, dass du nichts Großes vermasselst. Zumindest hoffen sie das. Aber, wie auch immer, sie brauchen dich und sie fürchten dich.«

»Was meinst du, jetzt, wo wir unsere Abmachung getroffen haben, wie lange werden sie wohl warten, bis sie mich hintergehen? Bis wir das Kind an Land gebracht haben oder bis wir Alitaera wirklich verlassen haben?«, erkundige ich mich.

Sie zuckt zusammen. »Ich bin mir sicher, dass sie im Moment darüber beraten«, antwortet sie. »Ich … habe es mit ihnen versucht, Kylar. Doch sie denken, ich bin … kompromittiert, wo immer du ins Spiel kommst.«

Und bist du das auch?, geht es mir durch den Kopf, aber es gelingt mir nicht, es laut auszusprechen.

»Ich habe da bei unserem letzten Treffen so ein paar Sachen gesagt …«, setze ich an.

»Nicht!«, unterbricht sie mich eilig. »Wir wollen … nicht wieder darauf zurückkommen. Bis etwa eine Stunde vor Sonnenaufgang bleibt für uns jetzt erst einmal nichts weiter zu tun. Welche Aufgaben sie uns auch geben werden, sie sollten einfach sein. Du brauchst jetzt Schlaf. Und ich auch, unbedingt.«

»Ist es hier sicher?«

Sie schnaubt abschätzig. »Sicher?«

»Du weißt, was ich meine.«

Sie zuckt mit den Schultern. »Wenn jemand versucht, hier hereinzukommen und dir was anzutun, werde ich diese Person umbringen.«

Sie ist ganz knallharte Frau, als sie das sagt, und das wärmt mir eigentümlich das Herz.

Sie sieht kurz zu mir auf und wendet den Blick dann schnell wieder ab, als würde sie sich schämen. »Kylar …« Dann scheint sie ihre Meinung zu ändern. »Leg dich hin, auf den Bauch, Gesicht nach unten. Sieht ganz so aus, als hättest du dir da draußen ein paar Muskelrisse im Rücken zugezogen.«

»Wie hast du das …«

»Es gibt das eine oder andere, worin ich richtig gut bin. Lass mich nur machen. Leg dich hin.«

Widerstrebend tue ich, was sie verlangt. »Vi, meine Magie – das heilt doch alles sowieso. Kein Grund, um … Oh, verdammt!«

Irgendwie haben ihre Hände genau den Punkt direkt unter meinem Schulterblatt gefunden, wo es am meisten wehtut. Kurz verschlägt es mir vor Schmerz den Atem, als sie die Stelle viel zu fest in die Mangel nimmt.

Diese Frau hat keine Ahnung, was sie da tut.

»Oh«, sage ich. »Oh. In Ordnung. Das war jetzt etwas anderes.«

Sie flucht leise vor sich hin. »Jetzt verstehe ich, warum Schwester Ariel dich unbedingt in die Finger kriegen will.«

»Was machst du … au, au, au, au, au – oh.« Jetzt hat sie eine ganz andere Stelle tief in meinem Rücken gefunden, mir dort wehgetan und den Schmerz dann auf magische Weise geheilt.

»Du hast da so Gewebeschichten«, erklärt sie. »Ein Teil von dir versucht, diese Bereiche, diese Verletzungen, von denen einige schon recht alt sind, ruhigzustellen, und gleichzeitig versucht eine tiefere Magie, diese Verletzungen zu heilen, aber du bist so stark, dass du deine eigene Magie daran hinderst zu tun, was sie tun muss. Wenn ich also …«

»Das ist wirklich faszinierend, aber …« Ich breche ab und der Satz geht in einen spitzen Schrei über. Der wiederum verhallt als ein peinliches Stöhnen.

Viridiana schenkt alledem keine Beachtung. Sie fährt fort: »Weißt du, als ich ein Kind war, hatte meine Mutter einen Freund, einen Geliebten, da war ich noch sehr klein. Ich mochte ihn sehr. Er hatte seine Frau und seine Tochter bei einem Brand verloren. Die Wohnungen in den Elendsquartieren, weißt du? Er war Schmied gewesen, aber nach dem Tod der beiden hatte er seine Schmiede verloren, weil er sich lange Zeit nicht dazu aufraffen konnte, wieder zu arbeiten. Als er dann mit meiner Mutter zusammen war, arbeitete er als Steinmetz und versuchte zu sparen, um sich neues Schmiedewerkzeug zu kaufen, doch er hat sich regelmäßig volllaufen lassen und alles wieder verloren. Wenn er aus dem Steinbruch nach Hause kam, hat ihn meine Mutter immer genauso massiert. Er hat davon geredet, mein neuer Papa zu sein, und mich einmal gefragt, ob mir das gefallen würde, aber da war er sturzbetrunken.« In Vis Stimme liegt nun eine andere Art von Schmerz und ich hätte jetzt gerne ihr Gesicht gesehen.

Tief in mir drinnen verspüre ich den Impuls, sie nicht weitererzählen zu lassen. Vi hat so viel Gewalt durch Männer erlitten – vor allem durch die Freunde ihrer Mutter –, dass in mir kalte Angst aufsteigt. Mir wird schlecht beim Gedanken daran, wie diese Geschichte wahrscheinlich ausgeht, wie er sie wahrscheinlich geschlagen hat und vielleicht sogar noch Schlimmeres. Und, was es sogar noch schlimmer macht: Sie scheint nicht einmal zornig auf ihn zu sein.

»Am nächsten Tag wirkte er zerknirscht, was mich verwirrte. Wollte er mich etwa nicht?«, fährt Vi fort.

Ich habe nichts darauf zu erwidern.

Sie fährt sich mit der Hand durchs Haar, als wolle sie es sich zu jenem strammen Pferdeschwanz binden, den sie bevorzugt, aber sie hält inne und streicht sich stattdessen eine rote Welle hinters Ohr. »Wie auch immer, jedenfalls habe ich meine Mutter in den Jahren danach in unserer Einzimmerwohnung mit vielen verschiedenen Männern, na ja, eine Menge Dinge treiben sehen. Aber das war später. Ich erinnere mich, wie sie ihm ein Essen zubereitet und ihm geholfen hat, die Leiden seines schmerzenden Körpers zu lindern, wenn er aus dem Steinbruch zurückkam, und es war irgendwie wohltuend, verstehst du? Als könnten wir vielleicht bald eine ganz normale Familie sein. Eines Tages fragte er mich nach ihrer Lieblingsfarbe und ob sie Spitze möge.«

Oh, ihr Götter, bitte lasst ihre Geschichte nicht in etwas Krankes abgleiten.

»Ich habe herausgefunden, dass er gespart hatte, um ihr ein schönes Kleid zu kaufen, wie sie seit Jahren keines mehr besessen hatte. Ein Hochzeitskleid. Er wollte sie überraschen.«

Sie wird still, ihre Hände finden weiterhin meine alten Wunden, lassen sie schmerzen und sorgen dafür, dass sie sich langsam besser anfühlen; Hände, wie von einer mit Instinkt vermählten Intuition geleitet. Die Verwundeten kennen sich mit Wunden aus.

»Was ist passiert?«, frage ich schließlich. Ich weiß nicht, ob ich es überhaupt wissen will, aber ich möchte, dass sie weiß, dass mir etwas daran liegt, es zu hören.

»Ich weiß es nicht genau. Meine Mutter hat die Sache vermasselt. Eines Tages ist er plötzlich nicht mehr zu uns gekommen. Sie hat ihn beschuldigt, ihr Geld zu stehlen – sie hat damals gar nicht gearbeitet, also war es eigentlich *sein* Geld. Sie hat behauptet, er schlafe mit einer älteren Frau. Hat gemeint, sie sei ihm gefolgt. Es war die Schneiderin. Sie hat verlangt, er solle ihr ›dieses angebliche Kleid‹ zeigen, um seine Behauptungen zu beweisen. Er weigerte sich, es ihr zu zeigen, und sagte, wenn sie ihm nicht trauen würde, könnten sie nicht zusammen sein. Dann hat er irgendeinen Vergleich gezogen, von wegen, wie sehr sie sich doch von seiner ersten Frau unterscheide. Meine Mutter ist ausgerastet. Meinte, er würde ganz offensichtlich lügen. Es gäbe gar kein Kleid. Hat ihm noch allerlei andere abscheuliche Dinge an den Kopf geworfen. Er ging und ist nie wieder zurückgekommen. Ich habe ihn zwei Jahre später besucht. Allein, halb totgesoffen, und immer noch wartete er darauf, dass meine Mutter durch seine

Tür kommen würde. Er hatte das Kleid, Kylar. Er hatte es immer noch. Hat es immer gehabt. Er hat sie nie betrogen. Sie waren so nah dran an einem ganz anderen Leben. Wir alle waren das. Aber er war einfach zu gebrochen.«

»Genauso wie deine Mutter, oder?«

Vis Hände stocken in ihrer Bewegung auf meinem Rücken. »Ja. Trotzdem gebe ich ihr die Schuld.« Sie nimmt die Hände weg. »Entschuldige. Ich wollte nicht ... Das hier hat mich nur an das letzte Mal erinnert, als ich ihn gesehen habe ... wahrscheinlich hat es mich einfach daran erinnert, dass Berührung heilend sein kann. Dass wir unsere Hände dazu nehmen können, einander zu dienen, nicht nur dazu, uns gegenseitig zu benutzen oder wehzutun.«

»Danke«, sage ich. »*Ich danke dir.*« Ich setze mich auf und schaue ihr ins Gesicht. »Für das Gespräch und die Berührung. Es kommt mir vor wie ...« Meine Gedanken schlagen Bögen um eine Reihe unzumutbarer Wörter, Wörter zu nah am Herzen, Wörter, die Versprechen in sich tragen. »Wie Vertrauen.«

Sie lächelt, aber in ihren Augen wogt ein Meer des Schmerzes, Erinnerungen, die, freigelegt, vergeblich nach Luft schnappen wie sterbende Fische am Ufer, die nichts sehnlicher wünschen, als in die Ruhe des Wassers zurückzukehren.

Meine Kehle ist plötzlich wie zugeschnürt. »Viridiana? Warum habe ich da dieses Gefühl in mir – wie von Abschied?«

Sie braucht ein paar Augenblicke, um zu antworten. »Dieses Unternehmen ist zum Scheitern verurteilt, nicht wahr? Nicht einfach nur schwierig. Sondern es ist so, als ob ... als ob wir überhaupt keine Aussicht auf Erfolg hätten.«

»Ich weiß es nicht«, sage ich. »Ich habe schon zuvor allen Widrigkeiten getrotzt. Stimmt's? Wir werden einen Weg finden. Ich finde immer einen.«

»Einfach so?«, fragt sie, aber es liegt etwas Trauriges in ihren Worten.

»Wir müssen einen Weg finden«, betone ich. »Ich kann ihn nicht im Stich lassen.«

»Du meinst Logans Sohn?«

»Als ich noch sehr klein war, habe ich mir einen der älteren Jungen in meiner Gilde zum Feind gemacht. Ich habe einen meiner besten Freunde für ein paar Minuten aus den Augen gelassen. Und dann hat es ihn erwischt und er wurde übel zugerichtet. Und ich habe mich in mir selbst verkrochen, alle Warnzeichen missachtet und Elene ungeschützt zurückgelassen. Und als ich sie ebenfalls verloren habe, habe ich auch etwas von mir selbst verloren.«

Ich sehe Vi schlucken. »Dieser Freund? Das war Jarl, nicht?«

»Ja«, sage ich. Aber ich möchte nicht weiter auf die Geschichte eingehen. Nicht auf meine. Nicht auf ihre. »Caedan ist ganz in der Nähe, Viridiana. Ich darf ihn jetzt nicht verlieren, denn sonst, das weiß ich – ich weiß es! –, werde ich ihn für immer verlieren. Ich darf es einfach nicht. Ich darf niemals wieder jemanden den Klauen eines Ungeheuers überlassen. Und da wollen einige dieser Schwestern, dass wir warten, bis wir in Borami angekommen sind, im Glauben, dass wir eines Tages vielleicht eine neue Chance bekommen, um Caedan zu retten? Ich habe gesehen, wie schnell Zerstörung vor sich gehen kann. Wie schnell ein Leben zerstört werden kann, ein *Kind* zerstört werden kann. Wenn man den Fuß eines Kindes mit einem Hammer zertrümmert, wird der Schmerz irgendwann nachlassen, das Weinen aufhören, aber der Kleine wird nie richtig laufen können. Er kann lernen zu hinken. Mit der Zeit und mit viel Anstrengung kann er sehr geschickt im Umgang mit einer Krücke werden. Aber er kann nie wieder ganz geheilt werden. Und ich habe auf der Straße gelernt, dass man auch die Seele eines Kindes brechen kann.«

»Ich weiß«, sagt Vi leise. »Das ist, was mit mir passiert ist.«

»Und mit mir genauso«, erwidere ich verbittert und wende den Blick ab. »Wenn Repha'im mich ansieht, so sieht er keinen gebrochenen Menschen, sondern eine Waffe, von der alle unnötigen Teile abgefeilt wurden. Und ich glaube, womöglich hat er bei mir sogar recht damit. Bei mir gibt es keinerlei Hindernisse in Form von Familie, Clan oder auch nur Treuepflichten gegenüber einem Land. Ich töte, ohne zu zögern, und in der Regel ohne Gewissensbisse. Ich kann in eine Richtung gelenkt und dann wie ein Jagdhund oder ein Pfeil losgelassen werden, um zu töten. Und das ist genau das, was er will. Doch er weiß, dass ich das nicht für ihn sein werde, also will er Caedan zu dieser Waffe machen. Die Elendsviertel haben mich gebrochen, aber das ist eben einfach irgendwie passiert, weißt du? Ich habe meine Entscheidungen getroffen und sie haben mich hierhergebracht. Ich werde nicht zulassen, dass er so etwas einem Kind mit Absicht antut. Für mich ist es zu spät, doch das Kind werde ich retten. Das schwöre ich. Ich würde es tun, auch wenn der Kleine nicht mein …« Aus irgendeinem Grund kann ich den Satz nicht zu Ende führen. Meine Kehle ist wie zugeschnürt und meine Augen füllen sich mit Tränen. »Du weißt schon«, bringe ich schnell blinzelnd heraus. Vi ist ziemlich blind für solche Dinge. Vielleicht entgeht es ihr ja.

»Dein Sohn«, flüstert sie.

Ich versuche weiterzureden, die Sache zu überspielen. Schaffe es nicht. Nicke rasch, räuspere mich.

»Jedenfalls habe ich ein gutes Gefühl bei der Sache«, sage ich schließlich.

»Du … du hast was?«, wundert sie sich und zieht die Brauen hoch.

»Diese Unternehmung. Es wird schon alles ein gutes Ende nehmen.«

»Wie bitte? Sind dir denn nicht gerade noch die …? Wovon redest du da?«, fragt Vi.

»Nun, ich weiß nicht, wie ich es sagen soll, ohne arrogant zu klingen.«

»Du bist der Nachtengel. Ich glaube nicht, dass du arrogant klingen wirst.«

Ein kurzes Lächeln schleicht sich auf meine Lippen. Ich bin der Nachtengel.

Das stimmt. Aber was bedeutet das wirklich? Ich schiebe den Gedanken zur Seite. »Was ich sagen will, ist, dass ich … dass ich immer eine dritte Möglichkeit finde. Nicht dass ich mir unmögliche Situationen aussuche, nicht absichtlich, aber wenn ich in so eine Situation gerate, höre ich nicht auf zu kämpfen. Niemals. Und meistens läuft es nicht gut, doch irgendwie schaffe ich es immer, mich durchzukämpfen.«

»Ich weiß nicht, wie du da vom einen auf das andere gekommen bist, aber …« Vi senkt ihre Stimme zu einem Flüstern. »Aber das ist genau das, was ich den Schwestern gesagt habe.«

Sie kennt mich. Sie kennt mich und trotzdem glaubt sie an mich.

Mein Herz aus Stein springt durch ein Dutzend Flammenringe und verwandelt sich in etwas Weicheres, und die kühle Schönheit ihres Gesichts erwärmt sich plötzlich zu etwas, das sowohl weniger bedrohlich als auch viel, viel beängstigender ist, etwas so betörend wie Musik und tiefer als ein Abgrund und irgendwie vielleicht eine Antwort auf all die Sehnsüchte, die ich seit Elenes Tod zu ersticken versuche, die sich jedoch immer wieder ihren Weg aus jedem Gefängnis und an die Oberfläche jedes Sees kämpfen, in dem ich sie zu ertränken versuche, und sie ist sie selbst, die Frau, die ich so gut kenne, und sie ist die Inkarnation irgendeiner Göttin, irgendeine Energie, uralt und umschlingend und stärker als jeder Stein. Ehrfürchtig strecke ich meine Hand aus, um ihr Gesicht zu berühren.

Und wundersamerweise lässt sie sich meine Berührung gefallen. Sie zieht meine raue Hand an ihre weiche Wange und schließt die Augen, als wir uns berühren, und sie macht einen Schritt auf mich zu und schmiegt sich an meinen Körper, als hätte meine Berührung sie herangezogen, als wollte sie in mich hineingezogen werden.

Was machst du da?, flüstert eine Stimme in mir. *Du kannst das nicht haben. Du wirst alles zerstören.*

Sie drückt meine Hand an ihr Gesicht, ihre Augen sind geschlossen, und jetzt lässt sie sie los, ihre Hand wandert meinen Unterarm hinunter, lässt meine Haut kribbeln, und ihre Augen öffnen sich und blicken in meine, tastend, verletzlich.

Ich weiß nicht, ob ich ihr Gesicht mit ganz unmerklichem Druck zu meinem hebe oder ob meine Finger nur mit ihrer Bewegung nach oben gehen, aber ihre Lippen heben, nähern sich.

Der Schock unserer sich begegnenden Lippen ist wie der erste Blitz eines plötzlichen Sommergewitters, der Donner kracht einen Moment später und macht alles andere auf der Welt vergessen, als Angst, Zögern und Schuld und sogar die Zeit selbst gezwungen sind, draußen vor der Tür zu bleiben, als die unentwegt plappernden Stimmen in meinem Kopf endlich einmal verstummen – endlich einmal! – und ich in ihrem lieblichen, starken Hafen anlande.

Ich habe keine Worte, um zu beschreiben, was Vi für mich in diesem kleinen Raum war, wie sie mich kannte, wie sie mich durch eine Magie, die tiefer ist als jede Magie, mit ihren Augen, ihren

Lippen, ihren Berührungen von jedem giftigen Gedanken wegzog, zurück in das wunderbare Jetzt.

Wie sie mit mir zusammen war, wie sie mich las, dem könnte vielleicht nur ein Dichter Ausdruck verleihen. Ich spürte, wie sie in meine Tiefen vordrang, wie sie zerfaserte, abgescheuerte Teile meiner Seele fand, die ich für immer verloren geglaubt hatte, und wie sie sie wieder zusammenflickte, mich durch ihre Nähkünste zurückbrachte in eine Welt, die zu hassen und nicht zu brauchen ich geglaubt hatte, die ich aber insgeheim liebte und so sehr vermisste, dass ich es nicht ertragen konnte. Sie sah mich – nicht das Ich, das ich sah und hasste, sondern ein Ich, das irgendwie hell erleuchtet war; die Schatten und die Dunkelheit schmolzen vor ihren Augen dahin, Augen, die meine kaputte Gebrochenheit sahen und mich dennoch nicht hassten.

Ich wandte den Blick von ihren Augen ab. Das musste ich, ihre Intensität war zu groß, als dass ich es zu ertragen vermochte.

Ich werde mir des Raumes wieder bewusst. Unsere Kleidung in Unordnung oder weggeworfen, ich liege auf ihr, sie unter mir, bereit. Wenn wir es tun, kann nichts mehr so sein wie zuvor. Wenn ich jetzt aufhöre, werden wir vielleicht in vielen Jahren sagen: *Weißt du noch, damals, wie wir einmal um ein Haar miteinander …?*

Aber ich weiß es besser. Es gibt keine Zukunft für uns. Ich verlange nur das nackte Jetzt.

Ich blicke ihr wieder in die Augen und sehe darin mein eigenes Verlangen gespiegelt und einen Hauch meiner eigenen Angst.

»Das hier hat nichts zu bedeuten«, sage ich.

»Das hier ändert nichts«, pflichtet sie mir sofort bei, und ich weiß, dass ich recht habe. Sie denkt das Gleiche, und das Ganze bekümmert sie genauso wenig.

Während ich ihr tief in die Augen schaue, lasse ich mich willig von ihrem Körper und dem umarmenden Kreis ihrer Arme in Empfang nehmen, als würde ich ein fremdes Haus betreten und es unerwarteterweise als mein Zuhause erkennen – ein Zuhause, das ich nie gekannt habe, eine Heimkehr, die ich nie für möglich gehalten hätte.

Überwältigt, sodass ich sogar noch um die Luft zum Atmen kämpfen muss, sage ich: »Ich liebe dich nicht.«

Ihre Augen sind eindringlich wild, unbeirrbar. »Ich liebe dich auch nicht«, antwortet sie und zieht mich an sich, zu sich, zu sich, zu sich, und ich glaube ihr in exakt dem gleichen Maße, wie auch sie mir glaubt.

Vi rutschte von ihrem Sitz. Tränen liefen ihr heiß über die Wangen, und ein Abgrund von Schwäche und Verzweiflung tat sich vor ihr auf.

Sie sprang hoch, als könnte die Bewegung allein ihr helfen, sich aus ihrer Lähmung zu lösen, und schrie wütend: »Nein. Nein. Nein!«

Als sie mit der Faust auf den Tisch hämmerte, entschlüpfte ein Teil ihres Zorns seinem Zaum und wandelte sich auf seiner Flucht in Magie, wie ein Hund, der durch eine unachtsam einen Spaltbreit geöffnete Tür stürmt.

Eine Welle der Erschütterung schoss durch den Raum, schnell wie ein Gedanke. Sämtliche Fensterscheiben der kleinen Bibliothek barsten auf einmal und die Bücherregale waren unvermittelt in ein schützendes rotes Licht getaucht.

»Ah«, kam es von Schwester Ariel, ihre leuchtenden Umrisse von einem magischen Schutzschirm umgeben. »Ich habe die Fenster vergessen. O weh.«

Mit einem erschreckten Keuchen bemerkte Vi, dass alle Tische mit den gleichen leuchtenden Schutzzaubern versehen waren. Sie entlud ihre Magie, so schnell sie konnte.

»Du bist also am Ende angelangt?«, fragte Schwester Ariel. »Gut. Dann haben wir jetzt dringende Dinge zu …«

»Nein. Noch nicht. Aber ich habe nicht mehr viel«, antwortete Vi.

»Dann …« Schwester Ariel wirkte durcheinander. »Darf ich fragen, weshalb das eben passiert ist?«

Vi hätte sich am liebsten übergeben, doch das wirbelnde flaue Gefühl rührte nicht von ihrem Magen her. »Es war schön, Schwester.« Sie schüttelte den Kopf, ihr Blick verschwommen, und für einen kurzen Moment durchlebte sie Tröstlichkeit und Nähe von Kylars Umarmung noch einmal. »Es war so …« Sie brach ab. Ständig ließen sie die Worte im Stich. *So rein? So schön?* Das hatte sie schon gesagt. Sie hatte ein Gefühl, als habe sie zögernd einen Tempel betreten, ihre Freude an den darin zelebrierten Riten gehabt und im Gebet zum ersten Mal mit etwas Verbindung aufgenommen, das größer war als sie selbst.

Und dann, nachdem sie sich erneuert und verwandelt hatte, nachdem sie jenes Heilige mit zitternden Fingern berührt hatte, hatte sie auf dem Weg nach draußen einen Beutel Scheiße auf dem Altar ausgeschüttet.

»Es war so schön, dass ich vergessen habe, was mir aufgetragen worden war. Ich …« Sie öffnete die Augen und sah Schwester Ariel vor sich, den letzten Menschen auf der Welt, der das alles würde verstehen können.

»Also, ja, um es auf den Punkt zu bringen, als ich erwachte und merkte, dass ich nicht getan hatte, was mir aufgetragen worden war …« Ein Schluchzen regte sich tief unten in ihrem Bauch, stieg auf wie ein Taucher, der verzweifelt nach Atem giert, aber sie packte es an den Haaren und stieß es fest wieder hinab, wie sie gelernt hatte, es mit jedem Eingeständnis zu tun. Das gehörte zu einem anderen Körper, einem Schwächling, einem Opfer. Sie war geübt. Sie wusste, wie man damit umging.

Als ihre Stimme aus den Tiefen auftauchte, war sie leise, ruhig, leblos. »Als ich aufgewacht bin und gemerkt habe, dass ich meinen Auftrag nicht erfüllt hatte, habe ich getan, was mir befohlen worden war.«

Schwester Ariel wirkte verdutzt. »Und was war das?«

Vi gab ein Schnauben von sich, ihre Stimme klang in ihren eigenen Ohren hämisch und kalt und irgendwie dünn. Sie flüsterte: »Ich habe ihn vergewaltigt.«

»Wie bitte?«, fragte Schwester Ariel.

Aber Vi konnte es nicht noch einmal sagen. Nicht einmal jetzt, wo das alles so weit weg war.

Eine Weile hing das Geständnis in der Luft, nackt und schmachvoll. Dann sagte Schwester Ariel: »Du …? Oh, du hast einen Glanzzauber benutzt.«

»Er hat nicht einmal …« Sie konnte den restlichen Satz nicht herausbringen.

Kylar war gar nicht erst auf den Gedanken gekommen, dass sie einen solchen Zauber bei ihm zur Anwendung bringen könnte. Sie hatte ihn getäuscht und sie schämte sich. Sie schämte sich für *ihn*, dafür, dass er darauf reingefallen war.

Wie krank war das denn? Dass sie sich mehr dafür schämte, dass er auf ihre Schliche hereingefallen war, als dass sie sich für sich selbst schämte?

Jene Teile von ihr, die sie gewaltsam gespalten hatte, wollten sich wieder vereinen, doch sie konnte es nicht zulassen. Sie hatte von Knochen gehört, die falsch verheilt waren und neu gebrochen werden mussten, damit sie richtig zusammengefügt werden konnten, aber sie selbst war zu gebrochen, um wieder in Ordnung gebracht zu werden. Warum einen Knochen ein zweites Mal brechen, wenn er nie wieder richtig heilen kann? Sie würde so oder so ein Krüppel bleiben.

»Er hat es gar nicht bemerkt?«, versuchte Schwester Ariel ihr unter die Arme zu greifen, doch es war wenig hilfreich. »Ja, Glanzzauber sind, moralisch gesehen, im besten Fall ein zweischneidiges Schwert. Manche – und ich zähle mich selbst auch dazu – meinen, wir sollten sie ausnahmslos verbieten. Deshalb haben wir auch so viele Vorschriften und Regeln, die einschränken, wie …«

»Regeln, die zu brechen mir aufgetragen worden war!«, knurrte Viridiana.

Schwester Ariel machte eine kleine Geste der Kapitulation.

»Wann seid Ihr eigentlich wieder hier in den Raum zurückgekommen? Aber egal. Geht mir aus den Augen«, sagte Vi. »Ich muss meine Lektüre beenden. Ich habe dieses Loch selbst gegraben. Versteht Ihr? Nicht Kylar. Ich habe ein Loch direkt bis in die Hölle gegraben. Jetzt muss ich sehen, wie tief es hinabreicht.«

Kapitel 32

Der endgültige Plan

Nachdem wir uns gel… Nein, das nicht.

Streich das, ja?

Nachdem wir uns ausgiebig gegenseitig befriedigt haben und ich schon fast eingedöst bin, hat sich Vi schließlich aus der Stellung gelöst, in der sie sich an mich gekuschelt hatte, sich herumgerollt und sich mit dem Rücken an mich gelegt.

Vage registriere ich jetzt, wie sie bebt. Sie weint.

Ruckartig reiße ich die Augen auf. Ich strecke die Hand aus, drehe mich jedoch nicht zu ihr um, bedränge sie nicht, weil ich nicht will, dass sie mich zurückweist. »Viridiana? Alles in Ordnung mit dir?«

Sie fährt zusammen. Dann rollt sie sich schnell zu mir, als hätte ich sie dabei erwischt, wie sie etwas Unrechtes getan hat, und schenkt mir mit geröteten Augen ein falsches Lächeln. »Alles gut. Wirklich.«

»Was ist los?«, will ich wissen und stütze mich auf den Ellbogen. Die auf Magie reagierende Strähne in ihrem Haar prangt in einem Wirbel aus bunten Farben. Es muss noch von all der Magie herrühren, deren sie sich zuvor bedient hat, um mich zu heilen. Ich strecke die Hand aus, um die Strähne zu berühren, zügele mich dann aber, weil ich mich daran erinnere, wie eigenwillig sie in Bezug auf ihr Haar ist. »Kann ich irgendetwas …«

»Nur der ganze Druck«, sagt sie schnell. »Nichts weiter. Es ist lieb, dass du fragst.«

Sie lehnt sich herüber und gibt mir einen Schmatz auf die Lippen, und als sie sich wieder von mir löst, hält sie inne, als sei das viel angenehmer gewesen als erwartet. Sie küsst mich noch einmal, und diesmal ist es mehr als nur ein flüchtiges Küsschen. Dann schmilzt sie mit einem tiefen, kehligen Laut dahin, schmiegt ihren Körper eng an meinen.

Wir küssen uns, aber ich löse mich rasch wieder von ihr. Irgendetwas ist da seltsam. »Viridiana, stimmt etwas n…?«

»Vi. Nenn mich Vi. Zumindest, wenn wir zwei allein sind.«

»Ich versteh dich nicht.« Sie hat so viel Aufhebens darum gemacht, dass sie jetzt anders sei als früher. Sie ist jedes Mal stinksauer gewesen, wenn ich sie Vi genannt habe.

»Ich mag es, wie du das sagst. Ich mag es, dass du mich schon früher gekannt hast und mich jetzt trotzdem magst.« Ich kann den Ausdruck ihrer Augen nicht deuten, während sie das sagt. Es kommt mir so vor, als sei es zum Teil eine Lüge. Allerdings bin ich mir nicht sicher, ob ich das richtig interpretiere. Sie wirkt selbst verwirrt, und jetzt, wo ich zögere, wird sie unsicher.

Diese Unsicherheit macht mich fertig.

»Du meinst, ich *mag* dich jetzt? Hm. Scheint mir ziemlich anmaßend, findest du nicht auch?« Ich beuge mich an sie heran und küsse ihren Hals. »Hast du dafür irgendwelche Anhaltspunkte?«

Sie zieht einen leichten Flunsch und reckt den Hals. Die Hydra in mir hebt ihre Köpfe. Ich brauche diese Frau. Der ganze Raum scheint sich abzudunkeln, sodass nur sie allein noch hell leuchtet, meine ganze Aufmerksamkeit fesselt. Sie schlingt ihre Beine um meine und zieht meine Hand auf ihre Brust.

Irgendwie denke ich, dass das, was Vi im Moment braucht, nicht noch mehr Sex ist, sondern Verbundenheit. Wir haben verändert, was zwischen uns ist. Vielleicht haben wir dabei auch etwas zerstört. Wir müssen reden, um herauszufinden, was wir getan haben und wie wir jetzt damit umgehen wollen. Wir müssen herausfinden, ob die Sache zwischen uns gut laufen wird.

»Vi, nein, hör auf. Ich finde …«

Aber bei ihrem Anblick, als ich sie rieche, den Klang ihrer Stimme höre, die Wärme ihres Atems in meinem Ohr spüre, die mich trunken macht, vergesse ich, was ich habe sagen wollen.

»Ich weiß es nicht«, sage ich, und meine Entschlossenheit schwindet dahin. Doch bin ich mir nicht sicher, was ich da nicht weiß. Ich habe das Gefühl, dass das alles ein Fehler ist, dass wir reden sollten. Aber ich habe sowieso schon alles vergeigt. Nach dem, was zwischen uns passiert ist, können wir nie mehr einfach nur Freunde sein. Das haben wir bereits verloren. Es ist jetzt schon zu spät. Dann können wir doch gleich all die Wonne dieser einen Nacht bis zur Neige auskosten, oder?

Aber es erscheint mir nicht richtig. Es kommt mir egoistisch vor. Schweren Herzens löse ich mich von ihr.

Doch sie lässt mich nicht los. »Kylar, wenn wir zu viel reden, vermassle ich alles. Können wir nicht einfach die heutige Nacht genießen? Ich brauche dich.« Ihre Stimme wird zu einem leisen Flüstern, und dann ist da nur noch das Gefühl ihres Körpers an meinem, der goldene Schimmer ihres Haares, ihr Geruch, der mein ganzes Wesen erfüllt, und das Brüllen meines Verlangens, das das Gewisper meiner Einwände übertönt.

Und dann stellt sie Sachen mit mir an, die mich völlig vergessen lassen, was Sprache überhaupt ist. Ich weiß, ich sollte mich ihr nicht hingeben – doch ich tue es. Voll und ganz. Freudig.

Aber es ist anders als zuvor. Aus irgendeinem Grund, den ich nicht verstehe, fühle ich mich dieses Mal nicht so gut dabei. Es ist, als würde ich es ihr durchgehen lassen, die wahre Vi zu unterdrücken, und mich dabei als ihr williger Komplize zur Verfügung stellen. Und jetzt, im Nachhinein, wird mir klar, dass es alles irgendwie unpersönlich gewesen ist, als würde sie wieder in ein altgewohntes Muster zurückfallen, als würde sie sich, im gleichen Maße wie wir körperlich-sexuell miteinander verbunden sind, irgendwie von sich selbst abkoppeln.

Habe ich etwas falsch gemacht? Habe ich womöglich Elenes Namen gesagt, während wir miteinander …?

~Nein. Hast du nicht.~

Äh, würg. Ich wollte eigentlich gar nicht daran erinnert werden, dass du die ganze Zeit dabei gewesen bist.

Vielleicht hat sie eben einfach nicht reden wollen. Wollte meine Fragen nicht beantworten. Oder sie glaubte vielleicht, mir Sex als Gegenleistung bieten zu müssen, um zu bekommen, was sie brauchte.

Mir wird ganz elend, und ich fühle mich irgendwie betrogen. Was habe ich getan, um eine solche Behandlung zu verdienen? Warum hat sie eine so niedrige Meinung von mir, dass sie meint, nicht einfach sagen zu können: *Ich will jetzt nicht reden? Können wir einfach kuscheln?*

Aber wie sehr mir dieser neue Schmerz auch zu schaffen machen mag, ich bin erschöpft und schlafe ein, trotz allem.

Als ich erwache, ist sie nicht mehr bei mir im Bett. Während ich noch so daliege und mich strecke, höre ich leises Stimmengewirr aus dem Flur dringen. Zwei Frauen, eine von ihnen Vi.

»Psst!«, raunt Vi. »Leiser. Er ist immer noch da drin.«

Ein Murmeln von irgendetwas, aber es endet damit, dass die Stimme nach oben geht. Die andere Frau hat eine Frage gestellt.

»Ja, da bin ich sicher. Er hatte seit Tagen nicht gut geschlafen. Falls er denn überhaupt je einmal Schlaf gefunden hat. Er …« Wieder kann ich das Folgende nicht verstehen, und ich bin versucht, aus dem Bett zu steigen.

Es folgt eine scharfe Bemerkung vonseiten der anderen Stimme.

Eine Frage von Vi, am Ende vielleicht ein: »… wirklich? Natürlich, ich gehe gleich mal nachschauen.« Die Tür öffnet sich auf lautlosen Angeln. Ich schließe die Augen und stelle sicher, dass mein Atem langsam und gleichmäßig ist.

Vi scheint mich eine geraume Weile zu betrachten. Ich frage mich, ob es wohl magische Mittel gibt, mit denen sie feststellen können, ob jemand nur so tut, als würde er schlafen.

Doch dann schließt sie leise die Tür.

Ich stehe auf und schleiche schamlos zur Tür, um zu lauschen.

Die andere Stimme ist die von Schwester Ayayah Meganah. »… erschrocken«, sagt sie. »Wir hatten recht. Die Seele des Kindes wird sich im Laufe der Woche endgültig mit seinem Körper verbinden. Wenn das passiert, wird es eine weitere Welle von magieaufhebender Gewalt geben. Sie wird mindestens so schlimm sein wie beim letzten Mal, aber wir rechnen mit zahlreichen Nullwellen, von denen jede neue noch viel größer sein wird als die vorangegangene.«

»Das klingt … beängstigend«, antwortet Vi.

»… eine Untertreibung. Wenn es passiert, während das Kind an Bord ist, wird alle Magie versagen, die das Schiff zusammenhält. Die kaiserlichen Magier kämpfen ja jetzt schon darum, es nicht auseinanderfallen zu lassen. Sie können nicht hoffen, es erfolgreich mit einer weiteren Nullwelle aufzunehmen. Nicht einmal, wenn es nur eine kleine wäre.«

»Aber das bedeutet …«, beginnt Vi mit entsetzter Stimme.

»Ja, es bedeutet, dass das Schiff auseinanderbricht. Alle werden sterben. Das heißt, es sei denn, sie verlassen das Schiff, bevor das passiert – oder besser noch, das Kind verlässt das Schiff. Bald. Was, wie wir erfahren haben, genau das ist, was die Kaiserin vorhat. Wie sich also herausgestellt hat, hat uns Kylar Informationen gegeben, die wir zwei Stunden später sowieso erfahren hätten. Und *dafür* hat er sich unsere Zusammenarbeit erkauft.« Sie gibt ein Geräusch von sich, das ein angewidertes Grunzen sein könnte.

»Aber wir halten die Abmachung mit ihm ein«, sagt Vi, eine Warnung an die Adresse der anderen Schwester. Es ist eine Erleichterung zu hören, dass sie für mich Partei ergreift.

»Natürlich. Die Chantry steht dicht vor einem Krieg mit den Alitaeri. Glaubst du, wir können es uns leisten, auch noch von einem Meuchelmörder gejagt zu werden, dem man mit Magie nicht beikommen kann? Kylar wird sich zu einem späteren Zeitpunkt für seine Verbrechen verantworten müssen, wenn die Sache mit Alitaera geklärt ist.«

Das ist eine noch größere Erleichterung.

Obwohl – wenn ich es mir recht überlege, wer sagt denn, dass sie Vi nicht ebenfalls anlügen?

»Von wem erfahren wir, was wir zu tun haben? Und wo bekommen wir diese Anweisungen?« Vi klingt erleichtert, dass der Waffenstillstand zwischen uns offenbar erst einmal halten wird. Was wir da vorhaben, ist ohnehin schon schwer genug.

»Andere sind bereits zur Stelle und erledigen das Ihre. Du und Kylar, ihr sollt das hier lesen und es dann verbrennen.«

»Da ist ja gar keine Beschriftung auf dieser Karte«, wirft Vi ein. Sie muss gerade auf das Blatt schauen, das ihr die Schwester gegeben hat.

»Stimmt«, blafft Schwester Ayayah. »Weil wir nämlich keine Idioten sind. Es ist …« Sie senkt die Stimme, und ich kann nicht mit Sicherheit verstehen, was sie sagt. Vielleicht »Deck vier«? Sie fährt fort: »Ihr braucht nur die Pakete entgegenzunehmen. Ihr bekommt sie beim ersten Licht des Morgens genau *hier* von Schwester Hretta Ferrule ausgehändigt. Nachdem uns dein Mörderfreund seinen Vortrag gehalten hat, haben wir ein paar Ausweichpläne erarbeitet, falls es nicht allen von uns gelingt, ihre Aufgaben zu erfüllen. Sollte Schwester Hretta also bis Sonnenaufgang nicht auftauchen, begebt ihr zwei euch so schnell wie möglich hierher und betet, dass eure neue Kontaktperson schon zur Stelle ist. Sie wird das Weiß der Dienerschaft tragen, mit roten Streifen an den Schultern und auf der Vorderseite mit den Kragenaufschlägen der kaiserlichen Ammen versehen, die mit den Kreuzen darauf, und sie wird sagen: ›Was für eine schlimme Nacht.‹ Du antwortest dann: ›Besser eine schlimme Nacht als viele schlimme Tage.‹ Du bringst die beiden Pakete – ganz vorsichtig! – zum Fluchtboot. Ihr müsst es zum Dock geschafft haben, bis die Sonne vollständig aufgegangen ist.«

»Wollt Ihr mir etwa sagen, dass ich es in zwei oder drei Minuten von hier bis zu den Docks schaffen muss?«

»Deshalb ist es ja auch der Notfallplan, kleine Schwester. Wir werden so lange wie möglich auf dich warten, aber der Zeitrahmen ist eng. Hoffentlich erledigt Schwester Hretta ihren Teil erfolgreich, dann ist das alles hinfällig. Egal wann ihr die Pakete bekommt, denkt daran, keine Gewalt anzuwenden, wenn das denn irgend möglich ist. Wenn ihr irgendjemandem etwas antun müsst, schlagt keinen Alarm und hinterlasst keine Beweise. Sollte es nötig werden, habt ihr jede Ermächtigung dazu. Aber tut es bitte nicht.«

»Irgendjemandem?«, hakt Vi nach. »Ich meine, die Kaiserin …?«

»*Bitte* tut es nicht. Aber, ja. Sie eingeschlossen. Das Gewicht der Pakete sollte identisch sein. Es sollte aus beiden kein Geräusch hervordringen. Es ist eine Menge sorgfältig bedachter Magie im Spiel. Du musst dir im Klaren sein: Wenn ihr die Nummerierungen verwechselt, stirbt jeder auf diesem Schiff. Baut also bitte keinen Mist.«

»Das heißt, die Pakete sind …?«

»Nicht laut sagen!«, geht Schwester Ayayah dazwischen.

Das Kind befindet sich in einem der Pakete, so viel habe ich begriffen. Führen sie also etwas im Schilde, bei dem es darum geht, Korbwiegen zu tauschen?

»Wenn du es schaffst, deine wahre Identität geheim zu halten, und möglicherweise auch noch dann, wenn dir das nicht gelingt, bleibst du für deine andere Mission hier auf dem Sturmschiff«, erklärt Schwester Ayayah.

Sie meint die Sache mit Repha'im.

»Und Kylar?«, fragt Vi.

»Er kommt mit uns, wie versprochen. Wir vermuten, dass er versuchen wird, uns zu hintergehen, sobald wir am Ufer angelangt sind, aber das ist kein Problem, das uns hier und heute zu interessieren braucht.«

»Und was sieht der übrige Plan vor?«, fragt Vi, und ich könnte sie einfach küssen.

»Das brauchst du nicht zu wissen.«

»Verdammt noch mal, natürlich muss ich es wissen! Pläne gehen schief. Wenn ich improvisieren muss, muss ich sicherstellen können, dass ich euch mit dem, was ich tue, bei euren Plänen keinen Strich durch die Rechnung mache.«

Lange Stille.

»Also gut«, sagt Schwester Ayayah. »Aus den offensichtlichen Gründen kann ich dir keine Einzelheiten anvertrauen, aber du sollst wissen, dass das andere Kommando versucht, auf die Kaiserin in dem Sinne einzuwirken, dass sie das Sturmschiff nicht verlässt. Gleichzeitig bringen sie Agenten in Stellung, um den Kurs des Schiffes zu ändern, sollte sie trotzdem von Bord gehen. Das wird uns den nötigen Vorsprung verschaffen, um sicher nach Hause zu kommen. Wenn sie über das Wolkenkap hinaus auf dem Sturmschiff bleibt, wird sie nicht mehr von Bord gehen können, bis ihr Borami erreicht, und sie kann sechs oder sieben Tage nicht einmal Nachrichten übermitteln. Wenn sie jedoch das Sturmschiff verlässt und ihr Schiff zur gleichen Zeit wie wir Land erreicht, könnte es für uns auf dem Weg zurück zur Chantry zu einem fürchterlichen Wettrennen gegen ihre besten Elitekämpfer kommen. Das würde mit Sicherheit Krieg bedeuten und vielleicht auch den Tod für uns. Was den Rest betrifft, so weißt du ja bereits, was unser Kommando unternimmt, um an das K… das Paket heranzukommen.«

»Verstanden«, erwidert Vi. »Sollte es am Ende tatsächlich zu diesem Rennen kommen, wäre Kylar dabei sehr hilfreich. Ich weiß, Ihr wart nicht dabei, aber Ihr habt sicher die Berichte darüber gesehen, was er am Schwarzen Hügel alles zuwege gebracht hat.«

Schwester Ayayah grunzt eine Antwort, die ich nicht verstehen kann.

Ich weiß es zu schätzen, dass Vi versucht, sich für mich starkzumachen, auch wenn ich keinen Schimmer habe, wie viel das bringt. Und im Moment würde ich mir eher wünschen, dass sie genauer darlegen, was die einzelnen Kommandos zu tun haben.

»Warum schaut Ihr mich so an?«, will Vi wissen.

»Da ist noch etwas«, sagt die ältere Frau. Es folgt Stille.

»Was?«, fragt Vi.

Zeigt Schwester Ayayah Vi da gerade etwas? »Es gibt einen Grund, warum du ausgewählt wurdest, auf dem Schiff zu bleiben, Viridiana.«

»Um den Hof von Repha'im zu unterwandern, ich weiß«, sagt Vi.

»Das nicht. Ich meine darüber hinaus. Wenn die Sache schiefgeht.«

Schweigen.

»Was?«, fragt Vi wütend. »Was soll *das* denn sein?«

Ich würde die beiden jetzt wirklich gern sehen können, doch da sind keine Ritzen in der Tür, und die Kabine hat keine Fenster. Außerdem muss ich mich bereithalten, um jeden Augenblick ins Bett zurückspringen zu können, damit Vi nicht merkt, dass ich gelauscht habe, und eigentlich spüre ich gerade den Impuls, genau das auf der Stelle zu tun – aber ich kann es nicht.

»Die Arbeit, die du früher gemacht hast«, sagt Schwester Ayayah.

»Was ist damit?«, herrscht Vi sie in demselben empörten Ton wie zuvor an.

»Es gibt Gerüchte, dass Repha'im über seltsame magische Gaben verfügt. Verbotene Dinge. Vertrauenswürdigen Quellen zufolge ist er dabei gesehen worden, wie er unglaubliche Heilungstaten vollbracht hat. Selbst in Fällen, in denen der Tod bereits eine ausgemachte Sache schien.«

»Das verstehe ich nicht. Was macht das schon? Schön für ihn«, sagt Vi.

Ich erwarte eine Zurechtweisung für ihre schnippische Art, aber Schwester Ayayah nimmt es ohne Beschwerde hin. »Schön für ihn, ja. Nicht so schön für uns. Oder auch für die Welt. Womöglich.«

»Redet Klartext«, fordert Vi. »Was wollt Ihr damit *sagen*?«

»Nicht so laut! Du weckst ihn noch auf«, zischt Schwester Ayayah. Dann, nach einem weiteren Moment der Stille – verdammt, ich muss ihre Gesichter sehen! –, fährt sie fort: »Wenn alles schiefgeht … Du bist eine Mörderin, Vi.«

»Viridiana!« Ihre Stimme ist leise, aber nachdrücklich.

»Nimm es. Es ist speziell gegen die Nullwellen gehärtet. Wenn wir das Kind nicht am Wolkenkap vom Schiff befördern können, tust du, was getan werden muss.«

»Nein, nein, nein, nein«, sagt Vi. »Nein. Ihr kommt mir nicht darum herum, laut auszusprechen, was Ihr von mir wollt. Nicht bei so etwas. Ihr sagt es mir, verdammt noch mal.«

Mir rutscht das Herz in die Hose.

»Hör mir zu, Hure«, schnauzt Schwester Ayayah sie an. »Wenn das Paket auf dem Schiff bleibt, stirbt jeder hier mit der nächsten Nullwelle – du eingeschlossen! Aber weißt du, wer vielleicht *nicht* stirbt? Mit all seinen Fähigkeiten? Repha'im. In unseren schlimmsten Albtraumszenarien sterben alle außer den beiden. Vielleicht setzt Repha'im seine sonderbaren magischen Kräfte ein, um sich und ihn zu retten, und dann gibt es nichts mehr, was ihn aufhalten kann. Wenn das passiert, verlieren wir alles. Unser Leben, die Chantry und noch mehr. Wir wissen, dass diese Nullwelle kommen wird. Wir wissen auch, dass sie schon bald kommt. Wenn wir es also nicht schaffen, das Paket vom Schiff zu befördern, tötest du es. Du tötest es hiermit. Das wird sicherstellen, dass es außer Reichweite selbst von Repha'ims Magie ist.« Ihre Stimme wird leiser, bleibt jedoch angespannt. »Es wird nicht dazu kommen. Aber wenn doch, dann wirst du mit einem einzigen Tod, der Tötung eines Körpers, dessen Seele noch nicht einmal mit ihm verbunden ist – ein bloßer Körper, noch ein Tier! –, tausend Leben und die gesamte Chantry retten. Von deinem eigenen Leben ganz zu schweigen. Das ist es, was hier auf dem Spiel steht, Viridiana. Und das ist nicht unsere Schuld; es sind am Schwarzen Hügel nicht die Kräfte der Chantry gewesen, die das alles verursacht haben – *er*, der dort drinnen, ist schuld. Dein *Freund*. Wenn du sehen willst, wer bereits die Schuld am Tod von drei Schwestern trägt und wer uns alle in Gefahr bringt – und das ganze Schiff! –, kannst du wieder da reingehen, deinen Morgenmantel fallen lassen, und dann kletterst du direkt auf seinen …«

Da ist das unverkennbare Geräusch einer Ohrfeige.

»Schmort in der Hölle!«, flucht Vi.

»Noch etwas«, fährt Schwester Ayayah in eisigem Tonfall fort, als hätte sie nicht soeben einen Schlag abbekommen. »Wenn du es tun musst, wirf die Korbwiege über Bord, nachdem du ihn mit dem hier getötet hast. Selbst wenn der König ihn nicht mehr magisch heilen kann – wozu er nicht in der Lage sein wird –, könnte er durch die Untersuchung der Leiche womöglich noch etwas in Erfahrung bringen. Du darfst sie ihm nicht überlassen.«

»Wenn wir scheitern und ich den … allein erledigen muss, ist das ein Selbstmordkommando«, erwidert Vi so leise, dass ich nicht jedes Wort verstehen kann.

»Ja, das ist es«, sagt Schwester Ayayah. »Und wenn deine Selbstmordmission scheitert, steht in Borami ein Dutzend Schwestern bereit, die ihre eigene Selbstmordmission starten werden, sobald das Sturmschiff dort vor Anker geht, und die dabei ihr Leben verwirken und zweifellos einen Krieg mit Alitaera auslösen werden, um uns alle zu retten. So ernst ist unsere Lage, Viridiana. Dieses Kind in den Händen von Repha'im bedeutet unser aller Ende. Tu, was du tun musst. Was mich betrifft, so muss ich mich jetzt an einen bestimmten Ort begeben und dort etwas tun, damit du nicht ohnehin sterben musst. Etwas, das, nebenbei bemerkt, mein eigenes Leben in Gefahr bringt. Und ich werde es tun, selbst wenn es mich das Leben kostet. Ich werde meine Arbeit machen, Viridiana, denn auch wenn ich dich verachte, bist du doch meine Schwester, und Treuepflichten bedeuten mir etwas. Und jetzt nimm schon das verdammte Messer.«

Kapitel 33

Vorbereitungen

Ich springe regelrecht zum Bett, lege mich so schnell wie möglich hin, richte die Decken und rolle mich auf die Seite, versuche, meine Atmung zu verlangsamen und ganz unschuldig zu wirken. Aber ich hätte mich gar nicht beeilen müssen. Nachdem das Echo von Schwester Ayayah Meganahs stampfenden Schritten verklungen ist, dauert es noch eine ganze Weile, bis sich die Tür öffnet.

Ich sehe Vi mit schläfrigem Blick an – mein Herz klopft zu stark, als dass ich Schlaf vortäuschen könnte – und sage: »Ich habe erregte Stimmen gehört. Ist etwas passiert?«

Ihr mutloser Blick verfliegt und sie fängt sich wieder.

»Ach! Das ist nur unsere Bewirtung aus der Kombüse gewesen. Die Frau hat vergessen, das Frühstück zu bringen, das ich für uns bestellt habe, und sich dann ziemlich aufgeführt, weil ich sie deshalb zur Rede gestellt habe. Wie geht es dir?«

Ich setze mich auf. »Meinst du damit, wie es *uns* geht?«, frage ich.

Ihr Gesicht ist ausdruckslos. Als hätten wir nicht gerade miteinander den Liebesakt vollzogen.

Ich hasse diesen Ausdruck, aber all die anderen verhüllenden Umschreibungen dafür hasse ich noch mehr. Was hat Sex bloß an sich, was derlei bewirkt? Die Begriffe dafür reichen von allzu verniedlichend über viel zu verkopft bis zu vulgär und zu klinisch-steril. Du weißt schon, *Koitus.* Wer sagt das denn? Aber was ist besser? Eine Nummer schieben? Das Tier mit zwei Rücken machen? Poppen? Die Furche pflügen?

Wenn ich ehrlich bin, war es nicht wirklich ein Akt der Liebe, was wir da vollzogen haben, oder?

Für *mich* schon, aber vielleicht nur für mich, denke ich, als der ausdruckslose Blick in ihrem Gesicht anhält. »Ich meinte, äh …«, sagt sie. »Ich meinte, hast du gut geschlafen?«

Ich hatte meine eigene Frage zum Teil deshalb gestellt, um sie von dem Verdacht abzulenken, ich hätte gelauscht, aber sie geht überhaupt nicht darauf ein, was ich sage.

Es hatte nicht die geringste Bedeutung für sie. Nur ein Jucken, das durch ein Kratzen aus der Welt geschafft wird, überhaupt nicht der Erwähnung wert.

Ich fühle mich mit einem Mal bloßgestellt, gedemütigt.

Verdammt noch mal. Verdammter Idiot, der ich bin. Ich *wusste,* dass das passieren würde.

Und warum denke ich überhaupt daran? Gerade jetzt? Angesicht dessen, was ich gerade erfahren habe – ich denke darüber nach, ob ich es bereuen soll, mit einer Frau geschlafen zu haben?

Siehst du? So ist es immer bei mir! Ich mache mir immer über die falschen Dinge Sorgen. Was stimmt nur nicht mit mir?

In gewisser Weise ist es aber auch das Richtige, genau das zu tun. Würde ich jetzt dem Gedanken an das nachhängen, was ich gerade da draußen auf dem Flur gehört habe, wäre es unmöglich, mir die schockhafte Empörung über den Plan der Schwester, ein Kind zu töten, nicht anmerken zu lassen. Da ist es besser, ganz trivial auf Vi sauer zu sein, weil sie mich so wenig zur Kenntnis nimmt. Genau! Das ist es! Das wird sie verstehen. Wenn dann dabei auch etwas von meinem Zorn wegen der anderen Sache zum Vorschein kommt, wird sie denken, dass sich da nur unser alter Streit zurückmeldet.

»Es war also so wenig erinnernswert, hm?«, frage ich.

Es ist allerdings kein Teil meines raffinierten großen Gesamtplans. Es rutscht mir einfach heraus.

»Hä? Oh! Das mit *uns*! Wie es *uns* geht«, stammelt Vi entgeistert. »Uns geht es gut! Ich meine, mir geht es gut. Geht es dir auch gut? Nein, nicht gut. Mir geht's prima. Noch besser als nur prima. Wie geht es dir? Wie geht es uns?«

Hier stehen Reiche auf dem Spiel, womöglich steht die gesamte Chantry vor ihrem Ende. All das ist offensichtlich wichtiger als das hier, nicht wahr?

Warum kann ich meinen Ärger nicht einfach runterschlucken?

Ich schwinge meine Füße aus dem Bett und auf den Boden. »Da gibt es wohl eine ganze Menge, was wir auf der Seele haben, was?«, bemerke ich leichthin, als hätte es mir nicht den Atem verschlagen. »Also, wann fangen wir an?«

Ich versuche, ein keckes Lächeln aufzusetzen, aber ich glaube, es kann nicht mal Vi täuschen – die oft genug die Gefühle anderer genauso schlecht wahrnehmen kann, wie sie ihre eigenen zu verstecken vermag.

»Kylar, ich habe nicht …« Ihr schönes, eisiges Gesicht ist fast grün geworden.

»Was?«, frage ich in einem Tonfall, als würde ich mich nach dem Weg zum nächsten Gasthaus erkundigen. »Was hast du nicht?«

Eine tiefe Traurigkeit flutet ihr Gesicht. »Ich wünschte, wir könnten den heutigen Tag in uns verschließen und ihn für immer bewahren.«

Wie man es mit einer Erinnerung *tut? Das ist es, wofür Erinnerungen da sind!*, schreie ich sie an – irgendwie schaffe ich es jedoch, das nur zu denken, es nicht an meinen zusammengebissenen lächelnden Zähnen vorbeizulassen.

Einen Moment später ist mein eingefrorenes verlogenes Grinsen so weit verflogen, dass ich sagen kann: »Wir sind verdammt und verloren, nicht wahr?«

Sie streckt den Arm aus und nimmt meine kraftlos herabhängende Hand. Drückt sie. »Hasse mich nicht, Kylar, ja? Bitte.«

Ich lächle sie an, will ihr sagen, dass ich sie niemals hassen könnte, stattdessen jedoch sage ich, ohne es zu wollen: »Hat das vorhin für dich bedeutet, was es für mich bedeutet hat?«

Warum habe ich das gefragt? Ich kenne die Antwort.

»Ja.« Aber ihr Kopf bewegt sich zu einem sanften *Nein*.

»Ich hätte das nicht fragen sollen. Das war nicht fair.«

Sie beißt sich auf die Unterlippe und ihre Augen füllen sich mit Tränen. »Kylar …«

Ich schüttle den Kopf, schaue weg. Grinse reflexartig. »Es ist nicht deine Schuld. Es liegt an mir. Ich bin wohl zu kaputt und gebrochen. Völlig verkorkst, was Frauen angeht. Ich wusste, wie das mit uns ausgehen würde, und ich … es tut mir leid.« Ich schüttle wieder den Kopf, lächle wieder, bleibe in denselben unangemessenen Ausdrucksweisen hängen, so schauerlich das ist – denn was zum Teufel soll ich tun? Weinen? Und nur noch kläglicher wirken?

»Kylar …« Sie klingt so traurig. Ich kann sie jetzt nicht ansehen. Sie ist der leere Schmerz, der Tlaxinistrudel, um den mein ganzes Leben kreist. All das liebevolle Entgegenkommen, Angenommen-Werden, so wie ich bin, das ich vorhin von ihr zu spüren geglaubt habe, ist nur meine falsche Interpretation der ganzen Sache gewesen.

Sie war müde und geil und ich war verfügbar, und die meisten Männer sind besser als ich dazu in der Lage, ihre körperlichen Bedürfnisse und ihre Gefühle klar voneinander zu trennen.

Ich bin einmal in meinem Leben einer Frau begegnet, die mich verstehen konnte. Wie kann ich es wagen, das noch einmal zu erwarten?

»Komm … komm, machen wir uns fertig, ja?«, sage ich.

»Kylar, ich … ich wollte wirklich nicht …«

»Du brauchst nichts zu sagen.« Ich bin so peinlich. Gütige Götter, ich muss mich wirklich zusammenreißen. »Du bist eine tolle Freundin, Vi. Und ich hoffe, ich habe uns das nicht kaputtgemacht. Unsere Freundschaft, meine ich. Wir werden sie uns zurückholen. Eines Tages. Vielleicht mit ein bisschen Verlegenheit im Spiel, richtig? Es war nur ein kleiner Ausrutscher. Eines Tages werden wir darüber scherzen.« Der Schmerz, mein Lächeln aufrechtzuerhalten, wird allzu groß. Ich versuche, neu anzufangen. »Sag mal, habe ich nicht gesehen, dass du ein Faustmesser an Bord geschmuggelt hast? Kann ich mir das ausleihen?« Rasch drehe ich ihr den Rücken zu und beginne meine Ausrüstung vorzubereiten. »Wir werden darüber scherzen«, habe ich gesagt.

Niemals werde ich darüber scherzen.

»Das Faustmesser ist in dem Ding da«, sagt sie mit schwacher Stimme. »Das Schränkchen hat einen doppelten Boden. Bedien dich. Hier sind unsere Anweisungen.« Sie reicht mir einen Zettel.

Ich habe mir seinen Inhalt sofort eingeprägt. »Ist die Sache wirklich so simpel, oder ist das einfach ihre Art und Weise, sich auszudrücken? Ein paar Kisten nehmen und sie von Punkt A nach Punkt B transportieren? Erwarten sie, dass wir angegriffen werden?«

»Man kann nie wissen.«

»Nein, da hast du wohl recht.« Ich bin zu einem bloßen Kurier herabgestuft worden? Vielleicht habe ich nach alledem ja so eine simple Tätigkeit verdient. Ich bin zwar gerne der alleinige Mittelpunkt jedes Plans, aber das kann ich bei diesen Frauen vergessen.

Ich schnappe mir ein paar Waffen und dann bin ich unvermittelt schon wieder mit allem fertig. Der Ka'kari erledigt inzwischen so ziemlich alles für mich, wofür ich einst mehrere Schichten von Kleidung und Waffengurten gebraucht hätte.

Sie hat all ihre Sachen auf dem Bett ausgebreitet, angeordnet nach den Schichten, die sie für die uns nun womöglich bevorstehenden Aufgaben tragen wird: unten Kampf, dann heimliche List und Verkleidung obenauf. Sie zieht sich aus und zieht sich wieder an.

Ich habe mich gegen das Schränkchen gelehnt und sehe ihr mit einem völlig anderen Verlangen zu als jenem, das mich zuvor erfüllt hat.

Vorhin ist Erotik das bestimmende Element gewesen. Erotik, die die Luft um sie herum erfüllt hat wie der Rauch eines nahen Waldbrandes, mir heiß über die Haut strömend, in den Augen brennend, sodass jeder Atemzug flach und hechelnd war, es mir in die Nase stach und sogar das Sonnenlicht in rot glimmende Glut verwandelt wurde; Erotik, die alle meine Sinne überwältigt hat, bis ich völlig von Sinnen war.

Das erotische Element ist jetzt nicht wie eine geplatzte Illusion verschwunden; wie brennendes Räucherwerk aus Kopalharz, dessen träge Schwaden durch das Zimmer der Geliebten kräuseln, bringt es vielmehr einen lieblichen Anblick und Geruch und eine Aura mit ein, die zusammen alle anderen Eindrücke noch verstärken, statt sie zu verdecken.

Sonderbar, wie ein großer Kummer Klarheit in die Dinge bringen kann. Oder vielleicht auch nicht sonderbar. Ist es nicht der ganze Sinn von Tränen, unsere Augen zu reinigen?

Vielleicht macht das Gleiche jeder mit jedem, oder vielleicht sind junge Männer die Schlimmsten von allen – oder vielleicht sollte ich besser nicht für andere sprechen, sondern einfach gestehen, dass ich andere oft als das sehe, was sie sind, und nicht als *wer* sie sind.

Ich sehe sie jetzt besser, kann die aufopferungsvolle harte Arbeit wertschätzen, die es brauchte, um den Muskeln in ihren Beinen diese Form zu geben, ihrem Rücken und ihren Schultern diese Kraft. Ich registriere die Professionalität, mit der sie jede Schnalle, jede Klinge, jedes Werkzeug prüft, die Unversehrtheit der Spleißverbindung ihres langen Enterhakenseils; wie sie sich nicht nur der Schärfe jeder Klinge versichert, sondern genauso auch der Schärfe ihres Muskelgedächtnisses, um jede Klinge im Bruchteil eines Augenblicks aus ihrem Versteck ziehen zu können.

Mir kommt es so vor, als würde ich Viridiana nun endlich wirklich sehen – noch nicht in voller Lebensgröße, aber doch umfassender als je zuvor –, und jetzt, wo ich sie so mit anderen Augen wahrnehme, fühle ich mich wie ein Verurteilter, der seinen letzten Sonnenuntergang sieht, im Wissen, dass er unter seinem Blick dahinschwinden muss, dass er sich schon verändert, noch während er hinschaut, und der nicht einmal zu blinzeln wagt, damit ihm das wenige, was ihm noch geblieben ist, nicht auch noch geraubt wird.

Sie hat offensichtlich bemerkt, dass ich ihr zusehe. Die ganze Zeit über schien es sie nicht zu stören, sonst hätte ich damit aufgehört. Aber jetzt schaut sie mit besorgtem Blick zu mir auf.

»Kylar, bist … bist du …?«

»Fertig?«, unterbreche ich sie. »Ja. Wenn du es auch bist.« Ich löse mich aus meiner lehnenden Stellung an dem Schränkchen, um ihr zu demonstrieren, dass ich bereit bin loszugehen.

Sie zieht die Augenbrauen hoch. »Sehe ich etwa fertig aus, Kylar?«

Ihrem Tonfall nach zu urteilen lautet die Antwort ganz klar Nein, also mustere ich sie eingehend von oben bis unten und frage mich, was ich übersehen habe.

»Die *Haare,* Kylar«, erklärt sie.

»Ach so, ja. Oh.«

Sie hat zwar die Farbe wieder in Ordnung gebracht, doch unsere Aktivitäten von vorhin haben ihr Haar glatt gedrückt. »Musst du jetzt wirklich diese Mädchensachen machen?«, frage ich.

Sie atmet tief aus. »Ich hatte auch gar nicht erwartet, dass du es verstehst.«

Nicht zu fassen, dass sie sich ausgerechnet jetzt Gedanken um Modedinge macht. »Bind es dir zu einem dieser Pferdeschwänze, die du so magst. Sieht toll aus.«

»Ich bin nicht darüber besorgt, wie es aussieht, Kylar!«

»Was dann …?« Ich hebe verdutzt die Hände, Handflächen nach oben.

»Es ist verboten.«

»Verboten? Ein Pferdeschwanz?«, frage ich.

»Ja.«

»Ich habe mindestens zwei von den anderen gesehen, die …«

»Für mich ist es verboten, einen zu tragen, klar? Genauso wie einen einfachen Haarknoten. Oder passende Zöpfe.«

»Warum sind …?«

»Ich will nicht darüber reden, warum, klar?«, blafft sie.

»Dann … bring dein Haar auf magischem Weg wieder in die Form von vorhin. Die Alitaeri verwenden Magie für ihre Haare und für Kosmetik und lauter solche Sachen. Sicherlich wird die Chantry …«

»Wir können das, ja. *Ich* nicht. Ich meine, natürlich kann ich das. Aber das ist ebenfalls verboten. Mal abgesehen von der Sache mit der Farbe. Und, ja, es ist nur mir allein verboten. Frag einfach nicht, in Ordnung?«

Ich habe jede Menge Fragen, doch ich verkneife sie mir. Ich will nicht, dass das Letzte, was ich heute zusammen mit Vi mache, ein Streit über irgendeine Idiotie der Chantry ist. »Also, was sind die Anforderungen, die eine erfolgreiche Erledigung dieses Auftrags an uns stellt, und wie viel Zeit haben wir dafür? Vielleicht können wir die Operation ja gemeinsam durchziehen.«

Dass ich über einen Haarschnitt mit den gleichen Worten spreche, als handele es sich um einen Mordauftrag, entlockt ihr ein Lächeln. »Es muss erstens für eine Dame meines vorgeblichen Ranges angemessen sein. Zweitens muss es in weniger als zehn Minuten zu bewerkstelligen sein. Und ich möchte auf keinen Fall Nachteile dadurch, wenn … nun ja, wenn die Sache nicht gut läuft.«

»Wenn die Sache nicht gut läuft, dann ist hier sowieso Land unter. Buchstäblich. Wollen die Schwestern denn wirklich irgendeine blöde Vorschrift in Bezug auf dein Haar aufrechterhalten, wo doch angeblich die Zukunft der gesamten Chantry auf dem Spiel steht?«

»Wo hast du das denn gehört?«, erkundigt sie sich mit scharfer Stimme, und ich frage mich, ob ich soeben mein heimliches Lauschen verraten habe.

»Als ich der Kaiserin und Repha'im zugehört habe«, erkläre ich. »Und offensichtlich ist die Chantry der gleichen Ansicht – sonst wärt ihr nicht alle hier.«

»Oh«, erwidert sie. »Nun, ich könnte eine vorübergehende Aussetzung dieser Vorschrift beantragen, aber du weißt nicht, wie sehr Schwester Ayayah es liebt, so etwas dann gegen einen zu verwenden.«

»Was hat es damit eigentlich auf sich?«

»Womit?«

»Die Sache mit Schwester Ayayah.«

»Sie ist ein Miststück.«

»Dessen bin ich mir vollauf bewusst. Ich meine, was sind das für Vorschriften? Du hast gesagt, ich soll nicht fragen, aber ich frage trotzdem.«

Sie seufzt. »Vergiss es«, antwortet sie. Wendet sich dem Spiegel zu. Nimmt eine Bürste in die Hand.

»Gib mir die mal«, sage ich. »Ich hab da eine Idee.«

Mit zweifelndem Blick reicht sie mir die Bürste.

»Du kennst wirklich keine anderen Arten von Frisur?«, frage ich. »Hat nicht Momma K den Mädchen stets eine ganze Reihe von Arten beigebracht, das Haar so zu tragen, dass es auch nach ausgiebigem, hartem … ähm … Training noch immer gut aussieht?«

»Ich wollte nicht, dass jemand mein Haar anfasst«, erklärt Vi.

»Oh.« Ich fasse ihr Haar gerade an. Ich habe einen Balsam gefunden, der dem Haar etwas mehr Struktur zu geben verspricht, und ich fange an, ihr das Zeug ins Haar einzureiben. Ihre geschlossenen Augenlider flattern, als ich ihr die Kopfhaut massiere.

Dann öffnet sie plötzlich die Augen, als finde sie ihre Selbstbeherrschung wieder. »Die Vorschriften sind eine Art Prüfung. Sie sollen uns demütig machen. Dadurch wollen sie sich vergewissern, ob sie das auch hinbekommen, nehme ich an. Eine Magierin auf Abwegen kann für alle zum Albtraum werden, deshalb versucht die Chantry, alle auszusortieren, die gefährlich werden könnten. Selbst wenn das bedeutet, dass sie einige hochtalentierte Magae verlieren.«

»Klingt plausibel«, räume ich ein. Elene hat mir gezeigt, wie ich Uly eine bestimmte Frisur verpassen konnte, damals, als wir sie bei uns in Pflege hatten. Sie nannte es das Zwei-Minuten-Haar.

Ich habe nie weniger als fünf gebraucht. Vi nun diese Frisur zu machen bringt mich auf den Gedanken, wie es Uly jetzt wohl geht. Ich weiß, dass sie in der Chantry sicher ist und dass es der beste Ort für sie ist, aber plötzlich vermisse ich sie.

Doch Vi fährt mittlerweile fort, also konzentriere ich mich wieder ganz auf sie. »Für diejenigen, die in der Ausbildung noch nicht weit fortgeschritten sind, gelten zusätzliche Vorschriften. Noch mehr Vorschriften gelten für diejenigen, die eine besondere magische Begabung haben, und die meisten Vorschriften von allen gelten für diejenigen, die erst in fortgeschrittenen Jahren zur Chantry gekommen sind, so als müssten wir all das Beachten von Vorschriften nachholen, das wir in den Jahren, in denen wir noch nicht da gewesen sind, versäumt haben.«

»Also gelten für dich so ziemlich alle Vorschriften, die es gibt«, schlussfolgere ich. Ihr rotes Haar ist viel dicker als das brünette Haar von Uly oder das blonde von Elene.

»Die meisten sind keine große Sache. Wenn du gegen sie verstößt, musst du irgendwelche lästigen Pflichtarbeiten erledigen.«

Das weiß ich. Ich bin schließlich schon einmal dort gewesen, doch vielleicht hat sie es ja vergessen.

»Aber …« Sie schluckt.

»Aber?«, frage ich.

»Wenn du richtig großen Mist baust, kommt mehr ins Spiel als nur lästige Pflichtarbeiten. Ich will, dass du weißt, Kylar, dass es in der Chantry normalerweise nicht so zugeht wie jetzt hier. Ich meine, diese Kommandos? Das ist ganz und gar nicht normal. Zu Hause in der Chantry habe ich Freundinnen. Liebe Mädchen, die klüger sind als ich und kaum ein Viertel von dem wissen, was ich über die Welt weiß. Gute Menschen.«

»Ja?«, sage ich. Ich versuche, mich daran zu erinnern, wie dieser Zopf geflochten wird. Arbeite ich bei jedem vierten Verflechten neue Haarsträhnen in den Zopf ein? »Zwei-Minuten-Frisur« – von wegen.

»Bei einigen dieser Verstöße wird dir dein magisches Talent ausgebrannt. Bei anderen besteht die Strafe darin, dass man von allen anderen gemieden wird. Manche sagen, dass dieses Gemieden-Werden sogar noch schlimmer ist. Wird man damit belegt, trägt man ein für alle Magae sichtbares Mal an sich. Sie sprechen dann nicht mehr mit dir und für gewöhnlich wirst du aus allem ausgeschlossen. Keine Arbeit mehr. Keine Beförderungen. Kein Zugang zu was auch immer. Schwestern werden bestraft, wenn sie in irgendeiner Form mit dir zusammenarbeiten. Es kann sogar passieren, dass *ihnen* ihr magisches Talent ausgebrannt wird, wenn sie es wagen, dich in irgendetwas zu unterrichten.«

»Die Schwesternschaft hat sehr viel Macht«, sage ich zurückhaltend.

»Und ich weiß, dass du das nicht sehen willst, aber sie nutzen sie für das Gute, Kylar. Wirklich. Fast immer. Aber sie müssen streng sein, um die Leute auf Linie zu halten.«

Ich antworte nicht. Ich zwirbele die letzten Strähnen ihres Haares im Uhrzeigersinn und drehe sie dann in entgegengesetzter Richtung umeinander. Ich binde die Enden zusammen und ziehe an jedem Teil des Zopfes, um ihrem Haar mehr Fülle zu geben. Es ist nur ein Vorwand, um mir Zeit zum Nachdenken zu verschaffen.

Nein, es ist mehr als nur das. Mich um Vis Haar zu kümmern, erscheint mir wie meine letzte Gelegenheit, überhaupt irgendwie für sie da zu sein. Meine Hände zu nutzen, um ihr zu dienen. Es ist ein Abschiednehmen.

Die Hitze schießt mir so plötzlich in die Augen, dass ich mich räuspere. Ich bin froh, dass ich hinter ihr stehe, wo sie mich nicht sehen kann.

Viridiana hat diesen Auftrag von Anfang an gehasst, aber sie liebt die Chantry. Sie liebt die Schwesternschaft. Sie ist Teil von etwas, an das sie glaubt – trotz allem, was hier vor sich geht.

Wenn sie sich nicht an die Vorschriften der Schwestern hält, können sie ihr alles wegnehmen. Ihr neues Leben, ihre neuen Freunde, ihre Hoffnung. Wenn sie ihr das magische Talent nehmen, kann Viridiana nicht einmal in ihr altes elendes Leben als Auftragsmörderin zurückkehren. Ohne die Chantry – und ich bin mir sicher, dass das nicht zufällig so ist – hat sie nichts mehr, und sie ist auch nichts mehr.

Schließlich habe ich mich wieder weit genug beruhigt, dass ich den Zopf auch von vorn überprüfen kann. Ich löse ein paar Strähnen heraus, damit sie ihr Gesicht umrahmen und ihrem Aussehen dadurch etwas Weicheres geben. Es sieht wirklich richtig gut aus.

Schockierend, dass an einer schönen Frau sogar eine mittelmäßige Frisur gut aussieht, was?

Nervös dreht sie sich um, um sich zum ersten Mal im Spiegel zu betrachten. Sie schnappt hörbar nach Luft. »Kylar, das ist … das ist …« Ihr Kinn hebt sich und sie sagt mit plötzlich kühler Stimme: »Ganz akzeptabel. Würde ich mal sagen.«

Aber dann grinst sie.

Mein Herz macht einen Satz. »Nun gut, meine Kundin ist auch ganz akzeptabel gewesen, würde ich mal sagen.«

Sie lacht fröhlich, und es ist ein Lichtstrahl, der die Dunkelheit durchdringt. Ich schmelze dahin.

Doch dann, wie der Frost, der eine knospende Blume tötet, wird ihr Lächeln eisig und erstarrt.

»Wir müssen los«, sagt sie. Sie tritt an das Schränkchen, greift in eine Schublade, aus der sie etwas herausnimmt, was ich nicht sehen kann, da sie ihren Körper zwischen mir und dem Gegenstand hält, und verstaut das Ding außer Sicht. Es kann nur das

Messer von Schwester Ayayah sein. Ich merke mir, in welche Tasche sie es steckt.

Dann steht sie mir an der Tür gegenüber und schaut mich an. »Kylar, ich bin manchmal … langsam in manchen Dingen. Ich habe manchmal keine Worte für bestimmte Sachen. Erstarre regelrecht.« Sie runzelt die Stirn. »Du hast mir vorhin eine Frage gestellt, und ich glaube, ich habe die Sache womöglich vermasselt. Ich glaube, vielleicht … vielleicht *war* es tatsächlich bei mir dasselbe wie bei dir.«

Ihre Augen mustern mein Gesicht, aber ich bin kalt geworden. Sie beugt sich vor und küsst mich auf die Lippen, aber ich kann den Kuss nur auf die denkbar flüchtigste Weise erwidern, und auch das mache ich nur, weil ich damit dem Gespräch zuvorkomme, das wir vielleicht führen müssten, würde ich den Kuss überhaupt nicht erwidern.

Sie küsst mich mit einer Zärtlichkeit und Hingabe, wie ich sie noch nie gefühlt habe – während sie ein Messer bei sich trägt, um mein Kind zu töten.

Für eine romantische Stunde bei Kerzenschein war diese Kabine Ganzheit in einer zerbrechenden Welt. Für einen kurzen Moment habe ich mich in unserer Gebrochenheit heil und ganz gefühlt; in meiner Einsamkeit verbunden. Ich habe eine Hoffnung gespürt, die so golden, zart und flackernd war wie das Kerzenlicht auf unserer Haut.

Schließlich merkt sie, in welch starkem Maße ich ihre Küsse nicht erwidere. Sie macht den Eindruck, als stünde sie im Begriff, mir eine entsprechende Frage zu stellen.

»Komm, gehen wir«, sage ich. »Ist schließlich keine große Sache, oder? Wir schnappen uns zwei Pakete und bringen sie zum Boot. Ganz einfach.«

»Wir haben noch ein paar Minuten Zeit«, lässt Vi mich wissen.

Ich spüre, wie sich das Deck unter unseren Füßen plötzlich verlagert und das Sturmschiff knarrt, als all die vertrauten alten Geräusche verstummen und die Beschwerden des überbeanspruchten Holzes in der neuen Stille widerhallen. »War das eben ein Klopfen an der Tür?«, frage ich.

»Das glaube ich nicht. Ich glaube, wir haben jetzt die windstille Zone erreicht.«

»Wir sollten uns also in Bewegung setzen, nicht wahr? Wir haben nicht viel Zeit, um von dem Schiff herunterzukommen, nicht?«

»Wir müssen nicht nur von dem Schiff herunter. Wir müssen auch noch den ganzen Weg bis zur Küste hinter uns bringen. Aber, Kylar …«

»Ich glaube wirklich, das war ein Klopfen«, lüge ich. »Warte mal kurz.«

Als ich die Tür öffne, sackt mir eine junge Frau in die Arme, fast bewusstlos, ihre Kleidung rot durchtränkt. Ihr blutverschmiertes Haar klebt ihr dunkel am Kopf, und für einen kurzen Moment der Erstarrung erkenne ich sie nicht wieder. Dann wünschte ich, ich hätte sie besser nicht erkannt.

Es ist Königin Jenine Gyre.

Kapitel 34

Ein bombiger Beginn

Alle Fragen nach dem Wie und Warum können warten. Hier ist eine schwer verletzte Frau, die vielleicht sogar im Sterben liegt.

Ich hebe Jenine hoch und trage sie zurück in Viridianas Zimmer, ohne auf das Blut zu achten, mit dem sie mich überall beschmiert.

Vi tritt auf den Flur hinaus, um nach Angreifern Ausschau zu halten. Sie murmelt etwas, während ein leises magisches Summen von ihren beiden Händen ausgeht.

Ich lege Jenine auf das Bett, nehme einen Kittel aus Vis Kleiderschrank, reiße einen Ärmel ab und tauche den Rest ins Waschbecken. Ich muss die Wunden der jungen Frau so schnell wie möglich finden. Mein Bauchgefühl sagt mir, dass das viele Blut nicht allein von ihr stammt, sonst wäre sie schon tot. Über ihre Schulter und ihr Gesicht sind Brocken von Hirn verspritzt.

Mit dem Ka'kari als Klinge an einem Finger schlitze ich ihr die Kleidung von der linken Schulter und sehe, wie das Blut rhythmisch aus einer Stichwunde pumpt.

»Ich brauche dich hier drinnen!«, rufe ich.

Aber Vi kommt bereits wieder zurück in den Raum – und sie hat die beiden Pakete, die uns eigentlich erst später ausgehändigt werden sollten, in der Hand. Beide haben blutverschmierte

Griffe. Klein, wie sie sind, mit in geometrischen Mustern geprägtem Leder, sehen sie in keiner Weise aus wie Kindertragen oder Korbwiegen. Sie sind vollständig umschlossen, quadratisch und mit zahlreichen Griffen versehen, als wären sie einfach nur irgendwelche Gepäckstücke, die gut zum Stapeln geeignet sind.

»Die hatte sie bei sich«, erklärt Vi, stellt die Pakete ab, greift nach dem Verband, den ich gerade abgeschnitten habe, und legt ihn auf Jenines Schulterwunde.

Ich schneide den Ärmel in Streifen und frage: »Sie ist aber nicht etwa deine Kontaktperson gewesen, oder?«

»Nein!«, versichert Vi. Mit ihrer freien Hand greift sie nacheinander nach jedem einzelnen Stück von Jenines Kleidung, um mir dabei zu helfen, den Stoff zu spannen, damit ich ihn mit einer Hand packen und mit der anderen der Königin vom Leib schneiden kann.

Dann wringe ich die Reste des Kittels aus, die ich ins Waschbecken geworfen hatte, und reiche sie Vi. Sie beginnt in langen Strichen wie mit einem Schwamm das Blut von Jenine abzuwischen, um nach etwaigen weiteren Wunden zu suchen.

Sie hat einen Schnitt am Bein, eine Wunde, die wir normalerweise für ziemlich ernst halten würden, aber im Moment ist sie nichts Lebensbedrohliches, also ist sie nicht weiter von Bedeutung.

Es dauert länger als erwartet, bis wir zu ihrem nackten Oberkörper vorgedrungen sind. Unter ihrem Kleid hat sie eine Art magisch gehärtete Schicht getragen. Eine Rüstung.

Dann finden wir sie. Trotz der Rüstung, die vielleicht weniger heftige Attacken abgewehrt hätte, befindet sich eine Stichwunde seitlich in ihrem Bauch.

Vi legt auch auf diese Wunde einen Verband und übt Druck auf die Wunde aus, mit der Folge, dass Jenine, die anscheinend wieder zu Bewusstsein kommt, einen Schmerzensschrei ausstößt. Ich untersuche erneut ihre Beine, ihre Leistengegend und die Kopfhaut. Dann drehen wir sie um, um ihren Rücken in Augenschein zu nehmen, was sie wimmern lässt.

Es gibt keine anderen Wunden. Nicht dass es eine Rolle spielen würde.

Während ich weiterarbeite und die Verbände festmache, sagt Vi: »Kylar, sie braucht magische Heilung. Wir müssen sie zu den Schwestern bringen. Sofort.«

»Die Schwestern?«, zischt Jenine durch ihren Schmerz hindurch. »Deine Schwestern haben mir diese Wunden zugefügt!«

Ich verharre mitten im Verschnüren eines Verbandes.

Vi schüttelt den Kopf. »Nein. Sie würden nie und nimmer …«

»Welchen Grund sollten sie dafür gehabt haben?«, wende ich mich an Jenine.

»Ich habe versucht, sie aufzuhalten. Ich weiß nicht, ob sie wussten, wer ich bin. Meine Visionen haben mir gesagt, wo ich sie finden würde. Die Visionen haben mich auch wissen lassen, dass ich sie nicht würde aufhalten können.«

»Haben sie Euch auch gesagt, dass Ihr für den Ärger, den Ihr ihnen macht, niedergestochen werden würdet?«, frage ich.

»Ja«, antwortet sie.

Ich blicke ihr in die Augen – die Pupillen haben beide die gleiche Größe, also kein offensichtliches Schädel-Hirn-Trauma – und glaube ihr. Daher die Rüstung unter ihrem Kleid. Das hat die Klinge zwar nicht aufgehalten, aber ihr womöglich das Leben gerettet.

»Ich musste es versuchen«, sagt sie, und ihre Stimme wird schwächer. »Ich habe ein paar Kaiserliche überredet, mir Beistand zu leisten, und wir … haben versucht, euch alle aufzuhalten. Doch jetzt bin ich trotzdem hier. Nichts, was ich tue, ist von Belang.«

»Ist eine von den Schwestern Heilerin?«, will ich von Vi wissen.

»Einige sind ziemlich gut darin«, erwidert sie zurückhaltend.

»Wenn du eine solche Wunde hättest und es auch andere Möglichkeiten gäbe, würdest du dich dann zuerst an sie wenden?«

Sie zögert. Das ist Antwort genug.

»Die kaiserlichen Magier«, beschließe ich. »Solange wir hier in der Flaute stecken, werden sie nicht alle damit beschäftigt sein, das Schiff zusammenzuhalten. Im Gefolge der Kaiserin muss es ein Dutzend erstklassiger Heiler geben. Ich bringe sie zu ihnen.«

»Kylar, das kannst du nicht!«, wirft Vi ein.

»Sieh sie dir nur an«, erwidere ich. Ihr Kopf hängt schlaff zur Seite, ihre Lider flattern. Sie kämpft darum, bei Bewusstsein zu bleiben. Je nach Winkel und Tiefe der Stichwunde bleibt ihr entweder nicht mehr viel Zeit, um Hilfe zu bekommen, oder es bleibt ihr generell nicht mehr viel Zeit, Punkt. Soweit ich sehen kann, könnte sie durchaus überleben, aber nur mit fachkundiger Hilfe – und ich könnte mich irren. Ich bin sehr gut darin, Leben zu beenden, aber ganz und gar nicht gut darin, es zu erhalten.

Meine professionelle Meinung? Wenn sie meine Leiche wäre, würde ich jetzt noch einmal zustechen, nur um sicherzugehen. Ich würde sie nicht so lassen, wie sie ist, und erwarten, dass ich meinen Lohn einstecken kann, das schiene mir alles andere als sicher.

Es widert mich an, dass ich diese blutende junge Frau ansehe und auf diese Art und Weise über die Sache denke, aber so ist eben mein Leben.

All diese Überlegungen nehmen nur ein paar Augenblicke in Anspruch.

»Kylar, alle sind auf der Suche nach dir. Die Alitaeri werden dich umbringen, sobald sie dich sehen.«

»Ich kann ihnen wahrscheinlich entkommen«, entgegne ich. »Sie werden ihr schon ihre Aufmerksamkeit schenken, nicht wahr?«

»Nein, nein, nein«, sagt Vi. Sie holt tief Luft. »Ich übernehme das. Ich werde mich um sie kümmern.«

Ich gebe nur ungern zu, dass mein Herz bei diesen Worten höherschlägt. Es klingt vernünftig. Bei allen Göttern, ich will nicht noch mehr unschuldige Soldaten oder Magier töten, um entkommen zu können. Ich weiß nicht einmal, ob ich dazu in der Lage wäre. Und unabhängig davon, ob ich fliehen kann oder nicht, was könnte Jenine in einem solchen Handgemenge alles zustoßen?

Wie viele Menschen werden sterben, wenn Logan denkt, dass die Chantry seine Frau auf dem Gewissen hat?

Wie viele werden sterben, wenn er glaubt, dass die Alitaeri dahinterstecken?

Es gibt gar nicht genug Flüche auf der Welt.

»Ich weiß, wie ich es machen werde«, erklärt Vi. »Ich kann die Sache hinkriegen und trotzdem auf diesem Schiff weiter mit nach Borami fahren. Du nimmst das K… die Kisten. Es ist noch nicht zu spät.«

Wenn sie nach Borami weiterreist, bedeutet das, dass sie ihre Mission fortsetzt, Repha'im zu verführen und Teil seines Hofes zu werden. Es bedeutet, sie für immer zu verlieren.

Aber andererseits habe ich ja gewusst, dass ich so oder so gerade dabei bin, von ihr Abschied zu nehmen.

»Bitte, könnt ihr die Kiste öffnen?«, fleht Jenine und reißt mich aus meinen Gedanken. »Darf ich meinen Sohn noch ein letztes Mal sehen?« In ihrer Stimme schwingt ein hysterischer Unterton mit.

»Das kann ich nicht tun«, erwidere ich. »Es würde die Magie zerstören, und dann ist das Ganze hier völlig …«

»Bitte! Bitte!«

»Ich muss ihn vom Schiff herunterbringen. Ich muss es tun, sonst stirbt er – und alle anderen an Bord auch«, erkläre ich und komme mir dabei unerträglich grausam vor. »Ich … ich kann nichts tun, was diese Mission noch schwieriger macht, als sie ohnehin schon ist.«

Ihr Gesicht wird leichenblass, und das ist bei jemandem, der so viel Blut verloren hat, wahrlich kein schöner Farbton. »Dann haben die Visionen die Wahrheit gesagt«, erklärt sie. »Sie alle. Sie wurden irgendwann unscharf, je weiter sie in der Ferne lagen. Ich habe gehofft …«

»Nimm sie mit dir«, wende ich mich an Vi. »Die Pakete – wie vorsichtig muss ich mit ihnen umgehen?«

Sie weiß, was meine eigentliche Frage ist: *Kann ich kämpfen?*

»Sie sind einigermaßen stabilisiert worden. Er sollte weiterschlafen. Aber … wir haben nie eine Gelegenheit gehabt, das auf die Probe zu stellen.«

Ich fluche leise. Vi kommt herüber, aber Jenine hebt die Hand. »Wartet, auf ein Wort. Lasst mich kurz mit Kylar reden. Bitte. Unter vier Augen.« Während dieser wenigen Sätze wird ihre Stimme immer leiser.

Ich beuge mich zu ihr herab und hebe sie hoch, damit ich sie Vi übergeben kann, und Jenine flüstert mir etwas ins Ohr.

Ich habe nicht vor zu verraten, was sie da gesagt hat. Es geht niemanden etwas an außer ihr und mir, und ich muss es nicht auf diesen Seiten festhalten, um mich daran erinnern zu können.

Ich werde nie vergessen, was sie gesagt hat, selbst wenn ich einmal doppelt so alt werden sollte wie Durzo.

Dann, als sie fertig ist und mich bleich und kopfschüttelnd zurücklässt, stürzt sie sich auf mich – und versucht, ihre Zähne in meinen Hals zu schlagen.

Aber meine Reflexe sind zu gut, und nachdem sie ihre Gelegenheit zu einem Überraschungsangriff verpasst hat, ist sie viel zu schwach, um eine neuerliche Attacke zu unternehmen. Ich setze ihren Bemühungen mit Leichtigkeit ein Ende.

Als ich sie Vi übergebe, mich dicht an sie heranlehne und dabei ein wenig ins Stolpern gerate, stammelt Jenine: »Ich musste es einfach … versuchen.« Götter, was ist diese Frau hartnäckig und wild. Fest davon überzeugt, dass ihr Schicksal ohnehin besiegelt ist und dass nichts, was sie tut, irgendetwas daran ändern kann, hat sie trotzdem bei jedem Schritt auf ihrem Weg erbittert gekämpft.

Sie hat mich ohne guten Grund gehasst. Sie hat versucht, mich zu verletzen, und doch kann ich nicht anders, als von ihrem Mumm gerührt zu sein. Wenn du dir diese Geschichte hier auf der Suche nach echtem Heldentum vorgenommen hast, dann findest du es in ihrer Person.

Sie verliert das Bewusstsein.

»Kylar …«, sagt Vi an der Tür.

Aber sie kann keine weiteren Worte finden. Das mit den Wörtern ist noch nie ihre Stärke gewesen.

Ich frage mich, ob ich sie je wiedersehen werde. Ich frage mich, was für ein Mensch sie dann sein wird.

»Kylar, ich habe gelogen«, bekennt sie.

Ich blinzle, abgelenkt durch das, was ich in der Hand halte. »Welches Mal meinst du?«

Ihr Blick wird finster. »Ach, fahr doch zur Hölle.«

Dann geht sie.

Ich schaue auf das kleine blau emaillierte Messer in meiner Hand hinunter, das Schwester Ayayah Viridiana gegeben hat und das ich ihr gerade gestohlen habe. Es gibt keinerlei äußerliche Anzeichen für die Magie, von der ich weiß, dass sie das Ding erfüllen muss. Ich stecke es weg und hebe die beiden Kisten auf. Das Gewicht ist jeweils genau dasselbe. Auch ist es nicht etwa so, dass sich das Gewicht in der einen verschieben würde und in der anderen nicht. Es gibt keinerlei Anzeichen dafür, welche der Kisten ein Kind in einem magisch herbeigeführten Schlummer enthält und welche bloßen Ballast. Jede ist auf der Unterseite mit unterschiedlichen kleinen Runen versehen, doch da ich nicht weiß, welche jetzt was bedeuten, kümmere ich mich nicht weiter um sie.

Die Schwestern haben mich gezielt über ihren Plan im Unklaren gelassen, aber offensichtlich hatten sie die Absicht, an einem bestimmten Punkt die beiden Kisten zu vertauschen, um die Kaiserin und König Repha'im zu täuschen. Ursprünglich hatte der Plan vorgesehen, dass, sobald Vi und ich die beiden Pakete erhalten hatten, sie das eine und ich das andere tragen sollte. Misstrauisch, wie ich war, hatte ich vor, die Kisten, welche auch immer ich trug, auszutauschen, für den Fall, dass die Schwestern ihr befohlen hatten, mich hinters Licht zu führen und mit der anderen zu verschwinden.

Jetzt habe ich sie beide. Ihr Raubkomplott ist in nicht nur einer Hinsicht gescheitert.

Ich weiß nicht, wie viel bei ihrem Plan sonst noch schiefgelaufen ist oder was die Kaiserlichen jetzt wissen. Zum gegenwärtigen Zeitpunkt ist mein geplanter Austausch der Kisten vielleicht schon unnötig geworden – vielleicht aber auch nicht. Wenn ich eine dieser Kisten aufbreche, wecke ich das Kind darin auf. Das wird für uns beide das Leben sehr viel schwerer machen. Es bleibt mir nichts anderes übrig, als beide Kisten zu nehmen und mich in Bewegung zu setzen.

Erst als ich auf den Flur hinaustrete, begreife ich, was Vi wahrscheinlich gemeint hat – bei ihrem Geständnis, dass sie gelogen hat.

Mein Herz krampft sich zusammen, und ich starre hinter ihr her – aber sie ist bereits verschwunden. Es ist zu spät. Vielleicht ist es das schon immer gewesen. Mein Weg führt in die andere Richtung, unerbittlich von ihr weg.

Nach einem einzigen gequälten Luftholen gehe ich davon.

Kapitel 35

Wenn dein Boot kommt

Ich habe in meinem Leben schon so einige Dummheiten gemacht. Ich weiß nicht, ob irgendeine davon es damit aufnehmen kann, mit einem schlafenden Kind im Arm in die Schlacht zu ziehen – nun ja, mit einem schlafenden Kind in einer Kiste …

Ein Ruck geht durch meinen Körper. Moment mal, der Kleine ist in einer *Kiste*! Kann er da drin überhaupt atmen?

Während ich weiter durch die mahagonigetäfelten Flure schreite, suche ich die Seiten der Kisten nach Atemlöchern ab. Vor Sonnenaufgang sind nicht viele Menschen auf den Gängen. Es scheinen vor allem Bedienstete zu sein sowie alte Leute, die nicht mehr viel schlafen, und ein paar Adlige in Freizeitkleidung, die ihren Gesundheitsspaziergang machen. Ich schenke einer älteren Dame ein schwaches Lächeln, die mir einen schiefen Blick zuwirft – gekleidet wie ein Adliger, aber Kisten schleppend wie ein Dienstbote, die er auch noch wie ein Verrückter schräg hält und von allen Seiten beäugt. Aber niemand schlägt Alarm, und das ist das Einzige, worauf es für mich jetzt ankommt.

Ganz gewiss haben die Schwestern, die so viel Energie in diesen Plan gesteckt haben, die das Gewicht der Kisten exakt vorbereitet und sogar einen Weg gefunden haben, wie sie das Kind im Tiefschlaf halten können, nicht ausgerechnet seine Notwendigkeit, Luft zum Atmen zu haben, vergessen! Oder doch? Selbst jedes Straßenkind wie ich, das einen Frosch gefangen hat, weiß, dass es Löcher in die Schachtel machen muss.

Aber ich kann mir nicht vorstellen, dass eine der Schwestern Frösche wie Kinder behandelt. Auch ist keine von ihnen der mütterliche Typ.

Mit Ausnahme von Melena. Doch andererseits könnte ihre ganze Persönlichkeit auch nur eine Fassade sein. Bei diesen Frauen kann man nie wissen, was sich unter der Oberfläche verbirgt.

Ich meine … Oh, den Göttern sei Dank, es gibt da ein paar Löcher entlang der Fugen. Scheint mir nicht wirklich genug, aber wer weiß schon, wie viel frische Luft ein schlafendes Baby braucht? Ich weiß es jedenfalls nicht.

Ich habe mir bereits zurechtgelegt, was ich tun werde, wenn es zu einem Kampf kommt: die Kisten abstellen, unsichtbar werden und hoffen, dass ich jeden Widerstand schnell ausschalten kann.

Toller Plan, was? Aber fällt dir ein besserer ein?

~Fragst du jetzt mich?~

Eigentlich nicht. Ich dachte eher an meine hypothetische Zukunft. Hast du denn irgendwelche tollen Ideen?

~Solchen Situationen in Zukunft vielleicht besser aus dem Weg gehen?~

Das ist eine hervorragende Idee. Und ich frage mich wirklich, warum ich dich nicht noch viel öfter um Hilfe bitte.

~Ich halte jetzt die Klappe.~

Noch besser!

Ich nähere mich einer zwanglos gekleideten Edelfrau und ihrem Dienstmädchen, die munter plaudernd zusammen den Flur entlangkommen. Keine Waffen zu sehen. Trotzdem bin ich gespannt wie eine Bogensehne, als sie vorbeigehen.

Sie greifen nicht an. Natürlich nicht. Nachdem sie mich passiert haben, werfe ich einen Blick zurück, um zu sehen, ob sie zurückschauen, feststellen wollen, in welche Richtung ich mich wende, wie Spione es tun würden.

Das Dienstmädchen blickt zurück, sieht, wie ich es anschaue, und sagt dann nicht gerade leise: »Herrin, ich glaube wirklich, er starrt auf Euren Hintern!«

»Ada, still!«, schimpft die Frau und blickt ihrerseits zu mir zurück, sichtlich erregt.

Ich nicke und täusche ein Lächeln vor, ohne langsamer zu werden. Sie wirkt enttäuscht.

~Ach ja, ein Vorschlag.~

Im Ernst? Jetzt?

~Wie wär's mit einer dieser täuschenden Masken, die Durzo dir beigebracht hat?~

Und das soll deine großartige Idee sein?

Eigentlich *ist* es eine großartige Idee.

Ich werfe einen raschen Blick zurück. Die Edelfrau ist verschwunden. Wenn es einem so vorkommt, als seien alle darauf aus, einen zu töten, ist es gut, sich ins Bewusstsein zu rufen, dass nicht alle darauf aus sind, einen zu töten.

An der nächsten Kreuzung von Gängen gibt es einen Spiegel. Ich bleibe davor stehen. Ich habe keine Zeit, das Truggesicht richtig an meinem eigenen festzumachen, sodass sich seine Mimik mit meiner verändert, und bisweilen kann eine schlechte Maske mehr Aufmerksamkeit erregen, als wenn man sich einfach eine Kapuze über den Kopf zieht. Ein menschliches Gesicht, das irgendwie nicht ganz richtig ist, hat etwas zutiefst Verstörendes.

Aber … ich werde gesucht. Eine Maske wie diese wird keiner genaueren Überprüfung aus der Nähe standhalten, doch zumindest kann ich mir etwas überstreifen, das aus der Ferne Bestand hat.

Blondes Haar, ja, definitiv anderes Haar. Langer Bart, sicher. Der verdeckt den Mund, sodass ich mir nicht so viele Gedanken über Mimik machen muss, aber gut gepflegt muss er sein. Ich bin hier unter Leuten von Adel; selbst die Diener sind gepflegt. Die Nase länger als meine, leichte Hakennase.

Aber ich muss meine eigenen Augen behalten. Sich nicht bewegende Augenillusionen wirken tot.

Das muss reichen.

Ich blicke auf. Zehn Schritte entfernt stehen zwei Edelfrauen und starren mich mit offenen Mündern an. Die eine hält den Arm der anderen fest, vielleicht aus Angst. Natürlich stehen sie genau in dem Gang, den ich nehmen muss.

»Toll, was?«, wende ich mich an sie. »Macht jeden Ball zu einem Maskenball, wenn man will. Stellt Euch nur die vielen Möglichkeiten vor!« Ich zwinkere ihnen zu. »Ich stehe im Dienst der Kaiserin. Eine delikate Mission.« Mit verhaltenen Gesten, um sie nicht zu erschrecken, deute ich an ihnen vorbei, um sie wissen zu lassen, dass ich in ihre Richtung gehe.

Wenn sie davonrennen und um Hilfe schreien, bin ich verloren.

Ist das Angst in ihren Augen?

»Ihr könnt Euch einen Zauber besorgen, der das für Euch auch einmal bewerkstelligt«, informiere ich sie. »Sicher habt Ihr schon mal auf einem Fest eine Dame gesehen, die nach Eurem Dafürhalten ein wenig zu gut ausgesehen hat? Ihr könntet eine dieser Frauen wählen. Könnte natürlich auch irgendetwas anderes sein. Kostet Euch allerdings ein Vermögen.«

»Wirklich?«, fragt die eine von ihnen, und ihre Angst wandelt sich in Betroffenheit. »Ria, habe ich nicht gerade eben gesagt, dass Lady Kellanah …«

Ein gutes Zeichen. Es bedeutet, dass es in ihrem Gehirn arbeitet.

Doch zugleich schreit eine andere Stimme in mir, dass ich hier zu viel Zeit mit Geplauder vergeude.

Als Nächstes werden sie mich fragen, wo sie diesen Zauber bekommen können. Ich kann mir keinen oberflächlichen Plausch leisten. Jeder Fehler kann mich alles kosten.

Mir wird klar, dass ich einige genauere Einzelheiten brauche, um sie dranzukriegen. Also bluffe ich. »Wisst Ihr, wo die Goldschmiede ihre Läden haben? Das große Geschäft dort, Ihr wisst schon, das von dieser nervigen Frau betrieben wird?«

»Alexias? Also ich habe sie immer sehr nett gefunden!«, sagt die Frau, die den Arm der anderen gepackt hat. Jetzt hat sich ihr Griff gelockert. Ich habe auch sie beruhigen können.

»Oh, bei Leuten aus Euren Kreisen ist sie das bestimmt. Wie auch immer, geht von dort aus die Gasse hinunter, kleiner Laden, schwarze Tür, fragt nach Fergund. Nicht ganz legal, also müsst Ihr zuerst ein bisschen vorsichtig mit dem sein, was Ihr sagt, bis er Euch vertraut.«

Die beiden sind plötzlich ganz begeistert von der Aussicht. Es klingt für sie wie ein Abenteuer. Sie haben schon zuvor von derartigen Zaubern gehört, irgendetwas an meinem scheint jedoch anders zu sein. Während sie plaudern, kann ich ein Stück weitergehen, aber sie beobachten mich wie Falken.

Eine streckt die Hand nach meinem Gesicht aus. »Nein, nein, nein«, wehre ich ab und versuche dann, meine schroffe Reaktion abzumildern. »Die Maske zerbricht schon bei der leisesten Berührung. Anders als die allerteuersten. Man kann damit nicht mal hinaus in den Regen gehen, und trotzdem ist sie immer noch lächerlich teuer, also ist sie ihren Preis nicht wert, es sei denn, man ist wirklich sehr reich. Ich hätte besser nichts sagen sollen.

Wie auch immer, ich muss weiter. Hat mich sehr gefreut, Euch kennenzulernen.«

Sie treten zur Seite, um mich passieren zu lassen, und ich spüre, wie mich eine kleine Welle der Zufriedenheit durchströmt. Phaena wäre stolz auf mich. Ich habe ein Problem gelöst, das zu einer wirklich großen Sache hätte werden können, ohne jemandem einen Dolch in den Nacken zu jagen. Was mich auf den Gedanken bringt, dass …

»Einen Moment noch«, sagt eine von ihnen und hält mich auf. »Wie heißt Ihr?«

Ich drohe ihr spielerisch mit dem Zeigefinger. »Ihr wisst, dass ich Euch das nicht sagen darf.«

Sie verschränkt die Arme und zieht einen Schmollmund. »Also, wenn Ihr irgendwann mal in der Nähe sein solltet …«

»O nein, gute Dame«, schneide ich ihr das Wort ab. »Ihr wisst ja gar nicht den Grund, warum mir aufgetragen wurde, um für diese Aufgabe die Maske zu tragen.«

»Und was war der Grund?«

Ich winke in Richtung meines Gesichts. »Darunter? Furchtbar hässlich.«

Sie lachen.

Aber sie lassen mich vorbei, und ich höre die Schmollende sagen: »Ach, Alona, so ein putziges Ding! Das muss ich einfach haben.«

»In der Tat«, antwortet die andere mit kehliger Stimme.

»Und dazu auch noch eine von diesen Masken«, schiebt die Erste hinterher, und dann höre ich sie beide lachen.

Ich werde mich dem Bereich, der dem Dienstpersonal vorbehalten ist, nicht von der Seite nähern, die mir Vi gezeigt hat, aber ich habe mittlerweile genug Gespür für das Schiff, dass ich zuversichtlich bin, mein angesteuertes Ziel zu finden.

Und in der Tat, bald erreiche ich eine Tür mit einem kleinen Schild darauf, das anzeigt, dass sie nur für Personal bestimmt ist. Während ich meine beiden Kisten balanciere, versuche ich, die Tür zu öffnen.

Geschlossen. Und beim Balancieren der Kisten streift die eine mein Gesicht und zerstört meine Trugmaske.

Es sieht ganz danach aus, als würde sich meine bisherige Glückssträhne langsam ihrem Ende zuneigen.

Das ist kein schöner Gedanke. Ich wünschte, er wäre mir gar nicht erst gekommen.

Ich stecke den Ka'kari in das Schlüsselloch. Manchmal funktioniert er perfekt als schnell einsetzbarer Dietrich.

Ein Zischen dringt aus dem Schloss.

Seufzend lasse ich den Ka'kari wieder unter meiner Haut verschwinden, als die Tür aufschwingt, das Innenleben des Schlosses restlos verschlungen.

Ging ja nicht anders bei dir, was?

~Ups.~

Ich werfe einen schnellen Blick hinter mich, sehe aber niemanden. Ich hebe die Attrappe sowie mein Kind in der Schachtel wieder hoch. Es wäre wirklich praktisch, wenn man wüsste, was jetzt was ist, falls jemand anfängt, uns mit Feuerbällen zu bewerfen oder so.

Ich halte die Kisten so hoch, dass sie mein Gesicht teilweise verdecken, und trete durch die kaputte Tür wie ein Mann, der weiß, wohin er geht.

Als ich um die Ecke in den zum Schiffsrumpf hin gelegenen Gang trete, der sich durch seine nicht ganz rechteckige Form und die vielen Eisenträger auszeichnet, läuft mir eine Gruppe von Schiffsbediensteten über den Weg, die kichern und gemeinsam etwas rauchen. Ich werfe einen bedeutungsvollen Blick auf das mit Tabakblättern umwickelte Ding. Sie hören auf zu lachen, und die Frau, die es in der Hand hält, versteckt es schnell hinter ihrem Rücken. Das Ganze geschieht mit all der Auffälligkeit eines Menschen, der ein bisschen zu berauscht ist, um sich groß Gedanken über den Ärger zu machen, den er sich da womöglich einhandelt, auch wenn er das eigentlich tun sollte.

Mit meiner besten Edelmannsstimme sage ich: »Macht ruhig weiter. Raucht ordentlich was weg. Wenn ihr euch den ganzen Tag mit Leuten von meiner Sorte herumärgern müsst, habt ihr das sicher nötig. An den meisten Tagen denke ich sogar selbst, dass ich was Starkes brauche, wenn ich den ganzen Tag mit meinesgleichen zu tun habe.« Ich zwinkere ihnen zu.

Mit der Begeisterung und den glasigen Augen der pharmakologisch Erheiterten lachen sie auf und lassen mich durch.

Den Göttern sei Dank. Heute werden keine unschuldigen Schiffsbediensteten getötet.

Hey, ich werde langsam gut in diesem Zeug von wegen Nicht-gleich-Töten. Wenn du es noch nie versucht hast, kann ich es dir nur wärmstens empfehlen!

Von hier aus führt ein direkter Weg zu dem großen offenen Bereich, wo die Schiffsteile zusammengefügt sind und wo sich, wie ich von Vi weiß, das Dock zum Meer hin öffnet. Jetzt ist es nicht mehr weit bis zu den Schwestern – und womöglich zur Sicherheit. Ich wechsle meine Hände an den Kisten und wische nacheinander meine verschwitzten Handflächen an meinem Waffenrock ab.

Durch eine Reihe von Doppeltüren betrete ich die untere Ebene des riesigen offenen Raums, der durch den mittschiffs gelegenen biegsamen Schiffsbereich gebildet wird. Magiegetränkte Eisenträger bedecken kreuz und quer den Raum über mir, aber ihre ächzenden Klagen sind jetzt verstummt, da das Sturmschiff gerade fidel und munter die ruhige See im Windschatten jener hohen Landspitze durchschneidet, die diesen Meeresbereich vor dem Wind schützt. Das Wolkenkap, nehme ich an. Durch eine offene Tür im Rumpf, nicht weit über dem Wasserspiegel, erhasche ich meinen ersten Blick auf das Meer selbst. Es ist so glasklar und ruhig, wie mein Herz ein weiß schäumendes Wildwasser ist.

Auf beiden Seiten des Ausgangs stehen zwei kaiserliche Wachen mit Stangenwaffen. Neben einem der Männer, in zwangloses Geplauder vertieft, als kenne sie keinerlei Sorgen, bemerke ich Schwester Melena.

Sie sieht mich sofort und tritt auf der Stelle näher an den Wachmann heran, der sich nun ganz zu ihr herumdreht. Die eine Hand an ihrer Hüfte, vor seinen Blicken geschützt, streckt sie mir die hochgereckte Handfläche entgegen. Nicht näher kommen.

Ich biege in den ersten und einzigen Gang nach rechts ein und gehe ein paar Schritte, um aus der Sicht der Wachmänner zu sein. Ich setze die Kisten ab und ziehe ein Stück Pergament aus einer Tasche, als würde ich Anweisungen studieren. Ich glaube nicht, dass mich hier jemand sehen kann, aber so zu tun, als würde man etwas tun, ist immer weniger verdächtig, als einfach nur dazustehen und zu starren.

Keine halbe Minute später trottet der Wachmann, mit dem sie geplaudert hat, an mir vorbei, um Melena bereitwillig irgendeinen Gefallen zu tun, um den sie ihn gebeten hat.

Mann. Sie ist wirklich, wirklich gut.

Ich mache einen Schritt nach vorn, sodass ich wieder zu sehen bin, und schaue mit gesenktem Kopf auf mein Pergament, als würde mich da etwas verwirren.

Obwohl noch immer der andere Wachmann neben ihr steht, wedelt mir Melena schnell mit der Hand zu, bedeutet mir zu kommen.

Ich gehe in den Gang zurück, hole die beiden Kisten und hoffe inständig, dass ich ihr verdammt noch mal vertrauen kann. Wenn die Schwestern einen Verrat an mir planen, könnte jetzt der geeignete Zeitpunkt dafür gekommen sein.

Nicht dass ich überhaupt eine Wahl hätte. Ich trete in den großen offenen Bereich hinaus. Zum leisen Ächzen der Decks gesellt sich das Klatschen des Wassers in dem dunstigen Loch zur Abwasserbeseitigung. Draußen stehen Schwestern auf einem Dock, das aus dem Inneren des Sturmschiffes herausgeklappt wurde. Ansonsten ist wie durch ein Wunder – oder durch die schlaue List der Schwestern – niemand zu sehen, weder auf diesem Deck noch auf einem der darüber liegenden Decks.

Es hat etwas Beunruhigendes, an dem Bereich des Rumpfes vorbeizugehen, der nur aus Glas und Magie besteht. Das Ganze sieht sehr zerbrechlich aus. Noch hat die aufgehende Sonne kaum den Horizont berührt, also schimmert das Wasser dunkel durch das Glas, aber ich glaube, ich sehe das Aufblitzen großer Fischleiber auf der anderen Seite des Rumpfes. Vielleicht Haie. Meine Kehle schnürt sich zu. Vielleicht nur meine Einbildung.

Bis jetzt ist es mir gar nicht bewusst gewesen, dass ich Angst vor dem Wasser habe.

Ich gehe auf den Wachmann zu, halte die Kisten hoch, damit alles unterhalb meiner Augen einigermaßen geschützt ist, lächle aber angespannt, als er seine Aufmerksamkeit nun mir zuwendet. Ich sehe mehrere Schwestern hinter ihm in mein Blickfeld treten.

Ich bin nur noch wenige Schritte entfernt, als er unvermittelt zusammenzuckt. Die Spitze eines Armbrustbolzens ragt mitten aus seiner Brust.

In einer schnellen Abfolge hektischer Bewegungen wird ihm ein Würgedraht über den Kopf gezogen, und mit einem einzigen unterdrückten blutigen Husten zerren ihn drei Frauen durch die Doppeltüren rückwärts nach draußen auf das Dock. Melena reißt ihm die Kampfstange aus der Hand und reicht sie an eine andere Schwester weiter, dann tritt sie auf mich zu und packt mich am Ellbogen.

»Schnell jetzt, schnell!«, ruft Melena und starrt an mir vorbei.

Ich folge ihrer Bewegung. Auf der anderen Seite der Freifläche sind Arbeiter beschäftigt, die ich bisher nicht bemerkt habe, sie schmieren Zahnräder und prüfen Verbindungsstücke. Im Moment haben sie uns alle den Rücken zugewandt, aber wenn einer von ihnen gesehen hätte …

»Seid ihr alle verrückt geworden?«, zische ich die Frau an.

»Nein, wir sind Schwestern, die versuchen, eine Katastrophe zu verhindern«, entgegnet Melena. Aber ihr Blick ist nur auf die Kisten gerichtet. »Wie hast du sie gefunden … Wir dachten schon, dass … aber nein, egal. Du kannst es uns später erzählen. Sie sehen intakt aus. Ist er in Sicherheit? Egal jetzt, komm, komm.«

Nach ihren Anfangsworten – »Wir sind Schwestern« – zu schließen, kann ich nur hoffen, dass sie etwas Magisches getan haben, um ihren Mord vor den Arbeitern zu verbergen. Zumindest entscheide ich mich, ihre Worte so zu interpretieren. Wenn sie dagegen damit einfach gemeint hat, dass sie blind entschlossen sind, alles zu tun, was nötig ist, dann sind sie noch fanatischer, als ich gedacht habe.

Am schlimmsten sind Menschen, die etwas so sehr wertschätzen, dass dessen Bedrohung ihre Vernunft ausschaltet und sie in Fanatiker verwandelt …

Im nächsten Moment haben sie mich auch schon ein paar Stufen hinaufgeführt, durch die doppeltürige Öffnung im Rumpf aus Glas und Magie hindurch und hinaus auf ein einfahrbares Schwebedock, das an Ketten wie eine Zugbrücke über dem Wasser hängt. An beiden Enden gibt es Liegeplätze für kleinere

Boote, außerdem ist da Raum für ein größeres Schiff, das parallel zum Sturmschiff anlegen kann.

Es ist eine Erleichterung, ins Licht der Sonne zu treten, als sie über den Horizont steigt. Mir war gar nicht bewusst, wie eingesperrt ich mich gefühlt habe, bis ich nach draußen gekommen bin. Es riecht nach Freiheit. Das Licht der Sonne ist vom Staub des großen Sturms immer noch in ein tiefes Rot getaucht, aber hier draußen hat es etwas Wunderschönes, nichts Bedrohliches, und Sonnenlicht auf meiner Haut zu spüren ist für mich schon immer ein schönes Gefühl gewesen. Ich weiß, dass das zum Teil mit meiner Magie zusammenhängt, da die Sonne meine Glore Fryden auffüllt, doch scheint mir das eine allzu banale Erklärung. Sicherlich schwelgt doch jeder in dem sanften Kuss der Sonne auf seiner Haut? Aber meine Schwelgerei ist so kurzlebig, wie sie lieblich-angenehm gewesen ist.

Da ist kein Boot, das auf uns wartet. Und das ist nicht der einzige erschreckende Anblick.

»Die übernehme jetzt ich«, sagt Schwester Prospaya.

»Und was sollen wir tun, schwimmen?«, frage ich, ohne ihr die Kisten auszuhändigen.

»Das dürfte Euch noch weniger Spaß machen, als Ihr denkt.« Ihre Stimme wird schärfer. »Die Kisten? Bitte?«

»Nein. Und ich habe auch nie gedacht, dass es mir Spaß ma… Warum glaubst du das denn?« Ich muss plötzlich an die Ungetüme denken, von denen ich mir vorgestellt habe, dass sie draußen im Wasser schwimmen, und mir schnürt sich die Brust zu. Was, wenn das gar keine Einbildung gewesen ist?

Sie winkt erst Richtung Himmel und dann Richtung Meer. »Die dort oben plus die ganze Magie locken die da unten an.«

Als ich an ihr vorbeigehe, ihre Hände immer noch ausgestreckt, um mir die Kisten wegzunehmen – was ich nicht weiter beachte –, wende ich mich wieder meiner zweiten Quelle des Unbehagens hier draußen zu. Das Licht des Tages, in dem ich mich sonne und das mich mit Kraft erfüllt, dringt durch einen Dunst aus Wolken herab.

Aber es sind gar keine Wolken. Unzählige Seevögel füllen den Himmel, vielleicht Zehntausende, und genauso viele ruhen sich gerade auf den Wellen aus, schaukeln in diesem auf seltsame Weise vor dem großen Sturm geschützten Gebiet mit der Dünung auf und ab.

Ich will gerade sarkastisch fragen, warum Seevögel das Schwimmen so schrecklich machen sollen, als ich das Meer an zahlreichen Stellen aufspritzen sehe, sowohl ganz in der Nähe als auch weit weg. Binnen weniger Augenblicke sehe ich noch mehr dieser Spritzer. Doch angesichts ihrer Geschwindigkeit und bei all dem aufspritzenden Wasser kann ich nicht genau sagen, was ich da sehe.

»Die Vögel kommen von überallher, um vor den Winden des großen Sturms Schutz zu suchen«, erklärt Schwester Prospaya. »Die Haie kommen offenbar, um die Vögel zu fressen, wenn sie sich erschöpft ausruhen, so scheint es. Vielleicht gibt es da auch noch andere Gründe. Wir wissen nicht, was während der Stürme unter den Wellen abläuft. Wie auch immer, jedenfalls kommen auch die *Lotai.* Vielleicht wegen der Haie oder wegen des übrigen Aases, vielleicht werden sie aber auch von all der Magie angezogen.«

»Die, die was?«, frage ich.

»Die Lotai. Es heißt, sie können Blut aus einer Entfernung von über zwei Seemeilen riechen und Angst noch aus der doppelten Distanz, aber der tatsächliche … na ja, Ihr braucht eigentlich nur hinsehen. Sie sind nicht so zimperlich wie die Haie.«

Haie, zimperlich? Am Ende unseres Stegs werfen die Schwestern den toten Wachmann mit sichtlichem Widerwillen in die

Wellen. Praktisch in dem Moment, wo er ins Wasser fällt, beginnen die Wellen regelrecht zu kochen. Aber meine Augen sind nicht auf die Leiche gerichtet. Sie gehen stattdessen zu Jasmine Jakweth und einer kräftig gebauten Schwester aus dem anderen Kommando für Sonderprobleme und Spezialtaktiken, die oberhalb der Stelle, an der die Wache ins Wasser geworfen wurde, Verteidigungsposition eingenommen haben, ihre Speere zur Absicherung über das Wasser gesenkt.

Was ist da in dem Wasser, weshalb sie so …?

Etwas springt aus den Wellen auf sie zu, und Jasmine spießt es mit geübter Leichtigkeit in der Luft auf. Eine Art Fisch, der gut und gern die Länge und Breite eines von Jasmines gewaltigen Beinen hat, zappelt an der Speerspitze des riesigen Mannes.

Er schleudert den Fisch auf das Dock, tritt mit dem Fuß darauf, reißt den Speer heraus, durchbohrt das Vieh noch einmal und dreht den Speer, um sicherzugehen, dass es wirklich tot ist, um dann wieder in seine Abwehrstellung mit dem Speer über den Wellen zurückzukehren, während er mit dem einen Fuß noch immer das strampelnde, sterbende Ding festhält.

Aber inzwischen wurde dank der Vorwärtsbewegung des Schiffes die Leiche des Wächters weit genug davongetragen, sodass für uns keine unmittelbare Gefahr mehr zu bestehen scheint.

»Fast so hässlich wie du, was?«, sagt er und grinst mich an.

»Gerade eben habe ich noch gedacht, wie gern ich doch so gut wie dieser Kerl da ausschauen würde«, antworte ich und starre mit einer Mischung aus Ehrfurcht und Entsetzen auf den Fisch. Es ist kein Fisch. Es ist ein stacheliges, knochiges, halb wie ein Drache aussehendes Ding mit einem langen Schwanz, der an einen Fuchshai erinnert, und einem beunruhigend menschenähnlichen Gesicht, das von einem Kiefer verunstaltet wird, der unglaublich weit aufgerissen werden kann, um einen Albtraum von rasiermesserscharfen Zähnen zu enthüllen. Zwischen den Knochenkämmen seines Körpers und den Stummelflügeln leuchtet seine Haut in einem kränklichen Grün – ein Grün, das mich an den Monddrachen erinnert, der einst mich und Logan angegriffen hat.

»So große habe ich noch nie gesehen«, erklärt Jasmine. »Der größte, den ich bisher gesehen habe, würde in meine Hand passen. Ich frage mich, ob … Nein, wahrscheinlich ist das hier nur eine andere Unterart.«

»Oder vielleicht hat unsere Störung des magischen Gleichgewichts am Schwarzen Hügel auch sie verändert?«, überlege ich.

Er starrt mich eindringlich an. Wirft das tote Ding mit seinem Speer über Bord. »Ich hoffe nicht. Diese Schlacht war weit, weit weg. Wenn sie selbst noch hier draußen alles so sehr verändert hat … dann fürchte ich, dass es noch schlimmer kommen wird.«

Es wird noch schlimmer kommen ist das Motto meines Lebens.

»Alles klar. Fantastisch. Das ist toll. Einfach nur toll«, sage ich, und mein Magen krampft sich zusammen. Jetzt kann ich sowohl das unmittelbar drohende Verhängnis als auch das mittelbar drohende Verhängnis spüren. Ich bin mir nicht ganz sicher, ob ich es mit den richtigen Worten beschreibe, aber es ist ein tolles Gefühl. Solltest du das noch nie erlebt haben, empfehle ich dir, es mal auszuprobieren. Ist fast so gut, wie keine Menschen zu töten. »Wo ist unser Boot?«

»Sollte bald hier sein«, sagt Schwester Prospaya mit falscher Zuversicht in der Stimme.

»Sollte eigentlich längst hier sein«, sagt Schwester Ayayah verdrießlich.

»Kylar, Ihr dürft *nicht* hier sein, wenn der andere Wächter zurückkommt«, betont Schwester Prospaya. »Was jeden Moment der Fall sein kann.«

»Sie meint nicht, dass du gehen sollst. Sie meint, dass du nicht gesehen werden sollst«, erklärt Schwester Melena.

Alle Schwestern fahren herum und schauen mich an. Es sind zu viele. Genau hier ist der Ort, wo ich die Kisten übergebe – oder auch nicht. Hängt ihr ganzer Plan von diesem einen Moment ab?

Natürlich wollen sie, dass ich ihnen das Kind übergebe. Aber warum? Damit sie mich hintergehen können?

Mir Magie entgegenzuschleudern, während ich das Kind in der Hand halte, ist sicher zu gefährlich. Und auch wenn ich weiß, dass sie das Kind umbringen werden, wenn es nötig sein sollte, werden sie dergleichen nicht riskieren, wenn es ihnen nahe ist, stimmt's?

»Wenn sie dich hintergehen wollten«, beginnt Melena hastig, »würden sie es nicht jetzt tun. Wir können uns keine Auseinandersetzungen leisten, solange uns nicht allen die Flucht gelungen ist. Nicht dass irgendwer hier die Absicht hätte, dich zu hintergehen! Aber ich kann sehen, dass du beunruhigt bist, dass ...«

»Warum starrt ihr mich dann alle so an?«, frage ich und ärgere mich darüber, dass sie mein Zögern so leicht durchschaut hat.

»Weil wir so viel geopfert haben, um dieses Kind zu retten«, antwortet Melena. »Weil wir dir nicht trauen. Weil die meisten von uns Angst vor dir haben.« Sie zuckt mit den Schultern. »Und weil wir alle sehen wollen, was passiert, wenn du die Schatten umarmst.«

Die Schatten umarmen? Woher kennen die Schwestern überhaupt diesen Ausdruck für mein Unsichtbarwerden?

Ach so, Vi. Stimmt. Viridiana, die der Chantry die Treue hält.

Oder, kommt es mir in den Sinn, vielleicht kennen sie den Begriff auch schon seit hundert Jahren. Die Chantry vergisst nie. Als Institution erweitert sie ihren angesammelten Schatz an Wissen, Macht und Magie beständig. Ich sollte mittlerweile wissen, dass es bei jedem ihrer Kontakte mit mir immer mindestens vier Dinge gibt, die sie von mir haben wollen.

»Es macht mich traurig, dass die meisten von euch Angst vor mir haben«, sage ich und stelle die Kisten ganz langsam zwischen den Stapeln ihres eigenen Gepäcks ab. Viele ihrer Gepäckstücke entsprechen in Farbe und Art den Kinderkisten. Nur die Größe der Kinderkisten unterscheidet sie von denen der Schwestern.

Schlau. Sie wollen, dass alle Kisten wie ihr eigenes Gepäck aussehen, aber sie wollen nur andere verwirren, nicht auch sich selbst. Zwei äußerlich identische Kisten sind schon verwirrend genug; wenn es ein Dutzend gäbe, wüssten sie selbst nicht mehr, welche Kisten sie beschützen müssen, sollte am Ende alles drunter und drüber gehen.

»Darf ich sie mal inspizieren?«, fragt Schwester Prospaya. Ihre Stimme ist angespannt.

»Sie nimmt sie schon nicht weg«, fügt Melena eilig hinzu. »Sie muss nur einen Blick auf die Runen auf der Unterseite werfen. Beeil dich, Schwester.«

Ich greife nach der oberen Kiste und kippe sie vorsichtig in eine schräge Position – schließlich könnte ein schlafendes Kind darin verstaut sein. Sie kniet sich hin, um nach der Rune Ausschau zu halten.

Eine Stimme in mir schreit: *Bring sie um! Du kannst diesen Hexen nicht trauen!*

Nein, das geht nicht. Ob ich ihnen vertraue oder nicht, sie sind mein einziger Weg vom Schiff herunter.

»Das ist die richtige«, sagt sie. »Der Seraph sei gepriesen.«

Ich stelle die Kiste wieder ab, als Schwester Prospaya aufsteht. Ihre Nähe macht mich nervös, und ich bin bereit zu töten, sollte sie auch nur die geringsten Anstalten machen anzugreifen.

»Sollten wir sie nicht öffnen? Um sicherzugehen, dass es dem Kind gut geht?«, frage ich.

»Ja, das sollten wir«, antwortet Schwester Prospaya. »Nachdem unser Boot abgelegt hat. Nicht vorher.«

»Warum nicht jetzt?«, will ich wissen.

»Als Junggeselle ist es Euch vielleicht nicht bewusst, dass weinende Kinder Aufmerksamkeit auf sich lenken. Es ist der ganze Grund, warum sie weinen. Und Aufmerksamkeit ist im Moment nicht das, was …«

»Ja, verstanden«, schneide ich ihr das Wort ab. »Aber wenn wir nicht nachsehen, wissen wir nicht, ob wir hier nicht womöglich zwei leere Kisten vor uns haben, stimmt's?«

Sie sehen sich an, und ich kann erkennen, dass es etwas ist, woran sie auch schon gedacht haben, allerdings in der Hoffnung, ich würde das nicht tun. Wenn doch bloß Vi hier wäre. Verdammt, wenn doch bloß Phaena hier wäre. Sie würde nicht erlauben, dass wir uns hier von diesen alten Kühen gängeln lassen.

»In diesem Fall würde das Gewicht der leeren Kiste nicht stimmen«, erklärt Schwester Prospaya, »und wenn unsere Feinde so viel wüssten, um das zu ändern, wäre es ohnehin schon zu spät. Wie auch immer, wir müssen das Schiff in jedem Fall verlassen. Hierzubleiben bedeutet den Tod.«

Es ist die richtige Entscheidung, ich weiß, aber sie gefällt mir nicht.

»Ich muss den Gang überprüfen«, wirft Melena ein. »Achtet auf mein Zeichen.«

Als sie verschwindet, ergreift Schwester Ayayah das Wort: »Wo ist das Boot, Prospaya? Du hast uns versprochen, dass es …«

Schwester Prospayas grimmiger Blick reicht aus, um Schwester Ayayah mitten im Satz verstummen zu lassen. »Und von dem, was *dein* Kommando so gemacht hat, ist bei dieser Unternehmung rein gar nichts schiefgegangen, was? Warum sitzt du nicht einfach still da und überlegst, wie du mir in den Rücken fallen kannst, während ich versuche, für uns alle einen Ausweg aus diesem Schlamassel zu finden?«

»Ein Boot!«, ruft Jasmine Jakweth. »Es ist unser Boot!«

»Keinen Moment zu früh«, haucht Schwester Prospaya und atmet erleichtert auf.

»Und vielleicht nicht früh genug«, sagt Schwester Ayayah. »Wenn wir nicht auf der Stelle hier von Bord gehen, schaffen wir es möglicherweise nicht mehr rechtzeitig ans Ufer, bevor …«

»Ach, halt doch endlich die Klappe!«, blafft Schwester Prospaya. »Eine Sorge nach der anderen.« In diesem Moment klatscht Melena vom Gang her wie ein aufgeregtes kleines Mädchen laut in die Hände.

Ich muss nicht in ihre vereinbarten Signale eingeweiht worden sein, um sofort zu verstehen, dass der andere Wächter zurück ist.

Die Art und Weise, wie die Köpfe der Schwestern sich alle gleichzeitig zu Melena und dann wieder zurück zu mir drehen, weckt in mir unvermittelt den unangebrachten Drang, laut zu lachen.

»Kylar, wenn du verschwinden willst«, wendet sich Jasmine an mich, »dann wäre jetzt ein guter Zeitpunkt dafür.«

Aber ich schenke ihm keine Beachtung und deute auf eine Stelle am weißen Geländer hinten an der Doppeltür. »Hey, ihr Dilettanten«, sage ich, »wie wäre es, wenn ihr die Blutspritzer von dem Wachmann wegmachen würdet, den ihr ermordet habt? Der Fleck dort befindet sich direkt in seiner Blickrichtung.«

Schwester Ayayah schnappt nach Luft. »Wie kommt das Blut dorthin? Und warum hat es noch niemand weggemacht?«

Aber die anderen bewegen statt ihrer Lippen bereits lieber ihre Füße, um sich zwischen dem Wachmann und allen etwaigen belastenden Beweismitteln zu positionieren.

Ich nutze den Moment, um den Ka'kari über meine Haut gleiten zu lassen und unsichtbar zu werden. Nur Jasmine Jakweth starrt mich immer noch an, und in seinen Augen glitzert Magie, sodass er mich nach wie vor wahrnehmen kann.

»Du weißt aber, dass er seine Sicht umschalten wird, wenn er nach seinem Freund sucht, oder?«, gibt Jasmine zu bedenken. Selbst *darüber* weiß die Chantry Bescheid?

~Du solltest sie dich mal über deine eigenen Fähigkeiten aufklären lassen. Könnte erhellend für dich sein.~

Wenn mich nur jemand anders, den ich kenne, über meine Fähigkeiten aufklären würde!

~Du weißt, dass ich das nicht tun kann.~

Wenn du schon nicht helfen willst, dann sei ein Freund und halt die Klappe, ja?

Ich stoße eine der großen Gepäckkisten der Schwestern an, sodass sie sich ein wenig bewegt. »Wenn ihr eine eurer Kisten verlieren müsstet, welche wäre dann kein allzu großer Verlust?«, frage ich.

Jasmine runzelt die Stirn, und wir sehen beide zu, wie Melena den Wachmann umarmt, der ihr gerade irgendeinen unwichtigen Schnickschnack überreicht hat. Sie küsst ihn zärtlich auf beide Wangen, was ihn in Verlegenheit bringt. Die Schwestern hinter ihr nutzen die Ablenkung, um die Blutflecken aufzuwischen.

Eine von ihnen reinigt das weiße Geländer mit einem Taschentuch und schiebt sich dann, etwas vor sich hin murmelnd, zwischen das Geländer und den Wachmann. Das Taschentuch schießt ihr aus der Hand und tief hinein in die Wellen, offensichtlich magisch angetrieben.

Eine andere tritt einfach auf eine Stelle, wo Blutstropfen auf dem Dock verspritzt gewesen sein müssen.

Doch der errötete Wachmann stutzt mitten im Satz und bricht ab. Stellt eine Frage. Er zeigt auf das Geländer, befreit sich dann aus Melenas Umarmung und versucht, sich einen Weg zwischen den Schwestern hindurchzubahnen, wobei er sich in schrägem Winkel von mir wegbewegt.

»Jasmine«, zische ich.

»Die linke«, sagt er. »Nein, von mir aus links!«

Aber ich habe die Kiste zu meiner Linken schon hoch in die Luft geworfen.

Ich hechte ihr hinterher, aber nicht, um sie zu fangen. Ich rutsche auf dem Bauch über die Planken und vom Dock herunter, und als ich über den Rand gleite, verdrehe ich ruckartig meinen Oberkörper und packe die ein Kreuzmuster bildenden Metallträger darunter.

Ich überschlage mich und hänge schaukelnd herab, ziehe die Knie hoch, um nicht geräuschvoll in die Wellen zu klatschen. Dann rutscht eine meiner Hände von dem nassen Metall des Trägers ab.

Mithilfe meines durch meine Arme strömenden magischen Talents schaffe ich es, mich mit einer Hand weiter festzuhalten, aber mein Körper schwankt unkontrolliert herum, und ich werde von meinem Schwung wieder hinauf in die Waagrechte getragen, sodass ich gegen die Metallträger krache, um dann erneut senkrecht nach unten zu schwingen.

Über mir überdeckt Jasmine Jakweth, was ich an Lärm verursacht habe, indem er lauthals und ausdauernd über den Verlust der Kiste flucht.

Ich höre schnelle Schritte auf den Planken über mir, als der Wachmann auf uns zueilt. »Was ist los? Was war das? Was ist hier passiert?«, verlangt der Mann zu erfahren.

»Seht Ihr? Seht Ihr dort?«, antwortet Jasmine. »Unser Gepäck! Irgendein Idiot hat offenbar nicht richtig auf das Gleichgewicht geachtet. Habt ihr eine Stange? Irgendetwas, womit wir das Ding zu fassen kriegen können? Rasch! Die Kiste ist über Bord gefallen.«

Hinten an der Doppeltür sehe ich, wie Melena schnell mit der Hand über einen Fleck am Geländer streicht. Ich glaube, sie wischt einen Blutfleck weg.

Sie blickt sich nach einer Möglichkeit um, ihre Hand zu säubern, und ihr sonst so freundlicher Gesichtsausdruck wirkt zum ersten Mal angespannt und besorgt. Sie ist in helle Farben gekleidet und hat wohl kein Taschentuch bei sich. Die anderen sind zu weit weg.

»Sie ist bereits untergegangen«, sagt der Wachmann. »Tut mir leid.«

Mit verzogenem Gesicht steckt Melena ihre Finger in den Mund, um sie sauber zu lecken.

Und das nicht zu früh.

»Wer hat das Gepäck denn gestapelt?«, fragt Jasmine mit laut dröhnender Stimme.

»Ich nicht«, antwortet Melena aufgeräumt. »Ich war draußen auf dem Gang und habe mich mit meinem Freund Sehravein unterhalten, der – habt ihr das alle gesehen? – so nett war, mir meinen Lieblingskamm zu bringen!«

Ihr Auftreten dringt bis in die Grenzregionen der hirnlosen Eitelkeit vor, ohne es aber zu übertreiben. Ich wüsste das Ganze noch viel mehr zu schätzen, wenn ich nicht so sehr damit beschäftigt wäre, eine Stelle zu finden, wo ich meine Füße abstützen kann, damit ich mich besser an der Unterseite des Docks festzuklammern vermag.

»O nein«, sagt Jasmine plötzlich, zu leise, als dass es an die Ohren des Wachmanns dringen könnte. Ich kann hören, wie der Mann mit polternden Schritten direkt über mir zurück zu Melena stapft. Zwischen den Planken des Decks befinden sich nur sehr schmale Zwischenräume – es reicht gerade, um die Schatten derer, die über mir vorbeigehen, nicht nur zu hören, sondern sie auch zu sehen. Ich bin mir nicht sicher, wie die Magier mich wahrnehmen, wenn sie im Bereich der magischen Sicht zu mir hinblicken. Ob ich da wohl *glühe*? Ein glühender Mensch wäre auch durch die Zwischenräume hindurch unmittelbar sichtbar. Warum habe ich nur nicht Vi danach gefragt, als ich die Gelegenheit dazu hatte? Mit dem dunklen Meer unter mir dürfte es schwer sein, mich mit der profanen Alltagssicht zu bemerken. Und es gibt viel mehr Menschen, die nur normal sehen können, als solche mit magischer Sicht.

Hin- und hergerissen, wechsle ich meine Art der Unsichtbarkeit vorläufig noch nicht, aber ich habe kein gutes Gefühl bei der Sache.

Ich finde eine Stelle, wo ich meine Füße über eine schmale Eisenstütze zu schlingen vermag, und kann endlich den Einsatz meiner magischen Fähigkeiten zurückfahren. Worüber ist Jasmine denn so beunruhigt?

Mit einem Unterton von Verzweiflung in der Stimme sagt Jasmine: »Ich habe mich getäuscht. Das ist gar nicht unser Boot.«

O Götter. Kann es noch schlimmer kommen?

Ich habe gerade noch Zeit, mich an eine von Durzos alten Regeln zu erinnern – vielleicht ist es aber auch eine meiner eigenen alten Regeln: Frag niemals, ob es noch schlimmer kommen kann. Wenn du noch fragen kannst, lautet die Antwort Ja.

»Das sind die kaiserlichen Farben«, erklärt Jasmine. »Es ist das Boot der Kaiserin.«

Kapitel 36

Keine Überraschung

Ich versuche durchzuatmen. Nun gut. Das ist schließlich keine totale Überraschung, oder? Ich habe gewusst, dass sich die Kaiserin auf einem Boot von der *Sturmjäger* ausschiffen lassen will. Klar, wir hatten uns gewünscht, dass unser Boot zuerst kommt. Und, genauso klar, unseres ist bereits überfällig. Aber dass da ein Boot für sie kommen würde, ist keine Überraschung.

Ich spüre ein Kribbeln im Nacken und drehe meinen Kopf zum tiefblauen Abgrund des Wassers unter mir. In den Weiten des Meeres schwebend wie eine Wolke hoch am erbarmungslosen Himmel schwimmt da ein Lotai direkt unter mir.

Ich klammere mich an das Dock über mir und erstarre für einen Moment – ich, der Nachtengel! Ich, derjenige, der am besten weiß, dass man zuerst angreift und nie Fragen stellt. Aber aus reinem, dummem Glück ist Erstarren in diesem Fall genau das Richtige.

Du bist unsichtbar, Idiot, denke ich.

Ich sehe dem Lotai zu, wie er durch die Wellen zieht. In den Zwischenräumen seines Knochenpanzers pulsiert sein Fischleib in einem magischen Grün. Er bewegt sich mühelos mit großer Geschwindigkeit, lässt dabei gelassen seinen Schwanz hin und her schnellen und ist auf die gleiche urtümliche Weise schön, wie ein Hai schön ist.

Er rollt sich unter den Wellen auf die Seite und bleibt auf meiner Höhe. Ich sehe, wie sein mir zugewandtes Auge in einem tieferen Grün pulst, als der Lotai für einen kurzen Moment aus den Wellen auftaucht. Seine in vielen Farben geäderte Pupille hält suchend Ausschau, seine Konzentration hat sich verlagert. Ich kann die jähe Überzeugung nicht abschütteln, dass er auf der Jagd nach mir ist. Er ist selbst ein Geschöpf der Magie; kann er Magie vielleicht sehen?

Er sinkt in die Wellen hinab und verschwindet aus dem Bereich, in dem ich ihn mit gerecktem Hals gerade noch sehen kann. Vielleicht hat er aufgegeben.

Ist er weg, oder unternimmt er nur einen neuen Anlauf, um mich von dort anzugreifen, wo ich ihn nicht sehen kann?

Direkt über mir sind Schritte und Stimmen zu hören, doch ich kann mich nicht auf sie konzentrieren. Ich muss mich umdrehen. Ich kann den Wellen nicht den Rücken zukehren, wenn dort unten diese Dinger sind.

»Macht das Boot für die Kaiserin eigentlich hier fest?«, erkundigt sich Jasmine Jakweth. Es gelingt ihm nicht, die Frage so beiläufig klingen zu lassen, wie er es versucht.

»Die Kaiserin, hier? Nein, die hat doch ihr eigenes Dock dort oben, nicht wahr?«, gibt ihm der Wachmann zur Antwort.

Ich verkeile meinen Fuß fester und mehr seitlich in dem Zwischenraum zwischen einem der Träger und dem Deck, löse meinen anderen Fuß, um mich auf die Drehung vorzubereiten, und mache mich daran, meine Hände zu überkreuzen. Ohne Gleichgewicht taugt alle Körperkraft nichts.

Klingt wie etwas, das Durzo sagen würde, aber ich glaube nicht, dass er das jemals gesagt hat. Wie auch immer, es ist wahrscheinlich an der Zeit, dass ich damit anfange, mir seine Sprüche anzueignen, ohne ihn als Urheber zu nennen. Der Mistkerl hat sie wahrscheinlich selbst von anderen geklaut. Und jetzt sollte dieser Mistkerl hier sein und mir helfen. Seine Aphorismen als meine eigenen auszugeben ist die einzige Rache, die mir zur Verfügung steht.

»O ja, sicher, sicher, da oben ist es ja jetzt«, sagt Jasmine. »Wirklich erstaunlich, wie diese Schwebedocks aus der Seite des Sturmschiffs herausklappen, wie sich all die einzelnen kleinen Felder bündig zusammenfügen.«

»Hm?«, macht der Wachmann.

Ich atme tief durch, löse meine eine Hand von dem Träger, an den ich mich klammere, und verdrehe meinen Oberkörper so weit wie möglich, damit ich hinter mich in die Wellen schauen kann.

Oh, verdammt, da ist er.

Der Lotai ist so weit hinten, dass ich ihn durch den sich wellenden Spiegel der Meeresoberfläche nicht sehen könnte, würde nicht sein knochiger, mit klingenartigen spitzen Fortsätzen besetzter Schwanz aus den Wogen herausragen.

»Ja, ist Euch denn noch nie aufgefallen, dass der Rumpf praktisch überall mit kleinen Feldern versehen ist, die völlig plan und bündig aussehen, aber wenn man darauf drückt, springen sie an Haltegriffen auf? Wahrscheinlich ist das für die Arbeiter so vorgesehen, damit sie ihre Kontrollen ausführen können«, fährt Jasmine fort. »Ich finde das ziemlich verblüffend.«

»Vermutlich schon, ja«, erwidert der Wachmann und klingt verwirrt, warum Jasmine das alles sagt. »Hört mal, Ihr müsstet mir da einen kleinen Gefallen tun.«

In langen, trägen S-Kurven holt uns der Lotai wieder ein, und sein tückischer Schwanz wetzt sanft über die Metallträger des Docks, als würde er blind nach mir tasten. Auch wenn das Geschöpf seitlich von mir vorbeigleiten wird, schneidet mir das leise, bedrohliche Geräusch von kantigen Knochen, die über Eisenstäbe erst gleiten und dann klappern, direkt ins Mark.

Srrrrr-ick.

Srrrrr-ick.

Ich bemerke zu spät, dass seine S-Kurve diesmal enger ist als zuvor und sein Kurs ihn näher in meine Richtung bringt, als ich angenommen hatte. Bevor er unter mir vorbeigeschwommen ist, wird sein Schwanz meine Position passiert haben – das Ding kommt direkt auf die einzige Hand zu, die ich noch an dem Träger habe. Aber sobald ich loslasse und die Wellen auch nur berühre, wird der Lotai mich mit Sicherheit wahrnehmen. Wenn ich das Wasser berühre, bin ich verloren.

Srrrrr-ick.

Im letzten Moment lasse ich meine Hand aus der Bahn der Knochenklinge seines Schwanzes fallen. Mein Oberkörper sackt Richtung Wellen.

Ich krümme mich zusammen und stemme mich fest gegen meine Füße, die, eng verkeilt, ihren eigenen Halt gefunden haben, und so schwebe ich einen langen Moment an meinen Beinen herabhängend in der Luft, während der knöcherne Schwanz des Lotai über die Stelle schneidet, an der sich soeben noch meine Hand befunden hat. Während mich meine starr verkrampften Muskeln oben in der Luft halten und zugleich ganz klein machen, kann ich ihn nicht sehen – aber ich höre ihn vorbeischrammen.

Und dann spüre ich, wie einer meiner Füße wegzurutschen beginnt. Als ich mich auf das Umdrehen vorbereitet habe, habe ich seinen Halt gelockert, und jetzt …

O nein!

Mein linker Fuß schießt aus seinem Halt, und mein Gesicht sackt erneut in Richtung Wellen herab. Verdreht hänge ich da, statt an vier Kontaktpunkten jetzt nur noch an einem.

Wenn ich nicht eine Woge Magie durch mein Bein gejagt hätte, hätte ich mir jetzt Schienbein oder Knie gebrochen. Mein

Bein verliert nicht den Halt – aber es tut immer noch höllisch weh, das Metall gräbt sich tief in die Haut.

Die nächste Welle droht über mich hinwegzuschwappen. Ich unterdrücke ein Stöhnen und stemme mich fest gegen meine einzige Stütze, hebe mich an, sodass ich wieder seitlich dahänge, parallel zu den Wellen. Während ich mich mit aller Kraft auf mein protestierendes Bein stütze und dabei inständig hoffe, dass mein Fuß seinen Halt nicht verliert, strenge ich mich an, nach oben zu greifen – und meine schnappende Hand schafft es, wieder festen Griff zu finden.

Die Welle rauscht vorüber, ohne mich zu berühren.

Ich schnappe nach Luft und fülle mir die Lunge bis zum Anschlag, und statt in meine alte Stellung zurückzukehren, ohne Sicht und mit dem Rücken zu den Wellen, hänge ich nun an vier Kontaktpunkten kopfüber, mit dem Bauch nach unten.

Auch nicht viel besser.

Ich fühle mich schrecklich ungeschützt und preisgegeben, aber wenigstens kann ich jetzt nach dem Lotai Ausschau halten.

Doch wohin soll ich schauen? Welche Richtung hat er genommen?

Und was hat Jasmine da eben noch mal gesagt? Da war etwas Seltsames an der Art und Weise, wie er geredet hat, als seien seine Worte nicht an den Wachmann, sondern an mich gerichtet gewesen. Irgendetwas über Haltegriffe.

Jetzt jedoch sagt er: »Einen Gefallen?«

Meine Arme zucken unter der Anstrengung, mich in diesem Winkel zu halten, und ich schwitze eimerweise. Wo ist das verdammte Biest?

»Öffnet bitte für mich mal diese …«

»He, schaut mal! Dort ist unser Boot!«, unterbricht ihn Jasmine.

Der Lotai ist verschwunden. Vielleicht hat er aufgegeben. Schließlich ist er nur ein vernunftloses Tier. Selbst viele Menschen verfügen nicht über die Aufmerksamkeitsspanne, die er mittlerweile bei der Jagd auf mich bewiesen hat.

Dann erhasche ich einen Blick auf ihn. Er ist etwa fünfzehn Meter entfernt und sein Schwanz taucht wieder in langsamen Bögen aus dem Wasser hervor. Vielleicht ist es aber auch ein anderer.

Ich durchforsche die Tiefe unter mir, während ich nach den von Jasmine erwähnten ausklappbaren Haltegriffen Ausschau halte. Wieder dringen mir seine Worte nur langsam ins Bewusstsein: Unser Boot kommt.

Die Erleichterung, die ich nun eigentlich empfinden sollte, wird dadurch getrübt, dass ich hilflos über dem Wasser hänge, in dem es nur so von Lotai wimmelt, sodass jedes Ausgleiten ein sehr kurzes, sehr blutiges Schwimmen bedeuten würde.

»Gut für Euch, gut für Euch«, sagt der Wächter. »Und jetzt, ich sage es ungern, aber Ihr müsstet bitte ein paar von diesen Kisten da öffnen.«

Seine Füße sind immer noch fast direkt über mir. Ich habe eine kreisförmige Fuge auf der Hülle des heruntergeklappten Teils des Rumpfes gefunden. Wenn ich darauf drücke oder daran ziehe – was immer ich tun muss, um das Ding aufzubekommen –, wird es dann ein Geräusch geben? Wird der Wachmann es hören?

Die Wahrheit ist allerdings, dass ich nicht viele Möglichkeiten habe. Es gibt nur ein paar wenige Metallträger. Wenn ich hier weiterkommen will, muss ich irgendeinen Weg finden. Das bedeutet für mich, entweder mit den Ka'kari-Klauen ein Loch in das Stück Rumpf über mir zu bohren – das habe ich schon mal gemacht, und es bedeutet, dass an jeder Stelle, wo ich mich hineingrabe, Strahlen weiß glühender Magie hervorschießen, was nicht gerade unauffällig ist –, oder besagte Felder zu finden und zu öffnen.

Über mir haben sich die Schwestern um den Wachmann geschart. »Wir sollen unsere Kisten öffnen?«, erwidert Schwester Ayayah Meganah. »Unerhört. Wir sind doppelt von sämtlichen willkürlichen Durchsuchungen freigestellt, junger Mann.«

»Junger Mann?«, wiederholt er verärgert. »Wir sind hier auf dem Schiff der Kaiserin, und ich bin …«

Schwester Ayayah lässt ihn nicht ausreden. »Ihr seid im Begriff, einen schwerwiegenden Fehler zu begehen, das seid Ihr! Und zwar indem Ihr die Privilegien von ordnungsgemäß ernannten und anerkannten – von der Kaiserin selbst, wohlgemerkt! – Botschaftern der Chantry beschneiden wollt. Jedem Botschafter in Alitaera, ob aus Modai oder aus dem Stammesgebiet des unwichtigsten Ymmuri-Häuptlings, wird ein gewisses Mindestmaß an Respekt gewährt, wozu nicht zuletzt die Immunität gegenüber unangemessenen Durchsuchungen seiner selbst und seiner Botschaftsangehörigen gehört.«

»Zudem ist diese Durchsuchung«, platzt Schwester Prospaya dazwischen, »doppelt ungerechtfertigt, angesichts der Tatsache, dass wir unser gesamtes Gepäck bereits vor der Einschiffung aus freien Stücken Lord Steward Havoylund zur Inspektion vorgelegt haben.«

Eine andere Schwester, deren Stimme ich nicht gut genug kenne, um sie zuordnen zu können, mischt sich ein: »Vielleicht möchte dieser junge Mann ja andeuten, dass wir uns mit einem Teil des kaiserlichen Tafelsilbers davongemacht haben, als wäre die Chantry ein Hort für gemeine Diebe.«

»Ich … ich … ich habe nichts dergleichen behauptet«, stammelt der Wachmann.

Mir ist jetzt klar geworden, was für ein Spiel sie da spielen. Ich vermute, dass um jene Schwestern herum, die dem Wachmann gerade so energisch zusetzen, einige andere damit beschäftigt sind, schnell das Gepäck umzustapeln, um die Kiste mit dem Kind schwer erreichbar zu machen.

Es ist alles nur eine Hinhaltetaktik – aber wie lange müssen sie ihn noch hinhalten, bis das Fluchtboot eintrifft?

»Jetzt beruhigt euch mal, Schwestern«, sagt Melena, und ihre Stimme kommt von direkt neben der Wache. »Ich finde eigentlich nicht, dass es eine so ungeheuerliche Bitte ist. Das hier ist meine Kiste. Solange Manipel Sehravein aufpasst, dass nichts über Bord fliegt, während er darin herumwühlt, weil er unbedingt wünscht, meine Unterwäsche gründlich zu durchstöbern, bin ich nicht sonderlich …«

»Schwester, ich muss leider sagen, dass mich deine Haltung nicht im Geringsten verblüfft!«, erklärt Schwester Ayayah und geht nun auf Melena los.

»Wie soll ich das verstehen?«, fragt Melena mit schneidender Stimme.

Der Wachmann sagt: »Ich habe keineswegs vorgehabt, mir hier irgendjemandes Unterw…«

»Ich meine, dass du noch nie sonderlich zurückhaltend gewesen bist, wenn es darum ging, wem du deine Unterwäsche zeigst, nicht wahr?«, blafft Schwester Ayayah. »Aber was den Rest von uns betrifft …«

Ich höre das herzhafte Klatschen einer Ohrfeige.

Dann Stille. Geschockte Stille, würde ich sagen. Ich weiß, was sie da treiben, und selbst *ich* bin geschockt.

Tatsächlich würde es mich nicht im Geringsten überraschen, wenn Melena seit Längerem einen ordentlichen Groll gegen Schwester Ayayah gehegt und nun die Gelegenheit am Schopf ergriffen hat, ihr von ganzem Herzen eine Ohrfeige zu verpassen, die sich gewaschen hat.

»Es gibt ein Wort für Frauen wie dich«, sagt Melena eisig, »aber eine Dame benutzt es nur, wenn sie mit dem Verwalter der Stallungen spricht.«

Ich hätte jetzt sehr gerne die Blicke auf sämtlichen Gesichtern dort oben gesehen.

Stattdessen läuft es mir eisig über den Rücken, als ich unter mir einen Hai vorbeigleiten sehe, der doppelt so lang ist wie ich groß.

Ich muss hier weg. Meine Arme, Beine und Bauchmuskeln schmerzen von all der Anstrengung, mich in der Schwebe zu halten. Mein Fuß ist von der Haltung, in der er in seine Ecke geklemmt ist, taub geworden, und ein Schweißtropfen brennt mir in den Augen.

»Ruhig … ganz ruhig!«, sagt der Wachposten mit erhobener Stimme.

»Da haben du und dein neuer Freund hier wohl etwas gemeinsam«, meint Schwester Ayayah. »Beide seid ihr gerne willig, eure Hände dorthin zu stecken, wo sie nicht hingehören, und beide werdet ihr mit der härtesten möglichen Strafe rechnen müssen!«

»*Ich* habe nichts getan«, protestiert der Wachmann. »Ich wurde lediglich angewiesen, die …«

»Angewiesen wozu?«, herrscht Schwester Prospaya ihn an. »Dazu, die Alitaerischen Abkommen zu verletzen und zu versuchen, einen Krieg zwischen der Chantry und Alitaera auszulösen? Habt Ihr auch nur die geringste Ahnung, wie Eure Vorgesetzten das aufnehmen werden?«

»Ich, ich …«

»Wenn Melena Euch ihre Unterwäsche zeigen und Euch mit dem Inhalt ihrer Kiste vertraut machen möchte, ist das ja schön und gut, aber …«, setzt Schwester Ayayah an.

»Schwester!«, geht Schwester Prospaya dazwischen. »Schwestern! Das reicht jetzt!«

Doch Schwester Ayayah prescht unbeirrt weiter. »Aber wenn Ihr, mein Herr, das Schicksal von ganzen Reichen in Eure Hand nehmen wollt, solltet Ihr besser ein Schreiben von der Kaiserin persönlich vorlegen können, in dem sie die Gründe für diese ungeheuerliche Verletzung geltender diplomatischer Gepflogenheiten darlegt, sonst könnte ich mir vorstellen, dass Ihr erleben müsst, wie Euer Kopf und Eure Schultern fortan getrennte Wege gehen werden, sobald sie erfährt, was Ihr da alles bereits aufs Spiel gesetzt habt.«

»Vielleicht bin ich … vielleicht bin ich ein wenig zu weit gegangen«, räumt der Wachmann ein. »Schwestern. Schwester Melena. Schaut doch! Da ist jetzt Euer Boot.«

»Dem einen Gott sei Dank«, murmelt eine der Schwestern, näher bei mir.

»Dank ihnen allen«, entfährt es einer anderen.

Ich lasse den Kopf herabhängen, als die in mir aufgespannte Spannung etwas nachlässt. Von meinem Blickpunkt aus kann ich den Rumpf eines kleinen Bootes sehen, das sich uns nähert. Na endlich.

Jetzt muss ich nur noch von hier unten hinaufklettern, auf das Boot der Schwestern gelangen und mir darüber Sorgen machen, dass sie mich hintergehen werden, entweder während wir uns noch auf See befinden oder kurz nachdem wir an Land gegangen sind. Ich könnte wetten, dass sie damit warten, bis ich schlafe – was bedeutet, dass ich für eine lange, lange Zeit nicht mehr gut schlafen werde.

Aber immerhin werde ich an Land in viel größerem Maße einen umfassenden Zugang zu meinen Stärken haben. Hier draußen bin ich völlig allein, völlig ungeschützt, bei Weitem in der Unterzahl und deutlich unterlegen – und ich kann todsicher nicht bis ans Ufer schwimmen. Nicht mit diesen Ungetümen im Wasser.

Ich habe ständig Ausschau gehalten, während die Schwestern mit dem Wachmann gestritten haben, doch jetzt nehme ich mir einen Moment Zeit, um das Meer noch genauer abzusuchen.

Die See ringsum gischtet immer noch ab und zu, meist weit in der Ferne, wenn Haie oder Lotai nach den sich auf den Wellen ausruhenden Seevögeln schnappen, doch in meiner Nähe kann ich keine Lotai entdecken. Auch nicht weiter vor uns. Und auch nicht zu beiden Seiten. Ein Stück weiter hinten kann ich noch immer einen Schwanz kurz die Wasseroberfläche durchbrechen sehen, aber das könnte auch ein anderer Lotai und reiner Zufall sein.

Es wäre wahrscheinlich paranoid zu denken, dass sich der eine Lotai, der mich fast erwischt hätte, dort hinten befindet und nur darauf wartet, dass ich einen Fehler mache, oder?

Manche sagen, es sei keine Paranoia, wenn sie tatsächlich hinter dir her sind. Durzo hat gesagt, es sei keine Paranoia, wenn es dafür sorgt, dass du am Leben bleibst.

Natürlich hatte Durzo ein langes Leben zur Verfügung, um sich mächtige Feinde zu machen. Ein sehr, sehr langes Leben.

Mein rechter Arm zittert, und ich verlagere mein Gewicht auf den linken, um den rechten zu schütteln und das Blut wieder zirkulieren zu lassen.

Ärgerlicherweise ist mein Freund, der Wachmann, nicht wieder hineingegangen, um sich drinnen zurück auf seinen Posten zu begeben. Eine der Schwestern muss den gleichen Gedanken gehabt haben wie ich, denn jetzt stellt sie ihm eine Frage, die ich nicht hören kann. Der Tonfall seiner Antwort wirkt kleinlaut. »Ich hab mir gedacht, ich helfe Euch beim Festmachen Eures Bootes und so weiter. Als Wiedergutmachung für das Missverständnis von vorhin«, sagt er betont aufgeräumt. Es ist die Aufgeräumtheit eines Mannes, der hofft, dass seine Kaiserin ihn nicht einen Kopf kürzer macht, weil er um ein Haar einen internationalen Zwischenfall verursacht hätte.

Komm, verschwinde, denke ich.

Aber über welche Art von Magie ich auch immer verfüge, sie ist nicht so beschaffen, dass derlei bei mir funktionieren würde.

Tatsächlich ist es sogar so: Wann immer eine fünfzigprozentige Chance besteht, dass etwas Gutes eintritt, verfüge ich über eine Magie der Art, die sicherstellt, dass trotzdem jedes Mal das Gegenteil geschieht.

Ich spähe noch einmal über die Wellen hinweg und sehe, dass der Lotai – wenn es denn wirklich derselbe ist – jetzt nur noch etwa vier Meter weit entfernt ist.

Während ich ihn anstarre, schlägt plötzlich das Boot der Chantry mit lautem Knall gegen das Dock, und wir alle werden durchgeschüttelt.

Durch die Wucht des Zusammenstoßes wäre ich beinahe ins Wasser geschleudert worden. Ich verrenke mir das Bein, schramme mir den Knöchel auf, und mein Kopf prallt gegen den Träger, sodass ich erst einmal ganz benommen bin.

Ich höre Stimmen über mir rufen, als das Boot festgetaut wird, doch für mich ist das bloßer Lärm, während ich heftig blinzle und den Kopf schüttle, um wieder zu Sinnen zu kommen. Der Lotai ist jetzt ganz nah.

Meine Augen brennen vom Schweiß, aber ich halte mich wieder fest, sichere meinen Griff – und dann, während ich von Entsetzen erfüllt zusehe, perlt mir ein Schweißtropfen von der Nase und tropft Richtung Wellen.

Mit hastig ausgestreckter Hand fange ich meinen Schweißtropfen gerade noch rechtzeitig auf, bevor er die Wellen berühren kann.

Und dann kann ich wieder atmen. Vielleicht besteht das ganze Gerede darüber, dass sie Angst aus einer Entfernung von über vier Seemeilen riechen können, ja nur aus Lügen und Legenden – aber ich will es nicht auf die harte Tour herausfinden müssen.

»Vielen Dank für Eure Hilfe, Manipel Sehravein«, sagt Melena über mir.

»Ich helfe Euch gern beim Verladen Eurer Sachen«, beteuert der Wachmann nervös.

»Nein, nein. Ein paar meiner Schwestern … es würde sie nur weiter verärgern. Und Ihr solltet ihnen wirklich keinen Vorwand liefern, noch mehr Schwierigkeiten zu machen, das könnt Ihr mir glauben. Sie werden noch behaupten, Ihr hättet etwas falsch gemacht, wenn Ihr jetzt nicht geht.«

»Ähm«, sagt er und zögert dann. »Also, meint Ihr, wir könnten uns irgendwann wiedersehen?«

Sie lacht, aber es ist ein freundliches Lachen. »Oh, glaubt mir, wenn ich es je nach Borami schaffe, werde ich Euch besuchen. Versprochen.«

»Wenn Ihr mich ausfindig machen wollt, so könnt Ihr …«

»Oh, ich weiß schon, wie ich Euch finden kann«, sagt sie, und da ist etwas leicht Spöttisches in ihrer Stimme.

»Wirklich?«, fragt er, und sein Gesicht hellt sich auf.

»Ich bin eine Schwester der Chantry«, erklärt sie. »Ich habe meine Mittel und Wege.«

Ich kann nicht sehen, ob sie ihn küsst, aber die Umrisse ihrer Gestalt lehnen sich kurz dicht an seine, und nun endlich – endlich! – macht er sich daran wegzugehen.

In diesem Moment sehe ich einen einzelnen winzigen, sich nach außen kräuselnden Ring auf einer der größeren Wellen hinter mir.

Was zum Teufel ist das? Mir tropft doch kein Schweiß von den Beinen!

Aber dann sehe ich, dass es kein Schweiß ist. Als das Boot mit dem Dock zusammengestoßen ist und ich mir den Knöchel aufgeschürft habe, muss ich mir eine kleine Wunde zugezogen haben.

Ich recke gerade rechtzeitig den Kopf, um zu sehen, wie ein weiterer Tropfen meines Blutes auf die Wellen klatscht.

Als der vier Meter hinter uns schwimmende Lotai die Stelle erreicht, an der der erste Blutstropfen auf den Wellen aufgeschlagen ist, beginnt er zu beben, als habe ihn der Blitz getroffen.

Kapitel 37

Feuerwerk für Anfänger

Ich wusste, dass die Lotai sich schnell bewegen können. Ich hatte ja keine Ahnung.

Während ich mich abmühe, meinen blutigen Knöchel freizubekommen, verschwindet das Geschöpf mit der Geschwindigkeit eines von der Bogensehne abgeschossenen Pfeils unter den Wellen.

Ich erhasche einen ganz kurzen Blick darauf, wie es durch den Dunstschleier des tiefen Wassers flitzt, bevor es genau in dem Moment aus den Wellen schießt, als ich mein Bein zur Seite schleudere.

Der Lotai schlägt so heftig gegen die Deckfläche über mir, dass das ganze Dock erbebt.

Einen Moment lang herrscht absolute Stille. Ich durchforsche die Wellen, in der Hoffnung, dass das Vieh sich umgebracht oder bewusstlos geschlagen hat – und ich suche am Dock über mir nach Haltegriffen.

Ich muss hier unbedingt weg.

Als die Stimme des Wachmanns über mir sagt: »Was war das?«, bemerke ich den Lotai unter mir, wie er sich schüttelt, seine Benommenheit abstreift.

Ich bringe den Ka'kari an meine Hände und Füße und drücke gegen die Kreislinien in der Hülle des Rumpfes, auf die mich Jasmine Jakweth vorhin aufmerksam zu machen versucht hat.

Sie öffnen sich leise, aber nicht lautlos – nicht, dass mich das jetzt noch interessieren würde.

Wenn die Schwestern oben gerade irgendwelche Lügen erzählen, um mich zu decken, höre ich das jedenfalls nicht.

Der Lotai schießt wieder empor, bricht an der Stelle, wo ich eben noch war, durch die Wellen, springt diesmal nicht mehr so hoch, lässt seine übergroßen Kiefer in hungrigen Kreisen schnappen, sucht. Kurz schlägt er seine Zähne in einen der Träger. Er reißt die Metallstange los, als er mit seinem ganzen Gewicht zurück in die Wellen klatscht.

Er springt sofort wieder aus dem Wasser, dreht sich diesmal in der Luft und stößt kleine Krallen in das Deck.

Etwas in mir schreit ungläubig auf – das Ding hat kleine Arme und Beine, die ich noch gar nicht bemerkt habe? Seine Krallen können das Deck mit einer solchen Leichtigkeit durchbohren?

Alles Übrige von mir ist bereits auf der Flucht. Ich habe mich aus meiner Position mit dem Bauch nach unten umgedreht, um mich besser an den Griffen über mir festhalten zu können, und nach den ersten beiden aufgeklappten Griffen gebe ich alle Hoffnung auf Tarnung und Heimlichkeit auf und schlage die Ka'kari-Krallen durch die Hülle des Rumpfes über mir.

Bei jedem Zustechen flammt die Magie um meine Hand herum in seltsamen Farbtönen von Orange und Grün auf.

Ich habe es schon fast an den Rand des Docks und in den Bereich der vorübergehenden Sicherheit geschafft, die es bietet, als ich den gewaltigen Druck von Kiefern spüre, die sich malmend um meinen Fuß schließen. Der Lotai steckt meinen ganzen Fuß in seinen Rachen.

Das Gewicht des Lotai reißt mich fast vom Deck und in die Wellen hinein. Im nächsten Moment, während mich mein magisches Talent durchströmt, werfe ich alles, was ich vom Ka'kari entbehren kann, hinab in mein Bein. Ich lasse ihn in alle Richtungen hinausschießen – wie eine Rüstung, wie ein stacheliges Außenskelett.

»Oh, schaut mal dort! Was ist das für ein Licht?«, höre ich eine der Schwestern über mir sagen. »Dort beim Boot der Kaiserin!«

»Was?!«, reagiert der Wachmann. »Wen interessiert das? Hier ist gerade der Teufel los und …?«

Brüllend schwinge ich meinen Fuß in die Höhe, hebe den Lotai an und spieße ihn gegen die Unterseite des Docks. Er faucht und knurrt wie ein Hund, der einen Knochen zerfleischt, nur dass in diesem Fall mein Bein der Knochen ist.

Ich verlagere mein Gewicht, lasse die scharfen Ka'kari-Spitzen länger werden, bis sie zu langen Klingen geformt sind, und trete wieder und wieder mit dem Fuß gegen das Dock. Der Lotai klatscht nass gegen das Deck über uns, rotes Blut und grüner Schleim prasseln in kleinen Fontänen auf die Wellen unter uns. Ich trete ihn noch einmal gegen das Dock und befehle dem Ka'kari, die ganze Länge meines Beins – und damit die Länge seiner weit geöffneten Kiefer – hinaufzugleiten, wie ein Filetiermesser.

In zwei Hälften durchtrennt, fällt der Lotai von meinem Bein und hinein in die Wogen, von wo sich sofort wildes Zappeln, Um-sich-Schlagen und Kämpfen vernehmen lässt.

Ich erreiche die Außenkante des Decks, stemme mich hoch und lande blutig direkt vor den Augen eines erschrockenen Manipel Sehravein.

Er muss sich auf die Knie niedergelassen haben, um zu sehen, was da unter dem Dock im Gange ist, denn jetzt versucht er, sich an seinem als Halt aufs Dock gestemmten Speer hochzuschwingen und wieder aufzustehen.

Ein Schlag mit meiner Hand fegt das hintere Ende seines Speers vom Dock.

Aus dem Gleichgewicht gebracht, gerät er ins Taumeln, will einen Schritt zur Seite machen, um sich wieder zu fangen – aber ich halte einen seiner Stiefel fest. Unfähig, seinen Schritt zu machen, stürzt er. Bevor er auf dem Dock aufschlagen kann, verpasst ihm ein schneller Tritt mit meinem heil gebliebenen Fuß eine Richtungsänderung, und er klatscht ins Wasser.

Gleißend helle Lichtkleckse tanzen vor meinen Augen, als ich auf den Rücken sacke. Ein Feuerwerk explodiert in der Luft – Pyrotechnik, die mir vage bekannt vorkommt.

Zahlreiche Hände greifen nach mir, als sich die Schwestern zu mir herunterbücken und mich in ihre Reihen ziehen. Ihre Stimmen sind gedämpft, aber sie beschimpfen mich, titulieren mich in einer breiten Vielfalt an Kraftausdrücken als Tölpel, Narren, Volltrottel.

»Haltet Euch hinter uns!«, flüstert Schwester Prospaya ergrimmt. »Ihr hättet uns allen den Tod auf den Hals schicken können. Jakweth, taucht der Mann wieder auf? Lass nicht zu, dass er schreit!«

Ich liege noch immer flach auf dem Deck – ich weiß nicht, ob ich stehen kann –, und obwohl alle Schwestern durcheinanderreden, kann ich das Geräusch von durch heftige Bewegungen schaumig geschlagenem Wasser hören und dass da viele Lotai um ihren Brocken Fleisch kämpfen.

»Er, äh, wird nicht schreien«, verkündet Jasmine.

Und dann legen sich auch schon alle Geräusche im Wasser.

»Schwester Viridiana hat uns vielleicht alle gerettet«, meint Schwester Prospaya.

»Aber eigentlich hat sie doch nur *ihn* retten wollen«, sagt Schwester Ayayah verbittert.

»Ach, du kannst jetzt also auch schon Gedanken lesen?«, blafft Schwester Prospaya. »Du wirst ja von Minute zu Minute beeindruckender, Schwester. Ihr Übrigen, verstaut unsere Sachen an Bord! Nein, ihr vier bleibt hier, um Kylar zu schützen.«

»Was hat sie denn getan?«, erkundige ich mich. Ich muss dringend nach meinen Fuß sehen, doch unvermittelt fällt mir wieder ein, wo ich ein solches Feuerwerk schon einmal gesehen habe. Vor der Schlacht am Schwarzen Hügel hat Vi gelernt, wie man explodierende Feuerbälle zündet, und sie hat diese Technik auch einigen der anderen Schwestern beigebracht.

Und *die* hat sie jetzt als Feuerwerk eingesetzt? Vor den Augen genau jener Kaiserin, mit der ein Abkommen besteht, das den Einsatz von Kriegsmagie verbietet?

Was zum Henker denkst du dir dabei, Vi?

Unter den Schwestern, die bei mir bleiben, befindet sich auch Melena, und sie ist die einzige, die einen freundlichen Gesichtsausdruck zumindest vortäuscht – vielleicht ist er aber auch gar nicht vorgetäuscht. Auch wenn ich weiß, dass ich ihr nicht trauen sollte, ist sie doch die einzige, die sich mir gegenüber weiterhin freundlich verhält. »Viridiana versucht, alle abzulenken«, erklärt sie mir. »Die Leute auf dem Dock der Kaiserin haben angefangen, zu uns herüberzustarren. Viridiana war bei ihnen. Ich glaube, sie hat gesehen, wie Sehravein nach dir gesucht hat. Sie muss geahnt haben, dass du im Begriff standest, etwas Gefährliches zu tun.«

»Etwas Dummes«, wirft eine der anderen ein.

»Dumm?«, hake ich nach. »Als ob ich irgendeine Möglichkeit …«

»Als ob einen Wachmann vor lauter Zuschauern umzubringen nicht dumm wäre, du verdammtes Scheusal«, schimpft irgendeine andere. Ich weiß nicht wer, ist aber auch egal. Sie sind da alle einer Meinung.

»Aber es hat doch funktioniert, oder? Warum sind wir noch hier? Verschwinden wir!«, sage ich. Das Boot der Schwestern ist am Dock vertäut. Nahezu ihr gesamtes Gepäck befindet sich bereits an Bord, und neue, angespannte Gesichter, die ich nicht kenne, haben sich zu uns gesellt.

»Eine der Schutzmaßnahmen des Sturmschiffes gegen Piraten und Schmuggler besteht darin, jedes Boot, das anlegt, auf magische Weise festzuhalten, bis es die Erlaubnis zum Auslaufen erhalten hat«, erklärt Schwester Prospaya, während sich die anderen die letzten Kisten und sonstigen Gepäckstücke schnappen und an Bord bringen. »Wir sitzen fest, weil nur ein Wachmann uns freigeben kann – Ihr wisst schon, wie der freundliche Wachmann, den Ihr gerade *ermordet* habt. Und der den Schlüssel hatte.«

»Und was ist mit der Taschendiebin des anderen Kommandos?«, frage ich. »Sie hat ihn sich doch sicher längst gemopst, oder etwa nicht?«

»Nein, habe ich nicht«, sagt eine ausladend breite, schon etwas ältere Brünette, »denn er stand kurz davor, ihn zu benutzen, um uns zu helfen.«

»Wenn das Schloss also magisch ist«, sage ich, »dann setzt eure Magie ein, um es zu knacken.«

Sie verdrehen die Augen, als wäre ich ein völlig unwissender Dummkopf.

»Das könnten wir in der Tat«, erwidert Melena. »Wahrscheinlich. Wenn wir alle etwaigen nachgeschalteten Verteidigungsvorkehrungen außer Kraft setzen könnten, die eingerichtet wurden, um uns bei einem solchen Versuch zu vernichten. Und selbst wenn uns das erfolgreich gelingen sollte, wissen sie dann sofort darüber Bescheid, was wir getan haben, und uns bleibt keine

Hoffnung mehr, uns ohne Verfolgung aus dem Staub machen zu können. Der ganze Sinn dieser Aktion war ein heimliches Vorgehen, Kylar, etwas, wovon du Viridianas Behauptungen zufolge eigentlich etwas verstehen solltest.«

»Und außerdem braucht so etwas Zeit«, ergänzt Jasmine Jakweth. Er richtet den Blick nach Norden. »Wovon uns nicht viel bleibt. Wir sind nicht mehr weit von der Sturmwand entfernt.«

Während die Leute auf dem Dock der Kaiserin in lauten Applaus ausbrechen – Viridianas Feuerwerksvorführung ist offenbar beendet –, folge ich Jasmines Blick gen Norden. Ich bin nicht gut im Abschätzen von Entfernungen auf See, doch nicht weit von uns entfernt (zwei Seemeilen? Oder nur eine?) nehmen, ganz abrupt, als hätte jemand einen Strich über den Himmel gezogen, die Wolken aus fliegenden Vögeln einfach ein Ende.

Wir stehen kurz davor, wieder zurück in den Sturm zu fahren. Das kleine Fluchtboot, in das wir gerade steigen, hat da draußen keine Chance.

»Holt ihn an Bord«, befiehlt Schwester Prospaya.

»Wie bitte?«, fragt Schwester Ayayah.

»Du hast gehört, was ich gesagt habe«, erwidert Schwester Prospaya und starrt Schwester Ayayah streng an. Etwas an der Art, wie sie es sagt, verrät mir, dass Schwester Ayayah gehofft hat, mich hier zurücklassen zu können. »Wie schwer seid Ihr verletzt, Kylar?«

Jasmine Jakweth flucht. »Du bist gebissen worden?«, fragt er. »Wieso bist du dann überhaupt noch fähig zu sprechen? Diese Dinger haben ein Gift, das einen Eisenbullen umhauen kann. Zumindest die kleinen Lotai. Vielleicht verhält es sich bei den großen hier ja anders?«

»Jetzt, wo du es sagst: Ich fühle mich wirklich nicht besonders toll«, lasse ich ihn wissen.

»*Schwester*«, wendet sich Schwester Ayayah an Prospaya, »das ist für uns die Gelegenheit.« Um mich loszuwerden. Sie hätte es auch gleich laut hinzufügen können.

»Du solltest so lange warten, bis ich dir den Rücken zugekehrt habe, bevor du mir in den Rücken fällst«, bemerke ich. »Das ist schlichte, einfache Höflichkeit.«

»Jasmine, trag ihn an Bord. Schwestern, seht zu, dass er vor Blicken geschützt ist«, gibt Prospaya ihre Befehle. »Und wischt sein Blut vom Dock!«

»Jasmine, tu das nicht«, sagt Schwester Ayayah.

»Du weißt ja, wo du mich lecken kannst«, wendet sich Jasmine an Schwester Ayayah. Er schiebt seine Hände unter meine Achseln und schleppt mich auf das Boot, hinter die Schutzwand der in einer Reihe aufgestellten Schwestern, die verhindern soll, dass uns jemand vom Dock der Kaiserin aus sehen kann.

Erst als ich an Bord bin, wage ich es, auf meinen Fuß zu schauen.

»Ich bin Heilerin. Kann ich dir helfen?«, fragt eine der Schwestern. Sie ist mittleren Alters, hat eine kurze Stachelfrisur, ihr Gesicht ist vielfach durchstochen und mit schmückenden Ringen versehen, und es geht von ihr die beruhigende Ausstrahlung einer Frau aus, die Tod und Chaos ins Auge geblickt und unerschütterlich die Stellung gehalten hat.

»Warte erst mal«, antworte ich. Ich schaue hinunter …

… und versuche, eine ungerührte Miene beizubehalten, als ich das Schlamassel aus Blut und zertrennten Sehnen sehe, aus dem kleine Fußknochen hervorstechen, als wollten sie ein Stachelschwein nachahmen. Ein Stachelschwein, das dick mit kotzgrünem Gift beschmiert ist.

»Ach, nicht so schlimm«, sage ich.

»Du bist gerade totenbleich geworden. Wir wissen also beide, dass das nur Maulheldentum ist. Wenn es deinem Ego guttut, betrachte mich als beeindruckt. Lässt du mich dir jetzt helfen?«, fragt die Frau.

»Ja«, erwidere ich. »Hast du heute noch irgendeine anstehende Verwendung für deine Magie?«

»Da steht ziemlich viel an, würde ich sagen«, erwidert sie. »Ich werde wohl alles auf dich verwenden müssen.«

»Außer mir, meine ich«, stelle ich klar. Ich fühle mich schwummrig, obschon ich weiß, dass mein Körper das Gift des Lotai allein bekämpfen kann, ohne irgendeine Anleitung.

Sie antwortet, aber ich bekomme nicht mit, was sie sagt.

Ich lasse sie wissen: »Mach aus dem, was du für mich verwenden willst, einen Ball, und tu sonst erst mal nichts weiter. Stell keine direkte Verbindung zu mir her, sonst könnte ich zu viel nehmen und dir womöglich Schaden zufügen.«

Sie reagiert mit der bewundernswerten Eile, wie ich sie von erfahrenen Heilern gewohnt bin. Es ist Gehorsam nach dem Motto: »Ich weiß nicht, warum du das jetzt brauchst, aber ich vertraue darauf, dass du es sofort benötigst, also, hier ist es.«

Von einem Moment auf den nächsten hat der Ka'kari ihre Magie in sich eingesaugt, und mein Körper oder der Ka'kari oder meine Magie – oder alle drei gemeinsam – machen sich daran, mich wieder zusammenzuflicken. Was die Heilerin anzubieten vermocht hat, war nicht sonderlich viel Magie, also verzichte ich darauf, den Schmerz magisch zu unterdrücken, sondern verlasse mich als Schutz auf den natürlichen Schockzustand meines Körpers, während meine Magie die Knochen knackend wieder in Position bringt und die Sehnen wieder an die richtigen Muskeln und Knochen näht.

Aber die Magie greift auch in meinen körperlichen Schockzustand ein, sodass ich alles spüre. Ich keuche und wimmere, nichts mehr übrig von Maulheldentum.

Mit all dem Gift im Leib fühlt sich das Ganze so an, als müsste ich auf Schritt und Tritt gegen etwas ankämpfen.

Nach nur wenigen Augenblicken ist mir meine gesamte Magie ausgegangen. Ich habe alles aufgebraucht, was die Schwester mir angeboten hat, und dazu so viel von meiner eigenen Magie, wie ich es wage.

Es reicht aus, um die Knochen und Sehnen wieder zusammenzuflicken, aber nicht, um die ganze zerschundene Haut wieder wachsen zu lassen. Ich habe mir nicht aussuchen können, was geheilt wird; ich bin meinem Leib und meiner Magie auf Gedeih und Verderb ausgeliefert. Ich kann nur hoffen, dass die Magie genug von den richtigen Dingen hat leisten können.

»Verbände, bitte«, krächze ich.

Die verblüffte Heilerin klappt den Mund zu, streicht eine Salbe auf mein Bein und verbindet schnell meine Wunde. Kaum ist sie fertig, stürmt auch schon Jasmine herein. »Versteck dich! Versteck dich, Kylar. Sie haben ein Kommando geschickt, um das Boot zu durchsuchen.«

»Die Kiste!«, rufe ich.

»Versteckt. Wir hatten genau hierfür einen Notfallplan vorbereitet. Keine Angst. Kannst du dich außer Sicht halten?«

Ich fühle mich völlig verbraucht und kraftlos, aber ich nicke. Ich stehe langsam auf und trete vorsichtig auf meinen nur unvollkommen magisch geheilten Fuß. Dann ziehe ich vor der abermals verblüfften Heilerin die Schatten um mich, die gerade damit beschäftigt ist, mein Blut vom Deck zu wischen, und nun kurz in ihrem Tun innehält.

Das Boot ist nicht sehr groß. Als ich mir einen Weg von der Kabine hinein in den kleinen Frachtraum bahne, sehe ich einen sehr dienstbeflissen wirkenden kleinen Mann die kurze Treppe herunterkommen. Er schaut sich kurz im Raum um und bellt die Heilerin an: »Was ist das? Wo kommt das Blut her?«

Ich höre die Heilerin trocken sagen: »Hab vorhin Nasenbluten gehabt. Wir hatten keine sauberen Tücher zur Hand, also habe ich die Menstruationstücher der Schwestern genommen. Wollt Ihr sie vielleicht begutachten?«

Der Beamte zuckt angewidert zurück. »Geht mir einfach aus dem Weg!«

Ich drücke mich tiefer in den kleinen Laderaum hinein und setze mich auf ein Frachtnetz an einem der offenen Bullaugen.

Ich bin überrascht zu sehen, dass auch das Schiff der Kaiserin noch nicht abgelegt hat.

Ich hoffe, dass das nicht in Zusammenhang mit dem steht, was hier passiert. Meine Kehle fühlt sich plötzlich ganz trocken an.

Der Beamte kommt in den Raum und stöbert herum, öffnet hier und da Kisten, doch seine Bewegungen haben etwas Falsches und Oberflächliches. Ein flaues Gefühl meldet sich in meiner Magengrube. Das hier ist nicht die zufällige Durchsuchung einer Hafenbehörde. Es ist aber auch nicht die entschlossene, methodische Suche von jemandem, der sich sicher ist, dass wir etwas verstecken, jedoch nicht weiß, wo.

Er stöbert noch ein wenig herum, begibt sich dann an den vordersten Punkt des Rumpfes, schiebt einige Kisten beiseite und steht vor der leeren Wand. Mit einem kurzen Blick über die Schulter, wie um sich zu vergewissern, dass ihn niemand beobachtet, verdreht er den Haken für ein Frachtnetz, stochert unter einem Brett in der Nähe seiner Füße herum und hebt es an.

Ein Klacken ertönt und ein Teil der leeren Wand springt auf.

Dahinter befindet sich eine kleine weiße Kiste.

Er kichert triumphierend und mir rutscht das Herz in die Hose.

Immer noch leise kichernd, als wäre er ja so ungeheuer gewieft, trägt der übereifrige kleine Drecksack die Kiste aus dem Laderaum hinaus. Soll ich ihn jetzt umbringen?

Verzweifelt werfe ich einen erneuten Blick aus dem Bullauge. Dort steht ein Mann auf dem Dock der Kaiserin, den Blick herübergerichtet, als warte er auf ein Signal. Jede Gewalttat, die ich begehe, wird gesehen werden. Meine Gedanken überschlagen sich.

Es hängt also tatsächlich alles zusammen. Die Kaiserin hat einen Spion – entweder unter den Schwestern hier oder unter jenen an Land, die das Fluchtboot zu uns entsandt haben. Irgendwer hat ihren Leuten verraten, wo sich das Geheimfach befindet, und sie wartet mit ihrem Aufbruch, bis sie ein Signal von ihrem Beamten erhalten hat.

Was soll ich nur machen?

Ich folge dem Mann humpelnd, die Schatten um mich gelegt, alle meine Pläne über den Haufen geworfen.

Wie viele Wachposten befinden sich bei ihm? Was passiert, wenn er nicht das richtige Signal gibt?

Ich trete auf der Dockseite zu den Schwestern hinaus, die sich hier versammelt haben. Einige halten einander umklammert. Auf frischer Tat ertappt, verlieren sie ihre Immunität und werden vermutlich hingerichtet – und selbst können sie die Sache nur noch schlimmer machen. Wenn sie angreifen, egal ob sie entkommen können oder nicht, haben sie eine kriegerische Handlung begangen.

Dann sehe ich, dass aus dem Rumpf des Sturmschiffes weitere Verteidigungsvorkehrungen zum Vorschein gekommen sind. Zwei Wurfgeschütze sind auf das kleine Boot gerichtet, dazu zwei kleinere Harpunenwerfer mit langen Seilrollen, um uns zurückzuschleppen, falls wir einen Fluchtversuch unternehmen. Ein

Dutzend Bogenschützen in kaiserlicher Uniform steht geschützt hinter Schießscharten. Mehrere Magier geben ihnen Rückendeckung.

Wir sind reingelegt worden. Aber wie?

Vielleicht kann ich gar nicht wissen, wie – weil die Schwestern mich nie genug von ihrem Plan haben wissen lassen, als dass ich erkennen könnte, wo dessen Schwächen liegen. Ich habe keine Ahnung, welche Teile des Plans nicht funktioniert haben.

Er hat nicht funktioniert und das reicht.

Wir hätten das in dem Moment wissen müssen, als Königin Gyre vor dem Zimmer von Vi und mir aufgetaucht ist, aber wir haben weitergemacht, als sei nichts passiert. Die Sache geht auf unsere Kappe.

Als der selbstzufriedene kleine Mann nun die weiße Kiste auf dem Dock abstellt, bleibe ich im Boot. Sicherlich gibt es außer denen, die ich bereits gesehen habe, noch ein Dutzend weitere Magier, die das Boot einsatzbereit im Auge haben. Niemand wird versuchen, all diese Schwestern aufzuhalten, ohne ihnen selbst eine Menge von Magieanwendern entgegensetzen zu können. Wenn ich da rausgehe, ob sichtbar oder unsichtbar, werde ich gesehen.

Ich kann kaum mehr atmen. Jeder neue Plan, den ich mir aus den Fingern sauge, ist noch schlechter als der vorangegangene.

Sollte ich eine feindselige Aktion unternehmen, wird diese Verhaftung im gleichen Moment in einen Kampf umschlagen. Und sosehr sie in ihren Geheimunternehmungen brillieren mögen, sind diese Schwestern doch nicht in der Lage, sich einem solchen Kampf zu stellen. Sie sind keine Kampfmagier. Das ist der ganze Sinn der Alitaerischen Abkommen, und diese Frauen glauben in der Tat, dass es für sie besser ist, ihr Leben zu opfern, als einen Krieg vom Zaun zu brechen.

Was bedeutet, wenn die Sache in die Hose geht, sind sie keine Hilfe für mich.

Noch *mehr* in die Hose, meine ich.

»Möchte vielleicht eine von Euch die hier für mich öffnen oder soll ich sie aufschlagen?«, sagt der kleine Schwachkopf. Er ist so schmierig in seinem Triumph, dass ich ihm am liebsten die Därme aus dem Leib reißen würde, ohne ihm zuvor in die Augen zu sehen, um mich zu vergewissern, ob er es auch verdient hat.

Er hat es sich redlich verdient.

Ich sehe jetzt – gerade noch so aus dem Augenwinkel –, dass er beide der kleinen, äußerlich identischen Kisten vor sich auf dem Dock stehen hat. Ich habe nicht gut genug aufgepasst, um zu wissen, welche jetzt welche ist, aber das dürfte inzwischen auch egal sein. Schwester Prospaya tritt vor, um die eine zu öffnen, und alle beugen sich vor und versperren mir die Sicht.

Einen Moment später lehnen sich alle enttäuscht wieder zurück.

»Jetzt die andere«, befiehlt der Beamte verärgert.

Wieder halten alle den Atem an und beugen sich vor, um einen Blick zu erhaschen, als hätten sie alle noch nie ein Baby gesehen.

Doch dann geht eine Bewegung sowohl durch die Schwestern als auch durch die Reihe der Soldaten, die ihnen gegenüberstehen.

Alle vorgebeugten Oberkörper gehen wieder nach oben, nicht wenige von ihnen hochgradig bestürzt.

»Wo ist es?«, höre ich den Mann schreien.

Ich sehe Kleidungsstücke durch die Luft fliegen, als er die Kiste durchwühlt. Er dreht sie auf den Kopf und schüttelt sie, tritt gegen die Kleider zu seinen Füßen, brüllt – und wirft die Kiste ins Meer. Dann stürzt er sich auf die andere. Er zieht einen Dolch hervor und geht damit auf das Ding los, auf der Suche nach einem doppelten Boden. Er dreht auch diese Kiste auf den Kopf und schüttelt sie schreiend, dann schleudert er sie ebenfalls ins Meer.

Die Soldaten stehen mit versteinerter Miene da, als könnten sie sich durch Strammstehen seiner Aufmerksamkeit entziehen. Die Schwestern sind derweil alle in sich zusammengesunken, ihres Verhängnisses gewiss.

Doch bald haben einige ihre Fassung wiedererlangt.

Ich aber nicht. Das Baby. Wo ist das Baby?

»Möchte der Herr noch mehr von unseren persönlichen Habseligkeiten ins Meer werfen?«, fragt Schwester Prospaya kühl. »Oder können wir jetzt gehen?«

Vom Dock der Kaiserin ertönt ein Ruf, eine Aufforderung.

»Moment, Moment!«, sagt der Beamte. Er drängt sich grob an den Schwestern vorbei und bahnt sich im Laufschritt einen Weg zurück auf das Boot. Ich kann gerade noch rechtzeitig ausweichen, immer noch wie betäubt. Im nächsten Moment höre ich, wie er Gegenstände im Laderaum herumwirft, seine Suche nun völlig verzweifelt.

Aber er kommt schnell wieder heraus und präsentiert den Schwestern seine gefletschten Zähne – ganz buchstäblich, als wolle er sie beißen. »Ihr … ihr Hexen kommt damit nicht durch!«

Er beruhigt sich ein wenig und glättet sein wild zerzaustes Haar, um dann wieder auf das Dock zu treten. Als hätte ihn die Sache völlig unbeeindruckt gelassen, hebt er die Arme zum Ausguck auf dem Dock der Kaiserin und verschränkt die Arme: *Hier ist nichts.*

Der Ausguck schreit eine Frage zurück, die ich nicht verstehen kann.

Das Gesicht des Beamten verfärbt sich vor Wut violett und er wiederholt lediglich sein Zeichen. Er wendet sich zur Seite.

»Schwestern. Ich sehe …« Er zieht ein Gesicht, als versuche er gerade, seinen Hut zu verschlucken. »Ich muss feststellen, dass hier ein großer Fehler gemacht worden ist. Ihr erhaltet eine Entschädigung für alle Eure Habseligkeiten, die bei dieser … bei dieser völlig legalen und ordnungsgemäßen Durchsuchung Eures Bootes versehentlich verloren gegangen sind.«

»Oh, wir werden uns melden, das verspreche ich Euch«, erwidert Schwester Prospaya mit eisiger Stimme. »Können wir jetzt aufbrechen? Der Sturm hat uns schon fast erreicht.«

»Jaja, es steht Euch frei abzulegen.«

Der Mann signalisiert seinen Leuten mit einer verärgerten Geste, dass sie entlassen sind, und die Wachen ziehen sich rasch in das Schiff zurück; die Bemannung des Verteidigungsgeräts verlässt ihre Stellungen, und bald werden die großen Waffen wieder in den Rumpf eingezogen, bis die Platten plan und bündig sind. Auf dem Dock der Kaiserin sehe ich, wie der Ausguck ein Gespräch mit dem dortigen Dockmaat beendet, der seinen Soldaten ein Zeichen gibt, die Schiffstaue zu lösen, mit denen das Boot der Kaiserin festgemacht ist. Soldaten, Matrosen und weiß gekleidete Diener eilen hinter dem Mann hin und her, um rasch die allerletzten Vorbereitungen für die Notfallausschiffung der Kaiserin zu beenden.

Als der letzte Soldat unser Dock verlässt, höre ich, wie die magischen Fesseln unser Boot mit einem lauten Seufzer freigeben, und registriere das damit einhergehende unverkennbare Schaukeln der Loslösung, wenngleich uns noch ein paar Seile am Dock festhalten.

»Moment«, sagt Schwester Prospaya. Sämtliche Schwestern richten die Blicke auf sie. Alle Soldaten sind verschwunden, und auch ich kann keine Nachzügler mehr ausmachen, die uns heimlich beobachten würden. »Hervorragende Arbeit, wer auch immer das gemacht hat. Ihr könnt mir später berichten, *wie* ihr es gemacht habt. Aber jetzt, Schwestern, erst einmal nur das eine: Ist die Fracht sicher?«

Die Schwestern sehen sich gegenseitig an. Hin und her gehen die Blicke, als stünden sie vor einem Rätsel, aber es wirkt auch so, als seien sie sich allesamt sicher, dass sich unter ihnen eine befindet, die nur so tut als ob.

»Schwestern, wir haben nur wenige Augenblicke«, sagt Prospaya angespannt. Sie stößt die Wörter einzeln hervor. *»Ist die Fracht sicher?«*

Niemand antwortet.

»Schwestern …«, sagt sie, und ihre Stimme senkt sich bedrohlich. »Wo ist das Kind?«

Kapitel 38

Gut kombiniert

»Ich kann beschwören, dass ich jeden Teil meiner Aufgabe fehlerfrei erledigt habe«, sagt die brünette Taschendiebin aus dem anderen Kommando.

»Ich auch!«, sagt eine andere, die ich nicht kenne.

»Und ich auch!«

Niemand ist schuld. So ist es immer.

»Die Ammen hätten es nie gewagt, uns hinters Licht zu führen«, erklärt Schwester Melena. »Wir haben sie bestochen und erpresst und sie unseres sofortigen Schutzes versichert, sobald wir …«

»Seid still! Ihr alle seid jetzt still!«, befiehlt Schwester Prospaya. »Ich will, dass mir jede von euch – und zwar sofort! – in die Augen schaut und schwört, auf den Seraph und all eure Treue gegenüber der Chantry, dass ihr keinerlei Ahnung habt, wo sich das Kind befindet!«

»Ich schwöre es«, beteuert Melena, ohne zu zögern, und blickt ihr in die Augen.

Ein Chor derselben Worte erhebt sich von den anderen. Jedes Gesicht kündet von der sorglos unbefangenen Unschuld einer Buhldirne. Aber Schwester Prospaya lässt sich damit nicht abspeisen. Sie gebietet ihnen Schweigen, zeigt nacheinander auf jede

Einzelne und fordert sie auf, es ihr direkt ins Gesicht zu sagen, während sie ihr in die Augen sieht.

Vielleicht begreift sie gerade dasselbe wie ich vorhin – es gibt hier eine Verräterin oder eine Spionin, jemanden, der den Kaiserlichen irgendwie das geheime Versteck in diesem Boot verraten hat, denn woher hätte dieser Beamte sonst wissen sollen, wo genau er zu suchen hat? Oder vielleicht ist das alles nur Hokuspokus, eine Theateraufführung für mich ganz allein. Vielleicht ist ja das jetzt der Verrat der Schwestern an mir.

Mit bleischwerem Herzen wende ich mich lieber ab, als mir den Schwur jeder einzelnen Schwester anzusehen. Könnte ich es denn überhaupt erkennen, wenn sie lügen? Vielleicht eines Tages, wenn ich den Ka'kari ein paar Jahrhunderte in meinem Besitz gehabt habe, nicht jedoch heute.

Ich blicke zum Boot der Kaiserin hinüber. Auf dem Dock sehe ich den Hinterkopf eines großen Mannes. Es könnte König Repha'im sein.

Wie hast du das gemacht, du Ungeheuer? Wie hast du uns ein Schnippchen geschlagen?

Oder ist es gar nicht sein Werk gewesen, sondern alles lag nur an der Unfähigkeit der Schwestern?

Dann sehe ich, wie die Kaiserin selbst vom Dock her an die Reling des Bootes tritt. Selbst von hier aus besteht nicht der geringste Zweifel, dass sie es ist. Der Mann, von dem ich annehme, dass es sich dabei um Repha'im handelt, tritt vor, und die Reihen der weiß gekleideten Dienerschaft teilen sich für ihn; eine rundliche Frau mit einem roten Kreuzmuster auf dem Kragenaufschlag bewegt sich von der anderen Seite vorsichtig an Repha'im vorbei, um nicht in die Wellen gestoßen zu werden, als sich Kaiserin und König umarmen – denn es ist tatsächlich Repha'im, der sich mit einem Kuss von seiner Herzenskönigin, seiner Beute, verabschiedet.

Er hat mich geschlagen. All der Hass in meinem Herzen ist nun ohnmächtige Wut. Ich kann nichts mehr tun. Es sei denn …

Ich wirble herum, trete wieder in den Kreis der Schwestern zurück und lege meine Unsichtbarkeit ab.

Die plappernden Schwestern verstummen. »Das war doch die ganze Zeit euer Plan, oder?«, sage ich und trete auf Schwester Ayayah zu. »Jetzt ist der Punkt gekommen, wo ihr mich verratet, nicht wahr?«

»Ruhig, Nachtengel«, ergreift Jasmine Jakweth das Wort. Er hält ein Messer mit kurzer Klinge in der Hand, macht jedoch nicht den Eindruck, als wolle er davon Gebrauch machen. Neben ihm steht ein ähnlich bewaffneter Backstein von einer Frau, die aussieht, als sei sie durchaus willens dazu. Sie muss die Frau fürs Grobe des anderen Kommandos sein.

»Wo ist der Lockvogel?«, frage ich. »Was ist die heiße Spur, die mich im letzten Moment von diesem Boot herunterbringen soll? Worin besteht euer Plan, mich jetzt loszuwerden? Erst mal die Irreführung, dann der Mord als letztes Mittel, habe ich recht?«

»Verschont uns mit Eurem ungebührlichen Gerede, Kylar«, entgegnet Schwester Ayayah. »Ihr wart es schließlich, der uns zwei leere Kisten angeschleppt hat. Das war Euer Versagen – wenn nicht sogar Euer Verrat an uns.«

»Mein Verrat?«, wiederhole ich. »Was hätte *ich* schon davon, wenn ich das Sturmschiff ohne das Kind verlassen würde?«

»Kylar, Schwestern«, mahnt Melena. »Wir nähern uns dem Sturm. Wir müssen ablegen. Wir alle, Kylar. Es gibt hier keinen Verrat. Nur Versagen. So etwas passiert. Selbst den Besten.«

Ich habe den Eindruck, dass wir nur noch wenige Minuten davon entfernt sind, wieder mitten in den Sturm zu geraten, aber ich weiß nicht, wie viel Abdrift wir bei dem kleinen Boot mit einkalkulieren müssen, wenn wir auf unserem Weg zum Ufer Strömungen und Wellengang entkommen wollen.

»Kylar!«, bellt Schwester Prospaya, bevor Schwester Ayayah etwas Gegenteiliges sagen kann. »Wir haben keinerlei Streitigkeiten mit Euch. Etwas ist schiefgelaufen. Offensichtlich hat Königin Gyre geglaubt, sie würde euch das Kind bringen, doch sie hat sich geirrt. Wir haben im Moment keine Möglichkeit herauszufinden, was *genau* schiefgelaufen ist. Ich glaube nicht, dass Ihr versucht habt, uns in die Irre zu führen – nein, Schwestern, er hat recht. Das hätte keinen Sinn. Wir haben versagt. Wir alle. Nehmt es so hin und hakt es ab. Wir müssen entweder jetzt los oder wir sterben. *Wir* brechen jetzt auf. Ihr könnt gerne mit uns kommen. Ihr könnt auch gerne bleiben, obgleich ich fürchte, dass jede Seele auf der *Sturmjäger* nun dem Untergang geweiht ist. Die magischen Talente des Kindes können jeden Moment erwachen, und wenn das passiert …«

»Kommt oder geht, aber bewegt euch«, knurrt Schwester Ayayah und drängt sich an uns vorbei, um unter Deck zu gehen.

Auch der Rest der Schwestern beginnt sich zu zerstreuen. Jasmine tritt an eines der Taue, mit denen das Boot festgemacht ist, und bedenkt mich mit einem traurigen Kopfschütteln.

Schwester Melena bleibt. »Kylar«, sagt sie mit sanfter Stimme, »komm mit uns. Vielleicht ist dies nicht das Ende, aber *hier* ist es das Ende. Wir könnten immer noch Glück haben. Vielleicht irren wir uns, und das magische Talent des Kindes erwacht erst, wenn sie vor Anker gegangen sind, und wir können die Verfolgung in Borami wieder aufnehmen. Und sollte der *Sturmjäger* das Schlimmste zustoßen, gibt es immer noch das andere Kind, das gerettet werden muss. Bis wir zurückgekehrt sind, hat die Chantry bestimmt schon andere Spuren aufgetan.«

»Ach ja, und ich bin sicher, dass ihr mich dann auch davon in Kenntnis setzen werdet, nicht wahr?«, entgegne ich verbittert.

»Natürlich werde ich dich …« Sie bricht ab und wirft einen Blick zu Schwester Prospaya, die immer noch in der Nähe steht. Sie schüttelt den Kopf. Mir scheint, die Frau ist ehrlich. »Ich werde dir alles mitteilen, was ich darf«, sagt Melena mit trauriger Stimme. »Aber … aber du hast doch auch noch andere Freunde, nicht wahr? Andere Informationsquellen, die dir hilfreich sein können.«

Sicher, und wäre das nicht auch fantastisch für die Chantry? Ich lande am südlichsten Punkt des Kontinents und muss erst den ganzen Weg nach Norden reisen, bis mir Momma K überhaupt eine neue Spur anvertrauen kann, und dann muss ich wahrscheinlich den ganzen Weg zurück nach Borami oder Friaku oder Ladesh reiten – oder wohin auch immer das zweite Kind verdammt noch mal entführt worden ist. Falls wir das überhaupt in Erfahrung bringen können.

»Es passt einfach nicht zusammen, dass die Kaiserin uns überlistet haben soll. Oder auch nur König Repha'im«, erkläre ich. »Warum sollten sie einen Mann schicken, um unser Boot zu durchsuchen, wenn sie bereits wussten, dass sie uns geschlagen haben? Warum sollten sie verraten, dass sie einen Spion in euren Reihen haben, wenn es mit keinerlei Nutzen für sie verbunden ist?«

»Sie haben keinen Spion in …«

»Ach, bitte! Repha'im gibt nichts umsonst her, und ich glaube auch nicht, dass die Kaiserin das tut. Wie könnte ein Spiel aussehen, in dem das, was sie gerade getan haben, einen Sinn ergibt?« Ich zögere. Ich bin bisher davon ausgegangen, dass die beiden in jeder Hinsicht an einem Strang ziehen. Wenn jedoch die Kaiserin von Bord geht und Repha'im bleibt, arbeiten sie ja vielleicht gegeneinander. Nicht dass mir das hilft.

»Kylar, wir legen jetzt ab«, verkündet Jasmine Jakweth. »Bist du bereit?«

Was soll ich Logan sagen? Was soll ich Momma K sagen?

Ich spüre, wie mir alles Blut aus dem Gesicht weicht.

Momma K.

Was habe ich vor wenigen Augenblicken gesehen, als die Kaiserin an die Reling des Bootes getreten ist?

Schnell, schnell! Sag es mir!

~»Der Mann, von dem ich annehme, dass es sich dabei um Repha'im handelt, tritt vor, und die Reihen der weiß gekleideten Dienerschaft teilen sich für ihn; eine rundliche Frau mit einem roten Kreuzmuster auf dem Kragenaufschlag bewegt sich von der anderen Seite vorsichtig an Repha'im vorbei, um nicht in die Wellen gestoßen zu werden, als sich Kaiserin und König umarmen …« Reicht das?~

»Mit einem roten Kreuzmuster auf dem Kragenaufschlag?« Habe ich diese Formulierung nicht schon mal benutzt? Oder gehört?

~Nein. Du hast diese Wörter bisher noch kein anderes Mal in dieser Reihenfolge benutzt. »Rot« kommt viele Male vor. »Kreuzmuster« nur zweimal, und das andere Mal hat es sich auf Metallträger bezogen …~

Schwester Ayayah! Was hat sie über meine Kontaktperson für diesen Auftrag gesagt?

~»Sie wird das Weiß der Dienerschaft tragen, mit roten Streifen an den Schultern und auf der Vorderseite mit den Kragenaufschlägen der kaiserlichen Ammen versehen, die mit den Kreuzen darauf.«~

Warum steigt eine Amme im letzten Moment wieder aus dem Boot der Kaiserin *heraus*?

Du musst mich doch lauthals auslachen, wenn du das hier hörst, oder?

In diesem Moment denkst du wahrscheinlich: »Dieser Volltrottel. Fragt sich Kylar ernsthaft, wer da noch auf dem Sturmschiff sein könnte, um das Kind in seinen Besitz zu bringen? Gibt es da draußen denn noch *irgendjemanden,* der oder die sich als schlau genug erwiesen habe könnte, um an Orte zu gelangen, wo es selbst Kylar nicht hingeschafft hat? Womöglich jemand in Weiß mit Kragenaufschlägen mit roten Kreuzen darauf? Oooh, ganz schwer zu sagen, ich habe da wirklich nicht den blassesten Schimmer ... Hm, aber vielleicht ja die Frau, mit der Kylar diese ganze Unternehmung begonnen hat? Vielleicht ja die Frau, mit der er gereist ist? Aber sicher wird Kylar *die* doch nicht vergessen haben!«

Aber das habe ich. *Phaena.*

Diese »rundliche« Frau war Phaena. Sie hat sich nicht nur ins Personal von Repha'im eingeschlichen, sondern ist bis in den Kreis seiner Ammen vorgedrungen. Sie ist Teil ebenjener Gruppe geworden, die die Schwestern dann zu bestechen und zu erpressen versucht haben. Götter! Während ich mich kämpfend und kletternd, schleichend und tricksend von Versteck zu Versteck vom Arsch des Schiffes Stück um Stück nach vorn gearbeitet habe, ist Phaena die ganze Zeit schon bei dem Kind gewesen.

Ist das Komplott der Schwestern etwa gescheitert, *weil* Phaena dort gewesen ist?

Das Boot der Kaiserin legt ab, doch im nächsten Augenblick höre ich dort drüben jemanden einen lauten Ruf ausstoßen.

Wir alle blicken auf, von jäher Angst durchzuckt, aber niemand dort schaut in unsere Richtung. Ihre Blicke sind zum Sturmschiff gerichtet.

Auf dem Dock der Kaiserin blinken Lichter auf, und nun beginnt sich das gesamte Dock zu heben, um wieder eins mit dem Sturmschiff zu werden.

»Was ist da geschrien worden?«, will ich wissen. »Hat das irgendwer mitbekommen?«

»›Haltet diese‹ … Den Rest habe ich nicht verstanden«, sagt eine der Schwestern und schüttelt den Kopf.

»Kylar, wir müssen los. Sofort!«, mahnt Jasmine.

»War es ›Haltet diese Frau auf‹?«, frage ich, von blankem Entsetzen erfüllt.

»Ja, ja, ich glaube, das könnte es gewesen sein. Warum?«

Warum sollte Phaena dick aussehen? Sie ist nicht dick. Als ich sie im großen Salon gesehen habe, war sie nicht als dicke Frau verkleidet. Und wenn sie nicht mit der Kaiserin hat abreisen wollen, warum sollte sie sich erst auf das Boot der Kaiserin begeben, nur um dann im letzten Moment wieder von Bord zu gehen?

Vielleicht hat sie ihnen ja beim Packen geholfen?

Aber dann trifft es mich wie ein Schlag ins Gesicht, als mein eigenes Boot vom Dock davongleitet, und ich begreife, dass die Antwort auf alle meine Fragen immer dieselbe ist. Warum sollte Phaena ein so großes Risiko eingehen? Warum sollte sie *rundlich* aussehen? Ein flaues Gefühl erfüllt meinen Magen. Warum sollte sie riskieren, dass ihre Tarnung genau in diesem Moment auffliegt? Ein Schauer läuft mir abwechselnd heiß und kalt über die Haut.

Weil sie sich meinen Sohn geschnappt hat. Sie hat ihn der Kaiserin im letztmöglichen Moment geraubt, in der Hoffnung, das Boot der Kaiserin würde abfahren, ohne zu bemerken, dass seine zweitwichtigste Fracht nicht mehr an Bord ist. Und es wäre ihr fast gelungen.

Es ist das absolut Schlimmste, was sie hätte tun können.

Ich springe vom Deck unseres Bootes hinüber auf das Dock. Noch im Moment meiner Landung beginnen auf unserem Dock Lichter zu blinken, genauso wie zuvor auf dem Dock der Kaiserin. In wenigen Augenblicken wird das Dock anfangen, in die Höhe zu gehen, um wieder mit dem Sturmschiff zu verschmelzen.

»Kylar, was machst du da?«, schreit Jasmine.

»Kylar, komm zurück!«, ruft Melena.

Raubunternehmungen scheitern immer, habe ich den Schwestern eingeschärft, weil man nie alle Mitspieler und ihre Züge vorhersehen kann. »Wartet mit dem Boot hier. Ich bin in ein paar Minuten zurück«, rufe ich über meine Schulter.

»Was? Warum?«, fragt Jasmine.

»Wartet hier!« Ich werfe einen Blick zum sich drohend vor uns auftürmenden Sturm. »Gebt mir drei Minuten!«

»Wir können nicht bleiben! Wir fahren los!«, ruft Schwester Prospaya, und tatsächlich ist das Boot gleich schon ein Stück weiter weg vom Schiff. Sobald sich das Dock geschlossen hat, können sie nirgendwo mehr anlegen, selbst wenn sie es wollten.

Ich verschwende keine Zeit mit einer Antwort. Meine Entscheidung ist gefallen. Ich renne ins Innere.

Kapitel 39

Schreie ersticken

Die Hammerschläge meines Herzens sind noch immer nicht laut genug, um meine Gedanken darin untergehen zu lassen. Mein Körper mag instinktiv den Schiffspassagieren ausweichen, während ich durch die Gänge rase, aber der Wahrheit kann ich nicht ausweichen. Es gibt keine Welt, in der das hier gut ausgehen kann. Ich renne direkt ins Verderben.

Es gibt keinen Weg, der von dem Sturmschiff herunterführen würde. Selbst wenn ich mich des Kindes bemächtigen kann, so kann ich es doch nicht retten. Kann Phaena nicht retten. Kann mich selbst nicht retten. Wie soll ich von hier fortkommen? *Schwimmen?*

Ich habe gesehen, was da unten im Wasser ist. Diese Dinger wären mein Tod, selbst wenn ich allein wäre. Aber mit Phaena und einem Kind?

Nein. Ich weiß jetzt, welchen Verlauf das Ganze nehmen wird. Egal ob ich Phaena oder das Kind vorübergehend retten kann oder nicht, das magische Talent des Kindes wird erwachen, die Magie des Sturmschiffes wird versagen, und alle an Bord werden sterben. Auch Vi. Und ich.

Kann mich der Ka'kari vom Tod zurückholen, wenn ich von hundert Fischen verschlungen worden bin?

~Das kann ich nicht beantworten.~

Ich habe gar nicht gefragt. Ich weiß, dass es Grenzen gibt, über die hinaus selbst meine Unsterblichkeit keinen Bestand mehr haben kann. Enthauptung, Feuer oder bestimmte magische Waffen – und ich nehme an, dass aus mehreren Tausend Fischen herausgekackt zu werden, selbst meiner Magie eine harte Nuss zu knacken geben dürfte, wenn es um die Frage geht, mit welchem Stück Scheiße sie damit anfangen soll, mich wieder zusammenzustückeln.

Mir wird das Denken unerträglich. Ich brauche die Klarheit eines Kampfes. Die Ruhe des Chaos. Den Balsam der Schlacht, der alle Innensicht nach außen richtet.

Meine Unsichtbarkeit kostet mich magische Kraft, also lasse ich sie fallen. Ich habe nur noch wenig Magie übrig. Mein Körper hat den Großteil meiner Reserven bei der Heilung meines Fußes verbraucht, und in dem künstlichen Innenlicht kann sich meine Glore Fryden nur langsam wieder auffüllen.

Ich erreiche eine verschlossene Tür nur für Personal, fahre mein Bein aus und trete mit der Ferse direkt neben den Knauf. Holz splittert, der Metallriegel löst sich aus seiner Verankerung, und die Tür springt auf. Aber ich gerate ins Taumeln.

Wie ein Idiot habe ich mit meinem eben erst schwer verstümmelten Fuß gegen die Tür getreten. Ich humple, spüre neues Feuer mein Bein hinaufschießen. Ich lehne mich gegen eine Wand, ziehe das Hosenbein hoch und fasse mir an den Knöchel. Keine frischen Brüche, aber die Haut ist wund, jeder Nerv gereizt. Ich drehe meinen Fuß unter Schmerzen hin und her. Es tut weh, doch ich kann ihn noch bewegen. Mir bleibt nichts anderes übrig: Vorsichtig belaste ich ihn und er trägt mich.

Ich unterdrücke den Schmerz, so gut es geht, und setze meinen Weg fort. Nach ein paar Schritten verfalle ich erst in zügigen Trab, und dann renne ich wieder, renne gegen den Schmerz an.

Ich laufe an einer Gruppe von Reinigungskräften vorbei, die alle mit offenem Mund dastehen. Niemand von ihnen ist bewaffnet. Ich bin schon im nächsten Bereich und spurte weiter, bevor auch nur einer von ihnen daran denkt zu schreien. In einer Art Wäscherei springe ich über Körbe und stürme an verdutzten Gesichtern vorbei. Niemand von ihnen ist eine Bedrohung. Ein Dummkopf von hünenhaftem Kerl mit Hängebacken stellt sich mir in den Weg, die Hände ausgestreckt, um mich aufzuhalten.

Arm, Kopf, Bauch? Was soll ich ihn aufschlitzen? Nein, nein, nein.

Ich renne direkt auf ihn zu, ohne mein Tempo zu verlangsamen, und warte auf sein Zurückzucken im letzten Moment, um zu sehen, in welche Richtung er sich bewegt, dann gleite ich unter seinen immer noch ausgestreckten Händen hindurch, wobei sich der Ka'kari an meinen drei Berührungspunkten mit dem Boden in harte Kufen verwandelt, die mich besser gleiten lassen. Er hebt einen Fuß, damit ich ihn nicht unter ihm wegreiße, aber ich stoße sein Knie noch höher, als ich an ihm vorbeigleite, und bringe ihn aus dem Gleichgewicht.

Dann setze ich den linken Fuß auf – diesmal nicht den rechten – und komme rutschend wieder zum Stehen. Ich renne weiter.

Ich stürme aus dem Bereich für das Personal heraus und steige Treppe um Treppe nach oben, bis ich einen kaiserlichen Soldaten vor mir her laufen sehe. Mit Sicherheit sind es die Kaiserlichen und niemand sonst, die Phaena jetzt jagen. Sie werden schon wissen, wo sie hinmüssen. Zumindest ist es bei ihnen wesentlich wahrscheinlicher, dass sie den Weg kennen, als es im Moment bei mir der Fall ist.

Aber der Mann, den ich vor mir sehe, eilt eine Treppe hinauf, die von zwei einfachen Soldaten bewacht wird, die mich im nächsten Moment auch schon erblickt haben. Ich erkenne sie – es sind jene beiden Brüder, denen ich schon begegnet bin.

»He!«, sage ich, als ich auf sie zulaufe. »Ich kenne euch beide! Ihr seid Brüder, stimmt's? Schön, dich zu sehen, Mat.« Ich nuschle seinen Namen ein wenig, für den Fall, dass ich ihn falsch verstanden haben sollte.

»Ich glaube nicht, dass ich dich kenne«, sagt der Schlanke und neigt den Kopf zur Seite.

Ich befinde mich mittlerweile in ihrem Tötungsradius.

»Nun, das überrascht mich nicht. Ich glaube, ihr habt mich gar nicht gesehen. Es war unten am Maschinenraum. Ihr seid förmlich auf mich getreten. Wie auch immer, ich hatte den Eindruck, dass ihr zwei ziemlich dicke miteinander seid.«

»Dicke miteinander?«, greift Mat mit gespieltem Abscheu auf. »Mit diesem Kerl da?« Er ist eindeutig einer dieser Jungs, die kein Fünkchen Gemeinheit im Leib haben.

»Wann, hast du gemeint, ist das gewesen?«, fragt der erste Bruder.

Was soll ich tun? Ich muss diese Männer töten. Sie zumindest kampfunfähig machen. Als ich, kurz nachdem ich auf dieses Schiff gekommen bin, meinen Zusammenstoß mit diesen Männern und ihrem Trupp überlebt hatte, wollte ich die beiden umbringen, weil sie miteinander etwas haben, was ich selbst nie haben werde – und jetzt, wo ich jede Entschuldigung dafür habe, sie zu töten, will ich es bleiben lassen?

»Unten im Flur«, sage ich, leiser. »Ihr seid an mir vorbeigegangen. Ich war froh, dass ich euch nicht habe töten müssen.«

»Froh, was nicht zu tun?«, fragt Mat, noch nicht mal beleidigt.

Ich schnalze mit der Zunge, als würde ich mich an etwas erinnern. »Ach ja, richtig, ihr erkennt mich vielleicht nicht. Verändertes Äußeres. Da habe ich nämlich so ausgesehen.«

Ich werde unsichtbar.

Die Brüder sehen sich an. Dem einen klappt die Kinnlade herunter. Die Fingerknöchel des anderen heben sich plötzlich weiß von seinem Speer ab.

»Das …? Das haben wir jetzt gerade doch nicht wirklich gesehen, oder?«, wundert sich der schlanke ältere Bruder.

Ein Moment Pause.

»Wie? Was denn gesehen?«, fragt Mat.

Vorsichtig trete ich zwischen den beiden hindurch und steige lautlos die Treppe hinauf. Warum habe ich das gemacht? Warum so viel Zeit damit verschwenden, menschlich zu sein?

Ich steige die Stufen hoch, werde wieder sichtbar, um Magie zu sparen, und schätze die Richtung ab, die ich einzuschlagen habe: tiefer hinein und weiter nach vorn, keine Frage.

Zwei Korridore weiter erkenne ich, dass ich richtig geraten habe.

Ich überhole einen Kaiserlichen und versetze ihm mit dem Unterarm einen Schlag auf den Kopf, während wir eine Gruppe von Edelleuten an Spieltischen passieren. Die Edelleute schnappen entgeistert nach Luft, aber sie sind unbewaffnet, verängstigt, tun nichts zur Sache. Ich habe bereits mein nächstes Ziel im Blick, das nächste Glied in der Kette meiner Opfer.

Keiner von ihnen allen tut irgendetwas zur Sache, mache ich mir bewusst.

Solange ich keinen Weg finde, das Kind in die Hände zu bekommen und von diesem Schiff herunterzubringen, sind alle hier tot, wortwörtlich. Ich muss mich jetzt nicht im Zaum halten. Jeder, den ich töte, ist bereits tot.

Es sei denn, ich finde einen Ausweg.

Ich bin Kylar Stern. Ich bin der Nachtengel. Ich bin derjenige, der die dritte Möglichkeit findet. Ich werde den Weg hinaus auftun. Ich habe immer einen Weg gefunden. Er dürfte irgendwo versteckt sein, aber ich werde ihn finden.

Die nächste Gruppe von Soldaten, sechs an der Zahl, trottet in zwei Dreierreihen und mit der Behutsamkeit von stampfenden Wasserbüffeln vorwärts. Sie machen sich nicht die Mühe aufzupassen, sodass sie mich nicht bemerken. Ich spiele mit dem Gedanken, den blauen Dolch zu ziehen, den ich mir von Vi gemopst habe, aber ich weiß nicht, was seine Magie bewirkt, also lasse ich stattdessen den Ka'kari eine scharfe Klinge an meiner Hand bilden, schneide einem Soldaten den Hals durch und reiße ihm seinen Kurzspeer aus der Hand.

Den Speer im festen Griff, mache ich einen Satz nach vorn und ramme ihn durch den Mann vor meinem ersten Opfer – und mit einem mächtigen magischen Kraftschub hebe ich ihn hoch, aufgespießt, und schleudere ihn in den nächsten Mann vor ihm.

Das schaltet alle drei Männer auf der rechten Seite aus und mein Satz nach vorn trägt mich an einem Mann aus der Reihe auf der linken Seite vorbei.

Mein Stich verfehlt seinen Hals, als er bei dem Anblick, der sich ihm bietet, zur Seite taumelt, doch ich erwische ihn mit den Fingerspitzen am Kragen seines Wamses.

Ich schleudere ihn mit voller Wucht gegen die Wand, wo er auf seine sterbenden Kameraden klatscht.

Einer der beiden letzten Verbliebenen versucht sich allzu schnell umzudrehen und bleibt mit dem Schaftende seines kurzen Speers an der Wand hinter ihm hängen.

Rücksichtsloser, unerbittlicher Angriff. Die Angst deiner Feinde verbirgt deine Fehler.

Ich stürze mich auf den Mann und presse ihn mit einem Schlag meines Unterarms gegen den Hals an die Wand. Meine Messerhand durchbohrt ein halbes Dutzend Mal sein Gedärm, bevor er aufschreien kann, und ich lasse seinen sterbenden Körper fallen.

Sein Kamerad, der Letzte von ihnen, ergreift die Flucht.

Ich schüttle das Blut von meiner Hand und ziehe den Ka'kari wieder zurück. Die Spitze des Kurzspeers ragt aus der Brust der beiden aneinandergespießten Soldaten zu meiner Rechten, der vordere ringt noch immer nach Luft.

Ich packe den Speer, ziehe ihn ganz durch seinen Körper hindurch, dann mache ich einen schnellen Schritt zur Seite und schleudere den Speer wie einen Wurfspieß.

Gerade als das blutige Geschoss meine Hand verlässt, tritt eine Edelfrau auf den Flur zwischen mir und meinem Ziel.

Als der Speer an ihr vorbeifliegt, zuckt sie erschrocken zurück und hält sich die Hände vor die Nase. Unten am Flurende bohrt sich der Speer in den Hintern des fliehenden Soldaten. Seine Beine geben mitten im Schritt nach und er wird gegen die Wand geschleudert. Die Frau beginnt zu wimmern.

Ich renne an ihr vorbei. Keine Bedrohung. Ihre blutigen Hände verbergen die Schwere ihrer Verletzung durch den Speer.

Fällt nicht ins Gewicht. Sie sind sowieso alle tot.

Im nächsten Moment bin ich über dem Soldaten. Gut aussehender Junge. Kaiserlicher Wachmann, noch keine zwanzig. Entweder er hatte Beziehungen oder er hat seine Arbeit richtig gut gemacht.

»Wo wollest du denn hin?«, frage ich ihn. »Ich lass dich am Leben, wenn du es mir sagst.«

An die Wand gelehnt, wechselt er seinen Griff ins halbe Schwert, packt seine Waffe an der Klingenmitte. Dieses sogenannte Bastardkreuz ist eine gute Wahl, wenn man seine Verwundung bedenkt. Seine Hände zittern. Er sieht so aus, als würde er sich für sein Zittern und seine Flucht eben schämen.

»Das Zittern ist nur der Schock wegen deiner Wunde, kein Zeichen von Feigheit«, lasse ich ihn wissen. »Das ist keine Schande.«

Er antwortet mir nicht, starrt mich nur unverwandt an, entweder mutig oder unter Schock oder einfach dumm.

Ich habe für das alles keine Zeit. Ich entwaffne ihn mit einem wohlgezielten Streich, der einige seiner Finger auf den Boden und seine Klinge in meine Hände wirft. Ich töte ihn damit.

Ein Schrei hinter mir lässt mich auf dem Absatz herumwirbeln. Es ist die Frau, die ich verletzt habe. Eine Adelige, in kostbarer Kleidung. Sie stürmt doch tatsächlich auf mich zu. Wütend, schreiend, Blut fließt ihr aus einer unbedeutenden Nasenwunde.

Ich unterdrücke meinen unmittelbaren Reflex, sie zu töten. Was für eine Kreatur bin ich nur?

Aber ich kann nicht zulassen, dass sie mich zu fassen bekommt. Jemand anderer könnte angreifen und ich kann mir keine Behinderung leisten.

Außerdem, bei allen Göttern, was ist dieses Geschrei nervig.

Und sie ist langsam.

Sie rennt mit rudernden Armen auf mich zu. Ich warte. Warte, und dann lasse ich meinen Fuß zu einem Stopptritt hochschnellen. Schnell und wendig, ein Treffer mit dem Fußballen, normalerweise verwendet, um die Tritte anderer Leute zu stoppen, ihren Fuß aufzuhalten, noch bevor sie ihn heben können. Aber diesmal lasse ich meinen Stopptritt zur Seite und nach oben gehen, lehne meinen Oberkörper weit zurück und erwische sie, als sie in mich hineinrennt, mitten im Bauch, genau unter der Stelle, wo ihre Rippen sich treffen.

Ich fange den größten Teil der Erschütterung ab, um ihr keine Knochen zu brechen, aber trotzdem entweicht ihr sämtliche Luft aus der Lunge, als sie in die Luft fliegt, jede Vorwärtsbewegung gestoppt, als sei sie gegen einen Nachtengel aus Backstein gedonnert.

Sie bricht zusammen, kein Atem mehr, ein Erstickungsanfall lässt sie würgen, sich übergeben. Sie wird gleich wieder nach Luft schnappen, aber im Moment ist sie erst einmal ruhiggestellt und keine Bedrohung mehr. Und auch wenn ich mir sicher bin, dass sie das jetzt denkt: Sie wird nicht sterben.

Zumindest nicht schneller als der Rest von uns auf diesem dem Untergang geweihten Schiff.

Ihre Freunde erscheinen hinten am Kreuzungspunkt der Gänge, wo auch sie gerade eben aufgetaucht ist. Konfus. Entsetzt. Nutzlose Menschen. Wenn wir sterben, wird das Reich seine reichsten Leute verlieren, aber womöglich nicht seine klügsten.

Ich renne bereits wieder. Ich erreiche eine weitere Kreuzung von Gängen und sehe einen gleichfalls rennenden Kaiserlichen vor mir, wie er um die nächste Ecke verschwindet.

Von einer plötzlichen Eingebung inspiriert, lasse ich den Ka'kari über meine Haut gleiten, werde unsichtbar. Ich bin beim Rennen schon immer recht leise gewesen, jetzt aber verdopple ich meine Bemühungen, werde langsamer, als ich mich einem Lichthof nähere.

»Barzdun, wirf für uns mal einen Blick ringsum«, flüstert ein Mann.

Es entsteht eine Pause, während ich näher komme.

»Barz, tu es, oder ich reiß dir den Sack ab«, flüstert er.

Ein Hinterhalt. Was sonst. Es gibt keinen Grund, mich damit abzugeben. Ich könnte einfach vorbeigehen. Und genau das werde ich jetzt auch …

Ein Mann streckt den halben Kopf um die Ecke und sein eines sichtbares Auge weitet sich. Obwohl ich unsichtbar bin, sieht er mich.

Weil Barzdun ein Magier ist.

Ein Schlag mit meinem Ka'kari-Faustmesser auf die Stirn wirft ihn zu Boden, und dann pflüge ich die drei anderen nieder. Es ist kein fairer Kampf, aber wenigstens geht es schnell. Keiner von ihnen muss leiden.

Nun gut. Außer Barzdun. Er ist irgendwie noch am Leben.

Der Verschlinger kann Fleisch fast reibungslos durchschneiden, wenn er hungrig ist, und Barzdun ist von der Klinge des Faustmessers herabgerutscht, bevor ich die Waffe in seiner Stirn herumdrehen und seinen Lebensnerv auslöschen konnte.

Er zuckt und bebt, Schaum vor dem Mund, und Magie knistert um die Wunde in seiner Stirn, als würde er vergeblich versuchen, sich selbst zu heilen. Ich hebe die Waffe, um ihn zu töten.

Besinne mich eines Besseren.

Ich tauche den Ka'kari in die Magie, die um Barzduns Wunde herum zischt und brodelt. Es pulsiert in vielen Farben, bis er findet, was er braucht, um sich der Magie zu bemächtigen. Und dann schlürft er sie auf, wie ein Hund, der nach einer Schlacht eine Blutlache aufleckt.

»Beeil dich«, sage ich. Barzdun zuckt noch immer. Es ist nicht die Art von Zuckungen, die auch bei Toten manchmal noch vorkommen. Es sind Zuckungen der schrecklichen Art, die bedeuten, dass er noch lebt. Armer Kerl.

Der Ka'kari saugt ihm auch noch den letzten Tropfen Magie aus dem Leib, und dann öffne ich schnell seine Halsschlagader, um die Sache zu beenden. Es erscheint mir immer noch ziemlich gemein, einen Mann sich vor Schmerz krümmen zu lassen, um ihm seine Kräfte zu nehmen. Doch ich habe schon Schlimmeres getan. Werde derlei wahrscheinlich wieder tun.

Ich höre einen Schrei, erst durch eine Tür gedämpft, dann lauter. Als ich um die Ecke biege, sehe ich vor mir die großen

Doppeltüren, die hinein nach Elysion führen. Es ist mir gar nicht klar gewesen, dass ich es schon so weit nach vorn geschafft habe. Durch die Türen hindurch sehe ich, wie sich dahinter Soldaten versammeln.

Statt sofort hineinzustürmen – das habe ich heute schon oft genug getan –, halte ich inne. Ich werfe einen Blick zurück zu den Soldaten, die ich gerade umgebracht habe. Dann mustere ich ihre Kleidung.

~Eine Verkleidung? Was könnte da schon schiefgehen?~

Du weißt, dass ich es nicht ausstehen kann, wenn du das sagst. Jedes Mal, wenn du diese Frage stellst, finden wir bald schon die Antwort heraus.

Kapitel 40

Der Älteste aller Verräter: Hoffnung

Streich das.

~Das? Was meinst du damit?~

Den ganzen nächsten Abschnitt. Streich alles raus. Überspring das. Es ist alles falsch. Alles, was ich da gedacht habe, war falsch, und jeder, der es hört, muss unwillkürlich ebenfalls die falschen Dinge denken. Es sind alles Lügen.

~Mir ist nicht bewusst gewesen, dass du in diesen Passagen unehrlich warst.~

Du bist ein Ding der Magie. Geschöpf eines Geschöpfes. Dein Schöpfer hat dir vermutlich nicht beigebracht, dass Lügen ehrlich erzählt werden können und doch Lügen sind.

~Das ergibt keinen Sinn.~

Du kannst das nicht verstehen? Tja, vielleicht kannst du es ja wirklich nicht.

Schau mal. Wenn Leute erfahren, was meine Tätigkeit ist, nehmen sie an, ich würde eine besondere Weisheit besitzen. Sie glauben, dass jemand, der mit dem Tod arbeitet, über einzigartige Einblicke in das Land jenseits des Schleiers verfügen muss. Sie wissen nicht – und sie verstehen nicht –, dass ich der absolut ungeeignetste *Mensch bin, um von ihm etwas über den Tod beizubringen. Ich bin der geringste aller Bettler. Ich bin nicht der Kammerherr des*

Todes, nicht sein Vertrauter oder sein Berater. Ich bin der Pförtner des Todes, bestenfalls der Hüter der Schlüssel zu seinem äußersten Tor.

Ich stoße Männer und Frauen – ja, und auch Kinder! – durch dieses Tor, aber dann gehe ich wieder. Ich gehe! Schlimmer noch, weil ich unsterblich bin, weiß ich weniger über den Tod als jeder pickelgesichtige Jugendliche an dem Tag, wo ihm zum ersten Mal vollauf bewusst wird, dass er irgendwann seinen letzten Atemzug tun wird, dass seine Frau eines Tages neben seinem klammen, kalten Leichnam erwachen wird. Ich kenne nicht die Angst vor dem Abgrund, wenn ich an seinem Rand stehe. Ich kenne nicht den Fluch der Zeit, weiß nicht, wie es ist, laut zu schreien, dass meine Tage nicht mehr ausreichen, um jenen Weg zu gehen, den ich mir als meinen Lebenswunsch erkoren habe. Ich kenne den Tod nicht, und so wird die Erinnerung an alles, was ich einst von der Menschheit gewusst habe, mit jedem verstreichenden Tag immer schwächer und schwächer.

Und deshalb streich das alles, ich bitte dich darum. Die Freuden meiner Kraft sind für mich Obszönitäten. Ich habe getötet und getötet, und ich habe es genossen, und jedes Detail in diesem Bericht ist nur eine weitere Lüge. Bitte überspring das alles. Gib den anderen ein oder zwei Zeilen Zusammenfassung, und fang mit der Geschichte an dem Punkt wieder an, wenn ich das Vorderdeck erreicht habe. Ich habe nicht die Kraft, es selbst Zeile für Zeile durchzugehen. Ich bringe es nicht fertig, meine verfluchten Sätze noch einmal zu lesen. Meine Dummheiten.

Streich von »Wenn ich das Schlachtfeld betrete« *bis … wo war die Stelle noch mal? Vielleicht bis zu* »Ich will nicht gegen Vi kämpfen«.

~Ganz wie du willst.~

Verwirrt ließ Vi ihren Blick über die nächsten Zeilen wandern. Sie hatte gespannt, fast atemlos gelesen, denn sie hatte von dem, was in diesen Abschnitten geschehen war, noch nichts gewusst. Aber jetzt?

Die nächste Zeile begann tatsächlich mit »Wenn ich das Schlachtfeld betrete«, aber dann ging der Text auf der Seite ganz normal weiter. Es folgte kein Hinweis darauf, dass er nicht gegen Vi kämpfen wolle oder sonst etwas in der Art. Was Kylar da zu streichen angeordnet hatte … war nicht gestrichen worden.

Was hatte das zu bedeuten?

Erstens, so nahm sie an, bedeutete es, dass Kylars Anweisung, diese Passagen zu tilgen, von später stammen musste – nach dem Kampf. Kylar musste sich irgendwann die Stelle noch mal vorgenommen haben, in der Absicht, sie zu überarbeiten, doch er war nicht weit gekommen. Hatte er sein Ende gefunden, bevor die von ihm angeordneten Änderungen abgeschlossen werden konnten, oder hatte der Ka'kari ihm den Gehorsam verweigert? Oder hatte Kylar es sich später doch noch einmal anders überlegt und beschlossen, alles zu lassen, wie es war?

Sie blickte aus dem Fenster in den sich verdunkelnden Himmel, aber sie konnte sich jetzt nicht mit solchen Fragen herumschlagen; ihre Gedanken waren voll und ganz bei Kylar, gefangen auf der *Sturmjäger*. Sie wandte sich wieder dem Buch zu.

Wenn ich das Schlachtfeld betrete, überrollt mich normalerweise eine Welle von Gefühlen: Angst und Aufregung, eine Mischung aus Ekel vor dem, was da kommt, und heimlicher Vorfreude darauf. Vielleicht glaubst du deshalb, ich sei krank, gebrochen. Ich bin beides, aber nicht so sehr, wie du das hoffst, denke ich. Die Kampfgier ist – normalerweise – keine Gier, Blut zu vergießen. Es ist nicht die Begierde, Angst zu sehen oder das Entsetzen im Gesicht eines Mannes, wenn er begreift, dass er gerade stirbt, und manchmal ist es sogar noch Schlimmeres, als einfach nur zu sterben: Wenn er begreift, dass er als weinender Feigling und nicht als der Held abtritt, der zu sein er sich immer eingeredet hat.

Dieser Aspekt ist es, der bei mir den Ekel auslöst. Für gewöhnlich. Auch wenn ich gestehen muss, dass ich Männer getötet habe, die ich gerne schlimm und scheußlich sterben sah, Menschen, die – um eine Formulierung zu verwenden, deren man sich nur sparsam und mit größter Sorgfalt bedienen sollte – eben getötet werden mussten.

Meine Kampfgier rührt vielmehr daher, dass sich mir im Kampf eine Möglichkeit eröffnet, mich selbst auf die Probe zu stellen: zu prüfen, inwieweit meine vielen Stunden und Jahre der Übung mit der Wirklichkeit übereinstimmen. Man kann im Kampf durch einen verirrten Pfeil fallen oder von einem törichten Verbündeten aus Versehen niedergeritten und getötet werden. Es können tausend Dinge passieren, die alle Vorteile deiner überlegenen Fähigkeiten zunichtemachen. Aber immer noch setzen sich überlegene Fähigkeiten am häufigsten durch. All das Training ist für etwas gut.

Und das ist das gewisse Etwas. Die Brust schnürt sich zusammen, das Herz hämmert. Bei der Aussicht auf den Tod spüre ich unwillkürlich mit allen Sinnen die Lieblichkeit eines jeden Augenblicks. Normalerweise.

Aber nicht heute.

Mein Herz ist bleischwer. Ich trage den gestohlenen Waffenrock eines Soldaten, habe einen gestohlenen Speer in der Hand, auf dem Kopf einen gestohlenen Kegelhelm mit speziellem Nasenteil, und in dieser Aufmachung trabe ich in das künstlich nachgebaute Stadtviertel hinein, wo sich jetzt so viele andere echte Soldaten versammeln.

Was ändert es schon, wenn ich sie davon abhalte, Phaena zu finden? Sie ist sowieso tot. Ich bin tot.

Hier gibt es keinen Sieg. Es gibt auch nicht den Hauch einer Chance darauf, die eine Lösung zu finden, durch die ich mitsamt allem, was ich mir wünsche, siegreich hieraus hervorgehen kann.

Ich bewege mich wie ein Mann im Nebel, im Dauerlauf, weil all die anderen Soldaten im gleichen Tempo zu dem aufwendig nachgebildeten Stadtplatz gelaufen kommen, wo ein Befehlshaber auf einem Balkon im zweiten Stock die verschiedenen Trupps verschiedenen Suchbereichen zuteilt. Ich sollte mich eigentlich konzentrieren, aber ich fühle mich wie betäubt. Ich habe mir früher immer vor Augen gehalten, dass ich unsterblich bin, nicht unbesiegbar. Wie habe ich das vergessen können? Ein paar unwahrscheinliche Siege, und dann habe ich angefangen zu glauben, dass ich stets derjenige sein würde, der die dritte Möglichkeit findet? Habe ich wirklich geglaubt, dass ich absolut jede erdenkliche Aufgabe erledigen kann, dass das Unmögliche für mich nicht wirklich unmöglich ist?

Dass ich einfach so besonders bin?

Ja. Ich glaube, ich bin wirklich überzeugt gewesen: Dinge müssen klappen, einfach weil ich ich bin. Wie konnte ich – nach allem, wo ich herkomme, nach allem, was ich alles gelernt habe und von wem ich es gelernt habe –, wie konnte ausgerechnet *ich* in eine so offensichtliche Falle tappen?

Doch da kommt mir ein Gedanke in den Sinn: Es stimmt, dass es hier keinen Sieg für mich gibt, aber es gibt schlimmere Arten zu verlieren. Unerträgliche Arten.

Was umgekehrt bedeutet, dass es auch bessere Arten gibt, um zu verlieren, nicht wahr?

Phaena hat etwas Besseres verdient, als dafür getötet zu werden, dass sie versucht hat, diesen Jungen zu Logan und Jenine zurückzubringen, und wenn ich letztlich nicht mehr tun kann, als ihren Tod um ein paar Tage hinauszuzögern, dann will ich genau das tun.

Was ist dein Plan, Phaena? Du bist schlau. Sicherlich hast du weitergedacht, über das *Schnapp dir das Kind!* hinaus. Wie kann ich dich finden, bevor all diese Männer es tun? Wo würdest du glauben, ein Kind verstecken zu können, bis das Schiff in Borami angelegt hat? Was hast du gehofft, dass passieren würde, sobald es einmal so weit gekommen ist?

Doch wenn ich so darüber nachdenke, dann hast du wahrscheinlich gar nicht gewusst, dass die Kaiserin beschlossen hatte, das Schiff am Wolkenkap zu verlassen. Das muss sämtliche deiner Pläne durcheinandergeworfen haben. Und dann haben die Schwestern versucht, sich das Baby unter den Nagel zu reißen – oder Jenine. Oder beide zusammen.

Mit einem vor den Bauch geschnallten Baby einfach vom Schiff der Kaiserin herunterzuschlendern und zu hoffen, dass es niemand merkt, mag tollkühn erscheinen – aber das war sicher nicht Phaenas Plan A, sondern einer der Ausweichpläne. Ein Plan B ist per Definition der schlechtere Plan, sonst wäre er selbst der Plan A.

Und die ganze Zeit über muss sie gehofft haben, dass ich bald auftauchen würde, um ihr zu helfen. Und das habe ich nicht getan.

Kauerst du irgendwo in einem Zimmerchen, Phaena, und weißt nicht mehr, was du tun sollst, weil dir alle Ideen ausgegangen sind?

Mir sind auch alle Ideen ausgegangen. Wir sind dem Untergang geweiht. Wir werden unweigerlich verlieren. Aber wenn ich schon verliere, dann im Kampf für die Menschen, die mir etwas bedeuten.

Ich bewege mich durch die Schar der auf dem Platz versammelten Soldaten. Sie stehen nicht in Reih und Glied, sondern eher in Grüppchen verteilt: Das sind nicht die Elitekämpfer.

Wenn sie sich irgendwo verkrochen hat, ist es nur eine Frage der Zeit, bis sie sie finden. Sie weiß, dass ich mich auf dem Schiff befinde, aber wird das irgendetwas an dem verändern, was sie tut?

Phaena ist nicht der Typ Frau, der auf eine Rettung wartet; das habe ich schon bei unserer ersten Begegnung erkannt. Sie ist der Typ, der eher versucht, den Widrigkeiten durch verzweifeltes Handeln zu trotzen, statt passiv die Brutalität böser Männer hinzunehmen. Auch das habe ich schon bei unserer ersten Begegnung gesehen, und gerade habe ich es wieder erlebt.

Ich hatte gehofft, dass all die Soldaten mir eine klare Richtung vorgeben würden. Und dass es dann vielleicht zu einem Wettrennen zwischen mir und ein paar Trotteln mit Bleifüßen kommen würde. Beim Blick hinauf zu den zeternden Offizieren auf dem Balkon über uns wird mir klar, dass auch sie keine Ahnung haben, wo Phaena ist. Was bedeutet, dass ihr nächster Schritt eine breit angelegte Durchsuchung des gesamten Schiffes sein wird – was bei ihrer Suche nach mir ja äußerst erfolglos geblieben ist.

Ein Rennen gegen tausend Mann könnte ich womöglich gewinnen. Eine Durchsuchung gegen tausend Mann? Vergiss es.

In den anderen Gebäuden rund um den Platz erblicke ich Edelleute, die sich wieder einmal zu ihren Vergnügungen versammeln: Die unter ihnen hin und her wuselnden Soldaten scheinen momentan die beste Unterhaltung abzugeben. Die Offiziere haben nur dieses eine Gebäude und den Platz mit Beschlag belegt; anderswo stehen die Edelleute auf ihren Balkonen, lassen sich Speisen und Getränke bringen und lauschen sogar den Klängen von Kammermusik.

Wenn du nicht tun kannst, was du selbst tun willst, dann sorge wenigstens dafür, dass dein Feind nicht tun kann, was er tun will.

»He«, wende ich mich an einen Soldaten neben mir. »Wo ist der Stellvertreter des kommandierenden Offiziers?«

»Da oben, siehst du ihn nicht?«, sagt der Mann und deutet auf den Balkon.

»Und der zweite Stellvertreter?«

»Des Kommandierenden?«

»Verwende ich etwa zu viele schwierige Begriffe?«, blaffe ich.

»Kein Grund, sauer zu werden. Sind alle da oben, klar?«

»Entschuldigung«, sage ich. »Ich hasse es, darauf zu warten, was da für eine Pisse von dort oben kommt, und mir dann von denen sagen zu lassen, dass es Regen ist, verstehst du?«

»Wenn dir das auf'n Sack geht, hast du den falschen Beruf gewählt, oder? Stehen aber wirklich hoch genug, um es, ähm, *regnen* zu lassen, nicht wahr?« Breit aus kaputten Zähnen grinsend, klopft er demonstrativ an einen der großen Holzpfähle, die die kunstvoll verzierten Balkone über ihm stützen. Der Kerl ist mir sofort sympathisch.

Mein eigenes Lächeln verfliegt rasch wieder. Ich hoffe, ich muss ihn nicht umbringen.

Ich begebe mich ins Innere des Gebäudes. Das Erdgeschoss ist leer, aber es gibt eine Treppe, die in den Küchenbereich hinunterführt. Verwirrung ist für eine Flucht stets hilfreich, also strecke ich meinen Kopf nach unten und sage: »He, ihr alle! Befehl vom Hauptmann: Ihr habt eine Minute, um von hier zu verschwinden. Raus, wenn ihr nicht sterben wollt.«

Die Männer dort unten werden totenblass, doch bevor sie mich mit Fragen löchern können, sage ich: »Und nehmt den Hinterausgang!«

Ich gehe wieder ins Erdgeschoss hinauf und schicke mich an, die Treppe nach oben emporzusteigen, wo alle Offiziere sind. Doch dann halte ich inne.

Ich hatte vor, hochzugehen und sie alle umzubringen. Wenn ich schon meine eigene Suche nicht beschleunigen kann, kann ich wenigstens ihre verlangsamen. Man hat selten die Gelegenheit, ein ganzes Offizierskorps auf einmal auszulöschen.

Aber vielleicht kann ich es ja noch besser machen.

Ich gehe wieder zur Vordertür hinaus und lehne mich gegen einen der großen Holzpfähle. Ich lege meine Hand darauf. Wie alles andere auf diesem Schiff ist auch die Architektur darauf angelegt, Eindruck zu schinden. Im vorliegenden Fall scheinen diese Pfähle nicht nur die großen überhängenden Balkone zu stützen, sondern offenbar auch die Hälfte des Gebäudes selbst.

Kannst du das Ding da verschlingen?

Als Antwort spüre ich einen Moment später, wie meine Hand ins Holz sinkt. Es ist wunderschönes Holz, ich glaube Heckenapfel, die Balken größer und glänzender als alles, was ich je gesehen habe. Welch ein Jammer, es zu zerstören. Langsam und behutsam schiebe ich meine vom Ka'kari geschwärzte Hand durch das Holz und lasse nur eine Daumenbreite an der vorderen Kante übrig. Sofort wird das verbliebene Holz unter der Last ein wenig zusammengedrückt.

Ich atme langsam ein und aus, bereit, schnellstens die Flucht zu ergreifen, wenn das Ding anfängt zusammenzubrechen. Doch es scheint zu halten, und so gehe zum nächsten Pfosten weiter und summe ein wenig die Melodie vor mich hin, die eben die Kammermusiker gespielt haben. Was mich wahrscheinlich nicht unbedingt unauffällig erscheinen lässt.

Erneut sinkt der Ka'kari ein, raucht ein klein wenig, als er sich durch die lackierte Oberfläche frisst, doch ansonsten verschlingt er das Holz mühelos – wenn auch nicht ganz so schnell, wie ich es gerne gehabt hätte.

»He, was machst du da?«, erkundigt sich der Soldat, mit dem ich vorhin geplaudert habe, und kommt herüber.

»Könntest du mir einen Gefallen tun?«, frage ich, halte den Blick nach oben gerichtet und hoffe, dass er das Gleiche tut. Die Vorderkanten der Stützen sind intakt, aber jedes genauere Hinsehen dürfte ihm ohne Frage einen Aufschrei entlocken. Und ein Schrei hier und jetzt ist nichts, was ich will. »Der Hauptmann hat gemeint, dass alle Köche da drinnen das Haus durch den Hinterausgang verlassen sollen. Könntest du überprüfen, ob sie es auch getan haben? Könnte mir vorstellen, dass sie etwas Branntwein vergessen haben, den niemand vermissen würde.«

Beim letzten Satz zwinkere ich ihm zu.

Bitte geh hinten raus. Ich fände es wirklich schön, wenn du nicht sterben würdest.

»Welcher Hauptmann war es denn?«, will er wissen. Bei den Göttern, ich kann es nicht ausstehen, wenn man mich nach den Einzelheiten meiner Lügen fragt.

»Keiner von uns«, antworte ich. »Ein Prätorianer der Kaiserin. Reeve, hieß er, glaube ich, kann das sein? Ich soll hier die Augen für ihn offen halten *und* überprüfen, ob die da unten gehorchen. Alles zur gleichen Zeit.«

»Offiziere«, sagt er und schüttelt den Kopf. »Immer dasselbe mit ihnen, was? Ich könnte solange hier warten.«

»Du weißt nicht, wie er aussieht.« Mir fällt ein, dass ein Leibwächter der Kaiserin nicht gerade schwer zu identifizieren ist, also füge ich eilig hinzu: »Und wenn *ich* mit ein paar Schläuchen Branntwein herauskomme, wird er mir eine Kopfnuss verpassen, aber wenn *du* es warst … wer könnte schon behaupten, dass du nicht auf Befehl gehandelt hast?«

»Mir gefällt, wie du tickst«, sagt er und duckt sich ins Innere.

Als ich am dritten Stützpfeiler stehe, beginne ich, meine Fluchtstrategie zu überdenken. Statt zur Seite zu sprinten und dann, sobald ich um die Ecke bin, auf die Rückseite des Gebäudes zuzurennen, kann ich, wenn ich diesen Pfahl nicht ganz so tief anschneide, noch durch das Innere des Gebäudes laufen und mir meinen neuen Freund schnappen, bevor der Balkon herunterkommt. Vermutlich.

Was denke ich da? Ich will alles aufs Spiel setzen, damit ich irgendeinen Fremden retten kann? Während ich versuche, zwanzig andere Fremde zu töten?

Was zur Hölle ist bloß los mit mir?

Meine Hand gleitet durch die dritte Stütze.

Das ganze Ding hält. Vielleicht habe ich zu viel Substanz stehen lassen. Ich schreite hinüber zum vierten und letzten Pfeiler. Ich könnte beschwören, dass mich inzwischen mehrere Männer beobachten und sich wundern, was ich da mache. Ich summe die Melodie noch einmal – und stutze.

Diese Melodie. Das ist nicht einfach irgendeine Melodie.

Lieblich, aber mit Anflügen von Einsamkeit, schwingt sie sich nach ein paar Takten auf und bekommt etwas Ausgelassenes, um am Ende in immer dunkleren Tiefen zu versinken. Es ist nicht einfach eine bekannte Melodie. Es ist Phaenas Melodie, ihr Nachtengel-Leitmotiv. Ich muss jetzt daran denken, wie sie, als sie mich im großen Salon erblickt hat, etwas mit den Fingern getrommelt hat. So schien es mir jedenfalls. Ich hatte dem keine Bedeutung abgewinnen können.

Sie hat gar nicht mit den Fingern getrommelt. Sie hat so getan, als spiele sie Töne auf ihrer Leier! Sie hat mir tatsächlich eine Nachricht hinterlassen. Ich kann nur hoffen, dass diese Nachricht nicht in der Musik selbst enthalten, sondern eher bei den Musikern zu finden ist.

Ich muss zu ihnen!

Aber … ich muss diesen Balkon herunterkrachen lassen. Ich stehe kurz davor, das totale Chaos auszulösen, genau in dem Moment, wo eigentlich alles ruhig bleiben müsste, damit ich zu den Musikern gelangen kann. Meine Brust schnürt sich zusammen.

»He! Was treibst du da?«, ruft mein neuer Freund von der Tür aus. Er hält zwei Weinschläuche in der Hand und schaut entsetzt auf die teilweise durchtrennten Stützpfeiler zwischen mir und ihm.

»Ich stehe im Begriff, uns das Gebäude auf den Kopf stürzen zu lassen«, verkünde ich. »Du solltest zusehen, dass du schleunigst von hier fortkommst.«

Manchmal lähmt nichts so sehr wie die Wahrheit. Ich beende den breiten Längsschnitt durch den letzten Stützpfeiler und strecke dann die Hand aus. Eine Ka'kari-Klinge springt hervor, während zugleich das Holz zu ächzen beginnt.

Ich stürme mit all der Geschwindigkeit meines magischen Talents auf meinen neuen Freund zu und schlage unterwegs den Ka'kari durch die noch stehen gebliebenen spärlichen Holzstifte jedes widerspenstigen Pfeilers.

Er lässt die Weinschläuche fallen, aber sie sind noch nicht einmal auf den Boden geklatscht, da habe ich ihn schon erreicht und bin an ihm vorbeigesaust, während er nach der Waffe in seinem Gürtel greift. Ich packe ihn am Kragen seines Wamses und reiße ihn hoch, ziehe ihn mit mir und schleudere ihn aus dem unmittelbaren Gefahrenbereich hinaus, während ich im gleichen Moment um die Ecke biege und den Ka'kari über meine Haut gleiten lasse.

Nachdem ich unsichtbar geworden bin, bewege ich mich zur Seite, um etwaigen mir entgegenfliegenden Pfeilen auszuweichen, und richte meinen Blick wieder auf den Platz zurück. Alle Augen, die von meinem wilden Wirbel schneller Bewegungen angezogen wurden, sind nun auf das emporragende Gebäude gerichtet. Es keuchen so viele Menschen im gleichen Moment auf, dass es über den ganzen Stadtplatz hinweg deutlich zu vernehmen ist.

Die vier großen Holzträger geben nach und sacken von ihren Sockeln weg, verharren einen Moment lang in der Luft, um dann gemeinsam nach vorn zu fallen, als wären sie wie die großen

Bäume gefällt worden, die sie einst auch gewesen sind; sie reißen die Vorderwand des Gebäudes mit sich, bevor sie mit einem durchdringenden Lärm, der mit dem Schreien der Fallenden wetteifert, in der Luft zerbersten. Der ganze Komplex aus Holz, Stein und menschlichem Leben stürzt auf die vielen Dutzend Soldaten, die auf dem Stadtplatz versammelt sind.

Staub wirbelt in einer großen, fächerförmigen Wolke empor, und ein Grollen, das in lautes Getöse übergeht, übertönt das Gebrüll, Schreien und Stöhnen, als nun auch der Rest des steinernen Gebäudes, durch den Kollaps seiner Fassade ohne jeden Halt, in sich zusammensackt und auf seine eigene Grundfläche kracht.

Ich werfe mich flach auf den Boden, als eine Salve aus Dreck, Stein und zersplitterndem Metall über mich hinwegfegt.

Der Lärm ist so ohrenbetäubend, dass ich mein eigenes Husten nicht mehr hören kann, als ich mich wenige Augenblicke später in der Staubwolke wieder hochrapple und keuchend durch meinen Mantel hindurch nach Luft schnappe.

Ich taumle durch die Dunkelheit zu meinem neuen Freund, der an der Wand des nächsten Gebäudes liegt, wohin ich ihn geschleudert habe, um sein Leben zu retten.

Ich sehe, dass ich ihn zu fest geschleudert habe.

Sein Helm ist oben eingedrückt, wo er gegen die Wand geprallt ist. Aus seinen Augen und Ohren rinnt in Strömen das Blut und hinterlässt rote Spuren auf seinem staubverschmierten, reglosen Gesicht.

Es ist ein Schlag in die Magengrube, aber weitere folgen sofort. Ehe ich auch nur zwei Schritte machen kann, sehe ich einen einarmigen Mann, der orientierungslos durch die Staubwolken irrt, offenbar ohne zu registrieren, dass ihm das Blut im Takt seines Herzens aus dem Stumpf spritzt. Er starrt mich ausdruckslos an und kippt zur Seite.

Ein anderer sitzt am Rande des Trümmerfelds auf dem Boden. Ein Stück Steinfassade von der Größe eines Pferdes liegt quer über seinen Beinen, aber er sitzt aufrecht. Als er mich sieht, sagt er: »Ich glaube, es ist alles in Ordnung bei mir. Gütige Götter, ich glaube, es ist alles in Ordnung. Es tut nicht einmal weh.« Seine Beine sind von der Mitte des Oberschenkels abwärts unter dem Stein eingeklemmt, zu Brei zerquetscht, der dünner ist als meine flache Hand.

»Meinst du, du kannst mir helfen?«, wendet er sich an mich.

Ich ergreife die Flucht. Das alles ist mein Werk.

Die wabernden Wolken verhüllen eine Höllenlandschaft aus Schmerz und Tod. Überall Schreie und Stöhnen und das Geräusch von rennenden Menschenmassen, von der lastenden Dunstglocke aus Staub gedämpft. Ich stolpere über etwas Weiches und wage nicht hinzusehen, im Wissen, dass es ein abgetrenntes Stück von etwas sein muss, das eine Minute zuvor noch ein Mensch gewesen ist. Ich sehe einen Edelmann, Gesicht und Kleidung sauber, mit einer Kanne Wasser und einem Tischtuch für Verbände herbeieilen und nach Verwundeten Ausschau halten, denen er helfen kann. Ein Held. Ich winke ihn von mir weg und zeige in die Richtung, wo einige noch am Leben sein könnten.

Mehr Adlige jedoch rennen davon: die übliche wilde Flucht aus Angst und zur Selbsterhaltung.

Einer Minute später erreiche ich das Gebäude, in dem vorhin die Musiker gespielt haben. Die Treppe, die vom Balkon herabführt, hat sich in ein Nadelöhr aus verängstigten Edelleuten und Dienstpersonal verwandelt, die alle darum rangeln, nach draußen und nur fort von hier zu kommen, die schubsen, schreien, nach ihren Dienern rufen und mit herrischen Stimmen wissen wollen, wo denn die Soldaten bleiben, um ihnen zu helfen.

Da komme ich nicht durch – aber vielleicht bedeutet das ja umgekehrt, dass auch die Musiker da noch nicht rausgekommen sind.

Wieder draußen vor dem Gebäude und im Staub, der sich allmählich legt, springe ich mithilfe meines magischen Talents in die Höhe, ziehe mich auf den Balkon hinauf. Ich spüre ein Stechen in meinem Knöchel und untersuche ihn. Er ist jetzt heil. Die Haut blass, haarlos und babyzart, aber heil. Nach allem, was ich getan habe, um so viele zu verstümmeln, bin ich nun magisch geheilt.

Die Welt ist absurd.

Ich begebe mich ins Innere und halte nach den Musikern Ausschau. Im ersten Stock ist fast niemand zu sehen; da sind nur die Menschentraube rund ums Treppenhaus und all die Leute, die die Treppe vom zweiten Stock herunterdrängen. Auf der Suche nach irgendwelchen Typen in bunten Musikergewändern lasse ich den Blick über die Menge wandern, sehe aber niemand Entsprechendes.

Ich gehe zurück auf den Balkon und springe ein Stockwerk weiter hinauf. Ich finde die Bühne, wo die Musiker gespielt haben, und schnappe mir einen verlassenen Stapel Pergamentbögen. Als ich einen Schlapphut auf dem Boden liegen sehe, nehme ich ihn und stecke ihn mir in den Gürtel.

Hier oben drängen sich nicht so viele Menschen und ich entdecke die Musiker im hinteren Teil der Menge. Sie versuchen gerade, ihre Instrumente zu schützen und zu fliehen.

»Jemand hat euch aufgetragen, eine Nachricht zu übermitteln«, sage ich, während ich mich in ihre Mitte dränge. »Eine Frau. Sie hat euch dieses Lied spielen lassen.«

Drei von ihnen starren mich nur ausdruckslos an. Der letzte leckt sich über die Lippen. »Keine Nachricht«, berichtigt er. »Na ja, jedenfalls nicht direkt. Sie hat es in unsere …«

Ich halte ihm die Pergamentbögen mit den Noten vor die Nase.

»Es hat auch wirklich nichts mit dem zu tun, was da gerade passiert ist, und …« Seine Stimme stockt, als er meinen Gesichtsausdruck sieht. »Das da, das ist es. Seht Ihr? Keine Nachricht, eigentlich nicht, nein.«

Inmitten der Notenschrift, die ich allein niemals hätte entziffern können, sehe ich eine Zahl und ein paar Buchstaben. Eine Zimmernummer.

Ein paar Minuten später klopfe ich an eine Tür, stelle mich vorsichtig ins Blickfeld des Gucklochs, die leeren Finger gespreizt ausgestreckt, um zu zeigen, dass ich unbewaffnet bin, den kleinen blauen Dolch, den ich Vi stibitzt habe, noch immer in einem meiner Ärmel versteckt – nur für den Fall des Falles.

Das Guckloch wird dunkel und einen Moment später wird die Tür aufgestoßen.

Phaena steht da und wiegt ein Baby an ihrer Brust.

»Kylar«, haucht sie. »Gott sei Dank. Vielleicht haben wir ja doch noch eine Chance.«

Kapitel 41

Die Ruhe im Sturm

Sie weiß noch nichts von alledem.

»Ich bin froh, dass wir zusammen sein können. Hier, am Ende«, sage ich und schließe die Tür hinter mir.

»Ich bin mit dem Stillen fast fertig«, erwidert sie. »Dann können wir los. Ich bin froh, dass du es noch rechtzeitig hierhergeschafft hast. Ich hatte vor, mich demnächst auf den Weg zu machen, egal ob mit dir oder ohne dich. Ich kann unser Glück gar nicht fassen. Vielleicht sollte ich es aber lieber nicht Glück nennen, hm?« Phaena lächelt selig. »Das muss das Eingreifen des einen Gottes selbst sein, der uns hilft. Beeil dich, Kleiner«, sagt sie und streichelt dem Baby die Wange. »Nein, nein, nein, jetzt noch nicht einschlafen.« Sie blickt wieder zu mir auf. »Er wird mindestens eine Stunde lang schlafen. Ich habe ihn bereits gewickelt und gewaschen. Brauchst du noch irgendetwas?«

»Phaena …«, setze ich an. »Die Schwestern sind weg. Wir sind jetzt wieder zurück im Sturm. Es gibt keinen Weg hier raus.«

»Sei nicht albern«, erwidert sie. Sie wippt das Kind sanft auf und ab. Normalerweise würde mich der Anblick ihrer nackten Brust vermutlich etwas stärker in seinen Bann ziehen. Aber, ach, weißt du: Alles, was es braucht, um den Geschlechtstrieb zu dämpfen, ist die Aussicht, den sicheren Tod mit jemandem zu teilen, der gerade glücklich und voller Hoffnung ist und noch keinen Schimmer von der furchtbaren Nachricht hat, die man ihm zu unterbreiten im Begriff steht.

»Phaena«, sage ich mit fester Stimme. »Hast du noch nichts von den magischen Fähigkeiten des Kindes gehört? Sie sind gerade dabei, in ihm zu erwachen. Die Schwestern und ihre Heilerinnen – die über derlei Dinge mehr wissen als jeder sonst auf der Welt – sind sich sicher, dass sich seine Seele im Laufe der nächsten Tage vollständig mit seinem Körper verbinden wird, was gewaltige magische Wellen bedeutet. Oder, in seinem Fall, Magie, die Magie auslöscht. Die Nullwelle kürzlich, die fast das ganze Sturmschiff versenkt hätte? Das ist sein Werk gewesen. Die Schwestern sagen, die nächste Welle wird viel stärker sein und viel länger anhalten. Egal, was sonst noch alles passiert, die nächste Nullwelle wird kommen, lange bevor dieses Schiff Borami erreicht. Phaena, es ist vorbei. Wir sterben entweder im Kampf, oder wir ertrinken, wenn das Schiff auseinanderbricht und untergeht. Das war's. Das ist das Ende.«

Sie nimmt das Kind von der Brust, legt sich ein Tuch über die Schulter und lässt das Baby Bäuerchen machen. »Leg mal die Wickeldecke auf dem Bett aus, ja?«

Ich lege das Tuch auf dem Bett aus, als sei das die erste Sache, die momentan anstünde.

Sie redet leise auf den Säugling ein und ermuntert ihn, Bäuerchen zu machen, indem sie ihm abwechselnd den Po tätschelt und den Rücken reibt.

»Du nimmst die Sache nicht so auf, wie ich es eigentlich erwartet hätte«, sage ich. »Verstehst du mich denn nicht?«

»Babys sind sensibel, Kylar«, antwortet sie mit einem Lächeln. Obwohl sie das Kind erst seit ein paar Tagen kennen kann, lächelt sie es mit unverkennbarer Liebe an. Ob das eine Frauensache, eine Muttersache oder eine Phaena-Sache ist? Ich habe absolut keine Ahnung.

Irgendetwas tief in mir beneidet all diejenigen, die so schnell und so leicht lieben können. Ich glaube, meine eigene Kindheit auf der Straße hat diesen Teil meines Wesens unwiederbringlich zerstört. Und das hier ist, nach allem, was ich weiß, mein eigenes Kind. Ich sollte eigentlich ein geheimnisvolles Hingezogen-Sein zu ihm spüren oder so etwas in der Art, nicht wahr? Und ich bin nicht einmal neugierig auf ihn.

Sie fährt fort: »Alle Babys registrieren die Gefühle der Menschen in ihrem Umkreis, und dieses hier ist sensibler als alle anderen, mit denen ich je zu tun gehabt habe.«

»Du willst dem Kind den Eindruck vermitteln, dass alles gut ist«, sage ich.

Sie atmet tief durch und reibt ihre Wange an der des Babys. Dann fängt sie wieder an, den Kleinen Bäuerchen machen zu lassen. »Kylar, für wen arbeite ich?«

»Momma K.«

»Und was hat Momma K?«

Ich habe keinerlei Plan, worauf Phaena hinauswill. »Ich weiß es nicht. Irgendwie hat sie alles.«

»*Alles* ist richtig.«

Das Baby macht Bäuerchen, und Phaena unterbricht, um es zu loben, wischt ihm den Mund ab, nimmt ihn dann hinüber zur Wickeldecke und macht sich daran, ihn mit geübten Bewegungen fest einzuwickeln.

Dann fährt sie unbeeindruckt fort: »Und sie hat mir für diesen Auftrag auch Zugang zu alledem gegeben. Sie hat uns alle ihre Mittel zur Verfügung gestellt. Wir wussten, dass unsere Aussichten, uns das Kind zu holen, am besten gewesen wären, bevor es an Bord des Schiffes gebracht wurde. Klar, du und ich, wir wissen beide, wie die Sache gelaufen ist. Aber …«

»›Aber‹? Phaena, ich weiß, dass du dir alle Mühe gibst, das Baby nicht zu beunruhigen, aber wenn es eine Zeit für einen Plan B gegeben hat, so ist diese Zeit jetzt abgelaufen. Unsere Chance ist vertan. Wir sind wieder zurück im Sturm.«

»Ich weiß«, antwortet Phaena vollkommen ruhig. Vielleicht ist das zum Wohle des Babys, auch wenn sie den Kleinen im gleichen Moment in eine Art Tragriemen hebt. »Deshalb erwarten sie sicherlich auch nicht, dass wir gerade jetzt das Schiff verlassen.«

»Das Schiff verlassen?«

»Wir haben Schmuggler angeheuert, Kylar.«

»Schmuggler, die euer Geld eingesteckt und sich davongemacht haben, so leid es mir tut, das sagen zu müssen. Hast du überhaupt mal einen Blick nach draußen geworfen, um dir einen Eindruck zu verschaffen, wie es da aussieht? Schmuggler sind in aller Regel verrückt, schon, aber sie sind nicht dumm. Kein Schmuggler wird riskieren, es mit dem Großen Sturm aufzunehmen.«

Phaena drückt das Baby mit einer Hand fester an sich, beugt sich zum Bett hinüber und schnappt sich von dort einen Umhang. Sie dreht den Umhang von innen nach außen, und er wechselt seine Farbe von dem dunklen Braun, das ich zuvor gesehen habe, zu einem hellen Blau. Auch ihr Kleid hat sie auf links gedreht, sein charakteristisches Weiß-Rot ist nun vollständig von einem einheitlichen Blauton verdeckt. Sie knöpft die Vorderseite ihres Umhangs zu, setzt sich einen gleichfarbigen breiten Hut auf und sieht plötzlich nicht mehr wie eine schlanke kaiserliche Amme in offizieller Kleidung mit einem Kind bei sich aus, sondern wie eine weitere übergewichtige Edelfrau.

»Schmuggler könnten so etwas durchaus riskieren«, widerspricht sie mir, »wenn ihnen dafür ein fürstliches Vermögen angeboten wird und sie von ein paar sehr guten Wettermagiern begleitet werden.«

»Wettermagier?«

»Jaja, ich weiß. Man findet sie nicht häufig. Wir haben in Cenaria keinen Bedarf an solchen Leuten, doch jeder Hafen verfügt über ein paar, besonders an den Ufern dieses Meeres. Ihre Fähigkeiten sind im Allgemeinen nicht so groß, wie sie vorzugeben pflegen, aber immerhin sind sie dazu fähig, eine schwere See in einem sehr eng eingegrenzten Gebiet deutlich wahrnehmbar zu beruhigen. Mehr machen sie im Grunde nicht, ihre Besonderheit beschränkt sich allein darauf. Die Häfen setzen sie dazu ein, um Schiffe von Felsen und Klippen fernzuhalten. Aber die besten von ihnen arbeiten alle insgeheim auch als Schmuggler.«

Das heißt, sie arbeiten alle für Leute, die Momma K kennt.

Mir verschlägt es erst einmal für einen langen Moment die Sprache. Ich bin mir so sicher gewesen, dass wir sterben müssen. Ich habe, um hierherzugelangen, eine Menge Menschen umgebracht, einfach weil ich gedacht habe, es würde im Grunde keine Rolle spielen, weil wir sowieso alle dem Untergang geweiht sind. Womöglich habe ich mir für später ein paar richtig heftige Probleme eingehandelt.

Es bedeutet allerdings auch, dass es überhaupt ein Später gibt.

Vielleicht.

Als ich das erste Mal seit Langem wieder so etwas wie ein Lächeln auf meinen Lippen spüre, frage ich: »Und wo müssen wir jetzt hin?«

Kapitel 42

Lang lebe die Kaiserin

»He, du!«, ruft mir ein Hauptmann zu, der ein halbes Dutzend Soldaten in die entgegengesetzte Richtung führt. Ich laufe in schnellem Schritt direkt vor Phaena her, und erst als er mich anblafft, bemerke ich, dass ich immer noch die Uniform trage, die ich auch vorhin auf dem Platz anhatte, und dass sowohl die Uniform als auch der Rest von mir mit dem Staub und Schutt von dem Gebäude, das ich habe einstürzen lassen, förmlich ummantelt sind. »Du gehst in die falsche Richtung! Komm her und …«

»Bedaure, Hauptmann, ich wurde nach vorn beordert. Ich muss bei Kommandant Reeve Meldung erstatten.«

»Unsinn, wieso denn das? Du kommst mit uns!«, erwidert er.

»Hauptmann, ich habe meine Befehle.«

»Befehle von wem?«

»Ihr beliebt wohl zu scherzen«, entgegne ich. »Dahinten ist die Hölle los. Alle sind von oben bis unten mit Schmutz und Asche überzogen. Ich *weiß* nicht, wer es mir befohlen hat, aber er hat es nun mal getan, und er schien dort das Sagen zu haben. Ganz ehrlich, ich finde, Ihr solltet am besten auch schnellstens kehrtmachen und zurückgehen und dabei helfen, die …«

Aber er will nichts davon hören. Er ist ein kleiner Mann, aber jetzt bläht er seine Brust mächtig auf. »Du kommst mit uns, sonst …«

Habe ich denn wirklich einem dieser Typen über den Weg laufen müssen? Ausgerechnet jetzt?

Der Ka'kari schnellt aus meiner Faust wie ein Stilett. Ich stürze mich auf ihn, ramme ihm die Klinge ins Auge, und als sein Kopf nach hinten rollt, schlitze ich ihm die Kehle auf. Ich stoße ihn von mir und schleudere ihn sterbend in die Schar der Männer, die er anführt.

Sie sind alle mit Speeren bewaffnet, und ich bin in dem engen Korridor bereits zu nah an ihnen dran, als dass sie sie einsetzen könnten. Ich schlitze einem der Männer den Bauch unterhalb der Rippen auf, einmal ganz durch, und ziehe die Ka'kari-Klinge wieder heraus, um ihn mit meiner Rechten handlungsunfähig zu machen, während ich zugleich mit der Linken seinen Dolch ziehe. Meine nächste Zielperson hat noch nicht einmal zu mir hergesehen, der Typ erzählt dem übernächsten Soldaten gerade einen Witz.

Mein Dolch katapultiert ihm den locker gehaltenen Speer aus der Hand und bohrt sich in seine Kehle. Mein Schwung schleudert mich in ihn hinein und fegt ihn zu Boden.

Ich reiße die Klinge zur Seite, als sie sich aus seiner Kehle löst, und lasse sie dem nächsten Soldaten durch das Schienbein schlitzen.

Der Ka'kari säbelt ihm das Bein durch und lässt einen Fuß allein im Flur stehen. Ich dränge die verbliebenen Männer alle zusammen flach gegen die Wand, und als sie, aus dem Gleichgewicht gebracht, zu taumeln und zu stürzen beginnen, sich gegenseitig ein Bein stellen, zucken und stechen meine Klingen rasend schnell zwischen ihnen hin und her, wie die Nadel eines Tätowierers, verzieren jeden Leib mit der brutalen Kunst des Verhängnisses.

Phaena reißt ihre geweiteten Augen von dem unvermittelten Gemetzel los und schreitet an den Niedergestreckten vorbei.

Ich stelle fest, dass einer von ihnen noch nicht tot ist, und beende die Sache.

Ich kann weit entfernt Alarmschlagen hören oder vielleicht nehme ich es jetzt auch nur zum ersten Mal wahr. Ein Alarm wegen des Chaos, das ich in Elysion angerichtet habe, oder ist hier noch etwas anderes Alarmierendes im Gange? Es kann sich jedenfalls um keine weitere Nullwelle handeln. Wir wären die Ersten, die das mitbekommen würden.

Als ich mich wieder aufrichte, nachdem ich dem verwundeten Soldaten den Rest gegeben habe, sehe ich einen graubärtigen Edelmann seinen Kopf in den Gang strecken und mit offenem Mund die Toten angaffen.

»Verräter!«, schreie ich ihm entgegen. »Lang lebe Kaiserin Caelestia! Oder auf welcher Seite steht Ihr?«

»L…l…lang lebe die Kaiserin«, stammelt er mit schwacher Stimme, erfüllt von Angst, hier womöglich noch in Teufels Küche zu geraten. Er duckt sich zurück in sein Zimmer.

Ich bin mir sicher, dass er so schnell nicht wieder herauskommen wird. Man darf sich nicht auf die Feigheit der Umstehenden verlassen, wenn etwas Schreckliches direkt vor ihren Augen geschieht. Manche wandeln sich zu Helden. Aber wenn man die Sache kompliziert und unklar macht, die Leute durcheinanderbringt und sich fragen lässt, ob sie nicht womöglich gerade Gefahr laufen, sich auf die falsche Seite zu stellen? Die Menschen freuen sich, wenn man ihnen eine Ausrede liefert, sich nicht einmischen zu müssen.

Wir wechseln in einen parallel verlaufenden Gang und eilen weiter voran.

»Kylar …?«, beginnt Phaena besorgt. Auch wenn vom Kind nicht das Geringste zu sehen ist, schaukelt sie es auf eine Art und Weise vor sich hin und her, die im Grunde unmissverständlich klarmacht, dass dies eigentlich nur ein Baby sein kann.

»Was machst du da?«, dringe ich in sie und greife nach ihrem Ellbogen.

»Er schläft nicht«, antwortet sie mit angespannter Stimme. »Sonst schläft er immer nach dem Stillen ein, und jetzt … nicht.«

»Er schläft sonst immer ein?«

»Was glaubst du denn, was ich so gemacht habe, seit ich an Bord dieses Schiffes gegangen bin, Kylar? Wie auch immer, vielleicht habe ich ihn nicht lange genug Bäuerchen machen lassen, oder …«

»Wie weit? Wie weit müssen wir noch?«, will ich von ihr wissen.

»Nach dem Lichthof für die Edelleute und noch vor dem Vordeck gibt es eine Treppe. Da geht es runter.«

Das kann nicht mehr als siebzig, achtzig Meter von hier entfernt sein. Wir nähern uns bereits dem Lichthof der Adligen.

»Platz da!«, höre ich einen Mann vor uns schreien. Wir drängen uns an die Wand, als ein weiterer Trupp von Soldaten den Flur hinunterstürmt.

Sie rennen direkt an uns vorbei. Nur einer von ihnen wirft mir einen verwunderten Blick zu.

Ich bin schmutzverkrustet, und es gibt für mich keinerlei Möglichkeit, schnell wieder völlig sauber zu werden. Aber diese Soldatenverkleidung ist mir die längste Zeit nützlich gewesen. Ich ziehe den Waffenrock aus.

Dann reiße ich den Ärmel ab. »Arm«, befehle ich. Sie gehorcht sofort, und ich wickle ihr den Ärmel um den Arm – eine sehr schlechte Nachahmung eines Verbandes. »Schone den Arm nach

Möglichkeit. Du hast dich dort hinten beim Einsturz des Hauses verletzt. Ich bin dein Mann und bringe dich auf deine Zimmer zurück.« Ich greife in meinen Gürtel, hole den Schlapphut hervor, den ich vorhin eingesteckt habe, und ziehe ihn mir tief übers Gesicht.

Sie kaut auf ihrer Unterlippe, und ich kann sehen, dass sie sich ihre Geschichte zurechtlegt. »Alles klar«, sagt sie, bevor ich fragen kann, ob sie eine bessere Idee hat.

Ich führe sie am Arm und wir treten gemeinsam auf den Lichthof der Edelleute. Sofort krampft sich mein Herz zusammen. Die gegenüberliegende Seite des Hofes ist komplett verstopft mit Hunderten von Magiern und kaiserlichen Wachen.

Warum habe ich nicht zuerst allein einen Blick hineingeworfen, um die Lage auszukundschaften? Ich hätte Phaena solange draußen warten lassen sollen. Wie konnte ich nur einen solchen Fehl…?

»Mein Herr? Meine Dame?«, spricht uns ein junger Mann höflich an.

Ich drehe mich zu ihm um und das Herz schlägt mir bis zum Hals.

»Dieser Hof ist vorläufig mit Beschlag belegt worden«, lässt er uns wissen. »Militärischer Sammelpunkt, bis wir uns Klarheit über den Notfall verschafft haben. Tut mir leid, aber Ihr müsst später wiederkommen. Wir bitten, die Unannehmlichkeiten zu entschuldigen.«

»Es ist mir sehr unangenehm, Euch damit zu behelligen«, beginnt Phaena. Sie hebt ihren Arm. »Mein Zimmer befindet sich auf dem Achterdeck, Backbordseite. Nummer 27Q? Ich weiß, ich könnte jetzt ein ganzes Stück zurückgehen und mir einen anderen Weg nach vorne suchen, aber bei all den Menschenmassen auf der Treppe dort hinten … Ihr könntet uns vermutlich nicht rasch zur vorderen Treppe vorbeihuschen lassen? Ich möchte Euch wirklich keine Unannehmlichkeiten bereiten, aber es wäre eine so ungeheure Hilfe …«

Sie wirft ihm einen flehenden Blick zu, dazu ein zaghaftes Lächeln, und ich sehe, wie er zögert. Ich meine, sie klimpert nicht buchstäblich mit den Wimpern, doch manche Männer vermögen sogleich nicht mehr klar zu denken, wenn sie auf irgendeine Weise von einer schönen Frau gebraucht werden.

»Aber natürlich«, antwortet der junge Mann. »Aber nicht trödeln. Mein Chef ist ein kleinkarierter Prinzipienreiter.«

»Danke!«, sagt Phaena.

Schon eilen wir über den offenen Platz, versuchen, uns gleichzeitig schnell und unauffällig zu bewegen.

»Ich bin mir nicht sicher, ob es eine gute Idee ist, hier durchzugehen«, bemerke ich leise, während wir Reihe um Reihe leerer Tische passieren.

»Kylar, schau mal aus dem Fenster«, flüstert sie.

Draußen in der Ferne bemerke ich einen Katamaran, der über die stürmische See direkt auf uns zukommt. Aus dieser Entfernung ist es schwer, Größenverhältnisse auszumachen, aber die Wellen scheinen mir etwa fünfzehn Meter hoch. Ich weiß nicht, was genau ich erwartet habe, als ich das Wort *Wettermagier* hörte, aber es war sicher nicht diese brutale Körperlichkeit.

Ein Magier ist auf dem Deck des Katamarans in der Nähe des Bugs festgebunden. Jeweils genau den richtigen Zeitpunkt für seine Magie-Entladungen abpassend, reißt er buchstäblich Gräben in die sich vor ihm auftürmenden Wellen. Er wartet immer genau so lange ab, bis sein Boot im nächsten Moment von den Wassermassen begraben werden würde, um seine Magie dann nach vorne zu schleudern. Zu beiden Seiten gehen prasselnde Sturzbäche nieder.

Der andere Wettermagier ist nicht weit vom Kapitän am Steuerrad festgebunden. Er hält beide Hände bereit, sein Kopf ruht auf einer Art Drehlager, und die magische Gewalt, die aus ihm hervorschießt, schlägt immer wieder die von oben herabstürzenden Wasserströme beiseite, um das Boot vor dem Volllaufen zu bewahren. Während ich hinsehe, erfasst eine besonders hohe Welle ihr Boot, und der Magier vorn an der Spitze sprengt ein Loch hindurch. Dabei wiegt sich sein ganzer Körper heftig hin und her, als wäre seine Magie auch mit einem bedeutenden Element von Muskelkraft verbunden. Obwohl ich auch schon viel beeindruckendere magische Leistungen gesehen habe, klappt mir bei diesem Anblick die Kinnlade herunter. Ich hätte nie den Mut, meine Magie sich mit dem Ozean selbst messen zu lassen.

Sie sind offensichtlich hoch befähigte Magier, wenn sie es bis hierher geschafft haben, aber ich muss davon ausgehen, dass sie eine Anstrengung diese Art nicht lange werden durchhalten können. Mit jeder Welle werden sie von der Bewegung des Bootes vor und zurück geschleudert, und zugleich katapultieren sie wahre Seen von Wasser beiseite. Und das alles immer wieder und wieder?

Jetzt, wo das Schiff wieder Fahrt aufgenommen hat und mitten im Sturm ist, schaut kaum mehr jemand aus dem Fenster, und im Moment sind unsere Schmuggler noch weit genug weg, dass sie vielleicht gar nicht gesehen werden. Aber was passiert, wenn doch jemand sie bemerkt? Wird derjenige so perplex sein, dass es ihm die Sprache verschlägt und er nur zuschaut, so wie ich das gern hätte – oder wird er oder sie es Repha'im melden?

Phaena hat recht, wir haben nicht den Luxus, uns Zeit lassen zu können. Wir müssen es riskieren, die Abkürzung zu nehmen.

Sie summt leise vor sich hin, ein Schlaflied für das Baby. Aber daneben macht sie auch noch etwas anderes. Etwas Magisches.

Ich sehe, wie jemand aus dem Kreis der vielen Magier ringsum, eine ältere Frau, starre Haltung annimmt, als habe sie etwas gehört.

»Phaena, was auch immer du tust, lass es«, hauche ich.

»Wenn ich aufhöre, wird er weinen«, zischt sie durch zusammengebissene Zähne. »Verdammt, es wäre so viel leichter, wenn ich jetzt meine Leier hätte.«

Ich verlangsame mein Tempo, um meinen Körper zwischen Phaena und die Magier zu bringen. Die Magierin dreht sich um, und ich erkenne sie als eine der Anführerinnen, die ich kürzlich belauscht habe: Agatta. Sie starrt uns argwöhnisch an. Soll ich Phaena anweisen, die Klappe zu halten, und es für ein paar Sekunden riskieren? Wie lange dauert es denn eigentlich, bis ein Baby zu weinen anfängt?

Es hat für mich schon Momente gegeben, in denen sich mein ganzes Leben direkt vor meinen Augen veränderte, und ich hatte nicht den blassesten Schimmer, als wie wichtig sich dieser Moment für mich herausstellen würde. Jetzt ist keiner von diesen Momenten.

Wenn wir es noch zehn weitere Schritte schaffen …

Ich nicke Agatta vom anderen Ende des Raums her knapp zu, als sei ich ein Adliger, der sie erkennt und den sie ihrerseits genauso erkennen sollte. Es befinden sich grob geschätzt dreißig kaiserliche Magier bei ihr und noch einmal genauso viele Soldaten. Ich wende mich sofort wieder von ihr ab, damit ich es nicht sehe, falls sie mir mit einer Handbewegung bedeutet, stehen zu bleiben.

Im Abwenden bemerke ich verspätet, dass Phaena stehen geblieben ist.

»Einen Moment mal«, sagt ein Mann mit tiefer Bassstimme.

Ich kann mich gerade noch davon abhalten, den Kopf zu heben, um ihm in die Augen zu blicken: Es ist der Steinbock.

Der riesenhafte Prätorianer ist *hier*? Ich halte meinen Kopf gesenkt. Und ein Hut ist meine einzige Verkleidung?

Wie schnell kann ich mir eine Trugmaske basteln? Ich werfe einen flüchtigen Blick zu Agatta hinüber, die mich immer noch ansieht. Ich kann es nicht riskieren, mein magisches Talent einzusetzen, nicht direkt vor ihren Augen.

»Das Zimmer der Dame ist gleich da vorn die Treppe hinunter, mein Herr«, sage ich und versuche meine Stimme zu verstellen. »Entschuldigt bitte unser unbefugtes Eindringen. Sie hat sich da draußen auf dem Platz verletzt, versteht Ihr?«

Der Steinbock verändert seine Haltung. Er dreht sich zu Phaena, die leise vor sich hin summt. »Lasst das. Was soll das denn?«

»Bloß eine alte Lieblingsmelodie von mir«, antwortet sie mit einem freimütigen Blick der nahezu reinen Unbekümmertheit: das perfekte Abbild der Edelfrau, die zu sein sie vorgibt. Dann summt sie die Liedzeile noch einmal, und ich sehe, wie er sich sichtlich entspannt.

Ich spüre, wie auch ich mich entspanne, als der Klang ihrer Stimme mich wohlig durchströmt. Ich nehme mir noch einen zusätzlichen Moment, um zu sagen: »Wir verschwinden einfach und lassen Euch Eure Arbeit machen, mein Herr.«

Dann höre ich eine Stimme, die meine neu erworbene Gemütsruhe in einen Scherbenhaufen verwandelt. »Steinbock! He, Steinbock!«

Inmitten der versammelten Wachen und Magier erhebt sich ein Mann – ein Mann, fast so groß wie die kaiserlichen Leibwachen und sogar noch ehrfurchtgebietender: König Repha'im, bisher auf seinem Sitz hinter einem Schutzschirm aus stehenden Offizieren verborgen. Er gibt dem Steinbock ein Winkzeichen. Und hält mitten im Winken inne.

Trotz der Entfernung sehe ich ein buntfarbiges Aufblitzen in seinen Ziegenaugen.

Ich senke schnell den Kopf, ducke mich, um mein Gesicht hinter der Hutkrempe zu verbergen, und gebe dem Ganzen den Anschein einer unbeholfenen Verbeugung.

»Wer ist das?«, höre ich König Repha'im misstrauisch fragen.

»Eine Edelfrau, Herr«, dröhnt der Steinbock neben uns. »Wurde bei dem Anschlag verletzt.«

»Das kann ich selbst sehen. Wie heißt sie denn?«

Meine Muskeln spannen sich an, mein Verstand setzt aus. Ich muss mir einen Namen aus den Fingern saugen, bevor die ganze Sache eine verheerende …

Aber Phaena macht eine angedeutete Handbewegung, um mich am Sprechen zu hindern, und antwortet leichthin: »Ich bin Lady Istabelli Goulyrtte aus Hochbaum Park, ursprünglich eine von den Paxton Grünhains, Euer …«

Repha'im geht auf der Stelle dazwischen: »Nein, das seid Ihr nicht. Es gibt niemanden dieses Namens auf der Passagierliste.«

»Ich konnte erst im letzten Moment einschiffen, Eure Majestät. Ein familiärer Notfall. Ich bin für meinen Bruder Magnos eingesprungen.«

Er zögert. Ich wage es nicht aufzublicken, aus Angst, dass mir jene suchenden Augen, die mich vor nicht allzu langer Zeit sogar aus einer noch größeren Entfernung als jetzt aus einer dicht gedrängten Schar von Hunderten herausgepickt haben, noch einmal bis ins Mark dringen.

Mein Schicksal liegt nicht mehr in meiner Hand. So viele Entscheidungen habe ich getroffen, um hierherzukommen, so viel habe ich über all die Jahre hinweg gesagt und getan, um mir mein eigenes Leben zu gestalten, doch dies, das hier, ist nun außerhalb meiner Reichweite. Ich bin hilflos, treibe ohne Ruder auf einem

Meer des Verhängnisses. Was immer ich durch mein eigenes Tun zu leisten imstande bin, kann die Dinge nur noch verschlimmern.

Die Stille zieht sich in die Länge. Es können nur ein paar Sekunden sein, die da verstreichen, aber es kommt mir wie Jahrtausende vor. Kann nicht ein Offizier kommen und ihn drängen, sich wieder den gerade anliegenden wichtigen Arbeiten zu widmen? Kann nicht einer der Magier eine dringliche Frage stellen?

Bist du je in einem Wagen oder einer Kutsche Passagier gewesen, als der Fahrer einer Gefahr ausweichen musste, und von einem Augenblick auf den nächsten hast du deine eigene abgrundtiefe Hilflosigkeit gespürt? Was immer du siehst, was immer du weißt, dein Leben liegt in den Händen anderer. Genau das ist der Grund, warum ich immer allein arbeite.

»Komm mal her«, sagt König Repha'im, und es ist ein Todesurteil.

»Ich glaube, er meint Euch«, wende ich mich leise an den Steinbock.

Ich weiß, dass dem nicht so ist, aber wenn ich mir dadurch ein paar zusätzliche Sekunden verschaffen kann, dann sind das ein paar Sekunden, in denen einer dieser Offiziere oder Magier dazwischenplatzen und uns mit einer einzigen ungeduldigen Frage das Leben retten könnte.

»Kenne ich dich nicht irgendwoher?«, fragt mich der Steinbock.

»Ach was, ich habe eben so ein typisches Allerweltsgesicht«, sage ich leise, ohne meinen Blick zu ihm zu heben. »Aber ganz im Ernst, guter Herr, ich glaube, es ist keine gute Idee, ihn warten zu lassen.«

Der Steinbock tritt vor, direkt vor mich, und ich gebe Phaena ein Zeichen, sich davonzumachen.

»Nein, nicht du, sie, die Frau!«, sagt König Repha'im. *»Kylar?«*

Wir sind verloren.

Bevor der Steinbock reagieren kann, versetze ich ihm einen magisch verstärkten Schlag in die Rippen und spüre das knirschende Knacken mehrerer von ihnen. Ich trete ihm in die Kniekehle und reiße an seinem Kragen. Als er zurücktorkelt, ziehe ich ihn noch schneller nach hinten, bringe seinen Körper zwischen mich und die vielen Magier und Soldaten.

Der Steinbock bemüht sich taumelnd, ein paar Schritte zu machen, versucht, sich auf den Beinen zu halten. Wer in einem Kampf zu Boden geht, ist im Normalfall erledigt. Mit seiner gewaltigen Körpermasse, vor mir hochgestemmt, ist er der ideale Schutzschild.

Doch dann, gerade in dem Moment, als ein feuriger Pfeil an unseren Köpfen vorbeiflitzt, hört er auf, sich gegen den Sturz zu wehren, und sackt zusammen.

Ich bücke mich, ziehe ihn ein paar Schritte mit, verpasse ihm Schläge gegen den Hals, um ihn zu betäuben und von weiteren Reaktionen abzuhalten – aber zugleich lasse ich den Blick nach oben wandern.

Während im Offizierskorps das nackte Chaos ausbricht, sehe ich, dass König Repha'im bei alledem keine Befehle schreit, sondern sich in aller Ruhe mit einem der rangniederen Offiziere unterhält. Zwei von ihnen wenden sich rasch zum Gehen. Dann verlässt auch Repha'im den Raum. Er kommt nicht auf mich zu, sondern geht weg. Was hat das zu bedeuten?

Er bewegt sich nicht mit dem Gebaren eines unbekümmert-gleichgültigen Menschen; nein, er bewegt sich wie jemand, der ein klares Ziel vor Augen hat. Aber was ist das für ein Ziel?

»Schießt, schießt!«, schreit der Steinbock und keucht vor Schmerz; die Strafe seiner gebrochenen Rippen für seinen Schrei.

Ein Pfeil prallt vom Schulterpanzer des Steinbocks ab und fliegt an meinem Ohr vorbei. Es ist keineswegs so, dass sie sich zurückhalten würden, um ihn nicht zu gefährden.

Ich schnappe mir sein Schwert aus seiner Scheide, lasse ihn zu Boden fallen, drehe mich um und sehe, wie Phaena bereits die Treppe hinunter verschwindet. Ich mache einen Hechtsprung und rolle mich ab, als weitere Geschosse in allen magischen und nichtmagischen Farben an mir vorbeirasen.

Ich hole Phaena drei Stockwerke tiefer auf der Treppe ein. Sie hat die Arme fest über ihrem Bauch verschränkt, um im Rennen das Kind unter ihrem Gewand zu schützen und ruhig zu halten. Sie summt ihm immer noch etwas vor, doch nun unterbricht sie ihr Summen und wendet sich mit Anspannung in der Stimme an mich: »Kylar, damit das Kind nicht aufwacht, muss ich ruhig bleiben. Kylar, ich kann nicht ruhig bleiben.«

Neuerlicher Alarm schrillt durch das Schiff.

»Wo müssen wir hin?«, rufe ich ihr zu, als sie die Treppe verlässt und sich in einen großen offenen Frachtraum begibt.

»Genau … hierher«, antwortet sie und bleibt ohne Vorwarnung plötzlich stehen.

Das Schwert des Steinbocks in der Hand, wäre ich ihr fast in den Rücken gerannt und hätte sie aufgespießt. Ich kann mir einen geschrienen Fluch kaum verkneifen, als ich den Rest des Frachtraums sehe – und den Grund, warum sie plötzlich langsam geworden ist.

Der Frachtbereich in diesem Laderaum wurde umfunktioniert: Alle Kisten und Truhen wurden fachmännisch gestapelt zur Seite geschoben, um in der Mitte einen großen Freiraum entstehen zu lassen. Eine freie Fläche, wo Krieger trainieren können.

Eine freie Fläche, wo Krieger *tatsächlich* trainieren.

Oder es jedenfalls getan haben, bis der Alarm losgegangen ist und wir hier hereingerannt sind.

Und es sind nicht nur Krieger. Abzüglich derer, die die Kaiserin begleitet haben, wie viele auch immer das gewesen sein mögen, scheint hier mehr oder weniger die gesamte Prätorianergarde versammelt zu sein. Und jeder einzelne dieser Krieger ist zugleich auch ein Magier.

»Viridiana, wir müssen jetzt gehen.«

»Nein, noch nicht. Jetzt noch nicht! Ich bin fast fertig.«

»Ich fürchte, dafür ist es zu spät«, wandte Schwester Ariel ein.

»Was meint Ihr damit? Aber egal, eigentlich braucht Ihr es mir gar nicht zu sagen. Ich will es nicht wissen. Ich kann jetzt nicht aufhören.«

»Wenn du nicht aufhörst, könnte die Sache gegen dich entschieden werden.«

»Verschwindet!«, blaffte Viridiana.

Kapitel 43

Sprich Freund und tritt ein

Zwei Dutzend der besten Krieger der Welt stehen ein Stück links von uns und starren uns an. Ihnen gegenüber zu unserer Rechten, keine zehn Meter entfernt, ist eine kleine Tür in den Schiffsrumpf eingelassen.

Hinter dieser mit zahlreichen Riegeln versehenen Tür befindet sich unser Treffpunkt mit den Schmugglern.

Unter den Prätorianern entsteht ein Moment der Verwirrung, während sie uns anstarren, den Alarm schrillen hören, ein Moment, den es am Schopf zu packen gilt.

Ich könnte als Erstes angreifen und ein paar von ihnen niedermähen. Würde das etwas ändern? Vielleicht schon. Angst kann selbst einen Veteranen eiskalt erwischen, sodass er allen Mut verliert.

Aber ich habe diese Männer und Frauen erlebt, habe ihre Disziplin erlebt. Ich weiß, dass beim ersten Aneinanderklirren der Waffen ihre Ausbildung die Oberhand gewinnen wird.

Ich bin gut im Töten, keine Frage. Aber nach allem, was geschehen ist, bin ich da nichts darüber hinaus? Die großen Meister sagen stets, der Gipfel der Kampfkunst bestünde darin, den Sieg davonzutragen, ohne einen einzigen Hieb auszuteilen.

»Freunde, bitte hört mir zu«, beginne ich und erhebe meine Stimme, nicht zu einem Schreien, sondern zu einem ruhigen Befehlston, senke zuerst den großen Säbel des Steinbocks und hebe dann meine rechte Hand, mein wichtigstes Kampfwerkzeug, weg vom Schwertgriff, während wir gleichzeitig ins Innere der Halle schreiten und uns Stück für Stück auf jene kleine Pforte zubewegen, hin zur Möglichkeit des Überlebens. Meine Körperhaltung ist so locker und lässig, wie ich es gegenüber diesen Kriegern zu sein wage, viel lässiger, als mir lieb ist. Mit lauter Stimme verkünde ich: »Ich bin der Nachtengel, der Verzweifeltste unter jenen, die dem Tod bei seiner Ernte helfen, der Erste unter den Türhütern auf dem Weg in die Weiten des Jenseits. Aber mit Euch habe ich keinen Streit. Der Prinzgemahl Eurer obersten Herrin, Repha'im, hat die Gesetze der Götter und der Menschen gebrochen, indem er ein Kind von seinen liebenden rechtmäßigen Eltern entführt hat. Ich bin gekommen, um das Kind nach Hause zu bringen. Und sonst nichts weiter. Wenn Ihr Euren eigenen Prinzipien die Treue haltet und den Mut beweist beiseitezutreten, werden wir alle am Leben bleiben, um andere Schlachten schlagen zu können, Schlachten, an die wir wirklich glauben. Doch wenn ihr stattdessen für jemanden Partei ergreift, der eine Familie entzweireißt, für jemanden, der nach einem Krieg lechzt, der diesen Kontinent zu endlosem Blutvergießen verdammt, dann, so leid es mir tut, werden es Eure eigenen Familien sein, die lernen müssen, was es heißt, ein verlorenes Kind zu betrauern. Würdet Ihr Euch für den Kampf entscheiden, im Wissen, dass Ihr dafür kämpft, ein kleines Kind von seinem Vater fernzuhalten? Von seiner Mutter, die krank vor Sorge dahinsiecht? Meine lieben Waffenfreunde, wenn die Zeit gekommen ist, wird der Tod uns alle holen, aber heute braucht seine Sense niemanden zu fällen. Bitte verzeiht uns also die Störung und kehrt zu Eurem Training zurück. Wir sind gleich wieder weg und werden Euch nie wieder stören.«

Damit beende ich meine Ansprache. Ich könnte ihnen noch sagen, dass das Kind die Quelle der Antimagiewellen ist, die das ganze Schiff bedrohen, aber sie würden mir nicht glauben. Besser, ihren Anstand gegen ihre Befehle ausspielen. Kein Krieger wird dir glauben, wenn du ihm sagst, dass ein Baby in der Lage ist, sein Leben zu bedrohen.

Einen Moment lang regt sich keiner von ihnen. Niemand will der Erste sein, der sich bewegt. Phaena senkt den Kopf und geht weiter, tritt hinter mir hervor. Ich kann es schon vor Augen sehen: Es braucht nur einen einzigen Prätorianer, der sein Übungsschwert wieder aufhebt und zu seinem Kameraden sagt: »Wollen wir?«, und sie trainieren weiter, als sei nichts gewesen.

Nur einer, und dieser Albtraum könnte ein glückliches Ende nehmen.

Doch dann höre ich das Getrappel von konfusen bewaffneten Männern, immer noch mehrere Treppen über uns, jetzt jedoch nah genug, dass sie bald hier hereinkommen werden. Ich zucke zusammen, und da bin ich nicht der Einzige.

Die Geräusche von oben haben den Bann gebrochen. Ich bemerke, wie eine Handvoll der Prätorianer, die der Treppe am nächsten stehen, schuldbewusst zusammenfahren – schuldbewusst ausgerechnet deshalb, weil sie erwogen haben, das Richtige zu tun.

Phaena eilt schnell auf die Tür zu. Unmöglich, dass sie es schafft. Wir haben es hier nicht mit hirnlosen Schiffswachen zu tun.

»Halt!«, ruft jemand.

Ich sehe überall Waffen auftauchen. Ich finde den Schwertgriff mit meiner Rechten, meiner Kampfhand.

Es erfolgt keine weitere Warnung mehr. Durch das Dickicht der Kriegermagier sehe ich die charakteristische Bewegung eines Bogenschützen, der sein Ziel anvisiert. Da ist kein Innehalten, kein Zögern. Der Pfeil fliegt durch die Luft.

Ich fahre den Arm aus, versuche, ihn abzufangen, wohl wissend, dass die Chance, einen Pfeil aus der Luft zu schlagen, tausend zu eins ist …

… und meine Hand geht an ihm vorbei, kommt nicht zu spät, sondern zu früh.

Der Pfeil trifft Phaena in den Bauch.

Nein, er trifft nicht ihren Bauch. Es trifft das *Kind*.

Dann prallt er ab und schlägt klappernd gegen das Schott hinter ihr.

Phaena bleibt mit entsetztem Gesicht stehen, nur einen Schritt von der Tür weg.

Durch meine Bewegung aus dem Gleichgewicht geraten, bin ich dem Pfeil näher als alle anderen. Ich nehme das Ding in Augenschein. Es ist ein Übungspfeil, dessen Flug durch das um seine Spitze gewickelte Fahnentuch verlangsamt wurde.

Das Kind könnte unverletzt sein.

»Nicht weiter! Der nächste Pfeil ist echt!«, ruft ein Mann.

Phaena hat ihre Hand an einem der drei großen Schlösser. Sie erstarrt.

Überall werden Klingen gezogen, Magie flammt in Händen auf, Männer und Frauen setzen sich in Bewegung, um uns zu umzingeln. Ich kann unmöglich allein gegen so viele kämpfen – und dann muss ich ja auch noch Phaena und ein Kind beschützen.

Unmöglich.

Ein Gefühl völliger Verzweiflung überwältigt mich, und das Einzige, was da jetzt noch hindurchdringt, ist ein Geräusch …

Da weint ein Baby; das ein wenig verzögerte erschrockene Greinen eines Kindes, das durch einen plötzlichen Schlag im Schlaf geweckt wurde und nun Schmerz verspürt.

Es verblüfft alle, aber nicht so, dass sie vor Fassungslosigkeit erstarren – wer sich bewegt, setzt seinen Weg fort, nur langsamer. Phaena zieht sich ihr Gewand über den Kopf und schleudert es von sich, sodass das Kind zum Vorschein kommt, das sie darunter fest an ihre Brust gewickelt hat. Leise, bebend, beginnt sie zu murmeln und versucht, singend ihre Angst zu übertönen, um das Kind zu beruhigen.

»Nicht schießen! Es ist ein Baby!«, ruft eine der Frauen aus den Reihen der Prätorianergarde.

»Das Baby des Königs! Das ist das Baby des Königs. *Halt!*«, schreit jemand anderer.

Es dauert einen Moment, bis alle verstanden haben, und noch länger, bis die Tragweite dieser Neuigkeit bei ihnen angekommen ist – sie ringen damit zu begreifen, was das bedeutet, während sie zugleich versuchen, uns aufzuhalten.

Wenn es so weit ist, werde ich bereit sein.

»Tür!«, rufe ich Phaena zu, die immer noch versucht, das Kind zu beruhigen. Ich stürze mich auf die Wache, die mir am nächsten ist. Der Säbel des Steinbocks hat dem Mann ein sauberes Loch in sein Übungswams gebohrt, ehe er sich überhaupt bewegt hat, um meine Attacke zu parieren.

Bei einer weniger erfahrenen Truppe hätte ich drei oder vier getötet, bevor der Erste reagiert. Hier jedoch scheinen sich alle, die mir am nächsten sind, bereits wieder gefangen zu haben, bis ich zu ihnen aufgeschlossen habe. Während ich vorrücke, lenke ich zugleich einen mir entgegengestoßenen stumpfen Speer an meinen Rippen vorbei und vergrabe den Säbel im Bauch eines Mannes, stoße mich dann mit voller Wucht ab, um mit ein und demselben Schwung einen Mann aus dem Weg zu räumen und meine Bewegungsrichtung zu ändern.

Wenn du in der Unterzahl bist, musst du auf viele der in einem Zweikampf hilfreichen Momente verzichten. Jegliches Erkunden des Gegners ist unmöglich; von dem Verbergen der eigenen Absichten, der Irreführung des Gegners und dem Vorbereiten der eigenen Aktionen bleibt umso weniger übrig, je mehr Leute man bekämpfen muss, und es bleibt nur der Versuch, Absichten und Bewegungen der Gegner im eigenen Sinn zu beeinflussen. Die Zeit ist der Feind, also musst du angreifen, was bedeutet, dass ausgebuffte Gegner wissen, dass sie lediglich verteidigen müssen.

Magie kann all diese Nachteile wettmachen, es sei denn, deine Gegner verfügen selbst über magische Fähigkeiten – was bei meinen der Fall ist.

Ungestümer Wildheit kann man mit Disziplin beikommen – über die verfügen sie ebenfalls.

Angst kann man Erfahrung entgegensetzen – die haben sie auch.

Ich kreuze meinen Säbel mit der ersten scharfen Klinge. Eine Prätorianerin, die die Stellung des Aufsteigenden Wildschweins angenommen hat. Ich täusche eine Geschwindigkeit vor, die mein Angriff gar nicht hat, was sie dazu verleitet, es mit dem Parieren zu übertreiben, und als sie beim Abwehren nur auf Luft statt auf Stahl stößt, schlägt ihr Schwert weit genug aus, dass mein Säbel tief in ihre Achsel eintaucht.

Als wir voneinander zurückweichen – ich, um mir mein nächstes Ziel zu suchen, sie, um zum Sterben zu Boden zu sinken –, werfe ich in einem Halbkreisbogen glitzernde magische Stäubchen aus, die an allen Kriegern vor mir haften bleiben. Die Staubpartikel setzen sich an den Kämpfern fest und verwandeln sich in die geisterhaften Umrisse sämtlicher erdenklichen Bewegungen eines jeden Kriegers, das umfassende Potenzial der Vorausschau. Eine wahre Wand aus geisterhaften Formen in verschiedenerlei Farben bildet sich, ein Dickicht aus tödlichen Möglichkeiten, die sich mit jeder Bewegung eines jeden Kriegers verändern, während Farbe in Farbe verläuft, die Formen in einer dichten Wolke voneinander abprallen. Und mehr brauche ich nicht.

Ich glaube nicht, dass ich es mit so vielen Kämpfern aufnehmen kann, egal welche Finten und Kniffe ich auch einsetzen mag; ich habe gar nicht vor, die Vorausschau wirklich als Vorausschau einzusetzen – ich werfe sie nur als eine Schutzwand hinaus, als Ablenkung, um alles schwerer erkennbar zu machen. Ich tauche ins Getümmel, greife an, zersäbele hier ein Bein, dort ein Handgelenk.

Aber noch während die Magie in sich verschwimmt, von der Vielzahl der erdenklichen Bewegungen überwältigt, weicht die Mauer der Möglichkeiten vor uns zurück, als sich nun überall die Reihen der Prätorianer wieder ordnen. In der Mitte locker und beweglich, an den Seiten eisenhart, sodass ich in sie eindringen kann, wenn ich will – um dann sogleich umzingelt zu sein.

Ich lasse mich zurückfallen, weil ich sie nicht zwischen Phaena und mich bringen will.

Dann erlischt das Funkeln meiner Vorausschau, durch die Magie eines meiner Gegner ausgelöscht.

Dahinter sind nun wieder die Prätorianer selbst zu sehen. Der schimmernde Strahlenkranz von Magie umgibt viele von ihnen.

»Kylar!«, schreit Phaena. »Ich bekomme das Schloss nicht auf!«

Ein Rückzug wäre der Tod, doch nicht alle Kriegermagier haben ihre Augen auf mich gerichtet – einige richten ihr Feuer auf

Phaena, ihre Blicke gesenkt, als würden sie sich darauf vorbereiten, Magie auf ihre Beine oder Füße zu schleudern, wo sie das Baby nicht treffen würden.

Die Riegel vor Phaena sind nun alle offen, bis auf einen, der mit einem Schließmechanismus aus dickem Eisen versehen ist. Der Ka'kari kann das durchschneiden. Und sonst nichts anderes.

Ich brauche keine Sekunde, um mich zu entscheiden. Ich kann nicht gewinnen. Es gibt hier zu viele Prätorianer. Sie sind zu gut. Außerhalb dieser Tür ist das Leben – aber kein Leben für mich.

Vielleicht kann ich Phaena und das Kind lange genug verteidigen, dass sie es durch die Tür schaffen. Mit meinem Schwert und meinem Körper als Schild könnte ich das feindliche Feuer für ein paar wenige Augenblicke abwehren. Ein paar wenige Augenblicke könnten ausreichen, um sie entkommen zu lassen.

Ich eile zur Tür, hin zu meinem Tod.

Der Ka'kari kommt in meine Hand, um eine Klinge zu bilden, die das Metallschloss zu zerschneiden vermag.

In diesem Moment passiert es.

Ich fühle mich wie ein Bauer an einem späten Sommernachmittag, der den dummen Fehler begeht, mit einer brennenden Fackel in ein Getreidesilo hineinzuspazieren. Als ich, von der Wucht der Erschütterung herumgewirbelt, zurückzucke, sehe ich Salven magischer Geschosse und Pfeile aus Dutzenden von Prätorianerhänden auf meinen Rücken zufliegen.

Alle Geschosse verschwinden einfach mitten in der Luft, als hätte es sie nie gegeben.

Nachdem der Säugling beim letzten Mal eine unerbittliche Welle von Antimagie durch das Schiff geschickt hat, schlägt die Nullwelle diesmal mit der Kraft eines Tsunamis zu, der jeden Deich bricht.

Alle Prätorianer, die ihre Aktionen mit Magie befeuern, haben plötzlich ihre Kräfte verlassen – die Hälfte von ihnen fällt zu Boden. Auch ich gerate ins Taumeln und fange mich gerade noch am Schott ab.

Wenn einem die Magie weggenommen wird, hat das schwerwiegendere Auswirkungen, als sich einfach nur schwach und matt zu fühlen, wo man erwartet hat, stark zu sein. Für jemanden, der gerade keinen Gebrauch von seinem magischen Talent gemacht hat, als die erste große Nullwelle durch das Schiff gerollt ist, war es ein Gefühl wie der kurze Moment von Panik, den man hat, wenn man mit eingeschlafenem Arm aufwacht. Man schaut hinunter und das Ding reagiert nicht. Es will sich nicht bewegen lassen. Es kribbelt. Es tut weh. Es kommt dir wie etwas Fremdes vor, und dich packt die Angst, dass da etwas auf ganz und gar fürchterliche Weise nicht stimmt.

Aber wenn man gerade mitten in sein magisches Tun vertieft ist, wie wir gerade alle im Raum, ist es noch schlimmer. Es ist, wie wenn ein Jäger ein Kaninchen häutet. Nach den paar ersten vorsichtigen Schnitten reißt er ihm den ganzen Balg mit einem einzigen feuchten Schmatzen vom Leib.

Ich bin der Einzige hier, der schon dreimal erlebt hat, wie ihm seine Magie entrissen wurde – denn jetzt wird mir klar, dass mir das nicht nur in der Kombüse hier auf dem Schiff passiert ist. Es ist mir auch schon in jener Nacht passiert, als die Zwillinge entführt wurden. Es ist nicht der vergiftete Wein gewesen, der mir den Boden unter den Füßen weggezogen hat. Es waren Caedans erwachende Kräfte.

Vielleicht ist es also nur natürlich, dass ich als Erster die Fassung wiederfinde und mich hochrapple, während zahlreiche Prätorianer noch immer auf dem Boden knien, starren Blickes, entgeistert.

Die antimagische Explosion, die mich vor all den auf meinen Rücken gerichteten Tötungskünsten der Prätorianer bewahrt hat, hat mir das Leben gerettet. Als ich nun jedoch auf das Schloss starre, darauf aus, die wenigen Sekunden, die ich habe, zur Flucht zu nutzen, muss ich begreifen, dass mich die Nullwelle nur fürs Erste gerettet hat, während sie uns letztlich alle ins Verderben stürzt. Ich habe versucht, mein Leben zu opfern, um Phaena und Caedan aus dieser Tür herauszubringen. Jetzt kann keiner von uns den Raum verlassen.

Das Eisenschloss lässt sich nur durch Magie öffnen.

Ich starre den Ka'kari an, der wie tot in meiner Handfläche liegt.

Bist du da?! Sag mir, dass du mich hören kannst! Ich brauche dich!

Ich weiß, dass er mich hören kann, doch der Ka'kari antwortet nicht. Kann es nicht.

Komm schon, komm schon. Komm zurück zu mir!

Mir klingeln die Ohren, ich fühle mich wie taub. Phaena sieht aus, als müsse sie sich gleich übergeben – auch ihr wurde das magische Talent entrissen –, aber ihr Mund macht Bewegungen, als würde sie mit dem Baby sprechen und versuchen, es zu beruhigen.

Das Phänomen scheint abzuflauen, Hoffnung blüht auf ihren Zügen auf. Die Nullwelle nimmt ein Ende. Nachdem das Klingeln in meinen Ohren aufgehört hat, ist einen Moment lang alles ruhig, vielleicht sogar totenstill, und dann sehe ich, wie Phaena das Gesicht verzieht und ihre Lippen bewegt. Ich glaube, sie sagt »Nein, nein, nein, nein!« zu dem Baby und gibt sich alle Mühe, es zu beruhigen, bevor es noch völlig durchdreht.

Und dann trifft uns eine neue Welle. Prätorianer, die sich gerade mühsam erhoben haben, fallen auf das Gesicht. Irgendjemand übergibt sich.

Die Nullwellen zuvor waren eben das: Wellen. Sie gingen vorbei.

Das hier geht nicht vorbei. Wenn es ein Tsunami ist, wird es wohl noch lange dauern, bis die Flut wieder zurückgeht.

Aber es ist nicht wie Wasser. Es ist ein tosendes Inferno und ich befinde mich in seinem Zentrum.

Es ist, als würde mir die Magie direkt von der Seele gescheuert. Hast du jemals einen Menschen mit schweren Verbrennungen gesehen, dem die Haut abgeledert wurde? Das hier ist so, als würde man genau das mit deinem Verstand machen, dein Wesen mit dem Skalpell häuten. Meine Haut wird abwechselnd heiß und kalt und kribbelt, als hätte ich mich die ganze Nacht übergeben müssen. Ich schmecke Metall in meinem Mund und in meinem Gesichtsfeld flackern seltsame Farben auf.

Ich packe Phaena und ziehe sie hoch. Es ist schwieriger, als es eigentlich sein sollte. Ich merke, dass ich mich dabei, ohne auch nur einen Gedanken darauf zu verschwenden, auf mein magisches Talent verlassen habe. Aber mein magisches Talent ist jetzt nicht da.

»Komm schon! Wir müssen zusehen, dass wir hier wegkommen!«, rufe ich.

Während ich sie von der Tür wegzerre, höre ich das laute Ächzen von Metall: Das Sturmschiff reagiert darauf, dass es ebenfalls seinen magischen Schutz verloren hat. Ich kann wieder hören!

Auch wenn der plötzliche Verlust ihrer magischen Fähigkeiten alle benommen gemacht hat, ist doch nicht jeder am Boden.

Eine Bogenschützin, die sich mental schneller wieder gefasst hat als ihre Mitstreiter, richtet ihren großen Kriegsbogen auf uns. Mit geübter Eleganz beginnt sie einen Pfeil zu spannen, doch dann stöhnt sie auf, und ihre Finger gleiten von der Bogensehne ab – ohne ihr magisches Talent fällt es ihr unerwartet schwer, die nötige Zugspannung zu erreichen.

Ich wende mich zum Gehen und ziehe Phaena mit mir, doch als wir die Treppe erreichen, schreit sie auf – und stürzt zu Boden. Verwundet? Hat es die Bogenschützin doch noch geschafft, einen Pfeil abzuschießen? Ich fange sie auf, während sie sich zur Seite dreht, versucht, das Baby vor dem Sturz zu schützen. Wir gehen alle drei zu Boden.

Als wir am Fuß der Treppe aufschlagen, was das Baby erschreckt, hört der antimagische Sturm abrupt auf.

Ich kann das Ende der Nullwelle nach außen davonplätschern sehen, eine eigenartige Verzerrung in der Luft, wie eine Fata Morgana, die allerdings viel näher ist, als es jede Fata Morgana je sein könnte. Ich bin schon wieder auf den Beinen und ziehe Phaena hoch – ohne mein magisches Talent. Auch ohne einen akuten Nullsturm wird es eine Weile dauern, bis ich die Verbindung mit meiner Magie wieder aufgenommen habe.

Wenn ich es denn überhaupt je wieder tun kann. Was, wenn mir der Nullsturm dauerhaften Schaden zugefügt hat?

Aber darüber kann ich jetzt nicht nachdenken. Ich stemme Phaena erst an den Achseln hoch, dann nehme ich sie in die Arme und trage sie.

Ich schaffe es nur eine Treppe hinauf, bevor ich Stimmen und das Stampfen von Füßen höre, die von oben herunterkommen. Was auch immer sie bisher hat zögern lassen, jetzt kommen sie.

»Hier entlang!«, sagt Phaena und deutet mit schmerzverzerrter Stimme und Miene in die entsprechende Richtung.

Ich schlüpfe durch die nächste Tür, auf das zweite Deck des Sturmschiffes. Heftig keuchend und von der Anstrengung, eine Frau und ein immer noch schreiendes Baby zu tragen, bereits ziemlich erschöpft, kann ich gerade noch in schlurfendem Trab den Flur hinuntertrotten. »Das nächste ist mein Zimmer«, verkündet Phaena gequält. Ich lehne mich gegen die Tür, während sie am Schloss herumfummelt, und dann öffnet sich die Tür, und wir fallen alle hinein.

Ihre Kabine ist glücklicherweise leer. Ich trete die Tür mit dem Absatz zu, ein lautes Knallen. Vielleicht zu laut. Ich fluche.

Das Geschrei der Soldaten, die die Treppe hinunterstürmen, um uns zu jagen, dringt durch die Tür. Allein ihr eigener Lärm und das Schrillen zahlreicher Alarmglocken, Folgen der Nullwelle, übertönen das leise Weinen des Kindes und vielleicht den Knall meiner zugeschlagenen Tür.

Sein Heulen löst jetzt keine neuen Nullwellen mehr aus. Ich weiß nicht, warum.

Noch während ich sie beide auf dem Bett absetze, tut Phaena ihr Möglichstes, um den Kleinen zu beruhigen. Ihre Stirn ist schweißnass, und ihr Atem geht keuchend, aber sie schiebt ihre eigene Angst schon wieder beiseite, um sich auf das Baby zu konzentrieren. Ein Pfeil ragt aus dem Muskelfleisch ihres Beins. Ich prüfe den Einschusswinkel.

Mit dem Baby zuliebe betont unbeschwert-fröhlicher Stimme sagt sie: »Deinem Gesichtsausdruck nach zu urteilen, gibt es schlechte Nachrichten, stimmt's?«

»Zieh das Ding nicht raus«, antworte ich. »Beweg dich nach Möglichkeit nicht einmal. Der Pfeil könnte die Arterie gestreift und verletzt haben. Wenn du ihn hier und ohne Beistand einer Heilerin herausziehst, könntest du in nicht mal einer Minute tot sein.«

Es stimmt alles, was ich sage, doch ich bereue es sofort, es laut ausgesprochen zu haben. Wenn ich sie noch mal auch nur ein bisschen bewege, bringe ich sie womöglich um.

Und ich selbst muss mich bewegen.

»Du hast einen Plan?«, fragt sie mich. Sie wirkt durch meine Worte seltsam beruhigt. Oder vielleicht steht sie auch unter Schock und hat noch gar nicht verstanden, was ich gesagt habe.

»Wenn wir es bis zum Frischluftdeck vorn am Bug schaffen, können wir ins Wasser springen. Es ist ein langer Fall, aber wenn wir Glück haben, erwischen uns die Monster unten im Wasser nicht, bis wir das Schmugglerboot erreicht haben.«

Aber jeder, der im Wasser ausgiebig blutet, dürfte kaum den Hauch einer Chance haben. Die Lotai sind schnell.

»Mit ›wir‹ meinst du dich und das Baby«, stellt Phaena klar. »Hab ich recht?« Sie macht sich schon daran, die Knoten ihres Tragetuchs zu lösen.

Die Zeit für Lügen ist vorbei.

»Ich weiß nicht, ob ich es von Bord schaffen würde, selbst wenn ich allein wäre«, antworte ich. »Der Sprung könnte mich umbringen. Vom Schwimmen ganz zu schweigen. Mit dem Baby? Macht es weit weniger wahrscheinlich, dass ich es schaffen kann. Mit dem Baby und dir, verletzt, wie du bist …?«

»Ich werde sie so lange wie möglich aufhalten«, erklärt sie. »Meine Leier liegt dort drüben. Gib sie mir.«

Ein alter Wesensteil von mir, der immer alle retten will, bäumt sich auf und leistet Widerstand. Ich kann sie nicht einfach hierlassen!

Ach ja, ich erkenne diese Stimme. Das ist mein junges Ich. Der Junge, der ein Held sein wollte. Der Idealist. Derjenige, der all die Geschichten und Erzählungen geliebt hat, auch wenn ich es damals schon besser wusste. Kein Mann bleibt zurück! Keine Jungfrau ohne Rettung!

~Wenn du sie nicht zurücklässt, stirbt hier jeder. Ausnahmslos jeder.~

Du bist wieder da!

~Es war wie bei den Malen zuvor. Ich konnte dich hören. Aber sonst nichts.~

Sie haben beide recht. Wenn ich versuche, den Helden zu spielen und das Kind nicht von diesem Schiff herunterbringe, sterben alle – Phaena eingeschlossen.

Und Vi.

Das Einzige, was allen eine Überlebenschance zu geben verspricht, so winzig sie auch sein mag, besteht darin, das Kind zu nehmen und von hier zu verschwinden. Und zwar möglichst schnell.

Phaena bindet mir bereits das Tragetuch um den Hals, redet liebevoll auf den Kleinen ein, beruhigt ihn.

»Du wirst sie nicht lange aufhalten können«, sage ich.

»Doch, das werde ich. Gib mir die Leier«, erwidert sie.

»Du kannst nicht gegen sie kämpfen«, gebe ich zu bedenken, als ich ihr die Leier reiche. »Ein paar von ihnen werden diesen Raum auf den Kopf stellen, während die anderen weiterstürmen. Stirb nicht umsonst.«

»Ich habe nie behauptet, dass ich kämpfen will«, erwidert sie und stimmt die Leier scheinbar mühelos, obwohl ihr Gesicht immer blasser wird. Ihr Schock weicht dem Schmerz. Sie streckt eine Hand aus, um Caedan ein letztes Mal zu streicheln, versucht zu lächeln und sagt: »Vielleicht schaffst du es ja. Gib nicht auf, Kylar.«

»Das ist mein Fluch«, betone ich und beantworte ihr angestrengtes Lächeln mit einem genauso angespannten Grinsen. »Ich weiß nicht recht, warum.«

Mit geübter Könnerschaft bindet sie das Baby tief unten an meine Brust. »Mit dem Wickeltuch solltest du seinen Kopf nicht zu halten brauchen, wenn du rennen musst«, erklärt sie. »Aber wenn du ins Wasser springst … nun, ich bete, dass ein Wunder geschieht.«

»Nur ruhig. Ich bin der Nachtengel. Ich vollbringe meine eigenen Wunder«, sage ich, doch mein Grinsen kommt mir vor wie eine Grimasse des Todes.

Es ist Zeit zu gehen, aber mich packt eine plötzliche Furcht. »Phaena. Die Steuerbordseite des Schiffes verfügt über magische Verteidigungsanlagen, Wurfgeschütze und so weiter. Weißt du, ob es an der Nordseite auch so etwas gibt?«

Sie bringt ein flüchtiges Lächeln zustande. »Es hat dort derlei *gegeben*. Das Geld von Momma K hat die Sache geregelt.«

Das mildert das Engegefühl in meiner Brust. Ein wenig. Ich habe keine Ahnung, wie übel die Nullwelle den Schmugglern zugesetzt hat. Was, wenn sie bereits gesunken sind? Aber das kann ich nicht wissen.

Ich muss jetzt trotzdem gehen, doch ich weiß nicht, wie ich mich verabschieden soll, weiß nicht, wie ich Phaena hier im Stich lassen soll, ohne mich wie ein Verräter und ein Feigling zu fühlen.

»He, ich habe es jetzt«, sagt sie. »Dein Motiv. Es muss in Moll sein, nicht? So eine einfache Lösung, wenn man weiß, wie die Sache …« Sie bricht ab.

»Wie die Sache endet?«, greife ich auf.

Sie sieht mich mit großen Augen an, ihr Gesicht blass. Ich wünschte, ich könnte auch andere Gesichtsausdrücke so gut lesen, wie ich gelernt habe, Angst und Zorn zu lesen, doch ich kann dir nicht sagen, was da aus ihren Augen gesprochen hat, außer dass dort weder Zorn noch Angst zu sehen waren. Sie beginnt auf ihrer Leier zu spielen und etwas in der Welt verändert sich. Es ist magisch. Ich meine nicht, dass es *magisch* magisch ist. Oder vielleicht doch. Ich meine auch nicht, dass ihr Spiel wirklich gut ist, obwohl es sogar noch besser ist als gut. In einer Welt, in der alle andere Musik Prosa ist, ist das hier Poesie.

Auch wenn jede Musik Gefühlsregungen aus den Tiefen eines Herzens schöpfen kann, das bereit ist, sich auf sie einzulassen – diese Musik findet einfühlsame Harmonien einfach durch die Luft hindurch, spricht die Gefühle direkt an und wandelt den Zuhörer vom Beobachter zum Mitwirkenden und schließlich zum Instrument.

Sie lächelt traurig. »So ist es besser, findest du nicht auch? Das bist du, nicht wahr?«

Aber ich bin zu keinen Worten fähig. Sie hat eine Traurigkeit in mir wachgerufen, die zu tief für Worte ist.

»Geh«, sagt sie. »Rette uns, Kylar. Rette uns alle. Geh!«

Kapitel 44

Der Weg hinaus

Auf dem Flur bemerke ich Tropfen von Phaenas Blut. Ich schließe die Tür zu ihrem Zimmer. Ich weiß nicht, ob sie es sehen werden oder nicht. So oder so, ich glaube nicht, dass es sie groß aufhalten wird. Sie werden sie finden, ganz egal, was ich mache. Ich kann nur hoffen, dass sie sich nicht blindlings auf sie stürzen werden. Wenn sie die Sache überlebt, steht ihr sehr Unangenehmes bevor: Sie wird im Gefängnis landen, wenn nicht sogar auf dem Henkersblock.

Aber daran kann ich nichts mehr ändern.

Erneut schnürt sich mir die Kehle zu.

Das Sturmschiff hat allen Schwung verloren, der es bisher vorwärtsgetragen hat. Es schwankt so stark, dass ich mich alle paar Schritte von den Wänden abstoßen muss, um weiterzukommen.

Das Kind im Arm haltend, aber ohne nach unten zu schauen, laufe ich so schnell wie möglich durch das Schiff. Aus ein paar wenigen Zimmern spähen Köpfe hervor, aber niemand tritt mir in den Weg. Irgendetwas aus unserem Gespräch vorhin kribbelt in meinem Hinterkopf, doch ich bekomme es nicht zu fassen. Was ist es, was mich da umtreibt?

Ich erreiche eine Treppe, aber statt dass mein Herz höherschlägt, weil ich es bis hierher geschafft habe, ohne aufgehalten zu werden, wächst meine Angst nur noch. Lauern sie mir etwa schon auf?

Nein, sie können nicht wissen, wo ich hinwill. Noch vor einer Minute habe ich selbst nicht gewusst, wohin ich will.

Wohin ist König Repha'im vorhin gegangen? Er ist mir bisher bei allem stets einen Schritt voraus gewesen. Wo befindet er sich jetzt?

Als ich die Treppe hinaufsteige, sehe ich eine Frau den Kopf aus einem Zimmer am Ende des Flurs strecken. Langes rotes Haar, nach hinten gebunden. Ich bleibe abrupt stehen, aber dann dreht sie sich um und blickt in meine Richtung. Es ist nicht Vi.

Vi. Das ist es, woran ich die ganze Zeit unterbewusst gedacht habe. Das war es, was an mir genagt hat.

Wo bist du, Vi? Ich brauche deine Hilfe!

Ich taste nach dem blauen Messer an meinem Gürtel, dem Messer, das ich ihr gestohlen habe. Schwester Ayayah hat Vi auferlegt, mit diesem Messer dieses Kind hier zu ermorden, falls der Plan der Schwestern schiefgehen sollte.

Ich schlucke.

Die ganze Sache hätte gar nicht noch mehr schiefgehen können. Und nun bin ich hier. Von den Schwestern befindet sich nur noch Vi auf dem Sturmschiff. Ich weiß nicht, wo sie ist, aber ich weiß, wie ihre Befehle lauten und was ihrer Ansicht nach auf dem Spiel steht. Die Schwestern dürften ihr ein Signal gegeben haben, als sie davongefahren sind, und nachdem die Pläne der Schwestern gescheitert sind, glaubt Vi, dass alle auf dem Schiff sterben werden, wenn sie dieses Kind nicht tötet.

Was auch nicht falsch ist.

Deshalb muss ich uns beide von diesem Schiff herunterbringen. Ich biege um die Ecke und steige die nächste Treppe hinauf, schiebe mich durch eine dicht gedrängte Menschenmenge, ringsum erregte Neugierde, alle fragen sich, was da wohl nicht stimmt, doch noch gibt es keinerlei Anzeichen von Panik. Die Gedanken kreisen in meinem Kopf, und ich kann sie nicht aufhalten.

Wenn Vi zu der Überzeugung gelangt ist, dass wir das Kind nicht vom Schiff herunterbefördern können, so besteht für sie der Befehl, es zu töten – selbst, wenn sie dafür mit dem Leben bezahlen muss. Schwester Ayayah glaubt, Repha'im könne den Nullsturm überleben und das Kind retten. Womit sie Repha'im überschätzt. Er dürfte die Lotai genauso wenig überleben können wie ich. Aber wenn man bedenkt, was da alles auf dem Spiel steht, kann ich ihre Besorgnis nachvollziehen. Wenn er davonkommt und am Ende er derjenige ist, der das Kind aufzieht, glaubt sie, dass das den Untergang der Chantry bedeuten und die ganze Welt zu leiden haben wird. Was wahrscheinlich auch nicht falsch ist.

Vi glaubt, dass, wenn sie scheitert, ein Dutzend ihrer Schwestern ihr Leben geben wird, um Repha'im und das Kind umzubringen, sobald das Schiff in Borami anlegt. Egal ob diese Schwestern nun Erfolg haben oder scheitern werden – ein offener Angriff, wie sie ihn planen, bedeutet Krieg zwischen dem größten Reich der Welt und der Chantry sowie allen Verbündeten, die beide Seiten in die Sache mit hineinziehen können.

Bei einem Kampf dieser Größenordnung werden alle nur zu leiden haben.

Aber letztendlich läuft es auf eine einzige Frage hinaus, und sie ist der einzige Grund, warum ich so viel über all das nachdenke: Wenn Vi auftaucht, wird sie mir dann helfen, oder wird sie versuchen, ihre Schwestern, das Schiff, die Chantry und die ganze Welt zu retten? Wird Vi auf das hören, was ich ihr zu sagen habe, oder wird sie sofort angreifen und erst danach Fragen stellen? Welcher Seite gelten ihre Treuepflichten? Habe ich ihr irgendeinen Grund dafür gegeben, dass sie sich für mich entscheiden könnte?

Du lachst mich aus, weil du der Ansicht bist, dass das doch viel mehr ist als nur eine einzige Frage, was?

~Ich lache dich nicht aus.~

Nun gut, es ist jedenfalls wirklich nur eine einzige Frage. Auf viele unterschiedliche Arten gestellt, denn ich kenne die Antwort.

Ich kenne Vi und ich liebe sie über alles. Aber sie kann sich stur auf eine bestimmte Vorgehensweise festlegen, ohne nach rechts und links zu schauen. Sie kann handeln, ohne nachzudenken. Verdammt, oft ist sie gerade dann am besten, wenn sie handelt, ohne nachzudenken.

Aber heute?

Gut, es ist ein großes Schiff. Ich weiß, dass sie sich irgendwo in der vorderen Hälfte befindet, aber sie hat keinen blassen Schimmer, wo *ich* bin. Es gibt keinen Grund, warum sie jetzt auftauchen sollte – und, im Gegensatz zu allem, was ich noch vor nicht mal einer Minute empfunden haben mag, hoffe ich im Moment, dass sie *nicht* auftaucht.

Ich will nicht gegen Vi kämpfen.

Und überhaupt, ich weiß nicht einmal, ob ich das *kann*. Ich blicke nach unten. Ich habe ein Kind bei mir! Ich kann das Kind nicht ablegen, um mir einen fairen Kampf mit ihr zu liefern, denn genau dieses Kind ist das Ziel, auf das sie es abgesehen hat. Ich kann hier auf keinen Fall gewinnen, nicht gegen Vi.

Außer dadurch, dass ich das Schiff verlasse.

»Packen wir's an, Kleiner«, sage ich, während ich zu ihm hinunterblicke.

Seine Augen sind offen, und er weint jetzt nicht mehr, vielleicht hat ihn mein schnelles Laufen beruhigt. Ich glaube, ich habe es die ganze Zeit vermieden, ihn anzuschauen. Ich wollte ihn nicht sehen, wollte nicht wissen, wem gegenüber ich da versagen könnte. Wollte nicht darüber nachdenken, wer er wirklich ist.

Er ist niedlich, wie er da auf seiner vollgesabberten Faust herumkaut, die er irgendwie aus seinem Wickeltuch herauszubekommen hat. Er hat blaue Augen. So wie meine eigenen. Aber andererseits, alle Babys haben doch blaue Augen, oder?

Gütige Götter, ich weiß nicht das Geringste über Kinder. Will auch gar nichts wissen. Ich wende den Blick schnell wieder ab.

Ich trete auf eine Kreuzung zweier Flure, und, abgelenkt, wie ich war, habe ich mich nicht mit dem Ka'kari bedeckt – allerdings weiß ich auch nicht, ob ich das Kind ebenfalls unter den Ka'kari bekommen kann. Was würde das Zusammentreffen ihrer beider Magie bewirken? Ein Wachmann aus der Prätorianergarde und sein Kollege befinden sich nicht weit vor mir im Gang. Der weiter entfernte überprüft die Räume, die sie passieren, aber der vordere sieht mir sofort in die Augen.

Er ist nur wenige Schritte weit weg und hält sein Schwert bereits höher als ich meins, also gehe ich, ohne nachzudenken, in das Volle Eisentor und lade ihn zum Angriff ein. Erst als ich bereits eine sehr tiefe Verteidigungshaltung eingenommen habe, merke ich, wie sehr ein an meine Brust geschnürtes Baby meine Kampfstellung durcheinanderbringt. Volles Eisentor gegen einen Bauernstreich? Eisentor? Eher ein weiches Buttertor!

Als der Prätorianer meinen kurzen Moment der Verwirrung bemerkt, wechselt er in die Hohe Deckung der Dame und setzt auf seine eigene Schnelligkeit, und während ich rasch auf ihn einstürme, um ihm keine Zeit zu geben, es sich noch einmal anders zu überlegen, tut er dasselbe, um mir keine Zeit zu geben, die Verteidigungshaltung zu wechseln. Er lässt sich von meiner niedrigen Deckung verleiten und greift mit einem kraftvollen, von oben geführten Hieb an. Ich weiche zur Seite aus und pariere nur ganz locker, und als sein Schwung ihn mit seinem Schlag fortreißt, bediene ich mich nun meinerseits des Bauernstreichs. Meine Klinge schneidet ihm rasch in Schulter und Nacken und dann gehe ich vor seinem Gegenangriff in Deckung. Er wirbelt herum, seine Geschwindigkeit durch die Erkenntnis verlangsamt, dass er verwundet worden ist, und meine nächste Attacke trifft ihn durch die Brust. Mit der Linken fange ich seine langsam nach oben gehende Klinge ab, dann trete ich vor ihn und ramme ihm den rechten Ellbogen ins Kinn, sodass er erst gegen die Wand fliegt und dann zu Boden stürzt.

Sein Kollege – ein Speerträger – ist schon fast über mir, als ich meine Klinge wieder an mich reiße und eine weitere niedrige Verteidigungshaltung annehme, diesmal ist es der Eberzahn.

Speere, nicht gerade meine Lieblingswaffe.

Der große Mann hat aus dem Beispiel seines Kollegen gelernt. Er macht eine gegen meine Hände gerichtete Finte, um seinen Hieb dann gegen meine Leistengegend zu richten. Ich wehre den Schlag ab und trete auf ihn zu – wenn man es mit einem Speerkämpfer zu tun hat, muss man aus nächster Nähe angreifen, sonst kann er Dutzende Male auf dich einstechen, während du nur mit deiner Verteidigung beschäftigt bist, und irgendwann wird er einen Treffer landen. Doch er ist auf meinen Angriff vorbereitet, und trotz seiner Größe zieht er sich mit einer Geschwindigkeit zurück, die mir magisch erscheint.

Weil sie das nämlich auch ist.

Weil er ein blauer Magier ist und weiß, was ich tun muss, um mich gegen einen Speer zu verteidigen, und weil er weiß, wie er seine Magie einsetzen kann, um ihn bei seinen Bewegungen zu unterstützen, damit er genau das tut, was er zu tun hat.

Aber plötzlich kommt mir eine erschreckende Erkenntnis. Wieder muss ich daran zurückdenken, wie Durzo mir gesagt hat, dass es ganze Bereiche des Kampftrainings gäbe, in denen er mich noch nicht einmal in Ansätzen zu unterrichten vermag, solange ich mein magisches Talent nicht einsetzen kann. Mit magisch gestärkten Muskeln kann sich ein Mensch schneller und weiter bewegen, er kann auch schneller anhalten und seine Bewegungen umkehren – all das macht dir einen Strich durch deine vorgefassten Ansichten, was den Tötungsradius eines anderen Kämpfers angeht. Oder deinen eigenen. Wenn deine diesbezüglichen Annahmen keinen Bestand mehr haben, kommen auch Techniken ins Spiel, die im Normalfall einfach zu langsam wären, um den Aufwand zu rechtfertigen, dich in ihnen zu üben. Und herauszufinden, auf welche Techniken die magische Begabung eines Gegners entsprechende Auswirkungen hat und auf welche nicht, ist sicherlich etwas, was zu erlernen Jahre erfordert.

Aber was keine Magie ändert, ist die Geschwindigkeit, mit der ein Krieger Entscheidungen trifft. Genau das ist auch der Grund, warum Lantano Garuwashi – magisch unbegabt, wie er ist – der beste Duellant der Welt sein kann.

Ich greife an und erhebe mich in letzter Sekunde zu einer Kronendeckung, um meinen Gegner dazu zu verleiten, einen Streich gegen meine Beine zu führen – was er in genau dem Moment, als ich anhalte, auch tut. Ich schleudere mein vorne befindliches Bein in die Höhe, sodass es nur knapp die Spitze seines Speers verfehlt, und dann trete ich auf den Speer und drücke ihn nach unten. Seine Speerspitze knallt auf den Boden, und da er den Speer nicht loslässt, verlangsamt sich seine Rückzugsgeschwindigkeit. Zu spät versucht er, die Richtung zu ändern. Meine Schwertspitze bohrt sich ihm durchs Auge, um aus seinem Hinterkopf wieder herauszukommen. Beide machen wir einen Satz, der uns genau in dem Moment zusammenstoßen lässt, als er erschlafft zusammensackt.

Er klatscht gegen das Baby, und ich stoße ihn von meiner Klinge herunter, wobei ich mich noch vergewissere, dass er wirklich so tot ist, wie ich denke.

Es befindet sich sonst niemand mehr auf dem Flur. Ich überprüfe den Körper des ersten Prätorianers, um sicherzustellen, dass er nicht noch einmal so weit zu Kräften kommt, um mir ein magisches Geschoss oder ein Messer in den Rücken zu schleudern.

Das Kind fängt wieder an zu weinen. Ich tätschele seinen Hintern im Tragetuch, wie ich es bei anderen Leuten gesehen habe. Den Hintern tätscheln, das macht man doch so, oder?

»Ruhig, Kumpel. Ganz ruhig«, sage ich.

Kumpel?

Dieser Gang führt in die falsche Richtung. Große Götter, wie viel Zeit ist vergangen? Ob das Boot der Schmuggler immer noch wartet? Ich renne, so schnell ich kann, erst ein Stück zurück, an den Toten vorbei, dann direkt geradeaus. Fast da.

Das Kind hört nicht auf zu weinen. Vielleicht habe ich beim Tätscheln irgendetwas falsch gemacht.

Ich begegne weiteren Edelleuten, doch sie unternehmen nichts, um mich aufzuhalten, vielleicht weil sie das Blut auf meiner Klinge sehen, vielleicht auch weil sie sehen, dass ich ein Kind bei mir habe, vielleicht auch weil sie meinen Gesichtsausdruck sehen.

Und dann bin ich draußen auf dem offenen Deck am Bug des Schiffes, unter der Abdeckung aus Glas oder irgendeinem pergamentartigen durchsichtigen Material. Jetzt, wo es draußen nichts mehr zu sehen gibt, ist das Deck leer und das Glasdach zum Schutz vor der rauen Witterung geschlossen. Des einen Segen ist des anderen Fluch.

Ich schnappe mir den nächsten Stuhl und stemme ihn unter die Türklinke, damit sie sich von außen nicht öffnen lässt. Zugleich schaue ich mich nach einer Art Regler oder Hebel um, irgendetwas, mit dem sich das Glasdach öffnen ließe, das diesen großen Bereich überspannt, mit all seinen Stühlen und Tischen, Bars und Bühnen für Musik, Tanz und Jongleure und all die anderen Zerstreuungen, an denen sich die obszön Reichen und Mächtigen erfreuen. Die Sache ist leichter, als ich es erwartet hätte. Ich begebe mich in einen kleinen Raum im Zentrum des Ganzen und finde dort eine Reihe von offensichtlich magischen Bedienfeldern vor – allerdings ohne den Hauch einer Ahnung, was ich mit ihnen anstellen soll.

Aber inzwischen weiß ich, wie die Alitaeri ticken. Und es dauert nur ein paar Augenblicke, bis ich glaube, das Gesuchte gefunden zu haben. Es gibt ein halbes Dutzend versetzte Kurbeln, wie Seeleute sie zum Hissen von Segeln verwenden oder um Drehbohrer zu bedienen, wobei sie die Hände in schnellen Kreisen gegeneinander bewegen. Handkurbeln, hier? Wo es gar keine Segel gibt? Das kann nur eines bedeuten: Die Alitaeri haben für den Fall, dass die Magie zum sicheren Verschließen ihres Schiffes einmal versagt, entsprechende Sicherheitsvorkehrungen getroffen. Perfekt!

Wie sich herausstellt, gibt es auf dieser Welt doch noch einen Nutzen für überkorrekte Bürokraten.

Ich schnappe mir eine der Handkurbeln und renne wieder nach draußen.

Das Kind weint immer noch. Götter, es ist das schlimmste Geräusch der Welt.

Jetzt, wo ich weiß, wonach ich suchen muss, sehe ich sofort Löcher – nicht ein einziges Loch für die gesamte Überdachung, offenbar ist diese in mindestens ein Dutzend Einzelabschnitte unterteilt. Das kommt mir gelegen. Es ist leichter, einen Teil schnell zu bewegen, als zu versuchen, das ganze Ding aufzukurbeln.

Ich schiebe die Kurbel in das Loch und brauche einige Versuche, bis sie in der darin befindlichen Halterung einrastet. Sie klemmt im ersten Moment, und dann, sobald ich anfange, sie zu drehen, beginnt ein weiterer Alarm zu schrillen, der einem ganzen Schiff verkündet, was ich hier mache. Einem Schiff allerdings, das bereits von einem misstönenden Durcheinander von Alarmsignalen und Schreien vibriert.

Ich habe nicht daran gedacht, alle Türen zu verbarrikadieren. Ehrlich gesagt wäre es die Zeit ohnehin nicht wert gewesen. Magier lassen sich von ein paar Stücken Holz nicht lange aufhalten. Schnelligkeit ist hier mein einziger Freund. Und ich investiere meine ganze Geschwindigkeit in das Drehen der Handkurbel.

Ich habe nicht das Glück, dass sich der unterste Bereich des Glases anhebt und ich hindurchschlüpfen kann, sobald sich ein entsprechender Zwischenraum gebildet hat. Nein, nein, stattdessen muss sich die glasartige Abdeckung absenken – von der halben Höhe der hohen Kuppel über mir –, um dann in ihre Schutzhülle in der Bordwand zu gleiten. Glücklicherweise ist der Mechanismus gut geölt und das Getriebe leichtgängig. Das Glas gleitet reibungslos und relativ schnell nach unten, wozu sein enormes Gewicht das Seine beiträgt.

»In Ordnung, Junge«, sage ich. »Sieht ganz so aus, als würden wir das hinkriegen. Vielleicht. Für mich wäre es wichtig, dass du deinen kleinen Trick jetzt mal für ein Weilchen bleiben lässt, ja? Keine Antimagie, bis ich dich ans Ufer befördert habe, verstanden?«

Er hört auf zu weinen. Ich merke, dass ich zum ersten Mal so mit ihm gesprochen habe, als sei er mehr als nur ein belebter Klumpen. Nicht dass er mich verstehen könnte, stimmt's? Ich meine, die Schwestern haben gesagt, seine Seele sei noch nicht einmal fest mit seinem Körper verbunden. Er ist noch immer nicht mehr als ein kleines Tierchen. Ein Stück zappelndes Fleisch, keine Person. Lebendig, aber nicht menschlich. Nur ein Mund, ein Hintern und ein Appetit.

Ich hätte ihm gern in die Augen geblickt, um nachzusehen, was da mit ihm vorgeht, aber alles, was jetzt zählt, ist, das Glas herunterzubekommen. Ich bewege die Handkurbel zum nächsten Loch. Alles, was mich in meinem Tun verlangsamt, ist die Beschäftigung damit nicht wert.

Über den Lärm des Sturms hinweg, der nun durch die Öffnung in der Kuppel hereinfegt, höre ich ein Rütteln an der Tür, die ich verriegelt habe. Sehe auch ein Gesicht, aber es verschwindet wieder. Ich erkenne nicht, wer es ist, kann nicht einmal feststellen, ob es sich um einen Prätorianer, einen Diener oder einen Ingenieur handelt, der wegen des Alarms gekommen ist und nachsehen will. Letzteres wäre vielleicht das Wahrscheinlichste, nicht? Wenn ich Glück habe.

Das Glas befindet sich jetzt nur noch drei Meter über meinem Kopf, da höre ich eine Stimme.

»Kylar!«, sagt jemand, und es wirkt, als käme es von weit weg.

Ich sehe mich um. Kann nicht sagen, woher es kommt.

»Kylar, kannst du mich hören?«

Durch den Sturmwind hindurch wird mir bewusst, dass die Stimme von unten kommen muss, von der Backbordseite, wo sich das Schiff der Schmuggler befinden müsste. Sind sie das vielleicht?

»Wer da? Wer seid Ihr?«, rufe ich, ohne in meinem Kurbeln langsamer zu werden. Jetzt ist das Glas zweieinhalb Meter über meinem Kopf. Ich werfe einen Blick zu den Türen, aber dort ist niemand. Kann ich den Sprung schaffen, während ich das Kind halte, sobald es nur noch gut zwei Meter sind?

»Ich bin's! Dein Freund!«

Mir rutscht das Herz in die Kniekehlen, als ich die Stimme nun endlich erkenne. König Repha'im.

»Ich bin bereits vor einer Weile hier eingetroffen und wollte die Sache schon ohne dich durchziehen, aber jetzt ... jetzt warte ich auf dich. Ich möchte, dass du das siehst«, erklärt er.

Ich weiß nicht, wovon er redet. Er ist irgendwo unter mir, aber es klingt nicht so, als wäre er so weit weg wie das Schmugglerboot oder die Tür unten auf Meereshöhe, die Phaena und ich zu öffnen versucht haben. Wo ist er also? Kann er seine Stimme mit Magie projizieren, so wie Scarred Wrable es kann? Ich fahre herum, fürchte mich plötzlich vor einem Angriff von hinten.

Meine Hände sind unterdessen weiter vorangekommen, anders als mein Denken. Das Glas ist nun ganz unten. Ich lehne mich über die Reling, um zu sehen, ob das Boot der Schmuggler noch da ist, und wenn ja, wo ich mich im Verhältnis dazu befinde.

Mein Herz macht einen Satz. Es ist da! Das Boot der Schmuggler treibt im Windschatten des Sturmschiffes und kämpft mannhaft gegen die Wellen an, die im Windschatten zwar kleiner sind, aber immer noch groß genug, um das kleine Boot volllaufen zu lassen. Die Schmuggler sehen mich im gleichen Moment wie ich sie und winken triumphierend.

Aber auf halbem Weg die Schiffswand hinunter, für ihre Augen unsichtbar, wenn sie nach oben schauen, bemerke ich König Repha'im und ein Dutzend anderer, die sich auf einem in die Schiffswand eingelassenen kleinen Nebendeck zusammenkauern.

Zu ihren Füßen sehe ich mehrere andere Männer in den kaiserlichen Waffenröcken daliegen, alle tot. An der Reling festgemacht, erkenne ich die Wurfgeschütze und andere Verteidigungsvorrichtungen des Schiffes. Ich brauche nur einen Moment, um zu begreifen. Bei den toten Männern handelt es sich entweder um die ursprüngliche Verteidigungsmannschaft des Schiffes, Männer, die auf Befehl von Momma K umgebracht wurden, damit die Schmuggler sicher an das Sturmschiff heranfahren können, oder es sind die von ihr angeheuerten Männer, die von Repha'im getötet worden sind. In beiden Fällen ist die Konsequenz die gleiche. Wir hatten Freunde, die uns bei der Flucht helfen wollten – und jetzt sind sie nicht mehr da.

Das ist es also, was Repha'im unternommen hat, als er weggegangen ist – er hat für Verstärkung zur Verteidigung des Schiffes gesorgt.

Repha'im bemerkt mich und ein breites Lächeln kräuselt seine Lippen.

»Kylar!«, schreit er. Es sollte eigentlich schwieriger sein, ihn zu hören, aber der Wind ist so unnatürlich gleichmäßig, dass ich seine Worte deutlich verstehen kann. »Nicht weggehen. Ich will dir eine Abmachung vorschlagen, die du dir gut überlegen solltest.«

Wieder rüttelt jemand an der Tür, die ich verbarrikadiert habe, doch ich bin nicht mal in der Lage, mich umzudrehen. Verzweiflung steigt mir in der Kehle hoch wie Erbrochenes.

»Aber zuerst …«, fügt Repha'im hinzu. Er gibt winkend ein Handzeichen. »Auf mein Kommando.«

Alle Männer des Verstärkungstrupps erheben sich gleichzeitig und stemmen die Wurfgeschütze in Stellung, in den Händen der Magi leuchtet Magie auf.

Die Schmuggler sehen es. Einer springt ans Ruder, um das Boot von dem Sturmschiff wegzusteuern.

Eine Salve aus einem der Wurfgeschütze trifft ihn so heftig, dass er verschwindet; das Einzige, was von ihm geblieben ist, ist ein Schuh, der zehn Meter weit durch die Luft in Richtung Wellen fliegt. Das Wasser zischt auf, wo magische Geschosse in Rot, Blau und Violett die Wogen kräuseln, als sie das kleine Boot verfehlen. Aber andere Pfeile und magische Bolzen, die durch die Luft fliegen, schlagen in Holz und Fleisch. Ein großes Stück des Bootsdecks wird von einem weiteren schweren Treffer aus einem der Wurfgeschütze weggerissen.

Von mehreren Pfeilen in den Bauch getroffen, sackt einer der Wettermagier gegen die Seile, die ihn an seinem Boot festhalten, dann stemmt er sich hoch. Unter trotzigem Gebrüll streckt er zwei voneinander getrennte Hände der Magie bis in die Wolken hinauf. Während sich gewaltige Kräfte um ihn sammeln und seltsam dichte Regenwände auf die Wellen fallen, sehe ich Funken, die kreuz und quer über dem Verteidigungsdeck, auf dem Repha'im steht, aufblitzen und tanzen, und ich erahne, dass etwas Ehrfurchtgebietendes geschehen wird, sobald der Wettermagier die beiden magischen Gewalten, die er jeweils in der Hand hält, zusammenführt – und ich bin mir nicht sicher, ob ich nahe genug dran sein will, um es zu sehen.

Er wird von weiteren Pfeilen getroffen, aber noch mehr Pfeile verfehlen ihn. Die auf ihn zufliegende Magie krümmt sich auf unerklärliche Weise von ihm weg. Er schreit auf …

Bevor die beiden Säulen in den Wolken einander berühren können, sehe ich, wie Repha'im wuchtvoll die Hand hebt, als wolle er jemandem einen Kinnhaken verpassen, und sie zur Faust ballt. Im nächsten Augenblick explodiert die See unter dem Schmugglerboot, Wasser schießt in alle Richtungen, doch durch die fächerartigen Gischtfontänen hindurch werden Teile des Wassers weiß und knirschen beim Zusammenstoßen, wie Eis auf einem gefrorenen Fluss. Eine gewaltige Faust aus wirbelndem Eis legt sich um den Wettermagier, sodass er darin gefangen ist.

Die Hand ist so groß, dass nur noch sein Kopf herausragt. Dann krampft sich die Hand fest um ihn zusammen.

Der Magier *platzt* wie ein Eiterpickel.

Repha'im lässt seine geballte Faust ruckartig schräg nach unten fahren, und einen Moment später knallt auch die Eisfaust schräg nach unten ins Wasser, kracht durch die Decks des Schmugglerbootes, das ohnehin schon zu zerbrechen drohte.

Der seltsame, eng begrenzte Sturzregen hört sofort auf, und all die Energie, die der Magier gesammelt hatte, entlädt sich in Form von Blitzen, die die Wolken über uns erhellen. Das Licht zerstreut sich in unnatürlichen Farbtönen von Rot und Violett, doch nichts davon erreicht das Schiff oder das Meer.

Repha'im ist jedoch noch nicht fertig. Er hebt erneut seine offene Hand, die Finger diesmal weit gespreizt, und ballt sie dann fest zusammen. Wellen überfluten das geborstene Schiff, vier von der einen Seite her, eine von der anderen, dann werden die vier Wasserfinger und der Daumen zu Eis und umklammern das zerbrochene Schiff. Dann lässt Repha'im seine Hand sinken.

Verzweifelt säbelt der Kapitän des Schmugglerboots auf die Seile ein, die ihn festhalten. Als sie reißen, springt er im letzten Moment, bevor die Hand das Schiff unter die Wellen zerrt, über Bord. Er schwimmt durchs Wasser, während sich ringsum Pfeile und lodernde Magiegeschosse in die Wogen bohren oder zischend in ihnen erlöschen.

Ich kann nicht sagen, ob er taucht, um außer Reichweite der Waffen zu kommen, oder ob die Wellen ihn begraben. Selbst hier, im Windschatten des Schiffes, sind die Wellen mindestens mannshoch, und oft haben sie sogar die doppelte Größe.

Dann sehe ich Licht unter den Wellen aufleuchten. Der Schmuggler macht dort unten von seiner Magie Gebrauch. Plötzlich schießt er an die Oberfläche und in die Luft, seine Bewegungen eindeutig magisch unterstützt, aber er schreit. Zwei Lotai haben ihre Kiefer in ihn gegraben. Er fällt zurück in die Wellen, die sich schnell rot färben. Er hört auf, wild zu zappeln – die Lotai indes nicht.

Es gibt also auch hier Lotai. Wir haben sie nicht zurückgelassen, als wir wieder in den Sturm hineingefahren sind.

Das Boot der Schmuggler ist verschwunden, nur noch Treibgut von ihm übrig. Die Schmuggler sind tot.

Ich löse mich vom Geländer. Das war's jetzt endgültig. Die unmögliche Aufgabe ist eben tatsächlich unmöglich gewesen. Selbst für mich. Es gibt keinen Ausweg. Ich bin am Ende. Wir sind alle tot.

Kapitel 45

Kalter Mut

Die vertraute Stimme kommt von unten heraufgeschwebt. »Kylar?« Ein belustigter Unterton schwingt mit, als wolle Repha'im irgendeine hirnlose Kuh anlocken, die gerade versucht, auf die falsche Weide zu trotten. »Kylar, ich weiß, dass du mich hören kannst. Ich weiß, dass du zuhörst.« Seine Stimme durchdringt das Rauschen des Windes so mühelos, wie der Bolzen seines Wurfgeschützes den Leib des Schmugglers durchdrungen hat. »Kylar, ich möchte dir ein neues Angebot machen, nachdem ich gesehen habe, was für ein ernst zu nehmender Gegner du bist.«

Ich höre ihn, aber ich kann nicht antworten, kann nicht einmal einen klaren Gedanken fassen.

»Kylar, willst du wissen, worin mein Angebot besteht?«

Er klingt so selbstzufrieden, dass mich eine plötzliche Wallung von Hass aus meinem Schockzustand herausreißt. »Und? Worin besteht es?«, frage ich mürrisch.

Ich hätte ihn eigentlich nicht wissen lassen sollen, dass ich immer noch hier bin. Ich sollte nicht genau das machen, was der Feind von mir will. Durzo würde mir eine Tracht Prügel verpassen, weil ich eine derart grundlegende Lektion vergessen habe: Gib dem Feind nie das, was er will, es sei denn, er gibt dir dafür etwas Besseres, das du willst.

»Du gibst mir das Kind und im Gegenzug lasse ich dich schwimmen.«

»Klingt wirklich nach einer großartigen Abmachung«, antworte ich.

»Du verstehst das bestimmt. Du hast viel zu viele Männer und Frauen der Kaiserin getötet, als dass ich dir etwas Besseres anbieten könnte. Du warst eine Bedrohung für uns alle.«

»Ich versuche, euch alle zu *retten*«, lasse ich ihn wissen.

»Sicher, sicher. Meine Männer sind auf dem Weg, Kylar. Es ist deine letzte Chance.«

»Ist das dein Ernst? Das soll unsere Abmachung sein?«

»Wenn ich ehrlich bin, ist es noch ein bisschen schlimmer«, räumt er ein. »Es ist ein Jammer. Ich hätte dich mein Sklave sein lassen. Sobald du dich als treu erwiesen und Dinge getan hättest, die garantieren, dass du nie wieder zu meinen Feinden überlaufen könntest, hätte ich dich den Jungen für mich aufziehen lassen. Eine gewisse Zeit lang. Aber ich hatte immer schon im Sinn, ihn als meinen eigenen Sohn aufzuziehen. Wenn man es richtig anstellt, sind Söhne ihren Vätern oder sogar ihren Vaterfiguren gegenüber in unverbrüchlicher Treue ergeben, nicht wahr? Du hältst Durzo immer noch die Treue, trotz allem. Und ich bin sehr eigen, was treue Ergebenheit angeht. Der Junge wird also als mein Sohn aufwachsen. In gewisser Weise. Hast du im Gedächtnis behalten, was ich dir über die perfekte Waffe gesagt habe?«

All die Zeit, während Repha'im spricht, sollte ich besser nutzen, um davonzulaufen. Um irgendetwas zu unternehmen.

Aber es gibt keinen Ort, wohin ich laufen könnte. Es gibt nichts, was ich unternehmen könnte.

»Es ist eigentlich ganz einfach«, fährt er fort. »Ich überlasse ihn einem Erzieher und Ausbilder, der ihn furchtbar missbraucht, ihn so weit treibt, dass er fast zerbricht, ihn an den Rand des Zusammenbruchs führt. Dann komme ich herbeigerauscht und rette ihn, um ihn schließlich einem anderen Ausbilder zu überlassen, der sogar noch schlimmer ist. Und wieder komme ich herbeigerauscht, stürze mich wutentbrannt auf den Ausbilder und töte ihn, tue so, als hätte ich gerade erst herausgefunden, wie sehr der Mann meinen Sohn, den ich so sehr liebe, missbraucht hat, und weiter geht's. Mädchen und Frauen kommen ins Spiel, und sie schulen und hintergehen ihn auf die gleiche Weise, und so lernt er, dass ich der Einzige bin, dem wirklich etwas an ihm liegt, und dass die ganze Welt gegen uns ist. Wenn die Fortschritte in seiner Ausbildung je zu wünschen übrig lassen und ich ihn dann aufsuche, um nach ihm zu sehen, lasse ich ihn wissen, dass ich ihn nicht aus seiner schlimmen Lage retten kann, solange er jene Fähigkeiten nicht erlernt hat, die ihm allein dieser eine Ausbilder beibringen kann. Und so lernt er, dass er sich meine Gunst durch herausragende Leistungen verdienen muss. Wir wünschen uns doch alle so sehnsüchtig, uns die Gunst unseres Vaters zu verdienen, nicht wahr? Und so werde ich ihn, mit über all die Jahre hinweg nur wenigen Wochen an persönlicher Anstrengung, zu meiner Waffe schmieden. Vielleicht schmiede ich ihm zusätzlich auch noch magische Bande an den Leib, aber ich bezweifle, dass ich sie wirklich brauchen werde – einmal abgesehen von den offensichtlich notwendigen versteckten Fesseln, damit ich ihn töten kann, sollte er je gegen mich rebellieren. Die Ausbildung könnte ihn zerbrechen. Das weiß ich. Die meisten anderen würden zerbrechen. Aber das Risiko gehe ich ein. In Anbetracht seines väterlichen Erbes glaube ich, dass dieses Kind durchaus fähig sein wird, eine Menge Folter zu ertragen, meinst du nicht auch? Schließlich ist er mein Sohn.«

Mein Magen krampft sich zusammen. Mir kommt unwillkürlich in den Sinn, dass Repha'ims Plan für meinen Sohn meiner eigenen Erziehung sehr ähnlich ist – wenn man einmal von der vorsätzlichen Natur seines Vorhabens absieht. Wenn Graf Drake und Momma K, meine von außen hinzugekommenen Ausbilder und Erzieher, grausam gewesen wären, statt so freundlich und gütig, wie sie sich erwiesen haben, und wenn Durzo mich auf vergleichbare Weise vor ihnen »gerettet« hätte, wie viel enger wäre ich dann an ihn gebunden gewesen? So aber hat mich meine ständige Angst, seinen Ansprüchen nicht zu genügen – sodass er womöglich gezwungen sein könnte, mich zu töten –, immer wieder an meine Grenzen getrieben. Das hat mich sicherlich dazu angetrieben, Herausragendes zu leisten. Mein Sohn wird das alles ebenfalls haben und noch Schlimmeres darüber hinaus.

Die Aussicht, dass jemand meinem Sohn absichtlich eine schlimmere Kindheit als die meine zumutet, ist nicht zu ertragen. Ich weiß, dass König Repha'im seinen Spott mit mir treibt, aber ich glaube nicht, dass er in Bezug auf seinen Plan lügt. Er ist zu gut durchdacht, um nur eine spontane Erfindung zu sein.

Er treibt seinen Spott mit mir, sicher, aber was im Moment mehr zählt, ist, dass er mich hier an Ort und Stelle festhält. Was mache ich da? Ich muss mich bewegen, in Aktion treten!

Aber wo kann ich noch hin?

Es gibt keinen Ort, wo ich mich verstecken könnte, während Hunderte von Soldaten nach mir suchen und ich einen weinenden Säugling bei mir habe. Selbst wenn ich mich tagelang versteckt halten könnte, habe ich keine Möglichkeit, ihn zu füttern. Er wird sterben.

Aber das ist jetzt ohnehin irrelevant. Der Kleine wird das ganze Schiff versenken, sobald sein magisches Talent wieder erwacht, was offenbar jeden Moment passieren könnte. Alle hier sind praktisch tot, sogar das Kind selbst, das mit Sicherheit ertrinken oder von Haien oder Seeungeheuern gefressen wird, wie alle anderen auch. Was vielleicht trotzdem noch der gute Handel sein könnte, für den die Schwestern die Sache halten, könnte ich mich denn darauf verlassen, dass auch König Repha'im dabei stirbt.

Für mich hat sich herausgestellt, dass Magie nicht sämtliche Probleme lösen kann. Und für das Kind hat sich herausgestellt, dass auch das Zunichtemachen von Magie keine Lösung ist.

Aber ich kann nicht aufgeben. Ich bin Kylar Stern. Ich bin der Nachtengel!

Mir wird schon etwas einfallen. Ich bin der Kerl, der immer auch an die dritte Möglichkeit denkt. Ich bin derjenige, der das starre Entweder-oder durchbricht. Ich bin derjenige, der die Hörner des Dilemmas allein durch seinen Blick niederzwingt und mit einem Satz über den Kopf des angreifenden Stieres springt. Ich bin besonders, einzigartig. Ich bin derjenige, der tun kann, was andere nicht können. Das ist mein Wesen!

Ich werfe einen Blick über das Geländer. Die Verteidiger unten, immer noch an ihren Wurfgeschützen, Pfeile und magische Geschosse nach wie vor schussbereit, beobachten mich, warten bloß auf mich, sind zur Stelle, sollte ich ins Wasser springen. Nur König Repha'im ist verschwunden.

Wenn ich ins Wasser springe, werden sie Hackfleisch aus mir machen. Und wenn sie mich durch irgendein Wunder verfehlen? Da unten sind diese Dinger im Wasser. Wenn ich allein wäre, würde ich mir eine Chance von eins zu tausend geben, dass ich es ans Ufer schaffe. Und zusammen mit dem Kind eine Chance von null und für das Kind eine Chance von unter null.

Ins Wasser zu springen ist, als würde ich das Kind selbst meucheln, nur mit ein paar zusätzlichen Zwischenschritten.

Ich spüre den Dolch, den kleinen blauen Dolch der Schwestern, an meinem Gürtel – und ich schiebe den Gedanken heftig von mir, während sich mir der Magen umdreht.

Es hämmert an der Tür, die ich verbarrikadiert habe.

Bei allen Göttern, wo ist Vi? Sie befindet sich irgendwo hier auf dem Schiff! Sie wird doch bald auftauchen, nicht? Sie muss einfach kommen. Vielleicht … vielleicht hat sie ja Wettermagie gelernt. Vielleicht kann sie helfen.

Der Gedanke, dass es viel wahrscheinlicher ist, dass sie gerade irgendwo an einem *Zardu*-Tisch sitzt, Sommerwein nippt und versucht, sich bei den richtigen Kreisen einzuschmeicheln, ist allzu schmerzhaft für mich.

Ich blicke mich auf dem Oberdeck um und halte Ausschau, welche Verteidigungsmöglichkeiten es mir bietet: Da sind die Stühle, die Tische, ein verschlossener Schrank, die verglaste Aussichtskugel wie eine Blase ganz vorn. Nichts von alledem taugt etwas. Nichts macht einen Sieg auch nur im Entferntesten möglich.

Vi, komm schon!

Die Vorstellung, dass in dieser schwimmenden Stadt jemand ganz in der Nähe sein könnte und dabei nicht die geringste Ahnung davon hat, dass mein Schicksal, das des Kindes, das dieses Menschen selbst und womöglich auch das des gesamten alitaerischen Reiches gerade im Begriff steht, sich zu entscheiden, ist irgendwie zu schrecklich, um sich in Worte fassen zu lassen. Ich weiß, dass das für Tausende von Seelen auf diesem Schiff ganz genauso zutrifft. Aber wie kann es auch bei Vi so sein?

Sie sollte einfach *wissen,* dass ich sie brauche. Sie sollte es spüren können, so wie sie es auch damals gespürt hätte, als wir uns noch nicht geliebt haben, sondern nur durch ein unlösliches magisches Band miteinander verbunden waren.

Sie muss bereits auf dem Weg sein. Sie befindet sich irgendwo und unternimmt etwas, das sich als der Schlüssel zu unserer Flucht erweisen wird. Ich weiß es. Sie erkämpft sich gerade einen Weg hierher. Genau.

Sie kennt einen geheimen Ausweg aus dieser Sache. Das weiß ich.

Ich muss nur so lange durchhalten, bis sie hier ist. Vi würde sich nicht gegen mich wenden. Wenn es wirklich darauf ankommt, wird sie mir helfen.

Das ist es, was Liebe ausmacht: Liebe bedeutet, zu kommen, auch wenn man dadurch nichts mehr retten kann. Es bedeutet, da zu sein. Und sie liebt mich, ich weiß es.

Ich begreife jetzt, warum die Leute draußen vor den Türen so lange brauchen. Die Kaiserlichen sammeln sich ringsum an allen Türen, um einen koordinierten Angriff ausführen zu können. Jeder Weg hinaus ist versperrt.

Die Kriegsmagier, die da gegen mich in Stellung gehen, sind viel zu gut, und es sind zu viele. Selbst wenn ich fliehen könnte, gibt es doch keinen Ort, wo ich Zuflucht suchen könnte. So ist die Lage.

»Mein Kleiner«, sage ich mit erhobener Stimme. »Wir werden es nicht schaffen.«

Diese Worte aus meinem eigenen Mund laut und vernehmlich zu hören, macht sie zu einer Offenbarung. Die Hitze der leugnenden Verweigerung verfliegt in den kühlen, peitschenden Winden; der unstimmige Missklang in der Tatsache, dass ich mir Lügen erzähle, von denen ich weiß, dass sie Lügen sind, wird weggeblasen wie ein vom Sturm mitgerissenes Tuch. Der Blick meiner Augen klärt sich.

Mein Herz beruhigt sich, fügt sich in den kalten Mut der Verzweiflung.

Das Kind und ich werden den Tod finden, aber vor dem Ende wird König Repha'im hierherkommen, um die Sache selbst zu beaufsichtigen. Und dann werde ich ihn umbringen.

Das ist jetzt mein ganzes Ziel. Ich muss durchhalten und ohne jede Aussicht auf Erfolg weiterkämpfen, nicht um einer Rettung willen, sondern um mir die Chance zu bewahren, die Welt vor Repha'im zu retten.

Ich ziehe das Tragetuch ein Stückchen zurück und schaue auf das Kind hinunter. Der Kleine ist wach, aber er scheint meinen Blick nicht zu bemerken. Ich streiche mit einem meiner Finger über den Babyspeck seiner feisten Wange. Sie ist unerträglich weich. »Tut mir leid, Kleiner. Tut mir leid um all die Dinge, die du niemals wirst tun können. Bitte entschuldige, dass ... entschuldige, dass ich dich im Stich gelassen habe.«

Mit dem Schwert in der Hand steuere ich eine der Türen an, die ich nicht verriegelt habe.

Es wäre schön, wenn Durzo jetzt auftauchen würde. Nun ist so ungefähr der Zeitpunkt gekommen, an dem er bei anderen Malen aufgetaucht ist. Andererseits bin ich froh, dass er all die dummen Entscheidungen nicht miterleben musste, die ich getroffen habe, um hierherzugelangen. Egal. Er wird nicht kommen. Diesmal nicht.

Als ich die Tür erreiche, höre ich die vordersten Soldaten dahinter in Panik nach Befehlen rufen, aber ihre Rufe werden sofort von ihren Offizieren beantwortet. Schade.

Ich reiße die Tür auf, und statt mich sie in ihrem engen Nadelöhr von Gang niederwalzen zu lassen, greifen sie ohne Zögern oder Innehalten an.

Der erste Soldat, der durch die Tür stürmt, verliert erst einige Finger, dann die Unversehrtheit seiner Kehle. Der zweite stolpert über den ersten, schluckt Stahl und kotzt Blut. Der dritte schiebt den zweiten beiseite, kann nicht rechtzeitig in Deckung gehen und verliert seine Schwerthand, bleibt aber am Leben, als die beiden nächsten gleichzeitig in den Raum treten, ihre Speere in der Abwehrhaltung des Eisenbullen über dem Kopf, und mich zurücktreiben.

Ein lauter Knall seitlich von mir verrät mir, dass die verbarrikadierte Tür aufgebrochen wurde. Ich strecke die ersten beiden Drängler vor mir durch die Aufsteigende Blume nieder – meine Finte lockt sie aus ihrer eilig eingenommenen Deckung, und ich verpasse ihnen einen Streich über die Oberschenkel, dem sie, durch die nachdrängenden Männer hinter ihnen vorwärtsgestoßen, nicht mehr ausweichen können.

Sie gehen zu Boden und werden von ihren eigenen Kameraden niedergetrampelt, als die riesigen Prätorianer in Scharen durch die beiden Türen strömen. Sie stürmen wuchtvoll nach vorn, jeder einzelne auf Verteidigung und geschickte Raumverteilung konzentriert, sodass sie ihre zahlenmäßige Überlegenheit auch zum Tragen bringen können. Aber ihr Wunsch nach Raumüberlegenheit gibt mir etwas, was ich ihnen verweigern kann, und das tue ich auch.

Der dritte Mann trägt einen ihrer wenigen Schilde in Händen, und in seiner Eile vorwärtszustürmen gelingt es mir, auf einen kurzzeitig ungeschützten Fuß einzuhacken, bevor ich die Attacke seines Kameraden abwehre, indem ich mein Schwert seinen Speer hinauf und hinein in die Finger des Mannes rutschen lasse. Ich dränge weiter und greife die Männer hinter den beiden an, lenke einen Speer ab, sodass er in den Rücken des fingerlosen Mannes sticht. Doch dann muss ich mich zurückziehen, als ich sehe, dass sie sich in einen großen und einen kleinen Kreis auffächern, und die gegenüberliegende Seite des kleinen Kreises stürzt geschlossen auf mich zu, um mich von der Seite anzugreifen.

Ich habe es noch nie mit einer solchen Disziplin zu tun gehabt. Sie legen sich mächtig ins Zeug, um vorteilhafte Stellungen einzunehmen, und bringen ihre Männer ohne Rücksicht auf Verluste in Stellung. Sogar ihre Befehle werden in einem Code gerufen, sodass ich daraus nicht den geringsten Vorteil ziehen kann.

Als sich im nächsten Moment der ganze Kreis auf mich stürzt, tritt die Welt um mich herum gleichzeitig in den Hintergrund und wird schärfer. Unwichtiges fällt weg. Von einem mörderischen Hieb zurückgeschleudert, den ich nur mit Mühe abzuwehren vermag, kann ich nicht hören, was meine Angreifer sagen, aber ich kann einen einzelnen Fuß auf Holz treten hören, als ich meine Rolle rückwärts über einen Tisch beende; den Körper schützend um das Kind gebeugt, schnelle ich mithilfe meines magischen Talents hoch und trete einem Prätorianer ins Gesicht, während er gerade dabei ist, nach mir auszuholen. Ich kann das Zischen des ausgestoßenen Atems hören, als ein Mann hinter mir einen Satz auf mich zu macht. Es gibt jetzt nur noch Wahrnehmung und Bewegungsempfindung: die Gefahr und meinen Körper im Raum, der ihr ausweicht.

Ich sehe weder Menschen noch Gesichter, sondern die Drehung von Hüften, die mir verrät, wo Gewicht im Begriff steht, sich zu verlagern; die Landung einer Fußspitze auf dem Boden, die einen blitzartigen Angriff anzeigt; die Drehung einer leeren Hand, in der sich Magie sammelt.

Der Ka'kari ist jetzt mal Rüstung, mal ein Schild, mal ein Paar zusätzliche Gliedmaßen: eine aus meinem Fuß ragende Klinge, während ich herumwirble und den Stützpfosten eines Laubengangs durchschneide, und dann, als ich dem ausladenden Stich eines Säbels ausweiche, indem ich in Hängedeckung gehe, wird der Ka'kari zu einem Handschuh, der es mir ermöglicht, die Säbelklinge mit der Hand zu packen, während ich die Brust meines Angreifers mit vier schnellen Stichen durchlöchere. Ich fahre herum, und der Ka'kari bläht sich zu einem Schild auf, als ihn eine Feuersalve trifft und abprallend in alle Richtungen gestreut wird.

Als sich der Laubengang fallend herabsenkt – es kommt mir vor, als sei eine Minute vergangen, obwohl das Fallen der Laube in Wahrheit ein unmittelbareres war –, mache ich einen Schritt um mein eigenes Bein zurück und trete dann noch einmal gegen den Stützpfosten, bevor er auf den Boden krachen kann, was die gesamte Konstruktion in eine Soldatenmenge stürzen lässt und mir etwas Zeit verschafft.

Ein von mir losgelöster Teil meines Wesens tut seinen Beifall kund. Ich habe noch nie in meinem Leben so gut gekämpft. Aber diese Befriedigung ist etwas weit Entferntes im Hintergrund. Unmittelbar dagegen ist die reine Freude an der Bewegung, gepaart mit der Freude darüber, es hier mit einer Prüfung nach der anderen aufzunehmen, für die es teilweise ganz einfache Antworten gibt: Wenn du es hiermit zu tun bekommst, musst du dich zurückziehen. Welche Richtung ist für deinen Rückzug die vorteilhafteste? Wann wendest du dich einem neuen Gegner zu, und wann machst du kehrt und greifst aufs Neue an? Andere dieser Prüfungen sind schwieriger: Nachdem ich den Schritt hierher gemacht habe, wo mir nun jenes Schlachtbeil entgegenfliegt und mir zugleich auch noch dieser oder jener Angriff vom Mitstreiter des Beilschwingers droht, der seinen Anderthalbhänder in dieser oder jener Verteidigungsstellung hält, soll ich attackieren oder parieren?

Das Ende der Gesamtprüfung ist unausweichlich. Irgendwann kommen Fragen auf, auf die es keine richtigen Antworten gibt. Die anderen können hundert Fehler machen; ich kann mir keinen einzigen leisten.

Aber das Ende ist nicht wichtig. Nur das Jetzt zählt.

Der Kampf wird zu einer Meditation in Bewegung. Ich bin der Verknüpfungspunkt von Schönheit und Hässlichkeit, die Achse von Leben und Tod, die, aus dem Gleichgewicht geraten, herumwirbelt, der finale Sturz ist unvermeidlich, allein durch die Geschwindigkeit ihrer eigenen Drehbewegung wird das Ende noch aufgehalten. Ich höre, sehe, fühle, weiß. Höre das Tempo der Bewegung eines Menschen wie ein irdisches Echo der Sphärenmusik. Ich sehe mit einem Blick, wie Muskulatur und Training eines Mannes sowie die Länge von Schwert und Arm und Bein zusammenkommen, um festzulegen, auf welche Art und Weise er sich bewegen kann, ich kann die Summe der Möglichkeiten seiner Angriffe fühlen: Selbst wenn er sich mit verdoppeltem Tempo oder in einem Dreiertakt bewegt, gibt es doch nur einige wenige Geschwindigkeiten, in denen er sich bewegen kann, und so kann ich mit seinem Rhythmus mitgehen, auf seinen Angriff warten, um ihm entgegenzutreten, kontern, bevor er seinen Schlag landen kann.

Und jetzt endlich verstehe ich, warum Lantano Garuwashi auch ohne magische Veranlagung im Duell der Beste der Welt ist. Es liegt nicht nur an seiner meisterhaften Beherrschung der verschiedenen Kampfstile und seinen vielen natürlichen körperlichen Gaben sowie seinem langen Training, sondern daneben spürt er auch immer diese Strömungen, lässt sich von ihnen leiten. Er versteht das Kämpfen intuitiv. Nach langem Training lernen viele Menschen ihre Fähigkeiten auf einer instinktiven Ebene kennen. Lantano Garuwashi kennt sich und seinen Gegner nicht kopfmäßig, sondern auf eine körperliche Weise, wo Wissen zu Instinkt wird, und der ist schneller und tödlicher.

Und auf die gleiche Weise weiß ich, dass ich, egal was passiert, dem Tod geweiht bin.

Ein Kopf springt vom Hals eines Mannes, nachdem ich gleichzeitig mit einem Speerkämpfer, einem Schildträger und einem reinen Magier zusammengestoßen bin. Ich kann mich nicht daran erinnern, wie ich dem Mann den Kopf vom Leib gefegt habe, nur daran, wie ich darum gerungen habe, ihn zu entwaffnen, um mich dann mit seinem Speer in der linken und dem Schwert in der rechten Hand von ihm loszureißen, und daran, wie meine Finte mit dem Speer durch den hochgehaltenen Schild abgewehrt wurde und ich dem Schildträger einen Hieb durch das Schienbein verpasst und dann den herabfallenden Kopf mitten durch die wirbelnde Magie hindurchgetreten habe, die der zurückweichende Magier gerade zwischen seinen Händen gesammelt hat.

Der Zusammenstoß oder auch der Magier, der seine Hände weit nach beiden Seiten schleudert, als er zurückstürzt, wirft Feuer mitten unter die Männer, die um ihn herum aufgereiht sind. Während sie abgelenkt sind, lasse ich den Ka'kari die Form eines Messers annehmen und stoße es in die Brust des Schildträgers, der sich unten am Boden windet.

Die Flammen des Magiers bieten mir eine günstige Gelegenheit. Ich hatte nicht sehen können, wie sich die Kreise um mich herum geschlossen haben, aber jetzt sehe ich eine Öffnung im Kreis, und ich springe hindurch.

Ich schlage einen Salto durch die Luft und rolle mich ab, und erst jetzt registriere ich, verspätet, dass ich nicht daran gedacht habe, das Kind abzufedern, doch ich schaffe es außerhalb des Kreises wieder auf die Beine, wenn auch – leider – nicht auf der dem Ausgang am nächsten gelegenen Seite. Stattdessen befinde ich mich zwar außerhalb der Kreise, aber im zum Bug hin gelegenen Bereich des Vorderdecks.

»Halt! Haltet ein, ihr Dummköpfe! Zurück!«

Es ist die einzige Stimme, die mich aus meiner Trance reißen kann. König Repha'im.

»Rückzug!«, befiehlt Repha'im wutentbrannt. »Er hat mein Kind! Wie könnt ihr es wagen, ihn so anzugreifen! Netze und Fangstangen, sofort!«

Es dauert einen Moment, bis die Soldaten von mir abgelassen haben.

Vielleicht sollte ich ihnen nachsetzen, aber als ich aus meinem Zustand äußerster Konzentration gerissen werde, wird mir schlagartig bewusst, wie erschöpft ich bin. Mein Atem klingt abgehackt, ich zittere am ganzen Leib. Auch ziehen sie sich sehr geordnet zurück, geben sich gegenseitig Deckung, während sie all jene, die nur verwundet sind, mit sich in Sicherheit schleppen und die Toten zurücklassen.

Sie verlassen das Vorderdeck jedoch nicht, und der Rückzug, um sich neu zu formieren, ist für mich das Schlimmste, was sie hätten tun können. Was immer ich dadurch gewinne, dass ich mich nun erst einmal ausruhen kann, verliere ich durch meine Trennung von ihnen, dadurch, dass sie ihre Ordnung wiederherstellen können. Sie haben Magier bei sich und werden sogleich auch über Bögen verfügen: Bögen werden in den beengten Räumlichkeiten eines Schiffes nur selten mitgeführt, aber ich weiß, dass sie irgendwo an Bord welche verstaut haben. Je besser sie aus der Ferne angreifen können – auch mit nicht tödlichen Waffen –, desto stärker verschlechtert sich meine Lage. Und sie hat sich jetzt schon gravierend verschlechtert. Bisher habe ich mich in der Nähe der Kaiserlichen halten und mich beständig schnell bewegen können, um so alle Versuche zu magischen Fernangriffen zu durchkreuzen. Niemand will seinem Kameraden einen Feuerball in den Rücken werfen.

»Kylar«, sagt Repha'im mit erhobener Stimme. »Es ist an der Zeit, dass du dich der Realität stellst.« Er tritt nicht aus den Reihen seiner Magier und Leibwächter heraus, bleibt meilenweit auf Distanz zu jeglicher Gefahr, die ich für ihn darstellen könnte.

»Und worin soll die bestehen?«, rufe ich. Ich bin hinter einen Stützbalken getreten, der sich zwischen mir und einem Großteil der Soldaten befindet. Auch habe ich mehrere Tische umgeworfen, was mir ein wenig Deckung, wenn auch keinen echten Schutz verschafft, falls sie beschließen sollten, mich mit ihren Feuergeschossen in Brand zu stecken. Darüber hinaus habe ich keinerlei Plan, was ich jetzt tun soll. Ich könnte mithilfe des Ka'kari eines der glasartigen Fenster einschlagen, aber … um was zu tun? Ich kann nicht ins Wasser springen. Ich kann nicht versuchen, am Rumpf entlang zu einem anderen Teil des Schiffes zu klettern, ohne dabei das Kind zu gefährden.

Selbst wenn wir das schaffen würden, gibt es doch auf diesem Schiff *nirgendwo* mehr einen sicheren Ort, solange sich Repha'im darauf befindet. Er hat uns alle in dem Moment getötet, als er ein sämtliche Magie aufhebendes Kind an Bord eines allein durch Magie zusammengehaltenen Schiffes gebracht hat.

»In unserer Abmachung!«, schreit Repha'im. »Du kannst nicht gewinnen. Das weißt du. Es war ein tapferes letztes Gefecht. Du hast deinen Mut bewiesen. Wenn du ihn mir jetzt nicht überlässt, wird die ganze Sache für alle nur noch schlimmer. Händige mir das Kind aus und du hast zumindest die Möglichkeit zur Flucht. Hoffnung, Kylar! Lebe, um an einem anderen Tag zu kämpfen.«

»Leben, hm?«

»Du bist ein guter Schwimmer, da bin ich mir sicher. Du kannst aber auch bleiben. Ich nehme dich lebend gefangen. Danach wird dich allerdings nichts Angenehmes erwarten. Die Kaiserin ist nachtragend.«

»Es gibt kein Danach«, entgegne ich. Weitere Männer treffen ein, verteilen Fangstangen und Netze mit Gewichten daran. Je länger das so geht, desto enger zieht sich die Schlinge um meinen Hals zu, und ich habe immer noch keinen Plan.

»Zumindest in einem Punkt wollen wir beide das Gleiche, Kylar. Wir wollen, dass der Junge keinen Schaden nimmt. Also, lass ihn aus dem Spiel.«

»Gut«, rufe ich, »dann also ein Duell. Du und ich. Der Gewinner darf den Jungen behalten und geht mit ihm an Land.«

»Du forderst mich zu einem Duell heraus?«, fragt er ungläubig.

»Was bist du, ein Feigling?«, entgegne ich.

Er lacht. »Ich bin kein Feigling, Kylar. Aber auch kein Schwachkopf. Ein Duell!« Er lacht verächtlich.

Ich sitze da, den Rücken gegen einen der Tische gelehnt, und schaue auf den stürmischen Himmel hinaus.

Weißt du, Durzo, es wäre wirklich nett, wenn du jetzt plötzlich aus dem Nichts auftauchen würdest.

Aber da ist kein Durzo. Keine Vi. Diesmal wird mich niemand vor den Folgen der Entscheidungen bewahren, die ich treffe. Wenn ich das Kind aufgebe und allein in die Tiefe springe, wird Vi sterben, ob ich es nun ans Ufer schaffe oder nicht. Entweder zusammen mit all den anderen im Nullsturm oder im Zuge der Selbstmordmission, die die Chantry ihr aufgetragen hat. Selbst wenn sie Erfolg hätte und durch irgendein weiteres Wunder auch ihre Selbstmordmission überlebt … wird sie damit leben müssen, ein Kind ermordet zu haben.

Es wird sie zerstören. Schon seit Jahren versucht sie mit allen Mitteln, die Wege der Schatten hinter sich zu lassen. Wenn sie nun etwas für die Chantry tut, das noch schrecklicher ist als alles, was sie je für das Ungeheuer Hu Gibbet getan hat, wird es ihre Seele zerreißen. Davon wird sie sich nie wieder erholen.

»Ich werde ihn dir nicht überlassen!«, rufe ich.

»Das wirst du sehr wohl«, widerspricht König Repha'im. »Und ich werde ein besserer Vater sein, als du das je sein könntest. Weißt du, warum?«

»Ich will es gar nicht hören.« Ich öffne das Tragetuch und sehe das Baby an.

»Weil du du bist«, sagt König Repha'im. »Du bist ungeeignet, ein Vater zu sein, und du weißt es. Du bist unvorsichtig, launisch, leichtgläubig, wankelmütig. Du bist ohne Wurzeln, ohne Freunde, ohne alle Mittel und allein. Nein, mehr als nur allein. Du würdest jene Krankheit der Einsamkeit, die dir Durzo vererbt hat, an ihn weitergeben. Das, was alle von dir fernhält, was dich reizbar und hohl macht und dich immer stärker mit Wut erfüllt. Das ist alles, was du dein Eigen nennen kannst, alles, was du bist, Kylar, und das ist das einzige Erbe, das du an ein Kind weitergeben könntest. Ich dagegen werde ihm die Welt zu Füßen legen. Du hast verloren, Kylar. Du hast alles an mich verloren, und was immer du jetzt tust, du kannst es nur noch schlimmer machen.«

»Du musst uns gehen lassen«, erwidere ich und betrachte das winzige Gesicht des Kindes. Der Kleine greift nach meinem Zeigefinger. Ich bringe nicht einmal mehr die Willenskraft auf, den Blick zu heben, um zu überprüfen, ob sich die Kaiserlichen nicht womöglich bewegt haben und uns nun aus einer neuen Richtung bedrohen. Die schwarze Flutwelle der Verzweiflung überrollt mich. »Der Junge kann jetzt jeden Moment eine weitere Nullwelle aussenden. Eine, die die Magie auf diesem Schiff dauerhaft ausschalten wird. Sie wird alle darauf Befindlichen umbringen. Sicher hast du hier auf dem Schiff irgendwo ein Fluchtboot. Setz mich in dieses Boot. Mich und ein Dutzend deiner Magier. Aber bring uns beide von diesem Schiff herunter, sonst werden alle sterben, Repha'im.«

»Aha, du weißt davon? Woher?«

»Die Heilerinnen der Chantry …«

»Die Chantry! Und du glaubst ihnen! Wie drollig. Glaubst du wirklich, diese Hexen wissen mehr als ich?«

»Du …«

Ich stehe im Begriff zu sagen, dass er mir glauben muss. Aber das tut er nicht. Und das wird er auch nicht.

»Nein«, höre ich ihn sagen, aber er spricht offensichtlich nicht mit mir. Ich werfe einen raschen Blick über den Tisch. Er tadelt gerade Intan, einen der Obermagier, die ich vor einiger Zeit belauscht habe. »Nein, ich kann jetzt keine Magier erübrigen! Sie werden zu gegebener Zeit nach unten kommen. Es ist bald so weit. Ihr müsst Euch mit den Magiern zufriedengeben, die Ihr habt.«

Erst jetzt bemerke ich, dass mehrere der Alarmglocken ihr Schrillen eingestellt haben und dass sich das Sturmschiff wieder in Bewegung gesetzt hat, wenngleich es immer noch krängt. Die Magier und Techniker haben mithin erste Fortschritte bei der Beseitigung der Schäden gemacht, die der letzte Nullsturm am Schiff angerichtet hat.

»In Ordnung, Kylar, dann machen wir es auf die harte Tour«, erklärt Repha'im.

Ich will gerade meine Stimme zu einer energischen Antwort erheben, als eine sanfte, eisige Welle durch mich hindurchgeht. Sie kommt von dem Kind.

Ich fühle mich sofort schwach. Wie festes Eis, das erst zu Matsch und dann zu Wasser schmilzt, entgleitet mir mein magisches Talent, und dann kann ich es nicht einmal mehr spüren.

Bist du fort?, frage ich den Ka'kari.

Er antwortet nicht.

Es ist wie ein Tritt in die Magengrube. Ich dachte, wenn ich schon untergehen muss, dann würde ich es wenigstens mit Macht und Würde tun. Ich habe gewusst, irgendwann würde die Erschöpfung mich überwältigen, ich würde eine Finte falsch einschätzen, einen Pfeil nicht sehen – aber der Tod würde mich im Stehen finden, unter trotzigem Gebrüll. Kraftvoll und stark.

Nicht so.

Sanft pulsierende Nullwellen gehen von dem Kind aus, umhüllen uns in einer fast unsichtbaren Blase. Aus deren Innerem kann ich nicht genau sehen, wie weit sich die Blase erstreckt. Aber ich habe eine Vermutung.

Ich beobachte, wie sich die kaiserlichen Wachen nach und nach auffächern, jetzt mit zusätzlichen Schilden, Netzen und Fangstangen.

Du kannst mich immer noch hören, nicht wahr? Ich finde es gar nicht schön, hier Selbstgespräche zu führen, mein Ende einsam in die Leere hineinzuerzählen.

Mein Ende. Die Worte rasseln mir durch den Kopf wie kantige Scherben, die an der Innenseite meines Schädels kratzen. Die nackte Wahrheit ist, dass es mein Ende sein *muss.* Würde ich gefangen genommen und eingehend untersucht, hätte es für die Welt noch verheerendere Folgen, als wenn das Kind gefangen genommen und untersucht würde.

Vi hat sich nicht blicken lassen.

Ich nehme an, wäre sie gekommen, hätte sie womöglich gegen mich kämpfen müssen – aber es wäre trotzdem schön gewesen, sie ein letztes Mal zu sehen.

Sie haben sich inzwischen so weit über den Raum verteilt, dass meine Deckung bald völlig nutzlos sein wird. Ich stehe auf, lege meine rechte Hand unten auf den Knauf meines Schwertes und meine linke Hand auf die Klinge: die Kurze Schlangendeckung.

Sofort springen mehrere Kriegermagier in die Höhe und lassen über die Turmschilde hinweg, die ihre Kameraden halten, in einem weit gestreuten Regen weiße Lichtkugeln auf mich zuschießen. Ich versuche zurückzuspringen – aber mein magisches Talent ist nicht mehr da, und ich bewege mich nicht so schnell und so weit wie beabsichtigt. Ich hole mit dem Schwert aus, um die Geschosse wegzuschlagen, aber es sind zu viele, zu gut platziert.

Doch vier Schritte von mir entfernt werden die weißen Kugeln zerrissen, die sorgfältig gesammelten Energieladungen zerfetzt und dann verschlungen, es bleiben nur kleine Lichtkleckse, bis auch diese vertilgt werden. Keines der Geschosse kommt näher als bis auf drei Schritte an mich heran.

Ich sehe eine Welle der Bestürzung durch ihre Reihen gehen. Keiner von ihnen hat je etwas Derartiges gesehen.

Jemand versucht es erneut, diesmal mit einem viel größeren weißen Geschoss in Pfeilform.

Es kommt nicht weiter als die Geschosse der ersten Salve.

Ich nutze ihre Verwirrung, um zum vordersten Punkt des Decks zu rennen, eile ein paar Stufen zu dem Bereich hinauf, der wie eine Glaskugel aussieht; diese ragt wie eine Galionsfigur aus dem Bug heraus, sodass sie direkt über den Wellen hängt. Der Eingang zu diesem Bereich ist etwa zwei Meter breit, die Aussichtskugel selbst wohl drei bis vier Meter. Es gibt nur einen Weg hinein und hinaus, keine Möbel, keine Möglichkeit zur Deckung außer den Türpfosten. Ich habe meine gesamte Bewegungsfähigkeit dafür geopfert, sie zu zwingen, durch ein Nadelöhr anzugreifen.

Sie gehen in Gefechtsordnung und rücken ohne jede Eile vor. Ihre Reihen öffnen sich so weit, dass ich sehen kann, wie sich drei Männer einen Weg nach vorn bahnen. Jemand hat im Gepäck der Kaiserlichen gewühlt und drei vollständige Rüstungen gefunden: Plattenpanzer mit Kettenhemd darunter sowie den Kopf vollständig umgebende Helme mit prächtigem Federschmuck. Es ist protziges Zeug, passend für die Leibwächter der Kaiserin: jedes einzelne Stück mit Prägearbeiten in jeweils einzigartigen Mustern verziert. Der Anführer des Trupps ist unverkennbar: Er hat nur einen Arm, und auf seiner Rüstung prangt die Abbildung eines Steinbocks mit lang geschwungenem Gehörn. Da er einen Helm mit heruntergelassenem Visier trägt, kann ich seinen Gesichtsausdruck nicht erkennen, aber ich kann mir gut vorstellen, wie sehr er sich freut, mich wiederzusehen. Direkt hinter dem Schildwall der drei vordersten Prätorianer folgt die schlanke Kynígi, und ihre kalten, toten Augen glitzern unter ihrem Helm wie ein heulender Mandrill. Ihr schwer gepanzerter Manica-Armschutz über dem linken Arm ist blau emailliert, und sie schwingt ihren Dreizack mit der schmalen Spitze, bereit zuzustechen, sobald sich ihr eine Gelegenheit dazu bietet.

Das Herz schlägt mir bis zum Hals.

Ohne Rüstung, ohne Bewegungsspielraum und ohne magisches Talent, aber mit einem Baby vor dem Bauch, soll ich es mit diesen gepanzerten Kämpfern aufnehmen? Und dann auch noch mit den vierzig hinter ihnen? Selbst wenn ich diese Prätorianer vor mir ausschalten kann, bin ich tot, sobald ihre Kameraden die profanen nicht magischen Geschosswaffen, die sie in Händen halten, zum Angriff aufeinander abgestimmt haben.

Ich blicke auf das Kind hinab.

Die drei gepanzerten Riesen setzen ihre Füße auf die Treppe.

»Halt«, sage ich.

Ich werfe mein Schwert aufs Deck hinunter und nehme das Kind aus dem Tragetuch.

Der Kleine ist bis auf einen Arm fest in das Wickeltuch eingepackt und leicht zu halten. Seine Augen sind offen und wachsam, doch er weint nicht.

Wenn ich alle meine Misserfolge und all die Dummheiten, die mich hierhergebracht haben, ignoriere, wenn ich die Sache einfach nüchtern und mathematisch durchgehe, dann wird alles ganz einfach, nicht wahr?

Ich kann nicht aufgeben. Aufzugeben würde bedeuten, alle sterben zu lassen. Repha'im wird die magischen Kräfte des Babys erst dann ernst nehmen, wenn das Schiff untergeht, und auch wenn er selbst es schaffen sollte, von hier wegzukommen, hätte er beim Versuch, das Kind in diesen Gewässern am Leben zu erhalten, bestimmt nicht mehr Glück als ich.

Vielleicht hat Repha'im recht: Ich sollte ein mathematisches Problem aus dem Ganzen machen. Philosophie als Arithmetik. Moral als Mathematik.

Nimm die gesamte Passagierliste des Schiffes und wäge ab: Ist es besser, von der Gesamtsumme der Passagiere eine Seele abzuziehen oder sämtliche Seelen an Bord? Besser, jetzt zu handeln oder zu hoffen, dass ein Wunder mich davor bewahrt, handeln zu müssen? Wenn man das überhaupt ein Hoffen nennen will. Ich habe verzögert. Ich habe gehofft.

Die Hoffnung hat mich lange genug zu ihrem Narren gemacht.

Es gibt keinen guten Ausweg, es gibt keinen schlechten Ausweg, es gibt überhaupt keinen Ausweg – aber es gibt eine Lösung, die ein kleines bisschen weniger unerträglich ist als all die anderen. Ich habe immer gesagt, dass ich etwas Besonderes sei. Ich habe immer geglaubt, derjenige zu sein, der das Unmögliche vollbringen kann.

Vielleicht hatte ich ja recht. Nur dass sich nun herausstellt, dass das Unmögliche, das ich tun muss, nicht jenes Unmögliche ist, das ich einmal zu vollbringen geglaubt habe.

Ich ziehe den blauen Dolch, den ich Vi entwendet habe. Das ist es also, was Jenine mich hat tun sehen. Deshalb hasst sie mich. Deshalb hat sie versucht, mich aufzuhalten, obwohl sie wusste, dass es ihr nicht gelingen würde.

Ich spüre, wie sich mein Geist teilt. Ich komme mir vor, als würde ich mir von außen zusehen.

»Kylar!«, schreit Repha'im. »Kylar, halt! Was tust du da?«

Ich schaue dem Kind in die Augen und seine Augen richten sich auf meine. Die Schwestern sagen, dass sich die Seele eines

Kindes erst mit etwa drei Monaten fest mit seinem Körper verbindet, dass es bis dahin nur eine Art Tier ist. Man kann so ein Kind umbringen und es ist kein Mord. Unschön, aber kein Mord.

Vielleicht haben sie recht.

Aber selbst wenn das stimmen sollte, ist es für dieses Kind doch zu spät. Es ist schon drei Monate alt. Diese Augen sind nicht leer. Das hier ist kein Tier. Das ist ein Kind.

Mein Kind. Mein *Sohn*.

Ich habe ihn bis jetzt noch immer nicht richtig angeschaut. Ein flüchtiger Blick in seine blauen Augen, das war alles. Weiter bin ich nicht gegangen. Warum? Wovor hatte ich Angst?

»Kylar …« König Repha'im drängt sich durch die Reihen seine Männer und kommt die Treppe herauf. »Tu es nicht.«

»Wenn ich es nicht tue, werden alle sterben. Sogar er.«

»Nein, Kylar. Nicht alle«, entgegnet Repha'im und senkt die Stimme. Er wendet sich an die Prätorianer. »Ihr drei, geht kurz ein Stück zurück. Ishael, gib mir Deckung.«

Seine persönliche Leibwache Ishael nimmt sich einen der Turmschilde, und die Prätorianer weichen vorsichtig etwas zurück, aber nicht weit.

»Gut«, sagt Repha'im. »Jetzt sind wir unter uns. Da, schau.«

Er zieht seinen Ärmel hoch, um mir etwas zu zeigen. Dort, inmitten der runenartigen Rillen eines Platinarmbands, das demjenigen ähnelt, das mir Momma K für meinen Ka'kari gegeben hat, befindet sich ein tiefblauer Stein. Es ist der blaue Ka'kari. Blitzartig erinnere ich mich daran, dass irgendjemand etwas davon gesagt hat, dass sich der Tlaxinistrudel aufgelöst habe und das Meer dort zu einem Schifffahrtsweg geworden sei. Genau dort hat sich der blaue Ka'kari befunden, hat unaufhörlich Wasser aufgesogen und es dann explosionsartig wieder verströmt, über Jahrhunderte hinweg. Jetzt hat ihn Repha'im. Er sagt: »Ich habe seine Kräfte noch nicht recht zu beherrschen gelernt, aber ich kann den Jungen retten.«

Die Schwesternschaft muss über irgendwelche Hinweise darauf verfügt haben. Es war genau das, was sie befürchtet haben – dass Repha'im und das Kind allein entkommen würden. Ich fühle mich, als hätte er mir einen Schlag in den Magen verpasst.

Aber das erklärt noch nicht …

Er beantwortet die Frage, bevor ich sie stellen kann.

»Alitaera ist zu unbeweglich, starr und verknöchert, zu stabil, um sich so schnell bewegen zu können, wie ich es für die kommenden Kriege brauche. Das Kind löst dieses Problem für mich. Der halbe Hofstaat ist jetzt weg, sodass er ersetzt werden kann – von mir«, erklärt Repha'im und wirft einen kurzen Blick zurück, um sicherzugehen, dass die Prätorianer weit genug von uns entfernt sind, um seine Worte nicht mithören zu können. »Und der Untergang des Sturmschiffes? Doch ganz offensichtlich ein magischer Anschlag der Chantry, ein Angriff, der unsere Rache verlangt und Alitaera dazu antreibt, all seine Macht in die Dienste des Krieges zu stellen.« Er lächelt, ein echtes Lächeln, das seine hübschen Züge erhellt. »Ich muss zugeben: Ich hatte Glück. Fast wäre für mich alles schiefgegangen. Die Schwestern haben versucht, den Jungen zu entführen. Kannst du das fassen? Aber eine von ihnen hat mir alles erzählt. Im Gegenzug dafür, dass ich sie ungeschoren davonkommen ließ, habe ich einen Mann ausgesandt, um die Kiste zu holen, in der sie das Kind versteckt hatten. Du kannst dir also sicher meine Überraschung vorstellen, als ich bei meinem Abschied von der Kaiserin auf ihrem Dock herausfinden musste, dass sie hinter meinem Rücken das Kind selbst an sich gerissen hatte, um es mit sich zum Wolkenkap zu nehmen. Ich konnte dagegen keine Beschwerde einlegen, nicht gegenüber meiner Kaiserin. Ich musste so tun, als wäre mir das Ganze egal, als würde ich mich nicht hintergangen fühlen und sie mit ihren dummen kleinen Machtspielchen nicht alles nur noch schwieriger machen. Und als es dann so schien, als sei alles gründlich schiefgegangen, habe ich Phaena, mein neuestes Kindermädchen bemerkt, so verkleidet, dass sie dick wie ein Kuhkalb aussah. ›Was hat sie für einen Grund, so auszusehen‹?, habe ich mich gefragt. Darauf gab es nur eine Antwort. Ich habe also die anderen abgelenkt, um sicherzustellen, dass Phaena das Boot der Kaiserin verlassen konnte, und dann gewartet, bis es für die Besatzung zu spät war, um wieder festzumachen. Darauf habe ich selbst Alarm geschlagen, um die Kaiserin wissen zu lassen, dass es nicht mein Werk war, das Kind auf dem Schiff zu behalten. Mal sehen, ob meine Glückssträhne anhält. Ich hoffe, die Kaiserin hat sich täuschen lassen. Ich werde es bald genug herausfinden. Denn du bist nur halb im Recht, Kylar. Der blaue Ka'kari verändert alles. Alle anderen werden sterben, aber Caedan muss es nicht. Nimm den Verlust hin, Kylar. Behalte die Hoffnung bei, dass du ihn eines Tages wiederfinden kannst. Aber für heute … gib mir meinen Sohn.«

Es ist alles nur Spott und Hohn. Er kann einfach nicht anders. Aber es kann bei mir nichts bewirken, außer dass ich auf meinen Sohn hinunterblicke.

Ich hätte nie die Möglichkeit gehabt, ihn großzuziehen. Mein Leben ist zu gefährlich. Alles, was Repha'im über mich gesagt hat, ist wahr. Ich wäre ein schrecklicher Vater.

Repha'im winkt den Prätorianern zu, wieder vorzutreten.

»Halt«, sage ich zu Repha'im und halte das Messer näher an die Kehle meines Sohnes. Ishael winkelt seinen Schild an, um Repha'im zu schützen, falls das Ganze ein Trick sein sollte. Repha'im verharrt auf der Stelle.

Ich schaue Ishael an. Er ist nicht mein Freund, aber ich habe keinerlei Anlass zu glauben, dass er verrückt ist. »Du hast gehört, was er gesagt hat«, sage ich. »Er hat vor, alle hier sterben zu lassen. Dich eingeschlossen.«

»Ja, das hat er gesagt«, räumt Ishael ein. »Wenn es stimmt, werde ich in Treue sterben.«

Ich verfluche ihn. Der Tod meiner letzten Hoffnung schmerzt mehr, als er es sollte.

»Kylar«, sagt Repha'im mit sanfter Stimme.

Ich blicke auf meinen Sohn hinunter, streiche mit dem Daumen über seine weiche Babywange und lächle ihn an, während mir Tränen aus den Augen rinnen.

Er lächelt zurück. Es ist das erste Mal, dass ich ihn lächeln sehe.

Ich habe noch nie etwas so Schönes gesehen.

Ein Summen setzt ein, so stark, dass es in meiner Brust widerhallt. Es geht von meinem Sohn aus, doch es scheint ihn nicht zu beunruhigen. Ich kann spüren, wie sich große Energien um ihn sammeln.

Ich werfe einen Blick auf den Dolch der Schwestern. Er trieft förmlich vor Magie, nach wie vor; ganz wie sie gesagt haben, ist er zum Schutz vor all der Antimagie, die um uns herum pulsiert, gehärtet. Ich weiß nicht, was die Magie der Chantry bewirkt oder warum sie es für so wichtig gehalten haben, dass Vi von diesem Messer Gebrauch macht. Aber ich habe keinen Grund, ihnen zu vertrauen.

Das Summen wird immer höher.

Repha'im weicht erschrocken zurück. Er blickt den blauen Ka'kari finster an, als sei er überrascht, dass er seinen Befehlen nicht gehorcht. Er besitzt ihn noch nicht lange. Offenbar hat er nicht gelogen, als er eingeräumt hat, noch keine Meisterschaft über ihn erlangt zu haben.

Aber es ist zu spät. Ich spüre, wie sich die Nullblase zurückzieht, wie die Kraft in meinen Sohn zurückkehrt, doch nicht so, als sei das Ganze vorbei – auch wenn die anderen das zu glauben scheinen. Nein, es ist vielmehr so, wie wenn das Meer vom Strand zurückweicht, kurz bevor der Tsunami anrollt, wenn das Wasser sich im Rachen des Meeres sammelt, um dann herausgespien zu werden, um alle Deichmauern hinauf- und über sie hinwegzurasen, hinein ins Tiefland zu branden und alles dahinter zu vernichten.

Caedans Augen verdrehen sich vor Unbehagen. Er sammelt sich, krümmt sich in Schmerzen, als schicke er sich an zu weinen.

Wie beim letzten Mal nach der Nullwelle hat sich der schwarze Ka'kari durch die Einwirkung der Nullwelle zu einer Kugel zusammengeballt.

»Es gibt keine unmöglichen Aufgaben, nur unmögliche Preise«, hat Durzo einmal gesagt.

Ich habe immer gedacht, er hätte da über Geld gesprochen.

Es gibt nur eine Möglichkeit, wie ich Vis Leben retten kann. Und das von Phaena. Und das von Jenine. Und das von allen anderen.

Ich weiß, was ich zu tun habe. Was ich jetzt befolgen muss, hat mit Hoffnung nichts zu tun, es ist reine Mathematik.

Ich bin noch nie so allein gewesen. Deshalb vollziehe ich meinen Dienst in der Dunkelheit.

Mach das Messer.

Der Ka'kari bleibt eine Kugel, Runen pulsieren mit hell aufstrahlendem kaltem blauem Feuer, die Worte brennen, verzweifelt, aber für mich nicht lesbar.

Ich weiß, dass du mich hören kannst. Werde ein Messer!

Die Runen verblassen. Der Ka'kari senkt sich in meine Handfläche, schweigend, gehorsam.

He. Zuhörer. Du kennst doch unsere Abmachung, nicht? Dass ich versprochen habe, dir zu sagen, wenn es an der Zeit ist wegzuschauen?

Ich habe gelogen. Dieses Mal lasse ich dich nicht wegschauen. Diesmal musst du hinsehen.

Schau hin, verdammt noch mal! Du wolltest Blut sehen, stimmt's? Darum bist du doch hier, oder? Also werde ich nicht zulassen, dass du dich abwendest. Du schaust verdammt noch mal hin!

Ich drücke mir meinen Sohn ans Herz. Ich weiß, was ich zu tun habe. Repha'im ist von der Weigerung des blauen Ka'kari, zu tun, was er will, abgelenkt. Ishael ist völlig versteinert, versteht entweder nicht, was ich vorhabe, oder es ist ihm egal, aber ein Ausdruck der Verwirrung huscht über das Gesicht des Steinbocks, dann Unglauben, als er sieht, dass ich es wirklich tun will. Ich schaue nach unten.

Mein Herz setzt aus. Ich kann es nicht tun.

Tu es.

Hilf mir!

»TU ES!«, schreie ich und weine, als sich die Kräfte sammeln, als die Welle der Macht in meinem Sohn ihren Höhepunkt erreicht, als er Luft holt, um einen heulenden Schrei auszustoßen, der das Schiff zerstören und alle an Bord töten wird. Und in diesem Augenblick, als hätte ich bis zu dem Moment gewartet, in dem mein Feind zum Angriff entschlossen ist, drücke ich Caedans Kopf fest an meine Wange.

»Tu es«, flehe ich den Ka'kari an.

Der Ka'kari schießt mir aus der Hand wie ein federgespanntes Stilett. Er sticht meinem Sohn durch die Schädelbasis ins Gehirn. Ich zucke zusammen, meine Ausbildung gewinnt die Oberhand über mein Entsetzen, und aus reinem Instinkt drehe ich die Klinge im Goldenen Dreieck herum, bevor ich sie wieder herausziehe.

Mein Sohn erschlafft, der kleine Junge verwandelt sich augenblicklich und schmerzlos in eine Leiche. Ein guter Todesstoß. Tot, bevor er überhaupt merkt, dass etwas nicht stimmt. Dass überhaupt nichts mehr stimmt.

Ich drücke ihn krampfhaft an mich. Jemand schreit laut auf. Meine Kehle schmerzt.

Jetzt, wo Caedans magiedämpfendes Feld verschwunden ist, kommt mein magisches Talent wie eine Flut in mich zurückgeströmt. Die Schreie des Ka'kari sind in meinem Schädel plötzlich so ohrenbetäubend laut wie meine eigenen.

Aber ich kann keine einzelnen Wörter verstehen. Während alle meine Sinne aufkreischen, Gesichter vor mir verschwimmen, Mienen sich verzerren, Magie braust, es mich irgendwie zerreißt, hat mein Gehör irgendwie ausgesetzt.

All die geballte magische Energie strömt in einer gewaltigen Erschütterung wieder nach draußen und von uns weg. Sie zersprengt die gehärteten Fenster der Beobachtungskugel hinter mir und alle Fenster des Vorderdecks und lässt mich mit nichts als ein paar Metallträgern hinter mir und der tobenden See unter mir dastehen.

Die drei Leibwächter aus der Prätorianergarde haben sich auf König Repha'im gestürzt und ihn weggezogen. Er wird von ihren gewaltigen Körpern beschirmt, und eine Blase aus Magie umgibt ihn, die ihn ihrerseits bereits rundum schützt. Männer schreien, rappeln sich wieder auf die Beine, verwirrt, verängstigt, noch verständnislos.

Ich schließe die Augen. Ich würde mich ja mit Freuden von ihnen umbringen lassen, aber ich kann nicht zulassen, dass sie Caedans Leichnam bekommen, kann nicht zulassen, dass sie ihre verdammten Experimente an meinem Jungen durchführen.

Ich habe nicht die Energie zu kämpfen, doch ich kann ihn nicht ins Meer werfen wie irgendwelchen Müll, kann ihn nicht bloßes Fleisch sein lassen, das von den Ungeheuern dort unten verschlungen wird.

Weit entfernt brechen die Türen zum Vorderdeck aus ihren Angeln, Magie und Feuer schießen tosend hervor. Viridiana schleudert Kriegermagier aus dem Weg, als wären sie Spreu im Wind. Sie ist in Flammen gehüllt, selbst noch ihr Haar leuchtet, als stünde es in Flammen. Sie ist beeindruckend und schrecklich und viel, viel zu spät.

»Kylar! Nein!«, schreit Vi, als sie mich sieht. In einem rasenden Inferno aus Gold und Rot sprengt sie sich einen Weg durch die Soldaten, von denen die meisten zu betäubt sind, um sich zu wehren, rechts wie links werden Männer von ihrer Herrlichkeit und Pracht zur Seite geworfen. Und als hätte sie überhaupt keine Zeit dafür gebraucht, oder vielleicht liegt es auch nur daran, dass ich nicht mehr denken, nicht mehr handeln kann, steht sie plötzlich vor mir. Sie hebt den blauen Dolch von der Stelle auf, wo ich ihn offenbar habe fallen lassen. Steckt ihn mir in den Gürtel. »Behalte ihn. Er wird dich beschützen«, sagt sie. Sie reißt mir das Kind aus den Armen, bevor ich reagieren kann.

Erst dann blickt sie nach unten.

Meine Haut ist überströmt von Vis Magie. Lodernde Flammenlichter tanzen Funken sprühend um sie und mich herum, während die Pfeile der Soldaten von Vis wie Peitschen durch den Raum zuckenden Abwehrzaubern zu Asche verbrannt werden, die eisernen Pfeilspitzen wegbrechen, rot glühend heiß, in alle Richtungen abprallen. Meine Augen nehmen die Bedrohungen wahr, so wie stets, lesen die Zeichen des Schlachtfelds, aber Vis Lippen, ihren Gesichtsausdruck, kann ich nicht deuten.

Doch selbst ich kann an ihrem Gesicht ablesen, wie die Verwirrung dem Schock weicht, als sie sieht, was ich getan habe. Sogar ich kann das totale Entsetzen in ihren Augen erkennen. Als Nächstes wird sie den Blick ihrer Augen auf meine richten. Sie wird mich fragen, was ich getan habe.

Mit dem Geheul eines Verrückten reiße ich den Jungen von ihr zurück, besitzergreifend, als könnte ich dadurch verbergen, was ich getan habe. Doch es ist zu spät, um zu verbergen, was ich bin. Ich fliehe vor dem, was ich, wie ich weiß, in ihren Augen sehen werde.

Während ich über die offenen Metallträger zurückweiche, drücke ich meinen Sohn an meine Brust, seine weiche Wange an meiner, im grausam peitschenden Wind bereits erkaltend. Es gibt keinen anderen Ausweg mehr, keinen Ort zum Davonrennen. Ich habe das Ende erreicht. Einen Schatz umklammernd, den ich bereits verloren habe, lehne ich mich zurück, zurück, immer weiter zurück, und ich falle, falle – stürze vom Bug des Sturmschiffes hinein in die eisige Umarmung einer gnadenlosen See.

Kapitel 46

Vergifteter Wein

Im schwachen Licht der einen im Raum brennenden Kerze glitzerte eine Träne auf dem Wort »gnadenlos«. Die Tinte verlief nicht in der Flüssigkeit, bildete keine Flecken, breitete sich nicht aus. Die einsame Träne, schimmernd vom gespiegelten Kerzenlicht, hob sich stolz vom Blatt ab.

Viridiana kam sich vor, als würde sie aus großer Entfernung eine wunderliche Seltsamkeit betrachten. Eine Träne? Wer weinte denn da?

Sie wusste nicht, wie lange sie so dagesessen und den langsam in das Pergament einziehenden Tropfen angestarrt hatte, ohne zu denken und sich dabei sehnlich wünschend, auch weiterhin nicht denken zu können, als ein Klopfen sie zusammenfahren ließ. Nur wenig Licht drang durch die dunklen, fleckigen Glasscheiben, die als provisorischer Ersatz für die Fensterscheiben eingesetzt worden waren, die Vi herausgesprengt hatte. Das Klopfen kam jedoch nicht von der Tür zur kleinen Bibliothek. Es kam von dort, wo sich die versteckte Tür befand.

Schwester Ariel war immer noch nicht zurückgekehrt. Sie hätte aber auch nicht geklopft.

Viridiana stand unsicher auf.

»Vi«, rief eine Stimme aus dem Geheimraum. »Kannst du mir aufmachen? Ich weiß nicht, wie dieses Ding funktioniert.« Es war Uly, ihre dreizehnjährige Zimmergenossin.

Viridiana kippte das Buch auf dem Regal zur Seite, das sie zuvor Schwester Ariel hatte bewegen sehen, und nahm dabei vage dessen Titel zur Kenntnis: *Es gibt keine Geheimnisse: 400 widerlegte Formeln und Thesen zu den Eigenschaften eines Kreises.* Die Tür schwang auf und kratzte ein weiteres Mal über den Fußboden. Uly folgte hintendrein, ihr Blick angespannt.

»Sie haben für den Frieden gestimmt«, eröffnete ihr Uly einleitungslos.

»Ach? Das ist gut«, erwiderte Viridiana, immer noch ganz benommen.

»Nein, nein, das ist es nicht, Vi«, widersprach Uly. »Es ist eine Katastrophe. Sie werden dich umbringen.«

»Ach, welch ein Jammer.« Viridiana gab sich alle Mühe, sich auf Uly und die Gegenwart zu konzentrieren, aber sie fühlte sich weit entfernt von ihrem Körper. Nichts, was hier geschah, kam ihr wichtig vor.

»Hast du dein Projekt abgeschlossen?«, erkundigte sich Uly.

»Äh, ja.«

Uly starrte auf die noch verbliebenen Seiten. »Du bist am Ende des Buches angekommen? Es geht nicht mehr weiter?«

»Doch, da kommt schon noch was. Aber ich bin *fertig*. Ich kann einfach nicht …« Vi brach ab. Sie war immer noch inmitten von wattigem Nebel, sah immer noch jenes Vorderdeck vor sich, dann die Wellen, wie sie ihr entgegenrauschten, teils ihre eigene Erinnerung, teils Kylars Bericht. Sie sollte eigentlich mehr als eine Träne übrig haben, oder? Was stimmte nur nicht mit ihr?

»Hast du gefunden, was sie von dir gewollt haben?«, fragte Uly.

»Was sie … oh, nein. Nein, habe ich nicht. Ich habe nichts gefunden außer meiner eigenen Schuld«, sagte Vi, und es kam ihr vor wie ihr erster ehrlicher Satz seit Monaten.

»Dann … solltest du vielleicht doch zu Ende lesen?«, bemerkte Uly. »Alles in Ordnung mit dir?«

»Nein. Und, nein, es ist überhaupt nichts in Ordnung«, erwiderte Viridiana und schlang die Arme um sich.

»Schwester Ariel hat gemeint, du müsstest es finden. Dass du nicht aufhören darfst. Sie hat die Küche veranlasst, allen Ratsmitgliedern Süßspeisen bringen zu lassen, um sie hinzuhalten. Sie sind immer noch da, auf dem Stockwerk da unten. Sie sagt, wenn du es schaffst, fertig zu werden, bevor allzu viele gegangen sind, ist die Beschlussfähigkeit immer noch gegeben. Es ist womöglich noch nicht zu spät.«

»Was meinst du mit zu spät?«, warf Viridiana ein. Endlich hatte sie das Gefühl, wieder zu sich zu kommen.

Uly blickte sich im Raum um, als sorge sie sich, es könnte mögliche Lauscher geben, dann zuckte sie mit den Schultern, als spiele das letztlich keine Rolle. Sie senkte lediglich die Stimme. »Sie hat gemeint, wenn du willst, dass sie für den Krieg stimmen, müsstest du ihnen etwas bieten können, das all das Blut und die Reichtümer wert ist, die so ein Krieg kosten wird. Du musst ihnen sagen, wo sich der Ka'kari befindet.«

Viridiana fuhr zurück. »Ich will nicht, dass sie für Krieg stimmen.«

»Doch, das tust du«, betonte Uly.

»Nein, ich will es nicht.«

»Du solltest hier die Erwachsene sein, Vi!«, bemerkte Uly. »Niemand will Krieg. Aber der Frieden hat immer seinen Preis. Die Friedensankündigung hat eine kleine Gruppe von Schwester Ayayahs Freundinnen ermächtigt zu tun, was sie tun müssen, um den Frieden zu sichern – und du bist eine Kriegsmagierin. Keine von diesen schwach und kraftlos gemachten Blauen, die unter der Kontrolle der Alitaeri stehen. Du bist diejenige, deren bloße Existenz schon einen Verstoß gegen die Alitaerischen Abkommen darstellt. Du bist es, die auf dem Sturmschiff unmissverständlich deutlich gemacht hat, wozu du in der Lage bist. Sie haben gemeint, du hättest den Alitaeri eine Höllenangst eingejagt. Schwester Ariel sagt, das bedeutet, dass die Delegierten, sobald sie ihre Süßspeisen gegessen haben, dafür stimmen werden, dich als Friedensangebot an Alitaera auszuliefern. Die Sache sei bereits entschieden. Die Alitaeri werden dich wegen mehrerer Dutzend Morde vor Gericht stellen.«

»Mehrere *Dutzend*? So viele habe ich nicht umgebracht. Ein paar habe ich schwer gedemütigt, sicher …«

»Jeder von Kylars Morden wird dir zur Last gelegt werden.«

Nach einem Moment der Überraschung musste Vi lächeln – zum ersten Mal seit einer gefühlten Ewigkeit. »Aha. Das ist dann nur gerecht.«

»Gerecht? Vi!«, rief Uly. »Hör bitte damit auf, solche Sachen zu sagen. Du kannst das nicht machen. Vi, ich kann dich nicht auch noch verlieren. Ich habe bereits Elene verloren und dann Kylar. Ich kann dich wirklich nicht auch noch verlieren.« Sie versuchte, sich zusammenzureißen, aber Vi konnte sehen, wie die Gefühle ihre junge Freundin wie eine Flut überschwemmten.

»Ich weiß, es ist schwer, Uly, aber …«

»Ich weiß einen Weg hinaus!«, entfuhr es Uly. Dann ließ die Möglichkeit, vielleicht belauscht worden zu sein, sie zusammenzucken.

»Es gibt keinen Weg aus alledem«, erklärte Viridiana geduldig, während Kummer in ihr aufstieg. Sie hatte nie daran gedacht, welche Folgen das alles für Uly haben würde.

»Ich meine einen echten, richtigen Weg. Von hier weg. Hinaus aus der Chantry. Du kannst mit mir kommen. Wir fliehen gemeinsam. Komm schon, Vi. Du bist meine beste Freundin. Wenn ein Freund dich nicht aus deinen Schwierigkeiten herausholen kann, dann ist es seine heilige Pflicht, mit dir zusammen in Schwierigkeiten zu geraten. Stimmt's?«

»Ach, mein liebes …«

»Du kannst mir alles beibringen, was ich über Magie und das Kämpfen wissen muss und über … Das wird toll. Es ist viel besser, als hier zu sein!«

»Ach, Uly.«

»Nichts von wegen ›Ach, Uly‹! Ich will nichts davon hören!«, entgegnete Uly, und Tränen stiegen ihr in die Augen. »Wage es ja nicht aufzugeben. Kylar hat nie aufgegeben. Du musst weiterkämpfen. Für mich. Auch für dich. Er hätte dich niemals aufgegeben. Wie kannst du es wagen! Ich kann Gwaen und Sarren holen und, und Aeryx – na ja, Aeryx vielleicht eher nicht. Und wir können zusammen …«

Vi holte tief Luft. »Ich gebe nicht auf, Uly. Jeder, der Kylar verraten hat, sollte sterben, meinst du nicht auch?«

»Ja!«

»Und genau das gilt für *mich*. Ich habe ihn verraten. Ich habe verdient, was immer sie mir antun werden. Wenn mein Tod bedeutet, dass viele meiner Schwestern am Leben bleiben? Dann ist in den Tod zu gehen womöglich das Beste, was ich je gemacht habe.«

»Nein, ich glaube dir nicht. Du versuchst nur, mich zum Gehen zu bewegen. Du willst mich beschützen, nicht wahr? Du willst mich nicht in Gefahr bringen. Ich kann die Entscheidung selbst treffen. Ich will das hier, Vi. Ich bin fast vierzehn Jahre alt, und …«

»Du bist gerade erst dreizehn geworden. Vor nicht einmal einem …«

»Das ist doch egal! Du lügst!«

Viridiana wollte sich nicht der ganzen Wahrheit stellen, nicht vor Uly, vielleicht vor überhaupt keinem der Menschen, die sie liebte, aber vielleicht musste es einfach ans Licht kommen. Vielleicht war es der Preis, den sie zu zahlen hatte. »Erinnerst du dich an die Geschichte, die ich dir über die Sache oben auf dem Dach erzählt habe, in der Nacht, als die Zwillinge entführt wurden? Wie Kylar und ich vergiftet worden sind?«

Uly antwortete nicht, sondern starrte sie nur trotzig an. Sie erinnerte sich.

»Ich habe den Wein vergiftet, Uly. Ich habe ihn zuerst selbst getrunken, damit er mich nicht verdächtigt. Es hat besser funktioniert, als ich geglaubt hätte. Ich meine, ich habe das Ding hier gelesen« – Viridiana machte eine Winkbewegung zu dem aufgeschlagenen Buch auf dem Schreibtisch –, »und ihm ist nicht ein *einziges* Mal der Gedanke gekommen, dass ich vorher ein Gegengift genommen haben könnte. Woran er angesichts seiner Ausbildung wirklich hätte denken müssen.«

»Du hast Kylar vergiftet?«, fragte Uly ungläubig.

»Ich habe mir deshalb einen Streit mit dem Kommando liefern müssen. Ich habe ihnen gesagt, dass ich zuerst von dem Wein trinken würde, weil ich befürchtet habe, sie könnten ansonsten ein tödliches Gift nehmen. Reyhan – sie war die Meuchelmörderin unseres Kommandos und ist später während dieser Operation gestorben – hat das überhaupt nicht gefallen, was mich auf den Verdacht gebracht hat, dass ich wahrscheinlich recht gehabt hatte und sie Kylar wirklich hatte ermorden wollen. Aber siehst du jetzt? Ich habe von Anfang an geschwankt, wenn es darum ging, wem ich die Treue halte. Ich habe geglaubt, einen Frieden auf einem Fundament aus Lügen aufbauen zu können. Aber ein Frieden, der auf irgendetwas anderem als der Wahrheit gründet, ist ein Turm, der auf Sand gebaut ist.«

»Vi, bitte. Bitte. Du musst mit mir kommen«, flehte Uly. Ihr Gesicht war von Verwirrung und Nicht-wahrhaben-Wollen gezeichnet.

»Es heißt jetzt Viridiana, kleine Schwester. Und du irrst dich. Ich muss bleiben. Bitte geh jetzt. Ich möchte wirklich nicht, dass du für nichts und wieder nichts in Schwierigkeiten gerätst.«

Als Viridiana wieder vor dem Manuskript Platz nahm, wo die Träne nun in das Pergament eingezogen war, rief Uly: »Ich habe geglaubt, du würdest verstehen. Ich habe geglaubt, du wärst so wie ich. Du bist überhaupt nicht wie ich! Ich hasse dich!« Sie schlug die Geheimtür so fest zu, wie sie konnte. Bücher fielen aus den Regalen zu Boden.

Viridiana starrte blicklos auf das Manuskript, bis sie hörte, wie die Außentür des Geheimraums ebenfalls zuschlug, was ihr verriet, dass das Mädchen verschwunden und in Sicherheit war.

»Siehst du, Uly? Wie sich herausstellt, haben wir doch etwas gemeinsam.«

Ein paar Minuten später öffnete sich die Haupttür der kleinen Bibliothek. Vier Schwestern, die Viridiana noch nie zuvor gesehen hatte, traten ein, die Hände kampfbereit erhoben, bis zum Bersten mit Magie gefüllt. Sechs Wachen folgten ihnen. Auf den Seiten des Buches verschwanden die Wörter.

»Schwester Viridiana Sovari, Ihr seid verhaftet«, verkündete eine vierschrötige Schwester mit Sommersprossen.

»Irgendwie beleidigend, dass sie nur vier von euch geschickt haben«, erwiderte Viridiana und seufzte. Mit einer langsamen Bewegung legte sie den Hebel um, um die Magie zu aktivieren, die das Buch schützte, und erhob sich.

Die Wachen, allesamt große Männer, die sich offensichtlich für harte Kerle hielten, nahmen Anstoß an ihren Worten. Zumindest diejenigen, die bemerkt hatten, wen Viridiana da beim Zählen ausgelassen hatte.

»Viridiana …«, begann die Schwester mit den Sommersprossen.

»Sagt mir jetzt bitte nicht, dass es für mich leichter wird, wenn ich einfach mitkomme, ohne einen Aufstand zu machen«, sagte Viridiana.

Die Frau brach ab. Viridiana hatte ihr die Worte aus dem Mund genommen.

Viridiana streckte die Hände aus, und sie legten ihr Handschellen an und das nicht gerade sanft. »Kein Knebel, hm?«, hakte sie nach. »Wo ich doch eine Schwester bin?«

Einer der Wachmänner zuckte zusammen. Das hatte er vergessen. Er kramte in einer Tasche und zog verspätet einen Knebel hervor.

»Wäre auch zu schön gewesen, um wahr zu sein«, sagte sie.

»Ihr scheint besser zu wissen, wie so etwas läuft, als wir«, bemerkte die vierschrötige Schwester. »Wie oft seid Ihr eigentlich schon verhaftet worden?«

»Kommt auf die Zählweise an«, antwortete Viridiana. »Aber, eine gute Nachricht für uns beide: Sieht ganz so aus, als sei es diesmal das letzte Mal.«

Gerichtstag

Kapitel 47

Ein Ich, in Bruchstücken

Erbrechen, Wasser und Blut. Würgen, Aushusten von Sand und Meerwasser. Zusammenbruch.

Wieder Schwärze.

Sand unter der Wange. Ein peitschender Wind. Salven von Sand tief in meine zahlreichen Wunden gejagt.

Helle Sonne, aber kalt. Blut, das mir den Arm hinauffließt, vom Gebläseofen des Windes getrieben, mit Sand durchsetzt, trocknet in spinnennetzartigen Linien.

Ich löse meinen gekrümmten Körper von der kleinen Leiche. Nass. Verloren. Verwirrt.

Kurzes Aufblitzen, Bilder, die nur Schmerz bringen, während sie Geist und Körper allmählich wieder zusammenfügen.

Ich stehe auf, lehne mich gegen den Wind … und falle wieder um, die Haut wie von tausend Messern aufgeschlitzt.

Ich liege da, bis sich Dunkelheit herabsenkt und dann das Licht wiederkommt, mal kommt, mal verschwindet. Als das Licht wieder mit voller Kraft da ist, spüre ich eine neue Stärke in mir. Mein magisches Talent.

Hatte ich ganz vergessen.

Ich ziehe den Ka'kari über meine Haut, mache eine Panzerhülle daraus. Ich halte meinen Sohn an meinen Bauch gedrückt und bedecke auch ihn mit dem Ka'kari, als trüge ich ihn im Mutterschoß. Wir teilen uns eine Haut.

Er ist tot in mir und wir gehen gemeinsam. Gehen gemeinsam in Fäulnis über.

Wir durchqueren Täler. Diejenigen mit Bächen kommen mir irgendwie unnatürlich vor, so üppig ist hier die Tier- und Pflanzenwelt, die an diesen Orten Schutz vor den tödlichen Winden findet, so wie sich Tiere bei tobenden Waldbränden in die Täler zurückziehen – habe ich zumindest gehört. Ich trinke aus den Bächen und gehe weiter. Obwohl ich den Ka'kari so eng wie eine Haut um mich trage, können die Aasfresser den Gestank des Todes an mir riechen. Unter den hungrigen Augen der Kojoten, Bussarde und Wölfe werde ich keine Ruhe finden.

Ich erbeute ein Kaninchen, das sich ängstlich versteckt hat, und setze meinen Weg fort.

Finde ein totes Tal. Kein Wasser. Ein paar kleine Tiere. Noch mehr tote. Der widerwärtig süßliche Geruch von verwesendem Fleisch wird hier, im Windschatten einiger erodierter Felsblöcke, nicht so schnell mit dem Sturm davongefegt, wie es wünschenswert wäre. Ein einsamer Olivenbaum, die oberen Äste kahl vom Sturm, trotzt dem Wind und klammert sich ans Leben.

Ich weiß nicht, wie lange ich schon so dahingewandert bin. Ich finde einen geschützten Platz im Schatten des Olivenbaums. Der Ka'kari bedeckt meine Hände, formt sich zu Spaten. Ich knie mich auf die Erde. Die Arbeit wäre einfacher, wenn ich den kleinen Leichnam seitlich ablegen würde, während ich gebückt schwitze und grabe. Aber ich bringe es nicht fertig. Kann ihn nicht die ganze Zeit über sehen, wie er starrt, urteilt.

Und so grabe ich.

Die Sonne geht unter. Die Sonne geht auf. Ich stelle mein Graben ein. Ich bin so ausgehöhlt wie die Erde zu meinen Füßen.

Ich kenne den Tod. Ich weiß, was kommt, was mich erwartet, sobald ich die Ka'kari-Haut von mir löse. Ich atme tief ein, halte den Atem an, um mich nicht übergeben zu müssen.

Ziehe mir die Ka'kari-Haut vom Leib, die das Letzte gewesen ist, was uns noch aneinandergebunden hat.

Er ist so klein!

Es kommt mir so vor, als würde ich von meinem Körper wegfliegen, als würde ich in eine große Höhe geschleudert, weg, weg, weg.

Ein Mann hält seine Totenklage gegen den heulenden Wind.

Die Gestalt da unten, tief unter mir, führt eine Abfolge von Handlungen aus, deren Sinn sich mir nicht erschließt. Sie legt ein Bündel in ein Loch, klettert wieder heraus, Fingernägel zersplittern an Fels. Blitzartig wechsle ich zwischen Dingen, die allzu nah und die allzu weit weg sind.

Plötzliche Panik. Das Ding unten krabbelt von dem Loch weg, erbricht sich, doch es kommt nichts heraus. Dann bin ich wieder weit weg und sehe zu, wie es Erde in das Loch häuft, dann Steine, dann neue Erde. Mit einem großen Stein klopft es die Erde platt, streicht die überschüssige Erde zur Seite, ein stolpernder Schritt nach dem anderen.

Keine Eile. Es dauert Stunden. Ich spüre ein Brennen in der Brust, Schwäche in den Gliedern.

Das Ding da unten bemerkt einen blauen Dolch und er erinnert es an den Tod. Es bohrt die Klinge in die Erde, um die

Stelle zu markieren, dann überlegt es sich die Sache anders. Die Klinge verbirgt Abscheulichkeit unter ihrer Schönheit; sie wurde gemacht, um ein Kind zu töten. Die Gestalt reißt das Messer wieder heraus und schleudert es weit übers Meer hinaus.

Dann ist sie fertig und steht schweigend über dem Grab, auf das sie sorgfältig Pflanzen gesteckt und Steine gelegt hat, sodass es wie zufällig aussieht. In ein oder zwei Monaten wird niemand mehr erkennen können, dass es ein Grab ist.

Ich merke, wie ich wieder in meinen Körper zurücksinke, auch wenn ich nicht gehen, diese Ruhe nicht verlieren will.

Aber auch noch hier ist diese Ruhe. Ich bin hohl und leer.

»Ich sollte jetzt eigentlich Worte zu sagen haben. Dir wenigstens so viel geben können«, sagt eine Stimme. Meine.

Ich stehe lange Minuten. Die Hände gefaltet, halb nackt, es wirkt wie Hohn. »Ich, äh, habe mein Bestes getan, damit es hier sicher ist. Weder Tier noch Mensch sollte dich stören. Sohn, wenn ich doch nur …«

Es gibt keine Möglichkeit, diesen Satz zu beenden, ohne dass es obszön klänge. Nichts, was ich sagen könnte, wäre etwas anderes als eine Entschuldigung für das Unentschuldbare. Das hier hat niemand sonst getan. Ich habe es getan. Ich habe mich dafür entschieden.

Ich bin der Nachtengel. Ich sollte der Geist der Gerechtigkeit sein, und was habe ich getan?

Für eine lange Zeit stehe ich einfach so da.

Da ist nichts, was sich bei mir einstellen würde. Es gibt keine Lösung. Es gibt keinen Trost.

Schließlich setze ich mich in Bewegung. Ohne das Gewicht an meinem Bauch komme ich mir grotesk leicht vor. Leer.

Ich lasse mein Herz in jenem Loch zurück und wandere gen Norden.

Eines Tages endet der Sturm abrupt.

Zwei Tage später treffe ich am Abend auf einen Hirten mit seiner Herde. Sobald ich ihn in der Ferne sehe, löse ich den Ka'kari von meiner Haut. Er grüßt mich nicht, als ich näher komme. Er wirkt misstrauisch, mit seinem Stab in der Hand. Scheint darauf zu warten, dass ich das Wort ergreife.

Was ich nicht tue.

»Hab dich im ersten Moment für einen Nachtdämon gehalten, als ich dich gesehen habe«, sagt er. Er reicht mir einen Wasserschlauch. Seine Gesichtshaut ist wie Leder, von Sonne, Wind und Staub gegerbt.

Ich trinke. Gebe den Schlauch zurück.

»Die Augen können einem hier draußen wirklich Streiche spielen«, fügt er hinzu.

Dazu habe ich nichts zu sagen.

»Ich sollte dir wohl etwas zu essen anbieten. Hast du was verbrochen und bist jetzt auf der Flucht?«

Ich schüttle den Kopf, doch dann halte ich inne. »Vielleicht. Aber ich glaube, die halten mich für tot. Ich will dir keinen Ärger machen.«

»Ich weiß deine Ehrlichkeit zu schätzen.« Wieder hält er mir den Wasserschlauch hin.

Ich greife nicht danach. »Die nächste Stadt?«

Er deutet nach Westen. Ich nicke ihm zu und setze meinen Weg Richtung Norden fort.

»He«, sagt er, »willst du was essen?«

»Und das Gastrecht in Anspruch nehmen? Nein. Wenn jemand fragt, ist es vielleicht sicherer zu sagen, dass du mich nicht gesehen hast. Aber halt es, wie du willst.«

Er schweigt, bis ich ein Stück weiter weg bin. »Das ist nicht der Weg in die Stadt!«

Ich gehe weiter.

»He«, ruft er einige Augenblicke später. »Möchtest du was zum Anziehen?«

Ich bleibe stehen. Daran hatte ich noch gar nicht gedacht. Mein gegenwärtiges Äußeres dürfte mir jede Menge Ärger einbringen.

Ich gehe zu ihm zurück. Er nimmt mich mit zu seinem Lagerplatz, kramt ganz unten in einem Rucksack und holt einen Kittel, eine Hose und einen Gürtel heraus. Ich kann sehen, dass die Sachen für ihn zu klein sind. Für mich sind sie nahezu ideal.

Mir fehlen die Worte, um zu fragen, aber er sieht die Frage in meinen Augen.

»Wollte die schon lange loswerden«, erklärt er. Er zeigt ein Lächeln, doch es erreicht nicht seine Augen. »Hab es nie geschafft.«

In seinen Worten liegt ein tiefer Schmerz, und ich bin selbst bereits übervoll mit Schmerz, also frage ich nicht weiter.

Aber das brauche ich auch nicht. »Das sind die Sachen meines Sohns gewesen«, sagt er mit schroffer Stimme, als ich mich anziehe. »Wo er jetzt ist, braucht er sie nicht mehr.«

Die Welle von Emotionen schlägt so schnell über mir zusammen, dass ich fast zusammenbreche. »Warum?«, flüstere ich. »Warum mir helfen?«

Er schüttelt den Kopf, wehrt seinerseits eine plötzliche Gefühlsregung ab. Mit heiserer Stimme erwidert er: »Scheint so einfach das Richtige, oder?«

Ich bringe nicht die Worte zusammen, um auch nur einen Bruchteil dessen auszudrücken, was mir seine Freundlichkeit bedeutet. Ohne Kleidung würde ich wie ein Verrückter verjagt, als Bedrohung angesehen und angegriffen werden. »Du bist sehr … das ist von dir wirklich sehr …«

»Lass das, das braucht es nicht. Ich habe bereits zu Abend gegessen. Was da in der Dose ist, ist mein Frühstück. Du kannst die Hälfte davon essen. Ich sehe, dass du es nötig hast.«

Ich schüttle den Kopf. »Ich möchte auf keinen Fall, dass du …«

»Du kannst über Nacht bleiben, wenn du willst. Wie schön das Licht der Sterne auch sein mag, Feuer ist wärmer und auch heller, hat meine Oma immer gesagt.«

»Würde ich bleiben, kann es sein, dass ich einschlafe …«

»Ja, genau darum geht's doch, oder?« Er hat so eine Art, einen ständig zu unterbrechen, dieser grauhaarige und bärtige alte Hirte. Aber das stört mich nicht.

Ich beende den Satz mit leiser Stimme: »Und wenn ich schlafe, kann es sein, dass ich träume.«

Das gibt ihm zu denken. »Ach, so ist das also. Dann lass mich dich noch ein wenig mehr befrachten, bevor du gehst.«

Er stöbert herum, bis er einen alten Wasserschlauch und einen Feuerstein gefunden hat. Er braucht mir gar nicht erst zu sagen, dass die Sachen seinem Sohn gehört haben. Er reicht mir beides und sagt: »Frag nicht, warum. Die Wüstenväter sagen, in diesem Leben sind wir alle Wanderer, jeder Pfad wird von Zeit zu Zeit von Tragödien überschwemmt, und unsere vielen Wege führen letztlich alle in den Tod. Es ist richtig zu teilen, was man kann.«

»Du hast mir Essen, Wasser, Kleidung und deine Güte gegeben. Ich habe dir nichts gegeben. Das ist eine Schuld, die ich niemals zurückzahlen kann.«

Diesmal bringt sein Lächeln alte, seit Langem schlummernde Lachfalten zum Vorschein. »Wenn du Geschenke als Schulden betrachtest, setzt du das Geschenk, den Beschenker und dich selbst herab. Sieh die freigiebige Großmut in anderen und du kannst sie vielleicht auch in dir selbst finden. Der Mensch kann die Hölle auf Erden heraufbeschwören, und die Hölle brüllt und tötet und flüstert Lügen, die stark wie Ketten sind. Aber sie bekommt nicht das letzte Wort.«

Er hat ein schlichtes Gemüt und lässt sich sicher von seinem eigenen Wunsch täuschen, in allem irgendwie einen Sinn zu sehen, aber er ist ein guter Mensch, und ich habe nicht vor, mit ihm irgendeinen Streit anzufangen, den ich gar nicht gewinnen will, also lasse ich seine Freigiebigkeit und seine Anweisungen über mich ergehen. Er setzt mich über ein paar Orientierungspunkte auf meinem Weg in Kenntnis, lässt mich wissen, wie ich Wasserstellen finden und Städte meiden kann.

Er versucht nicht, mich aufzuhalten, als ich gehe.

Die sanft gewellten Hügel müssen etwas an sich haben, was das Auge trügt, oder ich habe jedes Zeitgefühl verloren, denn als ich mich schließlich umdrehe, um nach dem alten Hirten und seiner Herde zu sehen, kann ich sie nirgends mehr entdecken.

Kapitel 48

Die Politik des hochgezogenen Rocks

»Das ist abscheulich«, schimpfte Sprecherin Istariel Wyant, als Vi am nächsten Morgen in einen riesigen Büroraum weit unten in den Katakomben des Alabasterseraphs geführt wurde. Die Raumeinrichtung war durch die Vorlieben irgendeiner Schwester mit wahlloser Sammelleidenschaft geprägt, die sehr mächtig gewesen sein musste, um einen so großen Raum zugewiesen zu bekommen. Schädel von schon lange Zeit toten Geschöpfen, aus Knochenfragmenten zusammengesetzt, waren an beliebig wirkenden Stellen über den Boden verteilt. Auf einer Seite des Raums lag ein grüner Stein, breiter, als Viridiana groß war, in dem rote Adern langsam pulsierten. Glühende Kugeln – vielleicht die Planeten, aber dafür waren es doch eigentlich zu viele, oder? – drehten sich umeinander, durch irgendeine uralte Magie gesteuert. Es gab keine Bücher, aber Stapel verstaubter Pergamentbögen lagen auf Tischen, die so lang waren, dass sie aus einem der Speisesäle entwendet worden sein mussten.

»Nehmt ihr die ab, auf der Stelle. Lächerlich!«, sagte die Sprecherin zu Vis Wachen. Die Frau sah um Jahrzehnte jünger aus als ihre Schwester Ariel. Ihr Haar fiel in einem perfekten goldenen

Wasserfall herab, und ihr Hals war genauso magisch frei von Falten, wie ihre Figur durch das Korsett, in das sie gezwängt war, in Form gehalten wurde. Sie sah vom Scheitel bis zur Sohle aus wie die typische kompromisslose Königin mittleren Alters. »Versuch hier besser nichts anzufassen, Viridiana. Von der Hälfte dieser Sachen wissen wir nicht, was sie bewirken. Als eine der Archivarinnen versucht hat, das Ding dort oben zu bewegen, hat es sie gebissen, und sie hat zwei Wochen lang nicht mehr gewusst, wie sie heißt.«

Froh, ihre Handschellen loszuwerden, brauchte Vi einen Moment, um zu begreifen, wovon die Sprecherin da redete, dann blickte sie zu der Stelle auf, wohin die Frau deutete.

Als sie die Spinne, größer als ein Hund, an der Decke über ihrem Kopf sah, machte sie einen Satz zur Seite, stolperte dabei über ihren langen Saum und tastete im Ausrutschen hastig nach einer Waffe an ihrem Gürtel, die gar nicht da war. Dann bemerkte sie, dass sich die Spinne nicht bewegte. Sie schien ausgestopft zu sein.

»Jedem geht das so – nun ja, nicht jeder macht gleich einen Riesensatz. Aber ich bitte um Entschuldigung. Das war die falsche Warnmethode.«

Vi stand behutsam wieder auf, während ihre Wachen sich gegenseitig angrinsten.

Sie sah sich vorsichtig um und fragte sich, was das hier wohl für ein Ort war und warum sie sich hier befand. Niemand hatte ihr mitgeteilt, wohin sie an diesem Morgen gebracht worden war, und nach ihrer Nacht im Kerker hatte sie bereits geargwöhnt, es könnte ein schlimmerer Ort sein als dieser vergoldete Käfig mit seinem glänzenden Parkett.

Die Sprecherin entließ die Wachen. Dann wandte sie Vi den Rücken zu und richtete den Blick auf ein prächtiges Gemälde an der Wand. Ein Landschaftsbild, in dem die Wetterverhältnisse in Bewegung zu sein schienen.

Eine halbe Minute verstrich, dann ergriff die Sprecherin das Wort. »Die Schlacht am Schwarzen Hügel hat uns verändert. Eine Bruderschaft von Magiern, die gleich in ihrem ersten Krieg einen wundersamen Sieg davongetragen hätte, wäre von Kampfeslust entflammt gewesen, ihr Appetit auf mehr wäre geweckt worden. Wir dagegen haben die umgekehrte Richtung eingeschlagen. Vielleicht sind wir da zu weit gegangen. Wir haben dort eine Magie erlebt, die all unsere Fähigkeiten in den Schatten gestellt hat. Von ihren geheimen Ängsten getrieben, müssten Männer sich dazu verleiten lassen, auch ihrerseits solche Fähigkeiten zu entwickeln und ihre Reichtümer und Energien in das Erlernen der blutigen Kriegskünste zu stecken. Ich glaube sogar, dass genau das jetzt schon unter unseren über die Länder verstreuten Brüdern geschieht. Wir indes sind vor den zerstörerischen Kräften, deren Zeuginnen wir dort geworden sind, zurückgeschreckt. In ihrer Angst wollen unsere Brüder wild um sich schlagen. Wir, in der unseren, nehmen Reißaus. Nicht dass wir es so unfein ausdrücken würden«, fuhr die Sprecherin in sarkastischem Tonfall fort. »›Jetzt ist die Zeit, Verbündete zu finden‹, sagen unsere Schwestern. Was uns nun zu dir bringt – unserer eigenen kleinen Kriegswaffe –, du, die du die Kaiserin der größten Macht auf unserem Kontinent, wenn nicht sogar auf unserer Welt, erzürnt hast. ›Wir brauchen Verbündete, keine Schismatikerin‹, sagen unsere furchtsamen Schwestern.«

»Und was sagt Ihr?«, fragte Vi.

»Ich sage, dass eine einseitige Abrüstung, um einen Krieg zu verhindern, eine so absurde Idee ist, dass man schon eine Intellektuelle sein muss, um daran zu glauben.«

»Oder eine Politikerin?«, hakte Vi nach. Sie konnte sehen, dass sie da einen wunden Punkt getroffen hatte. Aber diese Frau war schon seit langen Jahren Sprecherin. Sie hatte sich geschickt lavierend um die Abkommen herumgemogelt, selbst noch, als sie völlig lächerlich geworden waren. Sie hätte damals Widerstand leisten können. Was sie nicht getan hatte. Aber vielleicht würde sie es tun, sobald Vi weg war. »Verbündete wollen, dass ihre Verbündeten stark sind«, gab Vi zu bedenken. »Wenn jemand Maßnahmen ergreift, um dich zu schwächen, bedeutet das, dass dieser Jemand Pläne mit dir hat und sie umsetzt, sobald du ihn nicht mehr aufhalten kannst.«

Sprecherin Istariel musterte sie eindringlich, ihr langes Gesicht abschätzend. »Ach ja, wie sehr wünschte ich doch, ich könnte dich behalten, ohne alles zu verlieren.«

Sie starrte Vi für eine geraume Weile an, und Vi vermutete, dass sie versuchte, irgendeine Möglichkeit zu finden, um genau das zu tun.

Doch dann schien die Sprecherin die Idee zu verwerfen, und sie sagte: »Du musst mir etwas über diese Raubunternehmung berichten.«

»Die anderen haben Euch doch sicherlich schon alles erzählt?«, erwiderte Vi.

»In der Tat. Und trotzdem möchte ich es von dir horen.«

»Macht das denn irgendeinen Unterschied?«

»Nicht in Bezug auf das, was mit dir passiert, wenn du das meinst. Aber hinsichtlich dessen, was mit den anderen passiert? Könnte schon sein. Letztendlich. Ich lege großen Wert darauf, jeden stets nach seinen Taten zu beurteilen, kleine Schwester. Ich weiß, was sie mir berichtet haben, und wenn du mir etwas anderes erzählst, werde ich die Wahrheit herausfinden und ein Urteil fällen, wenn es nötig ist. Und wenn es möglich ist.«

»Und doch ist es für mich zu spät«, entgegnete Vi. »Und für Kylar ist es auch zu spät.«

»Gerechtigkeit bedeutet, die Sache wieder in Ordnung zu bringen, nachdem sie schiefgelaufen ist, nicht, jedes einzelne Unrecht zu verhindern. Fangen wir mit dem Großen Täuschungszauber an. Hat dir jemand versichert, dass ich die Erlaubnis zur Anwendung dieses Zaubers gegeben hätte?«

»Nein. Warum?«

»Du weißt also gar nicht, dass der Einsatz einer derartigen Magie meine persönliche Genehmigung verlangt?«

»Nein. Aber wie auch immer, Ihr wart nicht da.«

»Wessen Idee ist es gewesen?«

»Ich weiß es nicht mehr. Sie waren sich bereits alle einig, als sie mich davon in Kenntnis gesetzt haben.«

»Es ist also nicht deine Idee gewesen?«, fragte Sprecherin Istariel.

»Ich habe gar nicht gewusst, dass wir zu etwas Derartigem in der Lage sind. Ich habe nur die ... die einzelnen Bestandteile gesammelt. Die Reagenzstoffe, so nennt man das wohl. Sie haben gemeint, es sei viel zu kompliziert für mich, also habe ich nichts von beidem angerührt.«

»Nichts von beidem?«

»Weder was Kylar noch was Repha'im angeht. Repha'ims Zauber war an einen Gürtel gebunden. Der von Kylar an das Messer.«

»Interessant. Mir wurde gesagt, es hätte nur den einen gegeben. Wer hat die Reagenzien für den anderen Zauber gesammelt?«

»Eine Frau aus dem anderen Kommando hat sich als Repha'ims Friseuse in seinen inneren Kreis eingeschlichen. Sie hat behauptet, alle Reagenzien sogar besorgen zu können, ohne sich zur Hure zu machen so wie ich. Wisst Ihr, ihm beim Rasieren ein wenig in den Hals schneiden, wegen des Blutes und so weiter. Fingernägel und Haare zu bekommen, war kein Problem. Sie hat seine Laken untersucht, nachdem er mit der Kaiserin zusammen war, und kam dadurch an sein … Ihr wisst schon. Eine Überprüfung des Nachttopfs sorgte für die anderen Unappetitlichkeiten. Aber vielleicht hat sie ja auch gelogen. Wie auch immer, ich hatte viel weniger Zeit.«

»Weißt du den Namen dieser Frau?«

»Nein. Ein paar andere aus ihrem Kommando haben derlei verraten, sie aber nicht. Sie war Schwester Veritas oder so etwas, als Deckname.«

»Knochiges Gesicht, dünn, Hasenzähne?«, hakte Sprecherin Istariel nach.

»Das stimmt.« Vi wartete einen Moment, dann fügte sie hinzu: »Ach ja, ich sehe schon, Ihr werdet mir ihren richtigen Namen nicht nennen, für den Fall, dass er aus mir herausgefoltert werden könnte.«

»Ich bin froh, dass du das verstehst. Aber zurück zu deinem Auftrag. Du kannst dir wahrscheinlich denken, was ich wirklich wissen will.«

»Ich habe es den anderen schon sechs Mal gesagt. Und ich habe meine Geschichte niemals geändert, wie Ihr sicher wisst. Ich habe gesehen, wie sie das Diktat von jedem Verhör überprüft haben.«

»Ich muss dein Gesicht dabei sehen, wenn du es sagst«, erklärte die Sprecherin. »Welche Farbe hatte der Dolch?«

»Orange«, sagte Vi, ohne zu zögern. Das war eine Frage, die ihr noch nie gestellt worden war. »Wartet. Nein, das stimmt nicht. Kylar hat geschrieben, er sei blau gewesen. Und das nicht nur einmal, glaube ich. Aber ich erinnere mich, dass er unleugbar orange gewesen ist, als sie ihn vorbereitet haben. Das habe ich mit eigenen Augen gesehen. Ich meine, das meiste davon war einfach Stahl, aber der Griff war orange emailliert. Ich weiß nicht mehr, welche Farbe er hatte, als ich ihn von Schwester Ayayah bekommen habe. Ich habe ihn mir kaum angesehen. Ich glaube, er war verdeckt, in das Bündel gewickelt. Ich habe mir alle Mühe gegeben, meinen Text nicht zu vergessen. Wisst Ihr, damit uns Kylar wie geplant belauschen konnte. Und dann haben er und ich uns gestritten, und dann war das Ding weg. Er hatte sich den Dolch unter den Nagel gerissen. Ganz wie wir es uns gedacht hatten. Aber in seinem Tagebuch hat er ihn durchweg als blau bezeichnet. Sonderbar.«

»Und er sollte ihn dir wegnehmen? Das war Bestandteil von Ayayahs Plan?«, erkundigte sich die Sprecherin.

»Entweder so oder so. Es spielte keine Rolle. Ich bin davon ausgegangen, dass er ihn wahrscheinlich an sich bringen würde, weil ich ihn kenne. Aber wenn er das nicht getan hätte, war es meine Aufgabe, ihm den Dolch zu irgendeinem anderen Zeitpunkt oder ganz am Ende zukommen zu lassen. Das sollte natürlich so geschehen, dass niemand es bemerkte – höchstens vor Repha'im, aber auf keinen Fall vor den Augen der Magier, die die Sache mit den Großen Täuschungszaubern würden durchschauen können. Kylar hatte belauscht, wie wichtig es war, genau diesen Dolch dafür zu nehmen, also sollte am Ende entweder er ihn benutzen oder, sollte es so aussehen, als würde er es nicht tun, dann sollte ich das übernehmen. Aber jetzt bin ich durcheinander. Spielt die Farbe denn eine Rolle?«

»Ja, aber nicht für dich. Sag mal, hast du in Erfahrung bringen können, warum das Kind nicht in der Kiste war, als die Schwestern am Wolkenkap vom Schiff geflohen sind?«

»Repha'im hat Kylar gegenüber gesagt, dass die Kaiserin ihm das Kind hinter seinem Rücken weggenommen habe, um es mit sich zu nehmen, als sie von Bord gegangen ist. Ich weiß nicht, was mit Königin Gyre passiert ist, aber sie ist beim Diebstahl zweier leerer Kisten schwer verletzt worden. Doch das ist noch nicht das Wichtigste, was ich aus Kylars Tagebuch erfahren habe. Es ist *Repha'im* gewesen, der den Beamten geschickt hat, um das Schiff zu durchsuchen.«

»Die Sonderkommandos haben gedacht, es sei schlicht Pech gewesen. Jedes Boot, das vom Sturmschiff ablegte, konnte von Rechts wegen durchsucht werden.«

»Kylar hat zugesehen, wie der Beamte den Laderaum durchsucht hat, und er hat geschrieben, dass der Mann alle Verstecke und Geheimfächer kannte. Später hat Repha'im ihm anvertraut, dass er eine Kontaktperson in einer der beiden Gruppen für Sonderprobleme und Spezialtaktiken gehabt hätte. Oder … vielleicht auch auf dem Boot? Jedenfalls entweder das eine oder das andere, denn nur so haben Repha'im und seine Leute von diesem Teil des Plans wissen können. Wir haben eine Spionin unter uns, eine Verräterin. Von nun an müsst Ihr …«

»Halt!« Die Augen von Sprecherin Istariel hatten sich beim Wort »Spionin« geweitet, aber jetzt verengten sie sich. »Was *genau* hat Repha'im gesagt, als er Kylar angeblich davon berichtet hat?«

Vi schoss durch den Kopf, wie schön es jetzt doch wäre, selbst so einen Ka'kari zu haben, der derlei wörtlich zu zitieren vermochte. »Ich erinnere mich nicht an den genauen Wortlaut«, räumte sie ein. »Ich könnte zurückblättern und schauen, ob ich die Stelle finden kann. Aber es tut auch nichts zur Sache. Repha'im hat einfach geprahlt und nicht etwa vor einer Untersuchungskommission ein Geständnis abgelegt, die damit beauftragt ist, jedes Detail genau zu erfassen. Er ist nicht damit herausgerückt, wer unsere Verräterin ist.«

»Verräterin, hmm.«

»Was wollt Ihr damit sagen?«

»Königin Gyre hat irgendwie herausgefunden, dass sich ihr Sohn in einer dieser Kisten hätte befinden sollen. Wir wissen nicht, was genau sie unternommen hat, aber beim Versuch, sich des Kindes zu bemächtigen, ist sie verletzt worden. Man kann mit Fug und Recht davon ausgehen, dass sie von denjenigen verletzt worden ist, die für die Bewachung des Kindes zuständig waren. Repha'im könnte also durch Jenines Unternehmung von unserer geplanten Rettung des Kindes erfahren haben, nicht wahr?«

»Davon, dass wir einen Rettungsversuch unternehmen wollten, sicher. Aber nicht davon, wohin das Kind gebracht werden würde. Selbst wenn er einfach von der Vermutung ausgegangen wäre, dass diejenigen, die das Sturmschiff verlassen wollten, wahrscheinlich auch die Schuldigen waren, hätte er seinem Beamten nicht sagen können, wo genau er auf dem Fluchtboot zu suchen hatte.«

»Nun, das stimmt.« Schwester Istariel atmete schwer aus, als hätte sie sich bis jetzt an die Hoffnung geklammert, dass es unter den Schwestern keine gab, die die Chantry tatsächlich verraten würde. »Andererseits: Wäre das Kind in einer dieser Kisten gefunden worden, dann hätte *keine* der Schwestern das Sturmschiff verlassen dürfen. Jede Schwester in beiden Sonderkommandos wusste, dass das Sturmschiff dem Untergang geweiht war, sollte es ihnen nicht gelingen, das Kind an Land zu befördern. Jede Spionin, die geholfen hätte, das Kind an Bord zu behalten, hätte gewusst, dass sie damit auch sich selbst zum Tode verurteilte.«

»Schwester Ayayah war bereit, selbst zu sterben oder mich zu töten, um die Chantry zu retten. Es ist auch nicht mehr viel fanatischer, das ganze Kommando sterben zu lassen, wenn man glaubt, auf diese Weise die gesamte Chantry und sogar die Welt zu retten, oder?« Aber Vi gefiel der Gedanke nicht, sich Schwester Ayayah als einen Menschen vorzustellen, der auch nur den schwächsten Funken von Heldenmut oder Selbstlosigkeit im Leib hatte. »Oder vielleicht ist es ihr Auftraggeber gewesen, der so gedacht hat, wenn Ayayah wirklich jemandem unterstanden hat. Wer ist das eigentlich? Ich habe gehört, dass sie jemandem dienen würde, habe aber nie herausbekommen, wer das sein soll.«

»Das brauchst du nicht zu wissen.« Aber Sprecherin Istariel wirkte beunruhigt. »Ich habe immer gedacht, meine Gegnerinnen würden gern große Töne spucken, von wegen wie mutig sie doch handeln würden, sobald sie einmal das Sagen hätten. Das Leben ihrer eigenen engsten Unterstützerinnen einfach wegzuwerfen, Frauen, die sie gut kennen und zu mögen scheinen ... das ist etwas ganz anderes. Das ist noch lange kein Beweis, aber es ist hilfreich. Gibt es noch irgendetwas, was du aus Kylars Tagebuch erfahren hast? Etwas, was wir noch nicht wussten?«

»Repha'im hat gewusst, was es bedeutete, den Jungen auf dem Schiff zu behalten. Er wollte ebenfalls, dass das Sturmschiff untergeht.«

Das war neu für Istariel. »Während er selbst auf dem Schiff war?«, fragte sie konsterniert. »Wie absurd ist das denn?«

»Er hat behauptet, den blauen Ka'kari gebunden zu haben. Er hat geglaubt, sich und das Kind sicher an Land bringen zu können. Der Untergang des Schiffes hätte viele alitaerische Adlige getötet, was es ihm erlaubt hätte, sie durch seine eigenen Leute zu ersetzen und ganz Alitaera dazu aufzustacheln, Vorbereitungen für den Kriegsfall zu treffen. Für einen Krieg mit *uns*. Er hatte vor, den Untergang des Schiffes uns und unseren magischen Künsten anzulasten.«

Es dauerte mehrere lange Augenblicke, bis Istariel überhaupt wieder atmen konnte. »Das sind ganz bemerkenswerte Behauptungen. Der Rat würde genauso bemerkenswerte Beweismittel benötigen, um diese Behauptungen gelten zu lassen. Wir haben da nicht mehr als Kylars Worte?«

»Und das Buch gestattet zudem nur mir allein, es zu lesen, also … Ihr habt nur meine Worte über Kylars Worte«, musste Vi einräumen.

»Hat eine der anderen Schwestern Repha'im mit diesem blauen Ka'kari gesehen?«

»Das weiß ich nicht. Ich jedenfalls habe nur in dem Buch davon gelesen. Ich selbst habe ihn nicht gesehen. Und niemand hier hat mir gegenüber vorher irgendetwas davon erwähnt.«

»Damit ist die Sache also erledigt. Bist du bereit, mir davon zu erzählen, was ganz am Ende geschehen ist? Du weißt sicher, dass wir uns genau aus diesem Grund miteinander treffen.«

»Es ist alles nicht richtig«, sagte Vi. »Die Alitaeri nennen ihn einen Meuchelmörder oder einen Blutjungen. Er hatte zahlreiche Gelegenheiten, die Kaiserin zu ermorden. Er hat es nie auch nur versucht. Sie nennen ihn einen Wahnsinnigen, einen Schlächter, einen Irren. Alles, was sie über ihn sagen, ist eine Lüge. Kylar hat alle auf dem Sturmschiff gerettet, und indem er Repha'ims Plan vereitelt hat, hat er auch die Chantry gerettet. Wieder einmal.«

Istariel schüttelte den Kopf, als sei Vi ein hoffnungsloser Fall. »Es ist zu wenig und kommt zu spät. Er hat sich bereits auf fünfzig oder hundert Jahre hinaus einen Namen als Schurke gemacht. Wenn alle in die Sache verwickelten Parteien einmal tot sind, wird eines Tages ein Historiker die Beweismittel erneut prüfen und eine ausgewogenere Einschätzung des Geschehens veröffentlichen. Du solltest die Sache auf sich beruhen lassen.«

»Das werde ich nicht.«

Istariel zuckte mit den Schultern, als gebe Vi sich unnötig streitlustig. »Erzähl mir vom Ende, kleine Schwester.«

»Habt Ihr mich wirklich deshalb hier heruntergebracht?«

»Du weißt, dass wir es nicht von allein herausfinden können. Was ist passiert?«

»Ich habe es Euch schon gesagt. Ich verstehe es ja selbst nicht!«, antwortete Vi. »Ich bin zu spät gekommen. Ich hätte zu dem Zeitpunkt eigentlich schon dort sein sollen, aber ich habe versucht, gegen niemanden kämpfen zu müssen, meine Deckung nicht auffliegen zu lassen und niemanden erkennen zu lassen, dass ich eine Kriegsmagierin bin. Und so bin ich zu spät auf das offene Deck gekommen, wo sich Kylar seinen Kampf mit den Kaiserlichen geliefert hat. Ich habe gesehen, wie er das Kind erdolcht hat. Nicht mit unserem blauen Messer. Oder welche Farbe auch immer es gehabt haben mag, für den Fall, dass er das falsch notiert hat.« Sie richtete den Blick zu Boden. »Er hatte so einen Ausdruck im Gesicht. Habt Ihr jemals einen Menschen gesehen, der sich selbst der Verdammnis anheimgegeben hat? Ich …«

»Ich bin nicht an seinen Gefühlen interessiert«, blaffte Sprecherin Istariel. »Hast du herausgefunden, wo sich sein Leichnam befindet?«

Es war genau die Frage, die schon die ganze Zeit beim Lesen drohend über Vi gehangen hatte. Wie viele von Kylars größten Geheimnissen würde sie der Chantry preisgeben? Wie viel mehr würde sie ihn noch verraten?

Sie zögerte nicht. »Er war voller Blut, erschöpft und verzweifelt und ist in ein Meer gesprungen, in dem es von Haien und Lotai nur so gewimmelt hat. Große Ungetüme. Wir alle haben diese Lotai gesehen. Bestimmt wurde Euch davon berichtet, wie uns einer auf dem Dock angegriffen hat? Es gab noch Hunderte mehr. Ich habe gesehen, wie Kylar aus einer aberwitzigen Höhe in ein sturmgepeitschtes Wasser voller dieser Dinger gesprungen ist. Ich habe es mit eigenen Augen gesehen und gewusst, dass er tot war. Es *gibt* keinen Leichnam.«

Um sich ihre Angst nicht anmerken zu lassen, versteckte sich Vi hinter ihrer flammenden gerechten Wut, während Sprecherin Istariel sie genau ins Auge fasste. Es gab da eine Frage, die die Sprecherin stellen könnte und die alles beenden würde. Istariels Schwester Ariel hätte sie schon längst gestellt. Aber die Aussage, dass sie Kylar mit eigenen Augen habe springen sehen, war vielleicht die raffinierteste irreführende Wahrheit, der sich Vi in ihrem ganzen Leben bedient hatte.

Vi hatte ihn in der Tat mit eigenen Augen springen sehen. Sie war sicher gewesen, dass er tot war. Erst später hatte sie durch *seine* Augen von alledem gelesen und erfahren, dass dem nicht so war.

Die Sprecherin seufzte. »Dann sind wir hier fertig. Der Rat hat beschlossen zuzugeben, dass wir die Alitaerischen Abkommen tatsächlich außer Kraft gesetzt und eine Kriegsmagierin beherbergt und ausgebildet haben. Deine Schwestern haben beschlossen, dass dein Leben ein hinnehmbarer Preis für den Frieden mit Alitaera ist.«

»Das ist eine reichlich beschissene Belohnung für treue Dienste«, sagte Vi.

»Da muss ich dir recht geben. Und es ist ein vorbildlicher Dienst gewesen, von dem Ausraster am Ende auf dem Sturmschiff einmal abgesehen. Hättest du Alitaeras Elitekämpfer nicht wie Puppen herumgeschleudert, wie das nur eine voll ausgebildete Kriegsmagierin vermag – und wie wir es dir verboten haben, vergiss das nicht –, würde ich dich jetzt retten können.«

»Ihr habt mich missverstanden. Ich beschwere mich ja gar nicht. Ich halte Euch nur einen Spiegel vor, damit Ihr sehen könnt, was die Chantry ist. Ich verdiene den Tod – aber nicht von meinen eigenen Schwestern, die der Grund dafür sind, dass ich ihn verdiene. Was ich meinte, ist vielmehr: Wenn Ihr treue

Schwestern dadurch belohnt, dass Ihr sie dem Feind ausliefert, so wird es in Zukunft sehr viel schwieriger, Neumitglieder anzuwerben. Wenn Ihr davon ausgeht, dass die Schwesternschaft irgendwann in der nächsten Generation in den Krieg ziehen muss, ist das reine Dummheit. Ihr glaubt, bloß weil Ihr meine engsten Vertrauten über alle Ecken von Midcyru verstreut habt, könnt Ihr kontrollieren, was die Leute über mich sagen? Das Gegenteil ist der Fall. Ihr habt meine Freundinnen wie Samen verstreut, und jetzt streut Ihr *Dung* über sie.« Vi fühlte eine kurze Befriedigung darüber, dass sie es geschafft hatte, nicht wieder *Scheiße* zu sagen. »Ihr haltet das für einen Sieg? Es ist Dünger. Überall in Midcyru werden sie wachsen, und Euch steht eine bittere Ernte bevor. Ich bin keine Anführerin. Ich würde jede Bewegung in den Ruin treiben, wenn ich bliebe und versuchen würde, mich an ihre Spitze zu setzen. Ich bin viel gefährlicher, wenn ich *tot* bin.«

Zum ersten Mal flackerte in Istariels Augen ein Hauch von Angst auf.

»Sprecherin, ich habe eine Frage an Euch. Eine, von der ich hoffe, dass Ihr sie Euch auch schon gestellt habt: Wie oft kann man tun, was einfach, aber falsch ist, bevor man Verrat an dem Grund dafür begangen hat, warum man ursprünglich überhaupt nach Macht gestrebt hat?«

Der Rücken der Sprecherin, schon zuvor so aufrecht und gerade wie ein Galeerenmast, versteifte sich. Ihre Stimme wurde leise. »Bist du jetzt fertig, junge Dame?«

Vi holte tief Luft. »Ja, bin ich.«

Als hätte Vi kein Wort gesagt, fuhr Sprecherin Istariel fort: »Bevor du uns verlässt, wirst du mit einem Zauber zur Gedächtnisauslöschung versehen, der dich vergessen lässt. Er ist so gestaltet, dass er auf Manipulationen reagiert, aber dir werden daneben auch einige andere Möglichkeiten mitgeteilt, diesen Zauber auszulösen, für den Fall, dass … nun ja, für den Fall des Falles. Ich bin mir sicher, du kannst dir eine Reihe von Szenarien vorstellen, in denen du es vorziehen würdest, besser nicht mehr zu wissen, was mit dir geschieht. Wir möchten, dass du mit dem Auslösen des Zaubers wartest, bis du dich ganz und gar in alitaerischem Gewahrsam befindest. Die Gedächtnisauslöschung muss wie etwas aussehen, was du selbst gemacht hast, nicht wie etwas, das dir angetan wurde. Wir können ihnen keine wandelnde Leiche übergeben und erwarten, dass sie damit zufrieden sind. Sie werden uns trotzdem in jedem Fall verdächtigen und vielleicht sogar mit etwas dergleichen rechnen und versuchen zu verhindern, dass du einen solchen Zauber in Anwendung bringst. Sie haben ausgezeichnete Magier, also sei vorsichtig. Es ist besser, den Zauber zu früh auszulösen als zu spät.«

»Und wenn sie mich nicht foltern?«, wollte Vi wissen.

»Nach allem, was passiert ist? Glaub mir, das werden sie.«

»Und wenn sie es trotzdem nicht tun? Wenn sie unerwartet Gnade walten lassen?«

Istariel zögerte.

»Der Zauber wird so oder so mein Bewusstsein auslöschen, nicht wahr?«, fragte Vi.

Auf dem majestätischen Gesicht der Sprecherin bildeten sich für einen kurzen Moment tiefe Stirnfalten. »Manche befürchten, dass sie dich dazu bewegen werden, dich gegen uns zu wenden, nicht mit Gewalt, sondern mit List. Charme.«

Vi begriff. »Wirklich? Mich *gegen* euch zu wenden? Wo ihr doch so gut zu mir gewesen seid?« Es gab also auch eine Art Zeitzünder für den Zauber. Für sie bestand keinerlei Hoffnung mehr.

Istariel errötete und zum ersten Mal wirkte sie in Verlegenheit gebracht. »Es ist als eine Gnade gedacht, verstehst du, um dir die Schmerzen der Folter und die Schrecken einer öffentlichen Hinrichtung zu ersparen. Willst du wissen, welche Behandlung du angesichts dessen, wessen man dich für schuldig befinden wird, zu erwarten hast? Du hast Dutzende gedemütigt. Die meisten von ihnen Männer. Weißt du, was Männer tun, um ihre Macht gegenüber einer feindlichen Frau zu verdeutlichen, die sie gedemütigt hat?«

»Wir wollen hier mal Folgendes klarstellen«, erwiderte Vi. »Ihr händigt hier nicht nur jemanden dem Feind aus, der Euch vertraut hat. Nein, Ihr bringt eine Schwester um, die Euch treu gedient und dafür einen wahrhaft verheerenden, für sie zerstörerischen Preis gezahlt hat. Ihr tötet mich nicht für irgendetwas, was ich getan hätte, sondern für etwas, das ich keinerlei Anstalten gemacht habe, *je* zu tun. Und ganz ehrlich: Wenn Ihr so weitermacht, fangt Ihr an, meine Gefühle zu verletzen.«

Das nun – etwas, wovon Vi gedacht hatte, es würde der Sprecherin Istariel am meisten zu schaffen machen – schien sie stattdessen nicht im Geringsten zu berühren. Leichthin, als würde sie einfach eine Sitzung beenden, damit sie nun essen gehen konnten, schloss die Sprecherin: »Wir sind hier fertig. Bis sie dich heute Abend holen kommen, schicke ich dich noch einmal in Ariels kleine Bibliothek zurück.«

Zum ersten Mal überrascht, sagte Vi: »Tatsächlich?«

»Du musst mir einen Gefallen tun.«

»Einen *Gefallen*?« Für Vi war die Dreistigkeit dieser Frau nicht zu fassen.

»Ich will, dass du die gesamte Zeit, die du noch hast, dazu verwendest, Kylars Tagebuch genau zu studieren. Erstatte meiner Schwester über alles Bericht, was du in Erfahrung bringen kannst. Beantworte alle Fragen, die sie haben mag. Lies bei Bedarf einzelne Passagen noch einmal durch. Ich will wissen, ob wir einfach Glück hatten, als es uns gelungen ist, dieses Buch an uns zu bringen, oder ob es sich dabei womöglich um etwas anderes handelt. Ich muss mit Sicherheit wissen, dass Kylar Stern tot ist. Und wenn ich seinen Leichnam nicht mit eigenen Augen sehen kann, benötige ich irgendeinen anderen Beweis.«

Vi hatte geglaubt, die Feuerprobe heil hinter sich gebracht zu haben. Sie hatte gedacht, die Sprecherin hätte jene eine Frage übersehen, vor der sich Vi von Anfang an gefürchtet hatte. Aber vielleicht hatte die Frau auch einfach ihre Angriffsrichtung geändert. Im besten Fall warf sie in dieser Sache nun lediglich Ariel den Ball zu – die diese Frage sicherlich stellen würde. Denn die Frage war sehr einfach, sobald man erst einmal darauf gekommen war:

Egal wie ehrlich er sein mag, es gibt eine Geschichte, die kein Mensch je über sein Leben schreiben kann. Das ist die Geschichte über den eigenen Tod.

Selbst wenn die seltsame Art und Weise, wie Kylar seine Gedanken zu diktieren vermocht hatte, noch während er das alles erlebte, irgendwie zu bedeuten hatte, dass er seine Geschichte bis zu seiner letzten Sekunde fortsetzen konnte, besagte der Sprung ins Meer zusammen mit seinem Tagebuch doch auch, dass das Tagebuch eigentlich immer noch irgendwo im Meer sein sollte. Wenn Kylar im Wasser gestorben war, wie es Vi der Sprecherin gegenüber behauptet hatte, wie hatte er es dann geschafft, sein Tagebuch, in dem seine letzten Sekunden festgehalten waren, *hierher* kommen zu lassen? Wenn er tot war, wann hatte er dann den Magier gefunden, um es so zu verzaubern, dass nur Vi es lesen konnte?

»Hebt mal Eure Röcke«, forderte Vi mit kalter Stimme.

»Ich soll meine … wie bitte?«

»Hebt Eure Röcke, denn Ihr müsst wirklich Eier haben, mich nach allem, was Ihr mir angetan habt, noch um einen Gefallen zu bitten.«

In diesem Moment machte Sprecherin Istariel das bisher Schockierendste überhaupt. Sie lachte. »So hat niemand mehr mit mir gesprochen, seit … Nun, ich kann verstehen, warum Kylar dich gemocht hat. Und warum Ariel dich mag.«

Vi kam ein plötzlicher Gedanke. »Ihr scheint mir allzu versessen darauf, dass ich ihr Bericht erstatte. Habt Ihr sie womöglich überhaupt erst zu mir geschickt, damit sie mich ausspioniert?«

»Natürlich habe ich das. Ach komm, schau nicht so entrüstet. Ariel hat es gar nicht gemerkt. Ich habe gewusst, dass ihr beide befreundet seid, also habe ich es so eingerichtet, dass sich eure Wege kreuzen. Ich habe sie nach ihren gegenwärtigen Studien gefragt. Wie immer hat sie mir mit Vergnügen und in nervtötender Länge davon berichtet. Ich fragte sie, ob sie irgendwelche ganz bestimmten Bände brauchen würde. Als sie mir die gewünschten Bücher nannte, habe ich erwähnt, dass ich ein paar davon in der Bibliothek gesehen hätte, in der ich vorhatte, dich von allen anderen abzusondern. Dann habe ich die Chefbibliothekarin beauftragt, dafür zu sorgen, dass diese Bücher sofort dorthin gebracht wurden.«

»Ihr Schwestern«, bemerkte Vi kopfschüttelnd, »ihr könnt nie einfach um etwas bitten, was ihr wollt, oder?«

Mit verkniffenem Mund wandte sich Istariel zum Gehen.

»Wartet! Ich mache es«, sagte Vi. »Unter einer Bedingung.«

Sprecherin Istariel blieb stehen, drehte sich jedoch nicht um.

»Unter der Bedingung, dass Ihr mir ganz offen und ehrlich sagt, was Ihr vorhabt. Ihr wisst schon, mit *ihm*«, erklärte Vi.

»Und warum solltest du glauben, was ich dir sage?«, fragte Istariel.

»Ihr werdet mein Gedächtnis ohnehin auslöschen. Nicht wahr? Ihr habt nichts zu verlieren, indem Ihr mir die Wahrheit sagt. Und ich finde, dass ich es auch verdient habe.«

Istariel wirkte unbeeindruckt. »Du willst also deine Antwort von vorhin noch einmal überdenken? Ausgezeichnet.« Sie murmelte etwas und eine Seitentür öffnete sich auf magische Weise. Sie nickte jemandem davor zu. Vi hörte Schritte sich entfernen. Die Sprecherin fuhr fort: »Du hast gemeint, du hättest dich auf dem Vorderdeck befunden und einen guten Blick auf alles gehabt. Du hast gemeint, du hättest gesehen, wie der kleine Caedan erdolcht wurde. Durch einen Stich in den Nacken.«

Eine Frau trat in den Raum, ein Baby im Arm. Sie reichte den Kleinen der Sprecherin Istariel, die ihn viel kundiger umfasste, als Vi es erwartet hätte. Istariel hielt den Kopf des Babys mit der Linken und strich ihm das Haar zur Seite.

»Wo ist die Wunde, Vi? Und, nach allem, was jedermann über ihn gesagt hat, warum lässt dieses Kind keinerlei Anzeichen von magischem Talent erkennen? Was ist mit ihm geschehen? Wird sein Talent wieder zurückkommen?«

»Ich habe Euch schon gesagt, dass ich von alledem nichts weiß. Aber, bitte, Ihr müsst mir versichern, dass Ihr Caedan zu seinen Eltern zurückbringen lasst. Kylar hat alles dafür gegeben, damit das geschieht. Ich habe Kylar im Glauben gelassen, er hätte das Baby getötet ...«

Und von einer Sekunde auf die andere war sie wieder auf diesem verfluchten Schiff. Sie hatte das mit dem Großen Täuschungszauber versehene Messer vom Boden aufgehoben und es Kylar an den Gürtel gesteckt, und während dessen Magie ihn wirbelnd eingehüllt hatte, ein aktiv gewordener Zauber, so eingerichtet, ihn nicht nur glauben, sondern auch tatsächlich erleben zu lassen, was immer sie dem mächtigen Täuschungszauber zu tun auftrug, hatte sie Kylar das Kind aus den Armen gerissen und ihm stattdessen ein Bündel zusammengeschnürter Kleider gegeben, und er hatte geglaubt, er hätte das Kind noch in Händen. Nachdem Kylar vom

Bug des Sturmschiffes gestürzt war, war sie selbst von der Backbordseite aus in die Tiefe gesprungen und hatte ihr Aufschlagen auf den Wellen magisch abgefedert. Kaum war sie wieder an die Oberfläche getaucht, als auch schon das Boot der Schwestern – das hinter dem Sturmschiff versteckt auf sie gewartet hatte – sie und das Kind rasch aus dem Wasser holte. Das Kommando, das das Boot vom Wolkenkap herübergebracht hatte, hatte vier Wettermagierinnen an Bord gehabt. Diese Frauen hatten Vi und das Kind sicher nach Hause gebracht. Von da an waren sie nicht mehr verfolgt worden. Vi hatte auch Kylar nicht gesehen.

Der Täuschungszauber hatte sich Kylars eigene Erwartungen in Bezug auf das Gewicht des Kindes, seinen Geruch und sogar sein Aussehen zunutze gemacht, solange sich Kylar und das Bündel im Umkreis von mehreren Metern um das Messer herum befanden. Wie Vi inzwischen aus ihrer Lektüre wusste, war das lange genug gewesen. Der Zauber hatte angedauert, bis Kylar das Kind begraben und schließlich den Dolch weggeworfen hatte. Das Gefühl, dass da an der Sache irgendetwas falsch gewesen sein müsse, das er als Nachwirkung des Täuschungszaubers eigentlich hätte empfinden sollen, hatte er uminterpretiert und als Gefühl der Falschheit seines Tuns verstanden.

»Mit dem, was du da getan hast, hast du das Kind vor all seinen Feinden gerettet«, betonte die Sprecherin. »Und du hast die Chantry gerettet und vielleicht sogar die Magie überhaupt, wofür dir unsere ewige Dankbarkeit gebührt. Ich habe durch eine Notiz in meinem eigenen Tagebuch – verschlüsselt, wie ich zugeben muss – festgehalten, welche Rolle du bei der ganzen Aktion gespielt hast, damit die Geschichte dich eines Tages als Heldin feiern wird.«

»Die Geschichte ist mir egal! Um all der Götter willen, gebt das Kind seinen Eltern zurück. Ihr habt es soeben selbst gesagt.

Der Junge verfügt über keinerlei magisches Talent mehr. Er ist für niemanden eine Bedrohung.«

»Der Hohe Rat hat entschieden, dass wir es nicht riskieren können, den Jungen an seine Eltern zurückzugeben, solange wir uns nicht sicher sein können, dass seine besonderen Fähigkeiten nicht wieder zurückkehren. Er ist zu gefährlich.«

»Bis Ihr Euch *sicher* sein könnt? Wie lange wird das dauern? Bis Ihr weitere Untersuchungen an ihm durchgeführt habt?« Als sie Istariels versteinerte Miene bemerkte, fuhr Vi mit Entsetzen in der Stimme fort: »Ihr wollt warten, bis sich sein magisches Talent von Natur aus bemerkbar macht? Wollt ihn hierbehalten, bis er die Pubertät hinter sich hat?«

»Es steht zu viel auf dem Spiel, um die Sache anders zu handhaben. Wir glauben nicht, dass seine magischen Kräfte zurückkehren werden. Aber könntest du das garantieren? Könnte das überhaupt irgendjemand? Das In-Erscheinung-Treten von magischem Talent ist ein geheimnisvoller Prozess. Es ist die einzige Möglichkeit, um uns sicher zu sein. Wenn es dann so weit ist, können wir ihn vielleicht gehen lassen. Es kann aber auch sein, dass er für den Rest seines Lebens unser Gast bleiben muss.«

»Ihr könnt doch nicht …«

Ein Lächeln trat auf Istariels Züge, als Caedan plötzlich ein leises Krähen ausstieß. Sie rieb ihre Nase gegen seine, als sei sie ein nettes Tantchen statt eine Frau, die seine Eltern in tiefer Trauer zurückließ und die vorhatte, ihn in dem Glauben aufwachsen zu lassen, ein Waisenkind zu sein. »Wenn wir uns täuschen und seine magieverneinenden Kräfte kommen zurück und wachsen zu einer gewaltigen Macht heran, dann könnte dieser Knabe unser aller Tod sein. Ich möchte, dass du weißt, Vi, dass ich mich mühsam gegen diejenigen habe durchsetzen müssen, die der Ansicht waren, die Sache solle zu Ende gebracht werden. Verstehst du, was ich damit meine? Aber so sind wir nicht. Ich habe allem derartigen Gerede ein Ende gemacht.« Wieder lächelte sie Caedan an. »Das hat die gute Tante doch, nicht?«, sagte sie in der Art, wie Erwachsene mit Babys sprechen. »Und du bist das beste kleine Baby überhaupt, nicht wahr?«

»Nicht zu fassen, was Ihr da mit ihm anstellt«, sagte Vi leise, entgeistert.

»Wir tun, was für uns das Beste ist, Viridiana. Wenn du glaubst, bessere Ergebnisse dadurch erzielen zu können, dass du Frauen aufforderst, dir ihre Eier zu zeigen, dann tu dir keinen Zwang an.«

Kapitel 49

Der unmögliche Preis

Es kommt ein Morgen, an dem ich die Sonne sehen kann. Ich habe gestern Abend etwas gegessen. Habe ein Feuer gemacht. Geschlafen.

Ich habe eine Entscheidung getroffen, und endlich weiß ich, warum ich die ganze Zeit nach Norden gegangen bin.

~Du scheinst jetzt wieder einigermaßen der Alte zu sein.~

Es ist das erste Mal seit einer Ewigkeit, dass der Ka'kari mit mir spricht.

Im Weitergehen denke ich darüber nach, was er gesagt hat. Nein. Ich werde nie wieder der Alte sein. Aber ich funktioniere wohl wieder einigermaßen. Das muss ich jetzt auch.

Ich habe ein Problem.

~Viele. Aber wie ich sehe, hast du jetzt einen Plan.~

Mehrere, doch die Reihenfolge ihrer Ausführung hängt von Momma K ab. Und ich werde deine Hilfe benötigen.

~Zum Wohle derjenigen, die das alles eines Tages lesen oder hören: Möchtest du mir nicht vielleicht mitteilen, was du da gerade treibst?~

Ich habe mir offenbar abgewöhnt, alles gleich zu berichten, während es passiert, was?

Ich stoße die gefesselte Blutarbeiterin mit dem Fuß an. Es dauert ein paar Minuten, jemanden richtig gut zu fesseln, vor allem wenn es sich um jemanden aus meiner alten Branche handelt. Man darf nicht nachlässig mit dem umgehen, was noch an Seil übrig ist, und einfach irgendwelche Annahmen treffen, nur weil man es mit einer Frau zu tun hat und du sie ja so gut geknebelt hast, dass sie ihr magisches Talent nicht einzusetzen vermag. Du musst die Fesseln so fest und wirksam machen, dass selbst die doppelte oder dreifache menschliche Muskelkraft nichts gegen sie ausrichten kann.

Sie ist dunkelblond, muskelbepackt und hübsch, und sie trägt ihr Haar offen und so lang, dass es unpraktisch ist, was mich überrascht. Bis ich ihr Ohr entdecke. Beziehungsweise das Fehlen eines solchen an der Stelle, wo es vor Jahren reichlich unschön abgeschnitten wurde. Sie trägt ihr Haar lang und zur Seite geworfen, um den vernarbten Ohrstummel zu verdecken.

Ich kenne sie nicht, aber von der Art her, wie sie reagiert hat, ist es offensichtlich, dass sie ein Blutjunge ist, eine durch Magie in ihren Fähigkeiten optimierte und mittels Magie gebundene Meuchelmörderin, die von den Sa'kagé ausgebildet wurde und letztlich für Momma K arbeitet. Hier und heute hatte sie Wachdienst.

Genauso wie einst ich, hat sie sich als nicht sonderlich gut in ihrem Wachehalten erwiesen.

»Ich würde mal annehmen, du brauchst vier Stunden, um deinen Fesseln zu entkommen. Was meinst du?«, frage ich sie. »Ich brauche eigentlich nur eine, aber ... nun ja, verlieren hat so seine Konsequenzen, nicht wahr? Wir wissen beide, dass ich diese Folgen für dich noch viel schlimmer machen könnte.«

Ich löse eine Glasscheibe aus dem Dachfenster, lege sie beiseite, lasse den Ka'kari das magische Feld auf der anderen Seite in sich aufnehmen, halte mich mit den Fingerspitzen am Rahmen fest und senke mich in die Kammer darunter hinab.

Momma K hat die gesamte Ebene mit hölzernen Nachtigallenböden ausgestattet, die eine Art Zirpen von sich geben, sobald man darauf tritt. Auf meinen Vorschlag hin (und sicherlich zuvor auch schon auf Anregung Durzos) hat sie an mehreren Stellen – immer dort, wo ein Meister der Meuchelkunst beim Versuch, einen solchen Boden lautlos zu überqueren, wohl am ehesten seine Füße absetzen würde – unauffällige magische Fallen in Stellung gebracht.

Also lasse ich das mit dem Boden. Die Decke ist glatt und magisch umkleidet, um jeden Eindringling davon abzuhalten zu tun, was ich gerade tue. Aber ich habe den schwarzen Ka'kari. Er macht gewisse Dinge ganz unverschämt einfach.

Ich werde ihn vermissen.

~Du wirst … du wirst mich *vermissen*?~

Weißt du, ich habe herausgefunden, warum Durzo mir das Armband zum Halten des Ka'kari hat zukommen lassen. Ich habe es irgendwie als gegeben hingenommen, dass ich den Ka'kari all meine Gedanken hören lassen muss. Durzo wusste es besser und er hat mir sein Wissen mitteilen wollen. Er hat mir eine Möglichkeit gegeben, ihn immer so nah bei mir zu haben, um ihn jederzeit sofort benutzen zu können, ohne mir zugleich vorzumachen, er sei mein Freund. Das hatte ich bisher nicht verstanden.

Momma K arbeitet an ihrem Schreibtisch, wie so oft spät in der Nacht. Heute trägt sie mal nicht die Gelehrtenbrille, mit der ich sie mittlerweile zu sehen gewohnt bin, wenn sie allein ist. Sie sieht gut aus; sie hat etwas an sich, das einen nie vergessen lässt, dass sie vor nicht allzu langer Zeit noch als die größte Kurtisane der Gegenwart galt. Irgendwie kann ihr selbst das Alter nicht rauben, was sie ausmacht.

Ich lasse mich lautlos vor ihrem Schreibtisch auf den Boden fallen.

Sie springt auf – und wirkt dann verärgert darüber, dass sie aufgesprungen ist. Verärgert über mich. Sie wendet ihren Blick wieder ihrer Arbeit zu.

Ich brauche keinen einzigen Schritt zu machen, als ich auf dem Stuhl ihr gegenüber Platz nehme.

Sie beendet die Arbeit an dem, was sie gerade schreibt. Unterschreibt mit ihrem Namen. Legt das Blatt auf einen Stapel mit anderen Briefen. Wahrscheinlich Befehle für ihre vielen Spione und Agenten. Dann sieht sie mich an, die Feder in der Hand, und überlegt offensichtlich, ob sie mich jetzt ansprechen oder erst noch ein anderes Pergamentblatt nehmen und weiterarbeiten soll, nur um mich zu ärgern.

Ich sitze da, tatenlos, geduldig.

»Du wirst ihm jedes Mal ähnlicher, wenn ich dich sehe«, sagt sie schließlich und legt die Schreibfeder in ihre Halterung.

Ich frage nicht nach, wen sie meint. Durzo. Aus irgendeinem Grund möchte ich seinen Namen nicht erwähnen. Es sollte nicht so sein, trotzdem erscheint es mir immer noch wie ein Verrat, dass er nicht zur Stelle gewesen ist, als ich ihn gebraucht habe. »Hat er sich mal wieder blicken lassen?«, erkundige ich mich, als sei es mir weitgehend egal.

»Nein, das letzte Mal war, noch bevor du von hier weg bist.« Sie sagt es ohne erkennbare Gefühlsregung. Aber sollte sie lügen, so ist das hier ein Bereich, wo ich mir keine Hoffnungen machen kann, ihren Panzer zu durchdringen. Ich lasse es darauf beruhen.

Sie fragt mich nicht, wo ich gewesen bin oder wie die Sache gelaufen ist. Sie ist sehr geschickt darin, oberflächliche Konversation zu treiben und die Unterhaltung in jede von ihr gewünschte

Richtung zu lenken. Doch sie kennt mich auch und sie will offensichtlich keine Spielchen spielen.

»Kiern. Irgendwelche Spuren?«, frage ich.

»Viele. Und alle führen letztlich nicht weiter. Wir haben mehr Reichtümer ausgegeben, mehr Blut vergossen und mehr Beziehungen zu mächtigen Leuten verheizt, als wir uns womöglich leisten können. Und das für nichts und wieder nichts, außer dass wir jetzt wissen, wer uns zu helfen gewillt ist oder uns zumindest bisher geholfen hat, wer leicht beleidigt ist und wer in verschiedenen Reichen in Midcyru die wahren Strippenzieher sind. Aber was die Suche nach dem Kind angeht? Wir haben rein gar nichts finden können. Logan möchte mit dir sprechen, weißt du.«

Ich antworte nicht. Ich war mir nicht sicher, ob ich vor Eintreffen der Nachricht über die Geschehnisse auf dem Sturmschiff aus Borami hier sein würde, aber ein Kontaktmann hat mir versichert, dass ich schneller angekommen sei. Sieht ganz so aus, als würde es stimmen: Nicht einmal Momma K weiß bereits, was passiert ist.

Ich bin es Logan schuldig, ihm alles zu sagen, aber ich kann ihm nicht unter die Augen treten. Ertrage es nicht, ihn anzulügen. Kann ihm unmöglich die Wahrheit sagen. Er wird verlangen, alles zu hören, und er hat das auch verdient.

Wie hat sich der einfache Auftrag, zwei kleine Kinder zu schützen, nur zu alldem hier entwickeln können?

»Kylar«, fragt Momma K mit leiser Stimme, »irgendetwas stimmt doch nicht, oder? Ich kenne dich. Was ist los?«

»Ihr habt zu viel gewusst, und ich will wissen, woher«, erkläre ich, ohne auf ihre Frage einzugehen. »Ihr habt versucht, mich nach Sturmfest zu entsenden, noch bevor die Entführung überhaupt stattgefunden hat. Ich glaube nicht, dass Ihr hinter der Sache steckt, aber ich werde nicht schlau daraus. Woher habt Ihr so viel wissen können?«

Momma K seufzt. »Ich bin wahrhaftig nicht ihre erste Wahl gewesen. Vielleicht war ich sogar ihre letzte. Aber als ihr niemand sonst mehr zuhören wollte, ist Jenine Gyre zu mir gekommen. Sie hatte Träume. Die Heilerinnen haben ihr alle möglichen Fragen gestellt, sehr spezifische Fragen, aber sie haben ihr gegenüber mit nichts herausgerückt. Haben ihre Bedenken, ihren Argwohn einfach beiseitegewischt und Logan gegenüber versichert, es sei alles nur eine Folge der Strapazen der Geburt. Ich bin die Einzige gewesen, die vorgab, ihr Glauben zu schenken. Bald schon hat sie mir ihr Herz geöffnet. Dann habe ich bemerkt, wie einige ihrer Träume Wirklichkeit geworden sind, und ich habe angefangen, ihr tatsächlich zu glauben, in allem, was sie sagte. Ich glaubte, dass wir die Entführung der Kinder nicht würden verhindern können. Also versuchte ich, die Prophezeiung zu umgehen, indem ich dich dorthin schickte, von wo du eines der Kinder würdest zurückbringen können. Aber du hast nicht gehen wollen.«

»Der Nemesis-Kompass ist also gar nicht real? Sondern nur ein Köder, um mich in die von Euch gewünschte Richtung zu lenken?«

»Köder, ja. Aber *nur* ein Köder?« Sie schüttelt den Kopf. »Durzo hat mir eine Liste der gefährlichsten Artefakte gegeben, die er entweder persönlich gesehen hat oder von denen er vermutete, dass sie vor Jahrhunderten beim Untergang von Trayethell eingesetzt worden waren, als Jorsin Alkestes zum ersten Mal geweckt hat, was unter dem Schwarzen Hügel schlummerte. Durzo vermutete, dass einige dieser Artefakte die Zeiten überdauert haben könnten. Von ihnen allen, so meinte er, sei der Kompass das nützlichste oder gefährlichste, je nachdem, wer ihn in seinem Besitz hat. Das ist einer unserer Streitpunkte gewesen. Als er schließlich verschwunden ist, hatte ich den Verdacht, dass er sich vielleicht auf die Jagd nach dem Kompass gemacht hat. Seine Spur führte nach Tover, und das ist auch der Grund, warum ich dich von allen Orten, an denen du ein Armband für das Fest der Kaiserin hättest stehlen können, ausgerechnet dorthin entsandt habe. Ich hatte die törichte Hoffnung, ihr beide würdet einander finden und euch gegenseitig helfen, entweder er dir oder du ihm, je nachdem, wessen Jagd gerade besser lief.«

»Ihr wolltet die Friedensstifterin spielen?«, frage ich skeptisch.

Nachdenklich reibt sie sich eine kleine Narbe auf ihrem Arm. »Ich habe euch einmal gegeneinander aufgehetzt. Ich fand, ich schulde euch beiden etwas. Manche dummen alten Frauen verkuppeln junge Paare. Und ich verkupple offensichtlich alte Meister und ihre Lehrlinge. Und was für eine halbherzige Anstrengung es doch gewesen ist, oder? Selbst wenn er noch in Tover gewesen wäre, wie groß war wohl die Wahrscheinlichkeit, dass ihr einander über den Weg laufen würdet?«

Aber ich denke an den Pfeil mit dem Zettel ohne Unterschrift, der mich dort getroffen hat. Dieser Zettel hat Phaena das Leben gerettet. Später hatte ich vermutet, dass Vi den Pfeil abgeschossen hat, aber bei all den anderen Dingen, die sich da abgespielt hatten, habe ich vergessen, sie danach zu fragen. Könnte das womöglich *Durzo* gewesen sein?

Es lässt mein Herz vor einer anderen Art von Sehnsucht schmerzen. Doch all das tut jetzt nichts zur Sache.

»Es waren also Jenines Träume. Sie hat Euch alles darüber erzählt?«

»Sie ist jung, aber sie ist eine Königin. Selbst in größter Seelenpein ist sie keine Närrin, Kylar. Sie hat alles an Details für sich behalten, was ihr nötig erschien.« Momma K stutzt kurz, um dann fortzufahren: »Ach, aber du hast das gar nicht ganz allgemein gemeint, oder? Du meinst, ob sie mir irgendwelche Träume mitgeteilt hat, die sie von *dir* hatte?« Einen Moment lang wirkt sie amüsiert. »In der Hoffnung, deine Zukunft zu erfahren?« Doch dann verfliegt ihre Belustigung, als ihr ein anderer Gedanke kommt. »Oder fragst du dich etwa, wie viel sie über deine Vergangenheit herausgefunden hat?«

Meine Brust ist wie zugeschnürt und ich antworte nicht. Ich kann ihren Blick nicht erwidern, ohne auszuweichen.

Momma K hat Erbarmen mit mir und lässt mich nicht länger zappeln. »Sie sagte mir, du würdest die Entführung nicht verhindern können. Sie wusste, dass wir beide uns nahestehen.« Sie wird still; erst nach längerem Schweigen, als habe sie Angst vor meiner Antwort, fügt sie hinzu: »Kylar, gibt es da etwas, was du mir gerne sagen möchtest?«

Wie lange wird es dauern, bis Jenine zurückkommt? Wie lange, bis Momma K ohnehin alles herausfindet? Es wäre besser für mich, wenn ich es ihr selbst sagen würde, wenn ich sicherstellen würde, dass sie die ganze Wahrheit erfährt und nicht nur das hasserfüllte Zeug, das Jenine ihr erzählen wird.

Aber die entsprechenden Worte verweigern sich meinem Befehl. »Ich werde für eine Zeit lang von hier weggehen. Für eine lange Zeit, nehme ich an.«

»Wie kann ich mit dir in Kontakt treten?«, will sie wissen.

»Gar nicht.« Ich spüre, wie der Raum zwischen uns immer größer wird, ich immer tiefer und tiefer in mir versinke. Kein Kiern und keine Spur, wo er zu finden sein könnte, bedeutet, dass es an der Zeit für meinen *anderen* Plan ist und das lieber früher als später. Auch gut. Vielleicht weniger hilfreich für Logan und die Welt, jedoch genauso notwendig.

»Kylar, hast du schon bei Graf Drake vorbeigeschaut?«

Ich verstehe nicht, worauf sie hinauswill. »Kein Anlass dazu.«

»Wusstest du, dass er früher ein Spieler gewesen ist?«

»Ein Spieler? Sieht ihm gar nicht ähnlich. Ich habe gedacht, er hätte die Buchhaltung für Euch gemacht, damals, vor langer Zeit.«

»Mir fiel auf, dass er selten spielte, auch selten mehrmals mit denselben Leuten, aber immer nur um die höchsten Einsätze. Ein wenig unter Druck gesetzt, berichtete er mir, dass er da ein System entwickelt hatte. Natürlich hat jeder so sein eigenes System, also fragte ich ihn nach den Einzelheiten. Er hatte wissenschaftliche Werke studiert und sie für seine Zwecke umgemünzt, Wahrscheinlichkeitstabellen erstellt. Die hat er auswendig gelernt, und indem er die ausgespielten Karten genau verfolgt und sich eingeprägt hat, meinte er – wie hat er es noch mal formuliert? –, über die Zeit gerechnet einen statistisch signifikanten Vorteil zu haben. Ich habe ihn hin und wieder ein sehr gutes Blatt verlieren sehen, nie jedoch habe ich erlebt, dass er mit weniger Geld von einem Spieltisch zurückgekehrt ist, als er hatte, als er sich dorthin gesetzt hat.«

»Und warum erzählt Ihr mir das?«, frage ich sie.

»Ich habe ihn gefragt, warum er das Glücksspiel aufgegeben hat. Er schob einen religiösen Grund vor, aber als ich nachgehakt habe und den wahren Grund wissen wollte, sagte er, er habe einmal den größten Einsatz seines Lebens getätigt und entgegen aller Wahrscheinlichkeit gewonnen. Er meinte, nun sein gesamtes Glück aufgebraucht zu haben.«

»Gut für ihn. Der Mann hat einen Sieg verdient. Die Welt braucht mehr reiche Männer, die …«

»Er hat dich gemeint«, unterbricht sie mit leiser Stimme. »Du solltest ihn besuchen gehen.«

Es verschlägt mir den Atem und plötzlich bin ich den Tränen nahe. Ich bekomme keine Luft mehr. Sie muss dieses Gespräch mit ihm schon vor langer Zeit geführt haben. Nach unserem Streit hätte Graf Drake das nicht mehr gesagt. Jetzt würde er es nicht mehr sagen.

Nein, mit mir hat er ein wirklich gutes Blatt verloren. Vielleicht wird sich Blau, das Waisenmädchen, das ich in seine Obhut gegeben habe, als sein wahrer Gewinn herausstellen. Vielleicht wird sie der Gewinn sein, mit dem er schließlich vom Tisch aufsteht.

Momma K bemerkt mein Kopfschütteln. Sie fragt, immer noch leise: »Kylar, wirst du Logan einen Besuch abstatten?«

Ich antworte nicht. Aber mein Gesicht ist Antwort genug.

»Dann haben wir Caedan verloren.« Sie macht das immer noch, nach all den Jahren. Sie spricht ihre Fragen, als seien es Aussagen, und verlangt doch irgendwie immer noch Antworten.

Die Worte kommen mir als leises Flüstern von den Lippen. »Mehr als nur verloren.«

»Tot?« Momma K schlägt sich entsetzt die Hand vor den Mund.

Interessant, denkt ein losgelöster Teil von mir. Sie hat zu ihrer Zeit so viele Morde beauftragt, dass man meinen könnte, sie sei gegen die Schrecken des Todes gefeit. Allerdings hatte sie schon immer eine Schwäche für Kinder.

Ich bin auch einmal eines von ihnen gewesen. Ich frage mich, ob sie mich immer noch als so etwas wie ihr Kind ansieht, als ihren aus der Art geschlagenen Sohn, der noch immer der Rettung bedarf.

»Kylar«, sagt sie, und ihre Stimme ist sanft, »ich kenne dich. Ich kenne dich schon, seit du ein Kind warst. Ich habe gesehen, wie viel Anstand in dir steckt, trotz allem.«

»Ihr kennt mich nicht«, flüstere ich. »Würdet Ihr mich kennen …«

»Beantworte mir das Folgende, und ich werde nicht weiter in dich dringen«, sagt sie, während sie nicht auf meinen Einwurf eingeht und mir einfach das Wort abschneidet. »Was du getan hast, musstest du das tun?«

»Ich hätte …«

»Musstest du es tun?«, blafft sie.

»Ich … ich habe keinen anderen Ausweg mehr gewusst.«

»Dann sei es zufrieden.«

Ich schnaube verbittert. »Zufrieden?«

»Würdest du es anders machen, wenn du das Gleiche noch mal tun müsstest?«, erkundigt sie sich.

Ich blicke sie lange an, diese Frau, die mehr schreckliche Dinge gesehen hat als die meisten anderen Menschen und die selbst hinter einem nicht unerheblichen Teil dieser Dinge gesteckt hat. »Ganz am Ende?«, frage ich.

Ich schüttle den Kopf. Ich weiß nicht, ob es ein *Nein* oder ein *Ich weiß nicht* ist.

»Dann lass es hinter dir«, sagt sie mit Nachdruck. »Alles andere würde dich kaputt machen und nicht nur dich allein.«

Ich kann nicht mal mehr atmen, so groß ist plötzlich meine Angst, dass sie fragt, was ich getan habe.

»Kylar, was immer du getan hast, du hast es auf meinen Befehl hin getan. Du hast es getan, um Logan und sein ganzes Königreich zu retten. Es ist nicht deine Schuld.«

Ich spüre, wie ich wieder in weite Ferne abdrifte. »Wisst Ihr, das habe ich auch einmal geglaubt.«

Leise fragt Momma K: »Was ist passiert?«

Sie hatte eigentlich nicht vor zu fragen. Als alte Freundin aus dem Labyrinth, die zeitweise eine Ersatzmutter für mich gewesen ist, hat sie eigentlich nicht fragen wollen. Aber sie tut es nun doch. Was bedeutet, dass sie als Vasallin des Königs fragt, als eine hart bedrängte Frau, deren Leben und Laufbahn von ihrem Dienst für ihn abhängen.

»Vielleicht habe ich ja getan, was ich tun musste«, antworte ich, »aber eben weil ich es getan habe, muss ich jetzt etwas anderes tun.«

»Ich verstehe nicht, was du da sagst.«

»Phaena war großartig. Besser als ich. Sie ist jetzt entweder tot oder steckt in einem Kerker in Borami. Wenn Ihr könnt, holt sie bitte raus, ja? Hier sind die Geheimcodes für meine Bankiers und Verwalter – obwohl Ihr die wohl ohnehin schon alle kennt.« Ich reiche ihr eine Schriftrolle. Sie lässt sich nicht anmerken, ob sie bereits Bescheid wusste oder nicht. Ist mir egal. »Nehmt so viel davon, wie Ihr braucht. Nehmt meinetwegen alles. Ich weiß, wenn sie gefangen gehalten wird, ist es einfacher, sie zum Schweigen zu bringen, als sie zu retten, aber Ihr würdet eine große Begabung verlieren. Sie ist klug, Euch treu ergeben und so fähig, dass sie es fast ganz allein geschafft hätte. Eins noch: Ob sie es geschafft hat oder nicht, um ihre Familie ist es nicht gerade gut bestellt. Ich wäre Euch dankbar, wenn Ihr ihre Familienmitglieder in vernünftigen Wohnverhältnissen unterbringen und anständige Unterhaltszahlungen von meinen Mieteinnahmen für sie abzwacken könntet.«

Wenn ich ein besserer Mensch wäre, würde ich mich selbst auf den Weg machen, um herauszufinden, ob Phaena noch am Leben ist, und sie, wenn ja, befreien. Aber Borami ist für mich im Moment der gefährlichste Ort auf der Welt, und ich bin nicht in der Verfassung, irgendeine gefährliche Aufgabe zu übernehmen, geschweige denn eine weitere, bei der die Aussichten auf Erfolg hoffnungslos schlecht stehen.

»Betrachte die Sache als erledigt«, erwidert sie. Sie lässt mir einen Moment Zeit, liest die Verzweiflung in meinen Zügen.

»Kylar ...«

»Da drin befindet sich auch mein vollständiger Bericht, zusammen mit den Geheimcodes. Nicht dass irgendjemand sonst das alles glauben würde. Ich würde es selbst nicht glauben, wenn ich nicht alles mit eigenen Augen erlebt hätte.« Dass die Kaiserin selbst die ganze Zeit über hinter der Entführung gesteckt hat? Dass Repha'im eine Art Wesen aus einer anderen Welt oder ein Geschöpf aus der Unterwelt ist? Keine Frage, ich habe nicht einmal die Kraft, es auch nur Momma K auseinanderzusetzen, die doch weiß, dass ich bei derartigen Dingen nicht lügen würde.

Aber sie und Logan müssen wissen, was auf sie zukommt.

»Durzo hatte recht, wisst Ihr. Fast immer«, sage ich mit einer Nostalgie wie ein gefallenes welkes Herbstblatt, das von scharfkantigen Eiskristallen umrandet ist. »Er meinte immer: ›Es gibt keine unmöglichen Aufgaben, nur unmögliche Preise.‹ Ich habe immer gedacht, er würde damit etwas Zynisches meinen, so von wegen, dass wir uns von den Leuten für die schwierigen Aufträge eine Menge Geld zahlen lassen. Das hat er auch gemeint. Aber ich habe mich geirrt, als ich geglaubt habe, andere würden den Preis zahlen. Ich habe die Arbeit gemacht. Und jetzt zahle ich den Preis für das, was ich getan habe.«

»Kylar, sag es mir. Was ist los? Was ist schiefgelaufen?«

Was *nicht*?

Ich kann an ihrem Gesicht ablesen, dass sie weiß, dass sie dabei ist, mich zu verlieren.

Laut sage ich: »Ich muss jemanden töten, jemanden, der das verdient, aber ich kann es nicht bewerkstelligen.«

»Alle meine Netzwerke stehen dir zur Verfügung. Wie kann ich helfen?«

»Es ist kein Problem dieser Art.«

Sie verstummt, und ich bin zwischen unerträglicher Lethargie und unerträglicher Unruhe hin- und hergerissen.

»Kylar, wer ist es? Wen musst du umbringen?«

Ich stehe auf.

»Kylar, hast du irgendwelche Neuigkeiten über Jenine? Logan ist krank vor Sorge.«

»Als ich sie das letzte Mal gesehen habe, war sie am Leben. Sie ist beim Versuch, Caedan von sich aus zu retten, schwer verletzt worden, aber Vi hat sie zu den Heilern der Kaiserin gebracht.«

Momma K nimmt es zur Kenntnis, ohne auch nur eine Miene zu verziehen, obwohl es sicherlich eine gewaltige Menge an Arbeit für sie bedeutet. Sie stellt keine weiteren Fragen. Ich glaube, sie weiß, dass ich fertig bin.

»Danke für Eure Hilfe«, sage ich.

»Ich sollte versuchen, dich aufzuhalten. Logan hat es mir so aufgetragen.« Sie seufzt.

»Ich werde zu Logan gehen, keine Sorge. Das mit dem Aufhalten hat schon Eure Leibwächterin versucht.«

»Kylar, du hast sie doch nicht etwa umgebracht, oder?«

»Nein, nein. Na ja, fast, weil ich erst gedacht habe, sie sei hier, um Euch etwas anzutun. Ich habe sie gefesselt zurückgelassen. Sie sollte es bei Morgengrauen geschafft haben, sich zu befreien.«

»Sag mir, dass du behutsam mit ihr umgegangen bist.«

»Ich bin behutsam mit ihr umgegangen.«

»Lügner. Hast du sie gedemütigt? Du weißt, wie wichtig es für eine Kämpferin ist, das nötige Selbstvertrauen zu haben.«

»Es ist wichtiger zu wissen, dass da draußen immer irgendwelche Mistkerle rumlaufen, die härter im Nehmen sind als man selbst.«

»Und du bist einer von ihnen geworden, wie ich sehe.«

»Und Ihr wart schon immer einer, Momma K. Auf Wiedersehen.«

Als Nächstes begebe ich mich zu Logan.

Ich möchte nicht darüber sprechen. Es ist ungefähr so gelaufen, wie man es sich vorstellt. Er hat mich weder getötet noch gefoltert oder ins Gefängnis gesteckt. Das war die schlechte Seite der Sache.

Eine gute Seite gibt es nicht.

Kapitel 50

Die Münze, mit der wir zahlen

Während Schwester Ariel an der magischen Verriegelung der Tür zur Bibliothek herumhantierte, las Vi die letzten Seiten von Kylars Buch. Sie brauchte nicht lange dazu. Als sie schließlich die letzte Seite beendet und das Buch geschlossen hatte, saß sie einfach nur da, in einem Zustand zwischen Verzweiflung und Verwirrung.

Sein Tonfall hatte sich in den letzten Abschnitten, während er das Vorgebirge ansteuerte, ungeheuer verändert. Er hatte sich nicht nur vom Ka'kari und von allen um ihn herum entfremdet, sondern auch von sich selbst. Er hatte auch Dinge verheimlicht, die von ihm gewählte Route nicht preisgegeben, konkrete Einzelheiten mit Bedacht unterschlagen.

Vi wandte sich an Schwester Ariel, wiewohl die Frau ganz in ihrer eigenen Welt untergetaucht schien. »Habt Ihr je erlebt, dass etwas, das vollkommen schiefläuft, direkt vor Euren Augen passiert, und Ihr könnt mit all Eurer Kraft nicht das Geringste tun, um es zu verhindern?«

Schwester Ariel drehte sich zu Vi um und blickte sie an. Sie hob die Augenbrauen. »Nichts anderes sehe ich jetzt.«

»Das hier?«, erwiderte Vi ungläubig. »Ich werde für das falsche Verbrechen sterben, aber ganz im Ernst? Es ist ja nicht gerade so, als ob ich den Tod nicht verdient hätte. Ich war der Lehrling von Hu Gibbet. Ihr wisst nicht über ein Viertel von dem Bescheid, was ich alles für ihn getan habe. Und dann all das hier, mit Kylar …«

»Du solltest die Verantwortung für das alles nicht so sehr bei dir selbst suchen«, riet ihr Schwester Ariel.

»Nicht bei mir selbst? Habt Ihr denn nicht zugehört …?«

»Du bist am Buchende angelangt. Hast du erfahren, wo sich seine Leiche befindet?«, erkundigte sich Schwester Ariel.

»Er hat alle Details verheimlicht. Ganz bewusst.« Sie hatte die letzten Seiten sehr sorgfältig gelesen und nach irgendetwas gesucht, womit er sich womöglich verraten hatte. Sie hatte nichts gefunden, was die Suche sonderlich einzuschränken versprach.

»Dann ist der Ka'kari verloren. Und wir auch. Na ja, *du.*«

Kylar hatte im ganzen Buch auch nicht den kleinsten Hinweis darauf gegeben, wo der Ka'kari jetzt sein könnte. Nicht dass das von ihm zu erwarten gewesen wäre. Vi hätte es wissen müssen. Er wusste, wie mächtig der Ka'kari war, was für eine Katastrophe es wäre, wenn er in die falschen Hände geraten sollte.

Schwester Ariels Konzentration hatte sich bereits auf einen anderen Punkt verlagert, wie immer, ohne sonderliche Gemütsbewegung an den Tag zu legen. »Ich habe mir den Zauber an der Tür genauer vorgenommen, und er ist nichts, womit wir schnell fertigwerden könnten, nicht einmal wenn wir deine Kraft und mein Wissen vereinen. Was bedeutet, dass es kein Entkommen gibt, ganz wie ich es vermutet hatte. Also sollte ich es dich wohl wissen lassen.«

»Was solltet Ihr mich wissen lassen?«, fragte Viridiana.

»Ich hatte eigentlich nicht vor, es dir zu sagen, weil ich davon ausging, die Information könnte aus dir herausgefoltert werden.

Aber dank der Gedächtnisauslöschung sollte das kein Problem sein. Du hast neulich beim Lesen vor dich hin gemurmelt, etwas, wobei es um allzu komplizierte Pläne ging, und das hat mich nachdenklich gemacht.«

»Wirklich, ich habe gemurmelt?«, wunderte sich Vi und dachte zurück. Es musste gewesen sein, als sie über das Raubkomplott gelesen hatte.

»Ich habe mich gefragt, wie ein so erfahrenes Kommando so gründlich versagen konnte. Ich habe genug geschichtliche Werke gelesen, um zu wissen, dass geniale Menschen ständig irgendwelche Fehler machen. Sie haben einen perfekten Plan über zwölf Handlungsschritte hinweg durchgezogen, ohne je zu merken, dass Schritt Nummer zwei von der Gegenseite verlangt hätte, genau das Richtige zu tun oder auch nur irgendetwas Einfaches, Vernünftiges oder was auch immer. Aber! Hier handelt es sich nicht um einen Fehler.«

»Ich kann Euch nicht folgen«, bekannte Vi.

»Ich kenne die fähigste magische Schöpferin der Chantry. Ich habe sie aufgesucht und wegen des Messers befragt. Die Schwestern hatten sie nicht zur Erledigung dieser Arbeit herangezogen. Also bin ich zum zweitbesten Schöpfer gegangen. Diesen Mann hatten sie auch nicht beauftragt. Schließlich jedoch habe ich die richtige Frau gefunden: Savina. Überraschenderweise zeigte sie sich bereit, mit jemandem zu sprechen, der zumindest einen leisen Hauch von Verständnis für die Schwierigkeiten des Schöpfens hat. Zuerst ist bei ihr alles sehr hypothetisch gewesen; sie sagte so Sachen wie: ›Wenn jemand ein magisches Utensil schaffen wollte, das …‹ Aber daraus wurde bald: ›Als ich das magische Messer geschaffen habe, da …‹ Ich habe darauf geachtet, ihr nie irgendwelche konkreten Details zu nennen, aber sie hat es mir genau so beschrieben wie du, sodass ich weiß, dass wir über dasselbe Utensil sprechen. Sie hatte keine Ahnung, was die Schwestern letztendlich damit anstellen würden, doch sie wusste, wie man es härtet und mit Fixierpunkten für bestimmte Arten von Zaubern verstärkt. Ungewöhnliche Zauber. Als sie darüber gesprochen hat, ist sie für eine Weile wieder in diese hypothetische Sprechweise verfallen.«

»Ich glaube, jetzt kann ich Euch wieder folgen«, sagte Viridiana. Die Richtung, die das Gespräch einschlug, beunruhigte sie.

»Savina versieht ihre Arbeiten mit zahlreichen Sicherheitsvorkehrungen, was eine wirklich raffinierte Sache ist und mehr Verbreitung finden sollte – aber das gehört jetzt nicht wirklich hierher. Eine dieser Sicherheitsvorkehrungen besteht darin, dass ihre Schöpfungen die Farbe wechseln, je nachdem, welche Art von Zauber gerade aktiv ist. Sie chiffriert sie mit Bedacht, sodass Schwestern, die entsprechend Bescheid wissen, auf den ersten Blick erkennen können, welcher Gegenstand mit welchem Zauber belegt ist. Die drei wichtigsten Punkte dabei: Erstens könnte dieses Messer in der Tat mit einem Großen Sinnestäuschungszauber versehen gewesen sein. Zweitens: Zauber, die das Bewusstsein beeinflussen, sollten die Glasur orange verfärben. Drittens: Eine blaue Glasur ist die stärkste Warnung, die Savina je verwendet hat. Sie fand, dass Rot zu offensichtlich sei. Wie auch immer: Eine blaue Klinge, die mit Blut in Berührung kommt, wird unweigerlich mit erheblicher Zerstörungskraft explodieren.«

Vi spürte, wie sich ihre Kehle zusammenzog. »Explodieren? Ich … ich verstehe nicht.«

»Du sollst verstehen, dass Kylars Tod nicht deine Schuld ist«, betonte Schwester Ariel.

»Nicht meine Schuld? Das alles ist komplett meine Schuld!«

Schwester Ariel faltete die Hände, als wollte sie erst einmal das Ende von Vis Tirade abwarten, aber Vi verstummte, also ergriff die ältere Frau wieder das Wort. »Viridiana, die Klinge war so präpariert, dass sie explodieren musste, sobald sie mit Blut in Berührung käme. Also: sobald sie sich jemandem ins Fleisch gebohrt hätte. Und das unabhängig davon, ob sie sich nun in deiner oder in Kylars Hand befand. Die Explosion hätte jeden im näheren Umkreis getötet.«

Vi fühlte sich, als habe ihr gerade jemand einen Schlag in die Magengrube versetzt.

»Aber wer hätte so etwas getan? Das Kommando hat so hart gearbeitet! Wir hatten alle …«

»Ich glaube nicht, dass sie alle eingeweiht gewesen sind. Savina hat mir berichtet, dass, nachdem ihr nach Ende der Mission hierher zurückgekommen seid, Jasmine Jakweth sie aufgesucht und sie seinerseits über die Kräfte des Dolches ausgefragt habe. Dabei hat er auch einige der gleichen Fragen gestellt wie später ich. Daraufhin ist er aus dem Kommando für Sonderprobleme und Spezialtaktiken ausgetreten. Melena Gerrick trat ebenfalls aus dem Kommando aus, sobald sie an Land gegangen war, auch wenn sie meines Wissens Savina zuvor keinen Besuch abgestattet hat. Ich habe versucht, sie beide ausfindig zu machen, doch ich hatte zu wenig Zeit. Wir müssen davon ausgehen, dass ihnen entweder nicht gefallen hat, was die Schwestern Kylar oder dir angetan haben, oder dass sie aufgefordert worden waren, etwas noch Schlimmeres zu tun, sich jedoch weigerten, oder dass sie befürchtet haben, man würde sie zum Sündenbock für das Geschehene machen, und dass sie sich daher aus dem Staub machen wollten, bevor das passieren konnte.«

»Und was wollt Ihr damit sagen?«

»Damit will ich sagen, dass in dem Moment, als Caedan Gyre an Bord des Sturmschiffes gebracht wurde, die Mission des Sonderkommandos aufgehört hat, eine Rettungsaktion zu sein. Von diesem Moment an war die Mission, soweit es Schwester Ayayah betraf, nur noch ein Mordanschlag.«

»Nein.« Vi schüttelte den Kopf. Ihr Mund fühlte sich trocken an. Ihre Gedanken wirbelten durcheinander, suchten nach Beweisen, um Schwester Ariel zu demonstrieren, dass sie sich irrte. »Was immer wir getan haben, alles diente einzig einer *Rettung*. Der Plan war zu kompliziert für einen Mordanschlag. Es gab zu viel, was schieflaufen konnte.«

»Was du als ein Schieflaufen bezeichnest, war in Wirklichkeit ein Gutlaufen. Zumindest für Schwester Ayayah und, wie sie glaubte, auch für die Chantry. Savina, die Schöpferin, hat mir mitgeteilt, Schwester Ayayah habe ausdrücklich nachgefragt, ob Zauber, die eine Explosion verursachen, an dem Dolch festgemacht werden könnten. Offensichtlich lautete die Antwort ja. Und Ayayah hat auch gefragt, ob er mit zwei Zaubern gleichzeitig belegt werden könnte, wie zum Beispiel mit einem Explosionszauber und einer Großen Sinnesillusion – was die vornehme Bezeichnung für einen Großen Sinnestäuschungszauber ist. Wieder war die Antwort ja. Savina erklärte ihr, der Dolch würde sich blau färben, um vor dem gefährlicheren der beiden Zauber zu warnen. Denk doch mal nach, Viridiana. Was ist die sicherste Methode, um seine Schwestern von einem Schiff zu befördern, wenn sie Schmuggelware mit sich führen? Indem sie eben keine Schmuggelware mit sich führen. Es ist sehr gut möglich – und ich glaube auch, dass es so war –, dass Schwester Ayayah selbst die entsprechenden Informationen, wo Caedan zu finden sein würde, zu Königin Jenine Gyre hat durchsickern lassen. Jenine würde ihn entweder retten und irgendwo weit weg verstecken – freilich irgendwo auf dem Sturmschiff –, oder, wahrscheinlicher, Jenine würde bei ihrer Rettungsaktion scheitern, und Caedan würde vollends weggesperrt. In jedem Fall wären die Schwestern gezwungen, ohne ihn abzureisen.«

»Stattdessen hat Jenine es geschafft, in gewisser Weise zumindest, und ist dann zu mir gekommen, weil sie geglaubt hat, ich würde ihr helfen«, sagte Vi und sackte in sich zusammen.

»Indem sie Caedans Aufenthaltsort verraten hat, sorgte Schwester Ayayah dafür, dass ihr gesamtes Kommando – nun ja, das übrige Kommando, ohne dich, Viridiana – sicher von Bord gehen konnte. Wir wissen, dass jemand den Plan absichtlich durchgestochen hat. Schwester Ayayah hat das nicht als Verrat angesehen, denn für die Chantry wäre es das bestmögliche Ergebnis gewesen – wenn auch zugleich eine skrupellose, unmoralische Ungeheuerlichkeit –, wenn Caedan auf dem Sturmschiff geblieben wäre und all die magischen Schutzvorkehrungen des Schiffes zunichtegemacht hätte, sodass es hätte sinken müssen. Schwester Ayayah hatte jeden Grund zu der Annahme, dass, wenn es ihrem Kommando nicht gelänge, Caedan zu retten, ihr alle sterben würdet – du, Kylar, König Repha'im, außerdem ein Kind mit der Befähigung, alle Magie auszulöschen, und womöglich sogar die Kaiserin selbst. Alle Probleme der Chantry mit Alitaera wären auf einen Schlag gelöst gewesen, ohne dass die Chantry unter Verdacht stünde, etwas damit zu tun zu haben.«

»Und was ist mit den tausend unschuldigen Menschen, die sie dadurch zum Tode verurteilt hätte?«

»Oh, es wären weitaus mehr als tausend gewesen. Ein Tod der Kaiserin, ohne einen Erben zu hinterlassen, würde einen Bürgerkrieg in Alitaera bedeuten, umso mehr, da viele ihrer mächtigsten Hofbeamten mit ihr zusammen ums Leben gekommen wären, was in jedem Winkel des Reiches für Chaos in den Adelshäusern gesorgt hätte. Aber noch einmal: Das bei einem Bürgerkrieg in Alitaera einzig Entscheidende – zumindest für eine treue, aber völlig amoralische Schwester der Chantry – ist, dass, sobald sie dort erst einmal jeden einzelnen ihrer Soldaten zu Hause in Alitaera brauchen, um sämtliche unerwünschten Anwärter auf den Thron abzuwehren, keiner der Mächtigen dort auf den Gedanken kommen wird, Soldaten aus dem Land ausrücken zu lassen, um irgendwelche weit entfernt lebenden Magierinnen für die Verletzung eines alten Vertrages zu bestrafen.«

»Aber Schwester Ayayah wäre doch sicher nicht willens, so viele Leben wegzuwerfen, nur um …«

»Nur um der Macht willen? Für den Fortbestand der gesamten Chantry? Von all den verlorenen Leben wäre keines ein Mitglied der Chantry gewesen. Und das ist für sie alles, was zählt. Abgesehen von deinem Leben natürlich. Aber du warst sowieso ein Problem. Ihr erster Plan ist offensichtlich gescheitert. Ihr Plan B sah vor, dass du oder Kylar Caedan mit dem Dolch tötet, der dabei explodieren würde. Die Explosion hätte das Kind und alle im näheren Umkreis in den Tod gerissen: also das Kind, Kylar oder dich und, wenn Schwester Ayayah Glück gehabt hätte, vielleicht sogar noch König Repha'im oder die Kaiserin. Vielleicht hätte die Explosion das Schiff gar so stark beschädigt, dass es gesunken wäre. In diesem Fall hätten der Sturm und das Meer noch alle anderen getötet. Je nachdem, wann einer von euch beiden, du oder Kylar, den Dolch eingesetzt hätte, wären mit einer einzigen, nicht zurückverfolgbaren Tat ein bis vier der großen Bedrohungen der Chantry beseitigt gewesen.«

»Wisst Ihr, ich mag Schwester Ayayah nicht, und das habe ich auch nicht sonderlich gut verbergen können, aber warum sollte sie mich umbringen wollen? Ich habe ihr nicht das Geringste getan.«

»Oh, ich hoffe auch, dass du für sie der beklagenswerteste all der vielen Tode gewesen wärst. Immerhin eine Schwester, wenn auch eine, die dich nicht mag. Sofern sie über den Plan Bescheid gewusst haben, gehe ich davon aus, dass sich die anderen im Kommando für deine Rettung eingesetzt haben. Aber letztendlich, für den Fall, dass die Sache katastrophal schiefging, konnten sie nicht riskieren, dass du so lange gefoltert wurdest, bis du gestehst, dass du für die Chantry arbeitest. Das hätte genau den Krieg auslösen können, den sie versuchten abzuwenden. Wenn du tot gewesen wärst, hätten sie dich leicht verleugnen und als Einzeltäterin abtun können, mit der sie nichts zu tun hätten, selbst noch, wenn herausgekommen wäre, dass du hinter dem Anschlag gesteckt hast. Sie könnten darauf verweisen, dass sie auf alle möglichen Arten versucht hätten, dich loszuwerden; könnten zugeben, dass du eine Kriegsheldin gewesen seist, genau das aber als Problem darstellen, weil sie sich dadurch nicht offen von dir hätten lossagen können, auch wenn du in den Führungskreisen der Chantry durchweg verhasst gewesen seist. Weißt du, sie waren ja mit dir einer Meinung, dass dein eigentlicher Auftrag – die aussichtslose Rettungsaktion durch Kinderraub, zu der sie dich verdonnert haben – ein unmögliches Unterfangen war, Viridiana. Ein derart komplexes Raubkomplott mit so vielen Unbekannten ist nun mal zum Scheitern verurteilt.«

Vi setzte sich, kleinlaut, hoffnungslos. »Leider sind unmögliche Aufgaben Kylars Spezialität.«

»Niemand hat gewollt, dass die Sache so läuft, wie es gelaufen ist. Weder die Kaiserin noch Repha'im, weder du noch Kylar, weder das Sonderkommando noch Logan oder Jenine Gyre oder sogar Schwester Ayayah. Keiner hat hier wirklich gewonnen.«

»Nein, aber manche von uns verlieren nun alles«, sagte Vi. »Doch wenn ich hätte sterben sollen, warum sind sie dann mit dem Fluchtboot in der Nähe geblieben? Warum haben sie mich überhaupt aus den Wellen gefischt?«

»Einfach ein wenig menschlicher Anstand? Vielleicht sind sie ja auch nicht alle in sämtliche Bestandteile des Plans eingeweiht gewesen? Und bestimmt war es für sie von Nutzen herauszufinden, was mit dem Sturmschiff passiert ist, bevor es alle Welt erfahren würde. Um zu erfahren, ob du sie mit einer neuen Waffe ausgestattet hast. Um zu wissen, ob sie aus Alitaera fliehen mussten oder ob sie direkt zu anderen Aufgaben übergehen konnten. Wie auch immer, falls du es noch nicht bemerkt hast: Viele der Schwestern, die dich ›gerettet‹ haben, sind dieselben, die jetzt dafür stimmen, dich zu Folter und Hinrichtung den Alitaeri auszuliefern. Du gibst einen viel besseren Sündenbock ab, indem du am Leben bist – noch ein kurzes Weilchen. Es dokumentiert, wie vollumfänglich sie sich von deinen Taten distanzieren. Aber weißt du, eigentlich bin ich sogar angenehm überrascht: Wenn es etwas Persönliches wäre, hätte ich erwartet, dass Schwester Ayayah herkommt, um sich an deinem Elend zu weiden.«

»Ach, sie hat ja noch Zeit dazu«, erwiderte Vi. Sie musste sich unwillkürlich Schwester Ayayah vorstellen, wie sie vor dem Zimmer wartete, in dem die Schwestern Vi den Gedankenlöschungszauber verpassen würden. Schwester Ayayah, wie sie auf Vi zukam, sich mit dem Taschentuch die trockenen Augen abtupfte und sich dann dicht an Vi heranbeugte, sie umarmte und ihr mit einer geflüsterten Bemerkung Gift ins Ohr träufelte.

Vi stützte den Kopf in die Hände. Mit unerschütterlichem Gleichmut in den eigenen Tod zu gehen war das eine. Viel schlimmer war es jedoch, dem Tod im Wissen entgegenzutreten, dass er Schwester Ayayahs Sieg besiegeln und ihr bei ihrem Aufstieg zur Macht ein gutes Stück weiterhelfen würde.

»Ich muss mich noch eingehender mit ihr beschäftigen«, fuhr Schwester Ariel mit nachdenklicher Stimme fort. »Mir scheint, dass sie kein sonderlich schlauer Kopf ist, sondern einfach nur eine Frau, die sich nicht so schnell unterkriegen lässt. Ihre Pläne haben nicht fehlerfrei funktioniert – vielleicht, weil sie darauf angelegt waren, dass Leute wie Kylar und du taten, was von ihnen logischerweise erwartet wurde –, aber irgendwie scheint sie der Typ Mensch zu sein, der es schafft, aus einer katastrophal verlaufenen Spezialoperation, die sie ja selbst geleitet hat, ohne schädliche Folgen für ihre eigene Laufbahn herauszukommen. Das ist überraschend. Ich meine, sie war willens, zur sofortigen Ermordung von tausendeinhundertvierundachtzig Menschen und noch vielen mehr als Folge davon ihren Teil beizutragen – aber mal ganz ehrlich? Es war ein guter Plan!« Schwester Ariel bemerkte Vis Blick und fügte eilig hinzu: »Ich meine, wenn man eine seelenlose alte Hexe ohne vertrauenswürdigen moralischen Kompass und ohne jeden Funken Anstand im Leib ist.«

Doch Vis Gedanken hatten sich nach innen gekehrt. Ihre Stimme war kaum mehr als ein Flüstern. »Ich habe geglaubt, ich würde sie retten. Habe geglaubt, sowohl Kylar als auch Caedan zu retten. Und nun erzählt Ihr mir …« Sie konnte es jetzt sehen, plötzlich, in aller Deutlichkeit. »Ich dachte, es wäre Kylar, mit dem wir unsere Spielchen spielen, dass er der heimliche Narr unseres Raubkomplotts sei. Er war es, von dem wir wollten, dass er alles sehen und dann alles falsch zusammenfügen würde, um dadurch schließlich genau das richtige Falsche zu tun. Aber er war damit nicht allein. Ich bin nicht minder eine Närrin gewesen. Sie haben ihre Spielchen mit *mir* gespielt. Sie wussten, dass nur ich Kylar hinters Licht führen konnte – dass er sich von niemand anderem zur Unachtsamkeit verleiten lassen würde. Nur ich allein habe ihn so gründlich hintergehen können. Ich habe genau das getan, was sie wollten.«

»Du solltest das nicht als persönliche Schwäche betrachten, Kind. Du hast deinen Schwestern vertraut, die sich eidlich verpflichtet haben, auf dich aufzupassen. Von der eigenen Familie zum Narren gehalten zu werden macht dich nicht zur Närrin. Es macht diejenigen, die dich hintergehen, zu Verrätern.«

»Verräter, die geglaubt haben, sie würden die Chantry retten«, fügte Vi verbittert hinzu. »Hat sie das dann nicht sogar zum Gegenteil von Verräterinnen gemacht – nämlich zu Frauen, die einfach getan haben, was getan werden musste?«

»Verräterinnen, die womöglich die Chantry gerettet haben. Trotzdem bleiben sie Verräterinnen. Sie haben Kylar verraten, sie haben ihre geleisteten Eide verraten, und sie haben dich verraten.«

»Und wenn wir nun die Schwesternschaft zu einer neuen Dringlichkeitsversammlung einberufen und ihnen die ganze Wahrheit berichten würden, was würden sie dann sagen? Würden sie Ayayah und das Sonderkommando an den Pranger stellen, oder würden sie nicht vielmehr behaupten, sie hätten getan, was sie hätten tun müssen? Würden sie alle den Blick abwenden und sagen, dass Krieg nun mal hässlich sei und dass es ob dieser Hässlichkeit eben gerechtfertigt ist, ein paar Menschenleben zu opfern, um ihn zu vermeiden? Genau das haben sie mehr oder weniger doch schon gesagt, indem sie mich ausliefern, oder?«

Schwester Ariel wirkte müde und abgespannt. »Niemand fühlt sich damit wirklich wohl, Viridiana. Diese Abstimmung wird viele Schwestern für den Rest ihres Lebens verfolgen.«

»Ist das also der einzige Unterschied zwischen der Chantry und dem Leben auf der Straße?«, fragte Vi verbittert. »Jeder macht, was er muss, um sich zu schützen – nur dass die Schwestern sich hinterher schlecht fühlen? Und das war's? Das ist nicht gut genug. Ich war bereit, für das zu sterben, was diese Schwesternschaft meiner Ansicht nach darstellte, aber ich weiß nicht recht, ob ich auch für das sterben will, was sie tatsächlich ist.«

Schwester Ariel gab einen tiefen Seufzer von sich. Vi hatte den Eindruck, dass es der Frau außerordentlich schwerfiel, die nun folgenden, sorgfältig gewählten Worte auszusprechen. »Vielleicht … vielleicht solltest du das auch nicht tun«, sagte sie. »Vielleicht müssen wir bisweilen die Erfahrung machen, dass Einrichtungen, an die wir unser ganzes Leben lang geglaubt haben, sich in etwas anderes verwandeln. Wenn der Preis für die Erhaltung von etwas Gutem darin besteht, etwas Böses zu tun, sollte man sich fragen, ob man das Gute erhalten und dem Bösen ein Ende gesetzt oder ob man einfach nur die beiden Seiten ausgetauscht hat. Der Grund, warum ich der Chantry diene, besteht darin, dass diese Schwesternschaft durchgängig und auf sehr eindeutige, durchschlagende Weise Gutes tut. Sobald sie damit aufhört, durchgängig eindeutig Gutes zu tun, laufe ich Gefahr, einer Institution zu dienen, die meiner Aufopferung nicht würdig ist.«

»Vielleicht tun sie ja das Richtige«, sagte Vi, und ihre Stimme klang hohl. »Ich bin nichts. Verglichen mit all dem, was die Chantry überall auf der Welt tut, bin ich nur ein unbedeutender Posten im Geschäftsbuch. Ein kleiner Schuldposten in einem Geschäftsbuch, das Guthaben um Guthaben verzeichnet. Zu klein, um ins Gewicht zu fallen.«

»Das glaubt jedenfalls Schwester Ayayah. Andere mögen dem zustimmen, ob widerwillig oder nicht. Ich gehöre da nicht dazu. Und ich werde ihnen die Stirn bieten und ihnen meine Meinung sagen, bis sie meinem Tun ein Ende setzen.«

»Bis sie Euch …? Ihr glaubt doch nicht etwa … Ihr glaubt doch nicht etwa, dass sie versuchen werden, Euch umzubringen?«, fragte Vi und schreckte hoch.

»Ich bezweifle, dass sie mich sofort ausliefern werden. Oder … vielleicht werden sie das ja doch tun. Sie könnten behaupten, dass ich die Frau hinter dir gewesen bin, die Drahtzieherin des Komplotts, und hoffen, dass die Kaiserin es als Geste des guten Willens auffasst. Möglich, dass sie gerade jetzt im Moment darüber debattieren. Aber selbst, wenn sie mich nicht ausliefern, werden sie mich früher oder später umbringen müssen. Sie wissen, dass sie mich nicht gefügig machen können und dass ich meinen Mund nicht halten werde. Also werde ich wahrscheinlich in nicht allzu ferner Zukunft dein Schicksal teilen.«

Auch das sagte Schwester Ariel ohne erkennbare Gemütsregung. Als ob ihr eigenes Fortleben nur ein weiteres Problem für die Chantry wäre – und ein Problem mit einer offensichtlichen Lösung.

Doch Vis ganzer Kummer verwandelte sich allmählich mehr und mehr in Wut. »Dann rettet Kylar also Tausende und spricht dabei das Verdammungsurteil über sich selbst, und die Frau, die ihn betrogen hat, bekommt eine Medaille? Obwohl er das meiste von dem verhindern konnte, was sie vorgehabt hat, gewinnt sie *trotzdem* noch?«

»So scheint es zumindest, nicht wahr? Die Alten sagten, eine Frau, die anderen Gewalt antut, tut ihrer eigenen Seele die gleiche Gewalt an, und …«

»Es ist mir vollkommen egal, was die Alten gesagt haben!« Vi stand verärgert auf. »Sie hat das alles getan, und – was? Einige meiner ›großen Schwestern‹ wussten davon und haben nicht das Geringste unternommen, um sie aufzuhalten? Haben ihr gar noch geholfen? Diese Schwestern sind doch alle nur ein absolutes Stück Sch…« – sie biss sich auf die Zunge – »Dreck.«

»Viridiana«, entgegnete Schwester Ariel mit scharfer Stimme, »eine Schwester lernt, ihre Zunge zu beherrschen.«

»Ich *habe* meine Zunge doch … Ist jetzt wirklich der richtige Zeitpunkt für so etwas?«

»Echte Beherrschung setzt voraus, die korrekten Bezeichnungen zu wählen – und diese Schwestern sind alle nur ein Stück *Scheiße*.«

Ariel verwendete so selten Kraftausdrücke, dass Vi wusste, die Schwester wollte damit deutlich machen, dass sie auf ihrer Seite stand. Ein flüchtiges Lächeln huschte über Vis Züge. Aber die Flamme ihrer Freude war schnell wieder erloschen.

»Ach, hätte ich das alles doch bloß schon früher erkannt«, klagte Schwester Ariel. »Vielleicht hätte ich dir noch rechtzeitig helfen können, um dich zu retten – und sie aufzuhalten.«

»Sie haben ihre Abstimmung gehabt. Ihren Kurs festgelegt. Ihr habt gemeint, dass Eure Treue in erster Linie der Schwesternschaft gilt.«

»Oh, ja! So ist es. Ich bin ihr in Treue ergeben.« Schwester Ariel schien plötzlich ein Gedanke zu kommen. »Wer ist wohl treuer? Diejenige, die einfach dabeisteht und jubelt, während ihre Schwestern quietschvergnügt den Weg zur Hölle beschreiten, oder diejenige, die ›Halt!‹ schreit und sich ihnen in den Weg stellt, selbst wenn ihre Schwestern sie dafür hassen und verwünschen und sie mit Füßen treten und dann ungerührt weitergehen? Ich würde sagen, in Letzterem zeigt sich die beste Form von Treue. Ich würde sagen, da zeigt sich Liebe.«

Das letzte Wort durchbohrte Viridiana wie ein Pfeil mit Widerhaken. Sie zog ihren Pferdeschwanz fest. Sie konnte sich gar nicht mehr daran erinnern, dass sie sich das Haar hochgebunden hatte, aber als sie nun feststellte, dass ihr Pferdeschwanz bereits fest war, fiel ihr wieder ein, dass sie eigentlich gar keinen Pferdeschwanz tragen durfte.

Sie zog ihn noch etwas fester. »Ich will nicht sterben«, erklärte sie. »Aber noch viel mehr will ich sie nicht gewinnen lassen. Seid Ihr Euch wirklich sicher, dass wir hier nicht irgendwie ausbrechen können?«

Ein wehmütiger Ausdruck legte sich auf Schwester Ariels Züge, als wünschte sie sich, sie könnten tatsächlich den Versuch unternehmen. »Der Zauber, der uns einsperrt, ist eine Variante der Athinnesischen Gefängniskiste. Sie besteht aus einem Würfel, der an der Außenseite verschnürt ist. Jede Wand sowie Decke und Boden sind speziell geschützt, und magische Attacken darauf verstärken das Ganze einfach nur noch, ziehen den Knoten fester, sozusagen. In fünfzehn bis zwanzig Stunden könnte ich das Ding aufzurren. Ich kann mir allerdings nicht vorstellen, dass sie uns so viel Zeit geben werden. Freilich verwahre ich mich nicht kategorisch gegen aussichtslose Bemühungen – wenn du also möchtest, dass ich einen Versuch unternehme, bin ich dazu bereit.«

Mit einem lauten Fluch schlug Vi das Buch zu.

Schwester Ariel bedachte sie mit einem empörten Blick – nicht wegen ihrer Sprache, sondern wegen der ungehörigen Behandlung eines Buches.

»Ich habe das ganze dumme Ding gelesen! Ich bin durch die Hölle gegangen, um es bis zum Ende durchzulesen, und habe versucht, etwas Hilfreiches zu finden – und hilft es uns irgendwie? Nicht im Geringsten!«

»Vielleicht hast du ja deine Aufmerksamkeit auf die falschen Punkte gerich…«

Das Buch klappte sich wieder auf.

Beide Frauen stutzten verdutzt. Starrten das offene Buch an.

Starrten sich dann gegenseitig an.

»Schau mal! Steht da womöglich etwas?«, fragte Schwester Ariel. Offensichtlich wäre sie gern näher herangetreten, war sich aber der Tatsache nur zu bewusst, dass sich das Buch von niemandem außer Viridiana lesen ließ. »Eine Botschaft?«

Auf einer ansonsten leeren Seite standen zwei Wörter, genau in der Mitte.

Vi sagte laut: »Da steht: ›Nimm mich.‹ Ähm … ich kann dich nicht mitnehmen«, wandte sie sich an das Buch. »Die Schwestern haben ihre Zauber gewoben, um sicherzustellen, dass dich niemand von diesem Schreibtisch wegnehmen kann. Nicht dass es überhaupt irgendeinen Ort geben würde, wo wir hingehen könnten. Nicht wahr?« Sie warf einen raschen Blick zu Schwester Ariel.

»Jaja … und was schreibt es jetzt?«

Vi las es dieses Mal nicht laut vor, aber die Wörter verschwanden nicht, als Schwester Ariel näher herantrat, um über ihre Schulter mitzulesen. Auf der Seite stand: *Sie haben das Buch mit Bannzaubern belegt, sodass es sich nicht entfernen lässt.*

»Das habe ich ja gerade gesagt«, erklärte Vi. Sie kam sich reichlich merkwürdig vor, weil sie hier laut mit einem Buch redete.

Während sie hinsah, schrieb das Buch: *Solange Kylar noch lebt, gibt es vieles, was ich dir nicht sagen kann, aber es ist besser, wenn du mich hast, als dass sie mich haben. Nimm das Buch nicht mit.*

»Was bedeutet das: ›Nimm das Buch nicht mit‹?«, wunderte sich Vi und blickte zu Schwester Ariel, die plötzlich unsagbar aufgeregt schien. Ihre Hände zitterten. Vi folgte ihrem Blick zum Tisch.

Die Tinte auf der Seite schimmerte auf, dann begannen sich die Wörter zu verformen, die Sätze liefen ineinander wie kleine Rinnsale aus Blut, schwarze Tinte klebte zusammen, immer dicker, stieg von der aufgeschlagenen Seite empor und formte eine metallische schwarze Kugel, die bebend auf dem Buch lag.

Der schwarze Ka'kari.

Wie betäubt nahm Vi das Ding in die Hand. »Du? Du bist die ganze Zeit über hier gewesen?«

Schwester Ariel hielt eine Laterne über den Tisch und blätterte durch die Seiten des Buches – des leeren Buches. Auf jeder Seite befanden sich winzige Löcher, durch die sich der Ka'kari gefressen hatte, um Wörter auf die nächste Seite zu schreiben und die Geschichte auszubuchstabieren, je weiter Vi mit dem Lesen fortfuhr. Sie hatte nicht vorausblättern können, um spätere Passagen vorwegzunehmen, denn da war gar kein Text gewesen, der darauf wartete, gelesen zu werden. Der Ka'kari hatte ihr die ganze Zeit über die Geschichte erzählt.

Erschrocken vernahm sie eine Stimme, die in ihrem Kopf ertönte.

~Du musst jetzt eine Entscheidung treffen. Wenn du mich den Schwestern aushändigst, könnte das reichen, um dir im Gegenzug Leben und Freiheit zu erkaufen.~

Die letzte Abstimmung war gestern spät am Abend gewesen. Die meisten der Schwestern befanden sich noch immer in der Chantry. Selbst diejenigen, die bereits aufgebrochen waren, konnten noch nicht weit gekommen sein. Sie konnten zurückgerufen werden. Fehler konnten rückgängig gemacht, neue Wege gefunden, neue Abstimmungen durchgeführt, alte Entscheidungen aufgehoben werden.

KANNST DU MICH ZU KYLAR BRINGEN?, dachte Vi angestrengt, an die Adresse des Ka'kari gerichtet.

~Kein Grund zu schreien. Du hast das Ende der Geschichte gelesen. Du weißt, dass er seinen Aufenthaltsort verborgen hat, sogar vor mir. Ich könnte dir nur zeigen, wo du anfangen musst zu suchen.~

Sie fühlte einen heftigen Schmerz in den Tiefen ihrer Seele. Hier in der Chantry gab es alles, was sie sich immer gewünscht und was sie für immer verloren geglaubt hatte: mehr als nur Freundschaft – *Schwesternschaft*, Zugehörigkeit, Macht und Gemeinschaft und die Möglichkeit, wichtigen Leuten wichtig zu sein; die Chantry war ein Ort, um in der Gesellschaft von Menschen, die viel, viel mehr wussten als sie selbst, zu lernen und innerlich zu wachsen.

Es war hier alles schwieriger, als sie es erwartet hatte? Und wenn schon? Alles Gute ist es wert, dass man dafür kämpft, nicht wahr? Sie hatte sich von den Schwestern tausend Wunden zufügen lassen, und es war nicht das erste Mal gewesen, dass sie sich mit den falschen Waffen gewehrt hatte – aber sie konnte lernen. Sie könnte es in Zukunft besser machen. Sie könnte die anderen dazu bringen, dass sie sie ernst nehmen mussten. Sie könnte dieser verfluchten Schwester Ayayah das Grinsen aus dem Gesicht wischen.

Würde sie der Schwesternschaft den Ka'kari geben, könnte sie alle ihre Träume zurückbekommen. Ja, tatsächlich würde sie sogar wichtiger und mächtiger denn je werden, denn wenn die Chantry Vi nicht an die Alitaeri auslieferte, wäre die Folge unweigerlich Krieg, und das wiederum würde bedeuten, dass die Chantry Kriegsmagierinnen mehr denn je brauchen würde. Und sie war die beste von allen.

Sie würden die Frauen wieder herkommen lassen müssen, die Vi bereits ausgebildet hatte – all die Frauen, die ihr treu ergeben waren.

Sie dachte sich mögliche Strategien aus – sollte sie ihnen sagen, dass sie den schwarzen Ka'kari in ihrem Besitz hatte, oder sollte sie ihn einfach dazu verwenden, den Gedächtnisauslöschungszauber zu lösen und unerwartet in die Chantry zurückzukommen? –, aber sie merkte, dass sie die Sache überstürzte. Sie hielt inne.

Dann warf sie einen besorgten Blick auf den Ka'kari.

Du bist also die Antwort auf die Frage von Sprecherin Istariel. Und auf meine, auf dem Schiff, als ich gesehen habe, dass Caedan irgendwie immer noch atmete.

~Und was für eine Frage wäre das?~

Wie kann es sein, dass das Kind noch am Leben ist? Die Antwort bist du … du bist der Verschlinger. Du hast Caedans magisches Talent verschlungen, stimmt's? Statt ihn zu töten, hast du sein Talent zerstört, direkt bevor er den Nullsturm hätte entfesseln können. Das hat ihm sämtliche Kraft genommen. Du hast alle gerettet.

~Du nennst es *Rettung*, was ich getan habe?~

Hast du hinter all unsere Täuschungen blicken können? Wusstest von all unseren Zaubern auf dem Dolch?

~Am Ende, ja.~

Von allen. Also nicht nur von den Täuschungszaubern, sondern auch von dem Zauber, der explodiert wäre und dann sowohl Kylar als auch das Kind getötet hätte.

Du hast Kylar gerettet. Aber es ist ihm nie bewusst geworden! Du hast es ihm nicht gesagt! Wahrscheinlich … wahrscheinlich hättest du es zuerst gar nicht gekonnt, oder? Weil die Nullwellen deine Verbindung zu ihm unterbrochen hatten und er dich nicht hören konnte. Aber warum dann nicht später?

~Er hat nie gefragt.~

Mehr sagte der Ka'kari nicht dazu.

Nein, nein, nein! Damit lass ich mich nicht abspeisen. Ich habe das ganze Buch gelesen. Du hast ihn aus freien Stücken mit Informationen versorgt, wenn du es wolltest. Kylar mag geglaubt haben, dass du nur ein Ding bist, aber ich weiß es besser. Ich habe miterlebt, wie oft du ihm geholfen hast. Du warst sein Freund. Wie hast du ihm das nur antun können?

~Sein Freund? Kylar hat von mir verlangt, ein Kind zu töten. Hat es gebieterisch gefordert. Hätte ich es nicht getan, hätte er den Dolch genommen, und sie wären beide ganz umsonst gestorben. Oder alle auf dem Schiff wären gestorben. Welcher Freund tut so etwas? Hätte ich ihm danach so bald wie möglich gesagt, was ich getan habe, hätte Kylar geglaubt, dem Verhängnis und der ganzen Welt ein weiteres Mal getrotzt zu haben; dass er mal wieder die dritte Möglichkeit gefunden habe, dass er einfach etwas so wahnsinnig Besonderes sei. Glaubst du, das wäre Gerechtigkeit? Kylar hat versucht, ein Kind zu ermorden. Gerechtigkeit besteht darin, dass er jetzt denkt, es sei ihm gelungen. Sollte er tausend Jahre leben, wird er das in dem Wissen tun, genau die Art von Mensch zu sein, die so etwas tut.~

Vi schlug sich die Hand vor den Mund. Kylar würde nie wieder der Alte sein. Selbst wenn Vi ihn eines Tages ausfindig machen und ihm die ganze Wahrheit sagen würde, wäre der Mensch, den sie da fand, womöglich kaum mehr als ein ausgebranntes, leeres Wrack.

War es das wert? War es das wert, alles zu verlassen, all ihre Träume aufzugeben, wenn Vi am Ende nichts anderes als das erwartete?

Was wäre dann Gerechtigkeit für mich?, fragte sie den Ka'kari. *Schließlich bin ich diejenige, die ihn überhaupt erst dazu gebracht hat zu tun, was er getan hat!*

~Du bist kein Nachtengel, also ist das auch nicht mein Problem.~

Zitternd führte sich Vi die möglichen Wegrichtungen vor Augen, die zugleich offen vor ihr lagen und sich ihr entzogen. Jedes Mal, wenn sie meinte, eine Entscheidung getroffen zu haben, lockte sie die andere Entscheidungsmöglichkeit erneut. Sie könnte alles dafür aufgeben, Kylar zu retten, nur um feststellen zu müssen, dass es da nichts mehr zu retten gab. Außerdem, Kylar war verschwunden! Er wollte gar nicht gefunden werden. Er hatte sich versteckt, und er war wie kein anderer in der Lage, sich sehr, sehr gut zu verstecken. Er war so gut wie tot.

»Sprichst du mit ihm?«, erkundigte sich Schwester Ariel.

Vi sah zu ihr hinüber, plötzlich aus ihrem gedankenverlorenen Sinnieren gerissen.

»Was sagt er? Bietet er dir alle möglichen Dinge an? Versucht, dich zu bestechen?«, fragte Schwester Ariel weiter. »Die Chantry glaubt, dass die Ka'kari die Schlüssel zu höheren Formen der Magie besitzen, magische Mittel, die alles übersteigen, was wir kennen. Unsterblichkeit, Unempfindlichkeit gegenüber den Einwirkungen der Elemente, ein Heilungsvermögen ohne alle Grenzen und derlei mehr. Noch für den geringsten der Ka'kari würde die Chantry mit Freuden in den Krieg mit Alitaera ziehen. Und der schwarze ist beileibe nicht der geringste von ihnen. Wenn du ihn den Schwestern anbietest, kannst du im Gegenzug alles verlangen, wovon du je geträumt hast.«

»Danke, Schwester Ariel, Ihr habt mir die Sache auf bestechende Weise klargemacht.«

»Habe ich das?«

»Ich weiß nicht viel darüber, gute Entscheidungen zu treffen, aber ich weiß alles über Bestechung. Auf der einen Seite steht also alles, was ich mir erträumen könnte, und auf der anderen Seite das Opfer meiner Stellung und sämtlicher Annehmlichkeiten, ohne Garantie, dass die Sache je zu etwas führen wird. Das Einzige, was mir das Beschreiten des schrecklichen Weges darüber hinaus als ein Extra bietet, ist, was immer ich mir unterwegs an Selbstachtung zurückerobern werde, so wenig das auch sein mag.«

Nachdem sie nun die Geschichte eines anderen Menschen verfolgt hatte, vor ihren Augen auf die Seiten eines Buches gekritzelt, merkte Vi, dass sich etwas an ihrem Blick auf ihre eigene Lebensgeschichte verändert hatte. Das Leben ist kein Buch, in dem man zum Ende vorausblättern kann, um zu sehen, ob die Geschichte gut genug ausgeht, dass es sich lohnt, sie weiterzuverfolgen. Man kann sich Ziele setzen, aber man muss eine Seite nach der anderen zu Papier bringen, einen Absatz, eine Zeile, ein

Wort nach dem anderen, im Wissen, dass jedes Mal, wenn man die Feder auf die Seite setzt, eine andere Figur, über die man keinerlei Kontrolle hat, in die Geschichte hineinkrachen und alles verändern kann.

Aber sosehr es auch scheinen mochte, dass es sich bei der Entscheidung, was sie jetzt tun sollte, allein um Kylar drehte, so ging es doch in der wichtigsten Sache überhaupt nicht um Kylar. Er war lediglich die gegenwärtige Form der Wiederholung einer immer wiederkehrenden Frage, die Vi in Sachen Liebe und Krieg und allem, was dazwischenlag, würde beantworten müssen, bis ihre Antwort Bestandteil ihres Wesens geworden war: *Was für eine Art Frau bin ich?*

Für Vi – zumindest heute und solange sie die Kraft und den Atem hatte, das Ganze durchzuhalten – lautete die Antwort: *Ich bin die Frau, die jene dumme Wahl trifft, die mich nachts schlafen lässt.*

Es war nicht gerade die tollste Antwort der Welt, aber sie passte zu ihr.

Sie lächelte zögerlich.

»Sieht ganz so aus, als hättest du deine Wahl getroffen«, sagte Schwester Ariel. Sie lächelte wehmütig.

»Ja, habe ich. Aber Ihr noch nicht die Eure.«

»Was meinst du damit?«

Es hatte etwas ungemein Befriedigendes, die so kluge und geistreiche Schwester mit einem verwirrten Gesichtsausdruck zu sehen. Vi fragte: »Wollt Ihr mit mir kommen?«

Schwester Ariel schüttelte den Kopf. »Ich? Sei nicht alb…« Dann stutzte sie, ihr Gesichtsausdruck gefror, und dann huschten die wechselnden Mienen so schnell über ihr Gesicht wie der Flügelschlag eines Kolibris, um schließlich in ein sich langsam ausbreitendes Lächeln zu münden. »Aber ja, ich glaube schon. Ich glaube, ich hätte größte Lust dazu.« Sie klang, als sei sie von sich selbst überrascht. »Willst du mich denn auch haben? Du musst wissen, dass ich dich aufhalten und dein Vorwärtskommen verlangsamen werde.«

»Nein, werdet Ihr nicht, weil Ihr nämlich nur zwei Bücher mitnehmt.«

»Zwei?!« Ariel sah aus wie eine Mutter, von der verlangt wird, nur zwei ihrer vielen Kinder zu retten.

»Kommt schon. Ihr kennt all die guten doch sowieso schon auswendig, oder?«, erwiderte Vi.

»Nun ja, ich … Warum sagst du das so, als sei es ganz einfach, hier herauszukommen? Wir sitzen fest, Viridiana.«

»Nein, tun wir nicht. Und nennt mich Vi.« Vi hob die Hand und der schwarze Ka'kari sammelte sich darin.

Schwester Ariels Augen weiteten sich, als sie begriff, aber sie hob den Zeigefinger. »Viridi… Vi«, sagte Schwester Ariel. »Bevor du diese Tür berührst, musst du wissen, dass draußen Wachen stehen werden. Sie werden einen Alarm auslösen, der viele, viele weitere Wachleute herbeirufen wird.«

Ohne zu antworten, schritt Vi hinüber und streckte den Ka'kari in den Verknüpfungspunkt der verschiedenen magischen Kräfte, die die Tür verschlossen hielten. Mit einem lauten Brausen wurden die Gewebe der Athinnesischen Gefängniskiste binnen weniger Augenblicke in den Ka'kari hineingesaugt. Dann schob Vi die schwarze Kugel in den schweren Schließmechanismus.

Als der Riegel zerschmolz und sich draußen erschrockene Stimmen erhoben, wandte sich Vi an Schwester Ariel, und auf ihrem Gesicht lag ein breites Lächeln. »Ich glaube, wir zwei kriegen das hin.«

Kapitel 51

Der Gerechtigkeit entgegenwanken

Der Junge ist noch spät draußen, treibt sich zuerst mit drei Freunden herum, die wie er gerade mal so im Jugendalter sind. Als dann die Dunkelheit hereinbricht, verschwinden sie einer nach dem anderen, und nur seine kleine Freundin ist noch bei ihm. Sie gehen schüchtern nebeneinanderher, keine drei Straßenzüge von König Repha'ims ehemaligem Anwesen entfernt, wo ich dem kleinen Straßenballspieler zum ersten Mal begegnet bin. Währenddessen laufe ich oben auf dem Dach mit ihnen mit, Seil in der Hand, verfolge ihr Treiben wie eine auf Böses sinnende Anstandsdame und warte geduldig, bis mein Moment gekommen ist.

Sie bleiben an der Ecke meines Gebäudes stehen, so weit unten, wie mein alter Idealismus gesunken ist, erschöpfend tief wie meine Schwäche. Der Ka'kari überzieht mein Gesicht mit der Maske des Gerichts. Der Junge wendet sich ihr zu, nimmt zaghaft ihre beiden Hände in seine, als würde er gerade allen Mut für einen ersten Kuss zusammennehmen.

Ich werfe einen Stein auf die Straße, nicht weit hinter ihr. Beide zucken erschrocken zusammen, lassen einander los, und sie blickt sich um, wie es sich gehört. Es ist keine sichere Gegend. Ungeheuer lieben Mutter Nacht und ich bin ihr Lieblingssohn.

Es ist nicht einfach, ein Lasso senkrecht nach unten zu werfen und dabei die Schlinge einigermaßen waagrecht offen zu halten, wenn das Lasso sein Ziel erreicht, aber ich glaube, selbst Durzo Blint hätte es nicht besser hinbekommen können. Noch während sich das nachtseidene Seil aus meiner linken Hand abrollt, werfe ich mit der rechten einen weiteren Stein, ein Stück weiter weg. Ich höre mit dem Abspulen auf und mache einen Schritt nach links, um das Seil unten zum Schwingen zu bringen, dann lasse ich einen schnellen Peitschenhieb das Seil hinabgehen.

Die Schlinge klatscht unter sein Kinn und der Peitschenschlag zieht einen Augenblick später den Knoten ruckartig hinter seinem Kopf fest. Das Aufschlagen des Steins, den ich in die Gasse hinabgeworfen habe, übertönt jedes Geräusch, das er von sich geben mag, als ich seinen hageren Hintern nach oben reiße. Ich schwinge ihn um die Ecke des Gebäudes und ziehe ihn herauf, so schnell ich mich das traue, ohne Gefahr zu laufen, ihm das Genick zu brechen. Ich muss vorsichtig sein. Im Blutgeschäft kann ein Fehler ein totes Kind bedeuten. Wenn man damit nicht umgehen kann, arbeitet man im falschen Metier.

Um die Wahrheit zu sagen: Es *ist* das falsche Metier. Für jedermann.

Mit geschmeidigen Bewegungen lupfe ich ihn noch ein paar Meter hoch, werfe dann eine schnelle Schleife über einen hervorstehenden Dachbalken und trete wieder zur Hausecke zurück, um nach dem Mädchen zu sehen.

Sie dreht sich gerade um. Ich sehe, wie sie zusammenzuckt, als sie dort, wo sie ihn erwartet hat, plötzlich nur Leere vorfindet. »Zeddick?«, sagt sie. »Zedd?! Wo bist du?«

Ich trete wieder zu ihm und hieve ihn höher. Sie wird jeden Moment in dieser Gasse nach ihm suchen.

Er kämpft jetzt gegen die Schlinge an, seine Hände haben sich in das Seil um seinen Hals gegraben. Die Sache hätte auf mehrere Arten enden können. Ich hätte ihm mir nichts, dir nichts das Genick brechen können. Ein Seidenseil wie meines könnte ihm auch leicht die Blutzufuhr abschnüren, um ihn erst ganz schnell ohnmächtig werden zu lassen und ihn dann langsam zu erwürgen. Er hat den unerquicklichsten Weg gewählt; er würgt heftig, während er die Finger glücklicherweise an den richtigen Stellen ins Seil geklemmt hat, um zu verhindern, dass er schlaff und stumm herabhängt. Ich wuchte ihn hoch, bis er mit den Füßen gerade noch einen steinernen Vorsprung erreichen kann.

Zuerst macht er in blinder Panik alles falsch. Er bemerkt das Sims an der Wand nicht, bis ich ihn ein paarmal daran habe herabhüpfen lassen. Er überlegt, ob er mit einer Hand nach dem Sims greifen soll – und entscheidet sich schnell wieder um. Schließlich stellt er seine Füße darauf.

Bevor er noch mehr tun kann, hebe ich ihn weiter an, ziehe ihn auf die Zehenspitzen, sein ganzes Gewicht hinaus in den leeren Raum gelehnt.

»Zeddick? Das ist nicht lustig!«, höre ich das Mädchen rufen, ihre Stimme nun lauter, als sie einen eiligen Blick in unsere Gasse wagt.

Der kleine Zeddick kann nicht sprechen. Ich weiß nicht, ob er sie überhaupt hört. Sie blickt aber nicht nach oben. Die meisten Leute tun das nicht.

Ich werfe einen weiteren Stein dorthin, wo ich schon die vorherigen hingeworfen habe, und das Geräusch lässt sie die Flucht ergreifen.

Kluges Mädchen. Klüger, als er es je gewesen ist, so viel steht fest. Und klüger als ich. Sie kennt ihre Grenzen.

Ich finde eine Stelle, an der ich das Seil festbinden kann, und bewege mich jetzt langsam, träge wie eine Spinne, deren Beute gefesselt und verzehrfertig in ihrer Vorratskammer hängt. Sein Gekeuche nervt mich. Die Toten sind leiser.

Für gewöhnlich.

Schließlich trete ich an die Dachkante des Gebäudes und blicke mit Augen, in denen rauchend das blaue Feuer brennt, auf ihn herab. Seine Augen weiten sich bei meinem Anblick, ganz in Schwarz mit leicht pulsierenden blauen Akzenten, und seine Knie geben nach.

Er wirbelt von der Wand weg, würgt und röchelt. Er tritt strampelnd mit den Füßen, kommt aber nicht an das Sims heran.

Ich greife das gespannte Seil und schwinge ihn erneut darauf.

Als er wieder so weit zu sich gekommen ist, dass er mich hören kann, sage ich: »Als wir das letzte Mal gesprochen haben, habe ich dir die Möglichkeit zur Wahl gegeben. Erinnerst du dich noch?«

Während er mühsam nach Atem ringt, nickt er heftig und mit der ganzen Eindringlichkeit der Verurteilten.

»Eine Chance auf Gnade oder unbarmherzige Gerechtigkeit ohne jede weitere Chance, habe ich damals gesagt. Habe dich bedroht. Du hast dich entschieden, auch weiterhin König Repha'im zu dienen. Wegen deiner Entscheidung sind Menschen gestorben. Sehr viele Menschen. Einige von ihnen waren unschuldig.«

Ich schweife ab.

Ich sollte jetzt gehen. Ihn einfach hierlassen. Ihn leben lassen, wie uns Übrige alle auch, gefoltert, für wie viele Minuten auch immer er sich gegen Verzweiflung und Tod aufrecht zu halten vermag. Und dann stirbt er in dem Moment, wo ihn die Schwäche überkommt, so wie wir Übrigen auch. Alle außer mir.

Ich fahre fort: »Mein Meister hat mich gelehrt, dass eine Drohung ein Versprechen ist. Auf der Straße ist es das einzige Versprechen, das man nicht brechen darf. Eine leere Drohung macht dich schwach, lädt zum Angriff ein. Aber statt des Todes, den du verdienst, will ich dir ein Geschenk machen, Junge. Aber freu dich lieber nicht. Es ist kein sehr nettes Geschenk. Eines Tages werde ich zurückkommen. Vielleicht schon nächstes Jahr. Vielleicht auch in zehn Jahren. Vielleicht auch noch später. Du hast bisher gelebt, als würden deine Entscheidungen keine Rolle spielen. Das tun sie aber. Mein Geschenk besteht darin, dass du in dem Wissen leben darfst, dass du im Schatten des Gerichts lebst. Ich werde wiederkommen und dich richten. Lebe jeden Tag so, als würdest du den heißen Atem der Gerechtigkeit in deinem Nacken spüren. Aber ich habe schon einmal gelogen, nicht wahr? Ich habe eine leere Drohung ausgesprochen. Vielleicht ist es jetzt auch wieder eine. Das ist nun dein Risiko, Junge. Du entscheidest selbst.«

Ich trete dem Jungen ins Gesicht und er wirbelt wild herum. Ich habe ihm die Hände von dem Knoten um seinen Nacken weggetreten, und er ist bewusstlos, als ich ihn zu Boden lasse.

Als er aufwacht, mit dem Gesicht im Straßendreck, starrt er ungläubig auf mein anderes Geschenk. Sein Straßenball, vollendet rund und unbezahlbar. Das Stück Nippes, für das er so viel gegeben hat.

Als sich sein verschwommener Blick langsam auf den Ball konzentriert, schreckt er plötzlich zurück, als sei das Ding eine Schlange. Starrt es an. Erhebt sich taumelnd und ergreift die Flucht. Er nimmt den Ball nicht an sich.

Ich kann nicht recht entscheiden: Macht ihn das jetzt zu einem Undankbaren, zu einem Idioten oder zu jemandem, der etwas gelernt hat?

»Zurück zu unserem Vorhaben«, wende ich mich an den Ka'kari.

Er reagiert nicht. Fragt nicht, warum ich laut vernehmlich spreche, statt meine Worte an seine Adresse gerichtet zu denken. Fragt nicht, warum ich ihn in meinen Satteltaschen verstaut habe und ihn während unserer gesamten Reise immer nur herausnehme, wenn wir uns im Inneren eines Zeltes befinden. Diese ungefüllten Leerräume und Seltsamkeiten in unseren Gesprächen gehören mit zu den Dingen, die mich immer wieder daran erinnern, dass er keine echte Person ist. Er ist einfach nur ein Stück Magie, dem ein gewisses Maß an Menschenähnlichkeit eingeprägt wurde, das ich manchmal mit Persönlichkeit verwechsle. Er dient mir nach Maßgabe dessen, wofür er geschaffen wurde. Mehr nicht. Er ist ein gutes Werkzeug gewesen, aber er ist kein Freund.

»Wir sind an der Stelle angekommen, von wo aus ich schon das letzte Mal nach Süden gereist bin, nicht wahr? Komm, wir streichen das meiste von dem, was wir damals notiert haben. Kein Mensch interessiert sich für Reisebeschreibungen. Die sind langweilig.«

~Du meinst den langweiligen Teil, wo du dich mit einem Bärenmarder anfreundest und gegen Rasiermesserschnäbel kämpfst?~

Ich kann nicht sagen, ob er sich über mich lustig macht oder einfach nur sachlich ist. Wahrscheinlich projiziere ich mal wieder zu viel Persönlichkeit in das Ding hinein. »Du kannst beides beiläufig erwähnen, würde ich sagen; ansonsten überspringe das Übrige. Es hat nichts mit dem Rest der Sache zu tun.«

Und es geht weiter. Ich verwische meine Spuren.

Ich kann nicht alles in Ordnung bringen. Das heißt, ich mache es jedenfalls nicht. Einige Abschnitte habe ich zu zwei unterschiedlichen Zeitpunkten überarbeitet. Andere könnte ich nicht ertragen, auch nur ein einziges Mal erneut zu durchleben. Alles, was zählt, ist, dass du mich nicht finden kannst, Vi. Entschuldige bitte. Heißt es jetzt Viridiana?

Tja, ich weiß anscheinend nicht mehr, wie ich dich anreden soll. Ich weiß nicht, wer du bist. Du hast es versucht, am Ende, ich weiß. Versucht, mich aufzuhalten. Deinen Schwestern kann das unmöglich gefallen haben.

Du hast es nicht rechtzeitig geschafft, um mich noch aufhalten zu können, aber du hast es immerhin versucht. Diese Geschichte hätte fast einen Helden gehabt. Mit Sicherheit, wenn ich nur einen Moment gezögert hätte. Diese Heldin wärst du gewesen.

Ich hätte wahrscheinlich alle Abschnitte, in denen du vorkommst, umschreiben sollen, jetzt, wo ich dir das schicke. Aber ich bin zu müde. Zu erschöpft, als dass mir noch irgendetwas peinlich sein könnte.

»Du weißt doch, was das Problem ist, oder?«, frage ich den Ka'kari Tage später, während ich weiterreite.

Erneut reagiert er nicht. Er steckt in meiner Tasche, damit er nicht mitbekommt, welche Richtung ich einschlage, und wenn ich sichergehen will, dass er mich hört, lege ich einfach nur einen Finger auf ihn. Ich weiß nicht, wie viel er selbst im Idealfall hinsichtlich seiner Umgebung erfasst, im Moment jedoch ist es umso besser, je weniger er weiß.

»Ich bin der Geist der Gerechtigkeit, aber ich habe jede Gerechtigkeit unmöglich gemacht. Ich verdiene den Tod für das, was ich getan habe, doch wenn ich mir selbst den Tod gebe, den ich verdiene, wird jemand anders an meiner Stelle sterben, und ich werde trotzdem zurückkommen.«

Ich mache mir Gedanken darüber, wer das wohl sein könnte, und denke an ein paar dieser Menschen. Ich kenne die Regeln nicht genau, nach denen die Auswahl getroffen wird, wer für mich stirbt. Der Ka'kari verrät mir nichts darüber. Aber ich weiß, dass der Mensch, der für mich stirbt, jemand ist, der durch Liebe mit mir verbunden ist. Meine Liebe? Die Liebe dieser anderen Person? Müssen beide Seiten in Liebe verbunden sein? Ich weiß es nicht. Wie auch immer, wenn ich sterbe, stirbt jemand, den ich liebe, und ich komme zurück. Ich habe in dieser Sache keine Wahl. Nicht mehr seit dem ersten Mal, als ich noch nicht wusste, was ich da wählte.

Wenn ich mich umbringe, wer stirbt dann dieses Mal? Vi? Vielleicht Durzo, irgendwo da draußen, wo immer er jetzt ist, inzwischen seiner eigenen Unsterblichkeit beraubt. Vielleicht Graf Drake oder Ilena Drake. Habe ich nicht schon genug Leid über sie gebracht? Vielleicht Uly? Ich frage mich, wie es ihr zurzeit wohl geht. Ich frage mich, ob sich mein Fluch des Todes noch weiter erstrecken könnte.

Sind auch ich und Momma K in Liebe gebunden? Und überhaupt, wie funktioniert es denn, wenn dieses Liebesband herangezogen wird? Hat dieser Mensch eine Möglichkeit, sich dem zu verweigern? Wenn es sich dabei um einen Magier handelt, kann er oder sie dann verhindern, dass es passiert?

Im Moment spielt das alles keine Rolle. Es funktioniert. Ich habe gesehen, wie mein Verhängnis mordet. Ich kann das nicht zulassen. Jemand anderen für meine Verbrechen sterben zu lassen ist das Gegenteil von Gerechtigkeit. Selbst schon das Risiko einzugehen, dass es passiert, ist unerträglich.

Aber ebenso unerträglich, ebenso ungerecht ist es, einen Mörder ohne jede Strafe davonkommen zu lassen.

Das letzte Mal, als sich unsere Wege auf dem Sturmschiff gekreuzt haben, hat mir Königin Gyre etwas ins Ohr geflüstert. Im

Wissen, was ich tun würde, sagte sie: »Ich weiß, dass Euch nichts aufhalten kann. Ich weiß, dass die Welt Euch wieder brauchen wird. Aber die Welt ist mir egal. Ich weiß, dass Ihr Euch quälen werdet, aber das reicht nicht. Ihr werdet nicht sterben, und ich hoffe inständig, dass Ihr für das, was Ihr getan habt und noch tun werdet, alle nur erdenklichen Qualen erleiden müsst. Ich wünschte, Ihr könntet für alle Ewigkeit im Feuer schmoren. Bis ans Ende der Zeiten wäre zu kurz für Euch.«

Dorian hat es mir gesagt, damals in Elenea. Hat gesagt, dass er nicht versuche, meinen eingeschlagenen Weg zu ändern, dass er wisse, dass er das nicht könne. Er wollte, dass ich weiß: Wenn ich mich nicht ändere, dann nur deshalb, weil ich selbst so entschieden habe.

Er mich damals gefragt: »Wer richtet den Nachtengel?«

Als Nachtengel sollte man meinen, ich wüsste jede Menge über Gerechtigkeit. Das tue ich nicht. Eigentlich weiß ich nur wenig. Aber eines weiß ich: Den Unterdrückten ist Gerechtigkeit willkommen. Für die leidenden Unschuldigen ist Gerechtigkeit etwas Wunderbares. Für uns Übrigen ist Gerechtigkeit etwas Beängstigendes. Und ich weiß, was ich verdiene.

Und so gehe ich jetzt, schreite in Richtung meiner grob behauenen Annäherung an die Gerechtigkeit davon. Der Hölle entgegen.

Es ist nicht so einfach, wie man vielleicht denken würde. Man braucht einen Schmied, einen Steinmetz und einen geübten Magier, der bereit ist, ein Buch zu verzaubern, ohne Fragen zu stellen. Ein schwarzer Ka'kari ist allerdings durchaus eine große Hilfe, wenn man sich auf die Hölle vorbereitet – und zwar in jeder Hinsicht, wenn ich es mir recht überlege.

Als wir den Ort erreichen, den ich mir ausgesucht habe, lasse ich Sattel und Rossharnisch auf meinem Hengst, um ihn vor den Rasiermesserschnäbeln zu schützen. Hier unter den Bäumen werden sie ihn nicht angreifen, aber der eine oder andere könnte es durchaus tun, sobald sich das Tier auf den Weg ins Freie macht. Ich habe ihm einen schweren Futtersack umgehängt. Der Mann, dem ich das Pferd abgekauft habe, meinte, es habe einen guten Orientierungssinn und würde immer den Weg nach Hause finden.

Ich lege mir schützend die Hand über die Augen und blicke die Felswand hinauf. Ich habe nicht vor, sie näher zu beschreiben, sonst ist sie allzu leicht zu finden, aber es ist wirklich wunderschön hier draußen. Es kommt mir unwirklich vor.

Ich ziehe den Ka'kari aus der Tasche und lege meine Finger darum. Ich weiß nicht, wie er die Dinge wahrnimmt, aber ich muss sicherstellen, dass er so wenig wie möglich sehen kann.

Ich zeige ihm den Inhalt der Satteltaschen, einschließlich des verzauberten Buches, mein Tagebuch, das obenauf liegt. Die Satteltaschen werden mit einer Klappe zugedeckt. Sobald er da drinnen ist, weiß der Ka'kari nicht mehr, wohin das Pferd unterwegs ist, und kann folglich den Weg, den es genommen hat, auch nicht zurückverfolgen.

Ich schlinge mir die Seile um die Schulter, greife nach meinem eisernen Wanderstab und sage: »Merk dir diese Stelle. Du musst den Weg zurück zu den Satteltaschen finden. Du hast doch gemeint, du könntest das, oder?«

~Habe ich. Kann ich.~

Ich muss nervös sein, weil ich ihn dazu zwinge, sich zu wiederholen. Ich stecke ihn wieder weg.

Ich wandere den ganzen Tag. Ich stelle alles Mögliche an, um es für andere schwieriger zu machen, mir zu folgen. Noch mal: Verzeih mir bitte, dass ich nicht mehr berichte. Ich habe Angst, und ich bin mir sicher, dass da etwas in mir ist, das insgeheim versuchen will, Hinweise zu verstecken, um mir zu helfen, der Strafe zu entgehen, die ich mir selbst auferlegt habe.

Wie zahlt man für das Unentschuldbare? Mit dem Unvorstellbaren.

Ich muss einen der Rasiermesserschnäbel abwehren, der versucht, mich von der Felswand zu reißen, damit er sich an meinem Fleisch laben kann, sobald ich auf die Felsen darunter gestürzt bin. Irgendwann im Laufe des Tages sehe ich mich gezwungen, die Felswand zu verlassen, da sie zu steil wird.

Bei Einbruch der Dunkelheit erreiche ich den Gipfel, richte Seile und Sicherheitsgurt, lasse mich am Fels herab und ziehe den Ka'kari erneut aus der Tasche, dabei sorgsam bedacht, ihm die Sicht so gut wie möglich zu verdecken. Auf meine Aufforderung hin bohrt er ein Loch in die nackte, ungeschützte Felswand.

Dann stecke ich meinen metallenen »Spazierstock« in das Loch und schlage ihn unter Zuhilfenahme eines Hammers und meines magischen Talents tief in den Felsen, bis sich sein unteres Ende verbiegt, sich in die Höhlung gräbt, das Ding im Fels festhält wie ein Angelhaken. Es ragt nur noch eine kleine eiserne Rundung aus dem Felsen heraus. Ich versuche den Stab mit der ganzen Kraft meines magischen Talents herauszuziehen, aber er rührt sich nicht von der Stelle. Ich hämmere noch ein wenig darauf herum, nur um sicherzugehen. Vorausgesetzt, ich habe alles richtig gemacht, bin ich da allerdings etwas übervorsichtig, denn ich werde keinerlei Hebel ansetzen können, um das Ding herauszuziehen. Aber ich muss einfach sichergehen.

Mein zukünftiger Widersacher ist verschlagen, verzweifelt und stark.

Ich klettere wieder nach oben.

Später sitze ich oben auf dem windgepeitschten nackten Felsen, rieche die Bäume weit unten, deren Duft vom Wind heraufgetragen wird, und sehe zu, wie die Sterne ihre Bahnen über den Himmel ziehen und langsam wieder verblassen, als der Horizont im Osten grau wird. Hier gibt es fast kein Leben. An einigen Stellen klammern sich ein paar spärliche Flechten hartnäckig an den Fels. Ein winziges Pflänzchen versucht, in einer Ritze zu wachsen, in der sich etwas Erde gesammelt hat. Ich richte den Blick zum Horizont und sehe dort – na ja, spielt keine Rolle, was ich dort sehe, solche Beschreibungen könnten es möglich machen, dass mich jemand aufspürt. Aber was ich sehe, ist herrlich, eine Herrlichkeit, die nur durch meine Verzweiflung ein wenig gemindert wird. Bald werde ich mich des Sonnenaufgangs erfreuen können, wenn erfreuen denn das richtige Wort dafür ist.

Ich habe auf meinem Weg immer wieder Entscheidungen getroffen. Entscheidungen, die zählten. Entscheidungen, die ich auch anders hätte treffen können, mit der Folge, dass alles dann heute ganz anders wäre. Am Ende habe ich vielleicht die einzige Entscheidung getroffen, die mir noch geblieben ist. Aber ich habe sie getroffen, ich selbst und niemand sonst. Und jetzt ist es an der Zeit zu zahlen.

Die meisten Leute verstehen meine Arbeit nicht: Sie glauben, der Mord wäre das Schwere. Am Anfang vielleicht. Aber schon da war das Schwere nicht das Sterben; das Schwere ist das Leben. Ich habe es verdient, zum Tode verurteilt zu werden. Stattdessen bin ich zum Leben verurteilt. Was mir bevorsteht, wird die reinste Folter sein. Aber ich werde überleben. So viel hat mich Jenine wissen lassen. Sie hat es nicht gesagt, um mich zu trösten. Das tut es auch nicht, außer dass ich weiß, dass das, was ich jetzt vor mir habe, mich nicht umbringen wird, sodass es folglich auch nicht die schreckliche Macht meiner Unsterblichkeit auslösen und den Tod eines anderen Menschen verursachen wird.

Ich stehe auf, gieße mein letztes bisschen Wasser über das winzige Pflänzchen, dann werfe ich den Wasserschlauch in den Abgrund hinab. Ich befestige die Handschelle an meinem Unterarm. Ich hatte Angst, dass ich mir, würde ich ganz normale Handschellen verwenden, einfach Daumen und kleinen Finger abreißen könnte, wenn ich durchdrehe, um dann aus der Schelle zu schlüpfen, also ist diese nun speziell für meinen Arm maßgefertigt, eng, verstärkt, gehärtet, unzerbrechlich.

Die Sonne ist schon fast aufgegangen. Zeit. Ich verstreue Werkzeug und Waffen und schleudere alles unter Zuhilfenahme meines magischen Talents so weit wie möglich davon. Erneut richte ich die Seile und befestige sie mit einem Knoten, den ich von unten lösen kann.

Ich berühre den Ka'kari. Wer bin ich ohne ihn?

Ich weiß es nicht. Aber ich halte nicht viel von dem Menschen, der ich mit ihm gewesen bin.

»He«, sage ich. »Du wirst durch etliche Hände wandern, bis du zu Vi findest, wenn du das überhaupt je schaffst. Ich habe alles getan, wofür wir Zeit hatten, aber solltest du schließlich eine Gelegenheit bekommen, diese Geschichte zu erzählen, könntest du sie dann … ein wenig aufpolieren?«

~Ich werde alle unanständigen Wörter rausstreichen.~

Das ist nicht unbedingt das, was ich gemeint habe.

~Der Rest muss nicht aufpoliert werden.~

Ich atme langsam ein und aus. Ich sehe die Umrisse eines dieser abscheulichen Vögel in der Ferne, und er kommt in meine Richtung geflogen. Ich wünschte, ich könnte …

Der Tod schneidet das Leben immer mitten im Satz ab. Es ist nur gerecht, dass dieser lebende Tod mich mit Schuldgefühlen wegen all der Dinge plagen wird, die ich unerledigt gelassen habe.

»Nun ja, ich glaube, dann müssen wir in diesem Punkt wohl verschiedener Meinung sein. Aber du bist mir nichts schuldig. Mach, was du für richtig hältst.«

Es hat so seine Nachteile, wenn man seine Geschichte anderen überlässt. Als ich dieses Buch hier diktiert habe, habe ich erst behauptet, es geschehe für Graf Drake, dann für mich selbst und dann für Vi, aber ich hatte dabei doch immer auch irgendeine Art von Publikum vor Augen, nicht? Habe gemeint, ich würde euch allen einen kleinen Einblick in mein Leben geben, jedoch keinen allzu großen. Habe eine Abmachung mit einem Publikum getroffen, das noch nicht einmal existiert hat.

Warum habe ich das getan? Wer hat mich um diese Abmachung gebeten? Sicher, ich habe versucht, die Dinge geradeheraus zu erzählen, so wie sie gewesen sind, meistens jedenfalls. Doch als ich beschlossen habe, den Blick in den Augen jenes Soldaten nicht zu erwähnen, als er versucht hat, mich zu erstechen, dann aber stattdessen seinen Freund aufgespießt hat, habe ich das ausgelassen, weil es für den Ausgang der Geschichte nicht von Belang war oder weil ich geglaubt habe, es könnte womöglich zu viel für meine Zuhörer sein – oder habe ich gehofft, dass ich, wenn ich es nicht beschreibe, auch meine Albträume deswegen überspringen könnte? Als ich so viele Schrecken herausgestrichen habe, während sie sich auf dem Weg von meinen Augen zu meinem Mund befunden haben, ist das geschehen, um einen Fremden vor ihnen zu verschonen, der diese Geschichte Jahre weit weg von heute hören wird? Als ich all diese Schritte unternommen habe, um ein Stück weit auf Distanz zu meiner eigenen Geschichte zu gehen, ist das wirklich um deinetwillen geschehen oder doch nicht eher um meinetwillen?

Ich habe behauptet, Logan alles gestanden zu haben, Vi. Habe ich gar nicht.

Ich habe gelogen. Ich konnte mich der Begegnung mit ihm nicht stellen.

Siehst du jetzt das ganze Ausmaß meines Versagens? Siehst du, was ich bin? Es heißt, ich sei der Geist der Vergeltung, aber *dies hier* ist für mich leichter – ich kann mich dem leichter stellen als Logan, meinem König, einst mein bester Freund.

Ich klettere ein letztes Mal die Felswand hinunter. Ich kette meine Handschellen an das Ende der aus dem Felsen ragenden Eisenspitze. Die riesigen Rasiermesserschnäbel, Vögel groß wie Kondore, aber viel intelligenter, haben mich jetzt gesehen. Die Dorfbewohner haben mir erzählt, dass diese Vögel ein menschliches Gesicht niemals vergessen und für immer einen Groll gegen denjenigen hegen. Als ich das letzte Mal durch diese Gegend gekommen bin, was ich in dem Abschnitt geschildert hatte, den ich jetzt größtenteils gestrichen habe, damit niemand mich finden kann, habe ich einige von ihnen erlegt. Sie haben mich über Tage hinweg verfolgt und gemeinsam angegriffen, auf sehr intelligente Weise.

Ich gehe davon aus, dass sie in meinen kommenden Qualen eine wichtige Rolle spielen werden.

Ich hänge gefährlich in der Luft, halte mich nur mit meiner freien Hand und den Zehenspitzen fest und lehne mich gegen das Seil, während ich ganz langsam den Knoten über mir löse. Als das Seil herabfällt, verliere ich meinen dürftigen Halt und werde nun allein von meinem anderen Arm festgehalten, der mich an die Felswand kettet. Unter Schmerzen baumele ich über dem Abgrund.

Ich halte immer noch das Ende des Seils in der Hand. Es ist meine vorletzte Hoffnung.

Ich werfe es weg und sehe zu, wie es sich im kalten Wind hin und her dreht, bis es aus meinem Blickfeld verschwindet.

Dann nehme ich den Ka'kari heraus. Mit ihm könnte ich sogar noch von hier entkommen.

Ich muss ihn so werfen, dass er auf der winzigen Lichtung neben dem Pferd landet. Er wird sich an dem Führungsseil festmachen, daran hochklettern und es dann verschlingen, um so das Pferd zu befreien, und danach in die Satteltaschen schlüpfen. Der Ka'kari scheint regelrecht an meiner Hand zu kleben, als ich mein magisches Talent in ihn hinein entleere, um sicherzustellen, dass er über alle Magie verfügt, die er braucht.

~Du musst das nicht tun.~

Doch, muss ich.

~Es gibt andere Wege von Sühne und Errettung.~

»Für mich gibt es keinen Weg der Errettung. Darum geht es hier nicht.« Immer mehr Rasiermesserschnäbel kreisen nun am Himmel. Ihre heiseren Krächzlaute sind Rufe des Spotts. Sie sind gierig nach Rache, gierig nach Fleisch. Bald werden sie beides haben. Aber mein Mut lässt mich im Stich. Ich stemme mich an meinem gefesselten Handgelenk hoch, um meinen Wurf nicht zu vermasseln. Die Vögel wirken jetzt wie eine sich zusammenballende Wolke, schwarz und blind machend wie meine Sünden. Wenn ich warte, bis mir der erste Schnabel oder die erste Klaue die Haut aufreißt, werde ich den Ka'kari nie wegwerfen.

Ich wollte gleichmütig und gelassen sein. Die Wahrheit ist, ich bin ein Feigling.

Aber weißt du was? Du bist ebenfalls ein Feigling. Nicht Vi, nein, ich meine *dich*. Du bist derjenige, der vom Töten fasziniert ist, nicht ich. Ich bin ein Mörder geworden, um zu überleben. Damit ich nicht ständig in Angst leben muss. Du lässt dich nur zu deiner Unterhaltung von all dem Töten locken. Du verlangst von anderen, die Gewalt zu begehen, die du so liebst. Du bist derjenige, der seine Söhne und Töchter aussendet, um in der Dunkelheit auf Patrouille zu gehen, um deine Kriege zu führen. Wenn sie zurückkommen, nennst du sie Helden. Weißt du auch, wieso du das machst? Es legt die Grundregeln fest. Du sagst ihnen, welche Geschichten sie nicht weitererzählen dürfen, sagst ihnen, was du nicht hören willst. Du schickst Kinder in die Werwolfnacht hinaus und verlangst dann, dass sie zahm wieder nach Hause kommen, dass ihr widerspenstiges Fell bis auf die babyweiche Haut abrasiert ist, dass ihre Krallen zu sauber gepflegten Fingernägeln geschnitten sind, dass ihre Kleider gebügelt und ihre Geschichten geziemend sind. Und in den Nächten, in denen der Mond für sie herauskommt, verlangst du, dass sie sich verstecken, damit du den Preis, den sie zahlen, ignorieren kannst, damit du dir einreden kannst, deine Hände seien sauber.

Du glaubst, dass es in dieser Geschichte nur um mich allein geht? Fahr zur Hölle.

Oder vielleicht sollte ich auch sagen: Komm in die Hölle. Die Werwölfe und ich sind bereits hier.

Ich habe mich dieser Sache mutig stellen wollen.

Jetzt jedoch ist meine Brust so eng zusammengeschnürt, dass ich kaum noch einatmen kann, die Atemzüge sind flach und schnell. Ich lasse mich wieder an das Ende meiner Kette sinken, ein Fahnenflüchtiger, ängstlich, schwach. Die ganze Welt scheint auf mich herabzustürzen.

Wildes Schluchzen schüttelt mich, und ich halte den Ka'kari so fest in der Hand, dass mein Arm zittert.

Tu es, Kylar. Verdammt noch mal. Tu es!

Ich schätze die Entfernung noch einmal ab, obwohl ich sie mir genau eingeprägt habe. Ich bin schon immer ein guter Werfer gewesen. Doch ich kann es nicht tun, kann nicht meine letzte Hoffnung wegwerfen.

Dann kommt das Bild zurück, so lebhaft und klar wie der Wahnsinn, so streng wie die Gerechtigkeit: das dumpfe Schmatzen einer Waffe, die in Fleisch sticht. Die großen blauen Augen meines Sohnes, als deren Licht erlischt, ausgelöscht von demjenigen, der ihn doch am meisten lieben sollte.

Der Griff meiner Hand lockert sich um den Ka'kari, bis er so locker und nachlässig ist wie mein Hängen am eigenen Leben. Ich halte hier nichts von Wert in den Fingern. Das Festhalten am Ka'kari ist ein Festhalten an der Macht, ein Festhalten an meinem Ausweg aus dem allen, das Festhalten daran, zu etwas zu werden, das ich noch mehr verachte, als ich es ohnehin schon tue.

Ich bin übervoll mit Verachtung. Verachtung meiner selbst, meiner Hoffnungen und meines ganzen Bestrebens, etwas mit aller Macht zu retten, das ich doch gar nicht beibehalten will. Das ist kein Mut. Wage es nicht, mich dafür zu bewundern. Denke ja nicht, ich sei mutig. Der Soldat, der eine geliebte Frau und Kinder hat, die zu Hause auf seine Rückkehr warten, und trotzdem gegen die feindlichen Linien anstürmt? *Er* ist mutig. Ein Verrückter, der gegen den Feind anstürmt, in der Hoffnung, dass der Feind seinem Leiden ein Ende setzt, ist etwas anderes. Es ist nicht mutig, den Verlust von etwas zu riskieren, was man hasst.

Jeder weitere Gedanke, den ich jetzt noch fasse, ist nur ein Aufschieben, und die Vögel kommen in Scharen. Sie kommen, um sich die Bäuche zu füllen. Da gibt es nichts mehr zu denken. Es gilt, einen Preis zu zahlen. Nur Taten zählen.

Ich stemme mich hoch und werfe.

Danksagung

Ich wollte dieses Buch schon von dem Moment an schreiben, als ich die Druckfahnen von *Jenseits der Schatten* an meinen Verleger zurückschickte und dabei dachte: *Und was jetzt?*

Aber ich hatte ein Problem: Meine Fähigkeiten waren der Unternehmung, die ich da ins Auge gefasst hatte, nicht gewachsen. Ich hätte die Geschichte, die mir vorschwebte, schreiben können, aber würde ich sie auch wirklich gekonnt hinkriegen? Eine lange Reihe langer Romane zu schreiben hat es irgendwie in sich, die eigenen Schwächen als Schriftsteller – ja sogar als Mensch – aufzudecken. So mag die Aufforderung »Erkenne dich selbst« der griechischen Philosophen einen Debütautor auf Stufe eins, mit einem rostigen Stift bewaffnet und in einen Lendenschurz von Ansehen (Eins minus) gehüllt, davor warnen, ja nicht in das Verlies von Stufe 70 namens »Glaubst du wirklich, du hättest es verdient, von jemandem unentgeltlich gelesen und besprochen zu werden?« abzusinken.

Ich fühlte mich noch nicht bereit, also beschloss ich, mich durch einen kurzen schriftstellerischen Abstecher auf eine höhere Stufe hinaufzukatapultieren. Sicher, ich hatte zu diesem Zeitpunkt bereits elf Jahre lang an der Ausgestaltung von Midcyru gearbeitet, aber jetzt war ich ein echter Profi! Ich würde eine brandneue Welt aufbauen, drei Bücher in drei Jahren raushauen, um dann mit neuen Fähigkeiten und neuen Perspektiven nach Midcyru zurückzukehren.

Ich bin tatsächlich mit neuen Fähigkeiten und neuen Perspektiven zurückgekommen. Aber nicht nach drei Jahren. Und auch nicht nach drei Büchern. Mein erstes Dankeschön muss also unbedingt an euch *Nachtengel*-Fans gehen, die ihr fast genauso lange wie ich auf Neues aus Midcyru gewartet habt.

Mein nächstes Dankeschön hat John Scalzi zu gelten, der mir die Art von freundschaftlicher Wette angeboten hat, wie derlei einst sicherlich zwischen Kit Marlowe und Will Shakespeare hin und her gegangen ist. Als er mich sagen hörte, dass ich nach den mächtigen Wälzern der *Licht*-Saga ein kürzeres Buch schreiben wolle, meinte John: »Ha! Ihr monumentalen Fantasy-Leute könntet kein kurzes Buch schreiben, und wenn es um euer Leben ginge. Wie lang soll dieses ›kurze Buch‹ denn sein?«

Ich, ertappt: »Vielleicht 125 000 Wörter?«

John: »Das nennst du kurz? Der durchschnittliche Thriller hat 80 000! Aber meinetwegen. Ich wette mit dir ...« In diesem Moment warf er einen Klotz mit weißem Pulver auf den Tisch. »Weißt du, was das ist?«

»Kokain?«, fragte ich und schaute mich nach dem Sicherheitsdienst des Hotels um.

»Wir sind hier in Michigan, nicht in Miami. Das ist ein Kilo Puderzucker, tausend Gramm. Das gute Zeug. Rechne diese tausend Gramm Zucker in Dollar um, und so viel will ich darauf verwetten, dass du kein Buch unter 125 000 Wörtern schreiben kannst.«

Ich wurde blass. »John, das müssen umgerechnet dann ja ungefähr fünf Dollar sein! Wenn nicht sogar noch mehr! Das kann nicht dein Ernst sein.«

»Ich versteh schon«, antwortete John. »Du hast Muffensausen.«

Seitdem hatte er mich an der Angel. Ich habe diesen Band so kurz wie möglich gehalten, jedes überflüssige Adverb gestrichen und jedes unnötige »sagte« herausgenommen, um ihn auf sein jetziges schlankes, drahtiges Kampfgewicht von 315 000 englischen Wörtern zu reduzieren.

Die mathematisch Gewitzten unter meinen Lesern mögen vielleicht schon bemerkt haben, dass 315 000 Wörter etwas mehr als 125 000 sind. Jetzt versteht ihr sicher auch, warum ich eure Hilfe brauche. Kauft noch ein zweites Exemplar. Schenkt es einem Freund oder einer Freundin. John hat so ein paar Herren in Trainingsanzügen und mit gefalschten Rolex-Uhren am Handgelenk gebeten, meine Schulden einzutreiben.

Erinnert ihr euch, wie die freundschaftliche Rivalität zwischen Marlowe und Shakespeare geendet hat? Ich hatte das auch vergessen. Wie es scheint, ist Marlowe eines Tages wegen unbezahlter Schulden in einem Schankhaus erstochen worden.

Angefangen hat dieser Roman als etwas ganz Einfaches, mit dem ich in meinen derzeit stärksten Fähigkeiten brillieren wollte. Loslegen, das Ding raushauen und fertig. Ganz einfach. (Wobei mir Scalzis verlorene Wette und sein Geld den Triumph versüßen sollten.) Doch dann hat die Geschichte hartnäckig darauf bestanden, sich zu etwas viel Ehrgeizigerem zu entwickeln. Mein Agent Donald Maass war die ganze Zeit über mit dabei und hat mich ermuntert, den das Schicksal herausfordernden und mit Scheitern drohenden Weg über die gefährlichere Straße zu wagen. Dabei hat er mir geholfen, all den Lastwagen auszuweichen und über die rasenden Maseratis zu springen. Ich hatte vorgehabt, ein viel kürzeres Buch viel schneller zu schreiben. Ich bin ungeheuer froh, das nicht getan zu haben. Du bist ein Geschenk für mich gewesen, Don. Mein Dank gilt auch dem Rest der DMLA-Truppe, insbesondere Katie Shea Boutillier.

Seit einigen Jahren gibt es unter Wissenschaftlern und Kampfsportlern eine wachsende Bewegung, die Abhandlungen historischer europäischer Duellanten entschlüsselt und übersetzt. Die meisten dieser Abhandlungen suchten ihren Lesern etwas vorzumachen – sie etwa von den oft eher zweifelhaften Fähigkeiten ihrer Autoren als Lehrmeister zu überzeugen. Daher ist bei der Lektüre ein skeptischer Blick unabdingbar. Fiore dei Liberi war ein Söldner aus dem vierzehnten Jahrhundert, der Kampfmeister wurde und ein illustriertes Kampfhandbuch mit dem Titel *Fior di Battaglia* (Die Blume des Kampfes) verfasste. (Ich habe vorwiegend die englische Ausgabe *The Flower of Battle* von Richard Marsden und Benjamin Winnick herangezogen.) Viele der darin enthaltenen Kampfstellungen erscheinen auf den ersten Blick eher fantasievoll als praktisch. Aber wie sich herausstellte, war Fiore dei Liberi alles andere als ein Scharlatan. Ich fand die Videos der Akademia Szermierzy (auf YouTube und auf Patreon anzuschauen) wunderbar hilfreich, um zu zeigen, wie selbst die eher ausgefallenen Kampfstellungen tatsächlich funktionieren können. Es macht auch viel Spaß, sich das anzusehen. Zu empfehlen ist auch Adoreas »Langschwertkampf« auf YouTube. Das ist viel besser als die üblichen Hollywood-Schwertkämpfe, bei denen sich selbst Plattenpanzer glatt durchtrennen lassen, wenn man nur mit der gebührenden Überzeugungskraft auf sie eindrischt.

Ich bin sehr froh gewesen, Bradley Englert als meinen Lektor zu haben. Sie sind ein echter Partner gewesen, sowohl in künstlerischer als auch in geschäftlicher Hinsicht. Auf den Seiten des Buches wie auch außerhalb davon haben Sie hundert Dinge getan, um dieses Buch für mich und für die Leser und Zuhörer in all den kommenden Jahren besser zu machen. Danke, dass Sie zusammen mit mir nach erstklassiger Qualität streben.

Eines der Dinge, die ich am Schriftstellerleben am meisten mag, ist es, mit erstaunlich begabten und engagierten Menschen aus benachbarten Bereichen in Austausch zu treten. Einen Profi eine Arbeit leisten zu sehen, die der meinen so ähnlich ist, dass ich verstehen kann, was er da tut (auch wenn ich diese Arbeit sicher nicht selbst zu tun in der Lage wäre), ist eine wahre Freude.

Leitende Redakteurin Bryn A. McDonald verbindet den Verstand einer Linguistin mit dem Auge einer Künstlerin. Bryn ist zu meiner Rettung eingesprungen, als in Sachen Produktion etwas schiefgegangen ist – und sie hat mich dann im Laufe des Buches Dutzende Male vor mir selbst gerettet. Eine Frage von ihr könnte in etwa so lauten: »Die normale Regel lautet X, aber ich sehe, Sie brechen sie wegen Y. Möchten Sie, um der Einheitlichkeit willen, nicht auch 600 Seiten später Y machen, wenn dort eigentlich Z ansteht?« Ich danke Ihnen, Bryn. Sie sind viel freundlicher zu mir gewesen, als ich es verdiene.

Simon Vance, es ist eine Freude zu erleben, welche Bereicherung Ihre Leistungen für meine Worte darstellen. Nach Ihrer Arbeit für die *Licht*-Saga wusste ich, das größte Geschenk, das ich meinem Hörbuch-Publikum machen konnte, bestand darin, Sie zu bitten, Ihre Lesetalente nach Midcyru zu bringen. Ich kann Ihnen gar nicht sagen, wie dankbar ich bin, dass Sie in Ihrem vollen Terminkalender noch den Platz gefunden haben, das zu ermöglichen. (Und ein besonderer Dank geht an Hachette Audio und an mein Redaktionsteam, die alle Hebel in Bewegung gesetzt haben, um Sie an Bord zu holen.)

Lauren Panepinto, Sie sind großartig. Die Aufgabe, vor der Sie dieses Mal standen, war nicht nur, ein Buchcover zu gestalten, das umwerfend aussieht (wiewohl Sie das ohne jede Frage geschafft haben), Sie mussten auch das Erscheinungsbild einer Reihe auffrischen, deren Originalcover – für die Sie auch schon verantwortlich gezeichnet haben! – bei Erscheinen der Bücher bahnbrechend waren, mit der Zeit aber, von anderen nachgeahmt, ihre durchschlagende Wirkung verloren haben. Hinzu kommt, dass Sie sowie Alex Lencicki, Ellen Wright, Rachel Goldstein, Tim Holman und Bradley es sich zur Aufgabe gemacht haben, einen neuen Weg zu finden, um die charakteristischen Wesensarten meiner beiden sehr unterschiedlichen Serien zu einer einheitlichen Identität zu verbinden. Ich wollte nie eine Marke sein; ich wollte, dass sich die Leserinnen und Leser an die *Bücher* halten und nicht den Autor, der diese Bücher geschrieben hat, in den Vordergrund stellen. Aber man kann auch allzu puristisch sein und die *Nightangel-* und die *Licht*-Saga haben nun mal ein bestimmtes Element miteinander gemein: den Autor. Alle Genannten und ihre Teams haben großartige Arbeit geleistet, um diese Neuausrichtung hinzubekommen. Ihr alle habt euch die Extramühe gemacht sicherzustellen, dass eure Teams in allen entscheidenden Punkten ins Schwarze treffen – und ihr wart so freundlich, mich in eure Diskussionen einzubeziehen, wobei meine Hauptfunktion im Wesentlichen wohl darin bestanden hat, die Arbeit der Profis zu verlangsamen. Herzlichen Dank an Tim Paul für die wunderschönen Karten und die Innengestaltung und an Will Staehle von Unusual Co. für die umwerfenden Cover. (Von ihm stammen auch die neu gestalteten Umschläge für die gesamte *Schatten*-Trilogie.) Dann sind da Paola Crespo und Natassja Haught aus der Vertriebsleitung sowie die leitende Designerin Stephanie A. Hess zu nennen. Ich würde ja sagen, dass eure Arbeit genau dann erst richtig an Fahrt gewinnt, wenn sich meine verlangsamt – aber die Wahrheit ist, dass ihr immer etwas tut, um potenzielle Leser zu faszinieren, um die Fans zu erinnern und um diese ganze Arbeit so aufgeräumt und ordentlich wie möglich aussehen zu lassen. Ihr seid alle tadellose Profis, denen es durch irgendwelche finsteren Künste gelungen ist, die Welt davon zu überzeugen, dass auch ich ein Profi bin. Tausend Dank an euch.

Melanie, du bist immer diejenige, die ganz viele Dinge übernimmt, die ich nicht tun kann oder nicht tun will. Man könnte sagen, dass es ein undankbarer Job ist, dessen einziger Dank darin besteht, dass ich alle paar Jahre einmal »Danke« sage. Ja, und das war's dann auch schon wieder. Aber im Ernst: Danke, dass du als der Pirat des Schreckens CAPSLOCK über die Weltmeere segelst, dass du alles managst, vom Betalesen bis zum Onlineshop, dich um so viele Dinge kümmerst, damit ich mehr Zeit zum Schreiben habe.

Jeder Autor, der sich abmüht, erfolgreich zu sein, hat entweder jemanden gehabt, der sich angeboten hat, sein Buch zu lesen, oder er hat selbst jemanden darum gebeten. Das geht selten gut. Die Augen der anderen tendieren besonders dann dazu, glasig zu werden, wenn man »Paperback Writer« von den Beatles zitieren und den Text wörtlich meinen kann: »It's a thousand pages, give or take a few / I'll be writing more in a week or two …« (Es sind tausend Seiten, über den Daumen gepeilt, in ein, zwei Wochen schreib ich mehr.) Es ist also nicht sonderlich fair, dass ich irgendwie Grace Bower, Ryan Bruckman, Kris DeAngelis, John DeBudge, Nick Freeman, Rob Goods, Craig Hanks, Heather Harney, Tim Harris, Oli Henderson, Drew LaMunyon, Sarah Lockwood O'Brien, Nick Pelto, Chris Ridenour, Elisa Roberts, Sophie Thornton und Rob Verstegen dazu habe bewegen können, sich als Betaleser anzubieten. Und als ich mich dann entschieden habe, einige beträchtliche Änderungen vorzunehmen, und nachfragte, ob einige von euch bereit seien, die ganze Tortur noch einmal durchzumachen und alles ein zweites Mal zu lesen – haben das fast alle von euch auch gemacht. Ihr habt Anschlussfehler entdeckt, habt heikle Fragen beantwortet und gestellt, und ihr habt mit erschreckender Genauigkeit andeutende Vorzeichen von künftigem Geschehen registriert (besonders beim zweiten Lesedurchgang). Einige von euch verfügen über einen Lektorenblick, der so gut ist wie der eines jeden professionellen Lektors, mit dem ich bisher gearbeitet habe. Ihr habt eine außergewöhnliche Menge an Leidenschaft in ein höchst unvollkommenes Buch gesteckt. Das Endprodukt ist nun ein … höchst unvollkommenes Buch. (Aber doch *weniger* unvollkommen, oder?)

Dr. Jacob Klein, unsere langen Gespräche geben mir immer jede Menge Stoff zum Nachdenken. Ich habe das Zitat von Glaukon wirklich verwenden wollen. Hoffentlich habe ich, bis es endlich einmal dazu kommt, nicht vergessen, dass ich es von Ihnen habe. Oder vielleicht verwende ich ja auch die wahre Geschichte über die großartige Rede dieses Mannes auf dem Weg zu seiner Hinrichtung? (Ganz unbedingt muss ich in meinem nächsten Buch mehr Hinrichtungen einbauen.)

Während ich viele, viele Einlegeblätter für mein letztes Buch signiert habe, habe ich entdeckt, dass Füllfederhalter mir helfen, Schmerzen im Handwurzelkanal zu vermeiden. Ich bin ohnehin schon immer wählerisch gewesen, was mein Schreibwerkzeug angeht, aber Goulet Pens, das FP-Papier von Tomoe River, die Notizbücher von Galen Leather und die schimmernde Tinte von Jacques Herbin haben mir ein Tor in eine ganze Welt der Versuchungen eröffnet. Als ich gemerkt habe, dass die physische Bewegung von Füllfeder über Papier etwas ist, das Blockaden lösen kann, wenn ich am Bildschirm nicht mehr weiterkomme, bin ich, ohne zu zögern, durch dieses Tor gesprungen. Ein Großteil von *Nachtengel Nemesis / Nachtengel Gemini* wurde mit einem Visconti Homo Sapiens Bronze Age mit einer Italic-Feder vom Federmeister Mark Bacas verfasst. Füllfederhalter sind etwas ganz Umwerfendes, und ich empfehle jedem Schriftsteller mit eingeschränktem Kostenrahmen, sie zu vermeiden.

Die Formulierung vom »kalten Mut der Verzweiflung« stammt von G. K. Chesterton. Chesterton bezog sich auf die Haltung des römischen Volkes gegenüber Hannibals Armeen, als diese unaufhaltsam ihre Schneise der Verwüstung durch Italien zogen und über *zwanzig* Jahre hinweg eine römische Legion nach der anderen vernichteten. An anderer Stelle habe ich Aristoteles und andere zitiert, wobei ich, wo immer möglich, darauf hinweise, dass die Worte nicht meine sind: »Wie der Philosoph sagt …« Weder Chesterton noch Aristoteles gibt es in Midcyru, aber große Aussprüche verdienen es, stibitzt zu werden, und stibitzte Aussprüche verdienen es, dass ihre Urheber genannt werden.

Es gibt in der Tat eine aus meinem fiktionalen Universum ableitbare Begründung dafür, warum bestimmte irdische Weisheiten und Bonmots auch in Midcyru sowie genauso in den Sieben Satrapien zu finden sind, aber da keiner meiner Charaktere bisher einen Anlass hatte herauszufinden, warum dem so ist (oder auch nur zu wissen, dass es das gibt), habe ich mich entschieden, dieses Stück Weltenbau nicht wie mit einem Schuhlöffel gewaltsam in meinen Text hineinzuzwängen. Die Figuren haben es bisher noch nicht verstehen müssen, damit die Romanhandlung funktioniert, also wäre der Hauptgrund für mich, es im Text zu erklären, der, dass ich deutlich machen will, dass ich in meinem Schreiben zielgerichtet bin und nicht unüberlegt draufloskritzele. Allerdings warte ich schon seit einigen Jahren darauf, dass sich die richtige Szene dafür ergibt, doch ist das bisher noch nicht der Fall gewesen. Ich glaube, in meinem nächsten Buch dürfte sich dazu genau die richtige Stelle finden. Und wenn nicht, winkt immer noch der Schuhlöffel. Eines Tages, kleiner Schuhlöffel, eines Tages ist es so weit.

Kristi, als wir geheiratet haben, sagte ich: »Du weißt, dass ich es nicht ausstehen kann, mich zu wiederholen. Also: Ich liebe dich. Wenn ich meine Meinung ändere, werde ich es dich wissen lassen.« Du bist für jedes Buch, das ich geschrieben habe, von entscheidender Wichtigkeit gewesen: meine erste Leserin und mein Resonanzboden, hast Fragen gestellt, die so scharfsinnig waren, dass sich dadurch alles erst richtig zusammengefügt hat, hast mir Wahrheiten über meine Figuren und über mich selbst ins Gedächtnis gerufen – es ist also nicht nötig, noch einmal zu betonen, wie wunderbar du das alles auch dieses Mal wieder getan hast. Du bist immer genauso treu gewesen wie von geduldiger Langmut und genauso freundlich wie weise, aber du hast es nie gemocht, im Mittelpunkt des Interesses zu stehen, und ich bin nie jemand gewesen, der seine Dankbarkeit in der Öffentlichkeit in selbstherrlicher Länge zum Ausdruck bringt, also erwähne ich dich nur kurz, damit dich niemand womöglich für gestorben hält, aber ansonsten wollen wir das ganze Süßholzraspeln überspringen und allen die Peinlichkeit ersparen.

Meine Töchter. So merkwürdig es klingen mag, ich vermeide es an dieser Stelle, eure Namen zu nennen, damit ihr in eurem späteren Leben nicht in erster Linie als die Töchter von Brent Weeks, sondern als ihr selbst bekannt seid. Ihre beide habt ebenfalls euren Teil zur Entstehung dieses Buches beigetragen. Ich weiß, welchen Preis ein Kind zahlen muss, wenn es ein Elternteil hat, das eher von einer Leidenschaft getrieben ist, als einfach nur einer Arbeit nachzugehen. Eure Mutter und ich haben versucht, sorgfältig abzuwägen, inwieweit ihr zu leiden habt, wenn ich allzu viele Tage am Stück auf Reisen bin oder allzu lange arbeite. Ich weiß, dass ihr Opfer bringen musstest, die auf euch zu nehmen ihr euch in keiner Weise freiwillig gemeldet habt. Danke, dass ihr so schwierige Dinge leistet.

Stets der eure,
Brent R. R. Weeks